御製

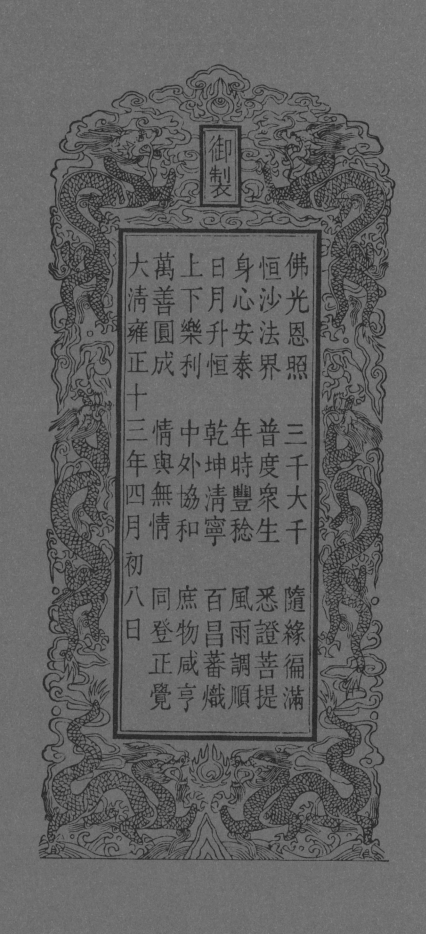

佛光恩照　三千大千　隨緣徧滿
恒沙法界　普度衆生　悉證菩提
身心安泰　年時豐稔　風雨調順
日月升恒　乾坤清寧　百昌蕃熾
上下樂利　中外協和　庶物咸亨
萬善圓成　情與無情　同登正覺

大清雍正十三年四月初八日

第九一册　小乘論（三）

阿毗達磨大毗婆沙論

阿毗達磨大毗婆沙論

唐三藏法師玄奘奉詔譯

清刻龍藏佛說法變相圖

阿毗達磨大毗婆沙論卷第一百一

五百大阿羅漢等造

唐三藏法師玄奘奉　詔譯

智蘊第三中他心智納息第三之三

傍生趣亦有生處得智能知他心等云何知然昔有女人置兒一處作餘事業時有一狼持其兒去傍人爲逐語彼狼言汝今何緣將他兒去狼遂報曰其母過去五百生中常害我子我亦過去五百生中常害彼子怨怨相報于今未息彼若能捨我亦捨之傍人便告彼兒母曰汝若惜子當捨怨心女人報言我已捨矣狼觀女意都不捨怨但恐害兒妄言已捨遂害其子捨之而去問傍生何時知他心等答初中後位皆悉能知問彼住何心知他心等善耶染污耶無覆無記耶答三種皆

能知問爲住意識爲住五識知他心等答惟住意識問爲住威儀路心爲住工巧處心爲住異熟生心知他心等答三種皆能知彼亦現起工巧處心故彼異熟生心意識亦有故非如地獄決定不受善異熟果鬼趣亦有生處得智知他心等云何知然昔有女人爲鬼所魅羸瘦將死呪師問鬼汝今何爲惱此女人鬼便報言此女過去五百生中常害我命我亦過去五百生中常害彼命慫怨相報于今未息彼若能捨我亦捨之呪師因報彼女人曰汝若惜命當捨慫心女人報言我已捨矣鬼觀女意都不捨慫恐命不全妄言已捨遂斷其命捨之而去問鬼趣何時知他心等答初中後位皆悉能知問彼住何心知他心等善耶染汙耶無覆無記耶答

三種皆能知問爲住意識爲住五識知他心等答惟住意識問爲住威儀路心爲住工巧處心爲住異熟生心知他心等答三種皆能知如傍生趣說天趣亦有生處得智知他心等然微細故不別說之餘如傍生鬼趣廣說人趣中無生處得智知他心等所以者何非田器故有勝覩相聞語智等所覆損故有他心通及願智等所暎蔽故問誰生處得智知幾趣心耶有作是說各惟自知復有說者地獄惟知地獄傍生知二鬼趣知三天趣知五施設論說衰羅筏拏善住龍王知天趣者是比相智知非生處得智評曰應作是說於四趣中生處得智各知五趣於理無違問人趣亦有本性念生智類應能知他心等何故不說答應說而不

說者當知此義有餘復次少故不說謂人趣中得此智者極少有故而不說之有作是說本性念生智類不能現知他心心所法故說不說有他心智亦現知他心心所法謂若智修所成是修果依止修已得不失能現知他現在欲色界心心所法或無漏心心所法此是現在他心智通廣知前釋有非他心智亦非現知他心心所法謂除前相相謂所名乃至廣說謂行蘊中總除三世他心智通及除現在覩相聞語生處得智能現知他心心所者諸餘行蘊及四蘊全幷無爲法作第四句諸宿住隨念智皆現憶知諸宿住事耶荅應作四句此中宿住隨念智通三世現憶知諸宿住事者惟現在然通宿住隨念智及非宿住隨念智故有四句有宿住隨念智非現憶知諸宿住事謂過去未來宿住隨念智此有宿住隨念智相而無現憶知諸宿住事用謂過去者作用已滅故未來者未有作用故有現憶知諸宿住事非宿住隨念智謂如有一得本性念生智或得如是生處得智能現憶知諸宿住事本性念生智現憶知宿住事者惟人趣有餘四趣中無此智故生處得智能現憶知諸宿住事者謂地獄等有其事云何且地獄中如契經說地獄有情互相謂言奇哉自誤我等過去曾聞沙門婆羅門說諸欲過患能引未來可怖畏事汝等應斷我等雖聞而不信用今因彼欲受斯劇苦問彼於何時憶宿住事荅初生地獄未受苦時若受苦已次前滅事尚不能憶況久滅事而能憶知問彼住何心憶宿住事荅住善染污無覆無

記皆能憶知於六識中惟住意識於三無記中惟住威儀路問彼生處得智能憶知幾生荅能憶知一生謂從彼歿來生此者有說乃至知五百生傍生趣有生處得智能現憶知宿住事者如契經說有螺音狗昔爲梵志名刀提耶憶宿住事子令昇座食飯示寶皆隨其言問於何時憶宿住事荅初中後位皆能憶知問彼住何心憶宿住事荅住善染汙無覆無記皆能憶知於六識中惟住意識三無記中通住三種問彼生處得智能憶知幾生有作是說惟憶一生謂彼彼歿來生此者評曰應作是說能憶多生如狼憶知五百生事鬼趣亦有生處得智能現憶知宿住事者如伽他說

我昔集珍財　以法或非法　他今受富樂

我獨受貧苦

問彼於何時憶宿住事荅初中後位皆能憶知問彼住何心憶宿住事荅住善染汙無覆無記皆能憶知於六識中惟住意識三無記中通住三種問彼生處得智能憶知幾生有作是說惟憶一生謂從彼歿來生此者評曰應作是說能憶多生如鬼憶知五百生事天趣亦有生處得智能現憶知宿住事者如伽他說

我施逝多林　𥁞大法王住　賢聖僧受用

故我心歡喜

問彼於何時憶宿住事荅初中後位皆能憶知問彼住何心憶宿住事荅住善染汙無覆無記皆能憶知於六識中惟住意識三無記中通住三種問彼生處得智能憶知幾生有

作是說惟憶一生謂從彼歿來生此者評曰應作是說能憶多生人趣中無生處得智憶宿住事非田器故爲本性念生智等所損覆故爲宿住隨念通及願智等所暎蔽故有宿生隨念智亦現憶知諸宿住事謂若智修所成是修果依止修已得不失能現憶知諸宿住事種種相狀及所言說此是現在宿住隨念智通廣如前釋有非宿住隨念智亦非現憶知諸宿住事謂除前相相謂所名乃至廣說謂行蘊中總除三世宿住隨念智通及除現在本性念生智生處得智能現憶知宿住事者諸餘行蘊及四蘊全并無爲法作第四句諸宿住隨念智皆知他過去蘊處界心相續耶答應作四句此中初句是緣自相續宿住隨念智第二句是緣他相續願智及宿住隨念智加行第三句是緣他相續宿住隨念智第四句是緣自相續願智及宿住智加行是謂此處略毗婆沙有宿住隨念智非知他過去蘊處界心相續謂若智修所成是修果依止修已得不失知自前生過去蘊處界心相續此即緣自相續宿住隨念智緣過去生自宿住事故有知他過去蘊處界心相續非宿住隨念智謂若智修所成是修果依止修已得不失知他此生過去蘊處界心相續此即緣他相續願智及宿住智加行緣現在生他過去事故有宿住隨念智亦知他過去蘊處界心相續謂智修所成是修果依止修已得不失知他前生過去蘊處界心相續此即緣他相續宿住隨念智緣過去生他宿住事故有非宿住隨念智亦非知他過去蘊處界

心相續謂若智修所成是修果依止修已得不失知自此生過去蘊處界心相續此即緣自相續願智及宿住隨念智加行緣自此生過去事故此中願智惟緣此生過去諸有漏法宿住隨念智惟緣前生過去諸有漏法宿住隨念智加行亦惟緣此生過去諸有漏法然諸願智通緣三世此中惟取緣此生過去有漏法者

問前所說本性念生智以何爲自性荅以慧爲自性是謂本性念生智自性我物自體相分本性已說自性所以今當說問何故名本性念生智本性念生智是何義耶荅生謂前生諸有漏法智謂此生能知彼智念謂生智俱生勝念言本性者簡別修得即本性智由勝念力知過去生諸有漏法故名本性念生智復次住本性心由勝念力發起此智知過去生諸有漏法故名本性念生智本性心者謂善染汚無覆無記不由修得故名本性復次本性者謂諸法自性即過去生諸有漏法自性智由念力知本性生故名本性念生智復次本性者謂前際法性即過去生有漏法性智由念力知本性生故名本性念生智問此智俱生法有多種何故但說念耶荅念力增故如四念住持息念宿住隨念智雖慧爲體而念力增故名念住等如伏除色想雖體是慧而想力增故名伏除色想此亦如是雖體是慧而念力增故名本性念生智問此本性念生智在何界有荅惟欲界有問此本性念生智在何趣有荅惟人趣有所以者何惟欲界人趣中能造殊勝業引得此智故又人

趣中智慧猛利勝餘趣故問此本性念生智由何業力而引起耶有作是說若諸有情喜作愛語令他歡喜由彼業力能引此智復有說者若諸有情喜傳好事令他心悅身得安樂由彼業力能引此智有餘師說若諸有情見他惶怖方便慰喻爲作歸依令得無畏由彼業力能引此智或有說者若諸有情見他愁惱以法開喻令得無憂由彼業力能引此智有餘復說若諸有情見險隘處修令寛博使往來者無有艱難由彼業力在毋腹中無迫迮苦故得此智或有餘說若諸有情施他種種美妙飲食由彼業力能引此智評曰應作是說若諸有情不造惱害他業恒作饒益他事由斯業故在毋腹中不爲風熱痰癊病等之所逼切後出胎時無迫迮苦是故能憶諸宿住事故有是說若諸有情住在毋腹及出胎時不受衆病迫迮苦者皆應能憶過去生事但由毋病及迫迮苦皆悉忘之問此本性念生智初中後時何者爲勝答此不決定謂或有初生時勝如世跋羅等初生之時便作是說今此家中頗有財物令我隨意行布施耶或有中年時勝如尊者護國等或有老年時勝如菴婆瑟摭等廣說如契經問此本性念生智能憶幾生事耶有作是說惟能憶一生事謂從彼歿來生此者或有說者此能憶二生或乃至七生事如王舍城内有一屠兒名曰伽吒是未生怨王少小知友曽白太子汝登王位與我何願太子語言當恣汝請後未生怨害父自立伽吒於是從王乞願王便告曰隨汝意求伽吒白言願王許我王舍

城中獨行屠殺王遂告曰汝今云何求此惡願豈不怖畏當來苦耶屠兒白王諸善惡業皆無有果何所怖畏王遂告曰汝云何知伽吒白王我憶過去六生於此王舍城中常行屠殺最後生在三十三天多受快樂從彼天殁來生此間少小與王得爲知友故知善惡其果定無王聞生疑便往白佛佛告王曰此事不虚然彼屠兒曾以一食施與獨覺發邪願言使我常於王舍城内獨行屠殺後得生天由勝業因果遂其願彼先勝業與果今盡却後七日定當命終生號叫地獄次第受先屠業苦果是故此智極知七生復有説者此極能憶五百生事謂有苾芻自憶過去五百生中墮餓鬼趣念彼所受飢渴苦時遍身流汗深心怖惱息諸事業精進熾然後經多時得預流果彼作是念我從先來賴諸苾芻濟惠資具令我所怖已得永滅今應追覓諸資身具以酬先恩作是念已處處求覓諸資身具時諸苾芻見而謂曰汝先少事今何故多彼遂爲他具説本事復有苾芻自憶過去五百生中墮地獄趣念彼所受地獄苦時諸毛孔中遍皆流血身及衣服非常臭穢每日詣水澡浴浣衣衆人謂之計水爲淨彼息事業精進熾然經於多時證阿羅漢於後不數澡浴浣衣衆人怪問彼亦爲他具説本事由此故知此智憶念極五百生有餘師説此智能知過去壞劫及成劫事謂佛往昔爲菩薩時爲化有情發大誓願有時曾作旃荼羅王名曰三鈎善通一切書論呪術爾時阿難作彼王子名師子耳顔貌端正世所絶倫時舍利

子作婆羅門名曰池堅善通明論及諸眷屬彼有一女名爲貞潔容貌端嚴衆所樂見時王往詣婆羅門所爲子求婚池堅大忿白彼王言汝諸姓中最爲卑賤我是梵志諸姓中尊何緣來此故相輕辱時王遂告婆羅門言族姓尊卑亦無常定汝何見忽而自矜高汝頗曾聞諸梵書字是誰所造池堅報曰我聞古昔有婆羅門名瞿頻陀是彼所造王曰彼時瞿頻陀者即我身是汝又頗聞佉盧瑟吒書字是誰所造婆羅門曰我聞古昔有大仙人名佉盧瑟吒是彼所造王曰彼時大仙人者即我身是王又問言汝頗曾聞諸吠陀論及彼眷屬世俗書等是誰造耶婆羅門言如是如是部黨書論即是彼彼諸婆羅門仙人等造王又報言彼皆是我昔時名字汝頗知耶如何汝今自矜見蔑池堅於是一一推徵知王所言是實非謬深心敬慕遂許王婚由此故知此智能憶過去世劫成壞事如契經說佛告邑主我自憶念過去九十一劫以來於淨戒田施飲食等曾無廢闕又亦不憶爲飲食等於戒毀傷問世尊爲以宿住隨念智憶知此事爲以本性念生智憶知此事設爾何失若以宿住隨念智憶知此事何故但憶九十一劫而不多耶若以本性念生智憶知此事何故前說有說此智惟憶一生有說憶二乃至極七生有說憶五百生有說憶劫成壞而不說能憶九十一劫耶答應作是說世尊以宿住隨念智憶知此事問若爾何故但憶九十一劫而不憶多答實能憶多且說爾許問若爾何故不說憶多脇尊者曰一切生

疑若說憶多若說憶少皆生疑問故隨事說於理無違不應責問復次從彼建立七佛世尊是故偏說復次從彼以來修相好業故偏說之復次從彼以來業道清淨不墮惡趣恒受男身常憶宿住是故偏說復有說者世尊以本性念生智憶知此事問若爾何故前說有說惟憶一生乃至有說憶劫成壞而不說能憶九十一劫耶答前說餘人能憶多少而不說佛若說佛者亦能憶多問本性念生智爲能憶知中有事不有作是說不能憶知所以者何以中有事極微細故非此智境評曰應作是說本性念生智亦能憶知中有中事所以者何若不憶知此智知境應成間雜謂少分能知少分不知故問菩薩前生旣有本性念生智於最後生爲亦有不設爾何失若有者云何緣力非勝因力耶若無者云何菩薩非轉衰退答應作是說菩薩最後身亦有本性念生智問若爾云何緣力非勝因力耶答非無緣力者名有內因力乃以利根故名有內因力謂此菩薩於諸有情根性最勝名有因力又誰說菩薩無緣力耶有淨居天現老病死覺發菩薩猒生死心豈非緣力又鹿釋女爲菩薩說讚涅槃頌覺發菩薩欣涅槃心亦是緣力如說

不久汝當得　安樂以爲母　無憂以爲父
寂滅以爲妻

菩薩見聞如是事已旣增猒欣踰城出家又過去生有無量佛爲菩薩說菩提資糧諸如是等皆名緣力有作是說菩薩最後身無本性念生智問若爾云何非轉衰退答雖無此

智而有殊勝宿住隨念智及願智等故非衰退評曰應知此中前說應理從九十一劫恒有此智故

云何時愛心解脱乃至廣說問何故作此論答爲欲分别契經義故謂契經說佛告阿難苾芻不應樂與衆聚耽諸戲論若樂衆聚耽戲論者能證時愛心解脱及不動心解脱無有是處若諸苾芻不樂衆聚不耽戲論能證二解脱斯有是處契經雖作是說而不廣釋其義不說此二解脱自性及得因縁根藴雖說得二因縁不顯自性今欲顯之復次爲止他宗顯正理故謂或有說時愛心解脱是有學有所作不動心解脱是無學無所作爲遮彼意顯二解脱俱是無學更無所作或復有說時愛心解脱是有漏不動心解脱是無漏爲遮彼意顯二解脱俱是無漏復有欲令時愛心解脱是有爲不動心解脱是無爲爲遮彼意顯二解脱俱是有爲由此等縁故作斯論云何時愛心解脱答時解脱阿羅漢盡智或無學正見相應心勝解已勝解當勝解云何不動心解脱答不動法阿羅漢盡智無生智或無學正見相應心勝解已勝解當勝解此中盡無生智無學正見相應心者簡别有學及有漏心勝解者謂現在已勝解者謂過去當勝解者謂未來此即簡異無爲解脱顯二解脱惟以無學無漏心相應勝解爲自性然一切法中惟有二法是解脱自性謂無爲法中擇滅是解脱自性有爲法中大地法所攝勝解是解脱自性勝解有二種一染汙謂貪等相應名邪勝解二不染汙謂無貪等相

應名正勝解此正勝解復有二種一有漏謂不淨觀持息念無量解脫勝處遍處等相應勝解二無漏謂學無學勝解學勝解者謂四向三果所攝勝解即苦法智忍乃至金剛喻定相應勝解無學勝解者謂阿羅漢果所攝勝解即盡無生智無學正見相應勝解無學勝解復有二種一時愛心解脫即五種阿羅漢果所攝勝解亦名時解脫二不動心解脫謂不動法阿羅漢果所攝勝解亦名不時解脫此二解脫各有二種一名心解脫離貪愛故二名慧解脫離無明故問若無學勝解離貪愛故名心解脫離無明故名慧解脫者集異門說當云何通如說云何心解脫謂無貪善根對治貪愛云何慧解脫謂無癡善根對治無明耶答集異門論應作是說云何心解脫謂無貪善根相應勝解云何慧解脫謂無癡善根相應勝解應作是說而不說者有別意趣謂依善根顯示勝解若依無貪故心解脫貪愛此相應勝解名心解脫若依無癡故慧解脫無明此相應勝解名慧解脫是故此中二心解脫俱以無學勝解爲自性是名解脫自性我物自體相分本性已說自性所以今當說問何故名時解脫時解脫是何義耶答由彼解脫待時得故時雖有多略有六種一得好衣時二得好食時三得好卧具時四得好處所時五得好說法時六得好補特伽羅時待得好衣時者謂彼要得細軟鮮淨勝妙衣服時乃得解脫若不爾者則不得解脫待得好食時者謂彼要得美妙飲食酥蜜等時乃得解脫若不爾者則不得解脫待得好

卧具時者謂彼要得厚輭卧具牀褥等時乃得解脱若不爾者則不得解脱待得好處所者謂彼要得寂静處所勝妙房舍時乃得解脱若不爾者則不得解脱待得好説法時者謂彼要得如理應機教誡教授時乃得解脱若不爾者則不得解脱待得好補特伽羅時者謂彼要得具勝德行稟性柔和易共住者與同住時乃得解脱若不爾者則不得解脱問何故名不時解脱不時解脱是何義耶答由彼解脱不待時得故時即如前所説六種不待得好衣時者謂彼雖得惡糞掃衣時而能速得解脱勝時解脱者得價直百千兩金衣時不待得好食時者謂彼雖得麤惡飲食時而能速得解脱勝時解脱者得百味飲食時不待得好卧具時者謂彼雖得邊鄙卧具石牀等時而能速得解脱勝時解脱者得上妙卧具時不待得好處所時者謂彼雖得憒閙處所惡房舍時而能速得解脱勝時解脱者得静妙處所時猒彼諠雜速入定故不待得好説法時者謂彼雖得違理失機教誡教授時而能速得解脱勝時解脱者得如理應機教誡教授時猒彼所説速入定故不待得好補特伽羅時者謂彼雖得不具德行爲性很戾難共住者與同住時而能速得解脱勝時解脱者得具德行等與同住時猒彼猥惡速入定故復次依狹小道而得解脱故名時解脱狹小道者謂若極速第一生中種善根第二生中令成熟第三生中得解脱餘不決定依廣大道而得解脱名不時解脱廣大道者謂若極遲聲聞乘經六十劫而得解脱如

舍利子獨覺乘經百劫而得解脫如麟角喻佛乘經三無數劫而得解脫復次依羸劣道而得解脫故名時解脫羸劣道者謂於解脫善品加行不能恒常慇重修故若於日初分修於中後分則不能修若於夜初分修於中後分則不能修雖暫能修而不慇重依強勝道而得解脫故名不時解脫強勝道者與上相違復次依止增道而得解脫故名時解脫依觀增道而得解脫故名不時解脫復次依可引奪道而得解脫故名時解脫可引奪道者謂所修道可爲適意不適意饒益不饒益樂苦資具之所引奪依不可引奪道而得解脫故名不時解脫不可引奪道者與上相違復次依五種種性道而得解脫故名時解脫五種種性道者謂退法種性道乃至堪達法種性道依一種種性道而得解脫故名不時解脫一種種性道者謂不動法種性道此則說五種種性阿羅漢名時解脫不動法種性阿羅漢名不時解脫問因論生論何故前五阿羅漢總立爲一時解脫第六阿羅漢別立爲一不時解脫耶答有別緣故時解脫多不時解脫少謂依種性施設前五種性名時解脫阿羅漢第六種性名不時解脫故有別緣故時解脫少不時解脫多謂依乘施設惟聲聞乘有時解脫阿羅漢三乘皆有不時解脫阿羅漢故有別緣故二解脫等謂二解脫俱離煩惱俱是清淨無學身中聖道攝故復次時解脫劣故施設五種不時解脫勝故建立一種如今世間國王大臣長者居士諸富貴者其數極少諸貧賤類其數甚多又如世間

佛及獨覺到究竟聲聞其數極少諸餘聲聞其數甚多又如世間聰慧者少愚矇者多又如世間爲善者少作惡者多又如世間正見者少邪見者多又如世間端正者少醜陋者多又如世間調柔者少剛强者多如是前五阿羅漢劣故合名時解脫第六阿羅漢勝故別名不時解脫復次前五阿羅漢世間易得故合立一名時解脫第六阿羅漢世間難得故別立一名不時解脫如今世人往至那國執師子國還者極少往近聚落還者甚多此亦如是復次前五阿羅漢不多用功力不多設加行不多作意而得故合立一名時解脫第六阿羅漢與上相違故別立一名不時解脫復次前五阿羅漢有增有減故別立一名時解脫第六阿羅漢無增無減故別立一名不時解脫此中增者謂進減者謂退

阿毗達磨大毗婆沙論卷第一百一　說一切有部發智

音釋

迫迮　迫搏陌切迮側革切迫迮窘逼也
搋　丑皆切
蔑　莫結切輕易也
補特伽羅　梵語也此云數取趣伽求迦切
很戾　很胡懇切戾郎計切很戾不聽從也
猥　鄔賄切鄙也
矇　莫紅切不明也

阿毗達磨大毗婆沙論卷第一百二

五百大阿羅漢等造

唐三藏法師玄奘奉　詔譯

智蘊第三中他心智納息第三之四

何緣時心解脱名愛耶答時解脱阿羅漢恒於此法殷勤守護實愛執藏勿我遇緣退失此法如一目人自及親友殷勤守護實愛執藏勿遇寒熱塵翳等緣令此一目更當失壞彼亦如是故名爲愛謂鈍根者於自功德爲性實愛過利根者如諸女人於自男女稟性慈愛過諸丈夫復次時解脱阿羅漢於自解脱未得自在多用功力乃能現前既得現前歡喜實重故名爲愛不時解脱阿羅漢於自解脱已得自在少用功力即能現前雖得現前而不極重故不名愛復次時解脱阿羅漢功德容退彼畏退故數起現前故名爲愛不時解脱阿羅漢功德無退不畏退故不數現前故不名愛復次時解脱阿羅漢由信增道證故名爲愛不時解脱阿羅漢由慧增道證故不名愛復次時解脱阿羅漢性多調善人多愛樂故名爲愛不時解脱阿羅漢性多剛强人不愛樂故不名愛如今世人性不利者多分輭善人好親附性不鈍者多分剛猛人不親附復次時解脱阿羅漢無猒背聖道善根故名爲愛不時解脱阿羅漢有猒背聖道善根故不名愛猒背聖道善根者謂空空無願無願無相無相三摩地相應善根此本論文雖不問答而義有故今應説之問何緣不時解脱名不動耶答以體殊勝故名不動如今世間殊勝飲食衣服嚴具説名不動不爲

劣物格量轉故復次貪等煩惱令諸有情身心輕躁令諸善根生鞭離散故名爲動不時解脱阿羅漢不爲如是煩惱所動故名不動復次貪等煩惱能令有情於諸分位勝劣不定故名爲動不時解脱阿羅漢不爲如是煩惱所動故名不動如勇健人無敵能動名不動者復次不時解脱阿羅漢於諸功德定不退失故名不動如善射人射必中的名不動者如契經説佛告舍利子若有苾芻苾芻尼等成就不動心解脱末尼寶者能斷不善法能修習善法問何故不動心解脱説名末尼寶耶答以不動心解脱堅牢故勝妙故無過故明徹故無垢故清淨故難得故可愛樂故名末尼寶復次以不動心解脱能破無明闇故名末尼寶如以光明末尼置闇室中能破彼闇作顯照事如是以不動心解脱末尼寶置相續中能破無明闇作顯照事復次以不動心解脱能除煩惱塵垢故名末尼寶如清水末尼置濁水中水便澄淨如是以不動心解脱末尼寶置相續中能除一切煩惱塵垢復次以不動心解脱善安住故名末尼寶如方等末尼隨所置處即善安住如是以不動心解脱末尼寶置相續中即善安住定無退失復次以不動心解脱能除貧乏聖財故名末尼寶如無價末尼置室宅内能引財寶除諸貧匱如是以不動心解脱末尼寶置相續中能引聖財除乏功德復次以不動心解脱能饒益諸有情故名末尼寶如如意珠置高幢上隨意所樂雨諸寶物充濟百千貧匱有情如是世尊以不動心解脱末尼寶置不放

逸無量幢上隨諸有情所樂差别雨正法寶能令無量無邊有情離生死苦善根滿足有如是等種種因緣説不動心解脱名未足實問若不動心解脱有如是勝事何故世尊説不動心解脱名無減無增法耶答依修行者平等説故謂若東方有無量刹帝利子南方有無量婆羅門子西方有無量吠舍子北方有無量戍達羅子皆來歸我剃除鬚髮被服袈裟正信捨家趣於非家於不動心解脱身作證具足住或不爾者此不動心解脱亦無減無增故復次依聖教功德無邊説故謂聖教中有無邊功德非唯有不動心解脱假使此不動心解脱去亦不減來亦不增故復次依佛功德無邊説故謂佛身中有無邊功德非惟有不動心解脱假使不動心解脱去亦不減來亦不增故復次爲除衆疑故作是説謂大目連於布灑他夜擯瞻波苾芻令出衆外時有苾芻心生疑念勿苾芻僧令致減少故世尊説假使殊勝功德叢林衆中擯出不動心解脱者我苾芻僧亦無有減彼若來者衆亦不增况彼苾芻破戒犯禁壞諸威儀遠離白法豈令清衆有減有增復次以不動心解脱不可退故説名無減不勝進故説名無增故不動心解脱雖有勝事而佛説爲無減無增諸時愛心解脱皆盡智相應耶乃至廣説問何故作此論答欲令疑者得決定故謂有聞説時解脱阿羅漢惟修盡智無學正見便便疑不時解脱阿羅漢亦惟修二復有聞説不時解脱阿羅漢修盡無生智無學正見便疑時解脱阿羅漢亦修三種欲除彼疑顯時

解脫惟修二種不時解脫具修三種復次前雖說三解脫自性而未說彼雜不雜相今欲說之故作斯論此中時愛心解脫對盡智相應有四句不動心解脫對無生智相應作順後句皆如本文應知問何等阿羅漢惟修盡智無學正見二無漏慧何等阿羅漢具修盡無生智無學正見三無漏慧耶答有阿羅漢心善解脫非慧善解脫有阿羅漢心慧俱善解脫前惟修二後具修三復次有阿羅漢因力加行力不放逸力皆狹小有阿羅漢因力加行力不放逸力皆廣大前惟修二後具修三復次有阿羅漢是奢摩他行有阿羅漢是毗鉢舍那行前惟修二後具修三如二行二樂二欲二愛亦爾復次有阿羅漢修止爲先而入聖道有阿羅漢修觀爲先而入聖道前惟修二後具修三復次有阿羅漢以止修心依觀得解脫有阿羅漢以觀修心依止得解脫前惟修二後具修三復次有阿羅漢得內心奢摩他不得增上慧法觀有阿羅漢得內心奢摩他亦得增上慧法觀前惟修二後具修三復次如契經說二因二緣能生正見一外聞他音二內正作意若外聞他音增上者惟修二若內正作意增上者具修三復次如契經說有四法者多有所作一親近善士二聽聞正法三如理作意四法隨法行前二增者惟修二後二增者具修三復次鈍根者惟修二利根者具修三如鈍根利根緣力因力外分力內分力說智聞智應知亦爾復次若無貪善根增者惟修二若無癡善根增者具修三復次若以滅道智盡三界結者惟修二

若以苦集智盡三界結者具修三復次若以無相道無願三摩地盡三界結者惟修二若以空苦集無願三摩地盡三界結者具修三此中時愛心解脫阿羅漢金剛喻定惟一剎那盡智流注長時相續從盡智出或起無學正見或起世俗心不動心解脫阿羅漢金剛喻定及盡智惟一剎那無生智流注長時相續從無生智出或起無學正見或起世俗心一切阿羅漢皆修無學正見圓滿而非一切皆現在前問盡智無生智有何差別答且名即差別謂此名盡智此名無生智復次因是盡智果是無生智復次已作是盡智因長養是無生智復次未得而得或已得而得是盡智惟未得而得是無生智復次或解脫道或勝進道攝是盡智惟勝進道攝是無生智復次依之建立五阿羅漢是盡智依之建立一阿羅漢是無生智復次通利鈍根者得是盡智惟利根者得是無生智是謂差別問最初盡智是何智耶有作是說是苦類智所以者何諸瑜伽師觀生死果而入聖道觀生死果聖道滿故如以毒箭射諸禽獸其毒最初從瘡門入漸次遍身作毒事已死時還從瘡門而出聖道亦爾復有說者是集類智所以者何諸瑜伽師觀生死果而入聖道觀生死因聖道滿故一切生死皆果因攝先遍知果後遍知因則生死道斷不復相續名爲苦邊評曰應作是說最初盡智亦是苦類智亦是集類智若起苦類智爾時不起集類智若起集類智爾時不起苦類智如契經說諸阿羅漢如實自知我生已盡梵行已立所作已辦不

受後有此中我生已盡者然諸生名顯多種義謂或有生名顯入母胎或有生名顯出母胎或有生名顯分位五蘊或有生名顯不相應行蘊少分或有生名顯非想非非想處四蘊或有生名顯入母胎者如說云何生謂彼彼有情於彼彼衆同分中生等生入起出現或有生名顯出母胎者如說菩薩初生即行七步或有生名顯分位五蘊者如說有緣生或有生名顯不相應行蘊少分者如說云何生謂諸蘊起或有生名顯非想非非想四蘊者如此中說我生已盡問此盡何生過去耶未來耶現在耶若盡過去生過去生已滅何復盡若盡未來生未來生未至何所盡若盡現在生現在生不住何須盡答應作是說盡三世生所以者何此中生名旣顯非想非非想處四蘊諸瑜伽師總觀非想非非想處三世四蘊離彼染故令生因果皆不得成大德說曰我生已盡言如世尊說牟尼觀生盡彼亦如此應別徵問而應答言盡未來生以修行者受持戒禁勤修梵行皆爲遮止未來世生令不起故譬如有人有三厄難一者已受二者正受三者當受諸已受者彼已受故不復遮止諸正受者彼正受故不可遮止諸當受者應以財貨或親友力或餘方便而遮止之行者亦爾諸過去生已滅故不須遮止諸現在生正受故不可遮止諸未來生修正加行而遮止之令永不生故說爲盡梵行已立者謂無漏行已立問爲學梵行已立爲無學梵行已立耶答學梵行已立非無學梵行所以者何無學梵行今始立故所作已辦者一

切煩惱皆已斷故一切所作已究竟故一切道路已遮塞故復次諸界趣生生老病死皆畢竟盡故名所作已辦不受後有者顯無生智問非一切阿羅漢皆得無生智何故諸契經初皆說阿羅漢不受後有耶有作是說佛於經中隨有者說而結集者通冠經初復有說者結集法者皆得願智無礙解等殊勝功德觀察世尊說諸經時阿羅漢衆若有無生智者即亦說彼不受後有若無無生智者即不說彼不受後有後誦持者不善簡别故通誦在一切經初尊者妙音作如是說諸阿羅漢皆無後有故通說爲不受後有不說無生智爲不受後有故不相違脇尊者曰若諸煩惱未斷未遍知者皆不說爲我生已盡梵行已立所作已辦不受後有若諸煩惱已斷已遍知者皆總說爲我生已盡乃至不受後有問我生已盡乃至不受後有一一當言是何智耶有作是說我生已盡是盡智梵行已立所作已辦不受後有是無生智或有說者我生已盡梵行已立是盡智所作已辦不受後有是無生智復有說者我生已盡梵行已立所作已辦是盡智不受後有是無生智問不時解脫阿羅漢初起盡智惟一刹那無間必起無生智尚無二刹那盡智無間起無生智義況有三刹那盡智後方起無生智者如何今說我生已盡梵行已立所作已辦是盡智不受後有是無生智耶答於一刹那盡智自性義說爲三非三刹那故不違理脇尊者曰此中四句不說盡智無生智亦不說無學正見但總讚說諸阿羅漢一切生盡梵行已立

所作已辦不受後有如是四種無別自性有說此中我生已盡是盡智梵行已立是道智所作已辦是滅智不受後有是無生智有說此中我生已盡是集智梵行已立是道智所作已辦是滅智不受後有是苦智有說此我生已盡是遍知集梵行已立是遍知道所作已辦是遍知滅不受後有是遍知苦有說此中我生已盡是觀集梵行已立是觀道所作已辦是觀滅不受後有是觀苦有說此中我生已盡是證集梵行已立是證道所作已辦是證滅不受後有是證苦有說此中我生已盡是斷集梵行已立是修道所作已辦是證滅不受後有是知苦有說此中我生已盡是捨因梵行已立是得道所作已辦是證果不受後有是知事有說此中我生已盡是集無願梵行已立是道無願所作已辦是無相不受後有是苦無願及空問何故名盡智爲緣盡故名爲盡智爲煩惱盡身中起故名盡智耶設爾何失若緣盡故名盡智者盡智惟應緣滅聖諦不應說此緣四聖諦若煩惱盡身中起故名盡智者則無生智無學正見亦應名盡智彼亦煩惱盡身中起故答應作是說惟煩惱盡身中起故名爲盡智問若爾無生智及無學正見亦應名盡智答若煩惱盡身中初起及遍有者乃名盡智無學正見雖皆遍有而非初起無生智非遍有時解脫者不成就故亦非初起必盡智後方現前故有作是說此緣盡故名爲盡智問此緣四諦豈獨緣盡答以盡勝故獨標智名謂四諦中滅諦最勝涅槃性故是善常故依之建立能緣智

名故名盡智問有無漏慧離十六種聖行相不設爾何失若有者識身論中何故不説若無者品類足論當云何通如説云何盡智謂我已知苦已斷集已證滅已修道彼十六中何行相攝復説云何無生智謂我已知苦不復知乃至我已修道不復修彼十六中何行相攝集異門論復云何通如説我已盡欲漏有漏無明漏是盡智彼不復當起是無生智彼十六中何行相攝此論見蘊復云何通如説受樂受時如實知受樂受此十六中何行相攝契經所説復云何通如説我生已盡乃至不受後有彼十六中何行相攝答應作是説離十六行相無別無漏慧問若爾善通識身足論品類足論當云何通答我已知苦不復知者是苦四行相已斷集不復斷者是集四行相我已證滅不復證者是滅四行相我已修道不復修者是道四行相問集異門論復云何通答知三漏盡及不復起是六行相謂苦非常及緣集四問此論見蘊復云何通答彼意不説知受樂受但説知道即道等四行相問契經所説當云何通答由五種緣故作是説一加行故二對治故三作事故四相續故五補特伽羅故加行故者謂瑜伽師先加行時作如是念我當盡一切生乃至我當不受後有對治故者謂瑜伽師修如是對治令一切生盡乃至令不受後有作事故者謂瑜伽師作如是事謂盡一切生乃至不受後有相續故者謂瑜伽師得如是相續令一切生盡乃至不受後有補特伽羅故者謂如是補特伽羅易見易施設謂一切生盡乃至不

受後有由此五緣經作是說我生已盡乃至不受後有非無漏觀中有如是行相要二智後起此分別有作是說亦有無漏慧離十六行相問若爾善通品類足等識身論中何故不說答若諸行相現在有用能作勝事彼論說之若不爾者彼論不說復次若諸行相能入聖道得果離染盡諸漏者彼論說之若不爾者彼論不說復次若諸行相加行無間解脫勝進四道皆有彼論說之餘無漏慧行相惟在遠加行道及遠勝進道可得故彼論不說評曰應作是說無無漏慧離十六聖行相

云何學明乃至廣說問何故作此論答爲欲分別契經義故如契經說佛告居士如汝先以學知學見學明觀四聖諦今此耶舍童子亦以無學智無學見無學明觀四聖諦故此童子決定不復樂住居家畜諸資產受五欲樂契經雖作是說而不分別其義經是此論所依根本彼未說者今應說之復次世間妄執種種呪論以爲眞明謂支明事明獸明禽明瞿臘毗明剎尼迦明健馱梨明星明烏明孔雀明象鈎明呪龍蛇明火明水明迷亂明等及諸外論世間於此起眞明想爲遮彼意欲顯別有勝義眞明故作斯論云何學明答學慧謂學位無漏慧云何學智答學八智謂學位四法智四類智云何無學明答無學慧謂無學位諸無漏慧云何無學智答無學八智謂無學位四法智四類智問何故名明答通達解了故名爲明問若爾諸善有漏慧亦通達解了應亦名明答若能通達解了亦於四聖諦決擇現觀者乃名爲明諸善有漏慧

雖能通達解了而於四聖諦不能決擇現觀故不名明如順決擇分所攝慧雖極猛利而於四聖諦未能決擇現觀未能畢竟眞實決擇現觀諦故復次若能通達解了不爲無知猶豫邪見之所雜亂斷見疑已不復令起不增諸有生老病死非身見事非墮苦集不增無明永離煩惱魑魅魍魎者乃名爲明諸善有漏慧雖能通達解了而無餘德故不名明復次諸善有漏慧俱涉二品故不名明謂與明無明俱作三緣故如人與巳怨親交涉非定名親復次諸善有漏慧與謗明者俱是苦集世間品攝故不名明問若善有漏慧不名明者契經所說當云何通如說有三明一宿住隨念智證明二死生智證明三漏盡智證明後一可爾前二云何答前二亦有少分明相故假名明謂違煩惱故不雜煩惱故順勝義明故引無漏明故是故尊者妙音說曰於三明中惟漏盡智是勝義明餘二能引勝義明故假立明名復次宿住隨念智證明通達解了前際法故死生智證明通達解了後際法故漏盡智證明通達解了涅槃性故皆說爲明復次初明知前際流轉法故第二明知後際流轉法故第三明知還滅法故皆說爲明復次初明除前際無知故第二明除後際無知故第三明除涅槃無知故皆說爲明復次初明除蘊愚故第二明除有情愚故第三明除法愚故皆說爲明復次初明知諸有情前際由如是業死彼生此因果相續第二明知諸有情後際由如是業死此生彼因果相續第三明知諸有情由如是道能盡諸漏隔

斷因果惟此一種是勝義明前之二種是世俗明復次如是三明皆能隨順猒捨生死皆能引發殊勝功德皆能趣向畢竟涅槃故名爲明而實明者惟無漏慧問何故六通中三立爲明三不立爲明耶答神境智證通如工巧處轉天耳智證通惟能取聲他心智證通惟取自相無勝用故不立爲明後之三通皆有勝用故立爲明勝用者謂皆能隨順猒捨生死皆能引發殊勝功德皆能趣向畢竟涅槃問云何後三通皆有此勝用答第四宿住隨念智證通見前際事深生猒離第五死生智證通見後際事深生猒離第六漏盡智證通旣猒離已欣樂涅槃由此皆能隨順猒捨生死乃至皆能趣向畢竟涅槃復次第四通見前際自衰損事深生猒離第五通見後際他衰損事深生猒離第六通旣猒離已欣樂涅槃由此皆有前三勝用復次第四通見前際種種相續諸蘊界處深生猒離第五通見後際種種散壞諸蘊界處深生猒離第六通旣猒離已欣樂涅槃由此皆有前三勝用復次第四通能除常見第五通能除斷見第六通旣離二邊安住中道由此皆有前三勝用復次第四通能引空解脱門第五通能引無願解脱門第六通能引無相解脱門由此皆有前三勝用由如是等種種因緣後之三通皆有勝用故六通内偏立爲明集異門論作如是說有三種無學明一無學宿住隨念智證明謂知諸有情行有相續無學智二無學死生智證明謂知諸有情自業勝劣無學智三無學漏盡智證明謂知漏盡無學智問漏

盡智證明是無學法故可説爲無學智前二明是非學非無學法如何可説爲無學智耶答彼論應作是説有三種無學者明又應説爲無學者智而不作是説者應知無學身中起故前二亦名無學略去中間如牛車等如施設論説有二種三摩地一聖二非聖聖復有三一善有漏二無漏三無覆無記此中善有漏定以善故名聖非以無漏故名聖若無漏定以善故及無漏故名聖無覆無記定雖非善故無漏故名聖而以聖者身中起故亦名爲聖此亦如是無學者身中起故亦名無學及無學智問前二種明學者亦有何故惟立在無學位答在無學位明義勝故謂若説法勝則無學法勝非學若説補特伽羅勝則無學補特伽羅勝非學復次無學者明勝不雜無明故學者明劣雜無明故不立爲明有四種殊勝功德一通二明三力四示導如來身中漏盡智具四種義謂漏盡智證通漏盡智證明漏盡智力教誡示導獨覺無學聲聞漏盡智有三種義謂除力義餘三如前如來身中宿住隨念智及死生智有三種義謂除示導有通明力獨覺無學聲聞即前二智有二種義謂是通明非力示導學者及異生身中即前二智惟有通義無餘三種有作是説時解脱阿羅漢身中漏盡智惟有二義謂通示導非力非明餘二智惟有一義謂通非餘神境智他心智一切身中皆惟有二義謂通示導天耳智一切身中惟有一義謂通非餘問何故如來身中有智立爲力聲聞獨覺身中諸智皆不立爲力耶答不可屈伏無障礙

義是力義聲聞獨覺身中諸智猶爲無知屈伏及有障礙故不名力曾聞佛與尊者舍利子一處經行有一有情來詣彼所佛告舍利子汝可觀此有情過去曾於何處爲汝親友時舍利子以初靜慮乃至以第四靜慮宿住隨住隨念智觀之皆不能見便從定起而白佛言我之定力觀不能見佛告舍利子如是有情曾於過去爾所劫前爲汝親友彼時既遠非諸聲聞獨覺境界故汝不知佛又一時與舍利子一處經行時有一人遇緣而死佛告舍利子汝應觀彼當生何處時舍利子以初靜慮乃至以第四靜慮天眼觀之皆不能見便從定起而白佛言我之天眼觀不能見佛告舍利子此人命終生某世界彼處既遠非諸聲聞獨覺境界故汝不知問三乘漏盡既無差別何故漏盡智二乘非力耶答佛漏盡智勝妙猛利非諸聲聞獨覺所及雖俱盡漏而有遲速如有二人各伐一樹一人勇健加用利斧一人力劣又用鈍斧雖俱伐樹而有遲速故佛漏盡智立力非二乘又二乘智雖能盡漏有餘習故不名爲力又漏盡智立爲力者不依能盡自身漏故但依能令他身漏盡謂佛善達如是有情應依苦遲通行當得漏盡乃至如是有情應依樂速通行當得漏盡由此方便爲說正法皆令漏盡故立力名二乘不爾故不名力

阿毗達磨大毗婆沙論卷第一百二　說一切有部發

智

音釋

鞕魚孟切堅也 擯必刃切斥逐也 脇虛業切

阿毗達磨大毗婆沙論卷第一百三

五百大阿羅漢等造

唐三藏法師玄奘奉　詔譯

智蘊第三中他心智納息第三之五

問六通中幾是明非示導幾是示導非明幾是明亦是示導幾非明亦非示導耶答二通是明非示導謂宿住隨念智證通及死生智證通二通是示導非明謂神境智證通及他心智證通一通是明亦是示導謂漏盡智證通一通非明亦非示導謂天耳智證通問何故六通三是示導三非示導耶答現希有事令他信伏引入正法故名示導三有此義餘三不然謂若自說我能遠聞我能遠見我能遠憶諸宿住事他皆生疑爲虛爲實不即信伏故非示導曾聞有一居士信外道法屈請離繫親子及彼徒衆來赴其家供以飲食離繫親子適入其家即便微笑居士怪問師離掉舉何爲笑耶彼遂答言吾有妙德汝在家者豈盡知耶於是居士殷勤問之彼便告曰捺末陀河側有二獼猴共鬪不已俱墮彼河爲水漂溺吾爲是事愍而笑之居士讚言甚爲希有大師天眼清淨乃爾食時既至居士念言我當因食驗彼虛實便以飯覆臛先授與師以臛沃飯與彼弟子時彼弟子受已即食師獨不食居士問言大師何緣而獨不食彼言無臛如何食之居士調言奇哉天眼乃能遠見不能近覩外道師徒時深愧恥故天眼等三非示導自說遠聞及能遠憶亦不令他即信伏故既不信伏如何可引令入正法是故此三皆非示導若爲示現神境智通變

一爲多變多爲一乃至梵世神力自在令多有情深心信伏引入正法故名示導若爲示現他心智通記說彼心思念差別如所記說皆實非虛令多有情深心信伏引入正法故名示導若爲示現漏盡智通隨其所宜教誡教授速令見諦遠塵離垢於諸法中生淨法眼展轉乃至諸漏永盡令多有情深心信伏引入正法故名示導問應爲何等補特伽羅現神變事答若於佛法決定信者及不信者不應爲現若不定者應爲現之引入正法除此更無餘方便故云何知然如契經說一時佛在那荼建他城側周帀菴羅林中有居士子名雞筏多來詣佛所頂禮雙足却住一面而白佛言今此城中安隱豐樂多諸人衆深心信敬佛法僧寶惟願世尊留一弟子恒在此處對諸沙門婆羅門等時現神變示過人法令此城中信佛法者倍增堅信令暫往來諸不信者信受佛法時佛告彼居士子言我曾不令諸弟子衆對諸沙門婆羅門等現諸神變示過人法然我常令諸弟子衆覆藏自善發露已惡時居士子復白佛言若佛弟子對諸沙門婆羅門等現神變事示過人法有何過患而佛不許若佛弟子覆藏自善發露已惡有何功德而佛許之爾時世尊告居士子我今問汝隨汝意答若我弟子對諸沙門婆羅門等現神變事變一爲多變多爲一乃至梵世神力自在信佛法者見此事已向不信者說如是言奇哉世尊諸聖弟子能現如是甚希有事時不信者語信者言此何希有世有明呪名健馱梨善受持者亦能示現如

是幻惑誰有智者現斯鄙事佛告居士子於汝意云何有不信者作如是言讖信者不居士子曰實有斯事世尊復告居士子言若我弟子記說他心思念差别如所記說皆實非虚信佛法者知此事已向不信者說如是言奇哉世尊諸聖弟子乃有如是甚希有事時不信者語信者言此何希有世有明呪名刹尼迦善受持者亦能造作如是幻惑誰有智者作斯鄙事佛告居士子於汝意云何有不信者作如是言讖信者不居士子曰實有斯事爾時世尊告居士子若我弟子對諸沙門婆羅門等現神變事示過人法有是過患故我不許若我弟子覆藏自善發露已惡順賢聖法世所稱譽有斯功德故我許之由此故知決定信者及不信者不應爲現諸神變事若不定者應爲現之方便引令入佛正法此契經中佛爲居士子說三種示導一神變示導二記心示導三教誡示導問何故名示導答示謂示現導謂導引現希有事引入正法故名示導如守門者立示導名謂守門者示現內事導引外人示現外事導引內人示現內事導引外人者謂彼侯王若不澡浴寢食觀寶即便引見示現外事導引內人者謂彼伺外貢獻珍奇殊方信物引內人受如是示現佛正法中微妙功德方便導引所化有情令其趣入故名示導此契經中復說菩薩初中後夜各起通明起通明已明星出時證得無上正等菩提問何緣菩薩初中後夜各起通明答過殑伽沙後身菩薩將證大覺法應爾故復次初中後夜各起通明欲令自身成

法器故復次欲現神變了達事故通能現神變明能了達事故起通明復次欲現安足遠作事故通現安足明遠作事故起通明復次如無間道解脫道故通如無間道明如解脫道故起通明復次如見道修道故通如見道明如修道故起通明復次欲顯善有漏無覆無記有漏無漏及無漏法現前有用故起通明善有漏法者謂神境智證通及宿住隨念智證通明無覆無記法者謂天眼智證及天耳智證二通有漏無漏法者謂他心智證通無漏法者謂漏盡智證通明復次爲欲次第降伏魔怨初中後夜各起通明曾聞菩薩知修苦行非眞道已遂受難陀難陀跋羅姊妹所奉具十六德香蜜乳糜食已身心安隱有力從吉祥人邊受吉祥草詣菩提樹下手自敷設如婆蘇吉龍王槃身結跏趺坐坐已便發堅固誓言我若於此不盡諸漏證得無上正等菩提誓當不起爾時大地大海諸山六種震動如海輕船逐浪高下乃至他化自在天宮皆悉震動猶如猛風吹芭蕉葉魔王驚懾觀動所因遂見菩薩坐菩提樹端身不動誓取菩提速出自宮往菩薩所謂菩薩曰刹帝利子可起此座今濁惡時衆生剛强定不能證無上菩提且應現受轉輪王位我以七寶當相奉獻菩薩告曰汝今所言如誘僮子日月辰星可令墜落山林大地可昇虛空欲令我今不取大覺起此座者定無是處爾時魔王告菩薩曰汝若不用我輭美語須臾令汝見大怖事作是語已兩華還宮遍告六天汝等速辦弓弩刀劍闘輪羂索矛矟戟等諸

闘戰具我有大怨在菩提樹當與汝等速往伐之菩薩爾時作如是念與凡人闘尚不可輕況他化天大自在主念巳速修離欲染道離欲界染起初靜慮神境智通化作種種對敵勝具魔軍若作鳥形來者我應化作猫貍形敵魔軍若作猫貍形者我應化作狗狼形敵魔軍若作狗狼形者我應化作豺豹形敵魔軍若作豺豹形者我應化作虎形敵之魔軍若作虎形來者我應化作師子敵之魔軍若作師子形者我應化作龍麟敵之魔軍若作龍麟來者我應化作猛火敵之魔軍若作猛火來者我應化作暴雨敵之魔軍若作暴雨來者我應化作大蓋敵之如是敵類有無量種復化堅固吠瑠璃臺身雖處中而能遠見座前地下化作能發雷吼大種作是化巳

復自念言勿我前生障他修善遂起宿住隨念智明自見前生曾不障礙諸修善者乃以種種諸修善具而資助之又自思惟勿我善業劣彼魔善思巳便見魔王前生惟曾設一無遮施會於彼會中有一獨覺由斯善業今得生天自見前生設無遮會百千萬億其數難知於諸會中佛獨覺等百千萬億數亦難知復自思惟我布施福尚不與彼而共格量況戒定等無量善業彼皆絕分作是念已端身正意儼然而坐於後魔王將三十六俱胝魔軍各現種種可畏形相執持戰具色類無邊遍三十六踰繕那量俱時奔趣菩提樹下爾時菩薩告魔王言汝昔但設一大施會神用尚然我於往昔設無遮會百千萬億其數難知況餘功德汝皆絕分何緣來此欲相惱

耶時惡魔王謂菩薩曰我之功德以汝爲證汝之功德誰復證耶菩薩遂伸相好嚴手擊坐前地時彼地下雷吼大種震大音聲魔軍既聞驚駭退散知已非敵各自還宫菩薩所成業生眼耳但極聞見一踰繕那魔軍既遠欲聞其聲有何評論遂起天耳既聞聲已欲知觀彼色爲何所作復起天眼既見色已欲知其心當何思念起他心通知帝釋天衆心生慶喜魔王眷屬心生嫉惱菩薩於是復審思惟魔黨何緣起斯惡事知起惡事皆緣五欲耽著五欲皆由煩惱既猒煩惱遂盡諸漏證得無上正等菩提故欲次第降伏魔怨初中後夜各起通明

諦現觀時於何最初而得證淨佛耶法耶僧耶問何故作此論答爲止他宗顯正理故謂或有說於四聖諦一時現觀如分別論者問彼何故作是説答彼依契經如世尊説若於苦諦無有疑惑於集滅道諦亦無有疑惑既於四諦頓無疑惑故知現觀定頓非漸爲遮彼意顯現觀時於四聖諦定漸非頓若不爾者便違契經如契經説給孤獨長者來詣佛所頂禮佛足白佛言世尊諸瑜伽師於四聖諦爲頓現觀爲漸現觀佛告居士諸瑜伽師於四聖諦定漸現觀如漸登上四梯桄法問若於四諦漸現觀者云何釋通分别論者所引契經答彼所引經應作是説若於道諦無有疑惑於苦集滅諦亦無有疑惑而不作是説者應知有别意趣謂彼經説已得果者若於苦諦無有疑惑於餘三諦亦無疑惑迷四諦疑皆已斷故尊者世友作如是説彼經意

說疑不現行謂瑜伽師若於苦諦已入現觀無有疑惑於餘三諦所有疑惑得雖未斷而永不行於彼已得非擇滅故大德說曰若初得入正性離生於諸諦寶皆名現信問彼大德亦說於四聖諦得現觀時漸而非頓今何故作是說答彼說若住苦法忍時若於四諦不皆得信必無住義如持泥器至重閣上投之於地未至地頃器雖未破必當破故亦得破名此亦如是是故爲止他宗所說及顯正理故作斯論此中佛者謂佛身中諸無學法緣彼無漏信名佛證淨此中法者謂獨覺身中三無漏根等學無學法菩薩身中二無漏根等諸學法及苦集滅三諦緣彼無漏信名法證淨此中僧者謂聲聞身中學無學法緣彼無漏信名僧證淨諸無漏戒名戒證淨自性淨故依證起故亦名證淨答苦集滅現觀時於法最初得證淨道現觀時於佛法僧最初得證淨此中苦現觀時於法最初得證淨者謂即於苦法得無漏信脇尊者言爾時於苦信有過患亦於苦滅信有勝利謂此苦滅極爲淨妙如是下賤鄙穢苦滅甚爲快哉集現觀時於法最初得證淨者謂即於集法得無漏信脇尊者言爾時於集信有過患亦於集滅信有勝利謂此集滅極爲淨妙如是下賤鄙穢集滅甚爲快哉滅現觀時於法最初得證淨者謂即於滅法得無漏信信滅勝利極爲淨妙謂有漏法畢竟寂滅甚爲快哉問於三聖諦得現觀時一一皆得二種證淨謂信與戒何故此中惟說得信答應說得二而不說者應知此中是有餘說復次此中非但

問誰得幾證淨而問誰得幾緣何寶證淨戒無所緣雖得不説有作是説説於法最初得證淨者不説惟得緣法證淨但説於法而得證淨信戒俱因法寶得故皆得名法證淨道現觀時於佛法僧最初得證淨者外國諸師作如是説道現觀時三刹那頃即現在信及隨轉戒應知具有四證淨義謂即此信緣佛身中無學法故名佛證淨此信復緣獨覺身中學無學法菩薩身中諸學法故名法證淨此信復緣聲聞身中無漏法故名僧證淨此隨轉戒名戒證淨評曰彼不應作是説時現在信總緣三乘無漏法故惟是雜緣法證淨攝然即此信現在前時亦修未來多刹那信於此無量刹那信中若有惟緣佛無學法名佛證淨若有惟緣獨覺菩薩無漏法者是不雜緣法證淨攝若有惟緣聲聞身中學無學法名僧證淨若有雜緣佛及獨覺菩薩身中無漏法者若有雜緣獨覺菩薩聲聞身中無漏法者若有雜緣佛及獨覺菩薩聲聞無漏法者皆是雜緣法證淨攝現在未來信隨轉戒是戒證淨如見道位道現觀時三刹那頃道類智時應知亦爾有差别者三刹那時惟修緣道諸信及戒道類智時修緣四諦諸信及戒問滅道二諦是清淨事是可信處現觀此時可得證淨苦集二諦是雜染事非可信處是諸煩惱顛倒惡行所依止故現觀彼時如何亦得證淨答由二緣故而得證淨一由可信二由可求於滅道諦具由二緣而得證淨於苦集諦但由一緣而得證淨謂是可信而非可求如

人掘鑿有寶等處彼於是處有信有求若人掘鑿無寶等處彼於是處有信無求是處雖無寶水等物然有所爲而掘鑿之此亦如是故無有失尊者妙音作如是說諸瑜伽師先見苦集有過患故後於滅道見有勝利謂此滅道極爲淨妙永息能除如是穢惡苦集諦故由此行者於苦集諦雖無所求亦得證淨脇尊者曰諸瑜伽師爲苦集諦之所逼惱故於滅道見有勝利譬如有人風雨所逼便見室蓋是可歸依故於苦集雖無所求亦得證淨諸瑜伽師皆於滅諦由二緣故而得證淨一由可信二由可求非於道諦皆由二緣而得證淨謂隨信行者於隨信行隨法行道俱由二緣而得證淨隨法行者於隨法行道具由二緣而得證淨於隨信行道但由一緣而得證淨謂是可信非所求故信勝解者於信勝解及見至道俱由二緣而得證淨若見至者於見至道具由二緣而得證淨於信勝解道但由一緣而得證淨謂是可信非所求故時解脱者於時解脱及不時解脱道俱由二緣而得證淨不時解脱者於不時解脱道具由二緣而得證淨於時解脱道但由一緣而得證淨謂是可信非所求故聲聞乘者於三乘道皆由二緣而得證淨獨覺乘者於自上乘道俱由二緣而得證淨於聲聞乘道但由一緣而得證淨謂是可信非所求故諸佛乘者於佛乘道具由二緣而得證淨於二乘道但由一緣而得證淨謂是可信非所求故問若緣舍利子身中無學法起無漏信爲是法證淨爲是僧證淨耶設爾何失若是法證淨

者彼緣聲聞無學法起如何名法證淨若是僧證淨者云何獨一補特伽羅而得名衆答應作是說是僧證淨問彼既獨一如何名僧答彼舍利子聲聞乘中最尊勝故雖是獨一補特伽羅而僧證淨依法建立非數取趣緣聲聞乘無學法起無漏信故非無漏信緣假有情若依未至定未曾得佛證淨現在前時現在修二證淨未來修四證淨曾得佛證淨現在前時現在修二證淨未來無乃至依第四靜慮應知亦爾若依無色定未曾得佛證淨現在前時現在修一證淨未來修四證淨曾得佛證淨現在前時現在修一證淨未來無如佛證淨應知餘三證淨亦爾有差別者無色定中無戒證淨問云何建立四證淨耶爲以自體爲以所緣若以自體唯應有二謂信及戒若以所緣惟應有三謂佛法僧證淨戒無所緣故答應作是說亦以自體亦以所緣而建立四證淨謂以自體建立戒證淨戒無所緣故以所緣建立餘三證淨信緣三寶故如以自體以所緣建立以自體以三寶以自體以隨念建立應知亦爾是名證淨自住我物自體相分本性已說自性所以今當說問何故名證淨證淨是何義答淨謂信戒離垢穢故於四聖諦别别觀察别别籌量别别覺證而得此淨故名證淨脇尊者曰此應名不壞淨言不壞者不爲不信及諸惡戒所破壞故淨謂清淨信是心之清淨相故戒是大種清淨相故尊者世友作如是說此應名不斷淨謂得此已無有沙門婆羅門等力能引奪令斷壞故如契經說是名見爲根信證智

相應世間沙門婆羅門等不能引奪令其斷壞大德說曰若於佛法不能觀察籌量覺證所得信戒易可動轉如水上船若於佛法能審觀察籌量覺證所得信戒不可動轉猶如帝幢故此正應名不動淨尊者妙音作如是說如是四種應名見淨見四聖諦得此淨故或應名慧淨聖慧俱轉故問何故世尊先說佛證淨及至後說戒證淨耶答若作是說隨順文詞次第法故復次隨順說者受者持者次第法故復次佛是能說故應先信法是所說故應次信僧是所爲故應次信戒是僧所住故最後說復次佛如良醫故應先信法如無病故應次信僧如看病者故應次信戒如妙藥故最後說復次佛如商主能示道路故應先信法如寶渚是正所趣故應次信僧如

商侶能爲助伴故應次信戒如資糧能正住持故最後說復次佛如船師故應先信法如彼岸故應次信僧如同載故應次信戒如船筏故最後說由此等緣此四證淨如是次第如契經說聖所愛戒不破不穿不雜不穢聖所受用非凡所取智者所讚能善究竟能善引發問何故名爲聖所愛戒答是諸功德所依處故謂諸聖者愛樂功德故愛此戒如人愛寶亦愛寶器如是聖者愛樂清淨菩提分法功德寶故亦愛如是所依戒器復次聖者憎惡諸破戒惡戒能對治破戒惡故聖者愛之復次聖者憎惡諸嶮惡趣戒能超越嶮惡趣故聖者愛之復次聖者憎惡生死流轉戒能超越生死流轉故聖者愛之復次聖者愛涅槃戒能趣涅槃故聖者愛之如契經說戒

能展轉趣向涅槃聖者愛樂問不破不穿不雜不穢如是四句有何差别有說無别如是四種聲雖有異義無别故如集異門論說於此諸戒恒作恒轉勸作勸轉亦名不破亦名不穿亦名不雜亦名不穢故知此四聲異義同有說此四亦有差别謂名即差别此名不破此名不穿此名不雜此名不穢復次於初犯聚不違越故名不破於第二犯聚不違越故名不穿於第三第四犯聚不違越故名不雜於第五犯聚不違越故名不穢復次不違越故名不破不依貪故名不穿不依瞋故名不雜不依癡故名不穢復次不違越故名不破依無貪故名不穿依無瞋故名不雜依無癡故名不穢復次不違越故名不破依奢摩他故名不穿依毗鉢舍那故名不雜能斷煩惱故名不穢復次不違越故名不破不爲惡尋所損壞故名不穿自體堅住故名不雜極清淨故名不穢復次自性堅强故名不破遠離非所行故名不穿非犯戒惡所間雜故名不雜不捨善意樂故名不穢此中復說聖所受用者是諸功德所依止故非凡所取者非諸異生執此淨戒爲真道故智者所讚者佛及弟子所稱譽故能善究竟者俱時圓滿故能善引發者能招愛果故如契經說有大龍象以信爲手以捨爲牙以慧爲頭以念爲頸於其兩肩擔集善法問何故世尊說信爲手答取善法故如象有手能取有情無情數物如是聖者有信手故能取種種微妙善法是故世尊說信爲手如契經說苾芻當知天中時時有四聲起云何爲四謂若此間有聖弟

子成就多住佛證淨者爾時成就佛證淨天歡喜踊躍高聲唱言我先成就佛證淨故而來生此今聖弟子成就多住佛證淨故亦當生我衆同分中與我爲伴甚爲快哉成就多住餘三證淨廣說亦爾問此聖弟子及彼諸天皆具成就四種證淨何故說有成就多住佛證淨者乃至說有成就多住戒證淨者答依修加行入法時說謂或有行者求佛證淨勤修加行而入聖道乃至或有行者求戒證淨勤修加行而入聖道故作是說復次依多愛樂作意而說謂或有行者多分愛樂緣佛作意乃至或有行者多分愛樂緣戒作意故作是說如契經說佛告苾芻若有信樂汝所說者汝當哀愍方便爲說四種證淨勸令安住以自調伏所以者何諸四大種可令變異成就如是四證淨者終無變異問世尊何故說此契經答示說法師說法儀故謂有說者不知受者是器非器輕爾爲說令彼受者或生輕慢或生怯怖空無所得故世尊說若有信樂汝所說者汝當哀愍方便爲說勿得輕爾復次示報恩者真報恩故如餘經說苾芻當知若有孝子一肩擔父一肩擔母經於百年處處遊歷猶非真實報父母恩若有孝子能勸父母於佛法僧因果等法未信者信信者增長無淨戒者勸受持戒有慳貪者勸行惠施無勝慧者勸修勝慧令善安住以自調伏乃名真實報父母恩故此經中教爲說法問諸佛法中有無量種功德法寶皆應爲他方便宣說何故於此獨令爲說四證淨耶答應知此中證淨爲首總令爲說諸功德寶脇

尊者曰此中世尊以證淨聲説諸聖道謂諸聖道或是相應或是俱有若説信應知總説相應聖道若説戒應知總説俱有聖道復次此中略顯初入法門謂佛法中諸功德寶或是色法或非色法若説戒應知總説是色法寶若説信應知總説非色法寶如色非色如是相應不相應有所依無所依有所緣無所緣有行相無行相有警覺無警覺是根非根等應知亦爾復次此四證淨有不壞相及清淨相故偏説之復次依四證淨所引等流設施殊勝四沙門果故偏説之復次此四證淨能止惡趣及貧窮怖故偏説之以戒能止惡趣怖信能止貧窮怖故雖無漏信戒不招異熟果而無漏信戒必與有漏信戒互相引發故能遮止二種怖畏復次爲欲方便導引可

化外道有情入佛法故謂諸苾芻或有親屬先爲外道以親愛故來相慰問時諸苾芻不護彼意讃歎佛法毀呰外道令彼瞋恨轉遠佛法故世尊説汝等苾芻無力無畏大悲等德不知有情根欲性行不應輕爾爲他説法若有信樂汝所説者汝當哀愍方便爲説四種證淨勸令安住以自調伏所以者何諸四大種可令變異成就如是四證淨者終無變異問一切法性皆無變異何故惟説四大種耶答欲以四法顯四法故復次諸瑜伽師先觀大種無變異相後觀諸法性不變異心便歡悦故偏説之復次以四大種能持一切情非情法故偏説之復次以四大種能持一切生死流轉故偏説之復次以四大種能持五蘊令不斷絶故偏説之復次諸外道説大種

有五其性常住爲對彼故佛說惟四而是無常假使大種汝執爲常可令變異得證淨者終無變異如契經說未生怨王能成就無根信問諸有爲法無不有根何故說彼信無根耶答此信無有見道根故如契經說是名見爲根信證智相應謂未生怨所成就信不依見道故名無根然彼信心堅固難壞如依見道復次未生怨王所成就信不可改易如無漏信而無有根諸無漏信依無漏根以無漏智無漏善根爲根本故復次此信無有同類因故說名無根謂無始來未得如是堅强信故譬如有樹依他莖生自既無根名無根樹復次未生怨王所成就信自性堅固不由親近佛及弟子乃能發生故名無根由此信力若乘象馬若在高樓遥見世尊即便投下頂禮雙足由堅信力或佛威神無所傷損復次未生怨王所成就信未免惡趣故名無根彼後命終暫墮地獄受少苦已方生天故

阿毗達磨大毗婆沙論卷第一百三 說一切有部發智

音釋

臛 黒各切肉羹也　殑伽 梵語也此云天堂來殑其陵切　糜 靡爲切粥也　懾 之涉切懼也　羂索 羂古泫切索桑各切　矛矟 矛莫浮切矟所角切並兵器也　桄 古黄切梯中横木也　筏 房越切桴也

阿毗達磨大毗婆沙論卷第一百四

五百大阿羅漢等造

唐三藏法師玄奘奉　詔譯

智蘊第三中他心智納息第三之六

諸預流者於四顛倒幾已斷幾未斷耶答一切已斷問何故作此論答為止他宗顯正理故謂或說有十二顛倒八惟見所斷四通修所斷如分別論者問彼依何量作如是說答依契經故謂契經說於無常起常想顛倒心顛倒見顛倒於苦起樂於無我起我於不淨起淨想顛倒心顛倒見顛倒由此故知一切顛倒有十二種於中八種惟見所斷謂常我中各取三種樂淨中各惟取見顛倒四種通修所斷謂樂淨中各取想心二顛倒此中見所斷者苦類智忍現在前時方畢竟斷修所斷者金剛喻定現在前時方畢竟斷為止彼意顯諸顛倒惟有四種惟見所斷故作斯論謂此問言諸預流者於四顛倒幾已斷幾未斷即止顛倒有十二種此復答言一切已斷即止顛倒通修所斷無修所斷法預流已斷故又若顛倒有十二種通修所斷便違契經如契經說佛告苾芻若四顛倒所顛倒者當知彼是愚夫異生此經既說有四顛倒應知顛倒非十二種既說顛倒所顛倒者當知彼是愚夫異生應知顛倒非修所斷問若諸顛倒惟有四種分別論者所引契經當云何通答想心二種實非顛倒親近顛倒故顛倒相應故亦名顛倒問若爾受等諸心所法亦應名顛倒彼與心想義相似故答世間但於心想二種說顛倒名非受思等是故但說心想

顛倒佛隨世俗而說法故問此四顛倒自性是何答見爲自性問若爾五見中幾見爲自性答此以見苦所斷二見半爲自性謂有身見見取全及邊執見中常見二見半非顛倒自性謂邪見戒禁取全及邊執見中斷見有作是說此四顛倒於五見中三見各一分以爲自性謂有身見中我見是我顛倒自性非我所見邊執見中常見是常顛倒自性非斷見見取中見苦所斷執樂淨見是樂淨顛倒自性非餘見取問何故惟此是顛倒耶答以三事故建立顛倒一推度性故二妄增益故三一向倒故邪見斷見雖是推度性及一向倒而非妄增壞事轉故戒禁取雖是推度性及妄增益而非一向倒亦於少分實處轉故謂有色界道能淨欲界有無色界道能淨色界有上地道能淨下地與無漏道斷染證滅義相似故如是名爲顛倒自性我物自體相分本性巳說自性所以今當說問何故名顛倒顛倒是何義答於麤諦理顛倒而轉故名顛倒由此四顛倒惟見苦所斷問何故四顛倒惟見苦所斷答由此惟於苦處轉故見苦諦時此便永斷復次由此惟於果處轉故若見果時此便永斷復次此四顛倒有是有身見有依有身見有身見斷時餘亦隨斷對治同故由此四顛倒惟見苦所斷復次苦諦麤顯於中迷謬過失極重賢聖所訶故立顛倒三諦微隱於中迷謬過非極重不甚被訶不立顛倒如人晝日平地顛蹶世共訶笑非夜險處復次諸瑜伽師現觀苦巳心無顛倒故見苦時顛倒皆斷設見苦巳未見餘三便

出觀者若有問言此五取蘊爲常無常彼便定答皆是無常一刹那後必不住故復若問言此五取蘊爲樂爲苦彼便定答一切是苦如熱鐵丸復若問言此五取蘊爲淨不淨彼便定答皆是不淨如糞穢聚復若問言此五取蘊有我無我彼便定答皆無有我定無作者無遣作者亦無受者無遣受者惟空行聚故四顛倒惟見苦所斷苦類智時一切已斷故問若爾亦有隨信隨法行者已斷此四顛倒此中何故不說而但說言諸預流者一切已斷耶答應說而不說者當知此義有餘復次隨信隨法行者有差別相有已斷盡謂苦類智已生有未斷盡謂苦類智未生是故不說諸預流者無差別相皆已斷故此中說之復次欲令疑者得決定故偏說預流謂預流者猶畜妻子處妙卧具摩執女人著妙衣服塗飾香華驅役僮僕捶打縛録諸有情類同諸異生有見生疑未斷顛倒是故說彼已斷顛倒一來准此故不別說諸隨信行隨法行者有漏善心尚不現起況起染汙無覆無記於彼無疑是故不說問預流一來於五欲境起染愛時爲起樂淨想爲起苦不淨想耶設爾何失若起樂淨想者如何非顛倒若起苦不淨想者如何於境起染愛耶答應作是說起樂淨想問若爾何故非顛倒耶答先作是說由三事故建立顛倒預流一來於境所起樂及淨想雖是妄增益而非推度性非見性故亦非一向倒有少實事故復次於諦理所起樂淨想者是顛倒攝預流一來皆已斷盡於境事所起樂淨想者非顛倒攝預流一來

猶未斷盡容有現前有作是說預流一來於五欲境起染愛時於彼惟起苦不淨想問若爾何故起染愛耶答彼雖於境知苦不淨而無始來串習煩惱燒然身心熱痛所逼不覺於境而起染愛如有樂淨婆羅門子其指有時遇觸不淨詣鍛師所求火淨之鍛師語言幸有灰等洗以清水足可使淨何能忍苦求火鍛之婆羅門言灰水等洗不能令淨要當爲我以火淨之於是鍛師以熱鐵鉗而鉗其指時婆羅門熱苦所逼不覺振手內指口中彼雖審知指爲不淨苦逼不覺內置口中預流一來染愛亦爾復次彼雖於境知苦不淨而無始來串習煩惱燒然身心熱痛所逼爲止息故於境染愛如輭弱者身患癰瘡苦痛難忍醫語之言汝可當以濕狗糞塗苦痛可息其人聞已速取塗之彼雖審知狗糞不淨爲止苦故而取塗之預流一來染愛亦爾故彼雖起苦不淨想而於五欲起染愛事諸預流者於空無願無相三三摩地成就過去幾未來幾現在幾問何故作此論答爲止他宗顯正理故謂或有說過去未來無實自性或復有說無實成就不成就性爲遮彼意欲顯實有過去未來成就性等故作斯論答未來一切過去若已滅不失現在若現在前此中未來一切者具成就三過去若已滅不失者隨一二三已滅非練根故失則成就過去爾所現在若現在前者若隨一現在前則成就現在一且道類智初刹那時不成就過去無一刹那已生滅故已生滅者得果捨故成就未來三具得修故成就現在一謂道無願此

滅已不失若空現在前彼成就過去一謂無願未來三現在一謂空此滅已不失若無相現在前彼成就過去二謂空無願未來三現在一謂無相此滅已不失若三三摩地隨一現在前彼成就過去未來三現在一謂現在前者有三三摩地謂空無願無相然三摩地或應說一謂心所中大地法內名三摩地又五根中名定根五力中名定力七覺支中名定覺支八道支中名正定或應說二謂有漏無漏三摩地或繫縛解脫或繫不繫三摩地或應說三謂此所說或應說四謂三界繫及不繫或應說五謂三界繫及學無學廣說乃至若以相續刹那分別則有無量三摩地問若爾世尊何故增一滅無量等建立三種三摩地耶答由三緣故惟建立三一對治故二期心故三所緣故對治故者謂空三摩地是有身見近對治故問空三摩地有空非我二行相有身見有我我所二行相此中以何等行相對治何等行相耶答以非我行相對治我行相以空行相對治我所行相復次以非我行相對治五我見行相以空行相對治十五我所見行相如對治我見我所見行相如是對治已見已所見行相是我屬我行相是已屬已行相應知亦爾復次以非我行相對治我愛以空行相對治我所愛如對治我愛我所愛如是對治已愛已所愛我癡我所癡已癡已所癡等應知亦爾復以非我行相對治執蘊是我行相以空行相對治執蘊中有我行相如對治執蘊是我執蘊中有我行相如是對治執處是我執處中有我執界是我

執界中有我若總若別行相應知亦爾期心故者謂無願三摩地諸修行者期心不願三有法故問彼於聖道亦不願耶答雖於聖道非全不願而彼期心不願三有聖道依有故亦不願又彼期心不願五蘊聖道是蘊故亦不願又彼期心不願三世聖道墮世故亦不願又彼期心不願衆苦聖道與苦展轉相續故亦不願問若爾何故修聖道耶答爲趣涅槃故修聖道謂修行者作是思惟究竟涅槃由何趣證思已定知必由聖道故雖不願而要修之如越暴流要憑船筏所緣故者謂無相三摩地此定所緣離十相故謂離色聲香味觸及女男三有爲相復次蘊名爲相此定所緣離諸蘊相故名無相復次世名爲相前後名相上中下等名相此定所緣離世等相故名無相有作是說三三摩地皆由對治差別建立謂空三摩地近對治有身見無願三摩地近對治戒禁取無相三摩地近對治疑由此爲先對治一切復有說者三三摩地皆依行相差別建立謂空三摩地有空非我二行相無願三摩地有苦非常及集道各四行相無相三摩地有滅四行相故三摩地惟建立三施設論中初作是說空三摩地是空非無願無相無願三摩地是無願非空無相無相三摩地是無相非空無願所以者何由此三種行相別故即彼論中次作是說空三摩地是空亦無願非無相無願三摩地是無願亦空非無相無相三摩地惟是無相非空無願問何故空無願展轉相亦而無相獨立耶答依初得時有同異故謂若依空三摩地入

正性離生若現觀四心頃亦修無願若依無願三摩地入正性離生苦現觀四心頃亦修空故空無願展轉相亦初得無相修自非餘復次依初對治有同異故謂空無願初對治時俱能對治見苦所斷煩惱等故無相初對治時獨能對治見滅所斷煩惱等故即彼論中後作是說空三摩地是空亦無願無相無願三摩地是無願亦空無相無相三摩地是無相亦空無願問此三何故一一具三答一一自體有三義故謂此一一非常非恒非不變易非我我所故皆名空不願生長貪瞋癡等及後有故皆名無願離色聲香味觸女男七種相故皆名無相是名三三摩地自性我物自體相分本性已說自性所以今當說問何故名三摩地三摩地是何義耶答由三緣故名三摩地一平等故二攝持故三相似相續故平等故者謂無始來煩惱惡行邪見顛倒令心心所偏曲而轉由此定力令心心所於境正直平等而轉故名三摩地攝持故者謂無始來心心所法於境馳散由此定力方便攝持令住一境故名三摩地相似相續故者謂無始來心心所法善染無記異類相續由此定力前後一類惟善相續故名三摩地復次由三緣故名三摩地謂住一境故相續住故正審慮故復次由三緣故名三摩地謂能持身令平等故攝諸善法令不散故能令善心平等轉故復次由三緣故名三摩地謂於所緣恒不捨故任持種種勝善法故令奢摩他毗鉢舍那住一所緣平等轉故尊者世友作如是說何故名三摩地攝持多種善心

心所令於一境平等相續故名等持復作是說能持平等故名等持如能持嬰兒故名持嬰兒者能持水故名持水者能持秤故名持秤者此亦如是能持種種勝平等法故名等持大德說曰即此等持亦名等至此復多種謂善法等至不善法等至無記法等至九次第等至兩兩交會亦名等至於此義中惟說能持善心心所令其相續平等而轉故名等持不善無記等非此所說三三摩地界者若有漏是三界若無漏是不繫地者若有漏在十一地若無漏在九地所依者依三界相續行相者空三摩地有二行相無願三摩地有十行相無相三摩地有四行相問諸空三摩地皆作空行相轉耶荅應作四句有空三摩地非作空行相轉謂空三摩地作非我行相轉有作空行相轉非空三摩地謂空行相轉空三摩地相應諸法有空三摩地亦作空行相轉謂空行相轉空三摩地有非空三摩地亦非作空行相轉謂若惟說此種類者即非我行相轉空三摩地相應諸法若不惟說此種類者即除前相如轉作四句已轉當轉應知亦爾如空行相作三四句非我行相應知亦爾如是空三摩地有六四句無願三摩地有三十四句無相三摩地有十二四句如是三三摩地合有四十八四句所緣者空三摩地若有漏緣一切法若無漏惟緣苦諦無願三摩地緣三諦除滅諦無相三摩地惟緣滅諦念住者空無願三摩地各四念住俱無相三摩地惟法念住俱智者空三摩地四智俱謂法類若世俗智無願三摩地七智俱除滅

智無相三摩地四智俱謂法類滅世俗智三摩地者即三摩地根相應者三根相應謂樂喜捨三世者是三世緣三世者空三摩地若有漏緣三世及離世若無漏及無願三摩地緣三世無相三摩地緣離世善不善無記者皆是善緣善不善無記者空無願三摩地緣三種無相三摩地惟緣善三界繫不繫者若有漏是三界繫若無漏是不繫緣三界繫不繫者空三摩地若有漏緣三界繫及不繫若無漏惟緣三界繫無願三摩地緣三界繫及不繫無相三摩地惟緣不繫學無學非學非無學者皆通三種緣學無學非學非無學者空三摩地若有漏緣三種若無漏惟緣非學非無學無願三摩地緣三種無相三摩地惟緣非學非無學見修所斷不斷者若有漏皆修所斷若無漏皆不斷緣見修所斷不斷者空三摩地若有漏緣三種若無漏惟緣見修所斷無願三摩地緣三種無相三摩地惟緣不斷緣名緣義者空無願三摩地通緣名義無相三摩地惟緣義緣自相續他相續非相續者空三摩地若有漏緣三種若無漏及無願三摩地惟緣自他相續無相三摩地惟緣非相續加行得離染得者皆通二種曾得未曾得者皆通二種此三三摩地亦名三解脫門問三摩地與解脫門有何差別答三摩地通有漏無漏解脫門惟無漏問何故解脫門惟無漏耶答有漏有縛爲解脫門不應理故問依何義立解脫門耶爲依入正性離生爲依盡漏設爾何失若依入正性離生立解脫門者則應惟苦法智忍相應定名解脫門若

依盡漏立解脫門者則應惟金剛喻定名解脫門答應作是說俱依二義立解脫門然解脫門總攝一切無漏定謂一切聖道皆名正性離生得一切聖道時皆名爲入斷諸漏時皆名盡漏四道俱定皆有盡義如世第一法無間苦法智忍現在前時得空三摩地名入正性離生苦現觀無間集現觀現在前時得無願三摩地亦名入正性離生集現觀無間滅現觀現在前時得無相三摩地亦名入正性離生餘位無間起無漏定時應知亦爾見道位中別起無漏三三摩地別盡諸漏修道位中總起無漏三三摩地總盡諸漏無學位中總起無漏三三摩地總遮諸漏亦名盡漏是故三解脫門總攝諸無漏定門何故名解脫門答涅槃名解脫依此三三摩地能趣證解脫故名解脫門復次如排楯故名解脫門如鬭戰時先以排楯防捍怨敵後以利劍斷怨家頭令墮戰場隨意所趣如是行者與煩惱怨敵共鬭戰時先以三解脫門排楯防捍煩惱怨敵後以無漏慧劍斷煩惱成就性頭令墮不成就性地如本所願趣向涅槃如契經說定是正道不定是邪道定心得解脫非不定心是故無漏三三摩地是解脫門非有漏定施設論說空有多種謂內空外空內外空有爲空無爲空無邊際空本性空無所行空勝義空空空如是十種空如餘處分別問何緣諸處多分別空答以空行相是二十種薩迦耶見近對治故彼二十種薩迦耶見能爲一切煩惱根本流住生死不趣涅槃過患增上故多說彼近對治法如契經說若聖弟

子三等持鬘具足成就能斷一切惡不善法修習善法速得圓滿問何故等持說名爲鬘答性端嚴故可愛樂故如少壯者首冠華鬘形貌端嚴衆所愛樂如是聖者冠等持鬘功德端嚴天人敬愛又如人首若冠華鬘不爲猛風飄亂其髮如是聖者冠等持鬘諸勝功德掉不能亂又如人首冠以華鬘隨所經行多獲勝利如是聖者冠等持鬘於諸位中多獲功德諸位謂入正性離生得果離染永盡諸漏又如以縷結華作鬘能令衆華久不散壞如是勝定持諸功德雖經久時而不失壞是故說此名等持鬘又如以縷貫結衆華世間於中共生鬘想如是聖者以三等持攝諸功德諸天人衆於此共生等持鬘想又如以縷貫結衆華繫在一處世間於中起繫鬘想

如是以定攝諸善心繫在一境諸天人衆咸謂聖者繫等持鬘是故等持以鬘爲喻如契經說空三摩地是上座住處問何故佛說空三摩地是上座住處耶答上座多住此空定故謂三界中佛是第一功德上座多住空定獨覺是第二功德上座亦多住空定尊者舍利子是第三功德上座亦多住空定目乾連等諸大聲聞亦名上座彼亦多住空三摩地故說此空定是上座住處復次空三摩地是諸内道不共住處一切内道皆是上座一切外道皆是嬰兒謂内道法中年八歲者亦名上座成就功德上座法故外道法中年八十者亦名嬰兒成就過失嬰兒法故問外道豈有無願無相而但說空是不共法答外道法中雖無眞實無願無相而有相似謂麤行相

等相似無願靜行相等相似無相九十六種外道法中尚無相似空定況有眞實故惟說空定是內道不共法復次空三摩地能引上座功德法故名上座住處上座功德法者謂道及道果空三摩地能引彼力殊勝非餘是有身見近對治故復次空三摩地能令身心安住不動故名上座住處謂諸有情乃至未得空三摩地身心輕躁猶如風塵若得此定身心不動安靜如山是故尊者妙音說曰若知諸法是空非我身及覺慧皆不動搖身心安靜故名上座故說空是上座住處復次諸瑜伽師若住空定其心安住不爲世間適意不適意可愛非可愛饒益非饒益樂具苦具之所傾動是故說爲上座住處夫上座者心安住故云何知然如契經說尊者舍利子生母命終同住弟子還俗有苾芻苾芻常於尊者心有怨恨聞此事已速告尊者舍利子言汝母命過弟子還俗汝意云何舍利子言我母命過生死法爾弟子還俗凡愚何怪苾芻苾芻竊作是念言雖自慰心必焦惶時舍利子多住空故雖聞是事而心不動於日初分著衣持鉢入室羅筏城次第乞食飯食既訖還逝多林收衣鉢洗足已以尼師壇置左肩上出所住處往詣闇林坐一樹下入於天住作是思惟世間頗有可愛妙色變壞之時令我憂悲生苦惱不自審觀察都無是事於日後分還逝多林爾時阿難見舍利子便問尊者從何所來舍利子言從闇林來阿難復問尊者住彼入何等定答言我入有尋伺定復問住彼何所尋思時舍利子具以上答阿難

遂問舍利子言尊者常説若佛世尊不出世者我等便爲無目而死佛是世間可愛妙色若當變壞尊者豈能不生憂悲苦惱事不舍利子言若有是事亦何憂惱但作是念世尊滅度一何疾哉世間眼滅誰能將導阿難歎曰善哉善哉尊者善修空三摩地我我所執及我慢等已斷遍知如斷草根多羅樹頭令彼於後永不復生世尊妙色雖當變壞有爲法然何所憂惱由此故知住空定者其心安住不爲世間違順傾動是故説爲上座住處無願無相勢力不然故不説爲上座住處如契經説尊者舍利子於憍薩羅國住一林中時有活命出家外道亦住彼林隣近尊者去林不遠諸村邑中有時廣設四月節會時彼外道巡諸村邑飽食猪肉恣情飲酒竊持殘者還至林中見舍利子坐一樹下酒所昏故起輕懱心我今與彼雖俱出家我獨富樂而彼貧苦尋趣尊者作是頌言

我已飽酒肉　復竊持餘來　地上草木山　皆視如金聚

時舍利子聞已念言此死外道都無慚愧乃能無賴説此伽他我今亦應對彼説頌作是念已即説頌言

我常飽無相　恒住空定門　地上草木山　皆視如唾聚

今此頌中尊者舍利子作師子吼説三解脱門謂於初句説無相解脱門於第二句説空解脱門於後二句説無願解脱門問時彼外道身命尚在何縁輕言此死外道答應知死言目鄙惡事復次彼無慧命故説爲死此中

無相三摩地者謂無相聲說多種義或於空三摩地說無相聲如是或於見道或於不動心解脫或於非想非非想處或即於無相三摩地說無相聲於空三摩地說無相聲者如契經說有一苾芻得無相心定然根鈍故不知此定有何果報有何勝利彼作是念尊者阿難佛及弟子常所稱歎我應往問復作是念尊者阿難善知聲相若得我問必還問我汝已得此所問定耶若答言得便爲自顯所得勝法違少欲行若言不得是虛誑語若作餘言便是惱亂上座苾芻違越軌範復作是念我應隨逐尊者阿難若爲他說此定事者我亦得聞遂逐六年竟不聞說彼懷疑久俛仰問言若有獲得無相心定不沉不舉攝持諸行如水堤塘解脫故住住故解脫佛說此定有何果報有何勝利阿難聞已便反問言汝得此定耶彼作是念我昔所慮今果得之便默然而住阿難告言佛說此定得解果報得解勝利解謂智生修道盡漏汝亦不久當得此事此中不沉者已斷我見故不舉者已斷我所見故又不沉者已斷五我見故不舉者已斷十五我所見故如我我所見已已所見我我所愛已已所愛我我所癡已已所癡應知亦爾又不沉者得涅槃故不舉者捨生死故攝持諸行者多起加行多用功力極善作意得此定故如水堤塘者如水從泉出流漫池中堤塘堰之不令流散如是此定隨一境轉遍滿此境便住不散解脫故住者是自性解脫住故解脫者是相續解脫此定觀無我我所相故名無相而實是空以彼苾芻專

修此定能初證入正性離生於最後時盡諸漏故法印經說若觀色聲香味觸相而捨諸相名無相定彼觀境界相而捨有情想謂以空定觀色等法捨有情想於中都無女男等故由此尊者妙音說曰諸有情想依境界相故觀境相捨有情想女男相無名無相定而實是空三摩地攝

阿毗達磨大毗婆沙論卷第一百四 說一切有部發智

音釋

蹶居月切跌也 捶打捶之累切打都挺切捶打並擊也 串古患切習也 鍛丁貫切冶金也 鉗巨淹切鐵夾也 癰於容切癰疽也 排楯排步皆切楯竪尹切並兵器也 防捍防符方切禦也捍侯旰切衛也

阿毗達磨大毗婆沙論卷第一百五

五百大阿羅漢等造

唐三藏法師玄奘奉詔譯

智蘊第三中他心智納息第三之七

於見道說無相聲者如說目連不說第六無相住者云何第六無相住者謂隨信行隨法行者不可施設在此在彼不可施設在苦法智忍乃至在道類智忍故問何故見道說名無相答見道速疾不起期心不可施設此彼相故於不動心解脫說無相聲者如說大德瞿達多當知貪欲瞋恚愚癡是相有不動心解脫是最勝無相問何故不動心解脫名無相耶答一切煩惱皆名爲相彼心不爲煩惱擾亂煩惱於心不得自在心於煩惱得自在故說名無相於非想非非想處說無相聲者如說我多起加行多用功力得無相心定不應於中欣樂深著此說不起有頂味定惟起淨定問何故非想非非想處名無相耶答彼無明了想相亦無無想相但有昧鈍不明了想微細現行如疑而轉故名無相即於無相三摩地說無相聲者如此中說三三摩地謂空無願無相三摩地所緣境中無十相故如契經說一時佛住室羅筏城東鹿母精舍尊者阿難來詣佛所頂禮雙足而白佛言我憶一時佛住釋種迷主盧園親從世尊聞如是義由我多住空三摩地乃至廣說我於是義善受持不世尊告曰汝善受持如說無異問若善受持不應生猶豫既生猶豫云何善受持答雖生猶豫而不邪分別不全忘故亦名善受持問尊者阿難聞持第一如來所說

八萬法蘊以正念器皆能受持寧於一句而生疑惑答聞此法時心憂惱故誅諸釋種是此因緣謂毗盧宅迦愚癡甚故破劫比羅城誅諸釋種已至第二日尊者阿難將一苾芻入彼城内此城昔日如妙天宮當於爾時其猶丘塚所有樓觀却敵睥睨諸窻牖等皆悉毀壞如寶樹行無不摧折清泉池沼泥血所渾鳧鴈鴛鴦孔雀鸚鵡命命鳥等皆為烟燄所逼惱故飛散虛空諸小女男失父母故隨逐阿難悲啼號哭各陳喪失父母諸親阿難復至毋猪池側見諸釋種昨為癡王埋以半身鐵磨磨殺證聖死者七萬七千尊者阿難見是事已極生憂惱於後世尊諸根閑寂覺慧安住不動如山心意宴然猶持石鉢攝念安靜若持油器諸根調順如寶馬王正視安詳來入城内觀有為法變壞無常爾時阿難觀世尊面威光轉盛顏貌熈怡見已念言世尊與我生地眷屬毀喪無異世尊安靜不動如山而我身心極生苦惱佛知其念告阿難言由我多住空三摩地汝起城邑想處我起阿練若想汝起親屬想處我起中庸人想汝起有情想處我起圓滿法想故我安靜不動如山佛知阿難及苾芻衆心於是處不能修善遂漸行至室羅伐城暫時住在鹿母精舍爾時阿難憂苦稍止來詣佛所而白佛言我憶一時乃至廣說由此尊者聞是法時心憂惱故而生疑惑問佛言我多住空三摩地者多住何空有說多住無所行空於四威儀順此空故謂若有一餘三便空是故此空佛所多住評曰應作是說住本性空觀法本性空

無我故雖見變壞而不憂惱時諸苾芻聞世尊說由我多住空三摩地便疑此是佛不共定佛知其意告阿難言若有苾芻亦欲多住此空定者當除城邑想及有情想起阿練若想若能如是與我無異問世尊何故勸諸苾芻先除二想答由此二想令諸苾芻生憂惱故世尊於是復告阿難若餘苾芻亦欲多住此空定者當除有情想及阿練若想起於地想若能如是與我無異如是有餘苾芻應除阿練若想及地想起空無邊處想乃至有餘苾芻應除識無邊處想及無所有處想起非想非非想處想若能如是與我無異若復能除無所有處想及非想非非想處想乃能究竟多住空想問何故世尊於一切位漸減前一想漸增後一想不總勸除前諸想耶答過去諸佛過殑伽沙皆作如是次第說故復次欲令所說文不亂故若總勸除前諸想者其文便亂諸佛說法文必無亂故漸減前一想漸增後一想復次欲令所說文不重故若總勸除前諸想者其文便重諸佛說法文必不重故作是說復次欲令所說文要略故若總勸除前諸想者文便繁廣諸佛說法文必要略故作是說復次欲顯論道法應爾故謂古昔論師凡興論道若取後一必捨前一世尊既是無上論師故依論道作如是說問此中城邑想乃至非想非非想處想各顯何事答城邑想者顯緣劫比羅城想有情想者顯緣釋種想阿練若想者顯緣諾瞿陀園想及緣苾芻修善處想地想者顯分散色想所以者何若有諸色則有斷截手足耳鼻身分等苦

空無邊處想者即顯空無邊處想乃至非想非非想處想者即顯非想非非想處想復次城邑想者顯十五我所見有情想者顯五我見阿練若想者顯能緣空處想地想者顯所緣空處四無色想顯彼對治復次城邑想者顯欲界器世間有情想者顯欲界有情世間阿練若想者顯前二靜慮地想者顯後二靜慮四無色想顯彼對治復次城邑想者總顯欲界所以者何欲界穢雜如城邑故如伽他說

若能伏城邑　刺罵縛害等　苦樂不能動
如山名苾芻

有情想者顯初靜慮所以者何初靜慮地猶有王臣尊卑差別有情衆故阿練若想者顯第二第三靜慮所以者何離尋伺喜名聖默然故地想者顯第四靜慮所以者何彼地中有地遍處故四無色想顯彼對治即彼經說佛告阿難如是趣入無上空定能速盡諸漏證得無漏無加行解脫問云何名爲有加行解脫無加行解脫耶答時解脫名有加行解脫不時解脫名無加行解脫復次前五種性阿羅漢相續中名有加行解脫不動種性阿羅漢相續中名無加行解脫復次若依未至定靜慮中間下三無色地者名有加行解脫若依根本四靜慮者名無加行解脫是名二種解脫差別

有三重三摩地謂空空三摩地無願無願三摩地無相無相三摩地施設論說云何空空三摩地謂有苾芻思惟有漏有取諸行皆悉是空觀此有漏取諸行空無常恒不變易法

我及我所如是觀時無間復起心心所法思惟前空觀亦復是空觀此空觀亦空無常恒不變易法我及我所如人積聚衆多柴木以火焚之手執長竿周旋斂撥欲令都盡旣知將盡所執長竿亦投火中燒令同盡云何無願無願三摩地謂有苾芻思惟有漏有取諸行皆悉無常觀此有漏有取諸行非常非恒是變易法如是觀時無間復起心心所法思惟前無常觀亦復是無常觀此無常觀亦非常非恒是變易法喻如前說云何無相無相三摩地謂有苾芻思惟擇滅皆是寂靜觀此棄捨諸依愛盡離滅涅槃如是觀時無間復起心心所法思惟寂靜觀非擇滅亦是寂靜觀此非擇滅亦無生等諠雜法故喻如前說應知彼論所說義者謂先起空定觀五取蘊爲空後起空空定觀前空觀亦爲空謂觀空者亦是空故先起無願定觀五取蘊爲無常後起無願無願定觀前無願觀亦是無常謂觀無常者亦是無常故先起無相定觀擇滅爲寂靜後起無相無相定觀無相觀亦是寂靜謂觀寂靜者非擇滅亦是寂靜三有爲相皆寂靜故如旃荼羅積集柴木燒死屍時手執長竿斂撥令盡後亦燒竿此亦如是問何時得此重三摩地有作是說見道中得如得現觀邊世俗智時亦得此故或有說者修道中得如聖者離染得變化心時亦得此故復有說者盡智時得如盡智時修得三界有漏善根亦得此故評曰應作是說若應得此三摩地者彼離非想非非想處染時乃得如是重三摩地非皆能得諸有得者後起加行方

現在前佛無加行獨覺有中加行聲聞有中上加行問此重三摩地幾智後現在前耶答四智後現在前謂法智類智苦智滅智此則總説若别説者欲界重三摩地三智後現在前謂法苦滅智色無色界重三摩地三智後現在前謂類苦滅智欲界重三摩地未至定所攝聖道後現在前非想非非想處重三摩地無所有處所攝聖道後現在前餘地重三摩地皆自地所攝聖道後現在前此三重三摩地界者通三界地者在十一地謂未至定靜慮中間四根本靜慮四根本無色及欲界所依者惟依欲界身行想者空三摩地有二行相空空三摩地惟有空行相所以者何惟空行相聖道後現在前故問何故此定惟空行相聖道後現在前耶荅以空行相與有相違能令有情速捨生死此重空定猒背聖道尚能捨聖道況不捨生死故惟空行相聖道後現在前問何故此定不作非我行相耶答若見諸法非我不見爲空者雖猒生死而非增勝若見爲空則於生死猒力增勝如人在道獨行遇逢一伴雖知非屬於已而不大愁後若别時便極愁惱故空行相於猒生死勝於非我由是此定不作非我行相無願三摩地有十行相無願無願三摩地惟有無常行相所以者何惟無常行相聖道後現在前故問何故此定惟無常行相聖道後現在前耶答以無常行相與有相違能令有情速捨生死此重無願定猒背聖道尚能捨聖道況不捨生死故惟無常行相聖道後現在前問何故此定不作苦行相耶答聖道非苦故問何

故此定不作緣集四行相耶答聖道不能招三有故問何故此定不作緣道四行相耶答此定若作緣道行相應欣聖道不應猒背無相三摩地有四行相無相無相三摩地惟有靜行相所以者何惟靜行相聖道後現在前故問何故此定不作滅行相耶答滅有二種一非擇滅二無常滅若作滅行相則不知緣何滅問若爾亦應非靜行相謂靜亦有二種一非擇滅二擇滅若作靜行相則亦不知緣何靜耶答有處說二滅無處說二靜故不應例復次滅義濫多靜義濫少謂滅有三靜惟二故若復不作靜行相者此更作何行相問何故此定不作妙行相耶答以非擇滅非妙法故所以者何品類足說云何妙法謂善無漏法非擇滅無記故非妙法問何故此定不作離行相耶答以非擇滅非離法故所以者何品類足說云何離法謂欲界善戒色無色界出離所生諸善等至學法無學法及擇滅此定所緣非擇滅無彼所說離法相故此重三摩地所緣者空空及無願無願三摩地有說別緣最後刹那聖道有說別緣最後刹那聖道俱生三摩地有說總緣相續聖道有說總緣相續聖道俱生三摩地無相無相三摩地緣非擇滅念住者皆惟法念住俱智者皆惟世俗智俱三摩地者即是有漏三摩地非無漏三摩地根相應者三根相應謂樂喜捨三世者是三世緣三世者空空及無願無願三摩地若在過去現在緣過去若在未來諸有欲令別緣最後刹那聖道或彼俱生三摩地者彼說正起者緣現在餘未來者緣三世

諸有欲令總緣相續聖道或彼俱生三摩地者彼說正起者緣過去現在餘未來者緣三世有餘師說重空無願三摩地總緣一切聖道彼說三世皆緣三世無相無相三摩地惟緣離世善不善無記者皆是善緣善不善無記者前二惟緣善彼一惟緣無記三界繫不繫者皆通三界繫緣三界繫不繫者皆緣不繫學無學非學非無學者皆是非學非無學緣學無學非學非無學者前二緣無學後一緣非學非無學見修所斷不斷者皆是修所斷緣見修所斷不斷者皆緣不斷緣名緣義者皆緣義緣自他相續非相續者前二緣自相續後一緣非相續加行得離染得者皆通二得曾得未曾得者皆惟未曾得問此三重三摩地何處誰起荅欲界起非色無色界人趣起非餘趣三洲起非北洲三洲中女男俱能起非扇搋等尊者瞿沙筏摩說曰惟贍部洲能起非餘洲惟男身能起非女身所以者何此定惟依强勝身故惟贍部洲男身强勝評曰應知此中前說應理三洲少男俱强勝故如贍部洲男於心定俱得自在東西二洲及此洲女亦於心定俱得自在故皆强勝問何等補特伽羅能起此三摩地答聖者能起非異生無學能起非有學不時解脫能起非時解脫所以者何若於定得自在及無煩惱身方能起此三摩地故一切異生及信勝解二事俱無見至雖於定得自在而身中猶有煩惱時解脫雖身中無煩惱而於定不得自在故皆不能起此定惟有不時解脫具二事故能起此定問何時是此三摩地耶爲初刹

那爲總相續若初刹那是此定者後相續者名何定耶若總相續是此定者識身論說當云何通如說頗有法是世間有漏有取取蘊所攝依由起因擇生惟善性欲界繫定從無漏無間而生緣無漏法惟是聖者不共之法非共異生答有謂欲界繫空空無願無願無相無相三摩地有作是說惟初刹那是此定相似善根非此定攝復有說者總諸相續皆是此定問若爾識身論說當云何通答彼論總說此定種類謂此定前後雖多刹那而皆是此定一種類攝此從無漏無間而生故不違彼若別說者初刹那定次無漏生緣無漏法後相續者雖非無漏無間而生而緣無漏問此重三摩地何時現在前有作是說臨涅

槃時方起此定謂阿羅漢臨般涅槃復起聖道次聖道後此定現前出此定已便般涅槃不復起此定亦不起聖道評曰應作是說得此定者隨欲現前時無決定問聖道無間此定現前此定無間起聖道不答此定無間不起聖道所以者何猒聖道故有作是說此定無間亦起聖道問此定無間若起聖道云何說此猒聖道耶答此定雖能猒背聖道而不如聖道能猒背此定聖道雖能猒背此定而聖道後此定現前此定雖能猒背聖道此後聖道寧不現前評曰應作是說聖道無間此定現前此定無間不起聖道以無用故由此應知前說應理問此定不能斷諸煩惱亦不能引殊勝功德何緣聖者有數起耶答以四因緣有數起者一住現法樂故二遊戲功德

故三觀本所作故四受用聖財故復次此三摩地勢用微密定自在者乃能現前故數起之遊戲勝觀諸道過去皆已修已息耶乃至廣說修有四種一得修二習修三對治修四除遣修得修習修謂一切善有爲法對治修除遣修謂一切有漏法西方諸師說修有六謂前四種更加二修一防護修二分別修防護修者謂防護諸根如契經說於此六根善調伏善覆藏善守護善攝善修能招後樂分別修者謂分別色身如契經說此身中有髮毛爪齒乃至廣說此國諸師說後二種即是對治除遣修攝故一切修惟有四種此中依前二修作論然四種修歷法分別應作四句有法是前二修非後二修謂無漏有爲法有法是後二修非前二修謂染汙及無覆無記有爲法有法是前二修亦是後二修謂善有漏法有法非前二修亦非後二修謂無爲法問修是何義答熏發義是修義習學義是修義令明淨義是修義有爲善法現在者習修所顯未來者得修所顯現在者習故得故名修未來者惟得故名修現在者受用故名修未來者引發故名修現在者在身故名修未來者起得故名修現在者現前故名修未來者成就故名修現在者正作所作事故名修未來者如遥與欲故名修諸道過去皆已修已息耶答諸道過去皆已修已息已修者謂過去善已有得習二修故已息者謂過去法所作已息故有道已修已息非過去謂道未來已修已息如不淨觀乃至盡智現在前時能修未來無量剎那善有爲法此所修法第

二刹那已後皆名已修已有得修故亦名已息所作已辦故而非過去現在未來故諸道未來皆未已修已息耶答應作四句義不定故有道未來非未已修已息謂道未來已修已息此如次前所説者是有道未已修已息非未來謂未曾得道初現在前謂未曾得不淨觀乃至盡智正現在前此未已修正有得修及習修故亦未已息正作所作事故而非未來在現在故有道未來亦未已修已息謂道未來未已修已息謂不淨觀乃至盡智現在前時能修未來無量刹那善有爲法此所修法初刹那頃名未已修今正得修故亦名未已息正修所修事故此所修道猶在未來有道非未來亦非未已修已息謂道過去及曾得道今現在前道過去者已修已息如前

已説及曾得道今現在前者先有得修故名已修所作已辦故名已息即是曾得不淨觀等現在前時問此道現在今習修故正作事故應名未已修已息云何説非未已修已息耶答雖依習修應惟説過去道是此句攝而依得修故亦説現在曾得道爲此句諸道現在皆正修耶答諸道現在皆正修謂若現在未曾得道由得習二修故名正修若現在曾得道但由習修故名正修有道正修非現在謂未曾得道初現在前所修未來彼種類道然種類有四種一修種類二律儀種類三界種類四相似種類修種類者如此中説未曾得道初現在前所修未來彼種類道此中有説有漏道以有漏道爲種類無漏道以無漏道爲種類評曰應作是説有漏道以有漏無

漏道爲種類無漏道以無漏有漏道爲種類所以者何一一現前俱修未來二種道故由彼勢力未來修者皆可說爲彼種類故律儀種類者如業蘊說若成就過去戒亦成就未來現在此種類戒耶此中律儀以律儀爲種類别解脱律儀以别解脱律儀爲種類靜慮律儀以靜慮律儀爲種類無漏律儀以無漏律儀爲種類律儀加行以律儀加行爲種類律儀後起以律儀後起爲種類於中表以表爲種類無表以無表爲種類界種類者如根蘊說若成就此種類眼根亦成就此種類身根耶此中若是此界法還以此界法爲種類謂欲界法以欲界法爲種類色界法以色界法爲種類無色界法以無色界法爲種類相似種類者如毗柰耶說尊者物攢子左手放

光右手分卧具等與相似種類苾芻謂令持素怛纜者與持素怛纜者同在一處持毗柰耶者與持毗柰耶者同在一處持阿毗達磨者與持阿毗達磨者同在一處居阿練若者與居阿練若者同在一處令諸苾芻種類同者共在一處談論靜默互相隨順修諸善法無憂惱故契經亦說諸有情類諸界各别種類同者更相愛樂惡者樂惡善者樂善於四種類中此中但依修種類而作論謂不淨觀乃至盡智現在前時能修未來無量刹那善有爲法此所修法初刹那頃是正得修而非現在在未來故此中現在對正修問若惟依得修說應作四句謂或有現在非正修如曾得道今現在前或有正修非現在如修未來初刹那頃或有現在亦正修如未曾得道現

在前或有非現在亦非正修如道過去及未來已修已息此中通依得習修說故以現在對正修問唯作順前句答以現在道必有習修名正修故問若退上果住下果時所得下果名得修耶答名得非修問彼還進得所退果時所得上果名得修不答若過去者名得非修若未來者名爲得修問何故過去者名得非修未來者名得修耶答若現在道與彼爲因者可說彼爲得修現在道與過去無因義故過去道名得非修問諸退上果住下果時所得未來下無漏果既有現在無漏得因何不名修答若現在因由勝進故得未來者彼可名修退住下果時現在無漏得雖是彼因而非勝進故不名修不由現在得修彼未來故但由退故彼得現前

智蘊第三中修智納息第四之一

有八智謂法智乃至道智如是等章及解章義既領會已次應廣釋問何故尊者依此八智而作論耶答諸作論者隨欲造論不應詰責故本論師隨自意欲不違法相而造此論餘處亦依八智作論如前結蘊後定蘊等有處惟依一刹那智而作論如雜蘊智納息中說頗有一智知一切法耶答無有處惟依二智作論如次前納息及根蘊定蘊有處惟依四智作論如後根蘊有處具依十智作論謂本論師於所知境具足了達自相共相隨欲造論或略或廣不違法相故不應責復次不應詰責作論者意謂此八智是佛所說此本論師依經造論經說八智不可增減尊者不能減一說七增一說九所以者何諸佛所說

無增減故又佛所說無量無邊以義無量文無邊故如大海水無量無邊以深無量廣無邊故假使尊者舍利子等諸大論師數過百千那庾多等同時出世爲釋佛經二句義故製造百千俱胝等論覺慧窮盡猶不能了如是二句義之邊際況本論師於佛所說八智義中能有增減問佛於經中或說二智或說四智或說八智或說十智何緣尊者此中但依八智作論答以此八智是處中說攝諸智盡故依造論謂二智等皆是略說攝智不盡十智契經雖攝智盡而是廣說惟此八智攝諸智盡是處中說故偏依之復次如是八智學無學者及有染無染者身中俱有故偏依之盡無生智惟無學者及惟無染者身中可得是故不依復次如是八智通智見性故偏依之盡無生智不通見性是故不依復次如是八智數數修起故偏依之盡無生智不數修起是故不依由如是等種種因緣此中但依八智作論

阿毗達磨大毗婆沙論卷第一百五（說一切有部發智）

音釋

睤睨（睤匹米切睨五啓切睤睨城上女墻也）　擯（芳味切）

阿毗達磨大毗婆沙論卷第一百六

五百大阿羅漢等造

唐三藏法師玄奘奉　詔譯

智蘊第三中修智納息第四之二

或有一智攝一切智謂法智非如法智以智體是法故或有二智攝一切智謂有漏智無漏智或有三智攝一切智謂法智類智世俗智或有四智攝一切智謂前三智加他心智或有五智攝一切智謂世俗智及苦集滅道智或有六智攝一切智謂前五智加他心智或有七智攝一切智謂八智中除他心智或有八智攝一切智謂此中說法智類智他心智世俗智苦智集智滅智道智問若此八智攝一切智復有八智謂法住智涅槃智死生智漏盡智宿住隨念智妙願智盡智無生智如是八智何智攝耶答隨其所應皆攝在此謂法住智是知因智正知三界下中上果法所住因故彼智即此四智所攝謂法類世俗集智涅槃智是知滅智彼智即此四智所攝謂法類世俗滅智死生智即此世俗智所攝尊者妙音說死生智四智所攝謂法類世俗苦智評曰應知此中前說應理漏盡智諸有欲令緣漏盡法故名漏盡智者四智所攝謂法類世俗滅智諸有欲令漏盡身中得故名漏盡智者八智所攝宿住隨念智世俗智所攝尊者妙音說宿住隨念智六智所攝即八智中除他心智緣過去法故及除滅智緣有爲法故評曰應知此中前說應理妙願智世俗智所攝尊者妙音說妙願智八智所攝謂十智中除盡無生智是見性故評曰應知此

中前說應理盡智無生智俱六智所攝除他心智非見性故及除世俗智是無漏故由此八智攝一切智尊者僧伽筏蘇說曰應說一智謂決定智以決定義是智義故此決定智有二差別一者有漏二者無漏若有漏者由自性故名世俗智若無漏者由對治差別故復立二種謂對治欲界者名法智對治色無色界者名類智即前三智若能知他心心所法名他心智又無漏智由行相別復立四智若於苦諦作四行相轉者名苦智乃至若於道諦作四行相轉者名道智問若決定智惟有一種或二或三云何此中立有八智答以五事故立有八智一對治故立法類智二自性故立世俗智三加行故立他心智四行相故立苦集智五行相所緣故立滅道智尊者左受作如是說對治四種愚故立有八智四種愚者一界愚二心愚三法愚四諦愚對治界愚故立法類智對治心愚故立他心智對治法愚故立世俗智對治諦愚故立苦集滅道智是名八智自性我物自體相分本性已說智自性所以今當說問何故名智智是何義答決定義是智義問若爾疑相應慧應不名智於所緣境不決定故答彼亦是智一剎那頃於所緣境亦決定故然此聚中疑勢用勝令心於境多剎那中猶豫不決說名疑聚如三摩地一剎那中於境恒住有時疑與掉舉相應令多剎那於境轉易說名爲亂又如有情若多貪者說名貪行若多瞋者說名瞋行若多癡者說名癡行一一非不有餘煩惱此亦如是故無有失譬喻者說若心有智則

無無知若心有疑則無決定若心有麤則無有細然對法者所説法相如闇叢林謂一心中有智有無知有非智非無知有疑有決定有非疑非決定有麤有細有非麤非細阿毗達磨諸論師言諸法俱生斯有何失謂諸心所展轉力生一心相應相用各别智謂般若無知謂無明非智非無知謂餘心所法疑謂猶豫決定謂智非疑非決定謂餘心所法麤謂尋細謂伺非麤非細謂餘心所法如諸色法異類俱生心所亦爾故無有失有作是説於所緣境重決擇義是智義諸有漏慧於所緣境無始時來數數決擇故皆名智諸無漏慧重決擇者皆名爲智惟無漏忍於四聖諦未重決擇故不名智復有説者由二義故説名爲智謂證知義及了知義證知義者謂證知苦乃至證知道故名智了知義者謂了知自相續了知他相續故名智已總説諸智所以一一所以今當説問何故名法智答智體是法故名法智問若爾餘智亦體是法何故不名法智耶答雖一切智體皆是法而但於一立法智名如十八界十二處七覺支六隨念四念住四證淨四無礙解三寶三歸皆體是法而但於一建立法名此亦如是故不應責復次法智但有一名謂共名餘智有二名謂共不共名爲簡别故説不共名復次初覺知法故名法智後覺知法故名類智復次若初得法證淨相應知故名法智此後所得故名類智復次於現見法得現量智故名法智此後所得故名類智復次欲界多有非法煩惱謂忿恨覆惱嫉慳等相應煩惱若智是彼

近對治者名法智色無色界無有如是非法煩惱對治彼者法智後生故名類智復次若智六地所攝能緣一地說名法智若智九地所攝能緣八地說名類智此依有漏地說復次若智六地所攝能緣六地說名法智若智九地所攝能緣九地說名類智此依無漏地說復次若智對治十八界十二處五蘊者名法智若智對治十四界十處五蘊者名類智復次若智對治善不善無記五蘊者名法智若智對治善無記五蘊者名類智復次若智對治福非福不動行者名法智若智對治福及不動行者名類智復次若智對治段食婬欲愛者名法智若智對治諸定愛者名類智

問何故名他心智答知他心故名他心智問此亦知他諸心所法何故但名他心智耶答以期心故謂修觀者先起意樂欲知他心由此意樂後知心時亦知心所如人意樂本欲見王後見王時亦見臣等復次諸法得名由多緣故謂或由自性得名如諦如蘊如世俗智或由對治得名如法類智或由加行得名如他心智等或由相應得名如說樂受等相應法名順樂受等法或由所依得名如眼識等或由行相得名如苦集智或由所緣得名如念住等或由行相所緣得名如滅道智故由加行名他心智復次以心勝故雖亦知心所但名他心智如王來等復次以心是大地故心所名大地法復次證他心通無間道時但緣心故復次說心遠行獨行等故復次說心是前行等故復次說心是增上王故復次說心是城主故復次說心是依趣故復次說

心能起善惡戒故復次說心能引善惡趣故復次心是内處遍諸界地有所緣故復次心是所依非心所故復次若心行處心所隨故復次若心調伏不調伏時諸心所法亦如是故復次若心流散不流散時諸心所法亦如是故由此等緣此他心智雖亦知心所而名他心智問何故名世俗智答知世俗故名世俗智問亦知勝義何故但名世俗智耶答雖亦少分知蘊界處四聖諦等諸勝義法而多分知男女往來瓶衣車乘舍林山等世俗法故名世俗智復次此世俗智實無智相而諸世俗共立智名如非王種但諸人衆假想施設共立王名復次此世俗智一切有情展轉共許無有諍論如僧上座如悦衆人衆所許故名爲世俗復次此世俗智遍諸有情緣一切境故名世俗復次此世俗智愚癡所依繫屬愚癡是愚癡者安立足處故名世俗聲論者說此世俗智爲諸無知之所覆蔽如器中物器所覆蔽故名世俗復次此世俗智爲對治道之所變壞爲愚癡者之所欣尚故名世俗問何故名苦智乃至道智耶答緣苦聖諦四行相轉故名苦智乃至緣道聖諦四行相轉故名道智問諸世俗智亦能緣四諦各四行相轉豈名四智耶答若惟緣苦諦惟四行相轉者名苦智乃至若惟緣道諦惟四行相轉者名道智諸世俗智於四聖諦或一一別緣或二二合緣或三三合緣或四總緣或緣餘法或復總緣所起行相亦不決定故不名苦智乃至道智以雜亂故復次若別緣四諦各四行相轉不與苦集同一縛者名四諦智

諸世俗智雖亦有別緣四諦各四行相轉而與苦集同一縛故不名四諦智問此與滅道不同一縛何故不立滅道智耶答初不立故後亦不立復次若別緣四諦各四行相轉能對治煩惱者名四諦智諸世俗智雖亦有別緣四諦各四行相轉而不能對治煩惱故不名四諦智復次若別緣四諦各四行相轉於四聖諦證見明了不爲見疑無明所惑不增煩惱不招三有定趣涅槃者名四諦智諸世俗智無如是義故不名四諦智復次若別緣四諦各四行相轉是聖性者名四諦智諸世俗智非聖性攝故不名四諦智如是八智界者他心智若有漏是色界若無漏是不繫世俗智通三界餘六智是不繫地者法智在六地類智在九地他心智在四地世俗智在十八地謂八等至八近分靜慮中間及欲界餘四智法智攝者在六地類智攝者在九地所依者法智惟依欲界起他心智惟依欲色界起類智世俗智俱依三界起餘智法智攝者惟依欲界起類智攝者通依三界起行相者法智類智俱作十六行相他心智無漏者作道四行相有漏者作不明了行相世俗智作十六行相亦作餘行相苦集滅道智各作四行相問諸苦智皆作苦行相轉耶答應作四句或有苦智非作苦行相轉謂苦智作非常空非我行相轉或有作苦行相轉非苦智謂作苦行相轉苦智相應法或有苦智亦作苦行相轉謂作苦行相轉苦智有非苦智亦非作苦行相轉苦惟取此種類者謂作非常空非我行相轉苦智相應法若不惟取此種類

者謂除前相如轉有四句已轉當轉應知亦爾如苦智對苦行相有三四句對非常空非我行相應知亦爾如苦智有十二句集滅道智應知亦爾如是總有四十八四句所緣者法智類智俱緣四諦他心智緣他心心所法世俗智緣一切法苦智緣苦諦集智緣集諦滅智緣滅諦道智緣道諦念住者他心智是三念住除身念住滅智是法念住餘智通四念住智者此八智即是八智三摩地者法智類智三三摩地俱他心智無漏者道無願三摩地俱有漏者非三摩地俱世俗智非三摩地俱苦智空無願三摩地俱集智集無願三摩地俱滅智無相三摩地俱道智道無願三摩地俱根相應者世俗智五根相應餘智三根相應謂樂喜捨三世者此八智皆通三世

緣三世者法智類智世俗智皆緣三世及離世他心智過去緣過去現在緣現在未來生法緣未來不生法緣三世滅智緣離世餘智緣三世善不善無記者世俗智通三種餘智惟是善緣善不善無記者類智緣善無記滅道智惟緣善餘智緣三種三界繫不繫者他心智若有漏色界繫若無漏是不繫世俗智通三界繫餘智是不繫緣三界繫不繫者法智緣欲界繫及不繫類智緣色無色界繫及不繫他心智緣欲色界繫及不繫世俗智緣三界繫及不繫苦集智緣三界繫滅道智緣不繫學無學非學非無學者他心智通三種世俗智惟非學非無學餘智是學無學緣學無學非學非無學者法類世俗他心智皆緣三種苦集滅智惟緣非學非無學道智緣學

無學見修所斷不斷者他心智若有漏修所斷若無漏是不斷世俗智是見修所斷餘智是不斷緣見修所斷不斷者法類世俗他心智緣三種苦集智緣見修所斷滅道緣不斷緣名緣義者法類世俗苦集智通緣名義餘智惟緣義緣自他相續非相續者法類世俗智緣三種他心智緣他相續苦集道智緣自他相續滅智緣非相續加行得離染得生得者世俗智通三種餘智通加行離染得曾得未曾得者他心世俗智通曾得未曾得餘智惟未曾得復次法智有四種一於法初知故名法智二於法現知故名法智三於法實知故名法智四於法出離知名法智比類智亦有四種一以因比類知果二以果比類知因三以身語業比類知心四以所說法比類知佛他心智亦有四種謂從四緣生亦能為四緣此智所知亦爾世俗智亦有四種一知名世俗二知縛世俗三知假立世俗四知執著世俗苦智亦有四種一知生苦二知流轉苦三知熱惱苦四知和合苦集智亦有四種一知業二知煩惱三知愛四知事滅智亦有四種一知三結永斷二知薄貪瞋癡三知五順下分結盡四知一切結盡道智亦有四種一知從第八補特伽羅一切學位諸有所作二知降伏怨敵三觀本所作四觀近盡漏盡智亦有四種一見所不攝二遠離空定三非他心智四加行遲緩無生智亦有四種一因故二果故三相續故四補特伽羅此中所說四法智等汎釋經中諸智差別非皆即是法智等攝復次應說十智總為一智謂法智皆以

法爲體故應說十智總爲一智謂類智皆是聖種類故應說十智總爲一智謂決定智以決定義是智義故應說十智總爲一智謂所知智知所知故重審決故應說九智總爲一智謂道智道諦攝故應說十智總爲一智謂願智能滿所願故應說十智總爲一智謂盡智煩惱盡者身中得故應說十智總爲一智謂無生智不退墮故云何法智答於欲界諸行諸行因諸行滅諸行能斷道所有無漏智此中諸行者謂苦諦諸行因者謂集諦諸行滅者謂滅諦諸行能斷道者謂道諦能知欲界如是四諦諸無漏智總名法智又於法智及法智地所有無漏智是謂法智者問何故復說此耶答前雖說能斷欲界諸行無間道而未說加行解脫勝進道今欲說之此中法智者謂三道法智法智地者謂三道法智相應俱有等法復次能斷道者謂無間道法智法智者謂餘三道法智法智地者謂四道法智相應俱有等法及四法忍品復次能斷道者謂能斷欲界煩惱四道無漏法法智者謂餘時所起所修法智法智地者謂彼相應俱有等法次後類智准此應知他心智等如文廣說應知其相法智乃至道智於八智中一一攝幾問何故作此論答爲正他宗顯正理故謂或有執諸法攝者謂攝他性不攝自性如分別論者爲遮彼執欲顯諸法皆攝自性不攝他性故作斯論此中理趣如結蘊中已廣分別答法智攝法智五智少分謂他心智苦集滅道智者此中總說法智攝法智然法智在六地未至定者攝未至定者乃至第四

靜慮者攝第四靜慮者又法智有四種謂四諦智苦智攝苦智乃至道智攝道智又法智在三世過去攝過去未來攝未來現在攝現在過去未來各多刹那一一自攝即此法智攝他心智少分者謂他心智有有漏有無漏此惟攝無漏彼無漏復有法智品有類智品此惟攝法智品故說攝彼少分即此法智攝苦集滅道智少分者謂彼四智各有法智品有類智品此惟攝法智品故說攝彼少分類智攝類智五智少分謂他心智苦集滅道智者此中總說類智攝類智然類智在九地未至定者攝未至定者乃至無所有處者攝無所有處者餘廣說如法智他心智攝他心智四智少分謂法類世俗道智者此中總說他心智攝他心智然他心智在四根本靜慮初

靜慮者攝初靜慮者乃至第四靜慮者攝第四靜慮者又他心智有有漏有無漏有漏攝有漏無漏攝無漏此有漏者有曾得有未曾得曾得攝曾得未曾得攝未曾得此無漏者有法智品有類智品法智品攝法智品類智品攝類智品又此他心智通三世過去攝過去未來攝未來現在攝現在過去未來各多刹那一一自攝即此他心智攝法智少分者謂法智在六地此惟攝彼在四根本靜慮者又法智有四種謂四諦智此惟攝彼道智又彼道智有別緣者有總緣者有緣現在者有緣過去未來者有緣自相續者有緣他相續者有緣心心所法者有緣餘蘊者此惟攝彼別緣現在他相續心心所法故說攝彼少分如說此攝法智少分說此攝類智少分亦爾

有差别者應説類智在九地此惟攝彼在根本四靜慮者又此他心智攝世俗智少分者謂世俗智在十八地此惟攝彼在根本四靜慮者又世俗智有善染汙無覆無記此惟攝彼善者又彼善者有别緣者有總緣者廣説如前此惟攝彼别緣現在他相續心心所法者故説攝彼少分又此他心智攝道智少分者謂道智在九地此惟攝彼在根本四靜慮者又彼道智有别緣者有總緣者廣説如前此惟攝彼别緣現在他相續心心所法者故説攝彼少分世俗智攝世俗智他心智少分者此中總説世俗智攝世俗智然世俗智在十八地欲界者攝欲界者乃至非想非非想處者攝非想非非想處者又世俗智有善染汙無覆無記善者攝善者染汙者攝染汙者

無覆無記者攝無覆無記者又世俗智通三世過去攝過去未來攝未來現在攝現在過去未來各多刹那一一自攝又世俗智攝他心智少分者謂他心智有有漏有無漏此惟攝彼有漏者故説攝彼少分苦智攝苦智二智少分謂法類智者此中總説苦智攝苦智然苦智在九地未至定者攝未至定者乃至無所有處者攝無所有處者餘如前説又此苦智攝法智少分者謂法智有苦集滅道智此惟攝彼苦智故説攝彼少分如説此攝法智少分謂此攝類智少分亦爾如苦智攝一智二智少分集智滅智應知亦爾道智攝道智三智少分謂法類他心智者此中總説道智攝道智然道智在九地未至定者攝未至定者乃至無所有處者攝無所有處者餘如

前說又此道智攝法類智少分者如前苦智攝法類智少分說又此道智攝他心智少分者謂他心智有有漏有無漏此惟攝彼無漏者故說攝彼少分此中攝者謂攝自性自性於自性實有可得不離不脫常住不空恒爲障礙故說爲攝若成就法智乃至廣說問何故作此論答爲止他宗顯正理故謂或有執無實成就不成就性如譬喻者爲遮彼執顯成就性不成就性決定實有故作斯論若成就法智於此八智幾成就幾不成就答或三四五六七八謂苦法智苦類智忍時無他心智成就三有他心智成就四此中三者謂法智苦智世俗智四者謂前三加他心智若未離欲染入正性離生者爾時成就三苦已離欲染入正性離生者爾時成就四後諸所說准此應知苦法智時法智苦智成就現在未來即一智體以對治故名法智以行相故名苦智世俗他心智成就過去未來苦類智忍時增見增慧增道非智非名爾時法智苦智世俗智或他心智皆惟成就過去未來以現在無故後諸所說准此應知苦類智集法智忍時無他心智成就四有他心智成就五此中四者謂法類苦世俗智五者謂前四加他心智苦類智時增見增慧增道增智增名謂類智名此苦智名苦法智時已得故集法智忍時增見慧道非智非名集法智乃至滅法智忍時無他心智成就五有他心智成就六此中五者謂法類苦集世俗智六者謂前五加他心智集法智時增見慧道及智名謂集智名此法智名苦法智時已得故集類智忍

集類智滅法智忍時增見慧道非智非名所以者何集類智時所得集智名不異集法智時所得集智名故爾時所得類智名不異苦類智時所得類智名故滅法智乃至道法智忍時無他心智成就六有他心智成就七此中六者謂法類苦集滅世俗智七者謂前六加他心智滅法智時增見慧道及智名謂滅智名滅類智忍滅類智道法智忍時增見慧道非智非名所以者何滅類智時所得滅智名不異滅法智時所得滅智名故爾時所得類智名不異苦類智時所得類智名故道法智乃至道類智時無他心智成就七有他心智成就八此中七者謂八智中除他心智八者謂前七加他心智道法智時增見慧道及智名謂道智名道類智忍道類智時增見慧

道非智非名所以者何道類智時所得道智名不異道法智時所得道智名故爾時所得類智名不異苦類智時所得類智名故若成就類智乃至若成就道智於此八智成就少多如文廣説應知其相增見慧道及增智名如法智中應知其相然成就法智及苦智以苦法智時爲初成就類智以苦類智時爲初成就他心智以離欲染第九解脱道及無色界没生色界中有結生心爲初成就世俗智無初一切有情本成就故成就集智以集法智時爲初成就滅智以滅法智時爲初成就道智以道法智時爲初法類苦集滅道智從初得後乃至未般涅槃恒時成就世俗智從不可知本際乃至未般涅槃恒時成就他心智已離欲染未生無色界未般涅槃恒時成

就是謂此處略毗婆沙若修法智亦類智耶乃至廣說問何故作此論答爲止他宗顯正理故謂或有說善染無記法皆有修義爲遮彼執顯惟善有爲法得有修義云何知然如契經說善有爲法應修非餘所以者何若法智者爲愛果故精勤修習令漸增長說名爲修惟善有爲法能得愛果謂得世間可愛異熟增上果故亦得出世離繫果故諸有智者精勤修習從下至中從中至上令速獲得所求愛果染無記法及善無爲無如是用故不名修或有撥無未來修義謂過去未來俱無實體故爲遮彼執顯定實有過去未來現在能修未來善法謂現在世勝善爲因引起未來諸善法得由得彼法故說彼爲所修若無能修未來善者則應無有得果等義謂得果等時現在惟有一智未來修八智現在惟有一行相未來修十六行相現在惟有一剎那未來修無量剎那現在或惟有有漏心心所法未來修有漏無漏心心所法或有現在惟有無漏心心所法未來修無漏有漏心心所法如是等事皆應不成復次諸佛證得大菩提時現在惟有盡智功德若無未來修善義者則應諸佛無一切智勿有此等大過失故必應許修未來善法爲遮此等種種異執及顯正理故作斯論修有四種如前廣說此中惟依二修作論謂得修習修

阿毗達磨大毗婆沙論卷第一百六（說一切有部發智）

阿毗達磨大毗婆沙論卷第一百七

五百大阿羅漢等造

唐三藏法師玄奘奉詔譯

智蘊第三中修智納息第四之三

異生離欲染時諸加行道九無間道八解脫道中現在惟修世俗智未來亦惟修世俗智第九解脫道中現在惟修世俗智未來修世俗他心智離初靜慮染時若依初靜慮作加行彼加行道中現在惟修世俗智未來修世俗他心智若依第二靜慮近分作加行彼加行道九無間道八解脫道中現在惟修世俗智未來亦惟修世俗智第九解脫道中現在惟修世俗智未來修世俗他心智離第二第三靜慮染時應知亦爾離第四靜慮染時若依第四靜慮作加行彼加行道中現在惟修世俗智未來修世俗他心智若依空無邊處近分作加行彼加行道九無間道九解脫道中現在惟修世俗智未來亦惟修世俗智離空無邊處染時諸加行道九無間道九解脫道中現在惟修世俗智未來亦惟修世俗智離識無邊處無所有處染時應知亦爾未離欲染異生起四無量初二解脫前四勝處不淨觀持息念念住暖頂忍世第一法時現在惟修世俗智未來亦惟修世俗智已離欲染異生起四無量初三解脫八勝處前八徧處不淨觀持息念念住時現在惟修世俗智未來修世俗他心智起暖頂忍世第一法時現在惟修世俗智未來亦惟修世俗智起無色四解脫二徧處及念住時現在惟修世俗智未來亦惟修世俗智引發五通時諸加行道

二解脱道中現在惟修世俗智未來修世俗他心智一解脱道中現在修世俗他心智未來亦修世俗他心智五無間道中現在惟修世俗智未來亦惟修世俗智二解脱道中不修智無記故聖者見道中若如是功德現在修未來即修如是功德如諸忍現在前時現在修如是忍未來亦修如是忍諸智現在前時現在修如是智未來亦修如是智除三心頃未來亦修世俗智謂苦集滅類智時亦修未來現觀邊世俗智問何故見道中惟修同分修道中能修同分不同分耶答以見道處所定對治定故惟修同分修道處所不定對治不定故能修同分不同分復次以見道所緣定對治定故惟修同分修道所緣不定對治不定故能修同分不同分復次見道中初得聖種性於四聖諦初修聖行相故惟修同分修道中已得聖種性於四聖諦已修聖行相故能修同分不同分復次見道中初得見諦初得現觀故惟修同分修道中已得見諦已得現觀故能修同分不同分道類智時無他心智者現在修道類二智未來修六智除世俗他心智有他心智者現在修道類二智未來修七智除世俗智聖者以世俗道離欲染時若無漏作加行彼加行道中四法四類智隨二現在修未來修七智除他心智若世俗作加行彼加行道九無間道八解脱道中現在惟修世俗智未來修七智除他心智第九解脱道中現在惟修世俗智未來修八智離初靜慮染時若無漏作加行彼加行道中四法四類智隨二現在修未來修八智若世

俗作加行彼加行道九解脱道中現在惟修世俗智未來修八智九無間道中現在惟修世俗智未來修七智除他心智乃至離無所有處染時應知亦爾以無漏道離欲染時若世俗作加行彼加行道中現在惟修世俗智未來修七智除他心智若無漏作加行彼加行道中四法四類智隨二現在修未來修七智除他心智九無間八解脱道中四法智隨二現在修未來修七智除他心智第九解脱道中四法智隨二現在修未來修八智離初靜慮染時若以世俗作加行彼加行道中現在惟修世俗智未來修八智若無漏作加行彼加行道中四法四類智隨二現在修未來修八智九無間道中二法四類智隨二現在修未來修七智除他心智九解脱道中二法四類智隨二現在修未來修八智乃至離無所有處染應知亦爾離非想非非想處染時若世俗作加行彼加行道中現在惟修世俗智未來修八智若無漏作加行彼加行道中四法四類智隨二現在修未來修八智九無間道中二法四類智隨二現在修未來修六智除世俗他心智八解脱道中二法四類智隨二現在修未來修七智除世俗智第九解脱道中二類智隨二現在修未來修八智及修三界無量善根未離欲染信勝解練根作見至時若世俗作加行彼加行道中現在惟修世俗智未來修七智除他心智若無漏作加行彼加行道中四法四類智隨二現在修未來修七智除他心智無間道中四法四類智隨二現在修未來修六智除世俗他心智

解脫道中四法四類智隨二現在修未來有說修六智除世俗他心智有說修七智除他心智已離欲染信勝解練根作見至時若世俗作加行彼加行道中現在惟修世俗智未來修八智若無漏作加行彼加行道中四法四類智隨二現在修未來修八智無間道中四法四類智隨二現在修未來修六智除世俗他心智解脫道中四法四類智隨二現在修未來有說修七智除世俗智有說修八智時解脫阿羅漢練根作不動時若世俗作加行彼加行道中現在惟修世俗智未來修八智若無漏作加行彼加行道中四法四類智隨二現在修未來修八智九無間道中二法四類智隨二現在修未來修六智除世俗他心智八解脫道中二法四類智隨二現在修未來修七智除世俗智第九解脫道中二類智隨二現在修未來修八智及修三界無量善根未離欲染聖者起四無量初二解脫前四勝處不淨觀持息念及世俗念住時現在惟修世俗智未來修七智除他心智雜修靜慮時初剎那頃四法四類智除二現在修未來修七智除他心智第二剎那頃現在惟修世俗智未來修七智除他心智第三剎那頃四法四類智隨二現在修未來修八智引發五通時五無間道中現在惟修世俗智未來修七智除他心智諸加行道二解脫道中現在惟修世俗智未來修八智一解脫道中未來修八智現在惟修世俗他心智有說亦修道法道類隨二他心智二解脫道不修智無記故已離欲染聖者起四無量世俗解脫勝

處徧處不淨觀持息念世俗念住世俗無礙解無諍願智邊際定空空無願無願無相無相三摩地入滅定想微細心時現在惟修世俗智未來修八智起無漏他心智時現在修道法道類隨二他心智未來修八智依靜慮地起無漏念住無漏義無礙解時四法四類智隨二現在修未來修八智起無漏辯無礙解時道法道類智隨二現在修未來修八智依無色定起無漏念住無漏義無礙解無漏解脫時四類智隨二現在修未來修八智依無色定起無漏辯無礙解時現在修道類二智未來修八智起入滅盡定微微心時現在惟修世俗智未來亦惟修世俗智是謂此處略毗婆沙若修法智亦類智耶答應作四句義不定故有修法智非類智謂入現觀苦集

滅道法智時學見迹阿羅漢已得法智現在前時此中入現觀苦集滅道法智時者謂見道中四法智時惟修法智不修類智所以者何以見道中若如是功德現在修未來即修如是功德法智現在前時惟修未來法智品類智現在前時惟修未來類智品故學見迹阿羅漢已得法智現在前時者學謂預流一來不還補特伽羅迹謂四聖諦以無漏慧已具見四諦迹故名學見迹阿羅漢者謂慧解脫或俱解脫此學無學已得法智現在前時惟修法智是習修故不修類智所以者何以曾得法現在前時勢力羸劣尚不能及第二刹那況能修餘未來遠者有修類智非法智謂入現觀苦集滅類智時學見迹阿羅漢已得類智現在前時此中入現觀苦集滅類智

時者謂見道中三類智時惟修類智不修法智義如前說學見迹阿羅漢已得觀智現在前時者謂學無學曾得類智現在前時惟修類智不修法智義如前說有俱修謂入現觀道類智時學見迹阿羅漢未得無漏智現在前時未得世俗智現在前能俱修時此中入現觀道類智時者謂見前後道類智時能修法智亦修類智由此位中捨曾得道得未曾得道證結斷一味得頓得八智俱時修十六行相故學見迹阿羅漢未得無漏智現在前時者謂有學位以無漏道離欲染若無漏作加行彼加行道九無間道九解脱道時乃至離無所有處染時亦爾離非想非非想處染若無漏作加行彼加行道九無間道八解脱道時信勝解練根作見至若無漏作加行彼

加行道無間道解脱道時雜修靜慮初後心時起無漏他心智無漏念住無漏解脱時如是等學位未得無漏智現在前時能修法智亦修類智若無學位離非想非非想處染第九解脱道時時解脱練根作不動若無漏作加行彼加行道九無間道九解脱道時雜修靜慮初後心時起無漏他心智無漏念住無漏無礙解無漏解脱時如是等無學位未得無漏智現在前時能修法智亦修類智未得世俗智現在前能俱修時者謂學位以世俗道離欲染若世俗作加行彼加行道九無間道九解脱道時乃至離無所有處染時亦爾離非想非非想處染若世俗作加行彼加行道時信勝解練根作見至若世俗作加行彼加行道時雜修靜慮中間心時引發五通諸

加行道五無間道三解脫道時起四無量世俗解脫勝處徧處不淨觀持息念世俗念住入滅定想微細心時若無學位時解脫練根作不動若世俗作加行彼加行道時雜修靜慮中間心時引發五通諸加行道五無間道三解脫道時起四無量世俗解脫勝處遍處世俗念住世俗無礙解無諍願智邊際定空空無願無願無相無相三摩地入滅定想微細心時如是等學無學位未得世俗智現在前時能修未來法智類智有俱不修謂學見迹阿羅漢已得世俗智現在前時未得世俗智現在前俱不修時一切異生染汙心無記心無想定滅定無想天無漏忍時此中學見迹阿羅漢已得世俗智現在前時者謂有學無學位已得世俗智現在前時勢力羸劣尚不能修未來自類有漏功德況能修異類法智類智品未得世俗智現在前俱不修時者謂即有學無學位未曾得聞思所成慧及入滅定微微心現在前時皆不能修法智類智一切異生者謂異生位諸有心時皆不能修法智類智此非異生所修法故染汙心者謂諸聖者諸染汙心現在前時皆不能修法智類智以染汙心是順退分其性沉重懈怠相應自尚非修況能修他無漏功德要順勝分其性輕妙精進相應心方能修善故無記心者謂諸聖者諸無記心現在前時皆不能修法智類智以無記心卑下羸劣如腐種子自尚非修況能修他無漏功德要堅勝心能修功德無想定滅定者謂住無想定及住滅定時俱不能修法智類智要有心位方有所修

無心位中不能修故無想天者有說生彼於一切時不起善心故不能修法智類智有說生彼雖起善心而不能修加行善法以彼惟起生得善故尚不能修加行有漏況法類智彼豈能修無漏忍時者謂見道中八無漏忍時不能修智爾時惟修自類功德非他類故問何故已得善法現在前時不能修餘未來諸善功德答作用劣故已受用故已作事故已與果故復次已修已息無勢用故復次起已得法現在前時前已得修今復習修二修歷世但有損減更無增益豈能更修未曾得善如人食用先所集財但有損減更無增益豈名更集未曾集財復次若多用功所起善法能修未來諸餘善法起已得善現在前時不多用功故不能修未來善法復次若已得善現在前時能修未來諸善法者世尊將欲入涅槃時次第入諸靜慮等至亦應能修未來功德世尊現起初盡智時已具得修一切功德今若更修前應未得若爾前位功德未滿初成佛時應非究竟證得無上正等菩提勿有此失故已得善現在前時定不能修未來善法餘修智義如文廣說准前方隅應知其相法智乃至道智於八智中一一緣幾智耶問何故作此論答爲止他宗顯正理故謂或有說諸所緣緣非實有體爲遮彼執顯所緣緣實有自體故作斯論答法智緣七智除類智類智緣七智除法智所以者何法智緣下類智緣上故不相緣如有二人同住一處一人觀地一人觀空如是二人不相見面他心智世俗智俱緣八智者此二總能緣心心

所法故苦智集智俱緣二智謂他心世俗智者此二惟能緣有漏心品故滅智不緣智者緣無爲故道智緣七智除世俗智者緣道諦故有餘於此別作問言法智乃至道智於八智中一一幾智緣耶即自答言法智四智緣除類苦集滅智類智四智緣除法苦集滅智他心智七智緣除滅智世俗智六智緣除滅道智苦集滅道智五智緣除苦集滅智法智乃至道智自他相望爲幾緣耶問何故作此論答爲止他宗顯正理故謂或有執緣無實體爲遮彼意欲顯四緣實有自體故作斯論答法智與法智爲四緣乃至廣說問何故此中與前結蘊不善納息所說有異謂此中說法智與法智爲四緣不善納息說有身見與有身見或爲四三二一緣耶答如此中說彼亦應爾如彼所說此亦應爾但爲顯示異相異文令受持者生欣樂故復次欲現二門二略二影二梯二隥二明二炬令知所說更相顯故復次彼說是了義此說非了義彼說無別意此說有別意彼說無別緣此說有別緣彼說依勝義此說依世俗復次彼依四種差別而說謂界差別世差別刹那差別等無間緣差別此惟依法種差別而說謂等無間緣差別法智與法智爲四緣者謂因等無間所緣增上此中因者如種子法等無間者如開避法所緣者如任杖法增上者如不障法法智與法智爲因緣者謂爲一因即同類因爲等無間緣者謂法智無間法智現在前爲所緣緣者謂法智緣法智而生爲增上緣者謂法智不障礙法智生與類智爲三緣除所緣

者謂法智與類智爲三緣除所緣爲因緣者謂法智與類智爲一因即同類因爲等無間緣者謂法智無間類智現在前爲增上緣者謂法智不障礙類智生除所緣者謂法智與類智互不相緣與他心智爲四緣等者謂法智與自相續他心智爲因等無間非所緣與他相續他心智爲所緣非因等無間餘如前說與世俗智爲三緣除因者謂因緣如種子法無漏與有漏非種子法故法智與世俗智非因緣但爲三緣與苦集滅智爲三緣除所緣者謂苦集智緣有漏法智無漏故非彼所緣滅智緣無爲法法智有爲故非彼所緣與道智爲四緣如前說類智與類智爲四緣等准前法智應知其相他心智與他心智爲四緣等者此中因緣謂一同類因餘如前說與世俗智爲四緣者此中因緣謂同類異熟二因餘如前說與苦集智爲四緣等者謂無漏他心智與苦集智爲一同類因者定非所緣彼緣有漏故若有漏他心智與苦集智爲所緣者定非因緣有漏不與無漏爲因緣故與滅智爲三緣除所緣者彼緣無爲故與道法類智爲四緣者義如前說世俗智與世俗智爲四緣者此中因緣謂同類徧行異熟三因餘如前說與苦集智爲三緣除因者有漏不與無漏法爲因緣故與滅道智爲二緣謂等無間增上者彼緣無漏故餘如前說與法類智爲三緣除因者有漏與無漏非如種子故與他心智爲四緣等者謂世俗智與自相續有漏他心智爲同類因等無間緣與自相續無漏他心智爲等無間緣俱非所緣與他相

續有漏他心智爲所緣非因等無間苦智與苦智及集滅智爲三緣除所緣等者如文廣說其中所以准前應知諸結欲界繫彼結法智斷耶乃至廣說問何故作此論答欲令疑者得決定故謂法智能斷色無色界結類智不能斷欲界結或有生疑如法智能斷色無色界結類智爲亦能斷欲界結耶如類智不能斷欲界結法智爲亦不能斷色無色界結耶欲令此疑得決定故顯法智定能斷色無色界結類智定不能斷欲界結故作斯論問何故法智能斷色無色界結類智不能斷欲界結耶答法智先斷欲界結故亦能斷色無色界結類智不先斷色無色界結故不能斷欲界結復次類智未斷色無色界結故法智斷之法智已斷欲界結故類智不斷復次若類智能斷欲界結者云何斷耶爲先斷色無色界結後斷欲界結爲先斷欲界結後斷色無色界結耶若先斷色無色界結後斷欲界結者欲界結麤先已斷故復何所斷若先斷欲界結後斷色無色界結者類智則應受他訶責自界諸結猶未能離如何欲斷他界結耶如王未降自國怨敵欲伏他國爲他所訶復次一切類智定以法智爲因故法智能助彼斷色無色界結非一切法智定以類智爲因故類智不能助法智斷欲界結復次道類智後類智多分不現在前設現在前勢用羸劣要畢竟離欲界結已勝用類智方容現前故彼不能斷欲界結復次法智要離欲界結已用方猛利由猛利故能斷上結類智要離有頂結已用方猛利彼猛利時下結已斷復

何所斷復次法智極猛利斷不善結尚不用功況無記結而不能斷如極利刀尚能斷鐵況草木等類智不極猛利斷無記結尚多用功況不善結而當能斷如以鈍刀斷草木等尚多用功況能斷鐵復次法智具能斷十八界十二處五蘊如有壯士力敵千夫能斷上結類智惟能斷十四界十處五蘊力用劣故不斷下結復次欲界邪見能緣三界苦集先斷彼已復欲斷彼所緣是故法智能斷上二界結色無色界邪見不能緣欲界苦集是故類智不能斷欲界結復次欲界他界緣遍行諸結能緣色無色界苦集先斷彼已復欲斷彼所緣是故法智能斷上二界結上界他界緣遍行諸結不緣欲界苦集是故類智不能斷欲界結如有國王先殺怨賊後亦壞彼遊戲之處復次欲界諸蘊遍切有情過於重擔既斷彼已數復讃彼對治及滅爾時復能斷上諸蘊是故法智能斷上界結類智不能斷欲界結然法智能斷色無色界結者是滅道法智非苦集法智所以者何法應爾故謂修行者爲欲界蘊現所逼切過於重擔既捨彼已報彼對治及滅惡故數復觀察數觀察時即自然能斷色無色界結復次欲界是不定界非修地非離染地色無色界是定界是修地是離染地非猒不定界法能斷定界結故復次欲界是麤色無色界是細非猒麤界法能斷細界結故復次欲界是下劣色無色界是勝妙非猒下劣界法能斷勝妙界結故復次欲界是下色界是中無色界是上非猒下界法能斷中上界結故復次若苦集法智能

斷色無色界結者便爲於異處修猒離於異處得解脱如斷手繫手得解脱若斷足繫足得解脱非斷手繫足得解脱非斷足繫手得解脱是故法智能斷色無色界結者是滅道法智非苦集法智然滅道法智能斷色無色界結者惟生欲界非生色無色界所以者何入出法智方便心惟欲界繫生上二界者已捨此心必不起故復次法智隨轉戒惟是欲界大種所造生上二界者捨此大種必不起故復次生上二界者必於法智所作已辦加行已息不復現前如阿羅漢於三界結斷對治道所作已辦不復現前問若爾何故諸阿羅漢起無漏智耶答欲觀所捨諸蘊過患及觀所得滅道勝利故彼復起諸無漏智復次彼由四緣起無漏智一爲住現法樂故二爲遊戲功德故三爲觀本所作故四爲受用聖財故尊者妙音作如是說世尊弟子生無色界不起靜慮及靜慮中所發功德生色界者不亦能起之彼説何義彼説若生無色界者不起法智斷上界結生色界者若未離色無色界染亦能起滅道法智斷色無色界結評曰彼不應作是說所以者何若有此義應不決定謂生色界於法智少分能起少分不能起少分能起者謂滅道法智少分不能起者謂苦集法智或有能起或有不能起或有能起者謂未離彼染或有不能起者謂已離彼染或時能起或時不能起或時能起者謂起離染道時或時不能起者謂引善根時是故前說於理爲善諸結欲界繫彼結法智斷耶答應作四句義不定故有結欲界繫非法智斷

謂欲界結或忍斷或餘智斷或不斷此中或忍斷者謂四法智忍斷或餘智斷者謂世俗智斷或不斷者謂已斷故或未起彼斷加行故有結法智斷非欲界繫謂色無色界結法智斷即色無色界修所斷結滅道法智斷有結欲界繫亦法智斷謂欲界結法智斷即欲界修所斷結四法智斷有結非欲界繫亦非法智斷謂色無色界結或忍斷或餘智斷或不斷此中或忍斷者謂四類智忍斷或餘智斷者謂類智或世俗智斷或不斷者謂已斷故或未起彼斷加行故諸結色無色界繫彼結類智斷耶答諸結類智斷彼結色無色界繫謂色無色界修所斷結四類智斷有結色無色界繫非類智斷謂色無色界結或忍斷或餘智斷或不斷此中或忍斷者謂四類智忍斷或餘智斷者謂法智或世俗智斷或不斷者謂已斷故或未起彼斷加行故諸結見苦所斷彼結苦智斷耶答諸結苦智斷彼結見苦所斷有結見苦所斷彼結非苦智斷或忍斷或餘智斷或不斷此中或忍斷者謂苦法類智忍斷或餘智斷者謂世俗智斷或不斷者謂已斷故或未起彼斷加行故必無苦智能斷彼結無漏智惟能斷修所斷故設結苦智斷彼結見苦所斷耶答諸結苦智斷彼結非見苦所斷是修所斷無漏智不能斷見所斷故見集滅道所斷結對集滅道智斷准上應知惟無間道能斷諸結由此中說苦智等不能斷見所斷結故

阿毗達磨大毗婆沙論卷第一百七 說一切有部發智

音釋

隥（都鄧切登陟之道也）

阿毗達磨大毗婆沙論卷第一百八

五百大阿羅漢等造

唐三藏法師玄奘奉詔譯

智蘊第三中修智納息第四之四

諸結法智斷彼結滅法智作證耶乃至廣說

問何故作此論答爲止他宗顯正理故謂或有執無間道斷諸結得解脱道證彼滅得如外國諸論師爲遮彼意顯無間道能斷諸結得亦證彼滅得若無間道惟斷結得解脱道方能證彼滅得者便違此説諸結法智斷彼結滅法智作證等若以滅道法智究竟離非想非非想處涤者彼以法智爲無間道類智爲解脱道如何可説諸結法智斷彼結滅即法智作證耶是故應知無間道能斷諸結得亦證彼滅得理不可違由此因緣故作斯論

諸結法智斷彼結滅法智作證耶答諸結法智斷彼結滅法智作證謂隨法智爲無間道斷爾所結此無間道即能證彼爾所滅故有結滅法智作證彼結非法智斷謂或忍斷或餘智斷彼結滅法智作證如預流者以世俗道斷欲界一品乃至五品結已復以法智爲無間道斷第六品得一來果爾時無間道法智證先忍所斷三界見所斷結滅及證先世俗智所斷欲界前五品修所斷結滅一來者以世俗道斷欲界第七第八品結已復以法智爲無間道斷第九品得不還果爾時無間道法智證先忍所斷三界見所斷結滅及證先世俗智所斷欲界前八品修所斷結滅不還者以世俗道或類智離初靜慮乃至無所有處涤以類智斷非想非非想處八品結已

復以法智爲無間道斷第九品得無學果爾時無間道法智證先忍所斷三界見所斷結滅及證先世俗智所斷欲界修所斷結滅類智世俗智所斷七地修所斷結滅類智所斷非想非非想處前八品修所斷結滅如是諸結滅法智作證彼結非法智斷諸結類智斷彼結滅類智作證耶答諸結類智斷彼結滅類智作證謂隨類智爲無間道斷爾所結此無間道即能證彼爾所滅故有結滅類智作證彼結非類智斷謂或忍斷或餘智斷彼結滅類智作證如諸聖者以法智或世俗道離欲界乃至無所有處染以法智斷非想非非想處八品結已復以類智斷第九品得無學果爾時無間道類智證先忍所斷三界見所斷結滅及證先法智世俗智所斷八地修所斷結滅法智所斷非想非非想處前八品修所斷結滅如是諸結滅類智作證彼結非類智斷諸結苦智斷彼結滅苦智作證耶答諸結苦智斷彼結滅苦智作證謂隨苦智爲無間道斷爾所結此無間道即能證彼爾所滅故有結滅苦智作證彼結非苦智斷謂或忍斷或餘智斷彼結滅苦智作證如預流者以世俗道或集滅道智斷欲界一品乃至五品結已復以苦智爲無間道斷第六品爾時無間道苦智證先忍所斷三界見所斷結滅及證先世俗集滅道智所斷欲界前五品修所斷結滅一來者以世俗道及集滅道智斷欲界第七第八品結已復以苦智爲無間道斷第九品得不還果爾時無間道苦智證先忍所斷三界見所斷結滅及證先世俗集滅道

智所斷欲界前八品修所斷結滅不還者以世俗道或集滅道智離初靜慮乃至無所有處深以集滅道智斷非想非非想處八品結已復以苦智爲無間道斷第九品得無學果爾時無間道苦智證先忍所斷三界見所斷結滅及證先世俗集滅道智所斷八地修所斷結滅集滅道智所斷非想非非想處前八品修所斷結滅如是諸結滅苦智作證彼結非苦智斷如說苦智說集滅道智應知亦爾問前門此門有何差別答諸有欲令無間道斷諸結得解脫道證彼滅得者彼說前門顯無間道作用此門顯解脫道作用諸有欲令無間道能斷諸結得亦證彼滅得者彼說前門顯無間道能斷諸結得及證彼滅得此門惟顯無間道證諸結滅得如斷結得證彼滅得捨過失修功德捨無義得有義捨下劣得勝妙離愛深苦證寂靜樂應知亦爾復次前門顯斷有爲此門顯證無爲復次前門顯頓斷此門顯數斷復次前門顯斷時即斷此門顯先斷後證是謂前門此門差別

眼根乃至無色界修所斷無明隨眠於十智中幾智知耶乃至廣說問何故作此論答爲止他宗顯正理故謂或有執有諸覺慧無所緣境如取幻事健達縛城鏡像水月影光鹿愛旋火輪等種種覺慧皆無實境爲遮彼執顯諸覺慧皆實有境或復有執有能知智不知所知有所知境非智所知爲遮彼執顯無能知智不知所知及無所知境非智所知由此因緣故作斯論若問攝應依十八界審思而答若問識應依十二處審思而答若問隨

眠應依五部審思而答若問智應依四聖諦審思而答如是諸法易可顯示易可施設此中問智故應依四聖諦審思而答然一切法略有五種謂四諦所攝及所不攝此中三界苦集及道諦所攝法各有二種謂相應及不相應滅諦所攝法及諦所不攝法各惟一種謂不相應欲界苦集諦所攝相應法七智知除類滅道智不相應法六智知除類他心滅道智色界苦集諦所攝相應法七智知除法滅道智不相應法六智知除法他心滅道智無色界苦集諦所攝相應不相應法俱六智知除法他心滅道智滅諦所攝法六智知除他心苦集道智道諦所攝相應法七智知除苦集滅智不相應法六智知除他心苦集滅智諦所不攝法一智知謂世俗智是謂此處略毗婆沙此中眼根七智知等准前所說應知其相問何故名智答能知所知故名爲智問何故名所知答是智所知故名所知尊者妙音作如是說能量故名智所量故名所知能稱所稱能度所度應知亦爾脇尊者言能知故名智若法是智所行所緣所取境事說名所知智與所知相對建立故無有智不知所知亦無所知非智所知無智無所知無所知無智

如說無常想若習若修若多所作能除一切欲貪色貪無色貪掉舉我慢無明乃至廣說問何故作此論答爲廣分別契經義故謂契經說無常想若習若修若多所作廣說如前契經雖有是說而不分別其義經是此論所依根本彼未說者今應說之故作斯論問世

尊何故說此契經答有諸有情心多懈怠不勤精進捨諸善軛爲勸策彼故說此經復次爲勸學者捨後有愛故說此經謂世尊說彌勒當來成佛時事有諸學者作是念言願我當見彼成佛事乃般涅槃故佛告言汝等今者有諸資具少時適意故愛後有若乏資緣爲苦所逼便於諸有都不愛樂爾時應修此無常想永盡諸漏而般涅槃是故不應貪愛後有故爲學者說此契經然無常想若習若修若多所作能除一切欲貪者此想應言法智相應謂苦法智此想應言有尋有伺謂未至定尋伺俱生此想應言捨根相應謂未至定捨根俱生此想應言與無願俱謂苦無願相應此想應言緣欲界繫謂緣欲界五蘊能除一切色貪者此想應言類智相應謂苦類

智此想應言或有尋有伺謂未至定及初靜慮尋伺俱生或無尋惟伺謂靜慮中間惟伺俱生或無尋無伺謂在後三靜慮此想應言或樂根相應謂在第三靜慮或喜根相應謂在初二靜慮或捨根相應謂在未至定靜慮中間第四靜慮此想應言與無願俱謂苦無願相應此想應言緣色界繫謂緣色界五蘊能除一切無色貪者此想應言類智相應謂苦類智或有尋有伺或無尋惟伺或無尋無伺樂喜捨根相應與無願俱緣無色界繫如前能除色貪想說有差別者此想或無尋無伺謂在後三靜慮及前三無色或捨根相應謂在未至定靜慮中間第四靜慮及前三無色緣無色界繫謂緣無色界四蘊能除一切掉舉我慢無明者此想應言法類智相應謂

苦法類智此想應言或有尋有伺或無尋惟伺或無尋無伺樂喜捨根相應與無願俱皆如前能除無色貪想說此想應言或緣欲界繫謂緣欲界五蘊或緣色界繫謂緣色界五蘊或緣無色界繫謂緣無色界四蘊問一切聖道皆能斷結何故惟說無常想耶答此中想聲顯諸聖道謂佛或時以受聲想聲思聲意聲燈聲信精進念定慧聲船筏聲山石聲水聲華聲慈悲喜捨聲顯諸聖道廣說如前此中亦爾故不應難問無常想惟能對治二部煩惱謂見苦及修所斷何故此中說能除一切三界貪等答此中但應說能除三界貪等不應說一切而說一切者一切有二種謂少分一切及一切一切此中但說少分一切謂見苦及修所斷一切非餘復次佛為聖者說此契經彼已永斷見所斷結勸彼修習此無常想令斷一切三界修所斷結故無有過問無常想能對治七隨眠何故此中惟說能斷貪慢無明答由此三種通三界遍五部是故偏說五見及疑雖通三界而不遍五部瞋雖遍五部而不通三界故不說之復次由此三種通三界異生聖者俱可現行是故偏說五見及疑雖通三界而諸聖者必不現行瞋雖異生聖者俱可現行而不通三界是故不說問何故貪分三界差別而掉舉等不然答彼亦應分三界差別而不分者應知有餘復次欲現異說異文莊嚴於義令受持者生欣樂故復次欲現二門二略乃至廣說復次貪愛是重難斷難破多諸過患是故偏分復次以貪愛故諸界諸地諸部差別是故偏分問

修無常想能除七慢何故此說惟除我慢答此中且說近對治故謂無常想是我慢近對治如契經說若諸苾芻修無常想者能引無我想若住無常無我想者能斷我慢速盡諸漏問何故一切隨煩惱中惟說掉舉答隨煩惱中過患增者惟有掉舉謂通三界是纏性攝惛沉雖具如是二義而在上界順等至故過患不增是故此中偏說掉舉如說七處善三義觀能於此法毗奈耶中速盡諸漏云何爲七謂如實知色集色滅趣色滅行色味色患色出如實知受想行識七亦爾此智當言法智乃至道智耶乃至廣說問何故作此論答爲廣分別契經義故謂契經說苾芻當知有七處善及三義觀廣說如前契經雖作是說而不分別其義經是此論所依根本彼未說者今應說之故作斯論問世尊何故說此契經答有諸學者已入見道住修道中爲修所斷煩惱所惱世尊欲令修彼對治告言汝等已得聖道何不依之斷餘煩惱如勇健人爲怨所惱他人告曰汝既勇健寧不害怨而爲彼惱復次有諸學者已得初果於後勝果不作加行設作加行不如實知世尊欲令起勝加行告言汝等若能不捨先得預流諸加行者不久必獲究竟漏盡佛爲彼故說此契經如實知色是四智謂法類世俗苦智者此中法智知欲界色果類智知色界色果世俗智知一切色果苦智知有漏色果非常苦空非我此雖有四而立一善皆同觀察一色果故如實知色集是四智謂法類世俗集智者此中法智知欲界色因類智知色界色因世

俗智知一切色因集智知有漏色因集生緣此雖有四而立一善皆同觀察一色因故如實知色滅是四智謂法類世俗滅智者此中法智知欲界色滅類智知色界色滅世俗智知一切色滅滅智知有漏色滅靜妙離此雖有四而立一善皆同觀察一色滅故如實知趣色滅行是四智謂法類世俗道智者此中法智知欲色界對治道類智知色界色對治道世俗智知一切色對治道道智知有漏色對治道如行出此雖有四而立一善皆同觀察一色道故如實知色味是四智謂法類世俗集智者此中四智皆知色味如前應知此雖有四而立一善皆同觀察一色集故如實知色患是四智謂法類世俗苦智者此中四智皆知色患如前應知此雖有四而立一善

皆同觀察一色苦故如實知色出是四智謂法類世俗滅智者此中四智皆知色出如前應知此雖有四而立一善皆同觀察一色滅故如實知受想行識七亦爾者如觀色說問若爾應說三十五處善或無量處善何故說七答觀一一蘊各有七不過七數故說有七如餘經說諸預流者極七返有彼若別說二趣二有應二十八謂人趣有七天趣有七人中有有七天中有有七然不過七故說七名又如餘經說有二法謂眼色乃至意法又如餘經說三轉法輪有十二行相彼不過二及十二故說二十二此亦如是脇尊者言此經應說如實知色乃至識如實知色集乃至識集如實知色滅乃至識滅如實知趣色滅行乃至趣識滅行如實知色味乃至識味如

實知色患乃至識患如實知色出乃至識出若作是説惟有七處善非三十五或無量種復次若略説有七處善若廣説有三十五或無量種契經略説故惟有七如略廣總別不分別分別頓説漸説應知亦爾復次爲利根者説七處善爲鈍根者説三十五或無量種如利根鈍根因力緣力内分力外分力内思惟力外聞法力開智説智應知亦爾復次依近觀察説七處善依遠觀察説三十五或無量種如近遠鄰逼非鄰逼現前非現前此衆同分餘衆同分應知亦爾復次依無漏觀説七處善依有漏觀説三十五或無量種如有漏無漏世出世縛解繫不繫應知亦爾復次依現觀時説七處善依觀察時説三十五或無量種復次依總相觀故説七處善依別相觀故説三十五或無量種如總相別相觀自相共相觀自相共相覺自相共相作意應知亦爾問此中爲説自相作意爲説共相作意耶設爾何失若説自相作意者此中所説當云何通如説七處善三義觀能於此法毗奈耶中速盡諸漏非自相作意可能盡漏若説共相作意者此中所説復云何通如説如實知色乃至如實知識答應作是説此中正説自相作意問若爾云何能速盡漏答此自相作意能引共相作意彼共相作意能速盡漏依展轉因故作是説復有説者此中正説共相作意問若爾云何此契經説如實知色乃至如實知識耶答此契經中應作是説如實知蘊蘊集蘊滅趣蘊滅行蘊味蘊患蘊出而別説者應知説時異現觀時異如佛爲四天

王先以聖語說四聖諦二解二不解等如前已說故知說時異現觀時異謂說時別說現觀時總現觀故問七處善三義觀有何差別答名即差別謂名七處善名三義觀故有作是說七處善是無漏三義觀是有漏問若爾此說當云何通如實知色是四智謂法類世俗苦智等答此世俗智雖亦容有而不現行復次此七處善是聖行相說爲無漏實通有漏對三義觀非聖行相惟是有漏故名無漏問爲能以七處善入三義觀耶答不能以七處善是無漏行相三義觀是有漏行相故復有說者七處善通有漏無漏三義觀惟有漏問爲能以七處善入三義觀耶答能然多用功力多起作意多作加行謂如實知色乃至識如實知色患乃至識患而入蘊觀如實知色集乃至識集如實知色味乃至識味而入處觀如實知色滅乃至識滅如實知色出乃至識出而入界觀雖能如是以七處善入三義觀而多用功力多起作意多作加行問三義觀在前七處善在後世尊何故先說七處善後說三義觀耶答雖三義觀在前七處善在後而先說七處善後說三義觀者於說於文皆隨順故復次如是次第說者受者皆隨順故復次若作是說於文於義皆圓滿故若先說三義觀後說七處善者則於義雖圓滿而於文不圓滿尊者妙音作如是說應前說者則前說之應後說者則後說之二俱無過以三義觀位則有二一在見道前二在修道前見道前者此中不說修道前者此中說之如見道修道見地修地未知當知根已知根

應知亦爾脇尊者言此中說四地謂修行地見地修地無學地如說七處善三義觀者說修行地如實知色色集色滅趣色滅行乃至識亦爾者說見地如實知色味色患色出乃至識亦爾者說修地速盡諸漏者說無學地問何故見道中說四處善修道中但說三處善耶答以見道處所決定對治決定非修道故復次以見道所緣決定對治決定非修道故復次以見道初得見諦初得現觀修道已得見諦已得現觀故復次以見道初得聖種性初得聖行相修道已得聖種性已得聖行相故問何故於此七處善中再說前三諦一說道諦耶答此中道諦數分別故謂如實知色乃至識此如實知皆是道諦如實知色集乃至識集色滅乃至識滅趣色滅行乃至趣識滅行色味乃至識味色患乃至識患色出乃至識出此如實知亦皆是道諦既於道諦數分別故不再說之復次有已生苦有未生苦有已生苦因有未生苦因有已生苦滅有未生苦滅如是諸法惟有道諦能知斷證故說三諦則已說道復次有近苦有遠苦有近苦因有遠苦因有近苦滅有遠苦滅如是諸法惟有道諦能知斷證故說三諦則已說道復次三諦有邊是故再說道諦無邊故惟一說問因論生論何故三諦說有邊而道諦說無邊耶答苦可盡知集可盡斷滅可盡證道不可盡修故餘義廣說如現觀邊世俗智處復次前四處善說見道位見道必具觀察四諦故具說四後三處善說修道位修道位中所修聖道即是道諦未必具觀四聖諦故但

說三種復次一切賢聖皆猒苦集欣樂涅槃聖道不爾是故世尊再說三諦一說道諦問何故見道中先說苦諦後說集諦而修道中先說集諦後說苦諦耶答見道中依現觀次第修道中依因果次第故作是說復次見道中依見次第修道中依說次第故作是說以見次第先果後因說次第先因後果故復次佛依修道爲愛行者說斷愛法作如是言汝等先應觀察諸蘊味觀察味已見味過患見過患已能速出離復次修道位中已於生死有分齊故不多猒苦但爲煩惱擾濁心故多猒煩惱諸煩惱中愛數行故多分猒愛故修道中先觀愛味次觀愛患後觀愛出復次愛於現在最能引心馳流諸境愛於未來最能潤有令不斷絕故諸聖者猒愛心增修道位中先觀愛味次觀愛患後觀愛出問何故世尊令所化者數數觀察所知境界答無始時來迷所知境失於正道沉淪生死受種種苦世尊欲令悟所知境趣於正道超出生死離種種苦故令數觀所知境界此中要者謂七處善及三義觀問先集後味有何差別答名即差別謂名色等集名色等味故復次集通六識味惟意地復次集通染汙不染汙味惟染汙復次集通三界味惟欲界復次集通業煩惱味惟煩惱復次集通諸煩惱味惟是愛是謂差別問諸蘊集爲是一爲有異耶設爾何失若是一者契經所說當云何通如說喜集故有色集觸集故有三蘊集名色集故有識集若有異者施設論說復云何通如說此愛若過去若未來若現在皆是苦因苦根本

苦道路苦由緒苦能作苦生苦縁苦有苦集及苦等起答應作是說有别縁故諸蘊集是一有别縁故諸蘊集有異謂依遠因故諸蘊集是一依近因故諸蘊集有異如依遠近在彼在此不現前現前餘身衆同分此身衆同分應知亦爾復次契經中說三種集異一煩惱集二苦集三業集謂喜集故有色集者說煩惱集觸集故有三蘊集者說苦集名色集故有識集者說業集此經中說業名色故如說煩惱苦業集煩惱苦業有煩惱苦業生煩惱苦業路應知亦爾復次契經中說三時有異一積集時二受用時三守護時謂喜集故有色集者說積集時觸集故有三蘊集者說受用時名色集故有識集者說守護時復次此中别說三時有異一將和合時二正和合時三不别離時謂喜集故有色集者說將和合時觸集故有三蘊集者說正和合時名色集故有識集者說不别離時復次此契經中說三有異一中有二本有三生有謂喜集故有色集者說中有觸集故有三蘊集者說本有名色集故有識集者說生有復次喜集故有色集者說名縁色觸集故有三蘊集者說名縁名名色集故有識集者說名色縁名復次以愛悕求未來諸有身分自體故世尊說喜集故有色集觸能長養心心所法住持牽引令現在前故世尊說觸集故有三蘊集識依名色增長廣大故世尊說名色集故有識集問先苦後患有何差别答名即差别謂名色等苦名色等患故復次苦通三受患惟苦受復次苦通染汙不染汙患惟染汙復次苦

通三界患惟欲界復次苦通煩惱業苦患惟煩惱復次苦通諸煩惱患惟在愛是謂差別名色乃至識滅色乃至識出何差別耶答若由此愛諸色集起彼斷名色滅若識餘愛緣色增廣彼斷名色出乃至廣說問何故此中問色等滅而答愛等滅耶答因斷故果隨斷因滅故果隨滅因息故果隨息捨因故亦捨果吐因故果亦吐若斷道路諸有不續色等永滅便至苦邊故問色等滅而答愛等滅問何故此中已生愛等斷名滅未生愛等斷名出耶答已生煩惱業已有所作已障聖道已取果已與果已爲同類遍行異熟因已取等流異熟果於自相續已作染汙已作繫縛已作苦事但可斷滅不可出離故說爲滅未生煩惱業與上相違可出離故說之爲出如三苦事一者已受二者正受三者當受已正受者不可出離當應受者或以自力或以他力或財物力而可出離問何故此中三說愛再說餘煩惱業耶答以愛難斷難破難可越度多諸過患甚可訶責故三說之如諸賊女人與餘惡法總訶猒已復別訶猒復次由愛力故界別地別部別一切煩惱因愛而生因愛增長故三說之問何故諸處以種種門數數分別滅諦非餘答以此滅諦一切法中最勝最妙四聖諦中亦最勝妙故多分別問何故此中但問答分別滅出差別非集味苦患耶答亦應說彼二種差別而不說者是有餘說復次此中以後顯示於前謂問答分別滅出差別應知前二亦應說之復次滅諦最勝故偏分別苦集非勝故不說之

阿毗達磨大毗婆沙論卷第一百八 說一切有部發智

音釋

掉 徒弔切搖動也 軛 於革切轅端橫木也 惛 呼昆切不明了也 悕 香依切慕也

阿毗達磨大毗婆沙論卷第一百九

五百大阿羅漢等造

唐三藏法師玄奘奉　詔譯

智蘊第三中七聖納息第五之一

隨信行乃至俱解脫於八智幾成就幾不成就如是等章及解章義既領會已次應廣釋

問何故作此論答爲止他宗顯正理故謂或有執無實成就不成就性爲遮彼執顯成就性不成就性體俱實有故作斯論問何故此中及後定蘊俱依七種補特伽羅而作論前於結蘊不善納息惟依五種補特伽羅而作論耶答是作論者意欲爾故乃至廣說復次前結蘊中依有結者而作論故不說後二補特伽羅此及定蘊依有智定補特伽羅而作論故亦說後二復次前結蘊中以補特伽羅爲章以煩惱爲門故不說後二此及定蘊以補特伽羅爲章以智定爲門故亦說後二以慧解脫及俱解脫雖無煩惱而有智定故具說七補特伽羅廣辯七種補特伽羅如前結蘊不善納息答隨信行於八智或成就一二三四五六七八義不定故謂苦法智忍時無他心智一有他心智二者若未離欲染入正性離生不成就他心智故名無他心智彼成就一世俗智若已離欲染入正性離生成就他心智故名有他心智彼成就世俗他心二智苦法智苦類智忍時無他心智三有他心智四者此二心頃若不成就他心智但成就三謂法智苦智世俗智若成就他心智則成就四謂前三加他心智後位增智准前應知隨法行亦爾者如隨信行或成就一乃至八

故以此二聖地等道等所依身等離染亦等惟根有異謂隨信行是鈍根攝隨法行是利根攝信勝解於八智或成就七八謂無他心智七有他心智八者謂未離欲染不成就他心智故惟成就七若已離欲染亦成就他心智故具成就八見至亦爾者如信勝解或成就七或具八故以此二聖地等道等所依身等離染亦等惟根有異准前應知身證慧解脫俱解脫於此八智皆成就者以此二聖皆已離欲染具成就八智故隨信行乃至俱解脫於八智成就過去幾未來幾現在幾問何故作此論答爲止他宗顯正理故謂或有執過去未來俱非實有爲遮彼執顯彼實有復次前雖總說成就八智未依三世分别多少今欲說之故作斯論答隨信行於八智苦

法智忍時無他心智過去未來一現在無有他心智過去未來二現在無者無他心智有他心智義如前說一謂世俗智二謂世俗他心智忍非智故現在都無苦法智時無他心智過去一者謂世俗智未來三者謂法智苦智世俗智現在二者謂法智苦智有他心智過去二未來四現在二者過去未來加他心智現在不加以他心智見道決定無容現前亦不修故後位增智准前應知隨法行亦爾者此二地等廣說如前信勝解於八智無他心智未來七有他心智未來入過去若已滅不失現在若現在前者過去若已滅非得果練根及退故失則成就若未已滅設已滅三緣故失則不成就此說無漏智或他心智非世俗智以世俗智過去未來定成就故現在

或一或二或三若無心時都不成就見至亦爾者准前應知身證等三如文具說已滅不失謂若已滅非練根等及退故失則成就隨信行乃至俱解脫法智乃至道智現在前時幾智現在前耶問何故作此論答為止他宗顯正理故謂或有執謂智雖可一一現前不得有二為遮彼執顯智現前或一或二或復三種有餘復執入現觀時總觀四諦四智頓起為遮彼執顯現觀時各別觀諦無二諦智俱時起義況得起多或復有執多識俱生多智普起為遮彼執顯一有情一剎那中惟起一識智體亦爾故作斯論答隨信行法智現在前時二智現在前謂法苦智二廣說乃至道智現在前時二智現在前謂道法智二者謂見道位七智現在前時一一剎那智體雖一而義說二謂對治故或名法智或名類智行相故或名苦智乃至或名道智隨法行亦爾者此二地等廣說如前信勝解法智現在前時或二三智現在前謂法苦智二廣說乃至道智現在前時或二三智現在前謂道法智非他心智二是他心智三道類智非他心智二是他心智三者謂修道位諸智現在前時一一剎那智體雖一而義說二或義說三謂無漏智現在前時若苦集滅智及他心智所不攝道智但義說三謂對治故或名法智或名類智行相故或名苦智乃至或名道智若他心智所攝道智則義說三謂對治故或名法智或名類智行相故名道智加行故名他心智有漏智現在前時若非他心智則惟一智謂世俗智若是他心智則義說二謂自

性故名世俗智加行故名他心智見至身證亦爾者謂位等故諸智現前義相似故慧解脱法智現在前時或二三智現在前謂法苦智非盡無生智二是盡或無生智三廣說乃至道智現在前時或二三智現在前謂道法智非盡無生他心智二是盡或無生或他心智三道類智非盡無生他心智二是盡或無生或他心智三者謂無學位諸智現在前時一一刹那智體雖一而義說二或義說三謂無漏智現在前時若盡無生智所不攝苦集滅智及盡無生他心智所不攝道智但義說二謂對治故或名法智或名類智行相故或名苦智乃至或名道智若盡或無生智所攝苦集滅智及盡或無生或他心智所攝道智則義說三謂對治故或名法智或名類智行相故或名苦智乃至或名道智事辦故或名盡智因圓故或名無生智加行故或名他心智有漏智現在前時若非他心智則惟一智謂世俗智若是他心智則義說二謂自性故名世俗智加行故名他心智問何故盡智無生智他心智體不相雜耶答盡無生智非見自性他心智是見自性故不相雜盡智無生智所起行相互有異故亦不相雜謂苦我已知等是盡智所起行相不復當知等是無生智所起行相俱解脱亦爾者謂位等故隨信行乃至俱解脱於三三摩地幾成就幾不成就問何故作此論答爲止他宗顯正理故謂或有執三三摩地體惟是一義說三種爲遮彼執顯此三種自性各異故作斯論答隨信行於三三摩地滅法智忍未已生成就二已

生成就三者謂滅法智忍未現在前但成就空無願二苦法智忍時二雙修故滅法智忍已生乃至道類智忍現在前時皆成就三復成就無相故隨法行亦爾者此二地等廣說如前信勝解乃至俱解脫於三三摩地皆成就者已具得故隨信行乃至俱解脫於三三摩地成就過去幾未來幾現在幾答隨信行於三三摩地若依空入正性離生苦法智忍時過去無未來二現在一廣說乃至滅法智乃至道類智忍時過去二未來三現在一者謂若依空入正性離生見苦初心頃過去無見苦四心頃現在一謂空見苦後三心頃及見集初心頃過去一謂空見集後三心頃見滅初心頃過去二謂空無願見苦見集各四心頃未來一謂空無願見滅四心頃現在一謂無相見集四心頃見道三心頃現在一謂無願見滅後三心頃見道三心頃皆過去具三見滅四心頃見道三心頃皆未來亦具三若依無願入正性離生應知亦爾有差別者謂過去定無空惟有一或二見苦見集各四心頃見道三心頃皆現在一謂無願問何等補特伽羅依空入正性離生何等補特伽羅依無願入正性離生耶答若見行者依空入正性離生若愛行者依無願入正性離生惟除菩薩雖是愛行而依空入正性離生又見行者復有二種著我見者依非我行相入正性離生著我所見者依空行相入正性離生諸愛行者亦有二種我慢增者依非常行相入正性離生懈怠增者依苦行相入正性離生復次若利根者多依空入正性離生若鈍

根者多依無願入正性離生如利根鈍根乃至開智說智應知亦爾若依無願入正性離生者彼或依無願無相離三界染盡衆同分空不現前隨法行亦爾者此二地等廣說如前信勝解乃至俱解脫於三三摩地皆未來三過去若已滅不失現在若現在前者此皆准前應知其相隨信行乃至俱解脫空無願無相三摩地現在前時幾智現在前耶答隨信行空三摩地現在前時或二或無廣說乃至俱解脫亦爾者謂見道中忍時無智智時有二智修道中苦集滅智時有二智道智時或二或三智無學道中苦集滅智無學正見攝者一一有二智非無學正見攝者一一有三智道智若非無學正見攝者有三智若是無學正見攝他心智者亦有三智即此若非他心智者惟有二智問何故盡無生智不與空三摩地相應耶答行相異故謂空行相非盡無生智若盡無生智行相非空復次空三摩地與見相應盡無生智非見性故復次空三摩地自性是勝義所起行相亦是勝義盡無生智自性雖是勝義而所起行相非勝義謂此智後作是念言我生已盡等有我行相是世俗攝非勝義故隨信行乃至俱解脫三無漏根七覺支八道支隨應現在前時幾智現在前耶答隨信行未知當知根現在前時或二或無廣說乃至俱解脫亦爾者謂見道中八忍時全無智七智時各有二智修道中苦集滅智時各有二智道智時或有二智或有三智無學道中苦集滅道智皆或有二智或有三智准前應知問此中數說慧解脫者

起他心智此起必依根本靜慮若慧解脫亦能現起根本靜慮豈不違害蘇尸摩經彼經中說慧解脫者不能現起根本靜慮答慧解脫有二種一是少分二是全分少分慧解脫於四靜慮能起一二三全分慧解脫於四靜慮皆不能起此論中說少分慧解脫故能起他心智蘇尸摩經說全分慧解脫彼於四靜慮皆不能起如是二說俱爲善通由此少分慧解脫者乃至能起有頂等至但不得滅定若得滅定名俱解脫諸法法智相應彼法類智相應耶乃至廣說問何故作此論答爲止他宗顯正理故謂或有執心心所法一一而生無相應義爲遮彼執顯心心所必俱時生有相應義或復有執心心所法前後相應有餘復執自性與自性相應爲遮彼執顯相應者必俱時生別有自體故作斯論此中諸法由三緣故互相交涉對顯相應謂或有法由相攝故互相交涉如智與智或復有法由相應故互相交涉如智與三摩地或復有法由相攝相應故互相交涉如智與相覺支道支是謂此處略毗婆沙諸法法智相應彼法類智相應耶答不爾設法類智相應彼法法智相應耶答不爾所以者何非一心故所緣異故對世俗智亦爾所以者何非一心故有漏無漏聚各異故諸法法智相應彼法他心智相應耶答應作四句義不定故有法法智相應非他心智謂他心智所不攝法智相應法此法是何謂苦集滅法智及他心智所不攝道法智相應法有法他心智相應非法智謂法智所不攝他心智相應法此法是何謂類

智世俗智所攝他心智相應法有法法智相應亦他心智謂法智所攝他心智相應法此法是何謂此相應九大地法十大善地法尋伺及心有法非法智相應亦非他心智謂法智他心智及法智他心智不攝不相應諸餘心心所法色無爲心不相應行此中法智他心智者自性與自性不相應故及法智他心智不攝不相應諸餘心心所法者不攝除彼自性不相應除彼相應取諸餘心心所法此法是何謂苦集滅類智他心智所不攝道類智相應聚無漏忍相應聚他心智不相應一切有漏心心所法色無爲心不相應者謂一切色無爲心不相應行皆非法智相應亦非他心智無所緣故對苦集滅道智及正見亦爾者如法智對他心智作四句此對苦集滅道智及八道支中正見亦爾諸法法智相應彼法空三摩地相應耶答應作四句此中法智與三三摩地相應空三摩地與二智二忍相應二智者謂苦法智苦類智二忍者謂苦法智忍苦類智忍是故此中作大四句有法法智相應非空謂法智相應空及空不相應法智相應法此中法智相應空者謂法智俱生空三摩地此與法智相應非空自性與自性不相應故及空不相應法智相應法者謂無願無相俱生法智相應法有法空相應非法智謂空相應法智及法智不相應空相應法此中空相應法智者謂空俱生法智此與空相應非法智自性與自性不相應故及法智不相應空相應法者諸苦類智及苦忍俱生空三摩地相應法有法法智相應亦空謂

二相應法此中二相應法者謂法智空俱生聚中除二自性諸餘心心所法此法是何謂二相應八大地法十大善地法尋伺及心有法非法智相應亦非空謂法智不相應空空不相應法智及法智空不攝不相應諸餘心心所法色無爲心不相應行此中法智不相應空者謂苦類智及苦忍俱生空三摩地此非法智相應是他聚故亦非空相應自性與自性不相應故空不相應法智者謂無願無相俱生法智此非空相應是他聚故亦非法智相應自性與自性不相應及法智空不攝不相應諸餘心心所法者不攝除二自性不相應除二相應取諸餘心心所法此法是何謂法智不相應無願無相相應聚及一切有漏心心所法色無爲心不相應行者謂一切色無爲心不相應行皆非法智相應亦非空無所緣故對無願無相喜覺支正思惟亦爾者如法智對空作大四句此對無願無相喜覺支正思惟亦爾諸法法智相應彼法未知當知根相應耶答應作四句義不定故有法法智相應非未知當知根謂未知當知根所不攝法智相應法此法是何謂巳知根具知根所攝法智相應法此與法智相應非未知當知根是他聚故有法未知當知根相應非法智謂未知當知根所攝法智及法智不攝不相應未知當知根相應法此中未知當知根所攝法智者謂未知當知根俱生聚中法智此與未知當知根相應非法智自性與自性不相應故及法智不攝不相應未知當知根相應法者謂諸類智及無漏忍俱生聚中

未知當知根相應法此與未知當知根相應非法智是他聚故有法法智相應亦未知當知根謂未知當知根所攝法智相應法此法是何謂餘八根及彼相應餘非根心所法有法非法智相應亦非未知當知根謂未知當知根所不攝法智及法智未知當知根不攝不相應諸餘心心所法色無爲心不相應行此中未知當知根所不攝法智者謂已知根具知根俱生聚中法智此非法智相應自性與自性不相應故亦非未知當知根相應是他聚故及法智未知當知根不攝不相應諸餘心心所法者謂法智不攝不相應已知根具知根俱生聚中心心所法及一切有漏心心所法皆非法智相應亦非未知當知根是他聚故色無爲心不相應行者謂一切色無爲心不相應行皆俱不相應無所緣故對已知具知根亦爾者如法智對未知當知根有四句此對已知根具知根亦爾諸法法智相應彼法念覺支相應耶答應作四句義不定故有法法智相應非念謂法智相應念覺支此與法智相應非念自性與自性不相應故有法念覺支相應非法智謂法智及法智不相應念覺支相應法此中法智者謂念覺支俱生法智此與念覺支相應非法智自性與自性不相應故及法智不相應念覺支相應法者謂無漏忍及類智俱生聚中念覺支相應法此與念覺支相應非法智是他聚故有法法智相應亦念謂二相應法即法智俱生聚中除法智及念諸餘心心所法與二相應此復是何謂二相應八大地法十大善地法

尋伺及心有法非法智相應亦非念謂法智不相應念覺支及餘心心所法色無爲心不相應行此中法智不相應念覺支者謂無漏忍類智俱生聚中念覺支此非法智相應是他聚故亦非念相應自性與自性不相應故及餘心心所法者此非無漏心心所法但是有漏心心所法色無爲心不相應行者謂一切色無爲心不相應行皆俱不相應無所緣故對精進輕安定捨覺支正精進正念正定亦爾者如法智對念覺支有四句此對精進覺支乃至正定亦爾諸法法智相應彼法擇法覺支相應耶答諸法法智相應亦擇法覺支法智皆是擇法覺支攝故有法擇法覺支相應非法智謂法智所不攝擇法覺支相應法此法是何謂無漏忍類智俱生聚中擇法覺支相應法此與擇法覺支相應非法智是他聚故如法智對後類智對後亦爾者如法智對類智乃至正定類智對他心智乃至正定亦爾諸法他心智相應彼法世俗智相應耶答應作四句義不定故有法他心智相應非世俗智謂世俗智所不攝他心智相應法此法是何謂無漏他心智相應法有法世俗智相應非他心智謂他心智所不攝世俗智相應法此法是何謂他心智所不攝諸善染汙無覆無記世俗智相應法有法他心智相應亦世俗智謂他心智所攝世俗智相應法此法是何謂此相應九大地法十大善地法尋伺及心有法非他心智相應亦非世俗智謂他心世俗智及他心世俗智不攝不相應諸餘心心所法色無爲心不相應行此中他

心世俗智者自性與自性不相應故及他心世俗智不攝不相應諸餘心心所法者謂無漏忍苦集滅智及他心智所不攝道智俱生聚心心所法俱不相應是他聚故色無爲心不相應行者謂一切色無爲心不相應行俱不相應無所緣故對道智擇法覺支正見亦爾者如他心智對世俗智有四句此對道智擇法覺支正見亦爾諸法他心智相應彼法苦智相應耶答不爾設法苦智相應彼法他心智相應耶答不爾對集滅智空無相三摩地未知當知根亦爾者非一心故此或行相異故或所緣異故諸法他心智相應彼法無願三摩地相應耶答應作四句義不定故有法他心智相應非無願謂他心智相應無願及無願不相應他心智相應法此中他心智相應無願者謂他心智俱生無願此與他心智相應非無願自性與自性不相應故及無願不相應他心智相應法者謂有漏他心智相應法此與他心智相應非無願是他聚故有法無願相應非他心智謂無願相應他心智及他心智不相應無願相應法此中無願相應他心智者謂無願俱生他心智此與無願相應非他心智自性與自性不相應故及他心智不相應無願相應法者謂苦集無願及他心智不相應道無願相應法此無願相應非他心智是他聚故有法他心智相應亦無願謂二相應法即無漏他心智俱生聚中除他心智及無願三摩地諸餘心心所法此法是何謂八大地法十大善地法尋伺及心有法非他心智相應亦非無願謂他心智不

相應無願無願不相應他心智及諸餘心心所法色無爲心不相應行此中他心智不相應無願者謂苦集無願及他心智不相應道無願此非他心智相應是他聚故亦非無願相應自性與自性不相應故無願不相應他心智者謂有漏他心智此非無願相應是他聚故亦非他心智相應自性與自性不相應故及諸餘心心所法者謂空無相俱生聚中心心所法及他心智不攝不相應有漏心心所法此俱不相應是他聚故色無爲心不相應行者謂一切色無爲心不相應行此俱不相應無所緣故對念精進喜輕安定捨覺支正思惟正精進正念正定亦爾者如他心智對無願有四句此對六覺支四道支亦爾諸法他心智相應彼法已知根相應耶答應作四句義不定故有法他心智相應非已知根謂已知根所不攝他心智相應法此法是何謂具知根所攝他心智相應及有漏他心智相應心心所法此法他心智相應非已知根相應是他聚故有法已知根相應非他心智謂已知根所攝他心智及他心智不攝不相應已知根相應法此中已知根所攝他心智者謂修道中無漏他心智此與已知根相應非他心智自性與自性不相應故及他心智不攝不相應已知根相應法者謂修道中苦集滅智俱生聚及他心智所不攝道智俱生聚中心心所法此與已知根相應非他心智是他聚故有法他心智相應亦已知根謂已知根所攝他心智相應法此法是何謂修道中無漏他心智相應法即此相應八無漏根及彼

相應餘非根心所法有法非他心智相應亦非已知根謂已知根所不攝他心智及他心智已知根不攝不相應諸餘心心所法色無爲心不相應行此中已知根所不攝他心智者謂具知根所攝他心智及有漏他心智此非他心智相應自性與自性不相應故亦非已知根相應是他聚故及他心智已知根不攝不相應諸餘心心所法者謂未知當知根俱生聚心心所法他心智不攝不相應具知根俱生聚心心所法他心智不攝不相應有漏心心所法此俱不相應是他聚故色無爲心不相應行者謂一切色無爲心不相應行俱不相應無所緣故對具知根亦爾者如他心智對已知根有四句此對具知根亦爾諸法世俗智相應彼法苦智乃至正定相應耶答不爾設法苦智乃至正定相應彼法世俗智相應耶答不爾所以者何非一心故苦智乃至正定皆無漏故諸法苦智相應彼法集智相應耶答不爾設法集智相應彼法苦智相應耶答不爾對滅道智無相三摩地亦爾所以者何非一心故行相異故或所緣異故諸法苦智相應彼法空三摩地相應耶答應作四句義不定故有法苦智相應非空謂苦智相應空及空不相應苦智相應法此中苦智相應空者謂苦智相應空三摩地此與苦智相應非空自性與自性不相應故及空不相應苦智相應法者謂無願俱生苦智相應法此與苦智相應非空是他聚故有法空三摩地相應非苦智謂空相應苦智及苦智不相應空相應法此中空相應苦智者謂空三

摩地俱生苦智此與空相應非苦智自性與自性不相應故及苦智不相應空相應法者謂苦忍俱生空相應法此與空相應非苦智是他聚故有法苦智相應亦空謂二相應法此法是何謂苦智相應空俱生聚中除苦智及空諸餘心心所法即八大地法十大善他法尋伺及心有法非苦智相應亦非空謂苦智不相應空乃至廣說此中苦智不相應空者謂苦忍俱生空此非苦智相應是他聚故亦非空相應自性與自性不相應故空不相應苦智者謂無願俱生苦智此非苦智相應自性與自性不相應故亦非空相應是他聚故及諸餘心心所法者謂苦智不相應無願俱生聚心心所法無相俱生聚心心所法一切有漏心心所法此俱不相應是他聚故色無為心不相應行者謂一切色無為心不相應行此俱不相應無所緣故對無願亦爾者如苦智對空有四句此對無願亦爾對三無漏根七覺支八道支如法智說者如法智對三無漏根等此苦智對三無漏根等廣說亦爾

阿毗達磨大毗婆沙論卷第一百九 說一切有部發智

阿毗達磨大毗婆沙論卷第一百一十

五百大阿羅漢等造

唐三藏法師玄奘奉　詔譯

智蘊第三中七聖納息第五之二

諸法集智相應彼法滅智相應耶答不爾設法滅智相應彼法集智相應耶答不爾對道智空無相三摩地亦爾所以者何非一心故行相異故或所緣異故諸法集智相應彼法無願三摩地相應耶答應作四句義不定故有法集智相應非無願謂集智相應無願即集智俱生無願三摩地此與集智相應非無願自性與自性不相應故有法無願相應非集智謂集智及集智不相應無願相應法此中集智者謂無願俱生集智此與無願相應非集智自性與自性不相應故及集智不相應無願相應法者謂苦忍苦智集忍集智道忍道智俱生聚中無願相應法此與無願相應非集智是他聚故有法集智相應亦無願謂二相應法此法是何謂集智俱生聚中除集智及無願諸餘心心所法即八大地法十大善地法尋伺及心有法非集智相應亦非無願謂集智不相應無願乃至廣說此中集智不相應無願者謂苦忍苦智集忍道忍道智俱生聚中無願此非集智相應是他聚故亦非無願相應自性與自性不相應故及諸餘心心所法者謂空無相俱生聚中心心所法及一切有漏心心所法此俱不相應是他聚故色無為心不相應行者謂一切色無為心不相應行此俱不相應無所緣故對三無漏根七覺支八道支如法智說者謂如法智

對三無漏根等此集智對三無漏根等廣說亦爾諸法滅智相應彼法道智相應耶答不爾設法道智相應彼法滅智相應耶答不爾對空無願三摩地亦爾所以者何非一心故行相異故所緣異故諸法滅智相應彼法無相三摩地相應耶答應作四句義不定故有法滅智相應非無相謂滅智相應無相即滅智俱生無相三摩地此與滅智相應非無相自性與自性不相應故有法無相相應非滅智謂滅智及滅智不相應無相相應法此中滅智者謂無相俱生滅智此與無相相應非滅智自性與自性不相應故及滅智不相應無相相應法者謂滅忍俱生無相相應法此與無相相應非滅智是他聚故有法滅智相應亦無相謂二相應法此法是何謂滅智俱生聚中除滅智及無相諸餘心心所法即八大地法十大善地法尋伺及心有法非滅智相應亦非無相謂滅智不相應無相乃至廣說此中滅智不相應無相者謂滅忍俱生無相此非滅智相應是他聚故亦非無相相應自性與自性不相應故及諸餘心心所法者謂空無願俱生聚中心心所法及一切有漏心心所法此俱不相應是他聚故色無爲心不相應行者謂一切色無爲心不相應行此俱不相應無所緣故對三無漏根七覺支八道支如法智說者謂如法智對三無漏根等此滅智對三無漏根等廣說亦爾諸法道智相應彼法空三摩地相應耶答不爾設法空三摩地相應彼法道智相應耶答不爾對無相三摩地亦爾所以者何非一心故行相異

故所緣異故諸法道智相應彼法無願三摩地相應耶答應作四句義不定故有法道智相應非無願謂道智相應無願即道智俱生無願此與道智相應非無願自性與自性不相應故有法無願相應非道智謂道智及道智不相應無願相應法此中道智者謂無願俱生道智此與無願相應非道智自性與自性不相應故及道智不相應無願相應法者謂苦忍苦智集忍集智道忍俱生聚中無願相應法此與無願相應非道智是他聚故有法道智相應亦無願謂二相應法此法是何謂道智俱生聚中除道智及無願諸餘心心所法即八大地法十大善地法尋伺及心有法非道智相應亦非無願謂道智不相應無願乃至廣説此中道智不相應無願者謂苦忍苦智集忍集智道忍俱生聚中無願此非道智相應是他聚故亦非無願相應自性與自性不相應故及諸餘心心所法者謂空無相俱生聚中心心所法及一切有漏心心所法此俱不相應是他聚故色無爲心不相應行者謂一切色無爲心不相應行此俱不相應無所緣故對三無漏根七覺支八道支如法智説者謂如法智對三無漏根等此道智對三無漏根等廣説亦爾諸法空三摩地相應彼法無願三摩地相應耶答不爾設法無願三摩地相應彼法空三摩地相應耶答不爾對無相亦爾所以者何非一心故行相異故或所緣異故諸法空三摩地相應彼法未知當知根相應耶答應作四句義不定故有法空相應非未知當知根謂未知當知根所

不攝空相應法此法是何謂已知根具知根俱生空相應法此與空相應非未知當知根是他聚故有法未知當知根相應非空謂未知當知根所攝空及空不攝不相應未知當知根相應法此中未知當知根所攝空者謂未知當知根俱生聚中空此與未知當知根相應非空自性與自性不相應故及空不攝不相應未知當知根相應法者謂無願無相俱生聚中未知當知根相應法此與未知當知根相應非空是他聚故有法空相應亦未知當知根謂未知當知根所攝空相應法此法是何謂此聚中八根及彼相應諸非根心所法有法非空相應亦非未知當知根謂未知當知根所不攝空乃至廣說此中未知當知根所不攝空者謂已知根具知根俱生聚中空此非空相應自性與自性不相應故亦非未知當知根相應是他聚故及空未知當知根不攝不相應諸餘心心所法者謂已知根具知根所攝無願無相俱生聚中心心所法及一切有漏心心所法此俱不相應是他聚故色無爲心不相應行者謂一切色無爲心不相應行此俱不相應無所緣故對已知具知根亦爾者如空三摩地對未知當知根有四句此對已知具知根亦爾諸法空三摩地相應彼法念覺支相應耶答應作四句義不定故有法空相應非念謂空相應念即空三摩地俱生念覺支此與空相應非念自性與自性不相應故有法念相應非空謂空及空不相應念相應法此中空者謂念覺支俱生空三摩地此與念相應非空自性與自性

不相應故及空不相應念相應法者謂無願無相俱生念覺支相應法此與念相應非空是他聚故有法空相應亦念謂二相應法即空俱生聚中除空及念諸餘心心所法此法是何謂八大地法十大善地法尋伺及心有法非空相應亦非念謂空不相應念乃至廣說此中空不相應念者謂無願無相俱生念覺支此非空相應是他聚故亦非念相應自性與自性不相應故及諸餘心心所法者謂一切有漏心心所法此俱不相應是他聚故色無爲心不相應行者謂一切色無爲心不相應行此俱不相應無所緣故對擇法精進輕安捨覺支正見正精進正念亦爾者謂如空三摩地對念覺支有四句此對擇法等亦爾諸法空三摩地相應彼法喜覺支相應耶

答應作四句義不定故有法空相應非喜謂空相應喜及喜不相應空相應法此中空相應喜者謂空俱生聚中喜覺支此與空相應非喜自性與自性不相應故及喜不相應空相應法者謂未至定靜慮中間後二靜慮前三無色地中空三摩地相應法此與空相應非喜是他地故有法喜相應非空謂喜相應空及空不相應喜相應法此中喜相應空者謂喜覺支俱生聚中空三摩地此與喜相應非空自性與自性不相應故及空不相應喜相應法者謂無願無相俱生聚中喜相應法此與喜相應非空是他聚故有法空相應亦喜謂二相應法即初二靜慮空俱生聚中除空及喜諸餘心心所法此法是何謂八大地法十大善地法尋伺及心有法非空相應亦

非喜謂空不相應喜乃至廣說此中空不相應喜者謂無願無相俱生聚中喜此非空相應是他聚故亦非喜相應自性與自性不相應故喜不相應空者謂未至定靜慮中間後二靜慮前三無色地中空三摩地此非空相應自性與自性不相應故亦非喜相應是他地故及諸餘心心所法者謂未至定靜慮中間後二靜慮前三無色地中無願無相俱生聚中心心所法及一切有漏心心所法此俱不相應是他聚故色無爲心不相應行者謂一切色無爲心不相應行此俱不相應無所緣故對正思惟亦爾者如空三摩地對喜覺支作四句此對正思惟亦爾諸法空三摩地相應彼法定覺支相應耶答諸法空相應彼法亦定相應一切空三摩地皆是定覺支攝故有法定相應非空謂空所不攝定相應法此法是何謂無願無相俱生聚中定覺支相應法此與定覺支相應非空是他聚故對正定亦爾者如空三摩地對定覺支作順前句此對正定亦爾如空對後無願無相對後亦爾者如空三摩地對後無願無相對後廣說亦爾有差別者如空對喜覺支正思惟無願無相對喜覺支正見正思惟亦爾諸法未知當知根相應彼法已知根相應耶答不爾設法已知根相應彼法未知當知根相應耶答不爾對具知根亦爾所以者何非一心故位各別故諸法未知當知根相應彼法念覺支相應耶答應作四句義不定故有法未知當知根相應非念謂未知當知根所攝念即未知當知根俱生聚中念此與未知當知根相

應非念覺支自性與自性不相應故有法念覺支相應非未知當知根謂未知當知根所不攝念相應法此法是何謂已知根具知根俱生聚中念相應法此與念相應非未知當知根是他聚故有法未知當知根相應亦念謂未知當知根所攝念相應法此法是何謂餘八根及彼相應諸非根心所法有法非未知當知根相應亦非念謂未知當知根所不攝念乃至廣說此中未知當知根所不攝念者謂已知根具知根俱生聚中念此非未知當知根相應是他聚故亦非念相應自性與自性不相應故及餘心心所法者謂一切有漏心心所法此俱不相應是他聚故色無爲心不相應行者謂一切色無爲心不相應行此俱不相應無所緣故對擇法精進定覺支

正見正精進正念正定亦爾者謂如未知當知根對念覺支有四句此對擇法覺支等亦爾諸法未知當知根相應彼法喜覺支相應耶答應作四句義不定故有法未知當知根相應非喜謂未知當知根所攝喜及喜不攝不相應未知當知根相應法此中未知當知根所攝喜者謂未知當知根俱生聚中喜此與未知當知根相應非喜自性與自性不相應故及喜不攝不相應未知當知根相應法者謂未至定靜慮中間第三第四靜慮地中未知當知根相應法此與未知當知根相應非喜是他地故有法喜覺支相應非未知當知根謂未知當知根所不攝喜相應法此法是何謂已知根具知根俱生聚中喜相應法此與喜相應非未知當知根是他聚故有法

未知當知根相應亦喜謂未知當知根所攝喜相應法此法是何謂餘八根及彼相應諸非根心所法有法非未知當知根相應亦非喜謂未知當知根所不攝喜乃至廣說此中未知當知根所不攝喜者謂已知根具知根俱生聚中喜此非未知當知根相應是他聚故亦非喜相應自性與自性不相應故及喜未知當知根不攝不相應諸餘心心所法者謂未至定靜慮中間後二靜慮前三無色地中已知根具知根俱生聚中心心所法及一切有漏心心所法此俱不相應是他聚故色無爲心不相應行者謂一切色無爲心不相應行此俱不相應無所緣故諸法未知當知根相應彼法輕安覺支相應耶答應作四句義不定故有法未知當知根相應非輕安謂未知當知根相應輕安此與未知當知根相應非輕安自性與自性不相應故有法輕安相應非未知當知根謂未知當知根不相應輕安相應法此法是何謂已知根具知根俱生聚中輕安相應法此與輕安相應非未知當知根是他聚故有法未知當知根相應亦輕安謂未知當知根相應輕安相應法此法是何謂十大地法九大善地法尋伺及心有法非未知當知根相應亦非輕安謂未知當知根不相應輕安即已知根具知根俱生聚中輕安此非未知當知根相應是他聚故亦非輕安相應自性與自性不相應故及餘心心所法者謂一切有漏心心所法此俱不相應是他聚故色無爲心心不相應行者謂一切色無爲心不相應行此俱不相應無所緣

故對捨覺支亦爾者謂如未知當知根對輕安覺支有四句此對捨覺支亦爾諸法未知當知根相應彼法正思惟相應耶答應作四句義不定故有法未知當知根相應非正思惟謂未知當知根相應正思惟及正思惟不相應未知當知根相應法此中未知當知根相應正思惟者謂未知當知根俱生聚中正思惟此與未知當知根相應非正思惟自性與自性不相應故及正思惟不相應未知當知根相應法者謂靜慮中間後三靜慮地中未知當知根相應法此與未知當知根相應非正思惟是他聚故有法正思惟相應非未知當知根謂未知當知根不相應正思惟相應法此法是何謂已知根具知根俱生聚中正思惟相應法此法與正思惟相應非未知當知根是他聚故有法未知當知根相應亦正思惟謂未知當知根相應正思惟相應法此法是何謂十大地法十大善地法尋伺及心有法非未知當知根相應亦非正思惟謂未知當知根不相應正思惟乃至廣說此中未知當知根不相應正思惟者謂已知根具知根俱生聚中正思惟此非未知當知根相應是他聚故亦非正思惟相應自性與自性不相應故及諸餘心心所法者謂靜慮中間後三靜慮前三無色地中已知根具知根俱生聚中心心所法及一切有漏心心所法此俱不相應是他聚故色無爲心不相應行者謂一切色無爲心不相應行此俱不相應無所緣故如未知當知根對後已知具知根對後亦爾有差別者具知根對正見應作四句

與前有異有法具知根相應非正見謂具知根所攝正見及正見不攝不相應具知根相應法此中具知根所攝正見謂具知根俱生正見此與具知根相應非正見自性與自性不相應故及正見不攝不相應具知根相應法者謂盡智無生智俱生聚中具知根相應法此與具知根相應非正見是他聚故有法正見相應非具知根謂具知根所不攝正見相應法此法是何謂未知當知根已知根俱生聚中正見相應法此與正見相應非具知根是他聚故有法具知根相應亦正見謂具知根所攝正見相應法此法是何謂餘八根及彼相應諸非根心所法有法非具知根相應亦非正見謂具知根所不攝正見乃至廣說此中具知根所不攝正見者謂未知當知根已知根俱生聚中正見此非具知根相應是他聚故亦非正見相應自性與自性不相應故及諸餘心心所法者謂一切有漏心心所法此俱不相應是他聚故色無爲心不相應行者謂一切色無爲心不相應行此俱不相應無所緣故念覺支乃至正念對後廣說如覺支納息者如此蘊初納息已廣說如說苾芻吾當爲汝說四十四智事汝應諦聽極善作意乃至廣說問何故作此論答爲廣分別契經義故如契經說佛告苾芻吾當爲汝說四十四智事汝應諦聽乃至廣說契經雖作是說而不分別其義經是此論所依根本彼未說者今應說之故作斯論問世尊何故說此契經答世尊昔者由此加行爲門爲路證得無上正等菩提今復說此示諸弟子汝

等若能不捨如是加行門路不久當得諸漏永盡譬如長者由是方便集得珍財而受富樂後亦以此方便教諸子孫告言汝等若能不捨如是方便必獲珍財亦受富樂世尊亦爾云何四十四智事謂知老死智知老死集智知老死滅智知趣老死滅行智如是知生有取愛受觸六處名色識行智知行集智知行滅智知趣行滅行智是名四十四智事問此中何故不說知無明智等耶答應說而不說者當知此義有餘復次若法有支所攝以有支爲因是有支果者此中說之無明雖亦有支所攝而不以有支爲因亦非有支果故此不說復次若依此法具起四智此中說之依無明但起三智不起緣有支集智故此不說此中知老死智等四十四智事當言法智乃至道智耶答應言知老死智是四智謂法類世俗苦智乃至廣說此中知老死智是四智謂法智者知欲界老死類智者知色無色界老死世俗智苦智者俱知三界老死如知若有四智知集滅道應知亦爾如依老死起十六智事乃至依行應知亦爾如是合有一百七十六智事若以相續剎那分別則有無量無邊智事此中世尊依十一支四諦差別各起四智故但說有四十四智事此四十四智事幾有漏幾無漏答一切皆通有漏無漏幾緣有漏幾緣無漏答二十二緣有漏二十二緣無漏幾有爲幾無爲答一切是有爲幾緣有爲幾緣無爲答三十三緣有爲十一緣無爲幾過去幾未來幾現在答一切皆通三世幾緣過去幾緣未來幾緣現在答三十三

緣三世十一緣非世若如雜蘊分位三世應言三緣過去謂知行智知行集智知識集智三緣未來謂知老死智知老死集智知生智十六緣現在謂知生集智知有智知有集智知取智知取集智知愛智知愛集智知受智知受集智知觸智知觸集智知六處智知六處集智知名色智知名色集智知識智十一緣三世十一緣非世間如是智事既不能入正性離生得果離染及盡諸漏何緣聖者修令現前答由四緣故一爲住現法樂故二爲遊戲功德故三爲觀本所作故四爲受聖財故如說苾芻吾當爲汝說七十七智事汝應諦聽極善作意乃至廣說問何故作此論答爲廣分別契經義故廣說如前問世尊何故說此契經答世尊昔者由此加行爲門爲路廣說如前云何七十七智事謂知生緣老死智知非不生緣老死智知過去生緣老死智知彼非不生緣老死智知未來生緣老死智知彼非不生緣老死智及法住智遍知此是無常有爲思所作從緣生盡法滅法離法滅法如依生緣老死起七智乃至依無明緣行亦爾故有七十七智事問此中何故不說知無明所從緣智耶答應說而不說者當知此義有餘復次若法有支所攝以有支爲因是有支果者此中說之無明雖亦有支所攝而不以有支爲因亦非有支果故此不說復次若依此法起緣有支七智者此中說之依無明所從緣不起緣有支七智故此不說此中知生緣老死智等七十七智事當言法智乃至道智耶答應言知生緣老死等前六智皆

是四智謂法類世俗集智第七法住智是一世俗智如知生緣老死七智乃至知無明緣行七智亦爾此中法智者知欲界生緣老死等類智者知色無色界生緣老死等世俗智集智者俱知三界生緣老死等問已說生緣老死等何故復說非不生緣老死等耶答論有二種一立自宗二遮他宗立自宗者如善說法者立善說法宗惡說法者立惡說法宗應理論者立應理論宗分別論者立分別論宗遮他宗者如善說法者遮惡說法宗惡說法者遮善說法宗應理論者遮分別論宗分別論者遮應理論宗若但說生緣老死等者或有生疑爲與言論作如是說理未必爾爲決彼疑顯此理定是故復說非不生緣老死等此中知生緣老死是法類世俗集四智知非不生緣老死亦是四智合有八智知過去未來生緣老死亦各有八智合有二十四智第七法住智惟是一世俗智故足前有二十五智如知生緣老死乃至知無明緣行亦爾如是合有二百七十五智若以相續剎那分別則有無量無邊智事此中世尊依十一支三世差別各起七智故但說有七十七智事問何故不說知現在耶有作是說七中前二即知現在復有說者七中前二通知三世過去未來難了知故復別說知現在不爾故不別說此七十七智事幾有漏幾無漏答十一法住智惟有漏惟是世俗智性攝故餘六十六智通有漏無漏四智攝故有作是說一切皆通有漏無漏幾緣有漏幾緣無漏答一切皆緣有漏幾有爲幾無爲答一切皆有爲必

無智體是無爲故幾緣有爲幾緣無爲答一切皆緣有爲幾過去幾未來幾現在答一切皆通三世幾緣過去幾緣未來幾緣現在答諸有欲令七中前二惟緣現在者彼説二十二緣過去二十二緣未來二十二緣現在十一緣三世諸有欲令七中前二通緣三世者彼説二十二緣過去二十二緣未來三十三緣三世此智不能入正性離生等由四緣故修令現前義如前説問何故第七名法住智答法者是果住者是因知果法所住因故名法住智謂知三界下中上果所住之因名法住智此智惟知因之別相非聖行相故惟世俗智攝有作是説此通四智謂法類世俗集智問若爾何故説是一世俗智答實通無漏此中且説是有漏者此多分知因別相故後有説者前六智是知因智故名爲法住緣彼起智名法住智此智知道非知集因亦四智攝謂法類世俗道智問若爾何故作如是説遍知此是無常有爲思所作從緣生盡法滅法離法滅法無漏豈得名離法耶答此中但應作如是説遍知此是無常有爲乃至滅法不應説離法而説離法者欲顯聖者亦猒無漏不生欣樂故説離法有餘復説前知因智是四智性今知彼智名法住智故此法住智知彼世俗智亦名知離法評曰應知此中初説爲善如世尊説蘇尸摩當知先有法住智後有涅槃智問此中何者是法住智何者是涅槃智耶有作是説知集智是法住智知滅智是涅槃智有餘復説知苦集智是法住智知滅道智是涅槃智或有説者知苦集道智

是法住智知滅智是涅槃智問若爾何故說先有法住智後有涅槃智耶答雖有法住智在涅槃智後而有法住智在涅槃智前故作是說復有說者知流轉智是法住智知還滅智是涅槃智復次知緣起智是法住智知緣起滅智是涅槃智復次知生死智是法住智知生死滅智是涅槃智有餘師說近分地智是法住智根本地智是涅槃智云何知然經爲量故如契經說有諸外道共集議言佛未出時我等多獲名譽利養由佛出世名利頓絕如日旣出熠火潛輝設何方便名利如本然喬答摩有二事勝謂善經論形貌端嚴雖形貌難移而經論易竊我等衆內有蘇尸摩念慧堅強堪竊彼法若得彼法名利如本旣共議已告蘇尸摩彼由二緣遂受衆請一愛親友二善根熟便出王舍城詣竹林精舍謂苾芻曰我欲出家時諸苾芻將往白佛佛知根性遣諸苾芻度令出家與受具戒彼後未久誦三藏文亦少解義竊作是念欲利親友今正是時遂從竹林出欲還王舍城然佛有徧照護法天眼恒觀世間誰能竊者時有五百應眞苾芻蘇尸摩前自讚己德我生已盡梵行已立所作已辦不受後有蘇尸摩曰仁等所證依何定耶爲初靜慮爲乃至無所有處耶諸苾芻言我等所證皆不依彼蘇尸摩言若不依彼如何得證諸苾芻曰我等皆是慧解脫者時蘇尸摩聞已茫然不識所謂便作是念脫我親友問此義者我當云何還詣佛所問如是義世尊告曰蘇尸摩當知先有法住智後有涅槃智蘇尸摩曰我今不知何

者法住智何者涅槃智佛言隨汝知與不知然法應爾時蘇尸摩不果先願然彼五百應眞苾芻依未至定得漏盡已後方能起根本等至由此故知近分地智是法住智根本地智是涅槃智

阿毗達磨大毗婆沙論卷第一百一十 說一切有部發智

音釋

足前 足子遇切足前謂足前不足也 爝 子略切火炬也 喬荅摩 梵語也此云純淑喬堅堯切

阿毗達磨大毗婆沙論卷第一百一十一

五百大阿羅漢等造

唐三藏法師玄奘奉　詔譯

智蘊第三中七聖納息第五之三

若成就法智彼類智耶答若得此中得者已得名得謂苦類智現前以後後諸得言皆准此釋設成就類智彼法智耶答如是謂苦法智現前以後法智苦智恒成就故若成就法智彼他心智耶答若得不失此中得者謂已離欲染不失者謂不退起欲界煩惱設成就他心智彼法智耶答若得謂苦法智現前以後若成就法智彼世俗智耶答如是一切有情無不成就世俗智故設成就世俗智彼法智耶答若得謂苦法智現前以後餘智一行如文廣說然法智類智及四諦智若得以後恒時成就他心智有漏者已離欲染若不退起欲界煩惱及不生無色界恒時成就無漏者已離欲染若不退起欲界煩惱恒時成就世俗智一切有情恒時成就是謂此處略毗婆沙若成就過去法智彼未來耶答如是此成就過去者必成就未來故此在何位謂已入正性離生苦現觀後二心頃集滅現觀各四心頃道現觀三心頃得四沙門果及學無學練根已若法智已滅不失設成就未來彼過去耶答若已滅不失則成就謂前所說諸位若未滅設滅已失則不成就此在何位謂已入正性離生苦現觀一心頃謂苦法智時得四沙門果及學無學練根已法智未滅設滅已失謂得果練根或退故失若成就過去法智彼現在耶答若現在前謂若不起類智

諸忍或世俗智非無心位爾時法智定現在前此在何位謂已入正性離生集滅道現觀各一心頃謂三法智時得四沙門果及學無學練根已若法智已滅不失及現在前設成就現在彼過去耶答已滅不失則成就此如次前所說諸位若未滅設滅已失則不成就此在何位謂已入正性離生若現觀一心頃謂苦法智時得四沙門果及學無學練根已若法智未已滅設滅已失而法智現在前若成就未來法智彼現在耶答若現在前此在何位謂已入正性離生苦集滅道現觀各一心頃謂四法智時得四沙門果及學無學練根已若法智現在前設成就現在彼未來耶答如是若成就現在法智者必成就未來故若成就過去法智彼未來現在耶答未來定成就現在若現在前此如前成就過去現在說設成就未來現在彼過去耶答若已滅不失則成就若未滅設滅已失則不成就此如前設成就現在彼過去耶設若成就未來法智彼過去現在耶答有未來非過去現在謂彼已得未滅設滅已失不現在前此中已得者顯有未來未滅設滅已失者顯無過去不現在前者顯無現在此在何位謂得四沙門果及學無學練根已若法智未已起滅先已起滅者已失及不現在前有未來及過去非現在謂彼已滅不失不現在前此中已滅不失者顯有過去不現在前者顯無現在但有過去必有未來此在何位謂已入正性離生苦現觀後二心頃集滅現觀各三心頃除法智時道現觀二忍心頃得四沙門果及學無

學練根已若法智已滅不失不現在前有未來及現在非過去謂彼現在前未滅設滅已失此中現在前者顯有現在未滅設滅已失者顯無過去但有現在必有未來此在何位謂已入正性離生若現觀一心頃謂苦法智時得四沙門果及學無學練根已若法智未滅先滅已失而現在前有未來及過去現在謂彼已滅不失亦現在前此中已滅不失者顯有過去亦現在前者顯有現在若有過去現在必有未來此如前成就過去現在說設成就過去現在彼未來耶答如是但成就過去現在必成就未來故若成就現在法智彼過去未來耶答未來定成就過去若已滅不失則成就如前成就三世位說若未滅設滅已失則不成就如前成就未來現在非過去說設成就過去未來彼現在耶若現在前如前成就三世位說如法智歷六類苦集滅道智亦爾者如法智依三世有六句問答類苦集滅道智亦爾有差別者各說自名隨應而說若成就過去他心智彼未來耶答如是但成就過去必成就未來故此在何位謂生欲界已離欲染若生色界若學者在欲色界已起無漏他心智不失生無色界未得無學果設成就未來彼過去耶答若已滅不失則成就此如次前所說諸位若未滅設滅已失則不成就此在何位謂學者在欲色界未起無漏他心智設起已失生無色界設起不失生無色界得無學果若成就過去他心智彼現在耶答若現在前謂若不起餘智諸忍非無心位爾時此智定現在前此在何位謂諸聖

者或諸異生生欲色界此他心智現在前時設成就現在彼過去耶答如是此如次前所說諸位若他心智現在前時必成就過去有漏他心智無漏者則不定若成就未來他心智彼現在耶答若現在前此如前成就過去現在說設成就現在彼未來耶答如是但成就現在必有未來故若成就過去他心智彼未來現在耶答未來定成就現在若現在前此在何位謂他心智現在前時即欲色界異生聖者設成就未來現在彼過去耶答如是此如次前所說諸位若成就未來他心智彼過去現在耶答有未來非過去現在謂彼已得不失未滅設滅已失不現在前此中已得不失者顯有未來未滅設滅已失者顯無過去不現在前者顯無現在此在何位謂若學者在欲色界未起無漏他心智設起已失生無色界設起不失生無色界得無學果有未來及過去非現在謂彼已滅不失不現在前此在何位謂生欲界已離欲染他心智不現在前若生色界他心智不現在前若學者在欲色界已起無漏他心智不失生無色界未得無學果有未來及過去現在謂彼現在前即生欲色界異生聖者他心智現在前時設成就過去現在彼未來耶答如是此如次前所說諸位若成就現在他心智彼過去未來耶答如是亦如次前所說諸位設成就過去未來彼現在耶答若現在前此亦如前所說諸位若成就過去世俗智彼未來耶答如是設成就未來彼過去耶答如是一切有情無不成就過去未來世俗智故若成就過去世

俗智彼現在耶答若現在前謂若不起諸無漏慧非無心位此世俗智定現在前設成就現在彼過去耶答如是此等准前應知其相若成就過去法智彼過去類智耶答若已滅不失則成就此在何位謂已入正性離生集滅現觀各四心頃道現觀三心頃得四沙門果及學無學練根已起法類智已滅不失若未滅設滅已失則不成就此在何位謂已入正性離生苦現觀後二心頃得一來不還果及學者練根已若法智已滅不失類智未滅設滅已失設成就過去類智彼過去法智耶答若已滅不失則成就此如前成就過去法智及類智位說若未滅設滅已失則不成就此在何位謂得四沙門果及學無學練根已類智已滅不失法智未滅設滅已失若成就過去法智彼未來類智耶答若得謂苦類智已生此在何位謂已入正性離生苦現觀後一心頃集滅現觀各四心頃道現觀三心頃得四沙門果及學無學練根已若法智已滅不失設成就未來類智彼過去法智耶答若已滅不失則成就此如次前所說諸位若未滅設滅已失則不成就此在何位謂得四沙門果及學無學練根已法智未滅設滅已失若成就過去法智彼現在類智耶答若現在前謂若不起餘智諸忍非無心位此定現前此在何位謂已入正性離生苦集滅現觀各一心頃謂類智時得四沙門果及學無學練根已若法智已滅不失類智現在前時設成就現在類智彼過去法智耶答若已滅不失則成就此如次前所說諸位若未滅設滅已

失則不成就此在何位謂得四沙門果及學無學練根已法智未滅設滅已失而類智現在前若成就過去法智彼過去現在類智耶答有過去法智非過去現在類智謂法智已滅不失類智未滅設滅已失不現在前此在何位謂已入正性離生苦現觀一心頃謂類智忍時得一來不還果及學練根已若法智已滅不失類智未滅先滅已失不現在前有過去法智及過去類智非現在謂法類智已滅不失類智不現在前此在何位謂已入正性離生集滅道現觀各三心頃除類智時得四沙門果及學無學練根已法智類智已滅不失而類智不現在前有過去法智及現在類智非過去謂法智已滅不失類智現在前未滅設滅已失此在何位謂已入正性離生

苦現觀一心頃謂苦類智時得一來不還果及學練根已若法智已滅不失類智未滅先滅已失而現在前有過去法智及過去現在類智謂法類智已滅不失類智現在前此在何位謂已入正性離生集滅現觀各一心頃謂類智時得四沙門果及學無學練根已法類智已滅不失而類智現在前設成就過去類智耶答若已滅不失則成就此如次前所說諸位若未滅設滅已失則不成就此在何位謂得四沙門果及學無學練根已若類智已滅不失法智未滅設滅已失而類智現在前若成就過去法智彼未來現在類智耶答有過去法智非未來現在類智謂法智已滅未得類智此在何位謂已入正性離生苦現觀一心頃謂苦類智忍時

有過去法智及未來類智非現在謂法智巳滅不失巳得類智不現在前此在何位謂巳入正性離生集滅道現觀各前三心頃得四沙門果及學無學練根巳若法智巳滅不失類智不現在前有過去法智及未來現在類智謂法智巳滅不失類智現在前此在何位謂巳入正性離生苦集滅現觀各後一心頃得四沙門果及學無學練根巳若法智巳滅不失類智現在前設成就未來現在類智彼過去法智耶答若巳滅不失則成就此如次前所說諸位若未滅設滅巳失則不成就此在何位謂得四沙門果及學無學練根巳法智未滅設滅巳失而類智現在前若成就過去法智彼過去未來類智耶答有過去法智非過去未來類智謂法智巳滅未得類智此在何位謂巳入正性離生苦現觀一心頃謂苦類智忍時有過去法智及未來類智非過去謂法智巳滅不失巳得類智未滅設滅巳失此在何位謂巳入正性離生苦現觀後一心頃得一來不還果及學練根巳若法智巳滅不失類智未滅設滅巳失有過去法智及過去未來類智謂法類智巳滅不失此在何位謂巳入正性離生集滅現觀各四心頃道現觀三心頃得四沙門果及學無學練根巳法智類智巳滅不失設成就過去未來類智彼過去法智耶答若巳滅不失則成就此如次前所說諸位若未滅設滅巳失則不成就此在何位謂得四沙門果及學無學練根巳類智巳滅不失法智未滅設滅巳失若成就過去法智彼過去未來現在類智耶答有過

去法智非過去未來現在類智謂法智已滅未得類智此在何位謂已入正性離生苦現觀一心頃謂若類智忍時有過去法智及未來類智非過去現在謂法智已滅不失已得類智未滅設滅已失不現在前此在何位謂得一來不還果及學練根已若法智已滅不失類智未滅設滅已失不現在前有過去法智及未來現在類智非過去謂法智已滅不失類智現在前未滅設滅已失此在何位謂已入正性離生苦現觀後一心頃得一來不還果及學練根已若法智已滅不失類智未滅設滅已失而現在前有過去法智及過去未來類智非現在謂法類智已滅不失類智不現在前此在何位謂已入正性離生集滅道現觀各前三心頃得四沙門果及學無學練根已法智類智已滅不失類智不現在前有過去法智及過去未來現在類智謂法類智已滅不失類智現在前此在何位謂已入正性離生集滅現觀各後一心頃得四沙門果及學無學練根已法智類智已滅不失而類智現在前設成就過去未來現在類智彼過去法智耶答若已滅不失則成就此如次前所說諸位若未滅設滅已失則不成就此在何位謂得四沙門果及學無學練根已若類智已滅不失亦現在前法智未滅設滅已失如對類智作小七對集滅道智亦爾者如法智對類智作小七對集滅道智作小七亦爾有差別者各說自名隨應而說若成就過去法智彼過去他心智耶答若已滅不失則成就此在何位謂已離欲染入正性離生苦

現觀後二心頃集滅現觀各四心頃道現觀三心頃得後二沙門果及已離欲染學無學練根已法智已滅不失若學者法智無漏他心智已滅不失生無色界未得無學果若未滅設滅已失則不成就此在何位謂未離欲染入正性離生苦現觀後二心頃集滅現觀各四心頃道現觀三心頃得初二沙門果及未離欲染學練根已若法智已滅不失若學者法智已滅不失無漏他心智未滅設滅已失生無色界未得無學果設成就過去他心智彼過去法智耶答若已滅不失則成就此如前俱成就說若未滅設滅已失則不成就此在何位謂諸異生生欲界已離欲染及生色界若已離欲染入正性離生苦現觀初二心頃得後二沙門果及已離欲染學無學練根已法智未滅設滅已失若學者無漏他心智已滅不失法智未滅設滅已失生無色界未得無學果若成就過去法智彼未來他心智耶答若已得不失此中已得者謂已離欲染不失者謂不退起欲染此在何位謂已離欲染入正性離生苦現觀後二心頃集滅現觀各四心頃道現觀三心頃得後二沙門果及已離欲染學無學練根已法智已滅不失若學者在欲界法智已滅不失生色無色界未得無學果設成就未來他心智彼過去法智耶答若已滅不失則成就此如次前所說諸位若未滅設滅已失則不成就此在何位謂諸異生已得他心智不失若已離欲染入正性離生苦現觀初二心頃得後二沙門果及已離欲染學無學練根已法智未滅設滅

已失若學者在欲界法智未滅設滅已失生色無色界設滅已不失生彼得無學果若成就過去法智彼現在他心智耶答若現在前此在何位謂得後二沙門果及已離欲染學無學練根已法智已滅不失他心智現在前設成就現在他心智彼過去法智耶答若已滅不失則成就此如次前所說諸位若未滅設滅已失則不成就此在何位謂諸異生起他心智現在前時若得後二沙門果及已離欲染有學無學練根已法智未滅設滅已失而他心智現在前時若成就過去法智彼過去現在他心智耶答有過去法智非過去現在他心智謂法智已滅不失他心智未滅設滅已失不現在前此在何位謂未離欲染入正性離生苦現觀後二心頃集滅現觀各四心頃道現觀三心頃得初二沙門果及未離欲染學練根已法智已滅不失若學者法智已滅不失無漏他心智未滅設滅已失生無色界未得無學果有過去法智及過去他心智非現在謂法他心智已滅不失他心智不現在前此在何位謂已離欲染入正性離生苦現觀後二心頃集滅現觀各四心頃道現觀三心頃得後二沙門果及已離欲染學無學練根已法智已滅不失他心智不現在前若學者無漏他心智已滅不失生無色界未得無學果有過去法智及過去現在他心智謂法智已滅不失他心智現在前此在何位謂得後二沙門果及已離欲染學無學練根已法智已滅不失他心智現在前設成就過去現在他心智彼過去法智耶答已滅不失

則成就此如次前所說諸位若未滅設滅已失則不成就此在何位謂諸異生起他心智現在前時若得後二沙門果及已離欲染學無學練根已法智未滅設滅已失而他心智現在前時若成就過去法智彼未來現在他心智耶答有過去法智非未來現在他心智謂法智已滅不失未得他心智設得已失此在何位謂未離欲染苦現觀後二心頃集滅現觀各四心頃道現觀三心頃得初二沙門果及未離欲染學練根已法智已滅不失有過去法智及未來他心智非現在謂法智已滅不失他心智已得不失不現在前此在何位謂已離欲染入正性離生苦現觀後二心頃集滅現觀各四心頃道現觀三心頃得後二沙門果及已離欲染學無學練根已法智

已滅不失他心智不現在前有過去法智及未來現在他心智謂法智已滅不失他心智現在前此如前成就過去法智現在他心智彼過去法智耶答若已滅不失則成就此如次前所說諸位若未滅設滅已失則不成就此如前成就現在他心智不成就過去法智說若成就過去法智彼過去未來他心智耶答有過去法智非過去未來他心智謂法智已滅不失未得他心智設得已失此如前有過去法智非未來現在他心智說有過去法智及未來他心智非過去謂法智已滅不失他心智已得不失未滅設滅已失此在何位謂學者法智已滅不失無漏他心智未滅設滅已失生無色界未得無學果有過去法智及過去未來他

心智謂法他心智已滅不失此如前成就過去法智他心智説設成就過去未來他心智彼過去法智耶答若已滅不失則成就若未滅設滅已失則不成就此如前設成就過去他心智彼過去法智耶説若成就過去法智彼過去未來現在他心智耶答有過去法智非過去未來現在他心智謂法智已滅不失未得他心智設得已失此如前有過去法智非未來現在他心智説有過去法智及未來他心智非過去現在謂法智已滅不失他心智已得不失未滅設滅已失不現在前此如前有過去法智及未來他心智非過去説有過去法智及過去未來他心智非現在謂法他心智已滅不失他心智不現在前此如前有過去法智及過去他心智非現在説有過去法智及過去未來現在他心智謂法智已滅不失他心智現在前此如前有過去法智及過去現在他心智説設成就過去未來現在他心智彼過去法智耶答若已滅不失則成就若未來設滅已失則不成就此如前設成就過去現在他心智彼過去法智耶設若成就過去法智彼過去世俗智耶答如是以過去未來世俗智一切有情皆成就故此在何位謂已入正性離生苦現觀後二心頃集滅現觀各四心頃道現觀三心頃得四沙門果及學無學練根已若法智已滅不失設成就過去世俗智彼過去法智耶答若已滅不失則成就此如次前所説諸位若未滅設滅已失則不成就此在何位謂一切異生若已入正性離生苦現觀初二心頃得四沙門果

及學無學練根已法智未滅設滅已失若成就過去法智彼未來世俗智耶答如是此如前若成就過去法智彼過去世俗智耶說設成就未來世俗智彼過去法智耶答若已滅不失則成就若未滅設滅已失則不成就此如前設成就過去世俗智彼過去法智耶說若成就過去法智彼現在世俗智耶答若現在前謂若不起諸無漏慧非無心位此定現前此在何位謂得四沙門果及學無學練根已若法智已滅不失起世俗智現在前時設成就現在世俗智彼過去法智耶答若已滅不失則成就此如次前所說諸位若未滅設滅已失則不成就此在何位謂一切異生若得四沙門果及學無學練根已法智未滅設滅已失起世俗智現在前時餘文准前應知

其相若成就過去法智彼過去苦智耶答若已滅不失則成就此在何位謂已入正性離生苦現觀後二心頃集滅現觀各四心頃道現觀三心頃得四沙門果及學無學練根已若法智苦智已滅不失若未滅設滅已失則不成就此在何位謂得四沙門果及學無學練根已若非苦法智已滅不失苦智未滅設滅已失設成就過去苦智彼過去法智耶答若已滅不失則成就此如前成就過去法智苦智說若未滅設滅已失則不成就此在何位謂得四沙門果及學無學練根已若苦類智已滅不失法智未滅設滅已失若成就過去法智彼未來苦智耶答如是若成就過去法智者必成就未來苦智故此在何位謂已入正性離生苦現觀後二心頃集滅現觀各

四心頃道現觀三心頃得四沙門果及學無學練根巳若法智巳滅不失設成就未來苦智彼過去法智耶答若巳滅不失則成就此如次前所説諸位若未滅設滅巳失則不成就此在何位謂巳入正性離生苦現觀一心頃謂苦法智時得四沙門果及學無學練根巳法智未滅設滅巳失若成就過去法智彼現在苦智耶答若現在前謂若不起餘智諸忍非無心位此定現前此在何位謂巳入正性離生苦現觀一心頃謂苦類智時得四沙門果及學無學練根巳若法智巳滅不失而苦智現在前設成就現在苦智彼過去法智耶答若巳滅不失則成就此如次前所説諸位若未滅設滅巳失則不成就此在何位謂巳入正性離生苦現觀一心頃謂苦法智時得四沙門果及學無學練根巳法智未滅設滅巳失而苦智現在前時餘文准前應知其相如法智對後作小七乃至滅智對道智隨其所應作小七亦爾者謂如法智對後類智等作小七如是類智對後他心智等乃至滅智對後道智應知亦爾如小七大七亦爾者謂如八智以前對後作小七如是八智以前對後作大七應知亦爾差别者以二或多對一或以一對二或多者謂前小七中定以一對一今大七中或以二或多對一或以一對二或多是謂小七大七差别如過去爲首有七未來乃至過去未來現在爲首亦各有七如應當知者謂如過去法智等爲首問三世類智等有小大七差别如是未來法智等爲首問三世類智等乃至過去未來現在法智

等爲首問三世類智等亦各有小大七差別皆如所應當知其相此中一行歷六小七大七差別等義如前結蘊廣說應知

阿毗達磨大毗婆沙論卷第一百一十一 說一切有部發智

阿毗達磨大毗婆沙論卷第一百一十二

五百大阿羅漢等造

唐三藏法師玄奘奉　詔譯

業蘊第四中惡行納息第一之一

三惡行三不善根為前攝後後攝前耶如是等章及解章義既領會已次應廣釋問何故作此論答為欲分別契經義故如契經說有三惡行三不善根契經雖作是說而不廣辯亦未說三惡行攝三不善根三不善根攝三惡行彼契經是此論根本彼未說者今應說之故作斯論三惡行者謂身惡行語惡行意惡行云何身等惡行如世尊說何者身惡行謂斷生命不與取欲邪行何者語惡行謂虛誑語離間語麤惡語雜穢語何者意惡行謂貪欲瞋恚邪見應知此中世尊惟說根本業道所攝惡行不說業道加行後起所攝惡行此發智論通說所有不善身業若是業道所攝若非業道所攝如是一切名身惡行通說所有不善語業若是業道所攝若非業道所攝如是一切名語惡行通說所有不善意業若是業道所攝若非業道所攝如是一切名意惡行如此論中攝諸惡行集異門論亦作是說故彼論言何者身惡行謂斷生命不與取欲邪行如是所說隨順契經又言復次斷生命不與取非梵行如是復攝前所不攝於自妻室所起欲行又言有餘不善身業如是復攝所有業道加行後起又言有餘諸有非理所引身業問何者非理所引身業前所未攝今更攝耶答前說自性今說等起此誰所等起謂非理作意復有說者此是一切有覆

無記及一分無覆無記身業一切有覆無記身業者謂初靜慮地諂愛等所起一分無覆無記身業者謂應如是去來如是行住如是坐卧如是裁割如是縫綴而不如是去來行住乃至縫綴此等身業作不應作不應理故攝在非理所引品中由此名身惡行若作是說身惡行則通不善無記欲界色界然惡行惟不善惟欲界是故前說者好又彼論言何者語惡行謂虛誑語離間語麤惡語雜穢語如是所說隨順契經又言有餘不善語業如是復攝所有業道加行後起又言有餘諸有非理所引語業問何者非理所引語業前所未攝今更攝耶答前說自性今說等起此誰所等起謂非理作意復有說者此是一切有覆無記及一分無覆無記語業一切有覆無記語業者謂初靜慮地諂愛等所起一分無覆無記語業者謂應說一言二言多言男言女言非男女言去來今言而不如是說一乃至去來今言此等語業說不應說不應理故攝在非理所引品中由此名語惡行若作是說語惡行則通不善無記欲界色界然惡行惟不善惟欲界是故前說者好又彼論言何者意惡行謂貪欲瞋恚邪見如是所說隨順契經又言有餘不善意業如是復攝諸不善思又言有餘諸有非理所引意業問何者非理所引意業前所未攝今更攝耶答前說自性今說等起此誰所等起謂非理作意復有說者此是一切有覆無記及一分無覆無記意業名非理所引意業一切有覆無記非理所引意業者謂欲界薩迦耶見邊執見相應

意業及色無色界一切煩惱相應意業一分無覆無記非理所引意業者謂諸意業起如前說無覆無記非理所引身業語業若作是說意惡行則通不善及以無記又通三界然意惡行惟不善惟欲界是故前說者好如發智論集異門論攝身惡行及語惡行施設論中所說亦爾惟除意惡行别有所攝故彼論言問爲身三惡行攝一切身惡行爲一切身惡行攝身三惡行耶答一切攝三非三攝一切不攝者何謂非斷命以手杖等捶擊有情及非邪行於所應行作不淨行起飲酒等諸放逸業由不正知失念受用諸飲食等及不能避諸犯戒者諸如是等所起身業非三所攝問諸犯戒者無量云何能避雖復捨此還近彼故荅所在皆有欲離實難能不隨染是爲真避故有說言身雖在遠而隨彼習即名親近身雖在近不隨彼習即名遠離問爲語四惡行攝一切語惡行爲一切語惡行攝語四惡行耶答一切攝四非四攝一切不攝者何謂如有一獨處空閑作如是說無有慧施無有親愛無有祠祀如是等語惡行世間有情不生領解非四所攝問爲意三惡行攝一切意惡行爲一切意惡行攝意三惡行耶答一切攝三非三攝一切不攝者何謂貪欲瞋恚邪見俱生受想行識非三所攝彼論中意惡行攝四蘊自性如是施設五蘊自性爲語惡行問此發智論集異門論與佛契經及施設論攝諸惡行何故不同答依二種門說諸惡行一依世俗二依勝義謂佛契經及施設論依世俗門說諸惡行此發智論集異門論

依勝義門說諸惡行如依世俗勝義分別如是依不了義了義有別意趣無別意趣有別因緣無別因緣世俗諦現觀勝義諦現觀等應知亦爾復有說者由三緣故所攝不同謂自性故相雜故世譏嫌故此發智論集異門論說其自性施設論中說其相雜若法雖非惡行自性而與惡行相和雜故亦得其名於契經中說世譏嫌以諸世間於根本業道多生譏嫌非於業道加行後起由此緣故攝諸惡行經論不同如是名爲惡行自性已說自性所以今當說問何故名惡行惡行有何義答可猒毀故名惡遊履依處故名行可猒毀故名惡者如有說言惡妻子惡衣食惡人惡處惡往來等遊履依處故名惡行者謂斷生命麤惡語及瞋恚行有情處不與取欲邪行及貪欲行資具處虛誑語離間語雜穢語行於名處邪見行名色處復有說者感苦受果故名惡動轉捷利故名行問沉溺諸惡云何捷利答彼惡行者有如是巧便雖行惡行而今世間不知其惡故名捷利復有說者習近惡人故能招惡趣故名惡行復有說者有三因緣故名惡行謂惡思所思故惡說所說故惡作所作故惡思所思謂意惡行惡說所說謂語惡行惡作所作謂身惡行復有說者有三因緣故名惡行謂惡作義故可猒毀故決定能感非愛果故惡作義者行身語意諸惡行故名爲惡行可猒毀者謂行惡行毀犯尸羅常爲諸天大師有智同梵行者共所猒毀決定能感非愛果者謂諸所有身語意惡行無處無容能感可愛果有處有容感非愛果

集異門論亦作是說有何因緣名爲惡行謂彼能感非愛樂非適悅不可意果此顯等流果復言能感非愛樂非適悅不可意異熟此顯異熟果三不善根者謂貪瞋癡問此三以何爲自性答貪不善根有五即欲界繫五部所斷愛瞋不善根有五即五部所斷恚癡不善根有五即欲界繫見集滅道及修所斷全幷見苦所斷一分然見苦所斷無明有十此中除有身見邊執見相應取餘無明故言一分此十五法惟是不善遍生不善法名不善根應知此三皆與六識身相應是名三不善根自性已說自性所以今當說問何故名不善根不善根有何義答能生不善義是不善根義能養不善義能增不善義能長不善義能益不善義能持不善義能令不善法廣流布義是不善根義尊者世友作如是說諸不善因義是不善根義諸不善種義等起不善義能爲轉因引不善義爲隨轉因生不善義攝益一切不善法義是不善根義大德說曰依止此物遍能生長諸不善法能爲轉因爲隨轉因攝益不善故名不善根問若不善因義是不善根義者是即前生不善五蘊與後一切已生未生不善五蘊爲因前生十不善業道與後一切已生未生十不善業道爲因前生不善三十四隨眠俱生品與後一切已生未生不善三十四隨眠俱生品如應爲因如是一切不善法皆應名不善根如是三種有何殊勝不共因緣世尊獨立爲不善根答此是世尊有餘之說大師觀彼所化有情心行願樂簡略而說脅尊者曰惟佛世尊究竟

了達諸法性相亦知勢用非餘所知若法有不善根相即便立之無者不立尊者妙音亦作是說大師知此三不善根有如是勢用如是強盛如是親近能與一切不善爲因除此不善根餘不善法無如是事復有說者如是三種能生一切不善諸法難斷難滅難超難度是故獨立爲不善根復有說者如是三種多諸過患謂生一切現法後法衆多憂苦是故獨立爲不善根復有說者如是三種於出欲界極爲障礙如壯獄卒守於獄門是故獨立爲不善根復有說者如是三種於不善中最爲殊勝最爲上首前行前導如最勝軍將導一切此不善根增上力故能令一切不善增廣是故獨立爲不善根復有說者如是三種與三善根爲近對治怨敵障礙是故獨立爲不善根復有說者如是三種能與一切不善爲因爲根爲眼爲集爲緣發起一切不善諸法障礙一切諸功德法不善法中最爲殊勝是故獨立爲不善根復有說者如是三種遍攝一切不善諸法謂諸不善或是貪品或是瞋品或是癡品是故獨立爲不善根又此三種具足五義謂通五部遍在六識是隨眠性能起麤惡身業語業作斷善根牢強加行是故獨立爲不善根通五部者遮五見疑遍六識者遮其諸慢隨眠性者遮纏垢等能起麤惡身業語業作斷善根牢強加行者示現根義又此五義遮一切法成立根義謂不染污法有遍六識無餘四義染污色蘊全無五義染污受蘊想又除煩惱纏垢所餘相應染污行蘊雖通五部亦遍六識而非隨眠性雖

能起麤惡身語二業而非斷善牢强加行所有染汚不相應行蘊雖通五部無餘四義染汚識蘊中眼等五識全無五義意識雖通五部亦能起麤惡身業語業而無餘三義十煩惱中五見及疑有隨眠性無餘四義慢通五部是隨眠性能起麤惡身業語業無餘二義於十纏中惛沉掉舉無慚無媿雖通五部亦遍六識而非隨眠性雖起麤惡身業語業而非斷善牢强加行睡眠一種雖通五部無餘四義所餘五纏雖起麤惡身語二業無餘四義六煩惱垢雖亦有時能起麤惡身語二業無餘四義惟貪瞋癡具足五義非所餘法是故獨立爲不善根又此三種多於三受隨逐隨增是故獨立爲不善根又此三種欲界有情多分現起能發十種不善業道生十惡處是故獨立爲不善根如是三種通五部與六識俱起諸不善品爲根此中貪相應品由二根故說名有根謂貪及彼相應無明瞋相應品亦二根故說名有根謂瞋及彼相應無明除此所餘不善心品由一根故說名有根所謂無明問世尊處處說根不同謂或說有身見邊執見爲根或說世尊爲根或說樂欲爲根或說不放逸爲根或說自性爲根如是等有何義答有身見邊執見由能發起六十二見故說爲根世尊能說雜染清淨繫縛解脫生死涅槃起正教法故說爲根樂欲能引一切善法故說爲根者不放逸攝護一切所修善法令不散失故說爲根自性能持自體不失故說爲根如是無爲能持自體故說爲根亦無有過復有說者爲同類因持等流果或

是同類因性所持是故有爲自性名根復有說者相應俱有因力任持是故有爲自性名根名能顯了諸法自性故亦說彼爲自性根此貪瞋癡能生能長諸不善法故說爲根三不善根如結蘊廣說

已說三惡行三不善根自性今當顯示雜無雜相三惡行三不善根爲前攝後後攝前耶答應作四句有惡行非不善根謂身語惡行邪見不善思由此惟有惡行相無不善根相故有不善根非惡行謂癡不善根由此惟有不善根相無惡行相故有惡行亦不善根謂貪欲瞋恚不善根由此具有二種相故有非惡行非不善根謂除前相相謂所名除前三句名所顯義所餘諸法爲第四句謂色蘊中除不善色取餘色蘊於行蘊中除三不善根不善邪見及不善思取餘相應不相應行蘊及三蘊全并無爲法如是一切作第四句是故說言謂除前相復次於眼識貪俱生不善品中或有惡行非不善根應作四句有惡行非不善根謂不善思有不善根非惡行謂癡不善根有惡行亦不善根謂貪不善根有非惡行非不善根謂除前相如於眼識作四句乃至於意識亦爾如於貪俱生不善品作六四句於瞋俱生品亦爾於邪見俱生不善品中惟意地故作一四句有惡行非不善根謂邪見及不善思有不善根非惡行謂癡不善根有惡行亦不善根者無也有非惡行非不善根謂除前相於不共無明俱生不善品中亦以惟意地故作一四句有惡行非不善根謂不善思有不善根非惡行謂癡不善根有

惡行亦不善根者無也有非惡行非不善根謂除前相
三妙行三善根爲前攝後後攝前耶乃至廣說問何故作此論答爲欲分别契經義故如契經說有三妙行三善根契經雖作是說而未廣辯廣說如前三妙行者謂身妙行語妙行意妙行云何身等妙行如世尊說何者身妙行謂離斷生命離不與取離欲邪行何者語妙行謂離虛誑語離離間語離麤惡語離雜穢語何者意妙行謂無貪無瞋正見應知此中世尊惟說根本業道所攝妙行不說業道加行後起所攝妙行此發智論通說所有善身業若是業道所攝若非業道所攝如是一切名身妙行通說所有善語業若是業道所攝若非業道所攝如是一切名語妙行通說所有善意業等若是業道所攝若非業道所攝如是一切名意妙行如此論中攝諸妙行集異門論亦作是說故彼論言何者身妙行謂離斷生命離不與取離欲邪行如是所說隨順契經又言復次離斷生命離不與取離非梵行如是復攝前所不攝於自妻室離起欲行又言有餘善身業如是復攝所有業道加行後起又言有餘諸有如理所引身業問何者如理所引身業前所未攝今更攝耶答前說自性今說等起此誰所等起謂如理作意復有說者此是一分無覆無記身業謂應如是去來如是行住如是坐卧如是裁割如是縫綴而皆如是如應去來乃至縫綴此等身業作所應作應正理故攝在如理所引品中由此名身妙行若作是說身妙行則通

善及無記然妙行惟善是故前說者好又彼論言何者語妙行謂離虛誑語離離間語離麤惡語離雜穢語如是所說隨順契經又言有餘善語業如是復攝所有業道加行後起又言有餘諸有如理所引語業問何等如理所引語業前所未攝今便攝耶答前說自性今說等起此誰所等起謂如理作意復有說者此是一分無覆無記語業謂應說一言二言多言男言女言非男女言去來今言而皆如是說一乃至去來今言此等語業說所應說應正理故攝在如理所引品中由此名語妙行若作是說語妙行則通善及無記然妙行惟善是故前說者好又彼論言何者意妙行謂無貪無瞋正見如是所說隨順契經又言有餘善意業如是復攝所有善思又言有餘諸有如理所引意業問何等如理所引意業前所未攝今更攝耶答前說自性今說等起此誰所等起謂如理作意復有說者此是一分無覆無記意業名如理所引意業謂諸意業起如前說無覆無記如理所引身業語業若作是說意妙行則通善及無記然妙行惟善是故前說者好如發智論集異門論攝身語妙行施設論中所說亦爾惟除意妙行別有所攝故彼論言問爲身三妙行攝一切身妙行爲一切身妙行攝身三妙行耶答一切攝三非三攝一切不攝者何謂離前說以手杖等捶擊有情及所應行諸不淨行幷飲酒等諸放逸業而能安住正知正念受用食等復能正避諸犯戒者諸如是等所起身業非三所攝所餘問答如前應知問爲語四妙

行攝一切語妙行爲一切語妙行攝語四妙行耶答一切攝四非四攝一切不攝者何謂如有一獨處空閑作如是說有惠施有親愛有祠祀如是等語妙行於世有情不生領解非四所攝問爲意三妙行攝一切意妙行爲一切意妙行攝意三妙行耶答一切攝三非三攝一切不攝者何謂無貪無瞋正見俱生受想行識非三所攝彼論中意妙行攝四蘊自性如是施設五蘊自性爲諸妙行問此發智論集異門論與契經施設論攝諸妙行何故不同答依二種門說諸妙行一依世俗二依勝義謂契經施設論依世俗門說諸妙行此發智論集異門論依勝義門說諸妙行如依世俗勝義分別如是依不了義了義等廣說如前復有說者由三緣故所攝不同謂自性故相雜故世所欣讚故此發智論集異門論說其自性施設論中說其相雜若法雖非妙行自性而與妙行相雜故亦得其名於契經中說世欣讚以一切世間於根本業道多起欣讚非於業道加行後起由此緣故攝諸妙行經論不同如是名爲妙行自性已說自性所以今當說問何故名妙行妙行有何義答可欣讚故名妙遊履所依處故名行可欣讚故名妙者如有說言妙妻子妙衣食妙人妙處妙往來等遊履所依處故名行者謂即於前三種惡行所依之處與彼相違起三妙行復有說者感樂受果故名爲妙動轉捷利故名爲行問於妙行中云何捷利答行妙行者有如是巧便雖不希求世間名譽而爲勸他修妙行故所修妙行皆令他知故名捷利

復有說者習近善人能招善趣故名妙行復有說者有三因緣故名妙行謂善思所思故善說所說故善作所作故善思所思謂意妙行善說所說謂語妙行善作所作謂身妙行復有說者有三因緣故名妙行謂善作義故可欣讚故決定能感可愛果故善作義者行身語意諸善行故名爲妙行可欣讚義謂行善行守護尸羅常爲諸天大師有智同梵行者共所欣讚決定能感可愛果者謂所有身語意妙行無處無容能感非愛諸果異熟有處有容能感可愛諸果異熟集異門論亦作是說有何因緣名爲妙行謂彼能感可愛可樂適意悅意甚可喜果此顯等流果復言能感可愛可樂適意悅意可喜異熟此顯異熟果三善根者謂無貪無瞋無癡善根云何無貪善根謂心所法與心相應是貪對治是名無貪善根性云何無瞋善根謂心所法與心相應是瞋對治是名無瞋善根性云何無癡善根謂心所法與心相應是癡對治是名無癡善根性此三善根於一心中具足可得三不善根非於一心具足可得又三善根具足防衛一切善心通六識身有漏無漏三不善根不能具足防衛一切諸不善心又三善根遍與善心相應三不善根不遍與不善心相應又三善根能遍發起一切善心三不善根不能遍起一切不善心如是隨轉不隨轉等皆應廣說是名三善根自性已說自性所以今當說問何故名善根善根有何義答能生善義是善根義能養善義能增善義能長善義能益善義能持善義能令善法廣流布義

是善根義尊者世友作如是說善法因義是善根義善法種義等起善義能爲轉因引諸善義爲隨轉因生諸善義攝益一切諸善法義是善根義大德說曰依止此物遍能生長一切善法能爲轉因爲隨轉因攝益諸善故名善根問若善法因義是善根義者前生善五蘊與後一切已生未生善五蘊爲因前生十善業道與後一切已生未生十善業道爲因前生三十七菩提分法與後一切已生未生三十七菩提分法爲因如此則一切善法皆應名善根如是三種有何殊勝不共因緣立爲善根答此是世尊有餘之說大師觀彼所化有情心行願樂簡略而說勝尊者曰惟佛世尊究竟了達諸法性相亦知勢用非餘能知若法有善根相者即便立之無者不立尊者妙音亦作是說大師知此三種善根如是勢用如是强盛如是親近能與一切善法爲因其餘善法無如是事復有說者此三善根於諸善法最爲殊勝以殊勝故立爲善根復有說者此三善根於諸善法最爲上首前行前導如最勝軍將導一切如是善根增上力故能令一切善法增廣故立爲善根復有說者此三善根能與一切善法爲因爲根爲眼爲集發起一切善法障礙一切不善諸法於善法中最爲殊勝故立爲根復有說者以三善根能遍發起十善業道生十善處故立爲根由如是等諸因緣故於善法聚惟此三種立爲善根已說三妙行三善根自性今當顯示雜無雜相三妙行三善根爲前攝後後攝前耶答應作四句有妙行非善根謂身語

妙行及善思由此惟有妙行相無善根相故有善根非妙行謂正見所不攝無癡善根由此惟有善根相無妙行相故有妙行亦善根謂無貪無瞋正見由此具有二種相故有非妙行非善根謂除前相相謂所名除前三句名所顯義所餘諸法爲第四句謂色蘊中除諸善色取餘色蘊於行蘊中除三善根及諸善思取餘相應不相應行蘊及三蘊全幷無爲法如是一切作第四句故言謂除前相復次於眼識俱生善法品中或有妙行非善根應作四句有妙行非善根謂善思有善根非妙行謂無癡善根有妙行亦善根謂無貪無瞋有非妙行非善根謂除前相如於眼識俱生善品如是乃至於身識俱生善品亦爾於正見俱生品中或有妙行非善根應作四句有妙行非善根謂善思有善根非妙行者無也有妙行亦善根謂無貪無瞋正見有非妙行非善根謂除前相盡智無生智俱生品中或有妙行非善根應作四句有妙行非善根謂善思有善根非妙行謂無癡善根有妙行亦善根謂無貪無瞋有非妙行非善根謂除前相

阿毗達磨大毗婆沙論卷第一百一十二 說一切有部發智

音釋

綴 株衞切聯也　捶 主蘂切擊也　捷 疾葉切斂疾也

阿毗達磨大毗婆沙論卷第一百一十三

五百大阿羅漢等造

唐三藏法師玄奘奉　詔譯

業蘊第四中惡行納息第一之二

三惡行十不善業道爲三攝十十攝三耶乃至廣說問何故作此論答爲欲分別契經義故如契經說有三惡行十不善業道契經雖作是說而不廣辯廣說如前復有說者前已分別三種惡行而未分別十不善業道今欲分別故作斯論此中三惡行名略事廣十不善業道名廣事略故三惡行攝十不善業道非十不善業道攝三惡行以諸惡行攝業道已而更有餘譬如大器覆於小器而更有餘是故三攝十非十攝三不攝者何謂除業道所攝餘身語意惡行何者是餘身語惡行謂身語業道加行後起及施設論所說諸業并一切遮罪所攝業何者是餘意惡行謂不善思今當顯示十不善業道根本加行後起三種差別彼斷生命三種者謂若屠羊者彼先詣羊所若買若牽若縛若打乃至命未斷爾時所有不善身語業是斷生命加行若以殺心所斷他命爾時所有不善身表及此刹那無表是斷生命根本從是以後即於是處所有剥皮斷截肢肉或賣或食所起不善身語表無表業是斷生命後起不與取三種者謂初起盜心往彼彼處圖謀伺察攻牆斷結取他財寶乃至舉物未離本處爾時所有不善身語業是不與取加行若以盜心正取他物舉離本處爾時所有不善身表及此刹那無表是不與取根本從是以後或物主覺乃至

相繫相害即以殺生加行爲偷盜後起若主不覺分張受用爾時所起不善身語表無表業是不與取後起欲邪行三種者謂以欲火所燒逼故若信若書若飲食財寶以表愛相彼或摩或觸乃至未和合前所有不善身語業是欲邪行加行若於爾時彼此和合所起不善身表及此刹那無表是欲邪行根本此中有說纔和合時即成業道有說暢熱惱時方成業道從是以後即依此事所有不善身語表無表業是欲邪行後起虛誑語三種者謂以財利名譽等故對一有情或大衆會矯爲明證覆相而說乃至未發所攝受虛誑語言爾時所有不善身語業是虛誑語加行若正發所攝受虛誑語言爾時所有不善語表及此刹那無表是虛誑語根本從是以後即依此事所起不善身語表無表業是虛誑語後起離間語三種者謂以財利名譽等故種種方便於他親友破壞離間乃至未發正破壞言爾時所有不善身語業是離間語加行若以壞意正發壞言爾時所有不善語表及此刹那無表是離間語根本從是以後即依此事所起不善身語表無表業是離間語後起此中有說若離間語令他沮壞方成業道若爾者破壞聖人應非業道然離間語壞聖者重如是說者但起壞心作離間語若壞不壞皆成業道麤惡語三種者謂彼本性多瞋恚故將出語時先現慣發身掉色變怒目叱吒住彼人所乃至未發正毀辱言爾時所有不善身語業是麤惡語加行若至其所發毀辱言爾時所有不善語表及此刹那無表是

麤惡語根本從是以後即依此事所起不善身語表無表業是麤惡語後起此中有說令彼瞋惱方成業道若爾者罵離欲者應非業道然麤惡語罵離欲者重如是說者但懷憤恚發麤惡言若惱不惱悉成業道雜穢語三種者謂以財利恭敬名譽及戲樂故樂作種種非義非時不應法語或俳優者欲作愚者歡笑語時指顧跳躍作諸言笑乃至未發彼根本語爾時所有不善身語業是雜穢語加行若正發起諸無義說雜戲語時所有不善語表及此剎那無表是雜穢語根本從是以後即依此事所起不善身語表無表業是雜穢語後起其餘貪欲瞋恚邪見意三業道起即根本非有加行後起差別有說亦有加行後起謂不善思此中根本七不善業道諸有表業及此剎那諸無表業各具五義一惡行二犯戒三不律儀四業五業道從是已後諸無表業各惟有四義謂除業道惟於思究竟時名業道故問由幾不善業道俱生思究竟轉答於身業自性三不善業道中或時由一思究竟轉謂身三業一一而起或時由二思究竟轉謂如有一盜他羊等有是希望即於盜時亦斷其命或自行欲邪行遣使作殺盜隨一以欲邪行惟自所究竟故若有如是種類法生一剎那頃由二不善業道俱生思究竟轉或時由三思究竟轉謂如有一先遣二使殺生偷盜自行欲邪行若有如是種類法生一剎那頃三皆究竟爾時由三不善業道俱生思究竟轉猶如群賊相期一處劫掠他時於剎那頃有牽彼車有斷彼命有婬欲婦

當知爾時彼諸盜者有由三不善業道俱生思究竟轉於語業自性四不善業道中或時由一思究竟轉謂語四業一一而起有說一者惟雜穢語或時由二思究竟轉謂作虛誑語非時故有雜穢語或作離間語非時故有雜穢語或作麤惡語非時故有雜穢語或時由三思究竟轉謂作虛誑語離間語非時故有雜穢語或作虛誑語麤惡語非時故有雜穢語或作離間語麤惡語非時故有雜穢語或時由四思究竟轉謂作虛誑語離間語麤惡語非時故有雜穢語若總論之或時由五思究竟轉或乃至由八思究竟轉謂遣六使作六業道自行欲邪行若有如是種類法生一刹那頃七皆究竟及意三業道隨一現前如是八種業道俱生思究竟轉當知意三各別現起思究竟轉無俱生義無二心故無遣他故由此不說或九或十俱生之義問於何界中有幾不善業道可得答惟於欲界一切具足可得或不律儀所攝或非律儀非不律儀所攝色無色界一切都不可得問於何趣中有幾不善業道可得答捺落迦趣有後五非律儀非不律儀所攝無斷生命者由彼無能斷他命故如說於彼乃至所有惡不善業未盡滅吐定不命終無不與取者由彼無有受財分故無欲邪行者由彼無有攝受妻室故無虛誑語及離間語者無攝受虛誑語事故常無和合故有麤惡語者苦受所逼故有雜穢語者非時說故貪欲瞋恚邪見其有未離欲故傍生鬼趣皆具十種非律儀非不律儀所攝人趣三洲具十不善業道或不律儀

所攝或非律儀非不律儀所攝北拘盧洲有後四非律儀非不律儀所攝無斷生命者定壽千歲無中夭故及性淳善定昇進故無不與取者彼無攝受自他分故無欲邪行者無攝受妻室故彼若欲作非梵行時與彼女人共詣樹下若所應者樹枝低覆令彼和合若不覆者並愧而離無虛誑語者無有攝受虛誑語事故無離間語者由彼有情恒和好故無麤惡語者由彼常說輭美言故有雜穢語者由彼非時歌詠戲笑故貪欲瞋恚邪見具有未離欲故欲界天中具十不善業道非律儀非不律儀所攝問彼天爲有斷命事不答彼雖不自相害而害餘趣復有說者亦自相害故如是說諸天手足隨斷隨生斬首中截即便殞沒有不與取乃至雜穢語者由彼亦有劫盜他物侵他所受作矯妄言說破壞語憤恚罵辱非時歌詠等故貪欲瞋恚邪見具有未離欲故問若盜命過苾芻財物於誰處得根本業道耶答若已作羯磨者於羯磨衆處得若未作羯磨者普於一切善說法衆處得問若得伏藏物作盜想而自用者彼於誰處得根本業道答於王處得大地所有皆屬王故復有說者於其田宅所屬處得所以者何彼於此中被税利故如是說者於王處得大地所有王爲主故其田宅主惟輸地利非伏藏利問若取兩國中間伏藏作盜想者復於誰處得根本業道答若轉輪王出現世時輪王處得若無輪王都無處得問若盜如來窣堵波物於誰處得根本業道有說亦於國王處得有說於施主處得有說於守護人處

得有說於能護彼天龍藥叉非人處得如是說者於佛處得所以者何如世尊言阿難當知若我住世有於我所恭敬供養及涅槃後乃至千歲於我馱都如芥子許恭敬供養我說若住平等之心感異熟果平等平等由此言故世尊滅度雖經千歲一切世間恭敬供養佛皆攝受

問若於受學禁戒女人所行不淨行謂苾芻尼鄔波斯迦勤修梵行及織然修外道苦行毀犯彼者於誰處得根本業道或有說者於彼各別所師處得復有說者於彼同梵行處得如是說者於王處得彼是國王所防護故

問於寄客女人行不淨行彼於誰處得根本業道或有說者於所寄主人處得如是說者於王處得彼是國王所防護故問於自貨女行不淨行於誰處得根本業道答若與其價都無處得若不與價於王處得問於未嫁女行不淨行於誰處得根本業道答若已許他於夫處得若未許他於其父母諸親處得問若有女人爲其父母兄弟姊妹親族等護有罰有礙是他妻妾他所攝受乃至或有贈一華鬘若於彼所行不淨行於誰處得根本業道答於能攝護乃至贈一華鬘處得如施設論說贍部洲人形交成婬東毗提訶西瞿陀尼北拘盧洲四天王衆天三十三天亦爾夜摩天相抱成婬覩史多天執手成婬樂變化天歡笑成婬他化自在天相顧眄成婬問地居所起婬事加行即是空居根本業道空居業道有加行不答皆有加行謂夜摩天即以執手歡笑顧眄爲加行覩史多天即以歡笑

顧眄爲加行樂變化天即以顧眄爲加行問惟相顧眄成業道處有加行不答於彼亦有先對一方爲眄他女迴顧餘方來覩加行見成根本先坐一宮爲顧他女起趣餘宮來覩加行見成根本問何緣地居形交成婬空居不爾答此煩惱麤彼煩惱細此煩惱重彼煩惱輕此煩惱勤彼煩惱利又彼諸天境界熾盛境界明淨境界勝妙由如是境界所牽引故纔觸對時即令醉悶是故於彼欲火易息復有說者以上諸天近離欲道是故於彼欲火漸微如是說者一切婬事必二形交欲火方息問若爾施設論說當云何通答彼說時量遲速差別謂夜摩天如相抱時量欲火便息乃至他化自在天如顧眄時量欲火便息施設論中但依時量故作是說

三妙行十善業道爲三攝十十攝三耶乃至廣說問何故作此論答爲欲分別契經義故如契經說有三妙行十善業道契經雖作是說而未廣辯廣說如前復有說者前已分別三種妙行而未分別十善業道今欲分別故作斯論此中三妙行名略事廣十善業道名廣事略故三妙行攝十善業道非十善業道攝三妙行說喻如前不攝者何謂除業道所攝身語意妙行所餘身語意妙行此中何等身語妙行非業道攝謂身語業道加行後起及施設論所說諸業并離遮罪所攝諸業何等意妙行非業道攝謂善思今應顯示十善業道根本加行後起三種差別謂離十不善業道根本即十善業道根本離不善業道加行後起即善業道加行後起此復云何猶如

勤策受具戒時先整衣服入受戒場頂禮僧足求親教師受持衣鉢往問遮處來至衆中重問遮難白一羯磨乃至第三羯磨未竟是名善業道加行若至第三羯磨究竟爾時表業及此刹那無表是名善業道根本從是以後爲説四依四重等事是名善業道後起此中根本七善業道若表及此刹那無表各具七義一尸羅二妙行三律儀四别解脱五别解脱律儀六業七業道從此巳後諸無表業各惟有五義謂除别解脱及業道巳得究竟解脱諸惡非最初故亦惟於思究竟時名業道故問由幾善業道俱生思究竟轉答於受八戒及五戒時若住五識善心由六善業道俱生思究竟轉若住意識善心由七善業道俱生思究竟轉若住染汚心或無記心由四善業道俱生思究竟轉受十戒時亦爾受具戒時若住五識善心由九善業道俱生思究竟轉若住意識善心由十或九善業道俱生思究竟轉若住染汚心或無記心或無心時由七善業道俱生思究竟轉受非律儀非不律儀時身語七善業道隨所要期多少不定意三善業道或有或無或多或少生欲界者若起欲界五識善心由二善業道俱生思究竟轉若起欲界意識善心由三善業道俱生思究竟轉若起色界善心及彼地無漏正見俱生心由十善業道俱生思究竟轉若起彼地盡智無生智俱生心由二善業道俱生思究竟轉若起無色界善心及彼地無漏正見俱生心由三善業道俱生思究竟轉若起彼地盡智無生智俱生心由二善業道俱生思

究竟轉生初靜慮者若起三識善心由二善業道俱生思究竟轉若起自地意識不定善心由三善業道俱生思究竟轉若起自地意識有漏定心及自地無漏正見俱生心由十善業道俱生思究竟轉若起自地盡智無生智俱生心由九善業道俱生思究竟轉若起第二第三第四靜慮善心及彼地無漏正見俱生心由十善業道俱生思究竟轉若起彼地盡智無生智俱生心由九善業道俱生思究竟轉若起無色界善心及彼地無漏正見俱生心由三善業道俱生思究竟轉若起彼地盡智無生智俱生心由三善業道俱生思究竟轉如生初靜慮如是生第二靜慮乃至生無色界皆應廣說差別者除三識身生無色界亦除前七業道問於何界何趣有幾善

業道可得答欲界具十或律儀或非律儀非不律儀所攝色界亦具十皆律儀所攝無色界中成就有十現前惟三於諸趣中那落迦有後三傍生鬼趣具十皆非律儀非不律儀所攝人趣三洲及欲界天皆具有十或律儀或非律儀非不律儀所攝北拘盧洲惟有後三皆非律儀非不律儀所攝色無色天如前已說

三業十業道爲三攝十十攝三耶乃至廣說問何故作此論答爲欲分別契經義故如契經說有三業十業道契經雖作是說而未廣辯廣說如前復有說者欲顯業趣最甚深最微細難見難覺故所以者何一切如來所說經中無有甚深如業經者十二轉中無有甚深如業轉者佛十力中無有甚深如業力者

於八蘊中無有甚深如業蘊者四不思議中無有甚深如業不思議者由是緣故世尊一時極善安住殷勤作意攝心思惟入閑靜處默然宴坐審諦觀察摩竭陀國諸輔佐臣爲在何趣爲受何生爲往何處由此作意方能了知彼諸臣等在如是趣受如是生往如是處問諸佛法爾纔舉心時於一切法殊勝智見無障礙轉爲何義故極善安住殷勤作意廣說乃至默然而坐或有說者爲顯業趣最甚深故最微細故最難見故最難覺故復有說者爲審觀察摩竭陀國諸輔佐臣種種因性種種果性種種相續性種種對治性及命終心續生心等由此觀察如應悉知復次世尊爲欲悉知彼諸臣等生處差別故極作意復有說者爲待當來所化生故有所化生應聞說法作饒益事於此衆中猶未集會復有說者爲待辰那栗茇婆故彼是先世頻毗娑羅於此衆中猶未集會復有說者欲令阿難生尊重意由殷勤恭敬無倒受持思量觀察復有說者爲欲除斷諸邪慢人憍慠心故謂有於法少分知已便生憍慢而不修學爲除彼意顯佛世尊不由加行於一切法殊勝智見無障礙轉尚於一切問記事中殷勤觀察況汝小智而當不學生憍慢耶復有說者欲顯成就正士法故諸有正士法爾皆應善思所思善說所說善作所作復有說者世尊一時入閑靜處默然宴坐尊者阿難請問斯事世尊未答便入寂定從定起已乃爲記別由是因緣故作斯論復有說者由三因緣所以作論一爲分別契經義故二爲遮止他所說

故三爲顯了世間現見所行事故爲分別契經義者謂契經說業有二種一思業二思所起業彼所說業今欲廣釋是名分別契經義爲遮止他所說者如勝論外道說五種業謂取捨屈伸行爲第五業數論外道說九種業謂取捨屈伸舉下開閉行爲第九業或有外道說十二處皆是業性彼作是言眼作何業謂見色色作何業謂眼所行廣說乃至意作何業謂能知法法作何業謂意所行欲止如是邪宗所立顯示無倒諸業自性又譬喻者說身語意業皆是一思爲遮彼意顯除思體別有身語二業自性又分別說部建立貪欲瞋恚邪見是業自性彼何故作是說依契經故如契經說故思所造身三種業已作已集是惡不善能生衆苦感苦異熟故思所造語四種業意三種業已作已集是惡不善能生衆苦感苦異熟意三業者謂貪恚邪見由此經故說貪等三是業自性爲遮彼意顯貪欲等非業自性故作斯論問若貪欲等非業性者分別說部所引經云何通答是業資糧故說名業如薄伽梵處處經中說彼資糧名爲彼法如前廣說樂資糧等名爲樂等此中亦爾於業資糧說名爲業尊者法救作如是說此中世尊惟攝其業就所依處顯示業性故作是說謂若依此階梯殊勝思究竟轉即於此處宣說業名如是一切名爲遮止他所說故爲顯了世間現見所行事者謂諸世間於其業果立業名想如見彩畫錦繡等物說言如是奇巧作業此實非業但是業果是名顯了世間現見所行事故由此三緣故作斯論

三業者謂身業語業意業問此三業云何建立爲自性故爲所依故爲等起故若自性者應惟一業所謂語業語即業故若所依者應一切業皆名身業以三種業皆依身故若等起者應一切業皆名意業以三皆是意等起故答具由三緣建立三業一自性故建立語業二所依故建立身業三等起故建立意業復有說者由三緣故建立三業一依自處故二依他處故三依相應處故依自處故建立語業依他處故建立身業依相應處故建立意業如是名爲三業自性巳說自性所以今當說問何故名業業有何義答由三義故說名爲業一作用故二持法式故三分別果故作用故者謂即作用說名爲業持法式者謂能任持七衆法式分別果者謂能分別愛非愛果問若爾者彼俱有相應法亦能分別愛非愛果悉名業耶答此中惟說勝者名業此三種業於諸俱有相應法中最爲勝故譬如世間於種種勝處得種種名此亦如是如世間說樂師作樂此中非無樂具樂器及樂人等但於其中樂師最勝故得其名又如書者非無種種紙墨筆等及勤方便和合成字然隨最勝人得其名染者鍛者喻亦如是今此亦然雖有種種自性俱有及相應法一切皆能感異熟果然於其中能分別果業爲最勝是故偏說復有說者由三義故說名爲業一有作用故二有行動故三有造作故有作用者即是語業如是評論我當如是如是所作有行動者即是身業雖實無動如往餘方有造作者即是意業造作前二由此義故說名

爲業十業道者謂身三業道語四業道意三業道問十善業道十不善業道豈不合說有二十耶何故此中但說有十答不過十故謂依惡行所依止處發起十種不善業道即依此處由遠離故即能發起十善業道復有說者略說十種廣說二十如略廣如是無差別差別總別遍不遍無異有異俱時次第應知亦爾復有說者隨利根者故說有十隨鈍根者故說二十如利根鈍根如是因力緣力內力外力內如理作意所任持力外他言音多修習力略開智力廣辯智力應知亦爾是名十業道自性已說自性所以今當說問何故名業道業道有何義答思名爲業思所遊履究竟而轉名爲業道問若思名業思所遊履究竟而轉名業道者餘善不善一切無記無不皆爲思所遊履究竟而轉一切皆應說名業道有何殊勝不共因緣惟說此十以爲業道答此是世尊有餘之說大師觀彼所化有情心行願樂簡略而說脇尊者曰惟佛世尊究竟了達諸法性相亦知勢用非餘所知若法有業道相者即便立之無者不立尊者妙音亦作是說大師知此十種業道有如是勢用如是強盛如是親近能與業思作所行路令究竟轉除此業道餘一切法無如是事復有說者由二因緣建立業道一世所訶毀二世所稱歎即是十種不善業道及善業道問若世所訶毀名業道者是則惡心出佛身血一切世間皆共訶毀何故不說以爲業道答若世所訶毀如來出世及不出世一切時有者立爲業道出佛身血有佛世有無佛世無

故不立業道於稱歎中遠離出血所有問答應知亦爾復有說者由三因緣建立業道一由依處二由施設三由分別愛非愛果復有說者若由此故令內外物有時衰損有時增盛建立業道當知此中所居爲外壽等爲內云何由此外物衰損謂斷生命業道增時一切外物皆少光澤不久堅住若不與取業道增時一切外物有災有患多遭霜雹塵穢等障若欲邪行業道增時一切外物多有怨競若虛誑語業道增時一切外物多諸臭穢若離間語業道增時一切外物多不平正丘陵坑坎險阻懸隔若麤惡語業道增時一切外物麤弊鄙惡毒刺沙礫設有金銀等寶少而無光不調難用若雜穢語業道增時一切外物時候乖變速疾磨滅多不成實若貪欲業道增時一切外物多分損減微細尠少若瞋恚業道增時一切外物多分枯悴菓實苦澁若邪見業道增時一切外物多分零落乏少華菓或全無菓是名由此令外物減云何復知由此業道故令壽量等內物減耶謂若十不善業道具增長時此贍部洲有四衰損出現於世謂壽量衰損有情衰損資具衰損善品衰損壽量衰損者謂劫初時此贍部洲人壽無量歲至劫末時人壽十歲有情衰損者謂劫初時此贍部洲廣博嚴淨多諸淳善福德有情城邑次比人民充滿至劫末時惟餘萬人資具衰損者謂劫初時此贍部洲安隱豐樂種種地味帝竹稻米爲上妙食至劫末時人民饑饉惟稊稗等爲上妙食善品衰損者謂劫初時此贍部洲十善業道增上圓滿

於劫減時十惡業道增上圓滿云何由此令諸外物有時增耶謂若離斷生命業道增時一切外物悉多光澤長時堅住離不與取業道增時一切外物不爲災患霜雹等障之所侵損離欲邪行業道增時一切外物無諸怨競離虛誑語業道增時一切外物皆多香潔離離間語業道增時一切外物嚴好易求地平如掌廣博嚴淨離麤惡語業道增時一切外物微妙豐饒無有險澁毒刺沙礫金銀等寶調柔光淨多所堪任離雜穢語業道增時一切外物時無乖變堅固成實無貪業道增時外物充足圓滿增盛無瞋業道增時外物光澤果實甘美正見業道增時外物豐饒華果繁實是名由此令外物增云何復知由此業故令壽量等內物增耶謂若十善業道具

增長時此贍部洲有四增盛出現於世謂壽量增盛有情增盛資具增盛善品增盛壽量增盛者謂劫末時此贍部洲人壽十歲至劫增時壽八萬歲有情增盛者謂劫末時此贍部洲惟餘萬人至劫增時廣博嚴淨多諸淳善福德有情城邑次比人民充滿資具增盛者謂劫末時此贍部洲人民饑饉以稊稗等爲上妙食至劫增時安隱豐樂種種地味帝竹稻米爲上妙食善品增盛者謂劫末時世間十惡業道增盛至劫增時世間十善業道增盛復有說者由三果故立十業道一異熟果二等流果三增上果謂斷生命若習若修若多修習生那落迦傍生鬼趣是異熟果從彼處沒來生人中多病短命是等流果彼增上故所感外物皆少光澤不久堅住是增上

果諸不與取若習若修若多修習生那落迦傍生鬼趣是異熟果從彼處沒來生人中財寶匱乏是等流果彼增上故所感外物有災有患多遭霜雹塵穢等障是增上果諸欲邪行若習若修若多修習生那落迦傍生鬼趣是異熟果從彼處沒來生人中妻不貞良是等流果彼增上故所感外物多有怨競是增上果諸虛誑語若習若修若多修習生那落迦傍生鬼趣是異熟果從彼處沒來生人中多遭誹謗是等流果彼增上故所感外物多諸臭穢是增上果諸離間語若習若修若多修習生那落迦傍生鬼趣是異熟果從彼處沒來生人中親友乖離是等流果彼增上故所感外物多不平正丘陵坑坎險阻懸隔是增上果諸麤惡語若習若修若多修習生那落迦傍生鬼趣是異熟果從彼處沒來生人中恒聞種種不如意聲是等流果彼增上故所感外物麤弊鄙惡毒刺沙礫雖有金等少而無光不調難用是增上果諸雜穢語若習若修若多修習生那落迦傍生鬼趣是異熟果從彼處沒來生人中言不威肅是等流果彼增上故所感外物時候乖變速疾磨滅多不成實是增上果諸有貪欲若習若修若多修習生那落迦傍生鬼趣是異熟果從彼處沒來生人中貪欲猛利是等流果彼增上故所感外物多分損減微細尠少是增上果諸有瞋恚若習若修若多修習生那落迦傍生鬼趣是異熟果從彼處沒來生人中瞋恚猛利是等流果彼增上故所感外物多分枯悴果實苦澁是增上果諸有邪見若習若修若

多修習生那落迦傍生鬼趣是異熟果從彼處没來生人中愚癡猛利是等流果彼增上故所感外物多分零落乏少華果或全無果是增上果離斷生命若習若修若多修習生人天趣是異熟果從彼處没來生此間無病長壽是等流果彼增上故所感外物皆多光澤長時堅住是增上果由此道理其餘白品九善業道與上相違皆應廣說故由三果立十業道問何故不說思爲業道答思即是業思所行故名爲業道當知業道非即是思是故不說如王所行說名王路而王路非王此亦如是思所行故說名業道而業道非思王座等喻亦復如是復有說者若法與思譬如三事和合而生有作用轉立爲業道思不與思譬如三事和合而生有作用轉故非業道復有說者若法與思俱時而生有作用轉立爲業道思不與思俱時而生有作用轉不立業道復有說者若法與思同在現在與思爲路立爲業道思不與思同在現在與思爲路不立業道問若遣他斷生命乃至作雜穢語彼使或經多日乃作時遣他者思滅已久云何得名與思同在現在爲路令思究竟立業道耶答就可得義建立業道謂若餘法可得與思同時爲路故立業道非一刹那二思可得現在爲路是故不立思爲業道問思亦與思同在現在謂他相續思何故不說答依自相續建立業道不依他立已說三業十業道自性今當顯示雜無雜相三業十業道爲三攝十十攝三耶答應作四句有業非業道謂業道所不攝身語業及意業全有業道非業

謂後三業道有業亦業道謂前七業道有非業非業道謂除前相相謂所名如前廣說謂色蘊中除業色取餘色蘊行蘊中除不善貪瞋邪見及無貪無瞋正見幷一切思取餘相應不相應行蘊及三蘊全幷無爲法如是一切作第四句故言謂除前相問十業道中何故前七建立業及業道後三惟業道非業耶答如施設論說諸斷生命是業是作用與能發起斷生命思爲因爲道爲跡爲路廣說乃至諸雜穢語是業是作用與能發起雜穢語思爲因爲道爲跡爲路所有不善貪恚邪見非業非作用惟與即彼俱生品思爲因爲道爲跡爲路離斷生命是業是作用與能發起離斷生命思爲因爲道爲跡爲路廣說乃至離雜穢語是業是作用與能發起離雜穢語思爲因爲道爲跡爲路所有無貪無瞋正見非業非作用惟與即彼俱生品思爲因爲道爲跡爲路由此證知彼義應爾

阿毗達磨大毗婆沙論卷第一百一十三　說一切有部發智

音釋

矯 舉夭切詐也　沮 在片切遏也　憤 房吻切懣也　叱吒 叱尺栗切吒陟駕切叱吒訶怒也　跳 田聊切躍也　掠 力灼切劫抄也　窣堵波 梵語也此云高顯窣蘇骨切　眄 彌殄切邪視也　萐 所洽切　鍛 都玩切冶金曰鍛　礫 郎狄切小石也　尠 息淺切少也　稊稗 稊杜兮切稗旁卦切

阿毗達磨大毗婆沙論卷第一百一十四

五百大阿羅漢等造

唐三藏法師玄奘奉　詔譯

業蘊第四中惡行納息第一之三

三業謂身語意業四業謂黑黑異熟業白白異熟業黑白黑白異熟業非黑非白無異熟業能盡諸業爲三攝四四攝三耶問何故作此論答爲欲分别契經義故如契經說三業四業契經雖作是說而未廣辯亦未曾說爲三攝四爲四攝三乃至廣說復有說者前雖分别三業而未分别四業今欲分别故作斯論此中云何黑黑異熟業謂不善業能感險惡趣異熟問異熟不應名黑所以者何如品類足說云何黑法謂不善法及有覆無記法云何白法謂善法及無覆無記法謂異熟果無覆無記何故名黑答此中但應說云何黑業謂不善業能感險惡趣不應更說黑異熟言應如是說而不爾者有何意趣謂如是說已成立黑是因非果如說賊兒此所出言罵父非子此中亦爾復有說者此中依止不可意黑故作是說黑有二種一染汚黑二不可意黑此中業由二黑故說名爲黑異熟但由不可意黑故亦名黑問黑業亦感人天中異熟何故但說感惡趣異熟耶答亦應說而不說者當知此義有餘復有說者彼不決定謂人天中若處有黑業異熟此處必有白業異熟無處惟有黑業異熟無白業異熟者諸惡趣中若處有白業異熟此處必有黑業異熟有處惟有黑業異熟無白業異熟者由惡趣中有決定黑黑異熟處是故偏說集異門論

復作是說云何黑黑異熟業謂不善業感那落迦趣問諸不善業亦感傍生鬼趣異熟何故惟說感那落迦不說餘耶答應說而不說者當知此義有餘復有說者彼不決定謂傍生鬼趣亦受不善業異熟亦受善業異熟那落迦趣決定惟受不善業異熟是故偏說復有說者世尊經中以重惡業怖諸有情爲順彼經是故但說感那落迦諸不善業名黑黑異熟業爲顯此義應引彼經有二外道一名布刺拏憍雉迦受持牛戒二名頞制羅栖你迦受持狗戒此二外道於一時間同集會坐作如是言世間所有難行禁戒我等二人修學已滿誰能如實記別我等所感異熟聞釋迦種生一太子顏貌端正以三十二大丈夫相八十隨好莊嚴其身觀無猒足身眞金色常光一尋言音清亮和雅悅意過妙音鳥羯羅頻迦智見無礙辯才無滯猒捨家法出趣非家勤修苦行復還猒離修處中行證得無上正等菩提具一切智如實證見諸法性相斷一切疑網施一切決定究達一切問論原底我等二人今應往問若得記別我等禁戒所感異熟則當依學豈不快哉於是二人來至佛所種種愛語相慰問已退坐一面時布刺拏先爲他問而白佛言此栖你迦受持狗戒修學已滿當何所趣當何所生世尊告曰汝布刺拏止不須問勿因此事汝等皆當不忍不信心懷恥恨如是至三彼猶殷勤請問不止佛以慈愍告言諦聽吾當爲汝如實記別受持狗戒若無缺犯當生狗中若有缺犯當墮地獄時布刺拏聞佛語已心懷憂怖悲

泣哽咽不能自勝世尊告曰吾先豈不數告汝言止不須問勿因此事汝等皆當不忍不信心懷恥恨令果如是時布剌拏便自抑止而白佛言不以世尊記栖你迦當生狗趣故我悲泣然我長夜受持牛戒修學已滿恐亦當爾所以憂怖惟願大慈爲我宣說受持牛戒當何所趣當何所生世尊告曰受持牛戒若無缺犯當生牛中若有缺犯當墮地獄如是等事如經廣說問云何受持狗戒牛戒名無缺犯答若持狗戒一如狗法名無缺犯若持牛戒一如牛法名無缺犯若不爾者名有缺犯是故世尊以重惡業怖諸有情故說能感那落迦趣諸不善業爲順彼經故集異門作如是說感那落迦諸不善業名黑黑異熟業復有說者見道所斷諸不善業名黑黑異熟業自種類中無白雜故如是說者一切不善業皆名黑黑異熟業由欲界中不善强盛不爲善法之所陵雜以不善法能伏能斷自地善故善業羸劣而爲不善之所陵雜以欲界善不能斷不善故云何白白異熟業謂色界繫善業問無色界繫善業亦感白異熟何故惟說色界繫善業名白白異熟業不說無色界繫善業耶答應說而不說者當知此義有餘復有說者若說色界繫善業名白白異熟業當知已說無色界繫善業亦是彼業同是定地修地法故若說此當知亦說彼復有說者若諸善業能感二種異熟果謂中有生有此善業名白白異熟業無色界業惟感生有不感中有是故不說如中有生有如是起受生受起異熟生異熟起果生果細果麤果

應知亦爾復有說者若業能感二種異熟謂色非色此諸善業名白白異熟業無色界業惟感非色不感於色是故不說復有說者若具二業能感異熟謂色非色此中善業名白白異熟業無色界惟有非色業無有色業是故不說如色非色如是相應不相應有所依無所依有行相無行相有所緣無所緣有作意無作意二種業應知亦爾復有說者若具三業能感異熟謂身語意此淨善業名白白異熟業無色界中惟有意業能感異熟是故不說復有說者若具以五蘊能感異熟此淨善業名白白異熟業無色界中惟有四蘊能感異熟是故不說復有說者若有具足十善業道能感異熟此淨善業名白白異熟業無色界中惟有三善業道能感異熟是故不說

復有說者若此界中有二鮮淨有二明白一因二果此界善業名白白異熟業無色界中有一鮮淨明白謂因是故不說由如是等種種因緣惟色界繫善業名白白異熟業非無色界繫善業云何黑白黑白異熟業謂欲界繫善業能感人天趣異熟業問無有一業亦黑亦白何故名黑白黑白異熟業耶答爲欲顯示一依止中一相續中受二種業所感異熟一黑二白是故說名黑白黑白異熟業問諸惡趣中亦受黑白二業異熟何故惟說能感人天趣異熟業名黑白黑白異熟業不說能感惡趣異熟業耶答應說而不說者當知此義有餘復有說者若說能感人天善業名黑白黑白異熟業當知巳說能感惡趣善業亦是彼業以雜雜相無差別故若說此當知

已說彼復有說者彼不決定是故不說謂在欲界人天趣中無有一處而不雜受黑白業異熟者諸惡趣中雖有雜受黑白業異熟處而更有處一向純受黑業異熟謂一分傍生鬼及一切地獄由惡趣中有不決定是故不說復有說者欲界繫修所斷善不善業名黑白黑白異熟業一種類中二業雜故復有說者若善不善業能感欲界人天傍生鬼趣異熟名黑白黑白異熟業於一趣中雜受二業異熟故如是說者欲界一切善業名黑白黑白異熟業以彼善業體雖是白而為不善黑所陵雜以不善能斷自地善故不善不爾不為自地善所凌雜自地善不能斷自地不善故由此欲界善業名第三業云何非黑非白無異熟業能盡諸業謂能求斷諸業學思問諸無漏業是勝義白何故乃名非黑非白答集異門論施設論皆說此業不同不善染污黑及感不可意異熟黑故說非黑又亦不同善有漏白及感可意異熟白故說非白復有說者此依果白故說非白白有二種一因白二果白善有漏業具二白故名白諸無漏業雖有因白而無果白故不名白復有說者依異熟白故名非白白有二種一自體白二異熟白善有漏業具二白故名白無漏業惟有自體白無異熟白故不名白復有說者此無漏業能斷世間所愛異熟非世所愛無有白相故不名白以是義故名非黑白此無漏業非如前三感異熟果是故說名無異熟業此無漏業令前三業畢竟滅盡等盡遍盡求斷求害棄捨變吐離欲寂滅是故說名能盡諸

業如是則說十七學思謂見道中四法智忍相應學思離欲界染八無間道相應學思此十二思能盡黑黑異熟業離欲界染第九無間道相應學思能盡黑黑異熟業及黑白黑白異熟業離初靜慮染第九無間道相應學思乃至離第四靜慮染第九無間道相應學思能盡白白異熟業如是十七無漏思說名能斷諸業學思復有說者一切無間道無漏思皆名能斷諸業學思以一切無間道皆能斷諸業故復有說者一切學思皆名能斷諸業學思以諸學思皆能對治有漏業故如是說者謂初說惟十七無漏思正能對治前三業故問諸無漏慧相應俱有皆能正斷前三種業何故惟說無漏學思答思能發動諸法令斷是故偏說復有說者雖皆能斷此中辯業故惟說思問若爾亦應說隨轉身語業何故惟說思耶答由此學思與無漏慧相應而轉同一所緣同一行相同一所依相助有力能斷諸業非身語業得有是事是故不說巳說三業四業自性今當顯示雜無雜相三業四業爲三攝四四攝三耶答三攝四非四攝三不攝者何謂除能斷諸業學思餘無漏業無色界繫善業一切無記業此中除能斷諸業學思餘無漏業者諸說十七無漏思爲第四業者彼說除十七思餘無漏加行無間解脫勝進道相應思及學隨轉業并一切無學業是名餘無漏業諸說一切無間道相應學思爲第四業者彼說除一切無間道餘無漏加行解脫勝進道相應學思及學隨轉業并一切無學業是名餘無漏業諸說一切學思

爲第四業者彼說學隨轉業一切無學業是名餘無漏業如是說者謂初說除無色界繫善業者謂無彼界繫一切善業除無記業者謂三界繫諸無記業由此道理三業具攝學無學非學非無學業四業惟攝學非學非無學業三業具攝欲界色界無色界繫業四業惟攝欲色界繫業三業具攝善不善無記業四業惟攝善不善業三業具攝見所斷修所斷無斷業四業惟攝三種一分三業具攝有漏無漏業染汚不染汚業有異熟無異熟業相應不相應業有隨轉無隨轉業表無表業四業惟攝諸二業少分如是等門皆應廣說是故說言三攝四非四攝三不攝者何謂除能斷諸業學思餘無漏業無色界繫善業一切無記業三業謂身語意業復有三業謂順現法受業順次生受業順後次受業問何故作此論答爲欲分別契經義故如契經說順現法受等三業而不廣辯廣說如前復有說者前雖分別身等三業而未分別順現法受等三業今欲分別故作斯論云何順現法受業謂若業此生造作增長即於此生受異熟果是名順現法受業問若業此時造作增長即於此時受異熟果耶答不爾所以者何諸善惡業要待相續或度相續方受異熟謂若此業造作增長或即於此一相續中或即於此一時分中或即於此一衆同分中受異熟果如是名爲順現法受業必無有業此刹那造即此及次刹那熟義由異類故親引發故此中所有世所現見順現法受業者曾聞有採樵者入山遇雪迷失途路時會日暮雪深

寒凍將死不久即前入一叢密林中乃見一羆先在林內形色青紺眼如雙炬其人惶恐分當失命此實菩薩現受羆身見其憂恐尋慰喻言汝今勿怖父母於子或有異心吾今於汝終無惡意即前捧取將入窟中溫煖其身令蘇息已取諸根果勸隨所食恐冷不消抱持而卧如是恩養經於六日至第七日天清路現人有歸心羆既知已復取甘果飽而餞之送至林外殷勤告別人跪謝曰何以報恩羆言我今不須餘報但如比日我護汝身汝於我命亦願如是其人敬諾擔樵下山逢二獵師問言山中見何蟲獸樵人答言我亦不見餘獸惟見一羆獵師求請能相示不樵人答曰若能與我三分之二吾當示汝獵師依許相與俱行竟害羆命分肉為三樵人兩手欲取羆肉惡業力故雙臂俱落如珠縷斷如截藕根獵師荒忙驚問所以樵人恥愧具述委曲是二獵師責樵人曰他既於汝有此大恩汝今何忍行斯惡逆怪哉汝身何不糜爛於是獵師共持其肉施僧伽藍時僧上座得妙願智即時入定觀是何肉即知是與一切衆生作利樂者大菩薩肉尋時出定以此事白衆衆聞驚歎共取香薪焚燒其肉收其餘骨起窣堵波禮拜供養如是惡業要待相續或度相續方受其果復次昔有屠販牛人驅牛涉路人多糧盡饑渴熱乏息而議曰此等群牛終非己物宜割取舌以濟饑虛即時以鹽塗諸牛口牛貪醎味出舌舐之即用利刀一時截取以火暗炙而共食之食已相與臨水澡漱俱嚼楊枝揩齒既了擘以刮舌惡

業力故諸人舌根猶如爛果一時俱落如是惡業要待相續或度相續方受其果復次聞昔有暴惡者令母執器自搆牛乳搆便過量母止之言餘者可留以乳犢子其人旣聞忽生瞋忿以手掬乳散其母面隨著母身乳滴多少惡業力故則令彼人身上還生爾所白癩如是惡業要待相續或度相續方受其果是爲略引順現法受三種惡業昔憍薩羅國有王名勝軍生其一女具十八醜貧賤者不與富貴者不求有長者子財位喪失王聞遣使召至告言吾有小女少乏容色御若不耻厚俸珍財其人許之王聞歡喜多賜財寶田宅僕使恣其所欲降嬪以禮密令歸第其人慙耻出則關鑰親知莫見有諸密友責言何故不示我妻長者子言何遽之有衆人怪其推延遂共立約却後七日各將室家會某園林歡娛譙賞違者當罰金錢五百至第七日皆如所約惟長者子不將婦來自恃財富任罰多少其婦獨在家中自責自恨我宿何罪受此惡身衆人皆樂惟我獨苦不如早死一心念佛便欲自害佛知時至則於此沒踊出其前女見如來深生悲喜發殷淨心觀佛相好善業力故須臾變身猶如天女倍增踊躍佛爲說法遠塵離垢得預流果世尊旣還彼女獨坐端正無比安隱快樂時彼朋類旣見其人不將妻室便醉以酒竊其戶鑰共往其家遥見其婦端嚴無比如帝釋妃於是衆人深生讃仰因相謂曰比不示人誠由於此即馳園所共謝其夫幷慶讃之其人慙赧謂相譏弄及還見之深生疑怪問言聖女爲是幻

術爲鬼魅耶我婦安在其妻具以上事答之於是其夫得未曾有歸依三寶如是善業要待相續或度相續方受其果昔健馱羅國迦膩色迦王有一黄門恒監内事暫出城外見有群牛數盈五百來入城内問驅牛者此是何牛答言此牛將去其種於是黄門即自思忖我宿惡業受不男身今應以財救此牛難遂償其價悉令得脱善業力故令此黄門即復男身深生慶悦尋還城内佇立宫門即使啓王請入奉現王令喚入怪問所由於是黄門具奏上事王聞驚喜厚賜珍財轉授高官令知外事如是善業要待相續或度相續方受其果昔怛叉尸羅國有一女人至月光王捨千頭處禮無憂王所起靈廟見有狗糞在佛座前尋作是思此處清淨如何狗糞穢汚

其中以手捧除香泥塗飾善業力故令此女人遍體生香如栴檀樹口中常出青蓮華香如是善業要待相續或度相續方受其果是爲略引順現法受三種善業云何順次生受業謂若業此生造作增長於第二生受異熟果是名順次生受業云何順後次受業謂若業此生造作增長隨第三生或隨第四或復過此受異熟果是名順後次受業問諸順現法受業定於現法受耶順生順後爲問亦爾譬喻者説此不決定以一切業皆可轉故乃至無間業亦可令轉問若爾何故説名順現法受業等耶彼作是説諸順現法受業不定於現法中受異熟果若受者定於現法非餘故名順現法受業順生順後所説亦爾彼説一切業皆可轉乃至無間業亦可轉若無間

業不可轉者應無有能越第一有然有能越第一有者是故無間業亦應可轉阿毗達磨諸論師言諸順現法受業決定於現法中受異熟果故名順現法受業順生順後所說亦爾是故若問何故名順現法受業乃至順後次受業應以此答復有餘師說四種業謂順現法受業順次生受業順後次受業順不定受業諸順現法受業乃至順後次受業此業不可轉諸順不定受業此業可轉惟爲轉此第四業故受持禁戒勤修梵行彼作是思願我由是當轉此業復有餘師說五種業謂順現法受業順次生受業順後次受業各惟一種順不定受業中復有二種一異熟決定二異熟不決定諸順現法受業順次生受業順後次受業順不定受業中異熟決定業皆不可轉順不定受業中異熟不決定業此業可轉惟爲轉此第五業故受持禁戒勤修梵行彼作是思願我由是當轉此業復有餘師說八種業謂順現法受業有二種一異熟決定二異熟不決定順次生受業順後次受業順不定受業亦各有二一異熟決定二異熟不決定是謂八業於中諸異熟定業皆不可轉諸異熟不定業皆可轉爲轉此故受持禁戒勤修梵行是故此中應作四句謂或有業時分決定異熟不定或有業異熟決定時分不定或有業時分決定異熟亦定或有業時分不定異熟亦不定云何業時分決定異熟不定謂順現法受業順次生受業順後次受業中異熟不定業云何業異熟決定時分不定謂順不定受業中異熟定業云何業時分決

定異熟亦定謂順現法受業順次生受業順後次受業中異熟定業云何業時分不定異熟亦不定謂順不定受業中異熟不定業如是名爲八業四句問頗有一時一剎那頃能起三種業耶謂順現法受業順次生受業順後次受業答有謂先遣二使斷生命不與取後自行欲邪行以此自所究竟非由他故若有如是種類法生三業同時皆得究竟於中初業於現法中受異熟果第二業於無間生受異熟果第三業於隨第三生已後諸生受異熟果其餘業道自作教他差別亦爾問此順現法受業等幾能引衆同分果幾能滿衆同分果或有說者二業能引衆同分果亦能滿衆同分果謂順次生受業順後次受業二能滿衆同分果不能引衆同分果謂順現法受業順不定受業復有說者三能引衆同分果亦能滿衆同分果謂除順現法受一能滿衆同分果不能引衆同分果謂順現法受復有欲令順現法受業亦能引衆同分果若作是說此四種業一切皆能引衆同分果及滿衆同分果問如是諸業何者最勝或有說者順現法受業最勝所以者何近得果故復有說者順後次受業最勝所以者何一切菩薩業最爲勝而皆是順後次受故問順現法受業能近得果於諸業中可說爲勝順後次受業去果懸遠云何最勝耶答順現法受業雖近得果而果下劣不名最勝順後次受業雖去果遠而果殊勝難盡故名最勝如外種子有近得果而果下劣有去果遠而果最勝如有秋苗經三半月則便結果此果最近而最

下劣如稻麥等經於六月其果乃熟去果次遠而次爲勝如佉梨樹經五六年或十二年方結其果此果次勝如多羅樹經於百年方結其果此果最勝如外種子去果最近其果最劣去果次遠其果次勝去果最遠其果最勝種隨其果勝劣差別內業亦爾順現法受業去果最近而果最劣順次生受業去果次遠而果次勝順後次受業去果最遠而果最勝業隨其果勝劣差別故順後次受業最勝非餘問於何界中能造幾業有說欲界能造四種善不善業色無色界能造三種善業除順現法受所以者何於欲界中依佛菩薩聲聞獨覺父母師長諸有德邊發起增上善惡業故此業速疾受異熟果色無色界無此勝緣是故於彼不能起此順現法受業問若爾品類足說當云何通如彼說言順現法受業順次生受業順後次受業一切隨眠之所隨增答於彼論中應作是說順現法受業欲界一切隨眠之所隨增順次生受業順後次受業欲界一切隨眠色無色界遍行隨眠及修所斷隨眠之所隨增應作是說而不說者有何意趣當知彼文是總略而說問若爾集異門說復云何通如彼說言順現法受業順次生受業順後次受業欲界一切隨眠色無色界遍行隨眠及修所斷隨眠之所隨增答彼文應作是說順現法受業欲界一切隨眠之所隨增順次生受業順後次受業欲界一切隨眠色無色界遍行隨眠及修所斷隨眠之所隨增應作是說而不說者有何意趣當知彼中言勢所引故作是說如是說者色無色

界亦能引起順現法受業問前說欲界依佛菩薩等勝緣能起順現法受業上二界無此勝緣云何能起答彼處但以因力任持亦能引起順現法受業欲界亦有但由因力起此業者謂或有人開門大施供養賢聖而不能引順現法受業或復有人以一摶食施一傍生而能引起順現法受業如是等故知不必皆依勝緣而起此業然其要由因力任持方能引起是故往昔阿毗達磨迦濕彌羅諸大論師咸作是說若殷淨心持一把草施他牛食當知能引順現法受業問於何趣中能造幾業答那落迦中能造四種不善業三種善業除順現法受傍生餓鬼及三洲人欲界天中能造四種善不善業北拘盧洲能造四種善業三種不善業除順次生受色無色界天中能造多少如前已說問於何生中能造幾業答於四生中皆能造四種善不善業問誰於何地能造幾業答若諸異生生在欲界未離欲界染能造欲界四種善不善業若已離欲界染未離初靜慮染若退法者彼能造欲界四種業能造初靜慮三種業除順現法受有說彼能造初靜慮二種業謂順後次受及不定受若不退法者彼能造欲界三種善業除順次生受能造初靜慮三種業除順現法受若已離初靜慮染未離第二靜慮染若退法者彼能造欲界四種業能造初二靜慮三種業除順現法受有說彼能造第二靜慮二種業謂順後次受及不定受若不退法者彼能造欲界三種善業除順次生受能造初靜慮二種業謂順後次受及不定受能造第二

靜慮三種業除順現法受廣說乃至若已離無所有處染若退法者彼能造欲界四種業能造四靜慮四無色三種業除順現法受有說彼能造非想非非想處二種業謂順後次受及不定受若不退法者彼能造欲界三種善業除順次生受能造四靜慮三無色二種業謂順後次受及不定受能造非想非非想處三種業除順現法受如是已說異生生在欲界若諸異生生初靜慮未離初靜慮染彼能造初靜慮四種業若已離初靜慮染未離第二靜慮染彼能造初靜慮三種業除順次生受能造第二靜慮三種業除順現法受廣說乃至若已離無所有處染彼能造初靜慮三種業除順次生受能造三靜慮三無色二種業謂順後次受及不定受能造非想非非想處三種業除順現法受如說生初靜慮如是乃至生非想非非想處亦應廣說如是已說諸地異生若諸聖者生在欲界未離欲界染彼能造欲界四種善不善業已離欲界染未離初靜慮染彼能造欲界二種業謂順現法受及不定受能造初靜慮三種業除順現法受已離初靜慮染未離第二靜慮染若退法者彼能造欲界二種業謂順現法受及不定受能造初二靜慮三種業除順現法受有說彼能造第二靜慮二種業謂順後次受及不定受若不退法者彼能造欲界二種善業謂順現法受及不定受能造初靜慮一種業謂不定能造第二靜慮三種業除順現法受乃至若已離無所有處染未離非想非非想處染若退法者彼能造欲界二種業謂順現

法受及不定受能造四靜慮三種業除順現法受能造四無色三種業除順現法受此則總說若別說者四無色中若造順次生受業則不造順後次受業若造順後次受業則不造順次生受業有說彼能造非想非非想處二種業謂順後次受及不定受若不退法者彼能造欲界二種善業謂順現法受及不定受能造四靜慮三無色一種業謂不定受能造非想非非想處二種業謂順次生受及不定受若已離非想非非想處染彼能造欲界二種業謂順現法受及不定受能造四靜慮四無色一種業謂不定受如是已說聖者生在欲界若諸聖者生初靜慮未離初靜慮染彼能造初靜慮三種業除順後次受若已離初靜慮染未離第二靜慮染彼能造初靜慮二種業謂順現法受及不定受能造第二靜慮三種業除順現法受若已離第二靜慮染未離第三靜慮染彼能造初靜慮二種業謂順現法受及不定受能造第二靜慮一種業謂不定受能造第三靜慮三種業除順現法受廣說乃至若已離無所有處染未離非想非非想處染彼能造初靜慮二種業謂順現法受及不定受能造三靜慮三無色一種業請不定受能造非想非非想處二種業謂順次生受及不定受若已離非想非非想處染彼能造初靜慮二種業謂順現法受及不定受能造三靜慮四無色一種業謂不定受如說聖者生初靜慮如是生第二第三第四靜慮廣說亦爾除未離自地染彼能造自地四種業與前差別若諸聖者生空無邊處未離

空無邊處染彼能造空無邊處二種業謂順現法受及不定受若已離空無邊處染未離識無邊處染彼能造空無邊處二種業謂順現法受及不定受能造識無邊處二種業謂順次生受及不定受若已離識無邊處染未離無所有處染彼能造空無邊處二種業謂順現法受及不定受能造識無邊處一種業謂不定受能造無所有處二種業謂順次生受及不定受若已離無所有處染未離非想非非想處染彼能造空無邊處二種業謂順現法受及不定受能造識無邊處無所有處一種業謂不定受能造非想非非想處二種業謂順次生受及不定受若已離非想非非想處染彼能造空無邊處二種業謂順現法受及不定受能造三無色一種業謂不定受如說聖者生空無邊處如是乃至生非想非非想處廣說亦爾住欲界中有位能造二十二種業謂中有位異熟定業及不定業如是羯剌藍遏部曇閉尸鍵南鉢羅奢佉初生嬰孩童子少壯衰老位各有異熟定及不定業是名二十二業住羯羅藍位能造二十種業謂除中有業二如是乃至住衰老位能造三業謂則老位定及不定業問若中有位所造諸業至本有位受異熟者此業當言是順現法受順次生受耶答此是順現法受業非順次生受所以者何中有本有總衆同分無差別故已說前後三業自性今當顯示雜無雜相爲前攝後後攝前耶答前攝後非後攝前不攝者何謂不定業無記業無漏業此中前三通攝定不定業後三惟攝定業前三通攝

善不善無記業後三惟攝善不善業前三通攝有漏無漏業後三惟攝有漏業如是廣說有無量門前後差別令簡略說故言前攝後非後攝前不攝者何謂不定業無記業無漏業

阿毗達磨大毗婆沙論卷第一百一十四 說一切有部發智

音釋

頞 阿葛切　哽咽 哽古杏切咽一結切哽咽悲塞也　羆 班麋切獸名

舐 甚爾切餂也　嚼 疾雀切齧也　擘 博厄切鈲也　刮 古滑切削刮也

嬪 毗賓切婦也　赧 乃版切面慙而赤也　忖 趨木切思也　摶 徒官切捝聚成圓也　鍵 巨展切

阿毗達磨大毗婆沙論卷第一百一十五

五百大阿羅漢等造

唐三藏法師玄奘奉　詔譯

業藴第四中惡行納息第一之四

三業謂身語意業復有三業謂順樂受業順苦受業順不苦不樂受業問何故作此論答爲欲分別契經義故如契經說順樂受等業契經雖作是說而不廣辯廣說如前復有說者前雖分別身等三業而未分別順樂受等三業今欲分別故作斯論所說受名總有五種一自性受二現前受三所緣受四相應受五異熟受自性受者如說三受謂樂受苦受不苦不樂受現前受者如大因緣法門經說阿難當知受樂受時餘二受便滅應知如是所受樂受是無常苦滅壞之法離我我所如是苦受不苦不樂受應知亦爾所緣受者如識身論說眼色爲緣生於眼識三和合故觸觸爲緣故受當知此受能領受色非數取趣色是眼觸所生受緣非數取趣如是乃至意法廣說亦爾相應受者如說有樂受法有苦受法有不苦不樂受法云何樂受法謂樂受相應法云何苦受法謂苦受相應法云何不苦不樂受法謂不苦不樂受相應法異熟受者如此中說順樂受業順苦受業順不苦不樂受業於此五受中依異熟受而作此論云何順樂受業謂欲界繫善業乃至第三靜慮地善業云何順苦受業謂不善業云何順不苦不樂受業謂廣果繫善業及無色界繫善業問順樂受業決定能感樂受異熟果耶餘二受業爲問亦爾若決定者此後所說當云

何通如後論言頗有業不感身心受異熟而感異熟耶答有謂諸業感色心不相應行異熟若不定者何故說名順樂受業順苦受業順不苦不樂受業有說定感謂順樂受業決定能感樂受異熟由此故名順樂受業乃至順不苦不樂受業決定能感不苦不樂受異熟由此故名順不苦不樂受業問若爾後所說云何通如說頗有業不感身心受異熟而感異熟耶乃至廣說答彼業定感彼受異熟及感色心不相應行然所感受不常現前所感色等則恒相續於所感受不現前時說彼受業惟感色心不相應行是故無過如此則二文善通復有說者順樂受業不定能感順樂受異熟乃至順不苦不樂受業不定能感不苦不樂受異熟問若爾何故此業名順樂受等耶答順樂受業雖不定感樂受異熟然感樂受異熟者惟此業非餘故說此爲順樂受業餘二受業所說亦爾復有說者順樂受業雖不定感樂受異熟然如樂受能與喜樂作所依止令喜樂生相續而轉作安足處餘異熟果亦能如是故名順樂受業順苦受業雖不定感苦受異熟然如苦受能與憂苦作所依止令憂苦生相續而轉作安足處餘異熟果亦能如是故名順苦受業順不苦不樂受業雖不定感不苦不樂受異熟然如不苦不樂受不能與喜樂憂苦作所依止不能令喜樂憂苦生相續而轉作安足處餘異熟果亦復如是故名順不苦不樂受業復有說者如樂受能長養所依餘異熟亦爾故名順樂受業如苦受能損害所依餘異熟亦爾故名

順苦受業如不苦不樂受非能長養亦非損害所依餘異熟亦爾故名順不苦不樂受業問欲界乃至第三靜慮有不苦不樂受異熟不若有者此中所說云何通如說云何順不苦不樂受業謂廣果繫善業及無色界繫善業若無者靜慮中間所有善業當言能感何受異熟或有說者下地無有不苦不樂受異熟所以者何下地法麤此受微細下地不寂靜此受寂靜復有說者下地有情所起善業皆爲求樂受故起無有希求不苦不樂受者是故下地所有善業不感此受異熟問彼亦無有求苦受者何故下地感此異熟答欲界有情爲求樂故多造苦因故雖不求而感彼異熟捨受寂靜無有求樂受而造捨受業者是故無彼異熟問靜慮中間所有善業當言能感何受異熟答感初靜慮喜根異熟復有說者感初靜慮樂受異熟問若爾後文云何通如說頗有業感心受異熟非身耶答有謂善無尋業答彼文應作是說謂善無尋無伺業而不作是說者有何意耶應知此中言勢減少或有說者靜慮中間所有善業雖不感受異熟果而能感色心不相應行問若爾何故此後論言善無尋業感心受耶答但言能感心受非身不言惟感心受異熟非感色心不相應行復有說者下地亦有不苦不樂受異熟問此中所說當云何通如說云何順不苦不樂受業謂廣果繫善業及無色界繫善業答此中但顯順不苦不樂受業異熟最後邊際謂第四靜慮是有色地邊無色界是三界邊復有說者此中但顯此受異熟不共田

器誰是此受異熟不共田器謂第四靜慮及無色界復有說者下地雖有此受異熟然爲餘受所覆相不明了不久相續從廣果上更無餘受惟有此受明了相續是故偏說諸說下地無不苦不樂受異熟者彼說欲界下三靜慮阿羅漢等住威儀心入涅槃廣果阿羅漢住威儀心異熟心入涅槃無色界阿羅漢住異熟心入涅槃諸說下地亦有不苦不樂受異熟者彼說欲界四靜慮阿羅漢等住威儀心異熟心入涅槃無色界阿羅漢住異熟心入涅槃

已說前後三業自性今當顯示雜無雜相爲前攝後後攝前耶答前攝後非後攝前不攝者何謂無記業無漏業此中前三業通有記無記後三業惟有記前三業通有漏無漏業後三業惟有漏是故言前攝後非後攝前不攝者何謂無記業及無漏業三業謂身語意業復有三業謂過去未來現在業復有三業謂善不善無記業復有三業謂學無學非學非無學業復有三業謂見所斷修所斷無斷業爲前攝後後攝前耶答隨其事展轉相攝所以者何以身語意業自性或過去或未來或現在或善或不善或無記或學或無學或非學非無學或見所斷或修所斷或無斷故言隨其事展轉相攝三業謂身語意業復有三業謂欲色無色界繫業爲前攝後後攝前耶答前攝後非後攝前不攝者何謂無漏業此中前三業通有漏無漏後三業惟有漏是故言前攝後非後攝前不攝者何謂無漏業四業如前說三業謂順現法受等業爲四攝

三三攝四耶答應作四句有四非三謂能斷諸業學思欲界繫善不善不定業色界繫善不定業有三非四謂無色界繫善決定業有四亦三謂欲界繫善不善決定業及色界繫善決定業有非四非三謂除能斷諸業學思餘無漏業無色界繫善不定業及無記業四業如前說三業謂順樂受等業爲四攝二三攝四耶答應作四句有四非三謂能斷諸業學思有三非四謂無色界繫善業有四亦三謂欲界繫善不善業色界繫善業有非四非三謂除能斷諸業學思餘無漏業及無記業四業如前說三業謂過去等業復有三業謂善等業復有三業謂學等業復有三業謂見所斷等業爲四攝三三攝四耶答三攝四非四攝三不攝者何謂除能斷諸業學思餘無漏業無色界繫善業及無記業四業如前說三業謂欲界繫等業爲四攝三三攝四耶答應作四句有四非三謂能斷諸業學思有三非四謂無色界繫善業一切無記業有四亦三謂欲界繫善不善業色界繫善業有非四非三謂除能斷諸業學思餘無漏業三業謂順現法受等業復有三業謂順樂受等業爲前攝後後攝前耶答後攝前非前攝後不攝者何謂不定業此中前三惟攝定業後三通攝定不定業是故言後攝前非前攝後不攝者何謂不定業三業謂順現法受等業復有三業謂過去等業復有三業謂善等業復有三業謂學等業復有三業謂見所斷等業爲前攝後後攝前耶答後攝前非前攝後不攝者何謂不定業無記業無漏業此中前三業

惟攝定惟有記惟有漏業後諸三業通攝定不定有記無記有漏無漏業是故言後攝前非前攝後不攝者何謂不定業無記業無漏業三業謂順現法受等業復有三業謂欲界繫等業爲前攝後後攝前耶答後攝前非前攝後不攝者何謂不定業無記業此中前三業惟攝定惟有記業後三通攝定不定有記無記業是故言後攝前非前攝後不攝者何謂不定業無記業三業謂順樂受等業復有三業謂過去等業復有三業謂善等業復有三業謂學等業復有三業謂見所斷等業爲前攝後後攝前耶答後攝前非前攝後不攝者何謂無記業無漏業此中前三業惟有記惟有漏後諸三業通有記無記有漏無漏是故言後攝前非前攝後不攝者何謂無記業無漏業問何故無記及無漏業不感樂受等異熟耶答諸無記業自性羸劣勢不堅住故無異熟諸無漏業離諸煩惱非三界繫故無異熟所以者何若所起業自性堅强煩惱所繫者能感異熟譬如外種若體堅實有水所潤糞土所覆乃能生芽若不堅實雖有水潤糞土所覆不能生芽若雖堅實無水所潤糞土所覆亦不生芽内業亦爾若體堅强愛水所潤餘煩惱覆能感異熟諸無記業雖愛水潤餘煩惱覆而性劣不堅不感異熟諸無漏業雖體堅强無愛水潤餘煩惱覆不感異熟諸不善業有漏善業具足二義能感異熟是故無記及無漏業非前所攝三業謂順樂受等業復有三業謂欲界繫等業爲前攝後後攝前耶答後攝前非前攝後不攝者何謂無

記業此中前三業惟有記後三通有記無記是故言後攝前非前攝後不攝者何謂無記業三業謂過去等業復有三業謂善等業復有三業謂學等業復有三業謂見所斷等業爲前攝後後攝前耶答隨其事展轉相攝義異體不異故三業謂過去等業復有三業謂欲界繫等業爲前攝後後攝前耶答前攝後非後攝前不攝者何謂無漏業此中前三業通有漏無漏後三惟有漏是故言前攝後非後攝前不攝者何謂無漏業三業謂善等業復有三業謂欲界繫等業爲前攝後後攝前耶答前攝後非後攝前不攝者何謂無漏業此中前三業通有漏無漏後三業惟有漏是故言前攝後非後攝前不攝者何謂無漏業三業謂善等業復有三業謂學等業復有三業謂見所斷等業爲前攝後後攝前耶答隨其事展轉相攝義異體不異故三業謂欲界繫等業復有三業謂學等業復有三業謂見所斷等業爲前攝後後攝前耶答後攝前非前攝後不攝者何謂無漏業此中前三業惟有漏後三業通有漏無漏是故言後攝前非前攝後不攝者何謂無漏業三業謂學等業復有三業謂見所斷等業爲前攝後後攝前耶答隨其事展轉相攝如前釋頗有業感身受非心耶答有謂不善業謂以不善業惟感苦根異熟故問何故不善業不感心受耶答彼類心受所謂憂根而憂根非異熟故不感心受問何故憂根非異熟耶答憂根作意生故分別强故離欲捨故異熟不爾頗有業感心受非身耶答有謂善無尋業此中諸有欲

令下地無不苦不樂受異熟果者此善無尋業所感心受異熟謂第二靜慮喜根第三靜慮樂根第四靜慮及無色界捨根有說亦感初靜慮喜根同一地故而不感三識相應樂根以此業微細故諸有欲令下地亦有不苦不樂受異熟果者此善無尋業所感心受異熟謂第二靜慮喜根第三靜慮樂根捨根第四靜慮及無色界捨根有說亦感靜慮中間捨根有說亦感初靜慮喜根樂根麤故非此業感頗有業感身心受耶答有謂善有尋業諸有欲令下地無不苦不樂受異熟果者此善有尋業若在欲界感五識身相應樂根身受異熟及感意識相應喜根心受異熟若在初靜慮感三識身相應樂根身受異熟及感意識相應喜根心受異熟諸有欲令下地亦有不苦不樂受異熟果者此善有尋業若在欲界感五識身相應樂根捨根身受異熟及感意識相應喜根捨根心受異熟若在初靜慮感三識身相應樂根捨根身受異熟及感意識相應喜根捨根心受異熟問何故喜根是異熟果非憂根耶答喜受行相有麤有細不必恒時作意而起不必恒時是强分別微細定中亦得有故又此喜根非離欲捨與異熟法不相違故有是異熟憂根不爾故非異熟問何故捨根惟善業感非不善耶答捨根行相微細寂靜智者所樂故善業感諸不善業性是麤動故不能感捨受異熟頗有業不感身心受而感異熟耶答有謂諸業感色心不相應行異熟色異熟者謂九處除聲處心不相應行異熟者謂命根衆同分得生

住老無常有說及無想事問此中何者名身受何者名心受答若受在五識身名身受在意地名心受復有說者諸受中無分別者名身受有分別者名心受復有說者若受緣自相境名身受緣自相共相境名心受復有說者若受緣現在境名身受緣三世及無爲境名心受復有說者若受緣實有境名身受緣實有假有境名心受復有說者若受於境一往取者名身受數數取者名心受復有說者若受於境暫緣即了者名身受推尋乃了者名心受復有說者諸受中若依色緣色名身受若依非色緣色非色名心受如色非色如是有對無對積聚非積聚和合非和合說亦爾尊者世友說曰佛說二受謂身受心受何者名身受何者名心受此中無有身受諸所有受皆是心受何以故心相應故然所有受若依五根轉名身受恒以身爲增上緣故若依意根轉名心受恒以心爲增上緣故有作是說無有身受諸所有受皆是心受何以故心相應故然所有受若依三根轉取和合境名身受恒作想故若依三根轉取不和合境名心受非恒作想故大德說曰受有二種一者身受二者心受若是身受亦是心受有是心受而非身受謂所有受不取外事而起分別但依內事執取其相而起分別謂緣一切補特伽羅及緣法處所攝色心不相應行無爲法等名心受大德欲令如是心受無實境界惟分別轉

如說三障謂煩惱障業障異熟障問何故作此論答爲欲分別契經義故如契經說若諸

有情成就六法雖聞如來所證所說法毗奈耶而不堪任遠塵離垢於諸法中生淨法眼何等爲六一煩惱障二業障三異熟障四不信五不樂六惡慧雖說成就如是六法而未廣辯亦未曾說云何名煩惱障云何業障云何異熟障彼契經是此論緣起根本彼所未說者今應說之故作斯論復有說者前雖分別諸業而未分別彼業等障今欲分別故作斯論如是三障總以熾然猛利煩惱五無間業那落迦等種種異熟爲其自性已說自性所以今當說問何故名障答如是三種能礙聖道及聖道加行善根是故名障云何煩惱障謂如有一本性具足熾然貪瞋癡煩惱由如此故難生猒離難可教誨難可開悟難得免離難得解脫此中本性具足熾然猛利貪

煩惱者如難陁等具足熾然猛利瞋煩惱者如指鬘等具足熾然猛利癡煩惱者如迦葉波等問若爾者如說難生猒離難可教誨難可開悟難得免離難得解脫此言善通由彼精勤方便教化皆見諦故如說能礙聖道及聖道加行善根此云何通答彼雖能礙聖道及聖道加行善根然由佛力巧化方便彼得見諦於舍利子等諸大聲聞非所化境復有說者具足熾然猛利貪煩惱者如黃門等具足熾然猛利瞋煩惱者如氣噓等具足熾然猛利癡煩惱者如六師等問若爾如說能礙聖道及聖道加行善根此言善通由彼畢竟不見諦故如說難生猒離難教誨等此云何通由彼畢竟不得見諦不名難故答應作是說不生猒離不可教誨等而不作是說者有

何意趣謂即不生猒離名難生猒離乃至即不得解脱名難得解脱問云何建立此煩惱障爲依成就爲依現行答此依現行不依成就若依成就者則一切有情無有差别等具成就諸煩惱故由依現行而建立故煩惱差别則成四句或有煩惱熾然非猛利或有煩惱猛利非熾然或有煩惱亦熾然亦猛利或有煩惱非熾然亦非猛利煩惱熾然非猛利者謂下品煩惱數行者是猛利非熾然者謂上品煩惱不數行者是熾然亦猛利者謂上品煩惱數行者是非熾然非猛利者謂下品煩惱不數行者是此中熾然非猛利煩惱亦是煩惱障由此煩惱雖是下品以數行故依下生中依中生上漸次乃至能斷善根彼猛利非熾然煩惱亦非煩惱障由此煩惱雖是上品不數行故漸可損減乃至能入正性離生究竟斷滅彼熾然亦猛利煩惱是煩惱障一切爲重彼非熾然非猛利煩惱非煩惱障一切爲輕如是善根亦有四句或有善根熾然非猛利或有善根猛利非熾然或有善根熾然亦猛利或有善根非熾然非猛利熾然非猛利者謂下品善根數行者是猛利非熾然者謂上品善根不數行者是熾然亦猛利者謂上品善根數行者是非熾然非猛利者謂下品善根不數行者是此中熾然非猛利善根不爲煩惱障所障由此雖是下品善根以數行故依下生中依中生上漸次增長能速趣證一切結斷彼猛利非熾然善根則爲煩惱障所障由此雖是上品善根不數行故或容煩惱數數現行漸次增長能斷善根彼

熾然亦猛利善根一切爲勝彼不熾然不猛利善根一切爲劣云何業障謂五無間業何等爲五一害母二害父三害阿羅漢四破僧五惡心出佛身血問如前所說能礙聖道及聖道加行善根故名爲障除五無間業復有其餘妙行惡行所謂決定第八有業及上瞋恚纒害捃多蟻等由此爲障不能於現法中趣入聖道何故不說爲業障耶答亦應說此以爲業障而不說者當知此義有餘此中三障皆有餘說復有說者五無間業定能爲障是故偏說餘妙行惡行或能爲障或不爲障是故不說復有說者五無間業具五因緣易見易知是故偏說何等爲五一自性故二趣故三生故四果故五補特伽羅故自性故者謂此五種性是決定極重惡業趣故者此五決定於地獄受不於餘趣生故者此五決定順次生受非順現法受非順後次受非順不定受果故者謂此五種定感世間極不愛果補特伽羅故者謂能造此五補特伽羅易見易知謂此能害母此能害父乃至此能出佛身血除此五種所餘一切妙行惡行皆無如是五種因緣易見易知是故不說問諸無間加行能滿彼果業此於彼果爲定不定若言定者此中何故不說又尊者指鬘室利毱多云何能轉若不定者害生命納息所說云何通如說頗有未害生殺生未滅此業異熟定生地獄耶答有如作無間業加行時命終或有說者此業於彼果定問害生命納息則爲善通而此中何故不說若此中應說五無間業及彼加行而不說者有何意耶答此已說

在五無間中五無間業用此爲加行故若説果當知已説加行問尊者指鬘云何能轉答彼猶未作無間加行是故彼説我今且未殺母且當飯食問豈非欲害一切智耶答爾時彼於非一切智起害加行非於一切智由是因緣世尊化作凡流苾芻入踏婆林匆彼尊者於一切智起殺加行不可救療若諸有情於一切智起殺加行如殑伽沙數如來應正等覺亦不能救令脱地獄故知彼於非一切智起殺加行非於一切智問室利毱多云何能轉答彼亦不作無間加行是故彼雖密設火穽及雜毒食而心念言如來若是一切智者自當避之若非一切智者便當殄滅匆令幻惑食噉世間故彼非於一切智所起殺加行是以可轉復有説者此業於彼果不定問此中不説則爲善通尊者指鬘室利毱多業亦可轉害生命納息當云何通答諸無間加行能滿彼果業此於彼果有定有不定害生命納息説彼定者尊者指鬘室利毱多所可轉易是不定者如是二説俱爲善通云何異熟障謂諸有情處那落迦傍生鬼界北拘盧洲無想天處問餘洲亦有異熟爲障如扇搋迦半擇迦無形二形等此中何故不説答此中應説而不説者當知此是有餘之説是以前説此中三障皆有餘説復有説者此中但説決定爲障彼非決定由彼有情所有異熟或有爲障或不爲障是以不説問如是三障於一相續可成就幾答或但成一謂於三種隨一一成就或成就二謂煩惱障業障或煩惱障異熟障無有成就業障異熟障非煩惱

障者由此亦無成就三者問如是三障何者最重或有說者異熟障重所以者何因時可轉果時不可轉故復有說者業障最重所以者何業障能引異熟障故如是說者煩惱障重以煩惱障能引業障業障復能引異熟障如是皆以煩惱爲本是故最重三惡行中何者最大罪謂破僧虛誑語此業能取無間地獄一劫壽量異熟苦果餘業不定故問此說破僧虛誑語爲最大罪餘處復說意業爲最大罪餘處復說邪見爲最大罪此三大罪有何差別或有說者罪有三種一業二煩惱三惡行業中意業爲大罪煩惱中邪見爲大罪惡行中破僧虛誑語爲大罪復有說者惱亂大衆故意業爲大罪滅一切善根故邪見爲大罪能感大苦異熟果故破僧虛誑語爲大罪復有說者三業中意業爲大罪五見中邪見爲大罪五無間業中破僧虛誑語爲大罪復有說者見所斷業道中邪見爲大罪修所斷業道中破僧虛誑語爲大罪見修所斷業中意業爲大罪復有說者依思業故說意業爲大罪依思所造業故說破僧虛誑語爲大罪依非業故說邪見爲大罪復有說者依能起業故說意業爲大罪依所起業故說破僧虛誑語爲大罪依非業故說邪見爲大罪復有說者依能轉業故說意業爲大罪依所轉業故說破僧虛誑語爲大罪依非業故說邪見爲大罪是名三種大罪差別問彼破僧時亦有身業往來加行思惟及餘語業何故但說虛誑語能破僧耶答若破僧時加行究竟一切時有者此中說之於諸業中惟虛誑語

加行究竟一切時有能令僧壞是故偏說餘業不爾是故不說

問如說能取無間地獄果何故名無間地獄耶答此假立名假立相不必如名悉有其義又此地獄亦名無間亦名熱鐵猛燄熾然攢射支體亦名常於六觸處門受諸苦惱亦名自受業所招苦復有說者以於此中無間無隙可令樂受暫現在前故名無間問餘地獄中爲有歌舞及飲食等喜樂事耶答餘地獄中雖無異熟喜樂而有等流喜樂如施設論說等活地獄有時有分涼風暫吹或聞如是音聲唱言等活等活時彼有情忽然還活支節血肉平復如本暫生喜樂無間地獄無如是事故名無間復有說者生彼有情其數甚多無間無隙故名無間此說不然所以者何上品惡行生彼地獄世間有情不皆能起上品惡行如要修習上品妙行方生有頂世間有情不皆能起上品妙行是故生有頂者少生無間者亦爾故彼非說問若爾云何名無間答依異熟果說名無間以諸有情造大惡業生彼地獄得廣大身一一身形悉皆廣大徧彼多處中無間隙故名無間

阿毗達磨大毗婆沙論卷第一百一十五　說一切有部發智

音釋

捃 舉蘊切拾也　趜 渠竹切　療 力照切治也　殑伽 梵語也此云天堂來河名也殑其陵切　穽 疾郎切陷穽也　殄 徒典切絕也　扇搋迦 梵語也此云生謂天然生男根不滿搋勑皆切　隙 乞逆切空閑也

阿毗達磨大毗婆沙論卷第一百一十六

五百大阿羅漢等造

唐三藏法師玄奘奉詔譯

業蘊第四中惡行納息第一之五

問此業能取一劫壽果爲是何劫或有說者是成劫復有說者是壞劫復有說者是大劫如是說者此是中劫由彼亦有不盡中劫而得脱故如毗奈耶說提婆達多當於人壽四萬歲時來生人中必定當證獨覺菩提舍利子等所不能及問如是伽他當云何通

諸有破僧人　破壞和合僧　生無間地獄　壽量經劫住

尊者世友作如是說滅一劫住亦名一劫如世間人於減一日住持所作亦名直日此亦如是問此破僧罪亦能取地獄五蘊異熟何故但言取一劫壽或有説者以壽爲先世尊總說取五蘊果復有說者此中世尊說最勝法謂五蘊中壽命最勝是故偏說復有說者壽命能持一切五蘊令不散壞是故偏說復有說者壽從初生盡衆同分無有間斷令衆同分亦無間斷餘法不爾是故不說復有說者由壽量故表知世間或增或減或進或退或興或衰是故偏說問何故破僧得劫住罪非起惡心出佛身血耶答若起惡心出佛身血壞佛生身若破壞僧壞佛法身一切如來應正等覺敬重法身不重生身復有說者若起惡心出佛身血但毁尊重若破壞僧即名毁壞尊重所重若起惡心出佛身血但傷大師若破壞僧即名傷損大師所師如大師如是法王歸依依趣亦爾有說彼起殺心出佛

身血但是加行罪以佛法爾不可害故破僧
不爾是根本罪如加行根本如是加行究竟
亦爾復有說者若起惡心出佛身血不多發
起廣大加行但由率爾卒暴而傷破僧不爾
要由發起廣大加行或經一月乃至四月方
便誘誑諸新學苾芻令敬順已然後能破是
以罪重復有說者若起惡心出佛身血不惱
亂大衆雖傷佛身不能令佛生惱亂心亦不
諠擾以作此事世間衆生或有聞者或不聞
故若破壞僧極大諠擾惱亂大衆以破僧時
應得入正性離生者不得入正性離生應得
果證者不得果證應離欲者不得離欲應盡
漏者不得盡漏不得誦持思惟三藏不得靜
處思惟諸法修習靜慮無色等至不得種植
三乘種子三千大千世界法輪不轉展轉聲
至淨居諸天令其覺慧不得安靜明了現行
若所破僧還和合時應入正性離生者即入
正性離生應得果證者即得果證應離欲者
得離欲應盡漏者得盡漏便有誦持思惟三
藏在空閑處思惟諸法修習靜慮無色等至
亦能種植三乘種子三千大千世界法輪復
轉展轉聲至淨居諸天令其覺慧復得安靜
明了現行由是因緣若起惡心出佛身血不
能生起經劫住罪若破壞僧便能生起經劫
住罪問僧破以何爲自性答以不和合無覆
無記不能應行爲自性是不相應行蘊所攝
即餘處說復有所餘如是種類不相應行是
故僧破異破僧罪異僧破是不和合性無覆
無記是不相應行蘊所攝破僧非是虛誑語
不善語業色蘊所攝如退體異退法亦異退

體是不成就性無覆無記不相應行蘊所攝退法是不善有覆無記五蘊所攝此亦如是僧破異破僧罪異由此僧破僧所成就破僧罪破僧人成就問何處破僧答在欲界人趣若破羯磨僧通在三洲若破法輪僧惟贍部洲所以者何若處有大師可得及道可得即於是處有破法輪餘洲無有大師及道是故亦無破法輪者譬如世間若處有王是處有僞王起若處有力士是處有揄力者起此亦如是若於是處有大師是處有邪師起若處有道是處有邪道起法爾邪正同處相違問破羯磨僧破法輪僧有何差別答破羯磨者謂一界内有二部僧各各別住作布灑他羯磨說戒破法輪者謂立異師異道如提婆達多言我是大師非沙門喬答摩五法是道非喬答摩所說八支聖道所以者何若能修習是五法者速證涅槃非八支道云何五法一者盡壽著糞掃衣二者盡壽常乞食食三者盡壽惟一坐食四者盡壽常居迥露五者盡壽不食一切魚肉血味鹽酥乳等是謂破羯磨僧破法輪僧差別問於破僧時極少幾人成破僧事答破羯磨僧極少八人四人已上方名爲僧三人不爾於一界内有二部僧各各別住作布灑他羯磨說戒乃得名爲羯磨壞故破法輪僧極少九人以一界内有二部僧各各別住於無慙愧部中定別有一衆所尊重能教誨者當知則是提婆達多於正衆中極少四人於邪衆中極少五人如是極少下至九人則法輪僧壞問齋何當言法輪僧壞答施設論說提婆達多自爲第五皆共受

籌齊此當言法輪僧壞復有說者作表白已復有說者離所聞處復有說者離所見處復有說者離見聞處如是說者若由意樂誓受餘師謂彼愚癡諸苾芻衆由定意樂發如是心作如是語提婆達多是我大師非佛世尊齊此當言法輪僧壞問何等種類補特伽羅破法輪僧答補特伽羅有二種一者愛行二者見行諸見行者破法輪僧非愛行者以見行者所有意樂堅固猛利於雜染清淨品所作決定無有退轉諸愛行者無如是事故不能破又惟男子破法輪僧非諸女人亦非扇搋半擇迦等所以者何破法輪時法爾自安立爲大師而諸女人非增上器於大師非分故不能破然能廣作破僧方便猶如麤喜苾芻尼等諸扇搋半擇迦無形二形皆是愛行諸愛行者所有意樂不堅不猛於染淨品皆不決定是故彼類不能破僧問於何時分破法輪僧答於六時中不能破僧餘時則能謂非初時亦非後時非於二皰未出現時非未和合共結界時非未建立第一雙時非於大師涅槃後時非初後者由此二時諸苾芻衆於聖教中和合一味不可破壞非於二皰未出時者謂聖教中未生戒見二種皰時非未和合共結界時者要一界內有二部僧別住異忍方名破僧故非未建立第一雙者謂未建立第一雙時定無能破法輪僧者諸佛法爾皆有第一雙賢聖弟子若有破壞法輪僧已不經日夜此第一雙還令和合非於大師涅槃後者若於大師般涅槃後作如是言我是大師非如來者咸共責言大師在世汝何

不言我是大師今涅槃後乃作是語是故決定於此六時法輪不壞於所餘時法輪可壞問住何等心僧破或有說者住於眼識復有說者住於耳識復有說者住於意識如是說者六識身中隨住一識皆容僧破問住何等受僧破或有說者住於樂根復有說者住於苦根復有說者住於喜根復有說者住於憂根復有說者住於捨根如是說者於五受中隨住一受皆容僧破問僧破是何心果或有說者是出家心果所以者何出家無有僧破壞故復有說者受具心果所以者何勤策無有僧破壞故復有說者若取隣近受具心果若取懸遠出家心果如是說者若住此心僧破壞者即此心果問何等種類補特伽羅可破壞耶答惟是異生非諸聖者所以者何世尊記說無處無容一切聖者可破壞故問諸有已得順決擇分爲可破不或有說者除此所餘是可破壞復有說者此亦可破所以者何世尊惟記無處無容一切聖者是可破壞不記餘故問如提婆達多能破壞僧何故說言世尊眷屬不可破壞尊者世友說曰此中說四向四果名世尊眷屬是眞弟子是眞實僧不可破壞復有佛眷屬有二一是異生二是聖者提婆達多惟破異生由此故說彼能破僧一切聖者皆不可破由此故說世尊眷屬不可破壞大德說曰佛眷屬有二一内二外内謂聖者無動無壞外謂異生可動可壞此中異生可動壞故提婆達多能破壞僧聖無動壞故說世尊眷屬不壞問破僧時佛在衆不答佛時住彼界内而不在衆云何知耶

曾聞提婆達多欲破僧時佛以慈愍故呵制之言提婆達多汝勿破僧勿起極重惡不善業勿趣非愛大苦果處佛雖如是殷勤呵制而彼都無止息之心爾時世尊起正智見審觀前際勿我昔時破他眷屬即自觀見昔我無量無數劫前曾破壞他仙人眷屬彼業異熟今現在前觀見是已知此僧衆定當破壞便入靜室黙然宴坐提婆達多便破壞僧故知世尊在於界内而不在衆問爲一切佛皆有如是破僧事耶有説不爾所以者何若有如是破壞他業造作增長便有破僧若無是業則無破僧惟世尊釋迦牟尼曾有此業造作增長故今僧破餘佛不爾有説餘佛亦有破僧曾聞迦葉波佛時有苾芻名曰華上是譽上子造五無間斷滅善根問提婆達多爲先破僧後斷善根先斷善根後破僧耶或有説者彼先破僧後斷善根所以者何要具尸羅多聞端正貴族威肅言詞善巧乃能破僧若斷善根便失淨戒非增上故不能破僧尊者世友亦作是説提婆達多先破壞僧後斷善根若先斷善後破僧者於破僧時應不能生一劫住罪所以者何非斷善根補特伽羅於非法中起非法想於破僧中起於法想若於非法起於法想於彼僧中起於法想而破僧者終不能生一劫住罪要於非法起非法想於破僧中起有罪想如是破僧方能生起一劫住罪由此道理諸破壞僧一切皆生劫住罪耶設有能生劫住罪者一切皆能破僧耶應作四句或有破僧非能生起一劫住罪謂於非法起於法想及於破僧起非罪想而

破壞僧或有能生一劫住罪而非破僧謂斷善根或有破僧亦能生起一劫住罪謂於非法起非法想於破僧中起有罪想而破壞僧或有不能破壞於僧亦不能生一劫住罪謂除前相大德說曰彼起破僧加行時亦起斷善加行起斷善加行時亦起破僧加行是故彼破僧時則斷善斷善時則破僧彼由俱時造二罪故成就極重惡不善業而無一念悔愧之心問諸造無間業彼斷善耶設斷善彼造無間業耶答應作四句或有造無間業非斷善如未生怨王等或有斷善非造無間業如六師等或有造無間業亦斷善如提婆達多始褰得等或有不造無間業亦不斷善謂除前相三妙行中何者最大果謂第一有等至中思此業能取非想非非想處八萬劫壽果當知此中依異熟果爲問故作此答若依五果或惟依離繫果爲問應作是答謂金剛喻定相應思此思能證一切結盡斷遍知果由此中意問異熟果故作是答問爲一思能感八萬劫壽爲多思耶若一思者云何少業能感多果若多思者云何不名一衆同分果分分別感或有說者一思能感問云何少業能感多果答先以一思總感後以多思成滿譬如畫者先以一色作模後塡衆彩此亦如是復有說者多思能感問云何不名一衆同分果分分別感答於彼定中緣一境界一類行相有衆多思相續而起或有能感十千劫壽或有能感二十千劫或有能感三十千劫或有能感四十千劫等壽如是多思分分別感然依一種定前加行起一類定緣一境界

一類行相多思相續現前而感故名一身如是說者一思總感多思成滿問此思爲是近分地攝爲根本地攝耶或有說者是近分地復有說者是根本地如是說者此則不定或近分地或根本地所以者何以一切思同一地故問八萬劫者是何劫耶或有說者此是中劫復有說者此是成劫復有說者此是壞劫如是說者此是大劫問此業能取四蘊異熟何故惟說取壽果耶或有說者以壽爲先世尊總說取四蘊果復有說者此中世尊說最勝法謂四蘊中壽爲最勝是故偏說有說惟壽能持四蘊令不散壞是故偏說有說壽於一期無斷令衆同分亦無間斷餘法不爾是故偏說復有說者由壽量故表知世間或增或減或進或退或興或衰由此因緣故偏說壽如說惡行妙行感愛非愛最大果如是善不善根并十業道亦應廣說謂三不善根中何者最大罪謂能起破僧虛誑語此不善根能取無間地獄一劫壽果十不善業道中何者最大罪謂破僧虛誑語此業能取無間地獄一劫壽果三善根中何者最大果謂能起第一有等至中思此善根能取非想非非想處八萬劫壽果十善業道中何者最大果謂與第一有等至中思俱者此業道能感非想非非想處八萬劫壽果應知此中以略說故但說惡行妙行最大果非餘

業蘊第四中邪語納息第二之一

諸邪語彼邪命耶設邪命彼邪語耶如是等章及解章義既領會已次應廣釋問何故作此論答爲欲止他宗顯巳義故謂譬喩者說

離語及業別有正命邪命體性彼何故作是說由契經故如契經說八支聖道彼作是說佛說八支者各有體性不相雜亂由此便說正命邪命離語業外有體可得爲遮彼意顯正命等皆即語業故作斯論如於不善語業道中若貪所起名爲邪語亦名邪命爲命起故瞋癡所起但名邪語不名邪命不爲命而起故於不善身業道中若貪所起名爲邪業亦名邪命瞋癡所起但名邪業不名邪命所以如前於善語業道中無貪所起名爲正語亦名正命邪命對治故無瞋癡所起名爲正語不名正命所以如前於善身業道中無貪所起名爲正業亦名正命無瞋癡所起名爲正業不名正命所以如前由此即顯正命邪命皆攝語業而爲體性是謂此處略毗婆沙

諸邪語彼邪命耶設邪命彼邪語耶答應作四句有邪語非邪命謂除趣邪命語四惡行諸餘語惡行即瞋癡所起語業是語業性故非爲命起故有邪命非邪語謂趣邪命身三惡行即貪所起身業爲命起故非語業性故後諸句中應准此釋有邪語亦邪命謂趣邪命語四惡行有非邪語非邪命謂除趣邪命身三惡行諸餘身惡行諸邪業彼邪命耶設邪命彼邪業耶答應作四句有邪業非邪命謂除趣邪命身三惡行諸餘身惡行即瞋癡所起身業是身業性故非爲命起故有邪命非邪業謂趣邪命語四惡行即貪所起語業爲命起故非身業性故後二句准此釋有邪業亦邪命謂趣邪命身三惡行有非邪業非邪命謂除趣邪命語四惡行諸餘語惡行此

中諸貪所起皆以趣向邪命故名邪命諸正語彼正命耶設正命彼正語耶答應作四句有正語非正命謂除趣正命語四妙行諸餘語妙行即無瞋無癡所起語業是語業性故非邪命對治故有正命非正語謂趣正命身三妙行即無貪所起身業是邪命對治故非語業性故後二句准此釋有正語亦正命謂趣正命語四妙行有非正語非正命謂除趣正命身三妙行諸餘身妙行諸正業彼正命耶設正命彼正業耶答應作四句有正業非正命謂除趣正命身三妙行諸餘身妙行即無瞋無癡所起身業是身業性故非邪命對治故有正命非正業謂趣正命語四妙行即無貪所起語業邪命對治故非身業性故後二句准此釋有正業亦正命謂趣正命身三妙行有非正業非正命謂除趣正命語四妙行諸餘語妙行此中諸無貪所起皆以趣向正命故名正命已略顯示雜無雜相今當廣說彼差別相謂若有爲利活命因緣起諸惡行此名邪語邪業亦名邪命是語業性故非爲命所起故若有爲餘種種因緣起諸惡行名邪語邪業不名邪命是語業性故非爲命起故餘門准此釋復次若有隨其種種傍生明呪邪活命緣起諸惡行名邪語業亦名邪命若有爲餘種種因緣起諸惡行名邪語業不名邪命復次若以四愛因緣起諸惡行名邪語業亦名邪命若以餘緣起諸惡行名邪語業不名邪命復次若有矯詐現相以利求利五邪命緣起諸惡行名邪語業亦名邪命若爲餘緣起諸惡行名邪語業不名邪命復

次若起惡行加行名邪語業亦名邪命若起惡行根本業道名邪語業不名邪命所以者何加行難除非根本故復次若起種種遮罪名邪語業不名邪命若起性罪名邪語業不名邪命所以者何遮罪難防非性罪故由如是等六門七門所說道理決定無能離語業外别立邪命問若爾何故說邪語等三種及於經中說八支聖道正語業外别說正命耶答佛以邪命誑惑於人微細難覺故與語業俱時示現復别示現如賊軍將同衆誅戮復别梟首復有說者以諸邪命難可淨除故與語業俱時呵責復别呵責猶如女人與諸事欲及煩惱欲俱時諸過復别呵責云何邪命難可淨除謂有二法難除難捨即在家者邪見及出家者邪命諸在家人雖極聰慧受持五戒若苦所逼則以種種香華飲食祠禱天神諸出家人雖極聰慧受持具戒資身命緣繫屬他故見施主時便整威儀現親善相是故别說邪命正命契經及施設論皆作是說斷生命乃至邪見皆有三種一從貪生二從瞋生三從癡生云何斷生命從貪生謂如有一以貪皮肉筋骨等故害他有情或爲所愛悅意親友曽當於已作饒益者而行殺事或他以財及諸饒益求已行殺如國王等以諸財位招募驍勇令討未伏如是等殺名從貪生云何從瞋生謂如有一於他有情有損惱心怨嫌之心惡意樂心而斷彼命或復害彼親屬朋友以絶怨路如是等殺名從瞋生云何從癡生如有一類起如是見立如是論駝馬牛羊雞豬鹿等皆爲祠祀人所食用是以

殺之無罪復有一類起如是見立如是論虎豹豺狼蜈蚣蛇等傷害於人爲人除患殺亦無罪又此西方有蔑戾車名曰目迦起如是見立如是論父母衰老及遭痼疾若能殺者得福無罪所以者何夫衰老者諸根朽敗不能飲食若死更得新勝諸根飲新煖乳若遭痼疾多受苦惱死便解脱故殺無罪如是等殺名從癡生以迷業果起邪謗故云何不與取從貪生謂如有一欲他財物不與而取或爲所愛悦意親友曾當於己作饒益者而行盗竊或他以財及諸饒益求己行盗如募將士掠他財寶如是等盗名從貪生云何從瞋生謂如有一於諸有情有損惱怨嫌惡意樂心而盗彼物令其困惱或復盗彼親友財物以憎彼故如是等盗名從瞋生云何從癡生

如有一類諸婆羅門起如是見立如是論大地所有本是梵王神力化作施諸婆羅門令婆羅門勢力羸弱刹帝利等侵奪受用故婆羅門取受用時是取己物皆無盗罪然後取時作他物想如是等盗名從癡生迷於業果起邪謗故云何欲邪行從貪生謂此多分以躭染心或以財利諸饒益事於彼彼所行欲邪行是名從貪生云何從瞋生謂如有一於他有情有損惱怨嫌惡意樂心欲令汚辱受諸衰損便於彼所行欲邪行是名從瞋生云何從癡生謂婆羅門起如是見立如是論諸婆羅門應畜四婦刹帝利三吠舍應二戍達羅一婆羅門等數若未滿婬他妻室亦無有罪然彼婬時起屬他想又此西方有蔑戾車名曰目迦起如是見立如是論母女姊妹及

兒妻等於彼行欲悉無有罪所以者何一切女色皆如熟果已辦飲食道路橋舩階梯臼等法爾有情共所受用是故於彼行欲無罪此等邪行名從癡生所以如前云何虛誑語從貪生謂如有一爲名利故於他有情覆相而說若爲已若爲他如國王等招募辯士令行遊說爲誘未伏彼人爾時以財位故或依內誑外或依外誑內或依二誑二此等虛誑語名從貪生云何從瞋生謂如於他有損惱心怨嫌惡意樂心欲陷彼故行虛誑語或復於彼所愛親友作虛誑語以憎彼故此等虛誑語名從瞋生云何從癡生謂如有一起如是見立如是論諸爲自他身難命難而妄語者不得妄語罪如獵師問鹿所在及賊軍問王軍所在雖實見實知恐害彼故雖不實答而無有罪當知彼類非不有罪彼謂都無便數數作此等虛誑語名從癡生所以如前云何離間語從貪生謂如有一爲名利故於彼有情或彼親友作離間語若爲已若爲他如國王等招募辯士令行離間覘令他伏彼人爾時以財位故或依內離外或依外離內或依二離二又婆羅門有二施主一施衣二施食婆羅門念言若二施主共和好者我於二所各得一事若彼乖違則一一處皆得二事由是因緣行離間語是名從貪生云何從瞋生如有於他有損惱心怨嫌惡意樂心而離間彼或彼親友欲壞彼故是名從瞋生云何從癡生如有一類婆羅門等起如是見立如是論諸不律儀家若和好者爲惡滋多若乖離者作惡便少是故若有於彼類中作離間

語終無有罪是名從癡生所以如前云何麤惡語從貪生如以名利於他有情罵詈毀辱若爲已若爲他如國王等委酷法人令主辭獄及令軍佐制造書檄由此等緣作麤惡語是名從貪生云何從瞋生謂如於他有損惱心怨嫌惡意樂心便罵辱彼或彼親友若爲已若爲他是名從瞋生云何從癡生謂如大髻外道名事火天性甚卒暴多麤惡語彼諸弟子以爲善妙皆習麤語是名從癡生所以如前云何雜穢語從貪生謂如有一爲已及他名利等故作雜穢語如俳優者爲財利故於大集處種種詞詠戲調雜說又諸男女以愛染心作雜穢語復有制造世俗文章受持諷誦是名從貪生云何從瞋生謂如於他有損惱心怨嫌惡意樂心輕調彼故作雜穢語或輕調彼所愛親友以憎彼故是名從瞋生云何從癡生如有一類婆羅門起如是見立如是論諸有祀火或祀餘神或誦吠陀諸呪術等一切皆得清淨解脫是名從癡生所以如前云何貪從貪生謂貪纏無間貪纏現前是名貪從貪生云何從瞋生謂瞋纏無間貪纏現前是名貪從瞋生云何從癡生謂癡纏無間貪纏現前是名貪從癡生云何瞋從貪生謂貪纏無間瞋纏現前是名瞋從貪生云何從瞋生謂瞋纏無間瞋纏現前是名瞋從瞋生云何從癡生謂癡纏無間瞋纏現前是名瞋從癡生云何邪見從貪生謂貪纏無間邪見纏現前是名邪見從貪生云何從瞋生謂瞋纏無間邪見纏現前是名邪見從瞋生云何從癡生謂癡纏無間邪見纏現前是名

邪見從癡生問已知十不善業道一切皆從貪瞋癡起於中一一幾爲加行幾爲究竟而能起耶或有說者斷生命麤惡語及瞋恚三爲加行由瞋究竟不與取欲邪行及貪欲三爲加行由貪究竟餘語業道三爲加行由三究竟邪見一種三爲加行由癡究竟復有說者欲邪行不定謂若欲令要出不淨方成業道者則三爲加行由貪究竟若有欲令纔入穢門便成業道者則三爲加行由三究竟所餘業道一切皆以三爲加行由三究竟

阿毗達磨大毗婆沙論卷第一百一十六 說一切有部發智

音釋

揃訖嶽切皺也 炮普教切 褰起虔切 戮力竹切殺也 梟堅堯切挂首曰梟 驍堅堯切健也 蔑戾車梵語也此云惡見蔑莫結切戾郎計切

阿毗達磨大毗婆沙論卷第一百一十七

五百大阿羅漢等造

唐三藏法師玄奘奉　詔譯

業蘊第四中邪語納息第二之二

有律儀有不律儀有住律儀者有住不律儀者云何律儀謂有七種即離斷生命乃至離雜穢語云何不律儀謂亦有七種即斷生命乃至雜穢語云何住律儀者謂有七衆一苾芻二苾芻尼三正學四勤策男五勤策女六近事男七近事女云何住不律儀者謂有十二種不律儀家一屠羊二屠雞三屠猪四捕鳥五捕魚六遊獵七作賊八魁膾九縛龍十守獄十一煑狗十二婆具履迦此中屠羊者爲活命故懷殺害心若買若賣養飼斷命如是一切皆名屠羊屠雞屠猪亦復如是捕鳥者爲活命故採捕衆鳥捕魚等亦如是縛龍者爲活命故習呪龍虵或言縛象煑狗者謂栴荼羅等諸穢惡人婆具履迦者謂有傍生名婆具羅即是蟒類恒於曠野吞食商侶有人專能殺之取貲侶價以自活命由此故名婆具履迦有說罝弶名婆具羅有人爲活命故恒設罝弶取諸衆生故名婆具履迦有說獵主名婆具履迦如有頌言

鹿出婆具履迦苦　終不還投婆具羅

智者棄凡俗出家　終不還歸苦迫迮

尊者妙音作如是說若受上命訊問獄囚肆情暴虐加諸苦楚或非理斷事或毒心賦稅如是一切皆名住不律儀者問如諸律儀要受方得此不律儀亦如是耶或有說者亦由受得謂手執殺具誓從今日乃至命終常作

此業以自活命爾時便得此不律儀復有說者雖執殺具自立誓言然彼不得此不律儀由二緣得一由作業二由受事由作業者謂生不律儀家最初作彼殺生等業爾時便得此不律儀由受事者謂生餘家爲活命故懷殺害心往屠羊等不律儀所作是誓言我從今者乃至命終常作汝等所作事業以自活命爾時便得此不律儀復有說者此亦最初作彼業時方乃獲得此不律儀彼說不律儀惟一緣得若有以下品心起有表業受諸律儀盡衆同分彼諸律儀下品隨轉雖於後時勵力發起身語意攝惡行妙行然彼律儀常下品轉更不增長若有以中品心起有表業受諸律儀盡衆同分彼諸律儀中品隨轉雖於後時勵力發起身語意攝惡行妙行然彼律儀常中品轉不增不減若有以上品心起有表業受諸律儀盡衆同分彼諸律儀上品隨轉雖於後時勵力發起身語意攝惡行妙行然彼律儀常上品轉更不損減故如是問頗有新學苾芻成就上品律儀而阿羅漢成就下品律儀耶答有謂有新學苾芻以上品心起有表業受諸律儀有阿羅漢以下品心起有表業受諸律儀如是新學苾芻成就上品律儀而阿羅漢成就下品律儀若有最初以下品纏斷衆生命於此衆生得下品斷生命所攝及不律儀所攝表無表業於餘一切有情身上惟得下品不律儀所攝無表業若彼後時隨以下中上品纏斷衆生命於此衆生惟得下中上品斷生命所攝表無表業更不得不律儀所攝表無表業先已得故如是

最初以中品纏以上品纏廣說亦爾斷生命等隨別漸得不律儀業普頓得故問如屠羊者不欲殺餘衆生何故此人普於一切有情所得不律儀耶答雖於羊處起不律儀然諸有情一切皆有羊蘊界處又彼惡心境界寬遍故於一切得不律儀無有是處爲分別故設諸有情皆作羊像來住其前於彼一切皆起惡心皆欲殺害是故於一切有情所得不律儀住不律儀者有於一切有情得不律儀非由一切支非由一切因有於一切有情得不律儀由一切支非由一切因有於一切有情得不律儀由一切因非由一切支有於一切有情得不律儀由一切支由一切因若由一切支由一切因得不律儀非於一切有情者此類無有一切有情者即是一切有情之類一切支者謂斷生命乃至說雜穢語一切因者謂下中上纏或貪瞋癡有於一切有情得不律儀非由一切支非由一切因者謂以下纏斷衆生命或中或上非餘亦不起餘支有於一切有情得不律儀由一切支非由一切因者謂以下纏斷衆生命乃至說雜穢語或中或上非餘有於一切有情得不律儀由一切因非由一切支者謂以下中上纏斷衆生命不起餘支有於一切有情得不律儀由一切支由一切因者謂以下中上纏斷衆生命乃至說雜穢語住律儀者有於一切有情得律儀非由一切支非由一切因有於一切有情得律儀由一切支非由一切因有於一切有情得律儀由一切支由一切因有於一切有情得律儀由一切因非由一切支者此

類無有若由一切支由一切因得律儀非於一切有情者此亦無有一切有情者即是一切有情之類一切支者謂離斷生命乃至離雜穢語一切因者謂下中上品心或無貪無瞋無癡有於一切有情得律儀非一切支非一切因者謂以下心受近事勤策戒或中或上或二非餘有於一切有情得律儀亦一切支非一切因者謂以下心受近事乃至苾芻戒或中或上或二非餘有於一切有情得律儀亦一切支亦一切因者謂以下中上心如次受近事勤策苾芻戒問若以下中上心如次受近住近事勤策戒時即名於一切有情得律儀亦一切因非一切支何以言無答此中但依盡壽律儀作論不依晝夜所以者何彼名爲齋於律儀中非決定故問如受律儀於下品後復得中品於中品後復得上品諸不律儀亦如是耶或有說者如得律儀不律儀亦爾所以者何諸善律儀作大功用作大加行尚數數得況不律儀如是說者律儀漸得非不律儀所以者何律儀難得以難得故漸受漸得不律儀易得以易得故頓受頓得問如善律儀有支不具諸不律儀亦如是耶答健馱羅國諸論師言不律儀業有支不具若諸有情生在種種不律儀家生便瘖瘂盡衆同分不能言説彼但可得身三業性不律儀業不得語四迦濕彌羅國諸大論師咸作是説諸不律儀無支不具如善律儀漸次受者有支不具諸不律儀則不如是無漸受故易可得故問住不律儀者受八戒齋時捨不律儀得律儀至明旦時捨律儀還得不律儀

耶答健馱羅國諸論師言住不律儀者受八戒齋時捨不律儀得律儀至明旦時捨律儀還得不律儀得律儀故不律儀斷捨律儀故不律儀續迦濕彌羅國諸大論師咸作是說住不律儀者受八戒齋時捨不律儀得律儀至明旦時捨律儀不得不律儀得律儀故捨不律儀分齊極故又捨律儀是故爾時名非律儀非不律儀若彼有情盡衆同分不復作者不得不律儀若復作者還得不律儀盡壽律儀由四緣捨一捨所學二二形生三斷善根四捨衆同分諸持律者說法滅沒時爲第五緣謂法滅沒時一切所學出家受具結界羯磨悉皆息滅是故爾時律儀亦捨如是說者當於爾時先得律儀不捨已出家者猶名出家已受具者猶名受具未出家者無復出家未受具者無復受具依此故言一切息滅諸不律儀由四緣捨一受別解脫律儀二得靜慮律儀三二形生四捨衆同分問如善律儀捨所學捨此不律儀亦如是耶答或有說者若能決定捨諸殺具爾時捨不律儀如是說者雖復決定捨諸殺具若不受戒得善律儀終不得名捨不律儀

三惡行三曲穢濁乃至廣說問何故作此論答爲欲分別契經義故如契經說有三惡行三曲穢濁契經雖作是說而不廣辯廣說如前復有說者前納息中已分別三惡行而未分別三曲穢濁今欲分別故作斯論三曲穢濁謂身曲身穢身濁語曲語穢語濁意曲意穢意濁三曲云何謂諂所起身語意業所以者何諂名爲曲由曲相法所起三業說名爲

曲是彼果故問復何因緣諂名爲曲答直相違故如有頌言

諸盤迴屈曲　不平直不正　險坑澗稠林
是皆喻其諂

復有說者以諸有情諂所損汚難出生死難入涅槃猶如曲木難出稠林難入聚落此亦如是故名爲曲復有說者以諸有情諂所損汚諸所作事將現在前復還棄背將欲出言復還内止其性險惡難得意趣難可共交故名爲曲復有說者以諸有情諂所損汚諸聰慧者皆應遠離如樂淨人逃避塚間死屍臭穢正直所厭故名爲曲復有說者以諸有情諂所損汚諸佛於彼亦捨大悲如諂病人良醫所棄障礙正化故名爲曲問諂在何處答在欲界初靜慮非上地問何故上地無諂答上地於諂非田非器非地非依以非田器非地依故於彼不有復有說者爲除其諂往趣上地若於上地復有諂者不應加行求趣上地若下地法上地亦有者不應施設漸次滅法若不施設漸次滅法則應無有究竟滅法若無究竟滅法便無解脫若無解脫亦無生死則一切法無欲令無如是過是故上地無諂復有說者若於是處安立王臣安立衆主尊卑差別則有其諂非於上地得有斯事故無有諂諸有王臣衆主尊卑差別必懷諂曲更相接事故復有說者若於是處有諸識身有尋有伺及有自性身語表業則有其諂如是諸法上地皆無故無有諂三穢云何謂瞋所起身語意業所以者何瞋名爲穢由穢相法所起三業説名爲穢是彼果故問諸煩惱

皆是其穢如有頌言

世間諸穢草　能穢汚良田　如是諸貪穢
穢汚諸含識　世間諸穢草　能穢汚良田
如是諸穢穢　穢汚諸含識

慢愛無明餘煩惱頌說亦如是何故此中惟瞋名穢答雖諸煩惱皆名爲穢然惟瞋恚有二穢名故獨名穢如上頌言如是諸穢穢穢汚諸含識復有說者由此瞋恚穢自相續穢他相續勝餘煩惱故說名穢云何穢自相續謂若瞋恚現在前時舉身麤强惱悴嚬蹙戰掉不安如鬼所著人不憙見云何穢他相續謂若瞋恚惱亂他時令他塵垢或受鞭捶乃至喪命問瞋在何處答在欲界非上二界問何故上二界無瞋耶答非田非器乃至廣說復有說者爲除瞋故求趣上界廣說如前復有說者若於是處有慳嫉結則有瞋恚所以者何以諸有情依慳嫉結於他相續起瞋恚故上界不爾故無瞋恚復次若處有無慚無愧則有瞋恚上界不爾復次若處有苦憂根則有瞋恚上界不爾復次若處有男女根則有瞋恚上界不爾復次若處有段食愛及婬欲愛則有瞋恚上界不爾釋皆如前是故上界無有瞋恚復有說者若於是處有怨害因則有瞋恚怨害因者名九惱事色無色界無怨害因故無有瞋是故尊者妙音說言怨害因緣則令瞋轉或有說者若所依身乾燥麤强則有瞋恚上界依身潤澤柔軟故無瞋恚復有說者色無色界有瞋對治謂等引慈故無有瞋如於是處若有吠藍婆風是處雲場終不得住上界亦爾有瞋對治等引中慈吠

藍婆風故瞋雲埸於彼不住三濁云何謂貪所起身語意業所以者何貪名爲濁由濁相法所起三業說名爲濁是彼果故問何因緣故貪名爲濁答能涤濁故世間涤色說名爲濁如世間說根濁莖濁枝濁葉濁華濁果濁此皆能涤故名爲濁復次濁者是鄙下義世間並謂多貪欲者名爲鄙濁復次濁者是不清淨義由貪蔽心習近涤法捨淨法故問貪在何處答在欲界乃至非想非非想處已說自性今當顯示雜無雜相爲三惡行攝三曲穢濁三曲穢濁攝三惡行耶答應作四句有惡行非曲穢濁謂除欲界諂瞋貪所起身語意惡行諸餘身語意惡行有曲穢濁非惡行謂初靜慮諂貪所起身語意業及餘色無色界貪所起意業有惡行亦曲穢濁謂欲界諂瞋貪所起身語意惡行有非惡行非曲穢濁謂除前相相謂所名如前說謂於色蘊中除不善色及諂貪所起有覆無記色取餘色蘊於行蘊中除不善思貪瞋邪見及諂貪所起有覆無記思取餘相應不相應行蘊及三蘊全幷無爲法如是一切作第四句故言謂除前相此中有二種等起謂因等起及刹那等起因等起名能轉心刹那等起名隨轉心問五識亦能作二等起發身語業不或有說者五識不能發身語業所以者何惟有意識於身語業作轉隨轉令彼業現前五識不能作轉亦不能作隨轉不能令彼業現前問若爾如說自見身表業自聞語表業三識識此云何通答不見身表但見餘相不聞語表但聞餘音即由此義名見名聞三識識者緣他身

業非自身業復有說者五識亦能發身語業以意識作能轉亦作隨轉五識雖不作能轉而作隨轉發彼業故若作是說即爲善通自見身表自聞語表所以者何若以意識作能轉及隨轉亦以眼識作隨轉者便見身表若以意識作能轉及隨轉亦以耳識作隨轉者便聞語表三識識者亦緣自業亦緣他業尊者僧伽伐蘇說曰五識亦能發身語業作因等起及刹那等起所以者何如有士夫先不作意欻被他打即還打彼非於爾時得起我當打彼思念當知即是住身識打是故五識亦能發起身語二業作因等起及刹那等起如是說者五識不能作因等起發身語業所以者何意識於身語業作能轉及隨轉五識惟作隨轉不作能轉故此中若善心作能轉即善心作隨轉若染污心作能轉即染污心作隨轉若威儀路心作能轉即威儀路心作隨轉若工巧處心作能轉即工巧處心作隨轉發身語業問若威儀路心作能轉即彼心作隨轉者如有行時遇見佛像等起善眼識或見婬女等起染眼識如是豈非善染隨轉起彼業耶尊者世友作如是說此由覺慧速疾迴轉起增上慢謂於行位起此眼識而實行時則善心染心不現在前若善心染心現在前時即止不行此善心染心但如伴者不名等起復有說者威儀路心發起業時善染心等相助發起是故威儀路心轉時其隨轉心容有三種謂善染無記問若工巧處心作能轉即彼心作隨轉者如畫師畫作佛時起善眼識畫女人時起染眼識如是豈非善染

隨轉發彼業耶尊者世友作如是說覺慧速疾起增上慢謂於晝時起此眼識而實晝時善心染心不現在前若善心染心現在前時便止不晝此善心染心但如伴者不名等起復有說者工巧處心發起業時善心染心相助發起是故工巧處心爲能轉時其隨轉心容有三種謂善染無記問異熟生心何故不能作二等起發身語業耶答强盛心發身語業異熟生心其性羸劣故不能發復有說者若身語業異熟生心爲二等起而發起者此身語業當言是何爲威儀路爲工巧處爲異熟生若威儀路或工巧處異熟生心云何能發若異熟生此身語業應是異熟然身語業定非異熟加行起故亦不可說爲善染污執異熟生心所起故由此異熟生心不能發身語業復次若見所斷心作能轉修所斷心作隨轉或修所斷心作能轉即修所斷心作隨轉發身語業斯有是處若見所斷心作能轉即見所斷心作隨轉或修所斷心作能轉見所斷心作隨轉發身語業無有是處何以故以見所斷心不能作刹那等起發身語業故今於此中因論生論問何故住見所斷心不能作刹那等起發身語業耶答要麤散心能作刹那等起發身語業此心微細故能能發復次外門轉心能作刹那等起發身語業此心內門轉故不能發復有說者若見所斷心能作刹那等起發身語業者此業當言是何爲見所斷爲修所斷爲俱所斷若見所斷者此身語業應非修所斷法爲方便依謂修所斷四大所造若修所斷者不應以見所斷心

爲刹那等起若俱所斷者隨所起一業應成二分如是則一法有二自性但不爾故見所斷心非刹那等起問若見所斷心不能作刹那等起發身語業者契經所說當云何通如契經說諸邪見人所有身語意業若思若求若所造作一切皆得不可愛不可樂非悅意果所以者何此見暴惡所謂邪見答依因等起作如是說非依刹那等起是故無過復次若此衆同分心作能轉即此衆同分心作隨轉或餘衆同分心作能轉即餘衆同分心作隨轉發身語業斯有是處若此衆同分心作能轉餘衆同分心作隨轉發身語業無有是處復有說者亦有是處謂如有人發願當作五年大會中間命終乘此願力生富貴家自憶宿命如昔所願一切皆作如是則名此衆同分心作能轉餘衆同分心作隨轉發身語業三妙行三清淨謂身語意清淨乃至廣說問何故作此論答爲欲分別契經義故如契經說有三妙行三清淨雖作是說而不廣辯廣說如前復有說者前納息中已分別三妙行未分別三清淨今欲分別故作斯論爲三妙行攝三清淨三清淨攝三妙行耶答隨其事展轉相攝所以者何諸身妙行即身清淨諸語妙行即語清淨諸意妙行即意清淨問無漏妙行永離垢離穢離濁可名清淨有漏妙行既是有垢有穢有濁云何名清淨答有漏妙行以分清淨故名清淨所以者何有漏妙行亦能離乃至無所有處諸煩惱垢故得名清淨復有說者有漏妙行能引發隨順第一義清淨故亦名清淨三妙行三寂默謂身

語意寂默乃至廣說問何故作此論答爲欲分別契經義故如契經說有三妙行三寂默雖作是說而不廣辯廣說如前復有說者前納息中已分別三妙行未分別三寂默今欲分別故作斯論三妙行三寂默爲三妙行攝三寂默三寂默攝三妙行耶答應作四句有妙行非寂默謂除無學身語妙行諸餘身語妙行及一切意妙行有寂默非妙行謂無學心有妙行亦寂默謂無學身語妙行有非妙行非寂默謂除前相相謂所名如前廣說謂於色蘊中除善色行蘊中除無貪無瞋正見及諸善思識蘊中除無學心取餘色行識蘊及二蘊全并無爲法如是一切作第四句故言謂除前相三清淨三寂默爲三清淨攝三寂默三寂默攝三清淨耶答應作四句有清淨非寂默謂除無學身語清淨諸餘身語清淨及一切意清淨此復云何謂學非學非無學身語清淨及三種意清淨以意寂默惟無學心故有寂默非清淨謂無學心非業性故有清淨亦寂默謂無學身語清淨有非清淨非寂默謂除前相相謂所名如前廣說問何故於五蘊中惟色識二蘊建立寂默非餘蘊耶答應具建立而不立者當知此義有餘復有說者此中顯示最初最後故作是說初謂色蘊後謂識蘊如說初後如是入出趣向已度方便究竟當知亦爾復有說者此中顯示最麤最細於五蘊中色蘊最麤識蘊最細復有說者眞實寂默惟無學心此無學心由誰比度謂身語業故惟無學心身語業建立寂默問何故寂默惟在無學答惟無學身中寂

默可得學及非學非無學身中皆不可得因論生論何故惟無學身中寂默可得非餘耶答由此寂默是最勝法非劣身中有勝法可得所以者何若說勝法則無學法勝非學法等若說勝補特伽羅則無學補特伽羅勝非有學等復有說者無學身中煩惱意言究竟息滅寂默圓滿故立寂默餘身不爾故不建立問妙行清淨寂默有何差別或有說者名即差別謂名妙行名清淨名寂默復有說者義亦差別謂善巧作義是妙行義體潔白義是清淨義離癡亂義是寂默義復有說者能感愛果故名妙行不雜煩惱故名清淨究竟靜息故名寂默是謂妙行清淨寂默三種差別諸身惡行彼盡非理所引身業耶設非理所引身業彼盡身惡行耶乃至廣說問何故作此論答爲欲分別契經義故如契經說有非理所引身語意業契經雖作是說而不廣辯廣說如前復有說者前納息中雖已分別三種惡行而未分別非理所引身語意業今欲分別故作斯論諸身惡行彼盡非理所引身業耶設非理所引身業彼盡身惡行耶答諸身惡行彼盡非理所引身業何以故以諸惡行皆違理故非理作意所等起故有非理所引身業非身惡行謂有覆無記身業及無覆無記非理所引身業有覆無記身業者謂初靜慮地諂愛煩惱等所起身業無覆無記非理所引身業者謂應如是去來而不如是去來等廣說如前諸語惡行彼盡非理所引語業耶設非理所引語業彼盡語惡行耶答諸語惡行彼盡非理所引語業何以故以諸

惡行皆違理故非理作意所等起故有非理所引語業非語惡行謂有覆無記語業及無覆無記非理所引語業有覆無記語業者謂初靜慮地諂愛等所起語業無覆無記非理所引語業者謂應作一言而不作等廣說如前諸意惡行彼盡非理所引意業耶設非理所引意業彼盡意惡行耶答應作四句有意惡行非非理所引意業謂貪欲瞋恚邪見三種意惡行有非理所引意業非意惡行謂有覆無記意業及無覆無記非理所引意業有覆無記意業者謂欲界繫薩迦耶見邊執見相應思及色無色界一切煩惱相應思無覆無記非理所引意業者謂思能起如前所說無覆無記非理所引身語二業有意惡行亦非理所引意業謂不善意業有非意惡行亦非非理所引意業謂除前相相謂所名如前廣說謂於行蘊中作四句於中除貪瞋邪見及染污思并無覆無記非理所引思取餘相應不相應行蘊及四蘊全并無爲法如是一切作第四句故言謂除前相諸身妙行彼盡如理所引身業耶設如理所引身業彼盡身妙行耶答諸身妙行彼盡如理所引身業何以故一切妙行不違理故如理作意所等起故有如理所引身業非身妙行謂無覆無記如理所引身業此復云何謂應如是去來而能如是去來等廣說如前諸語妙行彼盡如理所引語業耶設如理所引語業彼盡語妙行耶答諸語妙行彼盡如理所引語業何以故一切妙行不違理故如理作意所等起故有如理所引語業非語妙行謂無覆無記如

理所引語業此復云何謂應作一言而作一言等廣說如前諸意妙行彼盡如理所引意業耶設如理所引意業彼盡意妙行耶答應作四句有意妙行非如理所引意業謂無貪無瞋正見三種意妙行有如理所引意業非意妙行謂一分無覆無記如理所引意業即思謂能起如前所說無覆無記如理所引身語二業有意妙行亦如理所引意業謂善意業有非意妙行亦非如理所引意業謂除前相相謂所名如前廣說謂於行蘊中作四句於中除無貪無瞋正見及善思并無覆無記如理所引思取餘相應不相應行蘊及四蘊全并無爲法如是一切作第四句故言謂除前相

阿毗達磨大毗婆沙論卷第一百一十七 一說切有部發智

音釋

蟒 母黨切大蛇也

罝弶 罝咨邪切弶其亮切罝弶兎網也

嚬蹙 嚬毗賓切蹙子六切嚬蹙愁貌

欻 許勿切忽也

阿毗達磨大毗婆沙論卷第一百一十八

五百大阿羅漢等造

唐三藏法師玄奘奉　詔譯

業蘊第四中邪語納息第二之三

諸法由業得彼法當言是善不善無記耶乃至廣說問何故作此論答爲止他宗顯已義故謂犢子部分別論者欲令音聲是異熟果問彼由何量作如是說答由聖言故如施設論說何緣菩薩感得梵音大士夫相菩薩昔餘生中離麤惡語此業究竟得梵音聲由此說故彼便計聲是異熟果爲遮此意顯一切聲非異熟果故作斯論諸法由業得彼法當言是善不善無記耶答依異熟果諸法由業得彼法是無記問何故作是說答或有諸法雖由業得而非無記如諸律儀不律儀等爲簡彼法故作是說依異熟果諸法由業得彼法是無記此中犢子部分別論者問應理論者言定作是說依異熟果諸法由業得彼法是無記耶此是審定他宗之言若不審定他所立宗便難他者則無有能與他作過亦是徵難他所不說故審定言汝今忍可定作是說依異熟果諸法由業得彼法是無記耶應理論者答言如是彼復問言爲何所欲如來善心說語妙音美音和雅音悅意音此語是善耶應理論者答言如是彼便難言聽我說汝負處失處違自言處若作是說依異熟果諸法由業得彼法是無記則不應言如來善心說語妙音美音和雅音悅意音此語是善若作是說者不應道理若作是說如來善心說語妙音美音和雅音悅意音此語是善則不

應言依異熟果諸法由業得彼法是無記而作是說不應道理應理論者釋彼難言應作是說菩薩昔餘生中造作增長感異熟果大宗葉業由是因緣展轉出生如來咽喉微妙大種從此能生妙語音聲而聲非異熟問若一切聲非異熟果施設論說當云何通若依展轉因作如是說然一切聲非異熟果問何故諸聲非異熟果或有說者聲屬第三傳謂最初業生諸大種大種生聲聲屬第三故非異熟果復有說者聲屬第五傳謂初業生異熟大種異熟大種生長養大種長養大種生等流大種從此等流大種生聲聲屬第五故非異熟果復有說者聲隨欲轉非異熟法可隨欲轉復有說者聲復生聲非從異熟復生異熟復有說者聲是現在加行所發異熟果是先業所起復有說者離初靜慮染時語表便斷若是異熟者應離三界染時方斷復有說者聲有三種謂善不善無記異熟果惟無記有說若聲是異熟者生可愛趣應一切時出如意聲生非可愛趣應一切時出不如意聲現見有時與此相違是故聲非異熟復有說者聲有間斷異熟色無間斷是故聲非異熟然諸菩薩由二因緣發願求佛大士夫相微妙梵音一由曾見二由曾聞由曾見者謂彼菩薩曾見諸佛處大集會諸有情以梵音聲宣說正法摧伏異論微妙深遠具丈夫相由曾聞者謂彼菩薩具聞如來以梵音聲宣說正法乃至具丈夫相爾時菩薩見聞歡喜深心愛樂則便誓受順彼正因我諸禁戒梵行精進皆當迴向願於未來得住如是大士

行類由此意樂復以種種上妙香華供具音樂供養諸佛獨覺聲聞制多形像承事供養父母師長同梵行者修如是等殊勝福時一一迴求此梵聲相又勤淨除二種業道謂麤惡語及雜穢語由勤淨除麤惡語故得大士相微妙梵音由此梵音摧伏一切外道他論由勤淨除雜穢語故感得言詞威肅清亮由此言詞映奪一切世俗異論譬如有人見他處在華妙堂閣陳列五樂歡娛自恣聞他拊奏五樂音聲作是思惟我於何時當得如是處妙堂閣陳列五樂歡娛自適既思惟已勤加功力積集財寶如其所願皆能辦之菩薩亦爾由見及聞發願求佛梵音聲相諸業過去乃至廣說問何故作此論答諸有不顧去來愚三世者欲令過去未來是無惟說現在無爲是有爲遮彼執顯過去未來是實有法故作斯論復次所以作此論者爲欲遮止外道所說故彼說言一切諸法後爲前因猶如泉水後逼於前令涌令注如是後水爲前水因諸法亦爾由後念法所推逼故令從未來起入現在復從現在滅入過去是故未來爲現在因現爲過因爲遮彼執明一切法前爲後因非後前因若說後法爲前因者便違內外諸法縁起違內法縁起者謂應行縁無明乃至老死縁生因於子息而有父母眼識爲縁生於眼色乃至意識爲縁生於意法從頞部曇生羯邏藍乃至從老生於中年違外法縁起者謂應芽爲種因乃至果爲華因如是等若爾則有大過謂未作應得應先受善惡異熟後造善惡業先墮無間獄後造五逆罪

先受輪王位後造輪王業先證阿耨多羅三藐三菩提然後修菩薩行若未作而得亦應已作而失如此則無繫縛出離多有此過是故諸法前為後因非後前因由是因緣故作斯論諸業過去彼果過去耶答彼果或過去或未來或現在異謂異熟果由巳滅等差別故成三種諸業未來彼果未來耶答如是以非果先因在後故諸業現在彼果現在耶答彼果或現在或未來所釋如前此中有說依剎那現在作論依此所說諸業過去彼果隨在何世而彼業皆有四種謂順現法受乃至順不定受諸業未來諸業現在隨所有果彼業亦四而不應言諸業現在彼果現在非此剎那造業即此剎那受異熟果故或有說者此中依分位現在而作論依此所說諸業過去彼果過去未來現在諸業未來諸業現在彼果未來皆如前說諸業現在彼果現在者彼業有二謂順現法受順不定受復有說者此中依一衆同分現在作論依此所說諸業過去彼果或過去者如前說或未來者彼業有二謂順後次受及順不定受或現在者彼業有三除順現法受諸業未來亦如前說諸業現在彼果或現在者彼業有二謂順現法受及順不定受或未來者彼業有三除順現法受問頗有順現法受業因在過去果在未來耶答有謂依剎那分位現在不依一衆同分現在而說復有說者亦依一衆同分現在而說謂如有人造作增長順現法受業已未獲與果率爾命終爾時即名因在過去果在未來頗有順現法受業因在過去果在現在

或因在現在果在未來耶若依一衆同分現在爲問應答言無尊者妙音說有謂如前說頗有如身業感異熟果語業意業不爾耶乃至廣說今於此中方便顯示三業所感愛非愛果後見蘊中方便顯示分位差别此中所問先答黑品後答白品是名此處略毗婆沙頗有如身業感異熟果語業意業不爾耶答有如身不護語護彼於爾時有善心或無記心謂於今時起不善身表業由此發起無表業隨轉及於今時或先時起善語表業由此發起無表業隨轉即於爾時善心現起或無記心此中身業感非愛異熟語業感愛異熟意業若善心起感愛異熟若無記心起不感愛非愛異熟又如身護語不護彼於爾時有不善心或無記心謂於今時起善身表業由此發起無表業隨轉及於今時或由先時起不善語表業由此發起無表業隨轉即於爾時不善心現起或無記心此中身業感愛異熟語業感非愛異熟意業若不善心起感非愛異熟若無記心起不感愛非愛異熟是名如身業感異熟果語業意業不爾頗有如語業感異熟果身業意業不爾耶答有如身護語不護彼於爾時有善心或無記心謂於今時或由先時起善身表業由此發起無表業隨轉及於今時起不善語表業由此發起無表業隨轉即於爾時善心現起或無記心此中身業感愛異熟語業感非愛異熟意業若善心起感愛異熟若無記心起不感愛非愛異熟如身不護語護彼於爾時起不善心或無記心謂於今時或由先時起不善身表業

由此發起無表業隨轉及於今時起善語表業由此發起無表業隨轉即於爾時起不善心或無記心此中身業感非愛異熟語業感愛異熟意業若不善心起感非愛異熟若無記心起不感愛非愛異熟是名如語業感異熟果身業意業不爾諸有欲令有缺減律儀不律儀者依彼意趣此諸句中身護語不護語護身不護皆得依三種說謂若住律儀若住不律儀若住非律儀非不律儀諸有欲令無缺減律儀不律儀者依彼意趣此等唯依住非律儀非不律儀者說非餘頗有如意業感異熟果身業語業不爾耶答有如身護語護彼於爾時有不善心此相違說亦爾此相違等如前准釋此中若意業感非愛異熟身語業便感愛異熟若意業感愛異熟身語業便感非愛異熟是名如意業感異熟果身業語業不爾頗有如身業語業感異熟果意業不爾耶答有如身不護語不護彼於爾時有善心或無記心此相違說亦爾如前准釋此中若身語業感非愛異熟意業便感愛異熟或都不感若身語業感愛異熟意業便感非愛異熟或都不感是名如身業語業感異熟果意業不爾諸有欲令有缺減律儀不律儀者及有欲令無缺減律儀不律儀者依彼意趣此諸句中身護語護身不護語不護皆得依三種說謂若住律儀若住不律儀若住非律儀非不律儀頗有如身業意業感異熟果語業不爾耶答有如身不護語護彼於爾時有不善心此相違說亦爾如前准釋頗有如語業意業感異熟果身業不爾耶答有如身

護語不護彼於爾時有不善心此相違說亦爾如前准釋頗有如身業語業感異熟果意業亦爾耶答有如身不護語不護彼於爾時有不善心此相違說亦爾如前准釋此中或三業皆感非愛異熟或三業皆感愛異熟是名如身業語業感異熟果意業亦爾頗有非身業語業意業感異熟果而感異熟果耶答有謂心不相應行感異熟果色心心所法心不相應行此復云何謂無想定滅盡定得及彼生住老無常

問無想定感何異熟或有說者無想定感無想及色異熟命根衆同分是彼有心靜慮異熟所餘諸蘊是俱異熟復有說者無想定感無想及色異熟命根是彼有心靜慮異熟所餘諸蘊是俱異熟復有說者無想定感無想異熟所餘諸蘊是俱異熟問若爾命根便非是業所感異熟品類足說當云何通如說一法是業異熟非業所謂命根答一切命根是異熟果諸異熟果多由業感故作是說然此不無非業感者復有說者若有心時亦感無心諸蘊異熟若無心時亦感有心諸蘊異熟問若爾應有心因感無心果應無心因感有心果答此亦無過如有色因感無色果或無色因感有色果業果差別不違正理此亦如是評曰應作是說無想異熟惟無想定感一切命根及衆同分眼等色根皆業所感餘蘊俱感問滅盡定感何異熟答感非想非非想處四蘊異熟問得感何異熟答感色心心所法心不相應行問得能感衆同分不或有說者不感所以者何衆同分者是業所感此得

非業故不能感諸說得不能感衆同分者彼說諸得感色異熟者能感四處謂色香味觸亦感心心所法異熟者謂樂受苦受不苦不樂受及相應法感心不相應行異熟者謂得生住老無常尊者僧伽伐蘇說曰得亦能感衆同分果謂衆多得積集能感一衆同分所得依身愚鈍羸劣不明不利猶如蚳蝨蚖蛇象等彼衆同分是得所感諸說得亦能感衆同分者彼說此得感色異熟者謂九處除聲處感心心所法異熟者謂樂受苦受不苦不樂受及相應法感心不相應行異熟者謂命根衆同分得生住老無常彼不應作是說所以者何得得相望不同一果假使積集數過俱胝復何所益若同一果可有是事是故如前所說者好尊者妙音作如是說得不能感衆同分果餘業感得衆同分時於其眼處乃至意處得亦能感相狀異熟即彼諸法生住老無常此中亦攝依附彼法不自在故頗有順現法受等三業非前非後受異熟果耶答有乃至廣說此中非前者遮過去非後者遮未來受異熟果者謂三業同於一剎那頃受異熟果依此立問是以答言有謂順現法受業色者此業能感四處異熟謂色香味觸順次生受業心心所法者此業能感樂受苦受不苦不樂受及彼相應異熟順後次受業心不相應行者此業能感四類異熟謂命根衆同分得生住老無常又順現法受業心不相應行者此業能感二類異熟謂得生住老無常順次生受業色者此業能感九處異熟除聲處順後次受業心心所法者此業能感樂

受苦受不苦不樂受及彼相應異熟又順現法受業心心所法者此業能感樂受苦受不苦不樂受及彼相應異熟順次生受業心不相應行者此業能感四類異熟謂命根衆同分得生住老無常順後次受業色者此業能感九處異熟謂除聲處頗有順樂受等三業非前非後受異熟果耶答有謂順樂受業色者此業能感人天九處異熟謂除聲處能感惡趣四處異熟謂色香味觸順苦受業心心所法者此業能感苦受及彼相應異熟順不苦不樂受業心不相應行者此業能感人天四類異熟謂命根衆同分得生住老無常能感惡趣二類異熟謂得生住老無常又順樂受業心不相應行者此業能感人天四類異熟謂命根衆同分得生住老無常能感惡趣二類異熟謂得生住老無常順苦受業色者此業能感惡趣九處異熟謂除聲處能感人天四處異熟謂色香味觸順不苦不樂受業心心所法者此業能感不苦不樂受及彼相應異熟又順樂受業心心所法者此業能感樂受及彼相應異熟順苦受業心不相應行者此業能感惡趣四類異熟謂命根衆同分得生住老無常能感人天二類異熟謂得生住老無常順不苦不樂受業色者此業能感人天九處異熟謂除聲處能感惡趣四處異熟謂色香味觸

頗有三界業非前非後受異熟果耶答有乃至廣說此中道理應答言無以異熟果界地斷故而言有者有何理耶有說此中以問非理是故隨彼作非理答何故須作非理問耶

欲試驗他故爲此問曾聞迦濕彌羅國有一論師至北印度闍林僧伽藍知衆事者差爲僧使彼不受言我是論師應免斯事其知事者往白衆首阿羅漢言迦濕彌羅國有一苾芻至僧伽藍次當僧使彼不受言我是論師應免斯事阿羅漢言汝應往問頗有三界業非前非後受異熟果耶知僧事者便往問之彼得此問答言無有知僧事者還往衆首阿羅漢所白言已問彼答言無阿羅漢言定是論師應免僧事故今於此還述彼問欲有試驗故亦復作非理而答復有說者依增上果爲此問答亦不違理以三界業容有一時受此果故謂欲界繫業色者此業亦感欲界繫九處異熟謂除聲處色界繫業心心所法者謂婆羅門長者居士諸淨信者聞有苾芻證得靜慮便施種種衣服飲食諸資身具彼受施已發生樂受及相應法無色界繫業心不相應行者謂婆羅門長者居士諸淨信者聞有苾芻得無色定便施種種衣服飲食諸資身具彼受施已命根不斷又欲界繫業心不相應行者此業亦感欲界四類異熟謂命根衆同分得生住老無常色界繫業色者謂婆羅門長者居士諸淨信者聞有苾芻證得靜慮便施種種衣服飲食諸資身具彼受施已長養諸根增益大種無色界繫業心心所法者謂婆羅門長者居士諸淨信者聞有苾芻證無色定便施種種衣服飲食諸資身具彼受施已發生樂受及相應法又欲界繫業心心所法者此業亦感樂受苦受不苦不樂受及彼相應法色界繫業心不相應行者謂婆

羅門長者居士諸淨信者聞有苾芻證得靜慮便施種種衣服飲食諸資身具彼受施已命根不斷無色界繫業色者謂婆羅門長者居士諸淨信者聞有苾芻證無色定便施種種衣服飲食諸資身具彼受施已長養諸根增益大種由此道理今於此中依增上果作此問答亦不違理以增上果一切界地無隔斷故

頗有善不善業非前非後受異熟果耶答有乃至廣說謂善業色者此業能感人天九處異熟謂除聲處能感惡趣四處異熟謂色香味觸不善業心心所法者此業能感苦受及彼相應異熟心不相應行者此業能感惡趣四類異熟謂命根衆同分得生住老無常能感人天二類異熟謂得生住老無常又善業心心所法者此業能感樂受不苦不樂受及彼相應異熟心不相應行者此業能感人天四類異熟謂命根衆同分得此生住老無常能感惡趣二類異熟謂得生住老無常不善業色者此業能感惡趣九處異熟謂除聲處能感人天四處異熟謂色香味觸

頗有見修所斷業非前非後受異熟果耶答有乃至廣說謂見所斷業色者此業能感惡趣九處異熟謂除聲處能感人天四處異熟謂色香味觸修所斷業心心所法心不相應行者此業有二種謂善不善善業心心所法者此業能感樂受不苦不樂受及彼相應異熟心不相應行者此業能感人天四類異熟謂命根衆同分得生住老無常能感惡趣二類異熟謂得生住老無常不善業心心所法

者此業能感苦受及彼相應異熟心不相應行者此業能感惡趣四類異熟謂命根衆同分得生住老無常能感人天二類異熟謂得生住老無常又見所斷業心心所法者此業能感苦受及彼相應異熟心不相應行者此業能感惡趣四類異熟謂命根衆同分得生住老無常能感人天二類異熟謂得生住老無常修所斷業色者此業有二種謂善不善善業色者此業能感人天九處異熟謂除聲處能感惡趣四處異熟謂色香味觸不善業色者此業能感惡趣九處異熟謂除聲處能感人天四處異熟謂色香味觸異熟因果如雜蘊智納息中已廣說

業蘊第四中害生納息第三之一

頗有已害生殺生未滅耶如是等章及解章義既領會已次應廣釋此中有非殺生以殺生聲說有非加行以加行聲說謂殺生加行亦名殺生殺生後起亦名加行是謂此處略毗婆沙頗有已害生殺生未滅耶答有如已斷他命彼加行未息謂如有人爲害他命以刀仗等加害加行未息而彼命已斷遣使呪藥廣說亦爾頗有未害生殺生已滅耶答有如未斷他命彼加行已息謂如有人爲害他命以刀仗等加害其命未斷彼謂已斷不復加害遣使呪藥廣說亦爾頗有已害生殺生已滅耶答有如已斷他命彼加行已息謂如有人爲害他命以刀仗等加害即命斷時加行亦息遣使呪藥廣說亦爾頗有未害生殺生未滅耶答有如未斷他命彼加行未息謂如有人爲害他命以刀仗等加害其命未斷

彼加行亦未息遣使呪藥廣說亦爾頗有未害生殺生未滅此業異熟定生地獄耶答有如作無間業加行時命終其事云何謂如有人欲害其母適起加行或爲官司所獲或母有力反害其子或母福德天神爲殺子墮地獄而母猶存或起加行致母必死而便中悔自害其命亦生地獄如害母如是造餘無間應知亦爾問惟法無衆生云何而有殺罪尊者世友說曰如雖無衆生而有衆生想如是雖無衆生而有殺罪復次此蘊界處能起我想有情想命者生者養者補特伽羅想是故若斷壞彼得殺生罪復次此蘊界處能起我想常樂淨想是以若斷壞之彼得殺生罪大德說言此蘊界處是有執受起三時覺謂我當殺正殺已殺是故若斷壞彼得殺生罪然衆生是世俗有殺生罪是勝義有此殺生罪由二緣得一起加行二果究竟若起加行果不究竟或果究竟不起加行皆不得殺罪若起加行果亦究竟方得殺罪問頗有亦起加行果亦究竟而不得殺罪耶答有如能殺所殺俱時捨命或能殺者前死

問殺何蘊名殺生過去耶未來耶現在耶過去已滅未來未至現在不住悉無殺義云何名殺生耶答殺未來蘊非過去現在問未來未至云何可殺答彼住現在遮未來世諸蘊和合說名爲殺由遮他蘊和合生緣故得殺罪有說殺現在未來蘊但非過去問未來可爾現在不住設彼不殺亦自然滅云何殺耶答斷彼勢用說名爲殺所以者何先現在蘊雖不住而滅然不能令後蘊不續今現在蘊

不住而滅則能令其後蘊不續故於現蘊亦得殺罪問諸蘊中何蘊可殺於彼得殺罪有說色蘊所以者何惟色可爲刀仗等所觸故有說五蘊問四蘊無觸云何可殺答彼依色轉色蘊壞時彼便不轉故亦名殺如瓶破時乳等亦失又彼部於五蘊起惡心而殺故於彼得殺罪問爲殺無記於彼得罪爲三種耶有說無記所以者何惟無覆無記可爲刀仗等所觸故有說三種問善染污法無觸云何可殺答善染污法依無記轉無記壞時彼便不轉故亦名殺餘廣說如前問如以一加行俱時殺母及餘女人彼於母得殺生及無間無表罪於餘女人惟得殺生無表罪而此表業爲但得一爲得二耶有作是說但得一表所以者何以一加行俱時而殺無差別故尊者妙音說曰彼得二表所以者何此身表業極微所成害母及餘極微各異如無表得二表亦應爾問如以一加行殺多衆生隨爾所衆生得爾所無表罪而此表業爲但得一爲得多耶有說得一所以者何以一加行俱時而殺無差別故尊者妙音說曰彼得多表廣說如前問殺壽應盡者得殺罪不答若此剎那壽應盡即爾時加害者不得殺罪若由加害乃至令彼一剎那壽住不生法皆得殺罪況多剎那問殺斷末摩者得殺罪不答若此剎那正應捨命即爾時加害者不得殺罪若由加害乃至令彼一剎那命住不生法皆得殺罪況多剎那

問若有害他令定當死便自害命得殺罪不答不得所以者何以彼果未究竟使自失命

無後衆同分可成就彼罪故問若戰鬬時互相加害俱時死者各得殺罪不答不得所以者何以二皆悉果未究竟便俱失命無後衆同分可成就彼罪故問若爲王等逼令行殺得殺罪不有説不得所以者何他力所制非彼意樂故如是説者亦得殺罪除自要心寧捨已命終不害他如是則無罪問若依先王所制法令刑罰有過得殺罪不答得王及法司若遣他殺得殺生無表罪彼所遣人及若自殺俱得殺生表無表罪若衆多有情謀害一命彼起加行親斷命者得殺生攝表無表罪餘同謀及作聲援者但得殺生無表若彼多人等設加行斷彼一命當知皆得表無表罪頗有非身作而得殺生罪耶答有謂語遣殺頗有不發語而得虛誑語罪耶答有謂身表頗有非身作不發語而得二罪耶答有謂仙人意憤及布灑他時殺默然表淨

阿毗達磨大毗婆沙論卷第一百一十八 說一切有部發智

阿毗達磨大毗婆沙論卷第一百一十九

五百大阿羅漢等造

唐三藏法師玄奘奉　詔譯

業蘊第四中害生納息第三之二

頗有業不善順苦受異熟未熟乃至廣說問何故作此論答爲止他宗顯已義故謂或有說無有中有或復有說雖有中有而生惡趣者無或復有說生惡趣者雖有中有而生地獄者無或復有說生地獄者雖有中有而先造無間業者無或復有說先造無間業者雖有中有而中有中不受無間異熟或復有說雖住中有亦受無間異熟而但受四蘊不受色蘊欲遮此等種種僻執顯有中有於有色界一切生處無不皆有於中亦受色蘊異熟由是因緣故作斯論

頗有業不善順苦受異熟未熟非不初受異熟果而起染汚心耶答有如造作增長無間業已此業最初地獄中有異熟果生問造作增長何差別有說無差別有說名即差別此名造作此名增長有說義亦有差別謂或有由一惡行墮諸惡趣或有由三若由一惡行墮惡趣者彼加行時但名造作不名增長若至究竟名爲造作亦名增長若具由三墮惡趣者造一二時但名造作不名增長若具造三名爲造作亦名增長如三惡行三妙行亦爾差別者生善趣復次或有由一無間墮於地獄或具由五若由一者彼加行位但名造作不名增長若至究竟名爲造作亦名增長若具由五造一至四但名造作不名增長若具造五名爲造作亦名增長復次或有由一

不善業道墮諸惡趣或具由十若由一者彼加行位但名造作不名增長若至究竟名爲造作亦名增長若具由十造一至九但名造作不名增長若具造十名爲造作亦名增長如十不善業道十善業道亦爾差别者生善趣復次或有由多妙行感一衆同分如諸菩薩最後衆同分由三十二百福所感若造一百福至三十一百福但名造作不名增長若時具造三十二百福名爲造作亦名增長復次或有業故思所造或有業非故思造若故思所造名爲造作亦名增長若非故思所造但名造作不名增長審思而造率爾而造說亦爾復次或有業順三時受或有業順不定受順三時受名爲造作亦名增長順不定受但名造作不名增長順決定受順不定受說亦爾復次或有業順别定受或有業順不别定受順别定受者名爲造作亦名增長順不别定受者但名造作不名增長復次或有業時分定異熟亦定或有異熟定時分不定二俱定者名爲造作亦名增長惟一定者但名造作不名增長復次有不善業順惡趣受有不善業順善趣受前名造作亦名增長後名造作不名增長善業與此相違說亦爾復次有不善業不善爲助伴有不善業善業爲助伴前名造作亦名增長後名造作不名增長善業與此相違說亦爾復次有不善業無作見見邪見迷因果相續中生有不善業有作見正見不迷因果相續中生前名造作亦名增長後名造作不名增長善業與此相違說亦爾復次有不善業壞戒壞見有不善業壞戒

不壞見前名造作亦名增長後名造作不名增長善業與此相違說亦爾復次有不善業加行壞意樂壞有不善業加行壞意樂不壞前名造作亦名增長後名造作不名增長善業與此相違說亦爾復次有業作已不捨不變不吐不依對治有業作已捨變吐依對治前名造作亦名增長後名造作不名增長如是有業三時覺察三時不覺察作已無悔作已有悔作已隨念作已不隨念數數憶念不數數憶念說亦爾復次若業能取果與果名爲造作亦名增長若業取果不能與果但名造作不名增長尊者世友說曰若所作業意樂迴向意樂顯示爲同類者稱讚顯說是名造作亦名增長若所作業與此相違但名造作非名增長有作是說若所作業一切種圓滿一切種究竟如造制多嚴飾周畢此名造作亦名增長若所作業與此相違但名造作不名增長大德說言若所作業衆緣和合必定感果名爲造作亦名增長若所作業與此相違但名造作不名增長如是等有無量門是名造作增長差別

無間業有五種一害母二害父三害阿羅漢四破和合僧五起惡心出佛身血問此五無間業以何爲自性答以身語業爲自性前三後一身業爲自性第四一種語業爲自性是故此五三界三處一蘊所攝三界者色聲法界三處者色聲法處一蘊者色蘊是名無間業自性已說自性所以今當說問何故名無間答由二緣故說名無間一遮現後二遮餘趣遮現後者此五但是順次生受非順現法

受及順後次受故名無間遮餘趣者謂此決定於地獄受非雜餘趣故名無間由二因緣建立無間一背恩養二壞德田背恩養者謂害母害父壞德田者謂餘三種由二因緣得無間罪一起加行二果究竟雖起加行果不究竟彼不得無間罪雖果究竟不起加行亦不得無間罪雖起加行果不究竟者謂如有人欲害其母母覺知已藏穀積中有餘女人在母寢處其人既至謂是已母以刀害之害已方更往穀積中指拭刀刃刀觸母身因玆喪命起加行時果未究竟果究竟時已無加行由此不成無間之罪有果究竟不起加行者謂如有人扶持父母經險路過恐有賊來推逼令進父母顛仆因即喪命果雖究竟非加行起是故要起加行及果究竟方成無間

問頗有起加行及果究竟而不得無間罪耶答有謂與所殺俱時命終無彼衆同分可成就彼罪故有兄遣弟自往害母弟依兄教俱得無間若弟遣他及共他害惟弟得無間有兄遣弟令他害母弟依兄教俱得無間若弟自害及共他害惟弟得無間有兄遣弟共他害母弟依兄教俱得無間弟若自害及但令他惟弟得無間有兄遣弟母來當害弟依兄教俱得無間若母去方害惟弟得無間如兄遣弟兄遣於妹弟遣於兄遣姊亦爾如遣害來遣害去住坐卧亦爾如害母害父亦爾害阿羅漢出佛身血遣使差別類此應知若非人殺非人父母不得無間罪非人殺人人殺非人應知亦爾惟有人類殺人父母方得無間問若扇搋半擇迦無形二形殺害父母得

無間不答不得所以者何彼身法爾志力微劣不能作律儀不律儀器故尊者世友作如是說扇搋迦等殺害父母不得無間所以者何彼於父母無愛敬心可先現前令滅壞故復次彼於父母無勝慙愧可先現前令滅壞故大德說言扇搋迦等煩惱增故定惡趣攝惡趣攝故無無間罪問諸傍生類殺害父母得無間不答不得所以者何殺身法爾志力微劣不能作律儀不律儀器故尊者世友說曰諸傍生類殺害父母不得無間所以者何彼於父母無愛敬心可先現前令滅壞故復次彼於父母無勝慙愧可先現前令滅壞故大德說言諸傍生類殺害父母爲無間罪有得不得謂聰慧者得非聰慧者不得曾聞有一聰慧龍馬人貪其種令與母合馬後覺知

斷勢而死問如以一加行俱時殺母及餘女人彼所有無表已如前說彼有表業於誰邊得耶答於母邊得所以者何以於彼無間罪爲勝故尊者妙音說曰諸有表業極微所成害母及餘極微各異故有表罪於二人邊得問如有女人羯剌藍墮有餘女人收置身中後所生子以誰爲母殺害何者得無間罪答前爲生母後爲養母惟害生母得無間罪以羯剌藍依前生故諸所作事應諮養母於非母作母想害及於母作非母想害俱不得無間罪要於母作母想害方得無間罪於父及餘應知亦爾頗有女人非母非阿羅漢害之得無間罪耶答有謂害轉根爲女父頗有男子非父非阿羅漢害之得無間罪耶答有謂害轉根爲男母問若母是阿羅漢或父是阿

羅漢彼害一一時爲但得一無間罪爲得二耶若言但得一者彼背恩養及壞德田云何得一經說復云何通如佛告始欠持言汝今已得二無間罪謂害父及阿羅漢若言得二者彼害一命云何而得二罪答應言得一彼背恩養及壞德田俱於一身轉故契經應說汝由二緣得無間罪謂害父及阿羅漢而言得二罪者欲以二罪訶責彼故有餘師言罪體雖一所感苦倍是以說二問如害阿羅漢得無間罪害諸有學亦得是罪耶答不得所以者何前說無間由二緣得一背恩養二壞德田害諸有學非壞德田以彼有功德亦有過失有妙行亦有惡行有善根亦有不善根故問退失阿羅漢果者害之得無間耶答不得還是有學故如前說問此於最後命將斷

時必住無學云何不得無間耶答於無學身無惡心故謂彼但於學者身中起殺意及加行非於無學由無無間因故不得無間罪毗柰耶說娑羅林中有衆多苾芻爲群賊所殺劫奪衣物有近住官皆悉捉獲送至王所王勑依法其中有一賊逃至勝林求欲出家時苾芻衆不審檢察度令出家爲受具戒時典刑者將餘群賊至於塚間欲屠割之苾芻聞已爲知世間可猒事故皆共往觀向出家者亦在其中見諸罪人肢節分解各各異處彼新出家者即時惶恐悶絶躃地久而乃穌衆問其故答言死者是我朋侶我昨與其同爲此事若不出家亦遭斯苦苾芻聞已互相謂言今此惡人如何處置便往白佛佛言此人殺苾芻衆得無間罪不合出家若已出家

衆應驅擯勿與同止所以者何造無間者於我正法毗柰耶中不能生長諸善法故問彼不了知是阿羅漢何故得無間罪答不以知故得罪以壞德田故得罪彼於苾芻衆中起無簡擇等殺意樂由此極惡之心害及阿羅漢是故得無間罪問若先造餘無間後乃破僧彼生地獄先受何果若先受餘無間果者破僧應成順後次受若先受破僧果者餘無間應成順後次受答若先造餘無間業彼後不能破僧若先破僧後便能造餘無間業彼後所造皆由破僧增上力故同招無間地獄果餘順次生受惡行隨無間業准此應知又先破僧彼造餘無間業彼後所造皆由破僧增上力故同招無間乃至極受一劫壽果更無增壽餘順次生受惡行隨無間業壽量長短亦准此知問若因破僧生無間地獄壽命未盡世界便壞者彼中夭不若中夭者彼極重業所引壽量云何中斷若不夭者云何不與世界壞而作留難如契經說若處乃至一有情在災便不壞答若壽量定彼無中夭問若爾云何不於世界壞而作留難答彼由業力引置餘世界地獄中受如王都内欲有恩赦先移重囚置於邊獄然後放赦彼亦如是有說此世界將欲壞時若諸有情造無間業者彼命終法爾更不生此間而必生於餘世界地獄中受此業果有說世界將欲壞時定無有情造極惡業問頗有具造五無間耶有說無所以者何此業極重無器能勝而容受故有餘師說有具造五如迦葉波佛時有苾芻名華上是譽上子彼具造五無間業及斷

善根問由一無間與乃至由五墮於地獄有何差別答由一無間墮地獄者其身狹小苦具不多苦受現前非極猛利若乃至由五無間墮地獄者其身廣大苦具增多苦受現前極爲猛利問五無間業何者最重答破和合僧壞法身故次出佛身血次害阿羅漢次害母彼害父母之恩養於父爲重德田勢力於恩田爲勝故問世尊所有諸無學法說名爲佛此不可害云何惡心出血得無間罪耶尊者世友說曰以於能成大菩提法起惡意樂欲毀壞故雖害生身而於彼得無間罪復次成諸佛無學法依生身轉若壞所依當知亦壞能依如餅破乳則失是以得無間罪問如起惡心出佛身血得無間罪問頗有起惡心不至出血亦得此無間罪耶答有是故應作四句有起惡心出佛身血不得無間罪謂起欲打心而出血有起惡心不至出血而得無間罪謂起欲殺心乃至令血移處有起惡心出佛身血亦得無間罪謂起欲殺心而出血有起惡心不至出血不得無間罪謂起欲打心乃至令血移處問佛身爲有瘡穴等不答無所以者何一切如來相好圓滿身毛皮等殊妙齊平是故無有瘡穴等事問此何業果答如來昔於三無數劫修菩薩行時若見有情身分缺壞便起深悲方便救濟要令圓滿若見佛像菩薩像聖僧像靈龕制多僧伽藍等彫落破壞方便修治要令如本由此業故令得如是相好莊嚴無瘡穴等頗有故思害生命後不受遠離而於一切有情得防護耶答有如起殺加行中間證見法

性此顯不因受諸學處但由入正性離生時得不作律儀名爲防護其事云何掣迦契經是此論根本昔有釋種名掣迦先是世尊祖父僮僕因事逃叛住雪山所産育男女各數十人婣親强盛舍宅嚴好雖倉庫盈溢而以畋獵爲事曾於一時少壯丈夫皆出遊獵時薄伽梵欲往天宮爲報母恩安居說法先以佛眼遍觀世間匆有衆生佛應親度由不見佛失獲益時尋見掣迦及諸眷屬善根已熟見諦時至爾時世尊爲度彼故從住處沒現彼門前老父遥見即知是佛歡喜迎逆恭敬作禮白言聖子今是何日降至我家善逝法王今是何日得垂顧念即命掃灑敷飾淨座燒香散華請佛世尊入家就坐時彼老父率諸女人稽首佛足合掌恭敬取家所有乾濕淨肉調和香味以奉世尊爾時世尊告言止止諸佛如來不食血肉時彼老父及諸女人承命慚恥却坐一面有說佛於是日空中而過有說取北洲食以濟中時佛應彼機爲說法要合家大小同證離生得預流果生淨法眼深心歡喜瞻仰世尊佛顧餘機重爲說法時諸少年收捕禽鹿恣行殺害更設機穽擔肉而歸至諸婦女常所迎處忽於是日特怪不來咸作是思匆有他故登高覘望遥見家中有非常人威光赫弈如鑄金臺父及女人前後圍遶便生忿恚共相謂言此等不迎必由彼制恚怒既深不遑釋擔持刀直進規欲害佛父叱之言汝等止止此是聖子善逝法王來度我等宜各慶幸匆起惡心諸子既聞咸生悔愧棄刀釋擔稽首求哀恭敬合掌却

坐一面佛應彼機爲說法要諸子聞已亦證離生得預流果生淨法眼深心歡喜瞻仰世尊時林野中無量蟲鹿衝諸機穽死傷非一由聖道力令諸子等殺生業道無表不生問殺何等生於加行位可入聖道有作是說殺傍生等但非殺人有作是說亦通殺人惟除已起無間加行故作是說如起殺加行而於中間證見法性

若於一切有情得防護彼於一切有情受遠離耶答應作四句有於一切有情得防護非受遠離如不受學處而證見法性此顯不受別解脱律儀名不受學處有於一切有情受遠離非得防護如受學處而犯遠離此顯雖受別解脱律儀而由不如理作意及貪等煩惱故於所防護不能遠離有於一切有情得防護亦受遠離如受學處不犯遠離此顯已受別解脱律儀復能如理作意思擇乃至爲命亦不故犯如聞昔有乞食苾芻次第巡里到珠師舍正逢彼匠爲王穿珠見苾芻來歡喜持鉢入家取食苾芻衣赤日照光生遥映寶珠亦同赤色有鵝在側謂肉便吞苾芻見之遮護不及珠師持鉢盛滿食來授與苾芻交謝而去其人於後覺少一珠竊謂苾芻盜而持去尋則奔逐擒獲將還責言沙門汝既釋子何無廉恥盜我王珠苾芻答言我無此事其人竊念若不苦治珠不可得便加拷楚觸處血流彼吞珠鵝復來噏血其人恚憤以杖擊之鵝因致死苾芻便請看鵝死活彼尋叱言且理出珠何預鵝事苾芻固請彼乃爲看報言已死苾芻告曰鵝吞汝珠其人不信

猶疑假託苾芻謂曰我實見吞彼遂持刀以剖鵝腹乃於腹内得所失珠彼生慙耻悲喜交集禮謝苾芻白言尊者何不早示使我盲愚苦楚尊身造斯惡業長夜受苦無有出期苾芻告言我受禁戒寧捨身命不傷蟻卵若先示汝必定害鵝不護衆生豈名持戒如此等類名於有情亦得防護亦受遠離有非於一切有情得防護亦非受遠離謂所名如前廣說謂除成就三律儀人三律儀天趣餘人天及餘趣全作第四句故言除前相有四種律儀名爲防護一別解脱律儀二靜慮律儀三無漏律儀四斷律儀別解脱律儀者謂欲界尸羅靜慮律儀者謂色界尸羅無漏律儀者謂無漏尸羅斷律儀者謂於靜慮無漏二律儀中各取少分離欲界染九無間道中世俗隨轉戒二律儀攝謂靜慮律儀及斷律儀無漏隨轉戒亦二律儀攝謂無漏律儀及斷律儀問何故惟此名斷律儀答能與破戒及起破戒煩惱作斷對治故謂前八無間道中二隨轉戒惟與起破戒煩惱作斷對治第九無間道中二隨轉戒通與破戒及起破戒煩惱作斷對治是故靜慮無漏律儀對斷律儀相對寛狹應作四句靜慮律儀對斷律儀作四句者有是靜慮律儀非斷律儀謂除離欲界染九無間道中世俗隨轉戒諸餘世俗隨轉戒有是斷律儀非靜慮律儀謂離欲界染九無間道中無漏隨轉戒有是靜慮律儀亦是斷律儀謂離欲界染九無間道中世俗隨轉戒有非靜慮律儀亦非斷律儀謂除離欲界染九無間道中無漏隨轉戒諸餘無漏隨

轉戒無漏律儀對斷律儀作四句者有是無漏律儀非斷律儀謂除離欲界染九無間道中無漏隨轉戒諸餘無漏隨轉戒有是斷律儀非無漏律儀謂離欲界染九無間道中世俗隨轉戒有是無漏律儀亦是斷律儀謂離欲界染九無間道中無漏隨轉戒有非無漏律儀亦非斷律儀謂除離欲界染九無間道中世俗隨轉戒諸餘世俗隨轉戒問此四律儀誰成就幾答或有但成就一謂除斷律儀餘三律儀一一成就而無但成就斷律儀者或有成就二謂或別解脫靜慮二或靜慮無漏二或靜慮斷二而無成就無漏斷二者或有成就三謂或別解脫靜慮無漏三或別解脫靜慮斷三或靜慮無漏斷三無有成就別解脫無漏斷三者或有具成就四此中但成就別解脫律儀者謂異生生欲界受學處未得色界善心但成就靜慮律儀者謂異生生欲界不受學處得色界善心而猶具縛及生第二第三第四靜慮但成就無漏律儀者謂聖者生無色界或成就別解脫靜慮二者謂異生生欲界受學處得色界善心而猶具縛或成就靜慮無漏二者謂聖者生欲界不受學處未離欲界染及生第二第三第四靜慮或成就靜慮斷二者謂異生生欲界不受學處而離欲界一品乃至九品染及生初靜慮或成就別解脫靜慮無漏三者謂聖者生欲界受學處未離欲界染或成就別解脫靜慮斷三者謂異生生欲界受學處離欲界一品乃至九品染或成就靜慮無漏斷三者謂聖者生欲界不受學處離欲界一品乃至九品

染及生初靜慮或具成就四者謂聖者生欲界受學處離欲界一品乃至九品染問此四律儀幾隨心轉幾不隨心轉答三隨心轉一不隨心轉謂別解脫律儀問何故別解脫律儀不隨心轉答別解脫律儀麤而重隨心轉律儀細而輕故有說別解脫律儀為惡戒所損伏隨心轉律儀不為惡戒所損伏故有說別解脫律儀為惡意樂及害意樂所損伏隨心轉律儀不為彼所損伏故有說別解脫律儀勢用蹇鈍行不及心隨心轉律儀勢用捷利行及心故有說別解脫律儀依表隨心轉律儀依無表故有說別解脫律儀是表果隨心轉律儀是無表果故有說別解脫律儀依表是表果隨心轉律儀依心是心果故有說別解脫律儀依部衆人和合受得隨心轉律儀但依法得故有說別解脫律儀依他得隨心轉律儀依自得故有說別解脫律儀不與心一生一住一滅隨心轉律儀與心一生一住一滅故有說別解脫律儀不與心一果一等流一異熟隨心轉律儀與心一果一等流一異熟故有說別解脫律儀不與心俱生隨心轉律儀與心俱生故有說隨心轉法理應如是心若善彼亦善不善無記亦爾別解脫律儀惟是善若隨心轉者善心起時彼可隨轉不善無記心起時彼應斷故有說隨心轉法理應如是若心欲界彼亦欲界色無色界不繫亦爾別解脫律儀惟是欲界若隨心轉者欲界心起時彼可隨轉色無色界不繫心起時彼應斷故有說隨心轉法理應如是若心學彼亦學無學非學非無學亦爾別解脫

律儀惟非學非無學若隨心轉者非學非無學心起時彼可隨轉學無學起時彼應斷故有説隨心轉法理應如是若心見所斷彼亦見所斷修所斷不斷亦爾別解脱律儀惟修所斷若隨心轉者修所斷心起時彼可隨轉見所斷心非所斷心起時彼應斷故有説若別解脱律儀隨心轉者應未來修未來成就然別解脱律儀無未來修及未來成就故有説若此別解脱律儀隨心轉者應不施設住戒長幼故有説若此律儀隨心轉者應不施設戒品決定故有説若此別解脱律儀隨心轉者應非四緣五緣而捨言四緣者一捨學處二二形生三善根斷四捨衆同分言五緣者謂上四緣及夜盡故有説若此別解脱律儀隨心轉者應從上界生欲界時得若爾便

應無住律儀不律儀等三種差別故有説若別解脱律儀隨心轉者有心時可有無心時應斷故勿有此等諸過失故別解脱律儀不隨心轉問住別解脱律儀者犯律儀時捨律儀不外國諸師作如是説彼捨律儀得非律儀非不律儀若時發露無覆藏心如法悔除便捨非律儀非不律儀還得律儀若作是説便爲善通發露悔過還住律儀作法悔除亦非無用有餘師説彼犯律儀時捨律儀得非律儀非不律儀若時發露無覆藏心如法悔除便捨非律儀非不律儀而不得律儀問如説發露悔過還住律儀當云何通如法悔除豈非無用答住善意樂名住律儀爾時捨惡意樂發善意樂故非無用然實此位不得律儀復有説者彼犯律儀時現在律儀斷得非

律儀非不律儀而成就過去律儀若時發露無覆藏心等如第二說或有說者彼犯律儀時初刹那斷次後復續迦濕彌羅國諸論師言彼犯律儀時不捨律儀而得非律儀非不律儀是故爾時名住非律儀非不律儀亦名住律儀者若時發露無覆藏心如法悔除便捨非律儀非不律儀但名住律儀者如有富者負他債時名負債者亦名富者後還債已但名富者若如是說便爲善通發露悔過還住律儀作法悔除亦非無用問善戒云何能治惡戒答由誓受心爲助伴故無始數習諸惡尸羅暫受善戒即能除捨猶如室中久時積闇明燈纔至即便除遣又如於淡久習醎想纔嘗鹽味彼想則除善戒治惡亦復如是道治煩惱應知亦然

阿毗達磨大毗婆沙論卷第一百一十九 說一切有部發智

音釋

積子智切聚也 仆蒲墨切僵也 覘敕艷切闚視也 鑄音注鎔金入範也 齧倪結切噬也 剖普厚切破也

阿毗達磨大毗婆沙論卷第一百二十

五百大阿羅漢等造

唐三藏法師玄奘奉　詔譯

業蘊第四中害生納息第三之三

問別解脫律儀爲但從所能有情處得爲亦從非所能處得耶若但從所能處得者則此律儀應有增減謂從非所能處生所能處時律儀應增即從所能處生非所能處時律儀應減又此律儀應少分處受而世尊說無少分受又應成立離繫所宗謂彼外道爲誘他故作如是言善來男子有衆生去此過百踰繕那若起善心弃捨刀仗誓不害彼於彼便得不殺律儀若言亦從非所能處得者法救論所說當云何通如彼說尸羅從所能處得慈從所能非所能處得答應作是說律儀從所能非所能處得問前三種難此爲善通法救論云何通耶答當知彼尊者以密意說佛亦以密意說諸契經況彼尊者無密意言密意者何謂彼尊者說現在世蘊界處名爲所能過去未來名非所能別解脫戒名曰尸羅靜慮無漏二戒名慈彼說別解脫戒惟於現在有情數蘊界處得不於過未以過去未來隨法數故靜慮無漏二種律儀通於三世蘊界處得故彼所說理亦無違是故別解脫律儀與靜慮無漏二種律儀有差別相謂別解脫律儀惟於現在有情處得靜慮無漏二種律儀通於三世境界處得別解脫律儀通於業道根本加行後起處得靜慮無漏二種律儀惟於業道根本處得由此差別應作四句有蘊界處於彼得別解脫律儀非靜慮無漏

謂現在業道加行後起有蘊界處於彼得靜慮無漏律儀非別解脫謂過去未來根本業道有蘊界處於彼得別解脫律儀亦靜慮無漏謂現在世根本業道有蘊界處不從彼得別解脫律儀亦非靜慮無漏謂過去未來業道加行後起問若別解脫律儀惟於現在有情處得非於去來蘊界處者則諸如來應正等覺律儀不等所以者何過去諸佛出現世時無量有情為律儀境彼有情類已入涅槃釋迦牟尼於彼境上不得律儀今釋迦佛出現世時無量有情為律儀境彼有情類已入涅槃慈氏如來於彼境上不得律儀境有寬狹律儀亦爾豈非諸佛律儀不等答應作是說律儀境界雖有多少而律儀體前後無異俱從一切有情境處總發得故有作是說三世如來律儀不等亦無有失問若爾施設論說當云何通如彼說一切如來應正等覺皆悉平等皆由三事等故名平等一修行等謂諸如來皆於過去三無數劫勤修四種波羅蜜多究竟圓滿得菩提故二利益等謂諸如來等於無量應化有情作利樂事皆究竟故三法身等謂諸如來皆得十力四無所畏三念住大悲十八不共法等勝功德故由此三義故言平等非律儀體無多少異又由根等故說等言以一切如來皆住上品根故又由戒等一切如來皆得上品戒故有餘師說一切如來應正等覺所有律儀皆有一切有情處得故說等言非體無異謂過去佛律儀所從諸有情境設今猶在釋迦牟尼從彼境上亦得律儀然無此理釋迦如來應正等覺律

儀所從諸有情境設當在者慈氏如來從彼境上亦得律儀然無此理故說等言亦無有失然諸律儀應說有一如說戒蘊戒修戒學或應說二謂表無表或應說三謂下中上或從無貪無瞋無癡所生差別或應說四謂身語業各有表無表或應說六謂表無表各有下中上或三根所生或應說七謂離斷生命乃至離雜穢語或應說九謂從下下乃至上上或應說十二謂身語表無表各有三品或三根生或應說十四謂離斷生命乃至離雜穢語各有表無表或應說十八謂表無表各有九品或應說二十一謂離斷生命乃至離雜穢語皆有三品或三根生或應說四十二謂離斷生命乃至離雜穢語各有表無表皆從三品或三根生若以相續刹那分別則有無量律儀今總說七種謂離斷生命乃至離雜穢語此中有說彼七支戒一一於一切有情處得而所得是一彼說於一有情所犯一支戒時於一切有情處此一支戒斷餘六猶轉此則善通世尊所說若犯學處非苾芻非沙門非釋種子有說此七支戒一一於一切有情處得而所得各異如有情數量所得戒亦爾彼說於一有情所犯一支戒時即此一有情處一支戒斷餘六猶轉餘有情處七支皆轉問若爾云何通世尊所說若犯學處非苾芻等答依勝義苾芻言非苾芻以不能趣彼故有餘師說別解脫律儀隨因差別成二十一此中有說二十一種一一於一切有情處得而所得不異彼說由貪煩惱於一有情所犯一支戒時於一切有情處無貪所生一

支戒斷餘二十種如先猶轉此則善通世尊所說若犯學處非苾芻等有說此二十一種一一於一切有情處得而所得各異如有情數量所得戒亦爾彼說由貪煩惱於一有情所犯一支戒時即此一有情處無貪所生一支戒斷餘二十種如先猶轉餘有情處二十一種具足皆轉問若爾云何通世尊所說若犯學處非苾芻等答依勝義苾芻言非苾芻如前說依如是理故作是說寧作出家犯諸學處不為五戒鄔波索迦所以者何彼若毀犯五種學處身中便空諸出家者設犯五處而更有餘衆多猶轉迦濕彌羅國諸論師言雖犯律儀而律儀不斷如法悔除還名持戒無有頓受別捨得故未悔除位具得二名若已悔除但名持戒

問有於外物中得律儀不若有得者所得律儀應有增減謂生草枯時酒味壞時應減即彼生時熟時應增如是等事其類寔繁是故律儀應有增減若無得者即此律儀境應少分處受而世尊說如是律儀無少分受又斷生草等悔除應無用有作是說雖有得者而不名律儀但是順律儀法問此順律儀法為是律儀攝為非律儀攝若是律儀攝說為律儀或說順律儀竟有何異若非律儀攝此有何相而言順律儀非律儀攝如是說者於外法中亦得律儀問若爾律儀應有增減答無增減以總得故謂此律儀總於一切生草等上得一無表而世間無有無生草等時總於一切蒱萄等酒則不壞時得一無表世間無有無諸酒時是故律儀無有增減餘亦如是

問別解脱律儀由何等心得答由普於一切有情起善意樂無損害心得若起此心於其處受其處不受不得律儀由此律儀遍於一切所應受處得防護故是故説若此律儀有方域者大地所不受由此律儀於有情處得有情界多地界少故

若成就身彼成就身業耶答應作四句有成就身非身業謂處卵鷇若諸異生住胎藏中若生欲界住非律儀非不律儀都無身表設有而失彼住卵鷇及胎藏中者雖成就身未能發表先所發表死時已失此表依前衆同分故問何故此位未能發表答以身微劣未能與表爲所依故有餘師言麤心能發身語表業彼心細故又外門心能發表業爾時彼心内門轉故又外事心能發表業彼心縁内事起故不能發表有説此位中迫迮不得自在尚不能動況起表業如爲怨賊縛置籠中挂龍牙上尚不能動況有所趣問若爾何故亦説胎中有轉動耶答風力所轉非心所爲表業必由心力所起若生欲界住非律儀非不律儀無身表者謂眠醉悶捨諸加行不求起表設有而失者謂三縁故雖起表而失一意樂息故二捨加行故三限勢過故有成就身業非身謂諸聖者生無色界此中學成就學隨轉身業無學成就無學隨轉身業生無色故不成就身有成就身亦身業謂諸聖者住胎藏中若生欲界住律儀若住不律儀若住非律儀非不律儀現有身表或先有不失若生色界此中聖者住胎藏中時亦未能起表但成就靜慮無漏無表若生欲界住律儀

者謂於三種律儀或一或二或具而住即別解脫靜慮無漏住不律儀者謂屠羊等住非律儀非不律儀現有身表者謂不眠不醉不悶不捨加行求起表業或先有不失者謂三緣故先所起表不失一意樂不息故二不捨加行故三限勢未過故此說由殷重信或猛利纏起表無表乃至未捨若生色界者彼決定成就身無表業或亦成就身表有非成就身亦非身業謂諸異生生無色界彼無色故不成就身異生故不成就身業有漏者度界地已捨故無漏者未得故問何故有漏色業度界地捨非無漏耶答有漏色業被縛有繫無漏色業解脫離繫故有說有漏色業墮界墮地無漏墮地而不墮界故有說有漏色業同類大種造能造所造俱有漏故無漏色業異類大種造大種有漏業無漏故由此因緣度界地時有漏業捨無漏不捨

問得忍異生命終時捨忍法不若捨者何故不墮惡趣又若捨者何故異生命終時捨聖者不捨若不捨者何故此文及大種蘊皆不說耶答應言捨問若爾彼何故不墮惡趣答由此善根勢力大故自有善根勢力微劣雖復成就不障惡趣況不成就如生得善或有善根勢力強盛雖不成就而障惡趣況復成就如此忍法是故雖捨不墮惡趣復有說者由此善根身中生故令招惡趣諸業煩惱遠離於身畢竟不起因尚不起況墮惡趣如人秋時服於下藥藥雖不住彼人身中而彼身中病亦不生此亦如是復有說者由此善根勢力威猛熏習身故令招惡趣諸業煩惱於

此身中永不復起因不起故不墮惡趣如師子王所居窟穴王雖不在餘氣尚存諸小禽獸無能入者此亦如是復次此善根身中如主勢力强盛不善如客勢力衰微復次此善根意樂增上樂斷惡法樂修善法復次此善根身中生已一切惡趣得非擇滅非擇滅法無有生者是以不墮復次由此善根身中生故令彼行者墮大法流由如此義不墮惡趣復有說者由此善根隣近聖道依聖道力不墮惡趣如怖怨賊依附於王依王力故令諸怨賊不敢正視況能為害此亦如是近聖道故令招惡趣諸業煩惱尚不現行況墮惡趣復有說者由此善根守護聖道所住身器義言此身聖道當住能招惡趣諸業煩惱應永遠離如有勝處王應居止所司守掌餘無能住此亦如是復有說者由此善根身中生故令彼行者定處人天不居惡趣如富貴者定居勝處不居卑陋此亦如是有說此善根加行正勝令招惡趣諸業煩惱勢力衰微不復能招惡趣異熟是故雖捨不墮惡趣有說由此善根增上力故令彼行者見惡行過失妙行功德由此惡業必不復生況墮惡趣有說由此善根增上力故令彼行者住善意樂見生死過涅槃勝德不造惡業不墮惡趣有說由此善根增上力故令彼行者其心調柔隨順涅槃信根深固由此雖捨不墮惡趣尊者妙音說曰由此善根增上力故令彼行者意樂殊勝於般涅槃心常隨順趣向臨入欲樂忍可希求敬愛由此因緣不造惡業是故雖捨不墮惡趣問何故異生命終時捨所得忍

法聖者不捨答異生無有無漏對治以自持御故此善根命終時捨聖有無漏對治以自持御是故不捨有說異生定力羸劣勢不堅牢以有漏故如無膠水雜諸釆色隨所畫物不得久住是以故捨聖者無漏定力堅強持此善根命終不捨所說譬喻翻上應知有說異生無勝止觀故命終捨聖者相違命終不捨有餘師說異生命終亦不捨忍問若爾此文及大種蘊何故不說答應說而不說者當知此義有餘有說已說在第三句中謂諸聖者住胎藏中成身及業聖有二種一世俗二勝義得此善根多世俗聖若入聖道名勝義聖發心出家尚名聖者況得忍法有餘師說此不決定異生命終有捨不捨若於忍法恒時加行慇重加行修習堅牢彼命終時不捨忍法若不爾者命終時捨如所聽習若極淳熟經久不忘不爾便忘如慈授子於初生時便能唱言結有二部乃至廣說如是說者異生命終定捨忍法善根劣故異生依此地起此類善根命終還生此地捨同分故尚決定捨況色界法經欲界生而當不捨

契經中說生有四種謂卵生胎生濕生化生云何卵生謂諸有情由卵𣪊生當住卵𣪊已住今住卵𣪊盛裹破壞卵𣪊生等生起現起出已出謂鵝鴈孔雀鸚鵡舍利迦俱枳羅命命鳥等及一類龍一類妙翅一類人趣復有所餘由卵𣪊生廣說如上是名卵生云何胎生謂諸有情由胎膜生當住胎膜已住今住胎膜盛裹破壞胎膜生等生起現起出已出謂象馬牛羊駝驢鹿等及一類龍一類妙翅

一類鬼一類人趣復有所餘由胎膜生廣説如上是名胎生云何濕生謂諸有情由濕氣生或依草木諸業窟聚或依腐肉食糞穢等或依陂池河海展轉相潤相逼相依生等生起現起出巳出謂蚊蚋蠛蠓百足蚰蜒蚑行蜂等及一類龍一類妙翅一類人趣復有所餘由濕氣生廣説如上是名濕生云何化生謂諸有情生無所託諸根無缺支體圓具依處頓生頓起出謂諸地獄天趣一切中有及一類龍一類妙翅一類鬼一類人趣復有所餘諸有情類生無所託廣説如上是名化生問欲界天中諸妙色鳥爲卵生爲化生耶若卵生者彼命終巳應有尸骸是則諸天應見穢色然諸天衆於六處門常對妙境如契經説彼眼所見一切可愛適意平等乃至意所知亦爾若是化生前化生中何故不説答彼皆卵生問若爾彼命終巳應有尸骸云何諸天見穢色耶答彼命終未久有暴風飄舉其尸遠棄他處有餘師説彼皆化生問前化生中何故不説答應説而不説者當知此義有餘有説彼巳攝在前所説一類妙翅鳥中是以無過問如是四生以何爲自性答四蘊五蘊以爲自性謂欲色界五蘊無色界四蘊此中有説惟異熟蘊以爲自性有説亦通長養是名四生自性巳説自性所以今當説問何故名生答諸有情類和合而起故名爲生問三界五趣皆和合起亦名爲生何獨此四答此四惟令有情數起亦遍攝有情數界趣不爾以界雖遍有情數而非但有情數起通非情故趣雖但有情起而非遍有情數不攝中

有故由此但四説名爲生問生是何義答有情現義是生義有情起義有情出義是生義問於何界趣有幾生可得答於欲界中四生可得色無色界惟有化生彼受生時無所託故於五趣中天及地獄惟有化生有説鬼趣亦惟化生有説鬼趣亦有胎生如餓鬼女白目連曰

我夜生五子　隨生皆自食　晝生五亦然
雖盡而無飽

傍生人趣皆具四生人卵生者昔於此洲有商人入海得一雌鸖形色偉麗奇而悦之遂生二卵於後卵開出二童子端正聰慧年長出家皆得阿羅漢果小者名鄔波世羅大者名世羅又如毗舍佉母生三十二卵般遮羅王妃生五百卵等人胎生者如今世人人濕生者如曼馱多遮盧鄔波遮盧鴿髮菴羅衞等人化生者如劫初人四生有情皆受生已容得聖法得聖法已必更不受卵濕二生問何故爾耶答卵濕二生性多愚昧聖者聰慧故不受彼生有説卵濕二生法爾與聖性相違故聖者不受有餘師説彼二生類多惡意樂多害意樂聖者不爾意樂惟善有説彼二生類多行惡戒沉溺苦海聖者已得聖所愛戒堅固浮囊能越度彼有説卵濕二生是傍生類聖者已得彼非擇滅有説卵濕二生多相迫迮聖者不爾多寛大業由如此義聖者不受彼二生類有餘師説聖樂獨處猒怖重生而濕生者類多繁雜諸卵生者類經再生謂出母胎及出卵鷇故世間説梵志沙門鳥名再生象名再飲是以聖者不受彼生有餘

師說卵濕二生多無依怙聖者成就勝依怙法故不受彼生由此有如是說苦菴羅衞有勝依怙則不應爲摩健地迦之所淩辱尊者妙音說曰父所生趣子還生中此說意言如近佛地諸大菩薩是衆聖之父彼定不受卵濕二生得果聖子亦復如是由此所說諸因緣故聖必不受卵濕二生問如是四生何者最廣有作是說卵生最廣如聞外國諸山谷中隨所在處卵皆充滿象等踐蹹都不覺知有餘師言胎生最廣如聞外國有一蝦蟆生七畦子一魚遊歷七陂池中生子充滿有餘師說濕生最廣所以者何若於雨際設有聚集腐肉糞等下自金輪上至梵世而彼一切悉可爲蟲如是諸蟲皆濕生攝如是說者化生最廣攝二趣全三趣少分及一切中有皆化生故又二界全一界少分皆化生故於欲界中三生加行亦化生故問如是四生何者最勝答化生最勝問若爾何故最後身菩薩不受化生答二出世時不和合故謂劫初時人受化生爾時佛不出世至劫減時佛出于世爾時人無化生復有說者化生輕飄不堪與佛力無畏等功德山王作依止故復有說者一切化生其身微弱不能荷負阿耨多羅三藐三菩提之重擔故復有說者若受化生便無親族眷屬等事而彼皆是妙業之果菩薩長夜勤修妙業極圓滿故不受化生復有說者菩薩長夜精進熾然造作增長感父母業菩薩父母亦於長夜修習感聖子業若受化生則二所修俱空無果是以不受有說欲顯菩薩一切尊勝所謂智見族姓位等以是

義故不受化生有說爲斷衆生族姓慢故依勝族姓不受化生有說欲攝引樂在家者令入法故不受化生若受化生彼當說言佛無親屬故毀家法豈比我等若菩薩生刹帝利家宗親强盛而能猒捨如棄涕唾開甘露門成等正覺則彼皆生希有之想所說敬受有說菩薩欲爲法幢作内外護故不受化生諸佛皆有内護外護内謂菩提分法外謂親屬若無外護當爲外道惡黨所壞故佛世尊度諸釋種以護正法由此乃至六羣苾芻亦言若有外道來惱佛者佛若不制我等亦能以力伏彼有說欲止外道謗故不受化生謂佛親從覩史多宫没身光赫弈照大千世界入於母胎十月滿巳從母胎出即行七步自稱獨尊出家苦行詣菩提樹成等正覺尚被謗言過百劫後大幻當出無父無母食噉世間若受化生便增誹謗是故菩薩不受化生有說爲欲饒益當來諸有情故不受化生所以者何若受胎生便有遺身般涅槃後雖越千載無量有情乃至若能於遺身界如芥子許起殷淨心恭敬供養獲無邊福生天受樂得般涅槃若受化生便無是事所以者何化生命終如燈光滅無遺餘故此中因論生論問何故化生命終無遺餘耶答由彼生時諸根頓起所以終時亦復頓滅如人戲水乍出乍没復有說者化身輕妙如雲如電亦如風燄滅巳無餘莫知方所復次化生造色增餘三生大種增由造色增故滅則頓滅復次化生根法增餘三生非根法增由根法增故滅則頓滅謂化生者所受身形髮爪等物無根法

少問若化生死無遺餘者何故經說化生妙翅鳥取化生龍爲食耶答以不知故取之爲食然不充飢有說彼龍未死之頃暫得充飢死已還飢飢復取食無違經過復有說者諸化生龍其身精妙如酥油等纔吞入腹便成食事或有說者化生妙翅多諸巧便得化生龍以足案頸從尾吞之命未絶來能作食事死則不爾有餘師說彼妙翅鳥食化生龍時涎液先流爛腦隨下與龍俱咽食事便成非化生龍獨成食事

問餘經所說復云何通如說大地獄中有黑駮狗肥壯暴惡撲諸有情卧鐵地上摑裂其腹噉食腸肚答由彼腸肚未離身來暫得充飢故說爲食有說由彼受罪有情惡業力故但令受苦非作食事

若成就身彼成就語業耶答應作四句有成就身非語業有成就語業非身有成就身亦語業有非成就身亦非語業此皆如前身對身業中說差別者此說語表以身業語業繫地有無必無别故若成就身彼成就意業耶答諸成就身彼定成就意業有成就意業非身謂生無色界若成就身彼成就身業語業耶答有成就身非身業語業謂處卵鷇若諸異生住胎藏中若生欲界住非律儀非不律儀無身語表設有而失有成就身及身業非語業謂生欲界住非律儀非不律儀現有身表或先有不失無語表設有而失有成就身及語業非身業謂生欲界住非律儀非不律儀現有語表或先有不失無身表設有而失有成就身及身業語業謂諸聖者住胎藏中

若生欲界住律儀若住不律儀若住非律儀非不律儀現有身語表或先有不失若生色界設成就身業語業彼成就身耶答或成就或不成就云何成就謂如前說云何不成就謂諸聖者生無色界若成就身彼成就身業意業耶答有成就身及意業非身業謂處卵轂若諸異生住胎藏中若生欲界住非律儀非不律儀無身表設有而失有成就身及身業意業謂諸聖者住胎藏中若生欲界住律儀若住不律儀若住非律儀非不律儀現有身表或先有不失若生色界設成就身業意業彼成就身耶答或成就或不成就云何成就謂如前說云何不成就謂諸聖者生無色界若成就身彼成就語業意業耶答有成就身及意業非語業有成就身及語業意業此皆如前身對身業意業中說差别者此說語表設成就語業意業彼成就身耶答或成就或不成就亦如彼說若成就身彼成就身業語業意業耶答有成就身及意業非身業語業有成就身及身業意業非語業有成就身及語業意業非身業有成就身及身業語業意業此皆如前身對身業語業中說以意業一切時皆成就故設成就身業語業意業彼成就身耶答或成就或不成就亦如彼說

若成就身業彼成就語業耶答應作四句有成就身業非語業謂生欲界住非律儀非不律儀現有身表或先有不失無語表設有而失有成就語業非身業謂生欲界住非律儀非不律儀現有語表或先有不失無身表設有而失有成就身業亦語業謂諸聖者住胎

藏中若生欲界住律儀若住不律儀若住非律儀非不律儀現有身語表或先有不失若生色界若諸聖者生無色界有非成就身業亦非語業謂處卵㲉若諸異生住胎藏中若生欲界住非律儀非不律儀無身語表設有而失若諸異生生無色界

若成就身業彼成就意業耶答諸成就身業彼成就意業有成就意業非身業謂處卵㲉若諸異生住胎藏中若生欲界住非律儀非不律儀無身表設有而失若諸異生生無色界若成就身業彼成就語業意業耶答有成就身業及意業非語業謂生欲界住非律儀非不律儀現有身表或先有不失無語表設有而失有成就身業及語業意業謂諸聖者住胎藏中若生欲界住律儀若住不律儀若住非律儀非不律儀現有身語表或先有不失若生色界若諸聖者生無色界設成就語業意業彼成就身業耶答或成就或不成就云何成就謂如前說云何不成就謂生欲界住非律儀非不律儀現有語表或先有不失無身表設有不失

若成就語業彼成就意業耶答諸成就語業彼成就意業有成就意業非語業此如前身業對意業說差別者此說語表此上所說總略義者所謂彼身若生無色界定不成就生欲色界則定成就彼身業語業若在卵㲉異生處胎藏中及諸異生生無色界定不成就一切聖者色界異生及欲界異生住善惡戒者皆定成就餘或成就或不成就意業一切皆定成就

阿毗達磨大毗婆沙論卷第一百二十 說一切有部發智

音釋

㲉克角切 迮側格切狹也 翅施智切 蚊蚋蚊無分切蚋儒稅切

蠛蠓蠛莫結切蠓母總切蠛蠓似蚋小蟲 蚑去纖切蟲行貌 鸖曷各切與鶴同

蹹達合切與踏同 噉徒濫切食也 駮北角切尨雜也 摑古獲切批打也

阿毗達磨大毗婆沙論卷第一百二十一

五百大阿羅漢等造

唐三藏法師玄奘奉　詔譯

業藴第四中害生納息第三之四

若業未離染彼業異熟未離染耶乃至廣說

問何故作此論答爲止他宗顯已義故謂犢子部說五部業所得異熟亦通五部欲止彼意顯業雖通五部而彼異熟惟修所斷故作斯論若業未離染彼業異熟未離染耶答諸業未離染彼業異熟定未離染或有業異熟未離染彼業已離染謂預流者見所斷業已離染彼業異熟未離染應知此中或有業先離染後異熟方離染或有業與彼異熟俱時離染必無異熟先得離染後時彼業方得離染謂四法忍時令四部所攝諸不善業先得離染非彼異熟又離欲界染前八無間道時令前八品修所斷諸不善業先得離染非彼異熟彼諸異熟要至第九無間道時方得離染是名業先離染後彼異熟方得離染若離欲界染第九無間道時令第九品諸不善業一切不善身業語業欲界善業及彼諸異熟俱時離染離初靜慮染第九無間道時令初靜慮業及彼異熟俱時離染如是乃至離非想非非想處染第九無間道時令非想非非想處業及彼異熟俱時離染如是名爲業與異熟俱時離染以非色不善業五部所攝亦九品道斷諸不善色業有漏善業一切異熟惟修所斷惟上上品道斷故是名此處略毗婆沙然此中依二業作論謂見所斷修所斷故作是說若依五業作論者則不應言謂預

流者見所斷業乃至廣說應作是說謂未離欲染者苦智已生集智未生見苦所斷業已離染彼業異熟未離染集智已生滅智未生見苦集所斷業已離染彼業異熟未離染滅智已生道智未生見苦集滅所斷業已離染彼業異熟未離染道智已生未離欲界染者見苦集滅道所斷業已離染彼業異熟未離染離欲界染一品乃至八品時彼八品業已離染彼業異熟未離染離欲界染第九無間道時彼第九品業一切不善身語業欲界善業及彼諸異熟俱時離染離初靜慮乃至非想非非想處染第九無間道時諸地善業及彼異熟俱時離染而不作是說者由依二業而作論故若業已離染彼業異熟已離染耶答諸業異熟已離染彼業定已離染或有業已離染彼業異熟未離染謂預流者見所斷業已離染彼業異熟未離染此中分别廣如前說若業有果彼業皆有異熟耶乃至廣說問何故作此論答爲止邪宗顯正義故謂有外道執一切善惡業無果異熟爲止彼意顯一切業無不有果諸有漏善及不善業皆有異熟故作斯論然契經中說果有五種一等流果二異熟果三離繫果四士用果五增上果等流果者謂善生善不善生不善無記生無記異熟果者謂諸不善有漏善法所招異熟因是善惡果惟無記異類而熟故立異熟名離繫果者謂無間道斷諸煩惱此無間道以煩惱等斷爲離繫果及士用果以解脱道爲等流果及士用果以後等勝自類諸道爲等流果若無間道以能於先來諸煩惱斷集

得作證此無間道以彼煩惱斷但爲士用果此則總説若别説者苦法智忍以彼欲界見苦所斷十隨眠等斷爲離繫果及士用果以苦法智品爲等流果及士用果以後等勝諸無漏道爲等流果如是乃至道類智忍以色無色界見道所斷十四隨眠等斷爲離繫果及士用果以道類智品爲等流果及士用果以後等勝諸無漏道爲等流果以三界見苦集滅所斷及欲界見道所斷諸隨眠等斷集得作證此道類忍以彼諸斷爲士用果諸預流者於一來果求作證時初五無間道以彼五品隨眠等斷爲離繫果及士用果以五解脱道爲等流果及士用果以後等勝自類諸道爲等流果第六無間道以第六品隨眠等斷爲離繫果及士用果以第六解脱道爲等

流果及士用果以後等勝自類諸道爲等流果以三界見所斷及欲界修所斷前五品隨眠等斷集得作證此第六無間道以彼諸斷爲士用果諸一來者於不還果求作證時無間道起能斷欲界修所斷四隨眠若斷第七及第八品此無間道以彼二品隨眠等斷爲離繫果及士用果以二解脱道爲等流果及士用果以後等勝自類諸道爲等流果若斷第九品一無間道以第九品隨眠等斷爲離繫果及士用果以第九解脱道爲等流果及士用果以後等勝自類諸道爲等流果以三界見所斷及欲界修所斷前八品隨眠等斷集得作證此第九無間道以彼諸斷爲士用果諸不還者於無學果求作證時無間道起能斷色無色界修所斷六隨眠若斷初靜慮

染一品乃至九品此九無間道以彼九品隨眠等斷爲離繫果及士用果以九解脱道爲等流果及士用果以後等勝自類諸道爲等流果如是乃至離非想非非想處染前八無間道以彼八品隨眠等斷爲離繫果及士用果以八解脱道爲等流果及士用果以後等勝諸無漏道爲等流果金剛喻定以第九品隨眠等斷爲離繫果及士用果以初盡智品爲等流果及士用果以後等勝諸無漏道爲等流果以三界見所斷及下八地修所斷并非想非非想處修所斷前八品隨眠等斷集得作證此金剛喻定以彼諸斷爲士用果若諸異生離欲界乃至無所有處見修所斷染諸無間道以彼諸斷諸解脱道及後等勝自類諸道爲果多少如理應思士用果者若法由彼士用故成此法說爲彼士用果增上果者若法由彼增上所起當知此法是彼增上及增上果是餘增上非增上果謂後生諸法是前法增上及增上果前生諸法是後法增上非增上果未來諸法是過現法增上及增上果過現諸法是未來法增上非增上果未來現在法是過去法增上及增上果過去諸法是未來現在法增上非增上果問士用果增上果何差別答諸所作事於能作者是士用果及增上果於能受者惟增上果如稼穡等所作諸事於農夫等是士用果及增上果於受用者惟增上果士用力起名士用果增上力起名增上果增上力寛不障礙故士用力狹能引證故是名二果差別西方諸師說果有九種謂於前五更加四種一安立果二

加行果三和合果四修習果安立果者謂依風輪安立水輪復依水輪安立金輪復依金輪安立大地復依大地安立一切情非情數此中後後是前前果餘安立果類此應知加行果者謂不淨觀或持息念爲加行故漸次引起盡無生智餘加行果類此應知和合果者謂眼色和合生眼識乃至意法和合生意識餘和合果類此應知修習果者謂由色界道起欲界化及欲界語此化及語是修習果餘修習果亦爾迦濕彌羅國諸論師言此中後四即前五攝彼即士用增上果故應知世俗對治道業具由五果說名有果彼加行解脫勝進道業及餘不善善有漏業由四果故說名有果除離繫果若諸無漏對治道業亦由四果說名有果除異熟果彼加行解脫勝進道業及無記業由三果故說名有果除離繫果及異熟果是名此處略毗婆沙若業有果彼業皆有異熟耶答諸業有異熟彼業皆有果應知此業或由五果或由四果說名有果或有業有果彼業無異熟謂無記業無漏業應知此業或由四果或由三果說名有果然無異熟不堅實故無愛潤故若業無果彼業皆無異熟耶答無有業無果謂一切業或由五果或由四果或由三果說有果故或有業無異熟謂無記業無漏業如前說問若一切業皆有果者佛所說頌當云何通如說

如華雖可愛　有色而無香　如是有妙語

無果無所作

答依說法者佛說此頌謂說法時彼聽法者不能信受如教奉行名爲無果或說法者雖

復善說而不能行故言無果或先有所言許施他物後不能惠故言無果問餘經所說復云何通如說

有命樂惛眠　空無果無義　無味無勝利
都無有出生

答有覺寤時能遠勝德樂睡眠故虛越此時世尊依彼說如是頌問若樂睡眠空無果者餘經所說復云何通如說寧可睡眠勿餘尋伺若有覺寤時起惡尋伺鬭諍惱亂無量有情佛爲誡彼故作是說由此義故經有別意非謂諸業都無有果若業不善彼業皆顛倒耶答應作四句有業不善彼業非顛倒謂如有一見有因果起如是見立如是論有業有業果異熟而行身語意惡行問何因緣故彼行惡行答三因緣故一由時故二由處故三由補特伽羅故由時故者謂五濁增時諸有情類威德損減喜造諸惡在彼時故亦行惡行由處故者謂生達絮篾戾車中諸有情類其性愚鄙多造惡業生彼處故亦行惡行由補特伽羅故者謂有一類得惡行衆同分其性獷暴多造惡業如屠羊等諸不律儀親近彼故亦行惡行應知此業由自性故說名不善是身語意惡行攝故由所依故名非顛倒是有作見不愚因果正見身中所等起故如實器中盛諸糞穢有業顛倒彼業非不善謂如有一見無因果起如是見立如是論無業無業果異熟而行身語意妙行問何因緣故彼行妙行答三因緣故一由時故二由處故三由補特伽羅故由時故者謂五濁不增時諸有情類具大威德好修諸善在彼時故雖

不樂爲亦行妙行由處故者謂生中國諸有情類其性聰敏志意調柔多修善業生彼處故雖不樂爲亦行妙行由補特伽羅故者謂有一類得妙行衆同分其性和雅多修善業如住律儀親近彼故雖不樂爲亦行妙行應知此業由所依故說名顛倒是無作見愚於因果邪見身中所等起故由自性故名非不善是身語意妙行攝故如穢器中盛諸珍寶有業亦不善亦顛倒謂如有一見無因果起如是見立如是論無業無業果異熟復行身語意惡行問何因緣故彼行惡行答三因緣故如前說應知此業由自性故說名不善以身語意惡行攝故由所依故復名顛倒是無作見愚於因果邪見身中等所起故如穢器中盛諸糞穢有業非不善非顛倒謂如有一見有因果起如是見立如是論有業有業果異熟復行身語意妙行問何因緣故彼行妙行答三因緣故如前說應知此業由自性故名非不善以身語意妙行攝故由所依故名非顛倒是有作見不愚因果正見身中等所起故如寶器中盛諸珍寶若業是善彼業不顛倒耶答應作四句謂前第二句作此第一句前第一句作此第二句前第四句作此第三句前第三句作此第四句廣如前說復次於此有異解釋若業不善彼業皆顛倒耶答應作四句有業不善彼業非顛倒謂如有一於見有不見想他問言汝見不彼或自爲或爲他或爲名利便覆此想此忍此見此欲答言我見應知此業由想力故名爲不善以覆想說故由所說事名非顛倒於見言見故有

業顛倒彼業非不善謂如有一於見有不見想他問言汝見不彼不自爲不爲他不爲名利不覆此想此忍此見此欲答言不見應知此業由所說事名爲顛倒以於見言不見故由想力故名非不善以不覆想而說故有業亦不善亦顛倒謂如有一於見有見想他問言汝見不彼或自爲或爲他或爲名利便覆此想此忍此見此欲答言不見應知此業由想力故名爲不善以覆想而說故由所說事復名顛倒以於所見言不見故有業非不善非顛倒謂如有一於見有見想他問言汝見不彼不自爲不爲他不爲名利不覆此想此忍此見此欲答言我見應知此業由想力故名非不善以不覆想而說故由所說事名非顛倒以於所見說言見故如於所見作四句

如是於所聞覺知亦各作四句如於所見聞覺知各作四句如是於所不見聞覺知亦各作四句如以不善對顛倒作八四句如是以善對不顛倒應知亦爾是則合成十六四句及前二四句成十八四句復總以不善九小四句及善九小四句各爲一大四句是故總別有二十四句此中眼識所受名見耳識所受名聞三識所受名覺意識所受名知說四境故見聞覺知是根非識然舉識者顯眼等根必由識助方能取境以同分根能有作用非彼同分故問何故眼等三識所受各立一種而鼻舌身三識所受合立一種名爲覺耶尊者世友說曰三識所緣皆惟無記境無記故根立覺名又以三根惟取至境與境合故立以覺名大德說言惟此三根境界鈍昧猶

如死屍故發識時說名爲覺有餘師言眼耳二識依自界緣自他界意識依自他界緣自他界故彼所受各立一種鼻等三識惟依自界惟緣自界故彼所受合立一種如自界他界同分不同分說亦爾有餘師言眼耳二識依同分緣同分不同分意識依同分不同分緣同分不同分故彼所受各立一種鼻等三識惟依同分惟緣同分故彼所受合立一種此說界同分有說眼耳二識依無記緣三種意識依三種緣三種故彼所受各立一種鼻等三識惟依無記惟緣無記故彼所受合立一種有說眼耳二識依近緣近遠意識依近遠緣近遠故彼所受各立一種鼻等三識依近緣近故彼所受合立一種此三根境無間而住方能發識故名爲近有說眼耳二識或所依大所緣小或所緣大所依小或所依所緣等眼識所依大所緣小者如見毛端等所緣大所依小者如見山等所依所緣等者如見蒲萄果等如是耳識如量應知意識所依雖不可說其量大小而所緣境或小或大故彼所受各立一種鼻等三識所依所緣大小量等故彼所受合立一種隨所依根極微多少與爾所境極微合時方能發生鼻等識故有說眼等三識緣業非業故彼所受各立一種鼻等三識惟緣非業故彼所受合立一種有說眼等三識緣持戒犯戒及緣餘法故彼所受各立一種鼻等三識惟緣餘法故彼所受合立一種有餘師言眼等三識通緣律儀不律儀及餘法故彼所受各立一種鼻等三識惟緣餘法故彼所受合立一種有說眼等

三識通緣表及餘法故彼所受各立一種鼻等三識惟緣餘法故彼所受合立一種有說眼等三識通緣染不染法故彼所受各立一種鼻等三識惟緣不染故彼所受合立一種有說眼等三識通緣妙行惡行及緣餘法故彼所受各立一種鼻等三識惟緣餘法故彼所受合立一種由此所說見聞覺知隨識依緣有別有總若成就不善業彼成就色無色界繫業耶答諸成就不善業彼定成就色無色界繫業謂生欲界若斷善根彼定成就不善業及色無色界繫一業謂染汙業不斷善根未得色界善心者亦爾若已得色界善心未離欲界染彼成就不善業及色界繫三業謂善染汙無色界繫一業謂染汙有成就色無色界繫業非不善業謂生欲界已離欲界

染若生色界謂生欲界已離欲界染若未得無色界善心彼成就色界繫三業謂善染汙無覆無記無色界繫一業謂染汙若已得無色界善心未離色界染彼成就色界繫三業謂善染汙無覆無記無色界繫二業謂善染汙若已離色界染未離無色界染彼成就色界繫二業謂善無覆無記無色界繫二業謂善染汙若已離無色界染彼成就色界繫二業謂善無覆無記無色界繫一業謂善若生色界者謂若未得無色界善心彼成就色界繫三業謂善染汙無覆無記無色界繫一業謂染汙若已得無色界善心未離色界染彼成就色界繫三業謂善染汙無覆無記無色界繫二業謂善汙染若已離色界染未離無色界染彼成就色界繫二業謂善無覆無記

無色界繫二業謂善染汙若已離無色界染彼成就色界繫二業謂善無覆無記無色界繫一業謂善若成就欲界繫善業彼成就色無色界繫業耶答諸成就欲界繫善業彼定成就色無色界繫業有成就色無色界繫業非欲界繫善業謂斷善根補特伽羅若生色界謂若成就欲界善業未得色界善心彼成就色無色界繫一業若已得色界善心未離欲界染彼成就色界繫二業無色界繫一業若已離欲界染未得無色界善心彼成就色界繫三業無色界繫一業若已得無色界善心未離色界染彼成就色界繫三業無色界繫二業若已離色界染未離無色界染彼成就色界繫二業及成就無色界繫二業若已離無色界染彼成就色界繫二業及成就無色界繫一業若斷善根彼成就色無色界繫一業若生色界未得無色界善心彼成就色界繫三業無色界繫一業若已得無色界善心未離色界染彼成就色界繫三業無色界繫二業若已離色界染未離無色界染彼成就色界繫二業無色界繫二業若已離無色界染彼成就色界繫二業無色界繫一業前斷善根此生色界俱不成就欲界繫善業已斷善根故已捨彼善故若成就欲界繫善業彼成就色無色界繫善業耶答應作四句有成就欲界繫善業非色無色界繫善業謂生欲界不斷善根未得色界善心有成就色無色界繫善業非欲界繫善業謂生色界得無色界善心有成就欲界繫善業亦色無色界繫善業謂生欲界得無色界善心有非成就

欲界繫善業亦非色無色界繫善業謂斷善根補特伽羅若成就欲界繫業彼成就色界繫業耶答如是設成就色界繫業彼成就欲界繫業耶答如是謂生欲界若斷善根彼成就欲界繫二業色界繫一業若不斷善而未得色界善心彼成就欲界繫三業色界繫一業若已得色界善心未離欲界染彼成就欲界繫三業色界繫二業若已離欲界染未離色界染彼成就欲界繫二業色界繫三業若已離色界染彼成就欲界繫二業色界繫二業若生色界未離色界染彼成就欲界繫一業色界繫三業若已離色界染彼成就欲界繫一業色界繫二業若成就欲界繫業彼成就無色界繫業耶答諸成就欲界繫業彼成就無色界繫業謂生欲界若斷善根彼成就

欲界繫二業無色界繫一業若不斷善根未離欲界染彼成就欲界繫三業無色界繫一業若已離欲界染未得無色界善心彼成就欲界繫二業無色界繫一業若已得無色界善心未離無色界染彼成就欲界繫二業無色界繫二業若已離無色界染彼成就欲界繫二業無色界繫一業若生色界未得無色界善心彼成就欲界繫一業無色界繫一業若已得無色界善心未離無色界染彼成就欲界繫一業無色界繫二業若已離無色界染彼成就欲界繫一業無色界繫一業有成就無色界繫業非欲界繫業謂生無色界補特伽羅謂生彼界若未離彼界染起異熟生心彼成就無色界繫三業若不起異熟生心彼成熟無色界繫二業若已離無色界染起

異熟生心彼成就無色界繫二業若不起異熟生心彼成就無色界繫一業俱不成就欲界繫業已捨彼故若成就欲界繫業彼成就不繫業耶答應作四句有成就欲界繫業非不繫業謂諸異生生欲色界有成就不繫業非欲界繫業謂諸聖者生無色界有成就欲界繫業亦不繫業謂諸聖者生欲色界有非成就欲界繫業亦非不繫業謂諸異生生無色界若成就色界繫業彼成就無色界繫業耶答諸成就色界繫業彼定成就無色界繫業謂生欲界若未得色界善心彼成就色界繫一業無色界繫一業若已得色界善心未離欲界染彼成就色界繫二業無色界繫一業若已離欲界染未得無色界善心彼成就色界繫三業無色界繫一業若已得無色界善心未離色界染彼成就色界繫二業無色界繫二業若已離色界染未離無色界染彼成就色界繫二業無色界繫一業若生色界未得無色界善心彼成就色界繫三業無色界繫一業若已得無色界善心未離色界染彼成就色界繫三業無色界繫二業若已離色界染未離無色界染彼成就色界繫二業若已離無色界染彼成就色界繫二業無色界繫一業有成就無色界繫業非色界繫業謂諸有情生無色界謂生彼界若未離無色界染起異熟生心彼成就無色界繫三業若不起異熟生心彼成就無色界繫二業若已離無色界染起異熟生心彼成就無色界繫二業若不起異熟

生心彼成就無色界繫一業若成就色界繫業彼成就不繫業耶答應作四句有成就色界繫業非不繫業謂諸異生生欲色界有成就不繫業非色界繫業謂諸聖者生無色界有成就色界繫業亦不繫業謂諸聖者生欲色界有非成就色界繫業亦非不繫業謂諸異生生無色界若成就無色界繫業彼成就不繫業耶答諸成就不繫業彼定成就無色界繫業謂諸聖者生欲色界若未得無色界善心彼成就不繫學業無色界繫一業若已得無色界善心未離無色界染彼成就不繫學業無色界繫二業若已離無色界染彼成就不繫無學業無色界繫一業若諸聖者生無色界未離無色界染起異熟生心彼成就不繫學業無色界繫三業若不起異熟生心彼成熟不繫學業無色界繫二業若已離無色界染起異熟生心彼成就不繫無學業無色界繫二業若不起異熟生心彼成就不繫無學業無色界繫一業有成就無色界繫業非不繫業謂諸異生若生欲色界未得無色界善心彼成就無色界繫一業若已得無色界善心彼成就無色界繫三業若諸異生生無色界若起異熟生心彼成就無色界繫三業若不起異熟生心彼成就無色界繫二業若成就欲界色界無色界繫不繫業彼命終生何處答或欲界或色界或無色界或無生處謂諸聖者若生欲界未離欲界染彼成就欲界繫三業色界繫二業無色界繫一業不繫學業彼命終生欲界若已離欲界染未得無色界善心彼成就欲界繫二業色界繫三

業無色界繫一業不繫學業彼命終生色界若已得無色界善心未離色界染彼成就欲界繫二業色界繫三業無色界繫二業不繫學業彼命終亦生色界若已離色界染未離無色界染彼成就欲界繫二業色界繫二業無色界繫二業不繫學業彼命終生無色界若已離無色界染彼成就欲界繫二業色界繫二業無色界繫一業不繫無學業彼命終無生處若諸聖者生色界未得無色界善心彼成就欲界繫一業色界繫三業無色界繫一業不繫學業彼命終生色界若已得無色界善心未離色界染彼成就欲界繫一業色界繫三業無色界繫二業不繫學業彼命終亦生色界若已離色界染未離無色界染彼成就欲界繫一業色界繫二業無色界繫二業不繫學業彼命終生無色界若已離無色界染彼成就欲界繫一業色界繫二業無色界繫一業不繫無學業彼命終無生處由此故說成就四業者彼命終或生欲界或生色界或生無色界或無生處

阿毗達磨大毗婆沙論卷第一百二十一　說一切有部發智

音釋

稼穡　稼居訝切種也穡所力切斂也　狹　胡夾切隘也　寤　音悟寐覺也　伺　相吏切察也　達絮　梵語也此謂微信佛法者絮息據切　篋戾車　梵語也亦云彌離車此云惡見篋彌列切戾力霽切　獷　古猛切麤惡也　補特伽羅　梵語也亦云福伽羅或富特伽羅此云數取趣謂數數往來諸趣也

阿毗達磨大毗婆沙論卷第一百二十二

五百大阿羅漢等造

唐三藏法師玄奘奉　詔譯

業蘊第四中表無表納息第四之一

若成就身表彼成就此無表耶如是等章及解章義既領會已次應廣釋問何故作此論答為止他宗顯已義故謂譬喻者說表無表業無實體性所以者何若表業是實可得依之令無表有然表業無實云何能發無表令有且表業尚無無表云何有而言有者是對法諸師矯妄言耳如人遇見美女為染近故語言汝可解去人服吾衣汝天衣女聞歡喜如言為解彼人即前種種摩觸恣心意已語言天衣已為汝著女言我今體露如是寧死不露天衣何在彼答之言天服微妙惟我見之非汝能見如是愚人本無天衣況為他著諸對法者所說亦爾本無表業況有依表所起無表故對法者妄興此論又表無表若是色者青黃赤白為是何耶復云何成善不善性若因搖動成善惡性華鬘等動何故不爾為止如是譬喻者意顯自所宗表無表業皆是實有故作所論若諸表業無實體者則與契經相違如契經言愚夫希欲說名為愛愛所發表說名為業又契經言在夜尋伺猶如起煙旦動身語猶如發焰若無表業無實體者則亦與契經相違如契經說色有三種攝一切色有色有見有對有色無見有對有色無見無對若無無表色者則應無有三種建立無第三故又若撥無表無表色吠題呬子未生怨王應當不觸害父無間謂發表位父

命猶存父命終時表業已謝由先表力起後無表故未生怨觸無間業又彼杖髻出家外道亦應不觸害應無間謂發表位目連命猶存目連涅槃時表業已謝由先表力起後無表故彼外道觸無間業又若撥無表無表業應無建立三品有異謂住律儀品住不律儀品住非律儀非不律儀品然彼所言此表無表體若是色青黃赤白爲是何耶此責不然非顯色外無別色故當知身表是形非顯語表是聲亦非顯色二種無表法處色攝故不可責以同青等然諸色處總有四種一有色處惟顯可了非形二有色處惟形可了非顯三有色處顯形俱可了四有色處顯形俱不可了顯可了非形者謂青黃赤白影光明暗形可了非顯者謂身表色顯形俱可了者謂所餘若顯若形俱可了色顯形俱不可了者謂空界色又如所説若身摇動成善惡性華劔等動何不爾者此亦不然有根法異無根法異身是有情數攝由心運動能表有善惡心心所法華劔等不爾故表無表決定實有然表無表依身而起有依一分如彈指舉足等一分動轉作善惡業有依具分如禮佛逐怨等舉身運動作善惡業此中隨所依身極微數量表業亦爾如表數量無表亦爾問隨彼彼業若有表即有無表耶若有無表即有表耶或有説者七根本業道決定具有表與無表加行後起表業定有無表不定惟猛利纒及殷重信所作發無表非餘有説七根本業道無表定有表則不定若自作者有表若遣他作惟得無表加行後起如前説評曰應

作是說除欲邪行餘根本業道無表定有表則不定若自作即時究竟者彼有表業若遣他作或究竟時表已息者則惟有無表若欲邪行表亦定有加行位決定有表無表不定如前說後起位定有無表表則不定若作則有不作則無當知此說散心所作若隨支分定散差別有表無表如理應思彼非律儀非不律儀所攝妙行惡行由三因緣無表不斷一由意樂不息二由加行不捨三由限勢未過由意樂不息加行不捨者如於佛像窣堵波等起淳淨心恭敬供養所發無表從初剎那乃至意樂未息或加行未捨已來相續不斷若意樂息及加行捨無表便斷限勢未過者謂淳淨心及猛利纏所作善惡隨彼勢力無表不斷如猛利纏殺捃多蟻所發無表盡形相續淳淨心所作亦爾謂如有人起殷重信修營供具奉施衆僧燒香散華種種供養或於佛說如是日月五年會等請諸衆僧種種供養起淳淨心發身語業乃至意樂未息或加行未捨無表不斷若意樂息及捨加行無表便斷餘處中行廣說亦爾復有處中妙行惡行盡衆同分無表不斷妙行者如有立願若不供養諸佛形像窣堵波等終不先食彼於日日隨力所能下至一華一香供養盡衆同分無表不斷或有立願若不施他資具命緣終不先食彼於日日隨力所能下至施他一摶之食半撚手衣盡衆同分無表不斷或有立願若於三寶不先供養終不先食彼於日日隨力所能下至施僧一噐之食或復塗掃一足之地盡衆同分無表不斷或有立

願每年某日施諸貧乏或供養僧即取少物以供彼用留所餘財以為儲擬盡衆同分無表不斷如是等是名妙行惡行者如有立願我當日日於彼怨所作諸衰損若不作者終不先食即於日日下至一打或一惡言訶罵毀辱盡衆同分無表不斷如是等是名惡行或有造作諸佛形像窣堵波等諸供養具書寫三藏所攝正法造聖僧像建僧伽藍給施衣藥諸資身具安立福舍種植樹林造井橋船階道處等此諸表業所發無表具由三緣相續不斷一由意樂二由所依三由事物由意樂者謂緣彼事深生歡喜意樂不息由所依者謂所依身同分相續命未終位由事物者謂所修建佛像等事未都壞滅如是三緣隨闕一種由前所發無表便斷是名妙行惡行者謂造罟網刀箭等事應准前說是謂所說表無表業略毗婆沙若成就身表彼成就此無表耶答應作四句有成就身表非此無表謂生欲界住非律儀非不律儀現有身表不得此無表或先有身表不失不得此無表現有身表者謂不眠不醉不悶不捨加行求起身表不得此無表者謂非殷重信非猛利纏雖發身表不得此無表或先有身表不失者謂三緣故不捨表業一意樂不息故二不捨加行故三限勢未過故不得此無表者義如前說有成就身無表非此表謂諸聖者住胎藏中若生欲界住律儀不得別解脫律儀無身表設有而失若生色界無身表設有而失若諸聖者生無色界此中聖者住胎藏時不能起表前生表業已失但成就靜慮無漏

無表住律儀者謂住靜慮無漏律儀無身表者謂或眠或醉或悶捨諸加行不求起表故設有而失者謂由三緣捨身表業一意樂息故二捨加行故三限勢過故若生色界無身表者謂捨加行不求起表故設有而失者如前説若諸聖者生無色界者學成就學無表無學成就無學無表有成就身表亦此無表謂生欲界住律儀不得別解脫律儀現有身表亦得此無表或先有此表不失亦得此無表若住別解脫律儀若住不律儀若住非律儀非不律儀現有身表亦得此無表或先有身表不失亦得此無表若生色界現有身表或先有身表不失此中現有身表亦得此無表等者謂以殷重信或猛利纏發表亦得無表若住別解脫律儀若住不律儀彼定成就

身表無表若生色界現有身表者謂不捨加行求起表業餘如前説有非成就身表亦非此無表謂處卵㲉若諸異生住胎藏中若生欲界住非律儀非不律儀無有身表設有而失若諸異生生無色界諸異生類住胎卵中已失前生表無業現不能起如前應知生無色界色捨有漏未得無漏彼地無色故餘如前説若成就善身表彼成就此無表耶答應作四句有成就善身表非此無表謂生欲界住不律儀及住非律儀非不律儀現有善身表不得此無表或先有此表不失不得此無表現有善身表者謂不眠等故不得此無表者謂非殷重信所起故或先有此表不得者謂前説三緣故不得此無表者謂彼亦非殷重信所起故問住不律儀者有何善身表答

彼亦於父母師長佛獨覺諸佛弟子等供養恭敬起善表故有成就善身無表非此表謂諸聖者住胎藏中若生欲界住律儀不得別解脱律儀無善身表設有而失若生色界無善身表設有而失若諸聖者生無色界此中住律儀者謂住静慮無漏律儀不得別解脱律儀者謂住此律儀定成就善身無表故餘如前説有成就善身表亦此無表謂生欲界住律儀不得別解脱律儀現有善身表亦得此無表或先有此表不失亦得此無表若住別解脱律儀若住不律儀及住非律儀非不律儀現有善身表亦得此無表或先有此表不失亦得此無表若生色界現有善身表或先有此表不失此中一切義如前説有非成就善身表亦非此無表謂處卵縠若諸異生住胎藏中若生欲界住不律儀及住非律儀非不律儀無善身表設有而失若諸異生生無色界若成就不善身表彼成就此無表耶答諸成就不善身無表彼定成就此表有成就不善身表非此無表謂生欲界住律儀及住非律儀非不律儀現有不善身表不得此無表或先有此表不失不得此無表現有不善身表者謂不眠等故不得此無表者謂非猛利纏所起故先有此表不失者謂前説三緣餘如前説問住何等律儀有不善身表答住三律儀皆容得有問住静慮無漏律儀者有何等不善身表答有於有情起捶打等不善身表問亦應有成就不善身無表非身表謂遣他殺等是則此中應作四句何故作順後句耶有作是説應作四句有成就不善身

表非此無表謂生欲界住律儀及住非律儀非不律儀現有不善身表不得此無表或先有此表不失不得此無表有成就不善身無表非此表謂生欲界住律儀及住非律儀非不律儀遣他殺等有成就不善身表及此無表謂生欲界住不律儀若住律儀及住非律儀非不律儀現有不善身表亦得此無表或先有此表不失亦得此無表有非成就不善身表亦非此無表謂處卵㲉若諸異生住胎藏中若生欲界住律儀及住非律儀非不律儀無不善身表設有而失不得此無表若生色無色界應作是說而不說者應知此文但依同類表無表說不依異類謂從身表發身無表是名同類若由語表發身無表是名異類應作是說無有惟成就不善身無表者故此但應作順後句所以者何若能發語遣他殺等由此發得身無表者必亦成就不善身表以必能動身手等故若不爾者前說成就善身無表非此表中亦應作是說若住不律儀及住非律儀非不律儀以善語言遣他施等由此發得善身無表前於善中既無此說故知發言遣他施等由此發得身無表者必亦能動身手等故由此成就善身表業是故二處皆無此說若成就有覆無記身表彼成就此無表耶答無成就有覆無記身無表有成就此表謂生色界現有有覆無記身表問何故欲界無有覆無記身表耶答欲界煩惱能爲等起發身語者皆是不善惟薩迦耶見及邊執見彼相應無明雖是有覆無記而皆是見所斷非見所斷必能發身語業以內門

起極微細故問若生欲界已離欲界染起初靜慮煩惱現前何故不發有覆無記身語表業答生欲界中惟能起彼等至煩惱非生煩惱諸煩惱中發身語業惟生煩惱有餘師說法性應爾若起此地煩惱現前還能轉動此地異熟相續發起此地表業諸染汙業必以自地異熟相續爲所依止非生欲界容有色界異熟相續是故惟生色界初靜慮中得起此有覆無記身語表業若成就無覆無記身表彼成就此無表耶答無成就無覆無記身無表有成就此表謂生欲色界現有無覆無記身表於中差別如理應知若成就過去身表彼成就此無表耶答應作四句有成就過去身表非此無表謂生欲界住非律儀非不律儀先有身表不失不得此無表先有身表

不失者謂三緣故如前所說不得此無表者謂非殷重信及猛利纏所等起故有成就過去身無表非此表謂諸聖者住胎藏中若生欲界住律儀不得別解脫律儀先無身表設有而失若生色界先無身表設有而失若諸學者生無色界無身表等准前應知問若諸學者以世俗道得不還果曾不現起無漏律儀便生無色彼云何成就過去身無表業若不成就何故此文作如是說若諸學者生無色界耶有作是說亦有學者生無色界不成就過去身無表業然此文中但依成就者說是以無過有餘師說得聖果已必起勝果聖道現前故諸學者生無色界必定成就過去身無表業有成就過去身表亦此無表謂生欲界住律儀不得別解脫律儀先有身表不

失亦得此無表若住別解脫律儀若住不律儀若住非律儀非不律儀先有身表不失亦得此無表若生色界先有身表不失此中若住別解脫律儀若住不律儀者有說此文惟說第二刹那以後初刹那頃未有過去表無表故有作是說即初刹那亦成就過去表無表業前加行業彼成就故有非成就過去身表亦非此無表謂處卵㲉若諸異生住胎藏中若生欲界住非律儀非不律儀先無身表設有而失若阿羅漢及諸異生生無色界若成就過去善身表彼成就此無表耶答應作四句有成就過去善身表非此無表謂生欲界住不律儀及住非律儀非不律儀先有善身表不失不得此無表有成就過去善身無表非此表謂諸聖者住胎藏中若生欲界住律儀不得別解脫律儀先無善身表設有而失若生色界先無善身表設有而失若諸學者生無色界有成就過去善身表亦此無表謂生欲界住律儀不得別解脫律儀先有善身表不失亦得此無表若住別解脫律儀若住不律儀及住非律儀非不律儀先有善身表不失亦得此無表若生色界先有善身表不失若住別解脫律儀者此中二說如前應知問生色界者云何成就過去善身表答如佛一時往至梵世梵衆諸天禮拜旋繞乃至彼加行未捨以來成就過去善身表業有非成就過去善身表亦非此無表謂處卵㲉若諸異生住胎藏中若生欲界住不律儀及住非律儀非不律儀先無善身表設有而失若阿羅漢及諸異生生無色界若成就過去不

善身表彼成就此無表耶答諸成就過去不善身無表彼成就此表有成就過去不善身表非此無表謂生欲界住律儀及住非律儀非不律儀先有不善身表不失不得此無表此中二說如前應知若成就過去有覆無記身表彼成就此無表耶答無成就過去有覆無記身表及此無表若成就過去無覆無記身表彼成就此無表耶答無成就過去無覆無記身表及此無表若成就未來身表彼成就此無表耶答無成就未來身表有成就此無表謂諸聖者住胎藏中若生欲界已得色界善心若生色界若諸聖者生無色界問何故無有成就未來身諸表業答無有預造未來表業非已生故若成未來身語表業應未造業而有受用何故成就未來無表彼與心俱隨心修故若成就未來善身表彼成就此無表耶答無成就未來善身表有成就此無表謂諸聖者住胎藏中若生欲界已得色界善心若生色界若諸聖者生無色界若成就未來不善身表彼成就此無表耶答無成就未來不善身表及此無表若成就未來有覆無記身表彼成就此無表耶答無成就未來有覆無記身表及此無表若成就未來無覆無記身表彼成就此無表耶答無成就未來無覆無記身表及此無表問何故無有成就去來有覆無覆無記表業答彼成就得勢力惟爾但能成就同剎那業無力能成已滅未至彼業過去得亦過去彼業未來得亦未來彼業現在得亦現在有說彼業習氣不堅牢故無成就去來世者如善惡業習氣堅牢則

能成就去來二世無記不爾若成就現在身表彼成就此無表耶答應作四句有成就現在身表非此無表謂生欲界住律儀不得別解脫律儀現有身表不得此無表設先有身表不失而不得此無表若住非律儀非不律儀現有身表不得此無表設先有身表不失而不得此無表若生色界現有身表此中生欲界住律儀者謂住靜慮無漏律儀現有身表者即顯爾時心不在定及不眠等不得此無表者顯過現表非殷重信非猛利纏所等起故不發無表故現在無有成就現在身無表非此表謂生欲界住律儀不得別解脫律儀正在定設不在定現無身表先有身表不失得此無表若住別解脫律儀及住不律儀現無身表若住非律儀非不律儀現無身表先有身表不失得此無表若生色界正在定此中正在定者顯有無表亦遮有表得此無表者顯有過去身表所發身無表業現在隨轉若住別解脫律儀及住不律儀現無身表者有作是說此說第二剎那以後彼初剎那必有表故有作是說彼初剎那亦是所說有現無身表受不律儀故及在定中得具戒故有成就現在身表亦此無表謂生欲界住律儀不得別解脫律儀現有身表亦得此無表或先有身表不失得此無表若住別解脫律儀及住不律儀現有身表若住非律儀非不律儀現有身表亦得此無表或先有身表不失得此無表此中若住別解脫律儀及住不律儀現有身表者有作是說惟取初剎那以後諸剎那無身表故有說亦取諸餘剎那後

位身表亦容起故有非成就現在身表亦非此無表謂處卵𣫌及住胎藏中若生欲界住律儀不得別解脫律儀不在定現無身表設先有身表不失而不得此無表若住非律儀非不律儀現無身表設先有身表不失而不得此無表若生色界不在定現無身表若生無色界此中不在定者顯不成就現在無表餘如前說若成就現在善身表彼成就此無表耶答應作四句有成就現在善身表非此無表謂生欲界住律儀不得別解脫律儀現有善身表不得此無表設先有善身表不失而不得此無表若住不律儀及住非律儀非不律儀現有善身表不得此無表設先有善身表不失而不得此無表若生色界現有善身表此中若生色界現有善身表者必不成

就現在無表以必不在定故餘如前說有成就現在善身無表非此表謂生欲界住律儀不得別解脫律儀正在定設不在定現無善身表先有善身表不失而得此無表若住別解脫律儀現無善身表若住不律儀及住非律儀非不律儀現無善身表先有善身表不失而得此無表若生色界正在定若住別解脫律儀現無善身表者有作是說此說第二剎那以後有作是說通初剎那如前說故有成就現在善身表亦此無表謂生欲界住律儀不得別解脫律儀現有善身表亦得此無表先有善身表不失得此無表若住別解脫律儀現有善身表若住不律儀及住非律儀非不律儀現有善身表亦得此無表先有善身表不失得此無表有非成就現在善身表

亦非此無表謂處卵㲉及住胎藏中若生欲界住律儀不得別解脫律儀不在定現無善身表設先有善身表不失而不得此無表若住不律儀及住非律儀非不律儀現無善身表設先有善身表不失而不得此無表若生色界不在定現無善身表若生無色界若成就現在不善身表彼成就此無表耶答應作四句有成就現在不善身表非此無表謂生欲界住律儀及住非律儀非不律儀現有不善身表不得此無表設先有不善身表不失而不得此無表住律儀者謂住三種律儀不得此無表者非猛利纏所等起故餘皆如前說有成就現在不善身無表非此表謂生欲界住不律儀現無不善身表若住律儀及住非律儀非不律儀現無不善身表先有不善身表不失得此無表住不律儀現無不善身表者有作是說除初刹那有說通初有但由語發身不律儀故有成就現在不善身表亦此無表謂生欲界住律儀及住非律儀非不律儀現有不善身表亦得此無表先有不善身表不失得此無表若住不律儀現有不善身表皆如前說有非成就現在不善身表亦非此無表謂處卵㲉若住胎藏中若生欲界住律儀及住非律儀非不律儀現無不善身表設先有不善身表不失而不得此無表若生色無色界皆如前說若成就現在有覆無記身表彼成就此無表耶答無成就現在有覆無記身無表有成就此表謂生色界現有有覆無記身表若成就現在無覆無記身表彼成就此無表耶答無成就現在無覆無記

身無表有成就此表謂生欲色界現有無覆無記身表如廣說身表無表如是語表無表廣說亦爾但說語聲與前有異此中所說決定義者欲界必無隨心轉無表色界必無依表發無表問何故爾耶答法應爾故復有說者欲界中有依表發無表是故必無隨心轉無表色界中有隨心轉無表是故必無依表發無表復有說者欲界表業能發無表是故必無隨心轉無表色界表業不發無表是故得有隨心無表復有說者欲界生得能發業心殷重猛利故所發表能發無表色界生得能發業心非殷重猛利故所發表不能發無表復有說者若生欲界無定心故不定心勝故所發表能發無表若生色界有定心故不定心劣故所發表不能發無表以如是等諸因緣故色界必無依表無表欲界定無隨心無表問隨語響聲是語業不答彼非語業但名語聲由語起故問簫笛等聲是語業不答彼非語業但名語聲由風氣等所起故問諸禽獸聲是語業不有作是說彼非語業但名語聲聞彼不能解了義故有餘師說彼是語業人雖不了彼所說義而彼同類互相領解又如解禽獸語者聞彼音聲知所說故問諸化語是語業不有作是說彼是語業由心發故有餘師說彼非語業但名語聲以所化身無執受故若業欲界繫彼業果欲界繫耶乃至廣說應知此中依四果作論除增上果以增上果不決定故極寬漫故謂生一一界各有三界果及四界業一一各以四界諸法爲增上果若業欲界繫彼業果欲界繫耶答諸

業欲界繫彼業果亦爾謂三果或二果有業果欲界繫非彼業謂由色界道作欲界化發欲界語此化及語是色界道士用果若業色界繫彼業果色界繫耶答諸業果色界繫彼業亦爾謂三果或二果有業色界繫非彼業果謂由色界道作欲界化發欲界語此化及語是色界道士用果及由色界道證諸結斷即諸靜慮近分世俗道彼諸斷是此道離繫果士用果約地分別准前應知若業色界繫彼業果無色界繫耶答諸業果無色界繫彼業亦爾謂三果或二果有業無色界繫非彼業果謂由無色界道證諸結斷即諸無色近分道彼諸斷是此道離繫果士用果約地分別准前應知若業不繫彼業果不繫耶答諸業不繫彼業果亦爾謂三果或二果有業果不繫非彼業謂由色無色界道證諸結斷即諸近分世俗道彼諸斷是此道離繫果士用果約地分別准前應知若業非欲界繫彼業果非欲界繫耶答諸業果非欲界繫彼業亦爾有業非欲界繫非彼業果謂由色界道作欲界化發欲界語此化及語是色界道士用果若業非色界繫彼業果非色界繫耶答諸業非色界繫彼業果亦爾有業果非色界繫非彼業謂由色界道作欲界化發欲界語此化及語是色界道士用果及由色界道證諸結斷彼諸斷是此道離繫果士用果約地分別准前應知若業非無色界繫彼業果非無色界繫耶答諸業非無色界繫彼業果亦爾有業果非無色界繫非彼業謂由無色界道證諸結斷彼諸斷是此道離繫士用果約地

分別准前應知若業非不繫彼業果非不繫耶答諸業果非不繫彼業亦爾有業非不繫非彼業果謂由色無色界道證諸結斷彼諸斷是此道離繫士用果約地分別准前應知問諸所化事由誰化作爲由道耶爲由化心耶若由道者何故化心說名能化若由化心者此中所說當云何通如說由色界道作欲界化發欲界語有作是說諸所化事由道化作問若爾何故化心說名能化答應名所化心不應名能化然由道力作化事已化心與所化俱時起故名能化心實非能化有餘師說諸所化事由化心作問若爾此說當云何通如說由色界道作欲界化發欲界語答依展轉因故作是說如子孫法謂神境通道無間而滅化心與所化俱時而起化心即是此道近士用果所化事復是化心近士用果所化事謂四處或二處如是說者諸所化事由道化作亦由化心謂神境通道無間而滅化心與所化俱時而起雖俱時起而能化心唯是道果諸所化事是前道果及化心果問離所化身發化語不有說不發問若爾此說當云何通如說由色界道作欲界化發欲界語答所化身有二種一者有語二者無語由色界道作欲界化者顯無語化身發欲界語者顯有語化身有說離化身亦發化語如在空界不見化身但聞化語而此中所說由色界道作欲界化者總顯有語無語化身發欲界語者總顯依身離身化語如是說者離所化身不發化語語者必由麤四大種相繫起故

阿毗達磨大毗婆沙論卷第一百二十二

說一切有部發智

音釋

吠題呬 梵語也亦云韋提希此云思惟呬虛器切

窣堵波 梵語也此云方墳又云圓塚窣蘇沒切

捃多 捃居運切拾也

摶 度官切揑聚也

㩶 正作磔陟革切張申曰磔

罟 公户切網也

卵彀 卵魯管切凡物無乳者曰卵生彀克角切鳥卵也

捶打 捶主蘂切打音頂捶打以杖擊也

阿毗達磨大毗婆沙論卷第一百二十三

五百大阿羅漢等造

唐三藏法師玄奘奉　詔譯

業蘊第四中表無表納息第四之二

頗有業有漏有漏果耶乃至廣說應知此中依三果作論除士用果及增上果以士用果多雜亂故多法爲因得一法故以增上果不決定故極寬漫故如前已說迦濕彌羅國諸論師言此中依一因多果作論若依此說頗有業有漏有漏果耶答有謂等流異熟果頗有業有漏無漏果耶答有謂離繫果頗有業有漏有漏無漏果耶答有謂等流異熟離繫果頗有業無漏無漏果耶答有謂等流離繫果頗有業無漏有漏果耶答無頗有業無漏有漏無漏果耶答無頗有業有漏無漏有漏無漏果耶答無所以者何此中依一因多果而作論故無如是因體是有漏亦是無漏如無此因亦無此果故答言無頗有業有漏無漏有漏果耶答無頗有業有漏無漏無漏果耶答無西方諸師作如是說此中依多因一果而作論若依此說頗有業有漏有漏果耶答有謂等流異熟果頗有業有漏無漏果耶答有謂離繫果頗有業有漏有漏無漏果耶答無所以者何此中依多因一果而作論故無如是果體是有漏亦是無漏如無此果亦無此因故答言無頗有業無漏無漏果耶答有謂等流離繫果頗有業無漏有漏果耶答無頗有業無漏有漏無漏果耶答無頗有業有漏無漏有漏無漏果耶答無頗有業有漏無漏有漏果耶答無頗有業有漏無漏無漏

果耶答有謂離繫果評曰應知此中前說爲善以本論文多同前故依一體業爲問答故無一業體通染淨故頗有業學學果耶答有謂等流果頗有業學無學果耶答有謂等流果頗有業學非學非無學果耶答有謂離繫果頗有業無學無學果耶答有謂等流果頗有業無學學果耶答無頗有業無學非學非無學果耶答無問時解脫阿羅漢練根作不動第九無間道頓證三界見修所斷一切結斷彼諸結斷是此道果應答言有何故言無答雖是此道士用果而非離繫果前巳說此中除士用增上果故答言無頗有業非學非無學非學非無學果耶答有謂等流異熟離繫果頗有業非學非無學學果耶答無問世第一法無間引生苦法智忍此忍應是世第一法所引生果應答言有何故言無答彼雖是士用果而非三果所攝前巳說此中依三果作論故答言無頗有業非學非無學無學果耶答無如世尊說不修身不修戒不修心不修慧乃至廣說修有四種謂得修習修對治修除遣修如智蘊等廣說此中依二修作論謂對治修除遣修若於身戒心慧對治道未生名不修身乃至不修慧此依對治修說又緣身戒心慧所有煩惱未斷未徧知名不修身乃至不修慧此依除遣修說若於身戒心慧對治道巳生名爲修身乃至修慧此依對治修說又緣身戒心慧所有煩惱巳斷巳徧知名爲修身乃至修慧此依除遣修說是謂此處略毗婆沙云何不修身答若於身未離貪欲潤喜渴又無間道能盡色貪彼於此

道未修未安若於身未離貪者謂未離愛未離欲者謂於愛欲未斷未徧知未離潤者謂於愛潤未斷未徧知未離喜者謂於愛喜未斷未徧知未離渴者謂於愛渴未斷未徧知又無間道能盡色貪者謂無間道能盡色界愛彼於此道未修未安者謂未修習及未安息修謂習修安謂得修又起名修滅名安又已生名修已滅名安應知此中若於身未離貪欲潤喜渴名不修身者依除遣修說又無間道能盡色貪彼於此道未修未安名不修身者依對治修說有餘師說若於身未離貪欲潤喜渴名不修身者謂於緣身愛未斷未徧知又無間道能盡色貪彼於此道未修未安名不修身者謂於緣身諸餘煩惱未斷未徧知有作是說若於身未離貪等者顯未斷

繫得又無間道能盡色貪等者顯未證離繫得如未斷繫得未證離繫得如是未損減過失未修習功德未棄下劣未證勝妙未捨無義未得有義未除有愛熱惱未受無愛快樂應知亦爾或有說者若於身未離貪等者顯無間道未起作用又無間道能盡色貪等者顯解脫道未起作用復有說者若於身未離貪等者顯未離欲界乃至第三靜慮染又無間道能盡色貪等者顯未離第四靜慮染此等差別如理應知云何不修戒答若於戒未離貪廣說如身云何不修心答若於心未離貪欲潤喜渴又無間道能盡無色貪彼於此道未修未安若於心未離貪等如前說又無間道能盡無色貪者謂無間道能盡無色界愛未修未安如前說應知此中若於心未離

貪欲潤喜渴名不修心者依除遣修說又無間道能盡無色貪彼於此道未修未安名不修心者依對治修說有餘師說若於心未離貪等者謂於緣心愛未斷未徧知又無間道能盡無色貪等者謂於緣心諸餘煩惱未斷未徧知餘廣說如前復有說者若於心未離貪等者顯未離欲界乃至無所有處染又無間道能盡無色貪等者顯未離非想非非想處染此等差別如理應知云何不修慧答若於慧未離貪廣說如心已說不修身等自性雜無雜相今當說若不修身彼不修戒耶答如是設不修戒彼不修身耶答如是以身與戒俱於離第四靜慮染時方斷盡故若不修身彼不修心耶答諸不修身彼不修心有不修心非不修身謂已離色染未離無色染若不修身彼不修慧耶答諸不修身彼不修慧有不修慧非不修身如前說若不修戒彼不修心耶答諸不修戒彼不修心有不修心非不修戒如前說若不修戒彼不修慧耶答諸不修戒彼不修慧有不修慧非不修戒如前說此中諸如前說者俱謂已離色染未離無色染以對治處同故若不修心彼不修慧耶答如是設不修慧彼不修心耶答如是以心與慧俱於離非想非非想處染時方斷盡故如世尊說修身修戒修心修慧云何修身答若於身已離貪欲潤喜渴又無間道能盡色貪彼於此道已修已安云何修戒答若於戒已離貪廣說如身云何修心答若於心已離貪欲潤喜渴又無間道能盡無色貪彼於此道已修已安云何修慧答若於慧已離貪廣

說如心略毗婆沙及釋諸句翻前黑品如理廣思已分別修身等自性雜無雜相今當說若修身彼修戒耶答如是設修戒彼修身耶答如是以身與戒俱於離第四靜慮染時方斷盡故若修身彼修心耶答諸修心彼修身有修身非修心謂已離色染未離無色染若修身彼修慧耶答諸修慧彼修身有修身非修慧如前說若修戒彼修心耶答諸修心彼修戒有修戒非修心如前說若修戒彼修慧耶答諸修慧彼修戒有修戒非修慧如前說此中諸句如前說者俱謂已離色染未離無色染以對治處同故若修心彼修慧耶答如是設修慧彼修心耶答如是以心與慧俱於離非想非非想處染時方斷盡故已隨本論文句差別釋不修身戒心慧等當復隨義釋此差別有作是說不修身者謂於不淨淨想顛倒未斷未徧知不修戒者謂於苦樂想顛倒未斷未徧知不修心者謂於無常常想顛倒未斷未徧知不修慧者謂於無我我想顛倒未斷未徧知有餘師說不修身者謂於段食未斷未徧知不修戒者謂於觸食未斷未徧知不修心者謂於識食未斷未徧知不修慧者謂於意思食未斷未徧知或有說者不修身者謂於色蘊未斷未徧知不修戒者謂於受蘊未斷未徧知不修心者謂於識蘊未斷未徧知不修慧者謂於想蘊行蘊未斷未徧知復有說者不修身者謂於色隨識住未斷未徧知不修戒者謂於受隨識住未斷未徧知不修心者謂於能住識未斷未徧知不修慧者謂於想隨識住行隨識住未斷未徧

知有作是言不修身者謂未修身念住不修戒者謂未修受念住不修心者謂未修心念住不修慧者謂未修法念住有餘師言不修身者謂未修身修不修戒者謂未修戒修不修心者謂未修心修不修慧者謂未修慧修有餘復說不修身者謂身於覺支未能隨順不修戒者謂戒於覺支未能隨順不修心者謂心於覺支未能隨順不修慧者謂慧於覺支未能隨順或復有說不修身者謂身未能為戒所依不修戒者謂戒未能為奢摩他所依不修心者謂奢摩他未能為毗鉢舍那所依不修慧者謂毗鉢舍那未能害諸煩惱如不修身等如是諸說差別如是修身等翻此應知若成就過去戒彼成就未來現在此類戒耶乃至廣說類有四種一修類二律儀類三界類四相似類修類者如前智蘊說謂未曾得道現在前時能修未來自類諸道此中有說諸有漏道有漏為類諸無漏道無漏為類復有說者諸有漏道通以有漏無漏為類諸無漏道通以無漏有漏為類若有漏道現在前時通修有漏及無漏道此由有漏道力修故俱名彼類若無漏道現在前時通修無漏及有漏道此由無漏道力修故俱名彼類律儀類者如此業蘊說謂有成就過去戒非未來現在此類戒等此中律儀律儀為類謂別解脫律儀別解脫律儀為類靜慮律儀靜慮律儀為類無漏律儀無漏律儀為類律儀加行律儀加行為類律儀根本律儀根本為類律儀後起律儀後起為類表戒表戒為類無表戒無表戒為類界類者如後根蘊說謂

有成就此類眼根非此類身根等此中若法於此界有即説此爲彼類謂欲界法欲界爲類色界法色界爲類無色界法無色界爲類相似類者如毗奈耶説謂物攢子左手放光右手分僧卧具與同類者諸持經者持經者共諸持律者持律者共諸説法者説法者共諸閑居者閑居者共分配同類非異類者欲令展轉相隨順故善法增進惡法損減如説有情諸界各别有同類者更相隨順惡勝解者惡勝解俱善勝解者善勝解俱更相隨順作所應作今於此四類中依律儀類而作論若成就過去戒彼成就未來現在此類戒耶答有成就過去戒非未來現在此類戒謂表戒已滅不失此類戒不現前有及未來非現在謂靜慮無漏戒已滅不失此類戒不現前

有及現在非未來謂表戒已滅不失此類戒現前有及未來現在謂靜慮無漏戒已滅不失此類戒現前成就過去戒非未來現在此類戒謂表戒已滅不失此類戒不現前者此説表戒表戒爲類如先已受近事戒勤策表戒不現前或先已受勤策戒苾芻表戒不現前近事女等説亦爾若説無表戒即以無表戒爲類諸有欲令若犯戒時現在戒斷過去不失者彼説此中更應作是説及無表戒已滅不失此類戒不現前如已受近事戒而毁犯或已受勤策戒苾芻戒而毁犯近事女等説亦爾諸有欲令若犯戒時現在戒不斷過去亦不失者彼説此中更無餘説無有惟成過去無表戒而非現在此類無表故及未來非現在謂靜慮無漏戒已滅不失此類戒不

現前者此說靜慮無漏律儀已起已滅雖成就而不現前及現在非未來謂表戒已滅不失此類戒現前者此說表戒表戒爲類如先已受近事戒勤策表戒現在前或已先受勤策戒苾芻表戒現在前此中復應如是說及無表戒已滅不失此說無表戒無表戒爲類諸說犯戒時現在戒斷過去不捨者彼說受近事等戒已乃至第二剎那無犯彼成就現在無表亦成就過去諸說犯戒時現在戒不斷過去亦不捨者彼說近事等受戒已至第二剎那即犯者亦成就現在何況無犯近事女等說亦爾及未來現在謂靜慮無漏戒已滅不失此類戒現前者此說靜慮無漏律儀已起已滅亦成就亦現前若成就未來戒彼成就過去現在此類戒耶答有成就未來戒非過去現在此類戒謂阿羅漢生無色界有及過去非現在謂靜慮無漏戒已滅不失此類戒不現前有及現在非過去謂無漏戒初現前有及過去現在謂靜慮無漏戒已滅不失此類戒現前有成就未來戒非過去現在此類戒謂阿羅漢生無色界及過去非現在謂靜慮無漏戒已滅不失此類戒不現前者此說靜慮無漏律儀已起已滅雖成就不現前及現在非過去謂無漏戒初現前者此說若法智忍及得果轉根初剎那現前位及過去現在謂靜慮無漏戒已滅不失此類戒現前者如前說若成就現在戒彼成就過去未來此類戒耶答有成就現在戒非過去未來此類戒謂表戒初現前有及過去非未來謂表戒已滅不失此類戒現前有及未來非過

去謂無漏戒初現前有及過去未來謂靜慮無漏戒已滅不失此類戒現前成就現在戒非過去未來此類戒謂表戒初現前者此說別解脱律儀初受得位問此位亦成就過去加行戒云何說非過去耶答此中依根本律儀類而作論彼但是律儀加行而非根本律儀是故不說及過去非未來者謂表戒已滅不失此類戒現前者此說表戒表戒爲類如先已受近事戒勤策表戒現在前或先已受勤策戒苾芻表戒現在前近事女等說亦爾若說無表戒無表戒爲類二說差別如前應知及未來非過去謂無漏戒初現前者此說苦法智忍及得果轉根初剎那現前位及過去未來者謂靜慮無漏戒已滅不失此類戒現前者此說靜慮無漏律儀已起已滅亦成就亦現前此中三種律儀謂別解脱律儀靜慮律儀無漏律儀惟依別解脱律儀安立七衆差別不依餘二七衆者一苾芻二苾芻尼三式叉摩那四室羅摩拏洛迦五室羅摩拏理迦六鄔波索迦七鄔波斯迦問何故惟依別解脱律儀安立七衆差別不依餘耶答以別解脱律儀漸次而得漸次安立故謂若能離四性罪一遮罪名鄔波索迦若復能離四性罪多遮罪名室羅摩拏洛迦若有能離一切性罪一切遮罪名苾芻苾芻尼等准此應知靜慮無漏七支律儀頓得頓起頓安立若依靜慮無漏律儀安立七衆是則七衆安立差別應頓非漸有作是說別解脱律儀從初表業發得已後於一切時現在成就若眠若醉若狂若悶若思不思若染汙心若無記心

若無心等一切位中現在相續隨轉不斷故可依之立七衆別靜慮無漏律儀若正在定現在成就現在隨轉出則不然故不依之立七衆別若依靜慮無漏律儀立七衆別者則七衆安立應不決定入出定時無期限故有餘師說別解脫律儀七衆差別俱惟欲界可得安立靜慮無漏律儀通上界得若當依此立七衆者則七衆安立應通上界有餘復說別解脫律儀七衆差別俱惟人趣可得安立靜慮無漏律儀亦通天趣若當依此立七衆者則七衆安立應通天趣復有說者別解脫律儀七衆差別俱由有佛出世可得安立靜慮無漏律儀若佛出世若不出世俱可安立若當依此立七衆者是則七衆安立差別亦應通在無佛出世有餘師說何故不依靜慮律儀以立七衆惟依別解脫者以別解脫律儀七衆差別俱內道有外道則無靜慮律儀通內外道有若當依此立七衆者則七衆安立應通外道復何故不依無漏律儀以立七衆但依別解脫者以別解脫律儀七衆差別俱通凡聖無漏律儀惟聖非凡若當依此立七衆者則七衆安立應惟在聖由此所說諸因緣故惟依別解脫律儀安立七衆不依餘二如世尊說鄔波索迦有五學處謂離殺生離不與取離欲邪行離虛誑語離飲諸酒問何故名鄔波索迦答親近修事諸善法故謂彼身心狎習善法故名鄔波索迦問若爾者諸不斷善皆名鄔波索迦耶以彼身心亦修善故答不爾此依律儀所攝妙行善法以立名故問若爾者諸住律儀皆名鄔波索迦耶

以彼皆修律儀善故答此以在初故得名餘律儀更以餘緣建立復次此是律儀初入加行爲能近事餘律儀與此相違故彼非難有餘師說親近承事諸善士故謂彼恒時親承善士故名鄔波索迦有作是說親近修事精進行故謂彼恒時愛樂修習速捨生死速證涅槃精進之行故名鄔波索迦復有說者親近承事諸佛法故謂彼至誠受持守護諸佛法律不惜身命故名鄔波索迦問何故此五名爲學處答是近事者所應學故有說此應名爲學迹若有遊此便升無上智慧殿故如尊者阿奴律陀告諸苾芻我依戒住戒戒爲梯隥已能升陟無上慧殿汝等應學勿生放逸有說此應名爲學害由學此五害惡戒故有說此應名爲學路此爲徑路一切律儀妙行善法皆得轉故有說此應名爲學禁如諸外道所受禁法種種差別以爲標幟如是聖衆以此五種所學禁法爲初標幟有說此應名爲學本諸所應學此爲本故有說此五應名學基於涅槃城爲基址故問何故於非梵行中惟依離犯他妻建立學處而不依離犯自妻耶答舊對法諸師及迦濕彌羅國諸論師說離欲邪行是近事者所受律儀家族本地離非梵行則不如是故此惟立離犯他妻脇尊者曰法王法主知此律儀有法能爲障礙遮止有法不爲障礙遮止謂欲邪行於此律儀最極能爲障礙遮止如守門者禁門不開餘非梵行則不如是故此惟立離犯他妻有作是說犯欲邪行性罪所攝世所譏嫌餘非梵行雖性罪攝非世譏嫌故此不制有作

是說於他妻等遠離則易非於自妻謂處居家妻子圍繞晝夜習近恩愛纏心不能受持遠離習近內眞不淨外假莊嚴如畫糞車自妻骸骨離欲邪行易防護者謂求他妻難遂心故有餘師說若犯他妻即是根本惡業道攝非於自妻是故不說有餘師言於自妻室生喜足者亦得名爲純一圓滿清白梵行故此不立有說此是諸佛方便令他入法謂佛先觀若作如是立近事戒者彼於惡行能離幾許即如實知彼所離者如四海水餘未離者如草端露彼既能見犯他是罪能遠離之不久亦見犯自有罪亦當遠離故此惟立離犯他妻復有說者此是諸佛善權方便若佛爲其制自妻者則諸國王宰官長者不能棄捨自妻室故便白佛言我不能受如來禁戒復求請除離自妻室我等由斯得有繼嗣故佛惟立離犯他妻有餘師言若諸聖者經生不犯立近事戒於自妻不爾所以者何犯自妻有三謂從貪瞋癡生經生聖者雖不犯從癡所生癡見品攝故聖者已斷而犯貪瞋所生是故不立問鄔波索迦若更受持遠離非梵行等五種學處彼爲別得異先所受諸律儀不答更不別得然名最勝鄔波索迦以別受持遠離禁故如苾芻等若更受持十三杜多功德更不別得異先所受苾芻等戒然名最勝大苾芻等以別受持遠離行故彼亦如是問何故語四善業道中離虛誑語獨立學處而非餘耶答舊對法諸師及迦濕彌羅國諸論師說離虛誑語是近事者所受律儀家族本地離離間等則不如是故此惟立離虛

誑語脇尊者曰法王法主知此律儀有法能爲障礙遮止有法不爲障礙遮止謂虛誑語於此律儀最極能爲障礙遮止如守門者禁門不開離間語等則不如是有作是說以虛誑語性罪所攝譏嫌最重離間語等雖性罪攝譏嫌少輕故不立爲近事學處有作是說離虛誑語易可防護非離餘三謂處居家御童僕等難可遠離離間等三及身業中捶撻等事復有說者作虛誑語業道最重餘三少輕故不立爲近事學處有餘師說惟虛誑語能破壞僧故立學處餘三不爾有餘復說若諸聖者經生不犯立近事戒聖者經生必定遠離虛誑語業非餘語業所以者何餘語有三謂從貪瞋癡生經生聖者雖不犯從癡所生癡見品攝故聖者已斷而犯貪瞋所生是故不立問世尊何故於遮罪中惟離飲酒立爲學處答舊對法諸師及迦濕彌羅國諸論師說惟離飲酒是近事者所受律儀家族本地離餘遮罪則不如是故此惟立離飲諸酒脇尊者曰法王法主知此律儀有法能爲障礙遮止有法不爲障礙遮止謂飲諸酒於此律儀最極能爲障礙遮止如守門者禁門不開離餘遮罪則不如是故此惟立離飲諸酒有作是說離飲諸酒易可防護非餘遮罪謂酪清漿沙糖水等足能止渴何用酒爲有餘師言離飲酒戒能總防護諸餘律儀如塹垣城能總防護復有說者若不防護離飲酒戒則總毀犯諸餘律儀餘則不爾曾聞有一鄔波索迦禀性仁賢受持五戒專精不犯後於一時家屬大小當爲賓客彼獨不往留食供

之時至取食鹹味多故須臾增渴見一器中有酒如水爲渴所逼遂取飲之爾時便犯離飲酒戒時有鄰雞來入其舍盜心捕殺烹煑而噉於此復犯離殺盜戒鄰女尋雞來入其室復以威力强逼交通緣此更犯離邪行戒鄰家憤怒將至官司時斷事者訊問所以彼皆拒諱因斯又犯離虛誑語如是五戒皆因酒犯故遮罪中獨制飲酒餘師說酒令失念增無慚愧其過深重故徧制立如律中說制地國中有一毒龍性極暴惡爲稼穡害其所居池水陸空飛無敢近者時有尊者名曰善來以巧方便令其調伏因此名稱流布八方於是信心競興供養漸次遊化至室羅筏值彼城中請僧設會有近事女家不豐饒獨請善來奉上飲食食多鹽味須臾增渴爲渴所逼現相求飲時近事女作是思惟尊者所食極爲肥膩告飲冷水或當致疾遂設方便授以清酒彼不審察便取飲之讚慰收衣趣勝林寺將至醉悶酾眩便倒衣鉢錫杖狼藉在地露體而卧無所覺知佛將阿難經行遇見知而故問此卧者誰何爲此間醉酒而卧阿難白佛此是善來佛告阿難可集僧衆僧衆集已佛在衆中敷如常座結加趺坐爾時世尊告苾芻衆汝等聞見苾芻善來曾以巧便伏毒龍不諸苾芻衆隨已見聞各白佛言我曾聞見佛言汝等於意云何善來今能伏蝦蟇不苾芻皆曰不也世尊爾時如來種種方便訶毁酒過告諸苾芻汝等若稱佛爲師者自今已往下至茅端所沾酒滴亦不得飲故遮罪中獨制飲酒有作是說飲酒能令智慧

衰退如說長者智慧衰退是第六失故遮罪中獨制飲酒有餘師說聖者經生必不飲酒雖嬰孩位養毋以指強滯口中不自在故而無有失纔有識別設遇強緣爲護身命亦終不飲故遮罪中獨立酒戒

阿毗達磨大毗婆沙論卷第一百二十三 說一切有部發智

音釋

毗柰耶 梵語也亦云毗尼此云善治謂能治婬怒癡也 ⿰扌費 芳未切 梯 天黎切木階也 隥 都鄧切登陟之道也 幖幟 幖卑遥切表也幟昌志切旗也 捶撻 捶之累切撻他達切捶撻打擊也 壍垣 壍七艷切坑也垣于元切墻也 ⿰酉面眩 ⿰酉面莫甸切正作瞑眩熒絹切⿰酉面眩憒亂也

阿毗達磨大毗婆沙論卷第一百二十四

五百大阿羅漢等造

唐三藏法師玄奘奉詔譯

業蘊第四中表無表納息第四之三

問頗有惟受三歸成近事不爲有律儀缺減成近事不若言有者契經所說文句差別豈非無義如說我某甲歸佛法僧願尊憶持我是近事我從今日乃至命終護生歸淨亦應說有律儀缺減勤策苾芻等若無者即前契經文句差別寧非無義何故安立一分少分多分滿分近事耶健馱羅國諸論師言惟受三歸及律儀缺減悉成近事問若惟受三歸成近事者契經文句寧非無義經說近事受律儀時於戒師前作如是說我某甲歸佛法僧願尊憶持我是近事我從今者乃至命終於其中間護生歸淨答彼由此表但得三歸名爲近事而未得律儀後說學處方得律儀然彼文句非爲無義由後自誓令前三歸得堅牢故若不護生歸非淨故問若缺減律儀成近事者便爲善順一分等言所以者何若受一名一分受二名少分受三受四名多分具受五名滿分故云何不有律儀缺減勤策苾芻等耶答佛觀所化機宜不同授與律儀亦不一種如諸近事不樂捨家爲攝引故佛隨其意於五學處多少受得故彼律儀有缺減受苾芻勤策意樂捨家爲安立故制具律儀具受乃得故彼律儀無缺減受以是世尊內眷屬故迦濕彌羅國諸論師言無有惟受三歸及缺減律儀名爲近事問若爾契經寧非無義如說我某甲歸佛法僧乃至廣說答

彼由此表既得三歸亦得律儀故成近事問此惟自誓離於殺生云何由此具得五種答由此自誓離殺爲依五種律儀亦俱時得五學處中彼爲勝故以受戒者爲不損生於損生中殺爲上首故以離殺爲五所依又護生言非惟離殺謂不損惱一切有情彼自誓言我從今者乃至命盡於諸有情不害其命不盜其物不侵其妻不行虛誑爲護前四亦不飲酒故護生言非惟離殺然有別誦言捨生者此言意說捨殺生等略去殺等但說捨生又捨生言顯於生類捨損惱事即五律儀皆爲遮防損生事故由此自誓方得律儀故彼契經非爲無義問若惟自誓便得律儀何故復說五種學處答雖由自誓已得律儀而未了知彼差別相欲令知故說五學處故彼所

說皆非無義問若爾何故說有一分等鄔波索迦耶答此說持位非說受位謂於五中持一不持四名一分持二不持三名少分持三持四名多分具持五名滿分尊者僧伽筏蘇分同前二師說彼說無有惟受三歸更成近事然有缺減五種律儀亦成近事謂彼將受近事戒時先與戒師共詳審議如是學處我能受持如是學處我不能受既詳議已歸佛法僧自誓要期得爾所戒隨先詳議能受少多今得律儀其數亦爾由此故說近事律儀名詳議戒非勤策等戒得有此名如是說者無但三歸即成近事亦無缺減近事律儀成近事者如無缺減勤策等律儀名勤策等彼亦如是問諸有但受近事律儀不受三歸得律儀不有說不得以受三歸與此律儀爲門

爲依爲加行故有說不定謂若不知先受三歸後方受戒信戒師故便受律儀彼得律儀戒師得罪若彼解了先受三歸後受律儀是正儀式但憍慢故不受三歸作如是言且應受戒何用歸信佛法僧爲彼慢纏心雖受不得問若先不受近事律儀便受勤策律儀得勤策律儀不有說不得以近事律儀與此律儀爲門爲依爲加行故有說不定若不了知先受近事律儀後方受勤策律儀信戒師故受此律儀彼得律儀戒師得罪若彼解了先受近事律儀後受勤策律儀是正儀式但憍慢故不欲受學近事律儀作如是言何用受此近事劣戒彼慢纏心雖受不得如說不受近事律儀而受勤策律儀如是不受勤策律儀而受苾芻律儀廣說亦爾問諸近事受勤

策律儀及勤策受苾芻律儀彼爲捨前律儀得後律儀不若捨前得後者何故施設論說前後律儀彼俱成就又若捨者後捨勤策爲近事時及捨苾芻爲勤策時更未受戒云何得彼近事勤策二律儀耶若不捨者彼既成就二種律儀或復三種何故得名惟依後戒又親教師彼既有二何故佛說後是前非答受後律儀不捨前戒謂近事受勤策律儀不捨近事五更得勤策十爾時成就十五律儀若勤策受苾芻律儀不捨前十五更得苾芻過二百五十爾時成就過二百六十五律儀有餘師說若近事受勤策律儀不捨近事五更得勤策五爾時成就十種律儀若勤策受苾芻律儀不捨前十更得苾芻過二百四十爾時成就過二百五十律儀問彼既成就二

種律儀或復三種何故得名惟依後戒答就勝立名不應爲難如得勝位捨本劣名問彼親教師既有二種何故佛說後是前非答以勝律儀依後師得不依前故如不依彼律儀得名彼師亦爾復有說者捨前律儀問若爾何故施設論說前後律儀彼俱成就答彼論意說由前律儀資後令勝前戒勢力今時猶轉故說成就而先律儀實不成就問後捨苾芻爲勤策時及捨勤策爲近事時復云何得彼二戒耶答即由語表自誓我今還爲勤策或近事故得二律儀非成舊戒如是說者不捨前戒而得後戒彼後所受非前所受相違法故又前後戒因緣各別不應相合成十數等問若童子時受近事戒至少年位方娉妻室彼於此妻先得戒不若先得者今應犯戒若先不得則此律儀應從少分有情處得答應言先得問若爾今應犯戒答得由別分非總相續先所受得離欲邪行非非梵行今如何犯習近自妻非邪行故謂一相續別分有多所遮所行別故無犯問若童子位得不作律儀至少年時方娉妻室彼於此妻先得律儀不若先得者今應犯律儀然不作律儀得必無犯若先不得則此律儀應從少分有情處得答應言先得廣說如前問近事律儀依何處有答依欲界有非色無色界依人趣有非餘趣依三洲有除北洲問若此律儀惟依人趣契經所說當云何通如契經說時天帝釋來詣佛所作如是言願佛憶持我是近事我從今者乃至命終於其中間護生歸淨答彼自顯示是信等流非受律儀不應爲難如

契經說近住律儀具足八支何等爲八謂離害生命離不與取離非梵行離虛誑語離飲諸酒諸放逸處離歌舞倡妓離塗飾香鬘離高廣牀離非時食問此有九支何以言八答二合爲一故說八支謂離塗飾香鬘與離歌舞倡妓同於莊嚴處轉故合立一支問云何名近住云何近住支答離非時食名爲近住離害生等名近住支問此近住支應惟有七答離非時食名爲近住亦近住支故不惟七如正見名道亦道支餘名道支非道擇法名覺亦覺支餘名覺支非覺三摩地名靜慮亦靜慮支餘名靜慮支非靜慮如是離非時食名近住亦近住支餘名近住支非近住故說近住具足八支尊者妙音衆世說曰應言近住或全無支或一二三乃至或七非要具八方名近住如是說者非全無支乃至或七得名近住名近住者要具八支問近住律儀云何而得答從他教得謂隨師教自發誠言恭敬受得問受律儀者或先自發言或與師俱說得律儀不答不得要隨師語如師語而說方受得故問近住律儀從誰應受答從七衆受皆得非餘所以者何若無盡壽戒者則不堪任爲戒師故問著何服飾受此律儀答常所受用衣服嚴具著之皆得受此律儀若爲暫時莊嚴身者必須棄捨方受此戒牀座等具准此應知問齋何時受答齋一晝夜不增不減謂清旦時從師受得至明清旦律儀便捨問若有頓受半月一月或復多時得律儀不答應言不得所以者何一晝夜時分限定故光暗往來易了知故一齋食時非時定故

非一晝夜近住律儀可使頓經二晝夜受況多晝夜可頓受得如近事等盡壽律儀不可頓受二衆同分況多同分可頓受得晝夜律儀理亦應爾律儀分齊惟有二故問受晝非夜受夜非晝得此戒不有說不得所以者何佛說此爲晝夜戒故問若爾尊者迦多衍那所說因緣當云何通如說時彼尊者告屠兒言汝等皆應離此惡業勿於來世受大苦果屠兒答言我以此業而自存活如何能離尊者告言汝等所作屠羊等業何時分造屠兒答言惟於晝分尊者告曰汝等可於夜分受持近住八戒諸屠兒輩歡喜奉行命終皆生曠野鬼趣每於晝日有黑駁狗欻然而現噉食其肉惟餘骸骨俄頃肉生平復如舊還被食噉受諸苦惱如地獄趣每至夜分五欲自娛遊戲受樂猶如天趣尊者復詣諸欲邪行婬女等處告言汝等應離此業勿於來世受大苦果彼人答言我等久習如是事業非卒能離尊者告言汝等所作姧穢事業在何時分彼人答言惟於夜分尊者告曰汝等可於晝分受持近住八戒諸邪行者歡喜奉行命終皆生曠野鬼趣每於夜分有百足蟲欻爾而生唼食其肉惟餘骸骨俄頃肉生平復如舊還被唼食受諸苦惱如地獄趣每至晝分五欲自娛遊戲受樂猶如天趣如是所說當云何通答彼妙行攝非是律儀受妙行果非律儀果是以無過有餘師言是彼尊者神力化作非是真實令俱胝耳厭世間故化爲彼事故不須通有說亦得謂有要期月八日等恒受齋戒有緣礙故得如是受評曰前說爲

善晝夜戒故問若至午後受此戒者亦得戒不答應言不得除先要期月八日等恒受齋戒彼有餘緣午前不憶食巳方憶深生悔愧即請戒師如法受者亦得此戒問扇搋半擇迦無形二形受近住律儀得律儀不答應言不得所以者何彼所依身志性羸劣非律儀器亦不能爲不律儀器如鹹鹵田嘉苗穢草俱不生長然應授彼近住律儀令生妙行當受勝果或扇搋等國王委任令知要務苦楚多人若受律儀毒心暫息饒益多人故亦應爲受然實不得近住律儀如是所說近住律儀或有根本業道淨而近分不淨如自在者受此律儀有彼廚人欲害生命擬充所食彼便告曰我今受戒不得殺生留待明朝殺充所食復有捕獲怨敵將來請欲加害彼便告曰我今受律儀不得殺害留待明旦依法刑戮如是名爲根本業道淨而近分不淨世尊說彼所受律儀雖是勝業而不獲大果或有根本業道淨近分亦淨而惡尋思之所損害謂欲尋思恚尋思害尋思世尊說彼所受律儀雖是勝業而不獲大果或有根本業道淨近分亦淨非惡尋思之所損害而不攝受正念謂佛隨念法隨念僧隨念戒隨念捨隨念天隨念世尊說彼所受律儀雖是勝業而不獲大果或有根本業道淨近分亦淨非惡尋思之所損害攝受正念而不迴向解脫謂求生天欲樂等故受持禁戒世尊說彼所受律儀雖是勝業而不獲大果若有根本業道淨近分亦淨非惡尋思之所損害攝受正念迴向解脫世尊說彼所受律儀是殊勝業能獲

大果世尊依後所受律儀告毗舍佉鹿子母曰若有成就此八近住律儀十六大國所有珍寶欲比其價十六分中不能及一如是百分千分百千分數分算分乃至鄔波尼殺曇分亦不及一十六大國者謂泱伽國摩揭陀國迦尸國憍薩羅國佛栗氏國末羅國奔達羅國蘇嗡摩國頞濕縛迦國頞飯底國葉筏那國劒跋闍國俱盧國般遮羅國筏蹉國戍洛西那國此十六國豐諸珍寶故偏說之諸珍寶者謂末尼眞珠吠瑠璃寶螺貝璧玉珊瑚金銀摸娑洛揭拉婆寶頞濕摩揭婆寶赤珠右旋寶等又佛依後所說律儀訶天帝釋所說讃頌如天帝釋聞佛所說近住律儀功德殊勝便以伽他而讃歎曰

六齋神變月　受持八戒齋　彼功德殊勝

則為與我等

爾時世尊告苾芻衆此天帝釋所說伽他違於道理若阿羅漢可作是說所以者何此天帝釋貪瞋癡等未能永離未得解脫生老病死愁憂悲苦纏縛身心如何可言受持此戒所獲功德與我等耶諸阿羅漢諸漏已盡所作已辦捨諸重擔自利已滿盡諸有結心善解脫不受後有彼可說言受持此戒所獲功德則與我等天帝功德惟感天帝受持八戒證三菩提故不應言但與其等問誰應受此近住律儀有作是說惟聖者非異生惟是近事非非近事誰有為暫時捨盡壽然有為盡壽捨盡壽為盡壽捨暫時誰有為暫時受盡壽然有為盡壽受暫時如是說者亦聖者亦異生亦近事亦非近事然薄伽梵為毗舍佉

鹿子母說及天帝釋所說伽他惟依聖者問近住律儀依何處有答惟依欲界有非色無色界依人趣有非餘趣依三洲有除北洲問若此律儀惟依人趣契經所說當云何通如契經說有海居龍從大海出於六齋日受八戒齋放捨身心寂然而住徐發吟韻作如是言今於世間無所惱害答彼得妙行不得律儀自慶暫時離諸惡行彼自憶念昔在人中受八戒齋不能清淨有毀犯故墮龍趣中作是思惟我本人趣若能清淨持八戒齋今應生天受諸快樂何期毀犯墮斯惡趣猒惡行故數從海出受八戒齋吟韻自慶然實彼龍惟得妙行不得律儀問何故此律儀名爲近住答近阿羅漢住故名近住以受此律儀隨學彼故有說此近盡壽戒住故名近住有說此戒近時而住故名近住如是律儀或名長養長養薄少善根有情令其善根漸增多故有說長養在家善根令近出家善根住故問如是所說八支律儀幾是尸羅支幾是不放逸支幾是遠離支答五是尸羅支謂離害生命乃至離飲酒一是不放逸支謂離非時食餘二是遠離支又前四是尸羅支離性罪故第五是不放逸支雖受尸羅若飲諸酒心便放逸不能護故後三是遠離支以能隨順猒離心故猒離能證律儀果故由此近住具有八支而於五增三於十減一合二爲一故開一名爲二故

業蘊第四中自業納息第五之一

云何自業自業是何義如是等章及解章義旣領會已次應廣釋問何故作此論答爲欲

分別契經義故如契經說佛告摩納婆世間有情皆由自業皆是業分皆從業生業爲所依業能分判諸有情類彼彼處所高下勝劣契經雖作是說而未廣辯自業之義契經是此論所依根本彼不說者今應說之故作斯論尊者世友說曰世間有情皆由自業者謂自作業還自受異熟皆是業分者謂如所作業受如是異熟皆從業生者謂業爲生因取異熟果生於彼彼所應生處業爲所依者謂業爲依因受彼彼有彼彼有具業能分判諸有情類彼彼處所高下勝劣者謂如前說彼彼生處由業分判高下勝劣云何自業答若業已得今有異熟及業異熟已生正受若業已得今有異熟者此句顯示順中有受業及業異熟已生正受者此句顯示順生有受業

如順中有受順生有受應知順起受異熟順生受異熟順起受果順生受果順細果順麤果業亦爾問爲由因故名自業爲由果故名自業耶若由因故名自業者後句所說當云何通後句說言及業異熟已生正受若由果故名自業者前句所說當云何通謂業已得今有異熟有作是說但由因故名爲自業由前句故有作是說但由果故名爲自業由後句故如是說者但由因故名爲自業問若爾者何故復說及業異熟已生正受答於住果位彼因方得自業之名是故尊者妙音說曰若愛非愛果已起現前彼業爾時名爲自業非未造業及造業時有能現前受異熟果要業滅已果方起故自業是何義答是得自果自等流自異熟義此中有說自果者士用果

自等流者等流果自異熟者異熟果有說諸句皆顯異熟果此中說感異熟業名自業故有處等流以異熟聲說如說何等名受異熟答言愛是有處異熟以等流聲說如此中說復次此業所招異熟於自相續現熟非餘故名自業問爲此造業即此受果爲異造業異受果耶答有緣故說此造此受有緣故說異造異受有緣故說無造無受有緣故說此造此受者謂蘊處界展轉相續剎那雖異可說一故有緣故說異造異受者謂人趣造業餘趣受果餘趣造業亦爾有緣故說無造無受者謂一切法無我無有情無命者無養育者無補特伽羅空無内士夫離作者受者惟有生滅諸行聚故於自相續養隨養育隨育護隨護轉隨轉益隨益故名自業問善業異熟可於自相續能爲養等不善業異熟於自相續但爲損害如那落迦十三猛燄纏繞其身彼寧有養等耶答養等有二種一令增長二令不斷善業異熟於自相續由二事故說名養等惡業異熟於自相續但令不斷說名養等非令增長故無有過若業是自業此業當言過去耶未來耶現在耶答此業當言過去問何故此業不當言未來答非先受果後造因故問何故此業不當言現在答異熟因果不俱時故若業是自業此業成就耶答應作四句有業是自業此業不成就謂業已得今有異熟及業異熟已生正受此業已失如無間業已現在前已牽異熟果正現前此業已失由捨所依衆同分故若律儀業已現在前已牽異熟此有四種謂順現法受順次生受

順後次受順不定受果正現前此業已失由四緣故或五緣故謂捨所學二形生斷善根捨衆同分或明相出若不律儀業已現在前已牽異熟此有四種謂順現法受等如前說果正現前此業已失由四緣故謂受律儀得靜慮二形生捨衆同分若非律儀非不律儀諸餘身語妙行惡行已現在前已牽異熟此有四種謂順現法受等如前說果正現前此業已失由三緣故謂意樂息捨加行限勢過若欲界繫善不善思已現在前已牽異熟此有四種謂順現法受等如前說果正現前此業已失謂若善者由斷善根或由捨衆同分等故若不善者由離染故若惡作憂根俱生善思已現在前已牽異熟此有四種謂順現法受等如前說果正現前此業已失由斷善根故或已離染故若初靜慮順退分順勝進分順決擇分等業已現在前已牽異熟此有四種謂順現法受等如前說果正現前此業已失由已離染故或易界地等故如是乃至非想非非想處順退分等業廣說應知有業成就此業非自業謂業非已得今有異熟及業異熟非已生正受此業不失如無間業已現在前已牽異熟果未現前此業不失由未捨所依衆同分故若律儀業若不律儀業若非律儀非不律儀諸餘身語妙行惡行若欲界繫善不善思若惡作憂根俱生善思已現在前已牽異熟皆有四種謂順現法受等如前說果未現前此業不失由無前所說諸失緣故若初靜慮順退分順住分順勝進分順決擇分等業已現在前已牽異熟此有四種

謂順現法受等如前說果未現前此業不失由未全離染不易界地等故如是乃至非想非非想處順退分等業廣說應知有業是自業此業亦成就謂業已得今有異熟及業異熟已生正受此業不失如律儀業若不律儀業若非律儀非不律儀諸餘身語妙行惡行已現在前已牽異熟此有二種謂順現法受順不定受果正現前此業不失由無前所說諸失緣故若欲界繫善不善思若惡作憂根俱生善思已現在前已牽異熟此有四種謂順現法受等如前說果正現前此業不失由無前所說諸失緣故若諸靜慮無色順退分順住分順勝進分順決擇分等業已現在前已牽異熟此有四種謂順現法受等如前說果正現前此業不失由無前所說諸失緣故有業非自業此業亦不成就謂業非已得今有異熟及業異熟非已生正受此業已失如無間業餘衆同分中已消已受已作所作已與果已無能異熟已熟若律儀業若不律儀業若非律儀非不律儀諸餘身語妙行惡行若欲界繫善不善思若惡作憂根俱生善思若諸靜慮無色順退分順住分順勝進分順決擇分等業餘衆同分中已消已受已作所作已與果已無能異熟已熟此業已失由有前說諸失緣故非亦有四句翻是應知謂前第二句作此第一句前第一句作此第二句前第四句作此第三句前第三句作此第四句廣說如前

阿毗達磨大毗婆沙論卷第一百二十四說一切有部發智

音釋

健馱 梵語也又云乾陀此云香行國名也健其建切馱唐何切

要期 要伊堯切期音其並約也

娉 匹正切娶問也

分齊 分扶問切齊才詣切分齊限量也

衍 以淺切

欻 許勿切忽也

駮 比角切白身黑尾也

唼 子答切齧也

骸骨 骸胡皆切百骸也

胝 張尼切

扇摅 梵語也此云生謂天然生者男根不滿也摅丑皆切

半擇迦 梵語也此云變謂今生變作也

鹹鹵 鹹胡讒切鹽味也鹵郎古切鹺液也謂鹹鹵之土不堪種植也

噠 唐剌切

噏 許及切

筏蹉 筏房越切蹉七何切

拉 落合切

佉 丘迦切

阿毗達磨大毗婆沙論卷第一百二十五

五百大阿羅漢等造

唐三藏法師玄奘奉詔譯

業蘊第四中自業納息第五之二

若業是自業此業定當受異熟耶答應作四句有業是自業此業定當不受異熟謂業已得今有異熟及業異熟已生正受此業異熟已至最後位此最後言義有多種謂有最後千劫有最後百劫有最後劫有最後千歲有最後百歲有最後歲有最後月有最後晝夜有最後剎那云何最後千劫謂如一業能引非想非非想處八十千劫壽量彼住最後千劫時此業是自業此業定當不受異熟已至最後異熟位故云何最後百劫謂如一業能引無煩天處十百劫壽量彼住最後百劫時此業是自業此業定當不受異熟已至最後異熟位故云何最後劫謂如一業能引徧淨天處六十四劫壽量彼住最後劫時此業是自業此業定當不受異熟已至最後異熟位故云何最後千歲謂如一業能引他化自在天處十六千歲壽量彼住最後千歲時此業是自業此業定當不受異熟已至最後異熟位故云何最後百歲謂如一業能引北俱盧洲十百歲壽量彼住最後百歲時此業是自業此業定當不受異熟已至最後異熟位故云何最後歲謂如一業能引南贍部洲百歲壽量彼住最後歲時此業是自業此業定當不受異熟已至最後異熟位故云何最後月謂如一業能引十二月壽量彼住最後月時此業是自業此業定當不受異熟已至最後

異熟位故云何最後晝夜謂如一業能引三十晝夜壽量彼住最後晝夜時此業是自業此業定當不受異熟已至最後異熟位故云何最後剎那謂如一業能引百剎那壽量彼住最後剎那時此業是自業此業定當不受異熟已至最後異熟位故有業定當受異熟此業非自業謂業非已得今有異熟及業異熟非已生正受此業異熟未熟如無間業已現在前已牽異熟果未現前若律儀業若不律儀業若非律儀非不律儀諸餘身語妙行惡行若欲界繫善不善思若惡作憂根俱生善思若諸靜慮無色順退分順住分順勝進分順決擇分等業已現在前已牽異熟此有三種謂順現法受順次生受順後次受果未現前有業是自業此業定當受異熟謂業已

得今有異熟及業異熟已生正受此業異熟未至最後位此最後言義有多種謂有最後千劫乃至最後剎那最後千劫者謂如一業能引非想非非想處八十千劫壽量彼住最初千劫時此業是自業此業定當受異熟謂定當受七十九千劫異熟乃至彼住第七十九千劫時此業是自業此業定當受異熟謂定當受千劫異熟最後百劫者謂如一業能引無煩天處十百劫壽量彼住最初百劫時此業是自業此業定當受異熟謂定當受九百劫異熟乃至彼住第九百劫時此業是自業此業定當受異熟謂定當受百劫異熟最後劫者謂有一業能引徧淨天處六十四劫壽量彼住最初劫時此業是自業此業定當受異熟謂定當受六十三劫異熟乃至彼住

第六十三劫時此業是自業此業定當受異熟謂定當受一劫異熟如是最後千歲乃至最後刹那隨其所應廣說亦爾如是諸業果正現前故名爲自業未至最後異熟位故名定當受異熟有業非自業此業定當不受異熟謂業非已得今有異熟及業異熟非已生正受此業異熟已熟謂諸無間業餘衆同分中已消已受已作所作已與果已無能異熟已熟如律儀業若不律儀業廣說乃至若諸靜慮無色順退分順住分順勝進分順決擇分等業已消已受已作所作已與果已無能異熟已熟非亦有四句翻是應知謂前第三句作此第一句前第一句作此第二句前第四句作此第三句前第三句作此第四句廣說如前若業成就此業定當受異熟耶答應作四句有業成就此業定當不受異熟謂業過去不善善有漏異熟已熟此業不失若業未來不善善有漏已得而定不生若業無記無漏成就此中謂業過去不善善有漏異熟已熟此業不失者如律儀業若不律儀業若非律儀非不律儀諸餘身語妙行惡行已現在前已牽異熟此有二種謂順現法受順不定受果已現前此業不失無前所說諸失緣故若欲界繫善不善思若惡作憂根俱生善思已現在前已牽異熟此有四種謂順現法受等如前說果已現前此業不失無前所說諸失緣故若諸靜慮無色順退分乃至順決擇分等業已現在前已牽異熟此有四種謂順現法受等如前說果已現前此業不失無前所說諸失緣故若業未來不善善有漏已

得而定不生者謂欲界繫善不善思未來已得而定不生定不生故此業定當不受異熟若惡作憂根俱生善思若諸靜慮無色順退分乃至順決擇分等業未來已得而定不生定不生故此業定當不受異熟若業無記無漏成就者謂無記無漏業雖成就而性不貞實及無愛潤故此業定當不受異熟有業定當受異熟此業不成就謂業過去不善善有漏異熟未熟此業已失若業未來不善善有漏不得而定當生此中謂業過去不善善有漏異熟未熟此業已失者如律儀業已現在前已牽異熟此有三種謂順現法受順次生受順後次受果未現前此業已失由前所說諸失緣故若不律儀業若非律儀非不律儀諸餘身語妙行惡行若欲界繫善不善思若惡作憂根俱生善思若諸靜慮無色順退分乃至順決擇分等業已現在前已牽異熟此有三種謂順現法受等如前說異熟未現前此業已失由前所說諸失緣故若異熟業未來不善善有漏不得而定當生者謂諸無間業未來未得而定當生定當生故定當受異熟若律儀業若不律儀業若非律儀非不律儀諸餘身語妙行惡行若欲界繫善不善思若惡作憂根俱生善思若諸靜慮無色順退分乃至順決擇分等業未來未得而定當生定當生故定當受異熟此有三種謂順現法受等如前說有業成就此業定當受異熟謂業過去不善善有漏異熟未熟此業不失若業未來不善善有漏已得亦定當生若業現在不善善有漏此中謂業過去不善善有漏

異熟未熟此業不失者謂諸無間業已現在前已牽異熟果未現前若律儀業若不律儀業若非律儀非不律儀諸餘身語妙行惡行若欲界繫善不善思若惡作憂根俱生善思若諸靜慮無色順退分乃至順決擇分等業已現在前已牽異熟此有三種謂順現法受等如前說果未現前此業不失由無前所說諸失縁故若業未來不善善有漏已得亦定當生者謂欲界繫善不善思未來已得亦定當生定當生故定當受異熟此有三種謂順現法受等如前說若惡作憂根俱生善思若諸靜慮無色順退分乃至順決擇分等業未來已得亦定當生定當生故定當受異熟此有三種謂順現法受等如前說若業現在不善善有漏者謂諸無間業正現在前若律儀業若不律儀業若非律儀非不律儀諸餘身語妙行惡行若欲界繫善不善思若惡作憂根俱生善思若諸靜慮無色順退分乃至順決擇分等業正現在前此有三種謂順現法受等如前說有業不成就此業定當不受異熟謂業過去不善善有漏異熟已熟此業已失若業未來不善善有漏不得亦定不生若業無記無漏不成就此中謂業過去不善善有漏異熟已熟此業已失者謂諸無間業餘衆同分中已消已受廣說如前若律儀業若不律儀業若非律儀非不律儀諸餘身語妙行惡行若欲界繫善不善思若惡作憂根俱生善思若諸靜慮無色順退分乃至順決擇分等業已在過去已消已受廣說如前此業已失由有前說諸失縁故若業未來不善善

有漏不得亦定不生者謂諸無間業未來未得定當不生定不生故定當不受異熟若律儀業廣說乃至若諸靜慮無色順退分乃至順決擇分等業未來未得定當不生定不生故定當不受異熟若業無記無漏不成就者謂由不眞實及無愛潤故或先未得或得已失故非亦有四句翻是應知謂前第二句作此第一句前第一句作此第二句前第四句作此第三句前第三句作此第四句廣說如前若預流者有不善業能順苦受乃至廣說

問何故作此論答欲令疑者得決定故如說二因令墮惡趣謂見所斷修所斷業諸預流者雖已永斷見所斷業而未能斷修所斷業或有生疑諸預流者應墮惡趣或復生疑彼應已斷修所斷業欲令彼疑得決定故顯預流者雖未永斷修所斷業而彼決定不墮惡趣故作斯論若預流者有不善業能順苦受異熟未熟彼既成就應墮惡趣何道障故而不墮耶答由二部結縛諸有情令墮惡趣謂見所斷修所斷結諸預流者雖未永斷修所斷結而已永斷見所斷結闕一資粮不墮惡趣如車具二輪有所運載鳥有二翼能飛虛空闕一不然此亦如是故預流者不墮惡趣隨本論文所釋如是然有說者愚墮惡趣智則不然一切預流是智者故凡墮惡趣聖則不然一切預流是聖者故有惡意樂害意樂者墮惡趣有善意樂無害意樂者不然一切預流有善意樂無害意樂故犯戒者墮惡趣持戒者不然一切預流是持戒者由彼已得聖所愛戒堅牢船故復有說者一切預流於

諸惡趣得非擇滅諸法若得非擇滅者彼法畢竟不現在前是故預流不墮惡趣有餘師說若有不見惡行過失妙行功德彼墮惡趣一切預流如實知見善惡得失由失念故雖暫起惡業而不墮惡趣有作是說薩迦耶見未斷未徧知造惡業者當墮惡趣一切預流薩迦耶見已斷已徧知雖暫起惡業而不墮惡趣如世尊說若有身見已斷已徧知具五功德一者障三惡趣二者遮五無間業三者解脫種種諸惡見趣四者無際生死已作分齊五者臨命終時心神明了有說預流智腹淨故雖有惡業不墮惡趣如有二人食不應食一內火劣所食不消便致大苦一內火盛所食易消不增大苦如是異生及預流者雖俱受境作不善業而諸異生智腹不淨無聖道火故便墮惡趣受諸劇苦諸預流者智腹淨故於人天中但受微苦有說預流從無量殑伽沙等如來應正等覺聖種中生故雖有惡業不墮惡趣如有二人俱犯王法一是凡庶便致重刑一是王子但遭訶責如是異生及預流者俱作惡業而諸異生非聖種故所造惡業招惡趣苦一切預流是聖種故惡業但招人天輕苦有說預流見境過故雖有惡業不墮惡趣如有二魚俱貪鉤餌一無善巧爲食吞鉤喪失身命一有善巧以尾擊餌接取食之不失身命如是異生及預流者雖俱受境作不善業而諸異生無聖智故於所受用不見過失深生躭著便招重苦諸預流者有聖智故於所受用見諸過失不深躭著但受輕苦有說預流具止觀故雖有惡業不墮

惡趣如瞿陀與烏俱於水上共食死屍有人以箭射之瞿陀無翼便没水中烏有翼故即時飛去如是異生及預流者雖俱受境作不善業爲無常箭所中射時異生無止觀翼故即便沉没惡趣水中預流有止觀翼故便升天人涅槃空界有説預流及一來者心調柔故順涅槃故信種堅故信根深故雖有惡業不墮惡趣譬如大海義勑衆流汝今便可漂拔諸樹同集我所衆流對曰餘悉能漂惟除楊柳海問其故衆流復言柳具二德不可漂至一盤根深固二柔輭隨流設鼓波濤不能漂拔如是惡趣義勑惑流汝今可漂諸受欲者同集我所惑流對曰餘悉能漂惟除二果惡趣問其故惑流復言彼具二德不可漂至一信根深固二心行調柔設鼓業波濤不能漂拔故預流者不墮惡趣如世尊説我聖弟子應自審記已盡地獄傍生餓鬼險惡趣坑乃至廣説問何故作此論答欲令疑者得決定故如世尊説若有苾芻苾芻尼等能隨觀察見自身中有四證淨現在前者應自審記已盡地獄傍生餓鬼險惡趣坑又世尊説若有多聞諸聖弟子能隨觀察見自身中有四證淨現在前者彼聖弟子應自審記已盡地獄傍生餓鬼險惡趣坑有於此疑諸預流者於自已盡地獄傍生餓鬼等事有現量智能正知耶爲令彼知諸預流者於前説事但由比量非現量知故作斯論諸預流者爲有現智能自審知已盡地獄傍生餓鬼險惡趣坑而自記耶答不能若爾彼云何知答信佛語故謂世尊説若有苾芻苾芻尼等如前廣説又

世尊說若有多聞諸聖弟子廣說乃至已盡地獄傍生餓鬼險惡趣坑問此中地獄傍生餓鬼已攝惡趣何故復說險惡趣坑答前廣後略前別後總前開後合無量說過有作是說地獄言顯地獄傍生言顯傍生餓鬼言顯餓鬼險惡趣坑言顯扇搋半擇迦無形二形以彼是人中險惡趣坑故復有說者地獄等言顯地獄等險惡趣坑言顯造無間業者以彼於無間生必墮地獄故有餘師說地獄等言顯地獄等險惡趣坑言顯斷善根者以彼若不續必墮地獄故有餘師說地獄等言顯地獄等險惡趣坑言顯不律儀者以彼當墮諸惡趣故或有說者地獄等言顯惡趣果險惡趣坑言顯往彼因如世尊說汝等苾芻若見有行三惡行者當知已見地獄傍生餓鬼惡趣有餘復說地獄等言顯三惡趣險言重顯地獄以地獄中無善異熟不安隱故惡趣言顯餓鬼以彼資具恒時匱乏所趣皆惡故坑言顯傍生以彼劫成時生劫壞時歿難可出故有餘師言險言總顯三惡趣以三惡趣極危險故惡趣言亦總顯三惡趣以彼所趣皆穢惡故說言亦總顯三惡趣以彼身心皆極下劣居鄙穢法如糞坑故問地獄等處有無量種苦具現在如何可言已盡地獄傍生鬼等答一切聖者不生彼故更不受彼蘊界處故說名已盡非全令彼苦具亦無方名已盡問亦有異生不墮惡趣何故但說聖者已盡答異生不定或有不墮亦有墮者以不定故不說已盡一切聖者決定不墮是故偏說問諸預流者於人天趣亦少分盡何故但說

盡地獄等答諸預流者於人天趣有生不生於地獄等決定不生是故偏說又預流者已得四智謂苦集滅道智未得盡智無生智故問何故復作此論答欲令疑者得決定故謂有生疑諸預流者於已盡中但比知故於四聖諦亦應比知復有生疑諸預流者已斷見所斷煩惱及果故亦應已得盡無生智爲除彼疑顯預流者已得四智未得盡智及無生智得四智故於四諦中現智證知未得盡智無生智故比知已盡故作斯論問何故預流未得盡智及無生智答盡一切生斷一切惑辦一切事方起盡智及無生智非預流者盡一切生斷一切惑辦一切事是故未得盡無生智有餘師說求盡一切界趣生處生老病死方可證得盡無生智非預流者求盡一切界趣生處生老病死是故未得盡無生智如世尊說由學諆害那伽諦觀刼後七日憍薩羅家必當殄滅云何學諆害乃至廣說問何故作此論答爲欲分別契經義故如契經說苾芻當知以害濕器壞尸羅威由學諆害那伽諦觀刼後七日憍薩羅家必當殄滅云何名爲害濕器耶謂憍薩羅主毗盧擇迦放縱癡狂害諸釋種此諸釋種是彼母親自小已來數同器食世間說此爲濕器親彼背此親而行殺害害濕器親故說害濕器言有說應言以害濕面謂諸釋種兩淚求哀不矜濕面而行殺戮有說應言以害濕眼謂諸釋種悲淚盈目不生慈哀反害其命以此業故必當殄滅云何名曰壞尸羅威謂壞世俗無濕戒故學諆害者學謂預流及一來果彼行諆害

由謀害故令彼王種不久當滅云何名曰那伽諦觀此那伽言目阿羅漢諸阿羅漢審諦觀彼或薄伽梵名大那伽謂佛世尊審諦觀察却後七日憍薩羅家必當殄滅學謀害故毗盧擇迦却後七日種族皆盡西方諸師作如是說由學謀害憍薩羅家第七日中必當殄滅今欲分別彼契經中所說義故而作斯論云何學謀害答如有學者未離欲染他加害時便作念言當令衰壞毋失愛子問何緣學者被他害耶答由三緣故謂非時非處非道行故非時行者謂夜分中遊於聚落村亭關邏爲巡候者之所捉獲縛錄推問種種加害非處行者謂入酒家婬家王家博戲家等爲監察者之所捉獲鞭撻考訊種種苦切非道行者謂營農月輙入園田踐他苗稼爲守護者之所捉獲加諸苦楚以苦逼故便作念言當令衰壞毋失愛子衰壞者謂死滅毋子乖離故名毋失愛子問學者已得不作律儀何故乃作如是謀害答彼由苦逼便於自身起如是念寧當令我衰壞失愛勿令我爲斯苦所逼不於他身是以無過有說於他亦起斯念然但欲訶責不欲加害所以者何若彼了知由此謀害下至能殺一蟻卵者設救自命亦不起此心故此所念但爲訶責問此學謀害爲但作念爲亦發言有說但念而不發言有說發言亦無有過爲訶責故非加害故所以者何若彼了知由此語業下至能殺一蟻卵者設救自命尚不起心況起語業問若城邑等父毋所居學者於中起謀害不有說不起有說亦起但爲訶責廣說如前又如學

者已離欲染他加害時從離欲退作是念言當令衰壞毋失愛子問彼爲退已發此心言爲未退時起此謀害若彼退已發此心言便無威力所作謀害云何速成若未退時起此謀害既無欲惡如何起此謀害心言答應作是言彼必退已問既無威力如何速成答未離欲時威力微劣起多心念謀害方成離欲退時勝道餘勢資彼心願謀害速成有作是說彼未退位天龍神鬼敬德歸誠彼遇苦緣退行謀害天等助力令事速成問不還退時既行謀害阿羅漢退亦謀害耶答無學退時不行謀害由果殊勝雖暫退時行相作業不同學退問無學退已謀害尚無況未退時得有謀害若爾經說當云何通如說羯洛迦孫馱佛訶叱度使魔羅應時彼魔陷入地獄答但爲訶責不欲加害然彼業盡自墮地獄曾聞彼佛將一侍者名曰至遠入娑羅村次第乞食時魔度使化作少年擲石遥打侍者頭破血流被面隨佛後行時佛右旋如象王顧見如是事訶叱魔言汝何非分造斯惡業魔時業盡便墮地獄故但訶責非欲加害問諸學謀害爲但自爲亦爲他耶答有亦爲他如昔於此迦濕彌羅國有王都名媲邏吒去城不遠有僧伽藍名曰石崖中有苾芻是阿羅漢僧伽藍側自染袈裟城中人有失一犢子尋訪至此遥問苾芻見犢子不答言不見彼漸前行苾芻業力令彼人見衣似牛皮染汁如血煑札似肉器如牛頭見已驚怒叱言大賊如何苾芻盜我犢子而復屠殺遂加楚撻縛送王所王付法司禁閉牢獄以彼業力令

諸門人雖歷多時而無憶者惡業盡已彼諸門人皆生憶念我師何在尋訪乃知禁在牢獄便共白王我師無辜枉禁多歲願王照察放我等師王勑法司速宜放出彼阿羅漢在禁多時衣壞髮長無沙門像法司巡察不見苾芻尋還白王無此囚類門人重啓師定在中囚繫多年失沙門相願於禁所令宣告言誰是沙門王恩放出王如其語尋令宣告彼阿羅漢惡業既盡纔聞喚聲如睡夢覺以神通力上昇虛空猶如鴈王翔空而住王見是已投身悶絶冷水灑面良久乃甦自傷無知枉禁聖者當墮惡趣無有出期遂與群臣仰空禮謝惟願聖者哀愍我愆時阿羅漢俯而告曰吾於汝等曾不生瞋王曰若然請垂攝受尊者慈愍下降王宮王及群臣歡喜讃禮爲剃鬚髮奉上新衣并彼門人廣設供養香華翼從送往伽藍彼門徒中多諸聖者時阿羅漢告衆而言以我宿殃横遭拘繫勿以惡意觀彼王都時有勤策得預流果其身在遠不聞此言後隨苾芻入王都邑見師禁處竊起害心此非法城枉禁親教綿歷歲序備受艱辛哀哉苦毒誠爲難忍時有非人敬信三寳知勤策念於此夜中雨土滿城一切埋滅又即此國昔有王都名曰善堅去城不遠有僧伽藍名戰主迦中有苾芻是阿羅漢入深靜慮不掩戶扇城中有人妻叛投寺見僧入定藏寛牀下其夫尋後入寺問僧僧不審察答言不見夫遂徧求牀下捉得夫乃瞋罵云賊苾芻如何沙門輙藏我婦縱情楚撻縛送王所王付法司廣如前說與前別者有晚出

家證預流果而行謀害非人縱火燒滅王都故知亦有爲他謀害問諸學謀害其體是何答瞋相應思是謀害體内法名謀害外法名意憤外仙意憤令村無村令城無城令國無國由斯彼觸害生命罪問何故俱令村等殄滅外仙得罪内則不爾答外無聖道内有聖道外闕止觀内具止觀外爲加害内爲訶責外亦起加行内但發心言是故外仙得罪非内問諸學謀害必果遂耶答此不決定若諸有情造作增長大威勢業異熟現前便不果遂如昔有一婆羅門王名補沙友憎嫉佛法焚燒經典壞窣堵波破僧伽藍害苾芻衆於迦濕彌羅國一邊境中破五百僧伽藍況於餘處惡魔方便使鳩叛茶藥叉鬼神冥助威勢令所往處無能拒者漸滅佛法至菩提樹菩提樹神名爲諦語作如是念今此惡王甚大愚暴將欲毀壞殑伽沙等諸佛世尊破惡魔軍成妙覺處即自化現殊勝女身佇立其前彼王見已尋生貪染護法善神遂得其便殺王及軍并惡神衆無得免者時佛法中有多學者雖作謀害無一得成由彼國王福力大故又如昔者達剌陀王入迦濕彌羅國毀滅佛法殺苾芻衆壞窣堵波破僧伽藍焚燒經典爾時彼國有多賢聖雖起謀害亦無成者由彼惡王福力大故由此故說若諸有情造作增長大威勢業異熟現前便不果遂

阿毗達磨大毗婆沙論卷第一百二十五　說一切有部發智

音釋

劇（竭戟切甚也）　殑伽（梵語也此云天堂來河名也殑其陵切）　鉤餌

鉤古侯切釣也餌而志切粉餅䰻魚者　匱求位切竭也　殄徒典切絕盡也

闍邏闍姑還切要會處也邏郎佐切遊偵也　鞭撻鞭卑連切撻也撻他達切擊也　嬔吒嬔疋詣切吒陟嫁切　縶陟立切拘縶也　勗許玉切勸勉也

藏竄藏昨郎切匿也竄七亂切逃也　憤房吻切怒也　鳩粄荼梵語也亦云俱槃荼此云甕形即厭魅鬼也粄薄半切　剌郎葛切

阿毗達磨大毗婆沙論卷第一百二十六

五百大阿羅漢等造

唐三藏法師玄奘奉　詔譯

業蘊第四中自業納息第五之三

云何苾芻留多壽行乃至廣說問何故作此論答爲欲分別契經義故如契經說時薄伽梵留多命行捨多壽行又欲分別毗奈耶義故如毗奈耶說大生主爲首五百苾芻尼留多命行捨多壽行經毗奈耶雖有是說而未分別留捨因緣彼經及毗奈耶是此論根本彼未說者今應說之故作斯論又諸造論皆爲分別諸所有法自相共相今此亦然不應爲問云何苾芻留多壽行答謂阿羅漢成就神通得心自在若於僧衆若別人所以衣以鉢或以隨一沙門命緣衆具布施施已發願即入邊際第四靜慮從定起已心念口言諸我能感富異熟業願此轉招壽異熟果時彼能招富異熟業則轉能招壽異熟果問彼有何緣留多壽行答留多壽行略有二緣謂爲饒益他及住持佛法爲饒益他者謂教弟子修諸觀行彼審觀察齊我壽住此諸門人逮勝法不設我壽盡爲更有餘能善開示道非道不若見無能便留壽行爲住持佛法者謂營佛像僧房等事彼審觀察齊我壽住此所營事得成辦不設我壽盡爲更有餘善巧方便能成辦不若見無能便留壽行又彼觀見當有國王大臣長者等欲毀滅佛法便審觀察齊我壽住當有方便令不毀滅不設我壽盡爲更有餘善巧方便能住持不若見無能便留壽行爲留壽行以衣鉢等施僧別人依

契經說謂世尊說若有施主能施他物名施五事由此還當得五事果一壽二色三力四樂五辯彼審觀察爲施僧衆當獲大果爲施別人若見施僧當獲大果便施與僧若施別人當獲大果便施別人是故於僧或別人所以衣以鉢或以隨一沙門命緣衆具布施施已發願即入邊際第四靜慮從定起已心念口言諸我能感富異熟業願此轉招壽異熟果時彼能招富異熟業則轉能招壽異熟果問理無富異熟果可成壽異熟果何故乃說富異熟業則轉能招壽異熟果答無轉果體有轉業力謂由布施邊際定力轉富異熟業招壽異熟果雖俱可轉而彼今時不顧富果祈壽果故有餘師說有業先感壽異熟果然有災障由今布施邊際定力彼災障滅壽異熟起雖俱可轉而彼今時不顧富果祈壽果故有作是說有業先招壽異熟果然不決定由今布施邊際定力令招壽業決定與果復有欲令由施定故引取宿世殘壽異熟謂阿羅漢有餘生中殘壽異熟由今布施邊際定力引令現前定力不思議令久斷還續問所留壽行正由誰引爲由施力爲定力耶若由施力不應入定若由定力不應行施有說由施有說由定如是說者俱由二種雖多行施若不入定彼終不能引壽果故雖數入定若不行施彼終不能引壽果故然施力能引定力令決定由此故言俱由二種云何苾芻捨多壽行答謂阿羅漢成就神通得心自在如前布施施已發願即入邊際第四靜慮從定起已心念口言諸我能感壽異熟業願此轉

招富異熟果時彼能招壽異熟業則轉能招富異熟果問彼有何緣捨多壽行答自利利他俱究竟故已得盡智故名自利究竟於利他事若有堪能此事成已便歸圓寂若無堪能亦名究竟有作是說彼猒自身猶如毒器故願棄捨如有頌言

梵行妙成立　聖道已善修　壽盡時歡喜
猶如捨毒器

爲捨壽行以衣鉢等施僧別人依契經說謂世尊說諸福業事略有三種一施性福業事二戒性福業事三修性福業事於施性事若習若修若多所作感大富果乃至廣說彼審觀察爲施僧衆當獲大果爲施別人若見施僧當獲大果便施與僧若施別人當獲大果便施別人故於僧衆或別人所以衣以鉢或以隨一沙門命緣衆具布施施已發願即入邊際第四靜慮從定起已心念口言諸我能感壽異熟業願此轉招富異熟果時彼能招壽異熟業則轉能招富異熟果問理無壽異熟果可成富異熟果何故乃說壽異熟業則轉能招富異熟果答無轉果體有轉業力謂由布施邊際定力轉壽異熟業招富異熟果雖俱可轉而彼今時不顧壽果祈富果故有餘師說有業先感富異熟果然有災障由今布施邊際定力彼災障滅富異熟起雖俱可轉而彼今時不顧壽果祈富果故有作是說有業先招富異熟果然不決定由今布施邊際定力令招富業決定與果復有說者有業先招富異熟果麤而非妙由今布施邊際定力令感麤業轉招妙果謂彼先引長時麤果

今由施定祈願力故令彼轉招今時妙果復有欲令由施定故引取宿世殘富異熟謂阿羅漢有餘生中殘富異熟由今布施邊際定力引令現前定力不思議令久斷還續問此富異熟正由誰引爲由施力爲定力耶若由施力不應入定若由定力不應行施有說由施有說由定如是說者俱由二種雖多行施若不入定彼終不能引富果故雖數入定若不行施彼終不能引富果故然施力能引定力令決定由此故言俱由二種問若諸有情壽果富果不決定者可有留捨若俱決定如何留捨答但作分限無留捨事譬如良醫所記分限無能過者此亦應然尊者妙音作如是說彼阿羅漢由起邊際第四定力引色界大種令身中現前而彼大種有順壽行有違壽行由此因緣或留或捨有作是說彼阿羅漢由此自在三摩地力轉去曾有宿業所生諸根大種住時勢分引取未曾定力所起諸根大種住時勢分彼說不然命根別有非根大種爲自性故經說世尊留多命行捨多壽行其義云何有作是說諸佛世尊捨第三分壽有作是說諸佛世尊捨第五分壽若說諸佛捨第三分壽者彼說世尊釋迦牟尼壽量應住百二十歲捨後四十但受八十問佛出世時此洲人壽不過百歲何故世尊釋迦牟尼壽百二十答如佛色力種姓富貴徒衆智見勝餘有情壽量亦應過衆人故若說諸佛捨第五分壽者彼說世尊釋迦牟尼所感壽量應住百歲捨後二十但受八十問諸佛色力種姓富貴徒衆智見勝餘有情何故壽量

與衆人等答生在爾所壽量時故由此經言捨壽行者謂捨四十或二十歲留命行者謂留三月問何故世尊留捨爾所命行壽行不增減耶答諸佛事業善究竟故齊爾所時諸佛事業得善究竟故不增減有説法爾諸佛世尊惟捨惟留爾所壽命有説欲顯諸佛世尊不貪壽命能早棄捨諸餘有情貪壽命故不能棄捨勤求圓寂勿有生疑佛亦如是故捨壽行顯異有情化事未終復留三月有説欲顯諸佛世尊善住聖種故捨壽行謂如世尊於有情具深生喜足於壽亦然有説世尊避衰老位故捨壽行所化有情事未究竟復留三月如鄔陀夷一時爲佛按摩支體見異常相而白佛言今者世尊支體舒緩諸根變異容貌改常今位尚然況過八十故避衰老捨多壽行有説欲顯得定自在故佛世尊留捨壽命如世尊説我善修行四神足故欲住一劫或一劫餘如意能住有説欲顯諸佛世尊能伏衆魔留捨壽命謂證無上妙菩提時已伏二魔謂天煩惱今將證入涅槃界時又伏二魔謂蘊及死伏蘊魔故捨多壽行伏死魔故留多命行問命行壽行有何差別有説無別如品類足説云何命根謂三界壽有説此二亦有差別謂名即差別名爲命行名壽行故有説由此故活名命行由此故死名壽行有説所留名命行所捨名壽行有説可生法名命行不可生法名壽行有説暫時住名命行一期住名壽行有説同分名命行彼同分名壽行有説修果名命行業果名壽行有説無漏業果名命行有漏業果名壽行有説

明果名命行無明果名壽行有說新業果名命行故業果名壽行有說與果業果名命行不與果業果名壽行有說近業果名命行遠業果名壽行尊者妙音作如是說順現受業果名命行順次生受順後次受順不定受業果名壽行命行壽行是謂差別問多行言有何義答多言顯示所留所捨非一刹那行言顯示所留所捨是無常法問何處留捨命行壽行答在欲界非餘界在人趣非餘趣在三洲非北洲問誰能留捨命行壽行答是聖者非異生是無學非有學是不時解脫非時解脫亦男亦女

云何心狂亂乃至廣說問何故作此論答爲釋契經毗奈耶故如契經說婆私瑟搋婆羅門女喪六子故心發狂亂露形馳走見世尊已還得本心毗奈耶說室利筏蹉心狂亂故行無量種非沙門法不順法行毗奈耶中又作是說苦受所逼若心狂亂及初業位皆無有犯契經毗奈耶雖作是說而不廣辯今爲廣辯故作斯論云何心狂亂答謂由四緣勢力所逼令心狂亂一由非人現惡色像遇已驚恐令心狂亂謂有非人變作象馬駝牛羊等可畏色相來現其前心便狂亂問彼曾不見象馬等耶何故今時見便驚恐答彼雖曾見而今非時非處非道忽然見故言非時者謂於夜分見象馬等便作是念何故今時有象馬等來至我所定是非人來相逼害由此驚恐心便狂亂言非處者謂於堂閣房閤等處見象馬等便作是念何緣此處有象馬等來現我前定是非人來相逼害由此驚恐心

便狂亂言非道者謂於塚間非象馬等嘗所行路見象馬等便作是念何緣於此有象馬等定是非人來相逼害由此驚恐心便狂亂二由非人忿打支節苦受所逼令心狂亂謂於大衆遊止處所以輕慢心棄諸便穢或於諸佛獨覺聲聞精舍等中行不淨行善神忿恚打觸支節人有支節如芥子許若打觸時心便狂亂三由大種乖違令心狂亂謂有多食胡桃麻子苣藤等時發熱風等大種乖反心便狂亂四由先業異熟令心狂亂謂有先時歡喜踊躍傳驚怖事令他憂惱或作坑穽陷墜衆生或縱猛火焚燒山澤或以強力逼他飲酒或以倒想解釋契經如是等業令心狂亂然此狂亂非異熟果但從惡業異熟所生以惡業不招意地異熟故有說狂亂由五種緣前四如前愁憂第五謂因喪失所愛子等愁毒纏心遂發狂亂問此心狂亂於何處有答於欲界有非色無色界然地獄無心常亂故心狂亂者謂時非恒鬼及傍生有心狂亂人天亦有除北俱盧彼無罪業增上果故問此心狂亂誰有誰無答聖者異生俱容得有聖通衆聖惟除諸佛佛無亂心無壞音聲無斷末磨無漸捨命異生心亂具由五緣聖者但由大種乖違聖無驚恐超五畏故無非人打無穢事故亦無先世惡業異熟以決定業必先受已方入聖故不決定業由聖道力已轉滅故亦無愁憂證法性故有說聖者亂由二緣謂大種乖違及非人所打問聖者已得不作律儀定無穢事非人何忿答信佛法者敬重衆聖終不惱觸有不信者憎嫉衆聖

伺便惱觸故聖亦爲非人所打問住何業心得有狂亂答住有漏非無漏住意識非五識問若爾何緣見二月等答此等皆是意識分別非五識中有斯亂解問爲未狂心說有狂亂爲已狂心說有狂亂答非未狂心說有狂亂亦非已狂心說有狂亂然有狂亂心無狂亂心住未來世若遇狂亂緣則無狂心滅有狂心起若遇不狂亂緣則有狂心滅無狂心起問若心狂亂亦散亂耶答應作四句有心狂亂非散亂謂狂者無染心有心散亂非狂亂謂不狂者有染心有心狂亂亦散亂謂狂者有染心有心非狂亂亦非散亂謂不狂者無染心現前何纏相應法皆是不善耶答謂無慚無愧問纏有十種何故惟說無慚無愧答是作論者意欲爾故乃至廣說有說此二惟是不善亦與一切不善心俱忿覆慳嫉但不善而非一切不善心俱惛沉掉舉雖與一切不善心俱非惟不善以通不善無記性故睡眠惡作非惟不善亦非一切不善心俱睡眠通三性惡作通二性故覺無悔惡心此二不行故諸不善心中皆有無慚無愧諸無慚無愧皆不善心俱互不相離是故偏說此中亦應問何善相應法皆是善耶答謂慚愧以慚愧與善心更互相隨不相離故而不說者非獨此二惟善性攝徧善心故

佛教云何乃至廣說問何故作此論答爲止於非佛教起佛教想故如今有言我說佛教我聞佛教彼於非佛教中起佛教想爲欲遮止如是想故及爲顯示佛所說者是眞佛教餘所說者非眞佛教故作斯論問今時何故

有作是言我説佛教我聞佛教答彼依根本故作是説謂今所説染淨縛解生死涅槃因果等法根本皆是佛所説故有説彼依相似而説謂佛先依如是次第名句文身爲他演説今亦復依如是次第名句文身而宣説故有説彼依隨順而説謂佛先依如是隨順名句文身爲他演説今亦復依如是隨順名句文身而宣説故有説彼依辦事處同故作是説謂如佛邊親聞法要入聖得果離染盡漏聞今所説亦辦斯事佛教云何答謂佛語言唱詞評論語音語路語業語表是謂佛教問何故佛教惟是語表非無表耶答生他正解故名佛教他正解生但由表業非無表故有説佛教耳識所取非無表業可耳識取故非佛教有説佛教二識所取諸無表業惟一識取故非佛教有説世尊三無數劫精勤苦行求佛語表今得成滿非無表故謂佛世尊昔於無量正等覺所精勤苦行求無上智爲他説法依蘊界處求蘊界處展轉相續今得成佛爲諸有情演説法要令捨生死得般涅槃此事皆由佛語表業是故佛教惟佛語表問如是佛教以何爲體爲是語業爲是名等若是語業次後所説當云何通如説佛教名何法答謂名身句身文身次第行列次第安布次第連合伽他所説復云何通如説欲爲頌因文即是字頌依名轉造者爲依者是名等此文所説當云何通如説佛教云何謂佛語言乃至語表是謂佛教答應作是説語業爲體問若爾次後所説當云何通如説佛教名何法答謂名身句身文身乃至次第連合答

後文爲顯佛教作用不欲開示佛教自體謂次第行列安布連合名句文身是佛教用問伽他所說復云何通答有於名轉有於義轉此中且說於名轉者有說佛教名等爲體問若爾此文所說當云何通如說佛教云何謂佛語言乃至語表是謂佛教答依展轉因故作是說如世子孫展轉生法謂語起名名能顯義如是說者語業爲體佛意所說他所聞故佛教當言善耶無記耶乃至廣說問何故復作此論答前雖顯示佛教自體而未顯示佛教等起今欲顯示故作斯論佛教當言善耶無記耶答或善或無記云何善謂佛善心所發語言乃至語表云何無記謂佛無記心所發語言乃至語表問於佛教中何者善何者無記答阿毗達磨素怛纜藏多分是善毗奈耶藏多分無記如世尊說門應關閉衣鉢應置竹架龍牙如是等言皆無記故有說佛教若爲所化說應知是善若爲餘事說是則無記如世尊告阿難陀言汝往觀天爲雨不雨園中何故高聲大聲如是等言皆無記故有說佛教若用功說應知是善若任運說是則無記有說佛教力無畏等所攝受者應知是善力無畏等不攝受者是則無記聲聞獨覺善心發語善無記心俱得究竟無記心發語無記善心俱得究竟佛善心發語善心究竟無記心發語無記善心俱得究竟定無善心發語無記心究竟諸佛說法有增無減故佛所作業定無萎退故佛教名何法乃至廣說問何故復作此論答前雖顯示佛教自體而未顯示佛教作用今爲顯示故作斯論佛

教名何法答謂名身句身文身次第行列次第安布次第連合此則總顯佛教作用契經應頌記說伽他自說因緣譬喻本事本生方廣希法論議名何法答謂名身句身文身次第行列次第安布次第連合是名佛教作用差別契經云何謂諸經中散說文句如說諸行無常諸法無我涅槃寂靜等問契經有何義答此略說有二義一結集義二刋定義結集義者謂佛語言能攝持義如華鬘縷如結鬘者以縷結華冠衆生首久無遺散如是佛教結集義門冠有情心久無忘失刋定義者謂佛語言能裁斷義如匠繩墨如工巧者繩墨衆材易了正邪去曲留直如是佛教刋定義門易了是非去惡留善應頌云何謂諸經中依前散說契經文句後結爲頌而諷誦之即結集文結集品等如世尊告苾芻衆言我說知見能盡諸漏若無知見能盡漏者無有是處世尊散說此文句已復結爲頌而諷誦言

有知見盡漏　無知見不然　達蘊生滅時
心解脫煩惱

記說云何謂諸經中諸弟子問如來記說或如來問弟子記說或弟子問弟子記說化諸天等問記亦然若諸經中四種問記若記所證所生處等伽他云何謂諸經中結句諷頌彼彼所說即麟頌等如伽他言

習近親愛與怨憎　便生貪欲及瞋恚
故諸智者俱遠避　獨處經行如麟角

自說云何謂諸經中因憂喜世尊自說因喜事者如佛一時見野象王便自頌曰

象王居曠野　放暢心無憂　智士處閑林
逍遥志恬寂

因憂事者如佛一時見老夫妻便自頌曰

少不修梵行　喪失聖財寶　今如二老鸖
共守一枯池

因緣云何謂諸經中遇諸因緣而有所說如義品等種種因緣如毗奈耶作如是說由善財子等最初犯罪是故世尊集苾芻僧制立學處譬喻云何謂諸經中所說種種衆多譬喻如長譬喻大譬喻等如大涅槃持律者說本事云何謂諸經中宣說前際所見聞事如說過去有大王都名有香茅王名善見過去有佛名毗鉢尸爲諸弟子說如是法過去有佛名爲式企毗濕縛浮羯洛迦孫馱羯諾迦牟尼迦葉波爲諸弟子說如是法如是等本生云何謂諸經中宣說過去所經生事如羆鹿等諸本生經如佛因提婆達多說五百本生事等方廣云何謂諸經中廣說種種甚深法義如五三經梵網幻網五蘊六處大因緣等勝尊者言此中般若說名方廣事用大故希法云何謂諸經中說三寶等甚希有事有餘師說諸弟子等讃歎世尊希有功德如舍利子讃歎世尊無上功德尊者慶喜讃歎世尊甚希有法論議云何謂諸經中決判默說大說等教又如佛一時略說經已便入靜室宴默多時諸大聲聞共集一處各以種種異文句義解釋佛語書名何法乃至廣說問何故作此論答欲令疑者得決定故謂此論中廣辯勝義自性差別勿有生疑作此論者惟善勝義不閑世俗爲顯論者勝義世俗俱善

了達故作斯論書名何法答謂如理轉變身業及此所依諸巧便智此中書者非所造字但是所有能造字法此能成字故説爲書如理轉變身業者顯所起果即是色蘊所依巧便智者顯能起因即是四蘊如是五蘊爲書自性數名何法答如理轉變意業及此所依諸巧便智此中數者非謂所數稻麻等物百千等數但是所有能數之法此能數法故説爲數佛弟子中尊者慶喜善解數法餘所不過曾於一時爲乞食故執持衣鉢趣廣嚴城時城門前有一外道遥見慶喜竊作念言承此沙門解數第一吾今當試爲實爾耶時城門邊有一大樹枝葉繁茂名諾瞿陀外道趣前指樹而問汝今知此葉數幾何尊者仰顧尋答之曰今此樹葉若干百千言已入城於後外道作是思惟何理驗知彼言虚實便取少葉而藏匿之慶喜出城外道重問仁向所數爲定幾何慶喜報言吾前已説外道復曰請重陳之尊者看樹尋復答曰先有爾所今少若干外道欣然謝而歎曰知數第一信惟其人又如波羅衍拏纔見佛頷便言此決定有妙齒四十如斯解數其類寔多如理轉變意業者顯所起果所依巧便智者顯能起因如是四蘊爲數自性算名何法答謂如理轉變語業及所依巧便智此中算者非謂所算一十百千萬億等法但是所有能算之法此能算法故説爲算如理轉變語業者顯所起果即是色蘊所依巧便智者顯能起因即是四蘊如是五蘊爲算自性印名何法答謂如理轉變身業及此所依諸巧便智此中印者

非所造印但是所有能造印法此能成印故說爲印如理轉變身業者顯所起果即是色蘊所依巧便智者顯能起因即是四蘊如是五蘊爲印自性詩名何法答謂如理轉變語業及此所依諸巧便智此中詩者非所述詠但是所有能成詠法此能成詠故說爲詩如理轉變語業者顯所起果即是色蘊所依巧便智者顯能起因即是四蘊如是五蘊爲詩自性問於諸文頌何者是詩何者非詩有作是說佛語非詩餘語是詩有餘師說內教非詩外教是詩如是說者文義相稱能引義利不名爲詩詩謂翻此世間文頌世間種種工巧業處名何法乃至廣說問何故作此論答欲以略文攝多義故謂若隨諸工巧業處而廣說者生多言論欲以略言類攝彼故而作斯論世間種種工巧業處名何法答謂慧爲先造作彼彼工巧業處及所依巧便智此中不辯所造作事但爲顯示能造作法造作彼彼工巧業處者顯所起果身語意業隨其所應所依巧便智者顯能起因如是或以五蘊或以四蘊爲其自性處處說威儀路及起威儀路威儀路者謂色香味觸四處爲體起威儀路者謂能起彼意法二處爲體眼鼻舌身四識是威儀路加行非起威儀路意識是威儀加行亦是起威儀路又眼等四識能緣威儀路不能緣起威儀路意識能緣威儀路亦能緣起威儀路有餘由此所引意識具能緣十二處處處說工巧處及起工巧處工巧處者謂色聲香味觸五處爲體起工巧處者謂能起彼意法二處爲體眼等五識是工巧處

加行非起工巧處意識是工巧處加行亦起工巧處又眼等五識能緣工巧處不能緣起工巧處意識能緣工巧處亦能緣起工巧處有餘由此所引意識具能緣十二處若成就學戒彼成就非學非無學戒耶答應作四句有成就學戒非非學非無學戒謂學者生無色界彼世俗戒越界地捨故有成就非學非無學戒非學戒謂阿羅漢及諸異生生欲色界諸阿羅漢在欲色界定成就非學非無學戒定不成就學戒已捨故若諸異生在欲色界或成就非學非無學戒一切異生定不成就學戒未得故有成就學戒亦非學非無學戒謂學者生欲色界一切學者在欲色界定成就非學非無學戒及學戒未捨故有非成就學戒亦非非學非無學戒謂阿羅漢及諸異生生無色界生彼阿羅漢定不成就學戒已捨故生彼異生定不成就學戒未得故彼二世俗戒俱不成就越界地捨故若成就無學戒彼成就非學非無學戒耶答應作四句有成就無學戒非非學非無學戒謂阿羅漢生無色界彼世俗戒越界地捨故有成就非學非無學戒非無學戒謂諸學者及諸異生生欲色界學者在欲色界定成就世俗戒異生在欲色界或成世俗戒彼俱不成就無學戒俱未得故有成就無學戒亦非學非無學戒謂阿羅漢生欲色界有非成就無學戒亦非非學非無學戒謂諸學者及諸異生生無色界彼無學戒俱未得故彼世俗戒俱已捨故問諸是戒彼業耶答諸是戒彼即業有是業非戒謂意業等問若處有戒彼有業耶答

若處有戒彼有業或處有業無戒謂無色界等問若成就戒彼成就業耶答若成就戒彼成就業有成就業非戒謂異生生無色界等問若有戒彼有業耶答若有戒彼有業或有業無戒謂諸異生生無色界等

阿毗達磨大毗婆沙論卷第一百二十六 說一切有部發智

音釋

瑟摲 瑟色櫛切摲丑佳切 苣藤 苣其呂切藤詩證切黑胡麻也 坑穽 坑丘庚切壍溝也穽疾正切陷也 掉舉 掉徒弔切搖也舉動也謂身心妄搖動也 素怛纜 梵語也亦云修多羅此云契經也怛當割切纜盧瞰切 萎 於爲切枯也 式企 梵語也亦名尸棄此云火依佛名也企去縊切 罽 班糵切戰

似熊者 衍挐 衍以淺切挐女加切

阿毗達磨大毗婆沙論卷第一百二十七

五百大阿羅漢等造
唐三藏法師玄奘奉詔譯

大種蘊第五中大造納息第一之一

大種所造處幾有見幾無見如是等章及解章義旣領會已應廣分別問何故作此論答爲欲分別契經義故如契經說諸所有色皆是四大種及四大種所造契經雖作是說而未廣辯其義大種所造處幾有見幾無見乃至廣說經是此論所依根本彼未說者今應說之故作斯論有說爲止餘師所說謂此部內有二論師一者覺天二者法救覺天所說色惟大種心所即心彼作是說造色即是大種差別心所即是心之差別彼何故作是說依契經故如契經說眼肉團中若內各別堅性堅類近有執受名內地界乃至各別動性動類近有執受名內風界彼依此經故說造色即是大種又契經說云何等持謂善心一境性由此故說心所即心問彼復云何立界處蘊耶答彼作是說諸四大種有是能見有是所見乃至有是能觸有是所觸諸能見者立爲眼界諸所見者立爲色界乃至諸能觸者立爲身界諸所觸者立爲觸界心中有依眼根乃至有依意根依眼根者立眼識界乃至依意根者立意識界即六識身無間已滅立爲意界即心差別有名爲受有名爲想有名爲思并三無爲立爲法界如界處亦爾蘊者諸四大種立爲色蘊諸心差別有名爲受有名爲想有名爲思有名爲識立爲四蘊問彼云何通契經所說諸所有色皆是四大種

及四大種所造荅彼作是說非所造聲離四大種別有所因即於大種立所造聲云何知然如契經說苾芻當知觸由二緣所謂眼色乃至意法有六觸處是先所爲是先所造我說即是故業應知無間異生由此所觸受樂受苦由此所造或此隨一非離前六觸處別有第七觸處而可於中立所造聲即於前六說爲所造前經亦然非離大種別有所造即於大種立所造聲於我非難阿毗達磨諸論師言彼所引經別有密意不可引證前所引經彼經前說六觸處者謂密意說未明了位後言由此所造或此隨一者謂密意說已明了位如未明了位已明了位如是無分別位有分別位未可顯位已可顯位未可說位已可說位應知亦爾又六觸處者說中有位由此所造等者說本有位尊者妙音說曰彼經前說六觸處者謂密意說根無缺位後說由此所造等者謂密意說根有缺位脇尊者言有六觸處者密意說欲界由此所造者密意說色界或此隨一者密意說無色界經義如是云何可證前經所說所造色言又所造言若無異者餘經所說復云何通如契經說尊者圓滿告尊者慶喜言具壽當知所有我執誰之所造是色所造是受想行識所造我執即是薩迦耶見若所造言無別義者豈可身見即是色等然離色等別有我執故知經說所造色者非即大種問若離大種別有造色如何會釋彼所引經於眼肉團中有地界等答彼經說眼根所依大種不說眼體又彼經說世所共知肉團名眼非說眼根世於肉團

眼想轉故尊者妙音亦作是說世於大種立眼根名以是眼根所依止故有餘師說彼所引經於義無妨彼經但說眼肉團中有地等界不言地等即是眼根於義何妨尊者法救說離大種別有造色說心所法非即是心然說色中二非實有謂所造觸及法處色立蘊處界如對法宗彼亦不然諸所造觸如餘造色應別有故若無法處所攝色者無表戒等不應有故欲止如是二師所說故作斯論有說爲止外道所說謂外道說大種有五即前四及虛空令但說四明虛空非大種問何故虛空不立大種尊者世友作是釋言以虛空無大種相故謂有增有減是大種相無增無減是虛空相有損有益是大種相無損無益是虛空相有興有衰是大種相無興無衰是虛空相是故虛空不立大種尊者妙音作如是釋虛空大種其相各異謂有情身中所有大種多是先業異熟所生虛空體無異熟生義由此虛空不立大種大德說曰虛空雖大而體非種不能生故餘有爲法雖能爲種而體非大相不徧故由此虛空不立大種爲止如是外道所執及顯自宗故作斯論有餘師說非但爲止他執顯自宗故而作此論但於法相相應義中應顯所明故作斯論問何故此中先辯大造答彼作論者意欲爾故謂本論師隨自意欲不違法相先辯大造有說有情觀此二種爲入佛法眞甘露門一不淨觀二持息念不淨觀觀造色持息念觀大種有說若觀大種造色漸次能證佛獨覺聲聞三種菩提謂若以上智觀察彼者起上品身念

住從此次起上品受念住次心次法次起雜緣次煖頂忍世第一法次起見道乃至起無學道皆以上品爾時名爲上品善士證得無上正等菩提若以中智觀察彼者起中品身念住廣說乃至起無學道皆以中品爾時名爲中品善士證得中品獨覺菩提若以下智觀察彼者起下品身念住廣說乃至起無學道皆以下品爾時名爲下品善士證得下品聲聞菩提有說若觀大種造色便能降伏一切憍逸謂諸有情以色族姓財寶自在眷屬等故生諸憍逸若未觀察大種等時隨一現前勢力强盛若觀察已便能降伏所以者何如輪王身所有大造狗等所有大造亦然由觀此故便捨憍逸以如是等所說因緣故此蘊中先辯大造契經中說諸所有色皆是四

大種及四大種所造諸所有言總有二種一有餘義二無餘義有餘義者如世間說諸所有食我盡欲噉此但欲噉隨得少分無餘義者如世間說諸所有法我盡欲知此總欲知一切法相此中所說諸所有言總顯一切色法皆盡謂所有色總有二種一四大種二所造色除此更無第三色體問何故大種惟四脇尊者言此不應責所以者何若增若減俱亦生疑不以疑故便違法相但隨聖教惟說四種有餘師言若減四者功用便缺若過四者則亦無用如方牀座惟有四足問何故名大種答大而是種故名大種如言大地如言大王義别體同應持業釋問云何大義云何種義答能減能增能損能益體有起盡是爲種義體相形重徧諸方域成大事業是爲大

義問此四云何成大事業答與大積聚造色爲依令壞令成是大事業由此惟四不減不增謂減不能成大事業增於事業復爲無用問餘法何緣不名大種答餘無如是大種相故謂無爲法大而非種其餘有爲種而非大故惟此四得名大種問造是何義爲是因義是緣義耶設爾何失俱見其過若是因義此四大種於所造色五因皆無如何可言能造諸色若是緣義諸所造色各除自體餘一切法無不皆是此增上緣如何但言大種所造答應作是說造是因義問此於造色五因皆無如何因義答雖同類等五因皆無而別有餘五種因義謂生因依因立因持因養因由此能造有餘師言造是緣義問諸所造色各除自體餘法皆是此增上緣如何但言大種所造答增上緣義有親有疎有近有遠有合不合有在此生有在餘生諸親近合在此生者說名爲因疎遠不合在餘生者說名爲緣由此義故說諸大種與所造色爲因增上亦不違理問地水火風何相何業答堅是地相持是地業濕是水相攝是水業煖是火相熟是火業動是風相長是風業問地是堅相亦是色相廣說乃至風是動相亦是色相如何一法有二相耶答有亦無失由此理趣於一法中可得施設有多相故如一有漏法即有如病如癰等廣說乃至百四十句諸過患相而無有失此亦如是有餘師言相有二種一自相二共相堅濕煖動相是自相色相是共相如是二相互不相違於一法立亦無有過問此四大種於一切時不相離耶答如是云

何知然如入胎經說佛告慶喜初羯邏藍若有地界無水界者便應乾散令不散者水所攝故若有水界無地界者便應流洽令不流者地所持故若有地水無火界者便應臭爛令不爛者火所熟故若有三界無風界者應不增長令增長者風所動故問餘經所說當云何通地界擾亂或令至死或令有情受次死苦乃至風界亦復如是答此說大種隨一增時能爲擾亂非謂四種有時相離問此四大種品類有幾答品類有四謂異熟生長養等流變化有餘師說品類有三謂異熟生長養等流其變化者長養所攝復有說者品類有二謂異熟生及長養變化大種入長養中等流攝入異熟長養評曰於前三說中說爲善有四大種非二攝故問一四大種爲但造一造色極微爲能造多若但造一如何不成因四果一因多果少理不應然若能造多則一四大種所造造色有多極微云何展轉非俱有因對法者說有對造色展轉相望無俱有因許則便違對法宗義答應作是說一四大種但能造一所造色極微問如何不成因四果一因多果少理不應然答果少因多理亦無失世現見有如是類故因四果一於理無違有說造多問若爾一四大種所造色有多極微云何展轉非俱有因答非一果故非俱有因以俱有因法必同一果故此不成因同猶豫故評曰如前說者好問大種造色云何而住爲大種在下造色在上爲大種在上造色在下爲大種造色相雜而住大種在外造色處中耶設爾何失一切有過若大種在

下造色在上則諸造色近大種者可以大種爲能造因所造色中有隔遠者如何可以大種爲因若大種在上造色在下則應造色爲大種因不應大種爲造色因若大種造色相雜而住大種在外造色處中者應斷截時見諸孔隙猶如斷藕有說在下爲因所依法應爾故問若爾於逼近色可說能造於隔遠者云何造耶答不說一樹所有大種都在其下造諸造色但說一樹分分皆有大種在下造色在上有作是說相雜而住大種在外造色處中問若爾應斷截時見諸孔隙猶如斷藕答雖有孔隙而不可見以諸大種非有見故所見孔隙是造色故

問諸內外事其相各別內事別者謂諸衆生若百若千集會一處威儀形相各各不同外事別者謂果石等或青或黃或赤或白香味等相各各不同如是相別爲由業異爲由大種異爲由造色異答俱由三種依異熟因故說由業異依生因依因立因持因養因故說由大種異依同類因故說由造色異問外事差別由何業異答若說有情行諸妙行感得外事形相平直色香味觸皆悉美妙若諸有情行諸惡行感得外事形相險曲色香味觸皆悉麤弊問諸果石等其相各別青黃赤白形貌等異或有相似由何威力答由三威力然大種强謂諸大種不平等者便有種種顯形等異若平等者則便相似

問諸有情類口所發聲當言何處大種所造有說喉邊大種所造有說心邊大種所造有說臍邊大種所造評曰總說此聲一切身支

大種所造若別說者輕小語聲應言喉邊大種所造吒乇哶吼號呌等聲應言徧身大種所造現見此等舉身掉動故問頗有色非四大種亦非四大種所造耶答有謂一二三大種此雖是色而非四大種惟一二三故亦非四大種所造以諸大種非所造故問何故大種非所造耶答能造所造性各別故因果異故能成所成性各別故如能成所成如是能引所引能生所生能作所作能和合所和合能轉所轉能相所相當知亦爾有說大種若是所造爲二造一爲四造一若三造一體用缺少云何能造若四造一應地界等造地界等則有自性觀自性過然一切法他性爲緣能有所作不顧自體由此大種不名所造諸四大種有十一種謂眼處所依乃至身處所依色處所依乃至法處所依諸所造色亦有十一種謂眼處乃至身處色處乃至法處問眼處所依大種能造幾所造色乃至法處所依大種能造幾所造色答應作是說眼處所依大種惟造眼處乃至法處所依大種惟造法處有作是說眼處所依大種能造三種謂眼處身處觸處耳鼻舌處所依大種亦爾身處所依大種能造二種謂身處觸處色聲香味法處所依大種亦爾觸處所依大種惟造觸處復有欲令一切大種皆能造色聲觸欲界大種皆造香味彼說眼處所依大種能造七種謂眼處身處色聲香味觸處耳鼻舌處所依大種亦爾身處所依大種能造六種謂身處色聲香味觸處法處所依大種亦爾色處所依大種能造五種謂色處聲香味觸處

聲香味觸處所依大種亦爾有餘師說眼處所依大種能造十一種乃至法處所依大種亦爾評曰此諸說中初說爲善謂眼處所依大種惟造眼處乃至法處所依大種惟造法處問云何異相大種能造同相造色答觀別義故說亦無失謂觀別義故說異相大種造同相造色觀別義故說同相大種造異相造色觀別義故說異相大種造異相造色觀別義故說同相大種造同相造色觀別義故說異相大種造同相造色者謂堅濕煖動相大種造觸相造色有說此造見相造色等觀別義故說同相大種造異相造色者謂觸相大種造十一種造色觀別義故說異相大種造異相造色者謂堅濕煖動相大種造十一種造色觀別義故說同相大種造同相造色者謂觸相大種造觸相造色有說此造見相造色等問大種造色相別云何尊者世友作如是說因是大種果是造色能生是大種所生是造色所依是大種能依是造色能相是大種所相是造色和合是大種和合所生是造色能建立是大種所建立是造色大德說曰堅濕煖動相是大種若色大種爲因而無大種相是造色有餘師說大種如天帝造色如天衆大種如自在造色如眷屬大種如王造色如臣大種如日月輪造色如日光月明大種如樹身造色如枝等大種如牆造色如影大種如燈焰造色如燈明大種如藕造色如華大種如鏡造色如像是故尊者時毗羅言

根生從大種　如燈焰生明　如藕生蓮華

如鏡生衆像

阿毗達磨諸論師言大種無見造色有見無見大種有對造色有對無對大種有漏造色有漏無漏大種無記造色善不善無記大種欲色界繫造色欲色界繫及不繫大種非學非無學造色學無學非學非無學大種修斷造色修斷不斷大種苦集諦攝造色苦集道諦攝大種無異熟造色有異熟無異熟大種不染造色染不染大種非業造色業非業諸如是等大種造色二相差別有無量門

觸處實事有十一種謂四大種及七種造觸七種造觸者謂滑澀輕重冷飢渴滑謂細輭澀謂麤强輕謂不可稱重謂可稱冷謂此所逼便起暖求飢謂此所逼便起食欲渴謂此所逼便起飲欲問何大種增故滑乃至渴耶有作是說不由大種偏增故滑乃至渴但由大種性類差別有生滑果乃至有生渴果有餘師言水火增故滑地風增故澀火風增故輕地水增故重故施設論作是問言何緣活時身輕調順死便身重不調順耶答言活時火風未滅故身輕調順死後身中火風已滅故重不調順水風增故冷風增故飢謂風增故擊動食消引飢觸生便發食欲火增故渴謂火增故煎迫飲消引渴觸生便發飲欲問十一觸中極多緣幾發生身識有作是說一一別緣發生身識以十一種相用增故有餘師言極多緣五發生身識謂四大種滑等隨一復有說者總緣十一亦生身識問豈不五識惟取自相境耶答自相有二種一事自相二處自相依事自相說緣十一種觸生於身識依處自相說五識身取自相境是故無過

如是說者緣十一事亦生身識如緣色處二十種事亦生眼識此亦應爾故五識身通緣總別而無五識取共相過多事自相一識能緣然不明了

問緣五色根所依大種發身識不有說不發如五色根不可觸故不發身識所依大種理亦應然問若爾何故說爲身識所識答依法性說身識所識未來世中身識境故然無現在發身識義有說除身根所依大種皆能發身識以身根所依極隣近故不能發身識然他身識所緣境故亦得名爲身識所識問十一種觸幾在欲界幾在色界答二惟在欲界謂飢與渴九通欲色界問若色界中有重觸者以何義故施設論說北俱盧洲衣重一兩四大王衆天衣重半兩三十三天衣重一銖夜摩天衣重半銖覩史多天衣重一銖中四分之一樂變化天衣重一銖中八分之一他化自在天衣重一銖中十六分之一此上天衣皆不可稱耶有說色界衣雖不可稱而餘物可稱有說彼界一衣雖不可稱多衣積集即可稱如細縷輕毛積集便重問若色界中有冷觸者彼施設論何故復說如人欲天所有冷暖可了知者上界俱無耶答冷有二種一能爲益二能爲損彼無能損有能爲益又即彼說所有冷暖上界俱無豈以此言即說彼界亦無暖觸若爾則彼大種應惟有三非缺功用而能造色故色界中冷暖俱有引問飢渴二觸爲是長養爲是等流爲是異熟健馱羅國西方師言通長養等流非異熟生以飲食能斷故阿毗達磨者不許異熟色斷已

復續有說飢渴亦通異熟生性以飲食暫斷非永斷故斷有二種謂永斷暫時斷永斷不可續非暫時斷如地獄中斬截身分異熟生色斷已續生迦濕彌羅國諸論師言飽時彼亦不斷飲食障故不可覺知飲食消已還可覺知問若是異熟者爲善業果惡業果耶答是二種果是故富者飢渴是善業果貧者飢渴是惡業果問飢渴何處大種所造有說腹邊大種所造入胎經說在母腹中有時臍邊彼有情類有業異熟微風初起即彼處大種能造飢渴有餘師說徧身分中大種能造於飢渴時徧身擾惱故

阿毘達磨大毗婆沙論卷第一百二十七 說一切有部發智

音釋

癰於容切癰也　羯邏藍梵語也此云凝滑亦云和合羯吉列切邏郎佐切藍盧甘切　猶豫猶夷周切豫羊茹切猶豫遲疑不決也　隙苦戟切孔罅也　號叫號胡刀切叫古弔切號叫直聲大呼也　叱咤叱昌栗切咤陟嫁切並呵怒也　哮吼哮許交切吼呼后切哮吼驚怒之聲也

阿毗達磨大毗婆沙論卷第一百二十八

五百大阿羅漢等造

唐三藏法師玄奘奉詔譯

大種蘊第五中大造納息第一之二

大種所造處幾有見幾無見問何故不問幾有色幾無色答彼作論者意欲爾故隨彼意欲而造論但不違法性便不應責有說所造無無色故不得問言幾有色幾無色問亦無無爲後不應問幾有爲幾無爲答亦不應問而後問者當知彼是有餘之說有說欲以種種文種種說莊嚴於義令易解故復次欲以二門二階二略二明二炬二影二光互相顯示如無所造是無色故不問如是無所造是無爲故亦不應問如無所造是無爲而得問如是雖無所造是無色亦應問如是二門互相影示令知前後問答理通有餘師言此中分別所造諸色幾有見等既舉所造諸色爲章寧復可問幾有色等以諸色言即顯有色色體皆有變礙義故有彼色義故名有色非如有衣及有子等大種所造處幾有見答一謂色處問何故色處名爲有見答眼根名見有見用故所見色處有能見眼故名有見如有主等或復見者是能顯示色處相麤可相顯示在此在彼相狀差別所顯示色有能顯示故名有見如有名等或復見者是諸影像惟有色處可有影像故名有見餘則不爾幾無見答八二少分八者謂眼耳鼻舌身聲香味處二少分者謂觸處法處雖諸觸處皆無見攝而非一切是所造色若所造色亦無見者是此所問餘非所問故說少分法處亦爾

大種所造處幾有對答九一少分九者謂五內處及外四處一少分者謂觸處雖諸觸處皆有對攝而非一切是所造色若所造色亦有對者是此所問餘非所問故說少分幾無對答一少分謂法處雖諸法處皆無對攝而非一切是所造色若所造色亦無對者是此所問餘非所問故說少分然有對有三種一障礙有對謂十色處二境界有對謂五色根及心心所三所緣有對謂心心所此中說障礙有對非餘大種所造處幾有漏答九二少分九者如前說二少分者謂觸處法處雖諸觸處皆有漏攝而非一切是所造色若所造色亦有漏者是此所問餘非所問故說少分非諸法處皆有漏攝亦非一切是所造色若所造色亦有漏者是此所問餘非所問故說少分幾無漏答一少分謂法處非諸法處皆無漏攝亦非一切是所造色若所造色亦無漏者是此所問餘非所問故說少分大種所造處幾有爲答九二少分九者如前說二少分者謂觸處法處雖諸觸處皆有爲攝而非一切是所造色若所造色亦有爲者是此所問餘非所問故說少分非諸法處皆有爲攝亦非一切是所造色若所造色亦有爲者是此所問餘非所問故說少分幾無爲答無彼皆有爲故大種所造處幾過去答十一少分謂除意處雖諸眼處皆所造攝而非一切皆在過去有在未來現在世故若是所造亦過去者是此所問餘非所問故說少分耳鼻舌身色聲香味處亦爾非諸觸處皆所造攝亦非一切皆在過去若是所造亦過去者是此

所問餘非所問故說少分法處亦爾如說過去未來現在說亦如是有數等故大種所造處幾善答三少分謂色聲法處雖諸色處皆所造攝而非一切皆是善性若是所造亦善性者是此所問餘非所問故說少分聲處亦爾非諸法處皆所造攝亦非一切皆是善性若是所造亦善性者是此所問餘非所問故說少分幾不善答三少分如前說幾無記答七三少分七者謂五內處及香味處三少分者謂色聲觸處雖諸色處皆所造攝而非一切皆是無記若是所造亦無記者是此所問餘非所問故說少分聲處亦爾雖諸觸處皆無記攝而非一切皆是所造若是無記亦所造者是此所問餘非所問故說少分大種所造處幾欲界繫答二九少分二者謂香味處九少分者謂五內處及色聲觸法處雖諸眼處皆所造攝而非一切皆欲界繫若是所造亦欲界繫者是此所問餘非所問故說少分耳鼻舌身色聲處亦爾非諸觸處皆所造攝亦非一切皆欲界繫若是所造亦欲界繫者是此所問餘非所問故說少分法處亦爾幾色界繫答九少分如前說幾無色界繫答無彼無色故大種所造處幾學答一少分謂法處非諸法處皆學所攝亦非一切皆是所造若是所造亦學攝者是此所問餘非所問故說少分幾無學答一少分如前說幾非學非無學答九二少分九者謂內五處及外四處二少分者謂觸處法處雖諸觸處皆非學非無學攝而非一切皆是所造若是非學非無學亦所造者是此所問餘非所問故說少分

非諸法處皆非學非無學攝亦非一切皆是所造若是非學非無學亦所造者是此所問餘非所問故說少分大種所造處幾見所斷答無必無諸色見所斷故幾修所斷答九二少分九者如前說二少分者謂觸處法處雖諸觸處皆修所斷攝而非一切皆是所造若修所斷亦所造者是此所問餘非所問故說少分非諸法處皆修所斷攝亦非一切皆是所造若修所斷亦所造者是此所問餘非所問故說少分幾不斷答一少分謂法處非諸法處皆不斷攝亦非一切皆是所造若是所造亦不斷者是此所問餘非所問故說少分若成就大種彼所造色耶答諸成就大種彼成就所造色有成就所造色非大種謂諸聖者生無色界誰成就大種及所造色謂欲色界一切有情此則總說若別說者或有有情成多大種及多造色或有有情成少大種及少造色成多大種及多造色者如大海中有諸有情所得身形或百二百三百四百五六七百踰繕那量如曷邏呼阿素洛王所得身形其量廣大如色究竟所得身形一萬六千踰繕那量成少大種及少造色者猶如蚊蟻水中蟲等乃至極細非人眼境問何故聖者生無色界惟成就造色非大種耶答彼界無色又不成就他界大種以有漏法越地捨故造色不爾通無漏故異地成就無有聖者不成就無漏戒是故聖生彼界惟成就造色於中學成就學隨轉色無學成就無學隨轉色若不成就大種彼所造色耶答諸不成就所造色彼不成就大種有不成就大種非所造

色謂諸聖者生無色界誰不成就所造色及大種謂生無色界一切異生彼界無有一切色故又不成就下界色故有漏諸色生上失故無漏諸色彼未得故問順前句中何所不攝而復須立順後句耶答順前句中惟攝欲色界一切有情及攝無色界一切聖者未攝無色界一切異生爲欲攝彼故復立順後句若成就大種彼善色耶答應作四句有成就大種非善色謂處卵𣪊若諸異生住胎藏中若生欲界住不律儀及非律儀非不律儀無善身語表設有而失彼處卵𣪊住胎異生前生所有表無表色由失所依衆同分故一切已捨今於此位未能起表又無入定理故不成就一切善色問何故此位未能起表答以所依身極羸弱故要身强盛能起表業又此位心極微劣故心麤勝者能發表業又此位中心内門轉故心外門轉能起表業又此位中胎卵迫迮尚不能動況能起表然有時胎動轉者此由風力非心所爲表業必由心力所起問何緣此位無入定理耶答此位身心俱羸劣故又無入定加行緣故得忍異生命終捨忍如前業蘊已廣決擇四生廣説亦如業蘊若生欲界住不律儀及非律儀非不律儀無善身語表者謂睡眠醉悶及捨加行不求起表設有而失者謂由三緣故失一意樂息二捨加行三限勢過此亦如業蘊廣説有成就善色非大種謂諸聖者生無色界是聖者故成就善色生無色故不成就大種彼諸聖者通學無學學成學善色無學成無學善色有成就大種亦善色謂諸聖者住胎藏中若

生欲界住律儀若住不律儀及非律儀非不律儀現有善身語表或先有不失若生色界住胎聖者定成有漏無漏無表道力强故若生欲界住律儀者謂隨所應住三律儀住不律儀及非律儀非不律儀現有善身語表者謂不睡眠不醉不悶不捨加行求起表業或先有不失者謂三緣故如前說若生色界者彼定成就靜慮律儀故有善色有非成就大種及善色謂諸異生生無色界生無色故不成大種有漏善色越界捨故無漏善色彼未得故若成就大種彼不善色耶答諸成就不善色彼定成就大種有成就大種非不善色謂處卵㲉及住胎藏若生欲界住律儀及非律儀非不律儀無不善身語表設有而失若生色界謂若成就不善色者定在欲界無在

欲界不成大種必有身故由此得爲順後句答釋餘文句准上應知若成就大種彼有覆無記色耶答諸成就有覆無記色彼定成就大種有成就大種非有覆無記色謂生欲界若生色界現無有覆無記身語表謂若成就有覆無記色者定在色界無有在色界不成大種必有身故由此得爲順後句答無有生欲界起有覆無記表善染表業依自地身故若成就大種彼無覆無記色耶答如是設成就無覆無記色彼大種耶答如是以成就大種者必成就身根等故若成就身根等者必成就大種故生欲色界一切有情皆成就大種及無覆無記色故生無色界二俱無故若成就大種彼善不善色耶答有成就大種非善不善色謂處卵㲉若諸異生住胎藏中若

生欲界住非律儀非不律儀無善不善身語表設有而失有成就大種亦善色非不善色謂諸聖者住胎藏中若生欲界住律儀無不善身語表設有而失若住非律儀非不律儀現有善身語表或先有不失無不善身語表設有而失若生色界有成就大種亦不善色非善色謂生欲界住不律儀無善身語表設有而失若住非律儀非不律儀現有不善身語表或先有不失無善身語表設有而失有成就大種亦善不善色謂生欲界住律儀現有不善身語表或先有不失若住不律儀現有善身語表或先有不失若住非律儀非不律儀現有善不善身語表或先有不失設成就善不善色彼大種耶答如是謂成就善不善色者必在欲界在欲界者定成就大種故

若成就大種彼善有覆無記色耶答有成就大種非善有覆無記色謂處卵𣪘若諸異生住胎藏中若生欲界住不律儀及非律儀非不律儀無善身語表設有而失有成就大種亦善色非有覆無記色謂諸聖者住胎藏中若生欲界住律儀若住不律儀及非律儀非不律儀現有善身語表或先有不失若生色界現無有覆無記身語表有成就大種亦善有覆無記色謂生色界現有有覆無記身語表設成就善有覆無記色彼大種耶答如是謂成就善有覆無記色者必在色界在色界者定成就大種故若成就大種彼善無覆無記色耶答有成就大種亦無覆無記色非善色謂處卵𣪘若諸異生住胎藏中若生欲界住不律儀及非律儀非不律儀無善身語表

設有而失有成就大種亦善無覆無記色謂諸聖者住胎藏中若生欲界住律儀若住不律儀及非律儀非不律儀現有善身語表或先有不失若生色界設成就善無覆無記色彼大種耶答如是謂成就善無覆無記色者必在欲色界在欲色界者定成就大種故若成就大種彼不善有覆無記色耶答無謂成就不善色者必在欲界成就有覆無記色者必在色界無一有情俱生二界故若成就大種彼不善無覆無記色耶答有成就大種亦無覆無記色非不善色謂處卵轂及住胎藏中若生欲界住律儀及非律儀非不律儀無不善身語表設有而失若生色界有成就大種亦不善無覆無記色謂生欲界住不律儀若住律儀及非律儀非不律儀現有不善身語表或先有不失設成就不善無覆無記色彼大種耶答如是謂成就不善無覆無記色者必在欲界在欲界者定成就大種故若成就大種彼有覆無記無覆無記色耶答有成就大種亦無覆無記色非有覆無記色謂生欲界若生色界現無有覆無記身語表有成就大種亦有覆無記無覆無記色謂生色界現有有覆無記身語表設成就有覆無記無覆無記色彼大種耶答如是謂成就此二無記色者必在色界在色界者定成就大種故若成就大種彼善不善有覆無記色耶答無謂成就善不善色者必在欲界成就善有覆無記色者必在色界無一有情俱生二界故若成就大種彼善不善無覆無記色耶答有成就大種亦無覆無記色非善不善色謂處

卵㲉若諸異生住胎藏中若生欲界住非律儀非不律儀無善不善身語表設有而失有成就大種亦善無覆無記色非不善色謂諸聖者住胎藏中若生欲界住律儀無不善身語表設有而失若住非律儀非不律儀現有善身語表或先有不失無不善身語表設有而失若生色界有成就大種亦不善無覆無記色非善色謂生欲界住不律儀無善身語表設有而失若住非律儀非不律儀現有不善身語表或先有不失無善身語表設有而失有成就大種亦善不善無覆無記色謂生欲界住律儀現有不善身語表或先有不失若住不律儀現有善身語表或先有不失若住非律儀非不律儀現有善不善身語表或先有不失設成就善不善無覆無記色彼大

種耶答如是謂成就此三色者必在欲界在欲界者定成就大種故若成就大種彼善有覆無記無覆無記色耶答有成就大種亦無覆無記色非善有覆無記色謂處卵㲉若諸異生住胎藏中若生欲界住不律儀及非律儀非不律儀無善身語表設有而失有成就大種亦善無覆無記色非有覆無記色謂諸聖者住胎藏中若生欲界住律儀若住不律儀及非律儀非不律儀現有善身語表或先有不失若生色界現無有覆無記身語表有成就大種亦善有覆無記無覆無記色謂生色界現有有覆無記身語表設成就善有覆無記無覆無記色彼大種耶答如是謂成就此三色者必在色界在色界者定成就大種故若成就大種彼不善有覆無記無覆無記

色耶答無謂成就不善無覆無記色者必在欲界成就有覆無記無覆無記色者必在色界無一有情俱生二界故若成就大種彼善不善有覆無記無覆無記色耶答無謂成就善不善無覆無記色者必在欲界成就善有覆無記無覆無記色者必在色界無一有情俱生二界故若成就善色彼不善色耶答應作四句有成就善色非不善色謂諸聖者住胎藏中若生欲界住律儀無不善身語表設有而失若住非律儀非不律儀現有善身語表或先有不失無不善身語表設有而失若生色界若諸聖者生無色界有成就不善色非善色謂生欲界住不律儀無善身語表設有而失若住非律儀非不律儀現有不善身語表或先有不失無善身語表設有而失有成就善色亦不善色謂生欲界住律儀現有不善身語表或先有不失若住不律儀現有善身語表或先有不失若住非律儀非不律儀現有善不善身語表或先有不失有非成就善色及不善色謂處卵㲉若諸異生住胎藏中若生欲界住非律儀非不律儀無善不善身語表設有而失若諸異生生無色界若成就善色彼有覆無記色耶答諸成就有覆無記色彼定成就善色或成就善色非有覆無記色謂諸聖者住胎藏中若生欲界住律儀若住不律儀及非律儀非不律儀現有善身語表或先有不失若生色界現無有覆無記身語表若諸聖者生無色界若成就善色彼無覆無記色耶答應作四句有成就善色非無覆無記色謂諸聖者生無色界有成就

無覆無記色非善色謂處卵𣪘若諸異生住胎藏中若生欲界住不律儀及非律儀非不律儀無善身語表設有而失有成就善色亦無覆無記色謂諸聖者住胎藏中若生欲界住律儀若住不律儀及非律儀非不律儀現有善身語表或先有不失若生色界有非成就善色及無覆無記色謂諸異生生無色界若成就善色彼不善有覆無記色耶答無謂成就不善色者必在欲界成就有覆無記色者必在色界無一有情俱生二界故若成就善色彼不善無覆無記色耶答有成就善色非不善無覆無記色謂諸聖者生無色界有成就善色亦無覆無記色非不善色謂諸聖者住胎藏中若生欲界住律儀無不善身語表設有而失若住非律儀非不律儀現有善身語表或先有不失無不善身語表設有而失若生色界有成就善色亦不善無覆無記色謂生欲界住律儀現有不善身語表或先有不失若住不律儀現有善身語表或先有不失若住非律儀非不律儀現有善不善身語表或先有不失設成就不善無覆無記色彼善色耶答或成就或不成就云何成就即如上說云何不成就謂生欲界住不律儀無善身語表設有而失若住非律儀非不律儀現有不善身語表或先有不失無善身語表設有而失若成就善色彼有覆無記無覆無記色耶答有成就善色非有覆無記無覆無記色謂諸聖者生無色界有成就善色亦無覆無記色非有覆無記色謂諸聖者住胎藏中若生欲界住律儀若住不律儀及非律儀

非不律儀現有善身語表或先有不失若生色界現無有覆無記身語表有成就善色亦有覆無記無覆無記色謂生色界現有有覆無記身語表設成就有覆無記無覆無記色彼善色耶答如是謂成就有覆無記無覆無記色者必在色界在色界者定成就善色故若成就善色彼不善有覆無記無覆無記色耶答無謂成就不善無覆無記色者必在欲界成就有覆無記無覆無記色者必在色界無一有情俱生二界故若成就不善色彼有覆無記色耶答無謂成就不善色者必在欲界成就有覆無記色者必在色界無一有情俱生二界故若成就不善色彼無覆無記色耶答諸成就不善色彼定成就無覆無記色有成就無覆無記色非不善色謂處卵㲉及住胎藏中若生欲界住律儀及非律儀非不律儀無不善身語表設有而失若生色界若成就不善色彼有覆無記無覆無記色耶答無如上說若成就有覆無記色彼無覆無記色耶答諸成就有覆無記色彼定成就無覆無記色有成就無覆無記色非有覆無記色謂生欲界若生色界現無有覆無記身語表如上所說總略義者謂四大種生欲色界必定成就生無色界定不成就無覆無記色亦爾善色生色界定成就生欲無色界或成就或不成就不善色生色無色界定不成就生欲界或成就或不成就有覆無記色生欲無色界定不成就生色界或成就或不成就

阿毗達磨大毗婆沙論卷第一百二十八　說一切有部發智

音釋

踰繕那梵語也亦名由旬此云限量如此方一驛地或四十里六十里八十里 踰音俞 繕時戰切 蚊蟻蚊音文齧人飛蟲也蟻蠃 莫結切蟻蠓細蟲也 蠃倫爲切瘦也 劣劣力輟切弱也

阿毗達磨大毗婆沙論卷第一百二十九

五百大阿羅漢等造

唐三藏法師玄奘奉詔譯

大種藴第五中大造納息第一之三

諸四大種依何定滅乃至廣說問何故作此論答欲顯諸佛出現世間有大功德故如施設論說贍部洲邊繞大海際有轉輪王路廣一踰繕那諸轉輪王若不出世水所覆沒無能遊履若出世時海水周減一踰繕那此路乃現平飾清淨底布金砂栴檀香水自然灑潤輪王每欲巡此洲時導從四軍而遊此路如是諸佛未出世時無有能依諸根本地斷煩惱者若佛十力大法輪王出世間時根本地現平等清淨布覺分砂灑戒定水佛與無數那庾多眷屬依之趣入無畏涅槃宮問此中云何顯佛出世有大功德答佛不出世此問尚無況有能答如佛昔在室羅筏城住誓多林時有苾芻名曰馬勝是阿羅漢獨於靜室作是思惟諸四大種何處永滅爲欲知故入勝等持即以定心於誓多林沒欻然出在四大王衆天從定而起問彼天衆諸四大種何處永滅天衆答曰我等不知是四大種何處永滅然我所事四大天王智慧威德並皆殊勝彼或能了可往問之尊者即時詣四王所作如上問皆曰不知復共仰推三十三天衆三十三天衆復推帝釋帝釋仰推夜摩天衆夜摩天衆推蘇夜摩天子蘇夜摩天子推覩史多天衆覩史多天衆推珊覩史多天子珊覩史多天子推樂變化天衆樂變化天衆推妙變化天子妙變化天子推他化自在天

衆他化自在天衆推妙自在天子妙自在天子推梵天衆如世尊者徧問欲天竟不能知大種滅處欲往梵世入勝等持復以定心自在宮歿梵衆天出從定而起作如上問梵衆咸謂我等不知有大梵王是梵大梵作者化者爲一切父自在生育具大威德無與等者無有不見不了不識彼定能知仁應往問尊者即問大梵所在梵衆答曰我亦不知大梵天王定所在處仁欲見者隨處諦求即有光明於中而現尊者馬勝遂發誠心願大梵王於此衆現應時大梵即放光明便自化身爲童子像首分五頂形貌端嚴在梵衆中隨光而現尊者前進問曰大仙諸四大種何處永滅梵王不達作矯亂言苾芻當知我是大梵是自在者作者化者生者養者爲一切父此是諂誑所發語業尊者告曰我不問仁梵非梵等但問大種何處永滅爾時大梵知此苾芻非矯亂言卒能酬遣便執兩手引出衆外此是諂誑所發身業出衆外已謝尊者言我實不知大種滅處然諸梵衆咸謂我是自在作者無不知見若我衆中云不知者是諸梵衆便見輕蔑尊者自失近捨如來遠勞見問致無所獲今可速還詣佛請問如佛所說應正受持馬勝既聞梵王推佛歡喜辭退復入等持即以定心於梵世沒欻然還出誓多林中從定而起整理衣服往世尊前恭敬作禮問四大種何處永滅爾時世尊爲說不見邊際鳥喻云汝亦然乃至梵宮徧請所問不得邊際還至此中猶如彼鳥不得邊際然汝所問不合問儀隨此而答亦乖答理汝欲問者

當如是問
四大與短長　細麤淨不淨　於何處永棄
名色滅無餘
此問隨順應如是答
識不見無邊　周徧廣大性　更無餘廣大
能映奪此者　四大與短長　細麤淨不淨
於是處永棄　名色滅無餘
有說此中佛說聖道世尊於此說識聲故有說此中佛說涅槃以說無邊識不見故若無佛出世說正法者則雖梵王亦多愚惑若佛出世宣說正法則八歲勤策亦能解了設有來問長老知耶諸四大種何處永滅彼若誦持大種蘊者即言依四定或依未至滅世若無佛此等便無故佛出世有大功德諸四大種及所造色依何定滅答依四定或依未至滅定或名道或名行迹或名對治或名作意義無差別滅或名斷或名離染或名爲盡或名離繫義亦無別昔於此部有二論師一名時毗羅二名瞿沙伐摩尊者時毗羅作如是說此中但說永斷無餘斷無隨縛斷無少分斷無影像斷說聖者斷非異生斷說聖道作用非世俗道作用所以者何依七依經以立斯論彼經但說根本地故無有異生或諸聖者依根本地起世俗道能離染故尊者瞿沙伐摩作如是說此中但說永斷無餘斷無隨縛斷無少分斷無影像斷此說應理餘則不然所以者何此中通說諸聖者斷及異生斷聖道作用及世俗道作用故問依七依經以立此論彼經惟說諸根本地無有異生或諸聖者依根本地起世俗道能離諸染云何說

通答由此故言阿毗達磨是諸經鏡燈燄光明諸契經中未宣說者此中宣說未示現者此中示現經說有餘此中無餘經說有異意此中無異意阿毗達磨中言多盡理由此經論二說善通大種造色依四定滅者謂依四靜慮依未至滅者謂依初靜慮近分及靜慮中間空無邊處近分此中靜慮無色近分靜慮中間皆名未至並未能入勝根本地而能現前斷煩惱故問契經惟說根本名依何故此中說依未至有作是說此中應言依四定或未至滅不應言依未至而言依者有何意耶此文再說根本地故依四定者說四依定依未至者謂舉諸依顯諸未至非即說此未至爲依如說入城未入城耶雖再說城言無別城事彼亦如是有餘師說此中依言總說諸定非但根本皆能與道作所依故然七依定就勝而說大種造色五地所繫謂欲界四靜慮是故離第四靜慮染時乃究竟斷然離彼染或依初靜慮近分或依四靜慮或依靜慮中間或依空無邊處近分若依空無邊處近分離彼染時通聖者及異生惟世俗道非聖道若依餘地離彼染時惟聖者非異生惟非道非世俗道此中說究竟所滅大種造色謂第四靜慮所繫故言依四定或依未至滅若欲界所繫大種造色但應言依未至滅依初靜慮近分滅故初靜慮所繫大種造色應言依初定或依未至滅依初靜慮靜慮中間及前二靜慮近分滅故第二靜慮所繫大種造色應言依二定或依未至滅依前二靜慮靜慮中間初及第三靜慮近分滅故第三靜

慮所繫大種造色應言依三定或依未至滅依前三靜慮靜慮中間初及第四靜慮近分滅故應知此中諸依前三靜慮及靜慮中間滅者惟聖者非異生惟聖道非世俗道諸依初靜慮近分滅者通聖者及異生通聖道及世俗道諸依餘三靜慮近分滅者通聖者及異生惟世俗道非聖道上七近分無聖道故尋伺有對觸依何定滅答依初定或依未至滅依初定滅者謂依初靜慮依未至滅者謂依前二靜慮近分及靜慮中間尋伺有對觸二地所繫謂欲界初靜慮是故離初靜慮染時乃究竟斷然離彼染或依初靜慮或依靜慮中間或依前二靜慮近分若依第二靜慮近分離彼染時通聖者及異生惟世俗道非聖道若依餘地離彼染時惟聖者非異生惟聖道非世俗道此中說究竟所滅尋伺有對觸謂初靜慮所繫故言依初定或依未至滅若欲界所繫尋伺有對觸但應言依未至滅依初靜慮近分滅故此通聖者及異生通聖道及世俗道樂根依何定滅答依三定或依未至滅依三定滅者謂依前三靜慮依未至滅者謂依初靜慮近分及靜慮中間第四靜慮近分樂根三地所繫謂欲界初靜慮第三靜慮是故離第三靜慮染時乃究竟斷然離彼染或依前三靜慮或依靜慮中間或依初及第四靜慮近分若依第四靜慮近分離彼染時通聖者及異生惟世俗道非聖道若依餘地離彼染時惟聖者非異生惟聖道非世俗道此中說究竟所滅樂根謂第三靜慮所繫故言依三定或依未至滅若欲界所繫樂

根但應言依未至滅依初靜慮近分滅故初靜慮所繫樂根應言依初定或依未至滅依初靜慮靜慮中間及前二靜慮近分滅故此中諸依初靜慮及靜慮中間滅者惟聖者非異生惟聖道非世俗道依初靜慮近分滅者通聖者及異生通聖道及世俗道依第二靜慮近分滅者通聖者及異生惟世俗道非聖道喜根依何定滅答依二定或依未至滅依二定滅者謂依前二靜慮依未至滅者謂依初靜慮近分及靜慮中間第三靜慮近分喜根三地所繫謂欲界前二靜慮是故離第二靜慮染時乃究竟斷然離彼染或依前二靜慮或依靜慮中間或依初及第三靜慮近分若依第三靜慮近分離彼染時通聖者及異生惟世俗道非聖道若依餘地離彼染時惟聖者非異生惟聖道非世俗道此中說究竟所滅喜根謂第二靜慮所繫故言依二定或依未至滅若欲界所繫喜根但應言依未至滅依初靜慮近分滅故初靜慮所繫喜根應言依初定或依未至滅依初靜慮靜慮中間及前二靜慮近分滅故此中諸初靜慮靜慮中間滅者惟聖者非異生惟聖道非世俗道依初靜慮近分滅者通聖者及異生通聖道及世俗道依第二靜慮近分滅者通聖者及異生惟世俗道非聖道苦根憂根段食依何定滅答依未至滅謂初靜慮近分以苦根等惟欲界繫是故離彼染時即究竟斷然離彼染時惟依初靜慮近分此通聖者及異生通聖道及世俗道捨根觸思識食依何定滅答依七定或依未至滅依七定滅者謂依四靜

慮及前三無色依未至滅者謂依初靜慮近分及靜慮中間此捨根等九地所繫謂從欲界乃至非想非非想處是故離非想非非想處染時乃究竟斷然離彼染或依初靜慮近分或依靜慮中間或依四靜慮或依前三無色此惟聖者非異生惟聖道非世俗道此中說究竟所滅捨根三食謂非想非非想處所繫故言依七定或依未至滅若欲界所繫捨根三食但應言依未至滅依初靜慮近分滅故初靜慮所繫捨根三食應言依初定或依未至滅依初靜慮靜慮中間及前二靜慮近分滅故第二靜慮所繫捨根三食應言依二定或依未至滅依前二靜慮靜慮中間初及第三靜慮近分滅故第三靜慮所繫捨根三食應言依三定或依未至滅依前三靜慮靜慮中間初及第四靜慮近分滅故第四靜慮所繫捨根三食應言依四定或依未至滅依四靜慮靜慮中間初靜慮近分空無邊處近分滅故空無邊處捨根三食應言依五定或依未至滅依四靜慮空無邊處靜慮中間初靜慮近分識無邊處近分滅故識無邊處捨根三食應言依六定或依未至滅依四靜慮前二無色靜慮中間初靜慮近分無所有處近分滅故無所有處捨根三食應言依七定或依未至滅依四靜慮前三無色靜慮中間初靜慮近分非想非非想處近分滅故此中諸依七定靜慮中間滅者惟聖者非異生惟聖道非世俗道諸依初靜慮近分滅者通聖者及異生通聖道及世俗道諸依上七地近分滅者通聖者及異生惟世俗道非聖道諸

四大種及所造色已斷已徧知當言住何果答阿羅漢果或無所住住阿羅漢果者謂彼補特伽羅大種造色已斷徧知住無學果或無所住者謂彼補特伽羅大種造色已斷徧知猶未住果即諸異生已離色界染及先離彼染入正性離生住見道中十五心頃若漸次者離第四靜慮染最後解脫道離空無邊處染諸加行道九無間道九解脫道乃至離無所有處染應知亦爾離非想非非想處染諸加行道九無間道八解脫道住此諸位補特伽羅大種造色已斷徧知於四沙門果而猶未住問先離色界染入正性離生道類智時大種造色已斷徧知此補特伽羅住不還果此中何故不說答應說而不說者當知此義有餘有說此中依漸次說謂說具縛入正

性離生者非超越者是故不說尋伺有對觸已斷已徧知當言住何果答阿羅漢果或無所住住阿羅漢果者謂彼補特伽羅尋伺有對觸已斷徧知住無學果或無所住者謂彼補特伽羅尋伺有對觸已斷徧知猶未住果即諸異生已離初靜慮染或先離彼染入正性離生住見道中十五心頃若漸次者離初靜慮染最後解脫道離第二靜慮染諸加行道九無間道九解脫道乃至離無所有處染應知亦爾離非想非非想處染諸加行道九無間道八解脫道住此諸位補特伽羅尋伺有對觸已斷徧知於四沙門果而猶未住問先離初靜慮染入正性離生道類智時尋伺有對觸已斷徧知此補特伽羅住不還果此中何故不說答應說而不說者當知此義有

餘有說此中依漸次說廣說如前樂根已斷已徧知當言住何果答阿羅漢果或無所住住阿羅漢果者謂彼補特伽羅樂根已斷徧知住無學果或無所住者謂彼補特伽羅樂根已斷徧知猶未住果即諸異生已離第三靜慮染或先離彼染入正性離生住見道中十五心頃若漸次者離第三靜慮染最後解脫道離第四靜慮染諸加行道九無間道九解脫道乃至離無所有處染應知亦爾離非想非非想處染諸加行道九無間道八解脫道住此諸位補特伽羅樂根已斷徧知於四沙門果而猶未住問先離第三靜慮染入正性離生道類智時爾時樂根已斷徧知此補特伽羅住不還果此中何故不說答應說而不說者當知此義有餘有說此中依漸次說廣說如前喜根已斷已徧知當言住何果答阿羅漢果或無所住住阿羅漢果者謂彼補特伽羅喜根已斷徧知住無學果無所住者謂彼補特伽羅喜根已斷徧知猶未住果即諸異生已離第二靜慮染或先離彼染入正性離生住見道中十五心頃若漸次者離第二靜慮染最後解脫道離第三靜慮染諸加行道九無間道九解脫道乃至離無所有處染應知亦爾離非想非非想處染諸加行道九無間道八解脫道住此諸位補特伽羅喜根已斷徧知於四沙門果而猶未住問先離第二靜慮染入正性離生道類智時爾時喜根已斷徧知此補特伽羅住不還果此中何故不說答應說而不說者當知此義有餘有說此中依漸次說廣說如前苦根憂根段食

已斷已徧知當言住何果答不還果或阿羅漢果或無所住住不還果者謂彼補特伽羅苦根等三已斷徧知住學第三果住阿羅漢果者謂彼補特伽羅苦根等三已斷徧知住無學果無所住者諸彼補特伽羅苦根等三已斷徧知猶未住果即諸異生已離欲界染或先離彼染入正性離生住見道中十五心頃住此諸位補特伽羅苦根等三已斷徧知於四沙門果而猶未住此中不説漸次諸位名無所住以離欲界染最後無間道生爾時苦根等三究竟斷盡最後解脱道時此補特伽羅必住不還果故捨根觸思識食已斷已徧知當言住何果答阿羅漢果此中不説或無所住所以者何離非想非非想處染最後無間道生爾時捨根三食究竟斷盡最後解脱道時此補特伽羅必住阿羅漢果故餘師於此作別意釋謂此意問四大種等已斷已徧知當言何果攝由此不説四大種等已斷徧知住不還果先離色染後入正性離生道類智時雖得不還果而彼離繫非不還果攝以不還果但攝見所斷及欲界修所斷斷爲斷果故評曰初説爲善所以者何此中但問補特伽羅四大種等已斷徧知得住何果不問果攝故契經中説食有四種一段食二觸食三意思食四識食云何段食謂由麤細分段爲縁長養諸根增益大種云何觸意思識食謂有漏觸意思識爲縁長養諸根增益大種此中長養諸根者顯長養諸法增益大種者顯異熟諸法問諸根亦可增益有異熟故大種亦可長養有長養故何故此中惟作是

說答諸根大種俱應作二種說而不說者當知此義有餘復次欲以種種文種種說莊嚴於義令易解故復次欲現二門二階二略二明二炬二影二光互相顯示如根說長養大種亦應爾如大種說增益根亦應爾由二門等互相影故則所說理通文要義顯問如所說長養增益爲於長益法長益爲於不長益法長益耶若於長益法長益者彼長益法復何長益若於不長益法長益者不長益法云何長益答非於長益法長益亦非於不長益法長益然長益不長益法先住未來若遇長益緣則不長益法滅長益法生若遇不長益緣則長益法滅不長益法生雖無轉作而義俱立問頗有有漏觸思識爲緣長養諸根增益大種而非食耶答有謂異界觸思識能長養增益諸根大種問頗有同界觸思識爲緣長養諸根增益大種而非食耶答有謂異地觸思識能長養增益諸根大種問頗有同地觸思識爲緣長養諸根增益大種而非食耶答有謂無漏觸思識能長養增益諸根大種問何故無漏不立食耶答諸無漏法無食相故又法現前增益諸有攝受諸有任持諸有可說爲食無漏諸法損減違害破壞諸有故不說食又法現前連續諸有連續老死能令生死輪轉無窮可說爲食無漏諸法斷息諸有斷息老死能令生死不復輪轉故不說食又法現前隨順苦集隨順老死能令生死諸有世間流轉不息可說爲食無漏諸法隨順苦集滅隨順老死滅能令生死諸有世間不復流轉故不說食又法現前是身見事是顛

倒事是貪愛事是隨眠事是貪瞋癡安立足處有垢有毒有穢有濁有刺有怨諸有所攝墮苦集諦可說爲食無漏諸法非身見事非顛倒事非貪愛事非隨眠事非貪瞋癡安立足處無垢無毒無穢無濁無刺無怨非諸有所攝不墮苦集諦故不說食又無漏法不能究竟長養諸有雖暫長養非究竟故不說爲食尊者妙音亦作是說非無漏法長養諸有雖暫長養而非究竟終違有故不說爲食夫說爲食終能長養問食體是何答是十六事於中十三事是段食體即十一觸及香味處觸思識三是餘食體蘊界處攝者是十一界五處三蘊少分所攝十一界者謂七心界及香味觸法界五處者謂香味觸處意處法處三蘊者謂色行識蘊是謂四食自體我物性相已說自體所以今當說何故名食食是何義答牽有義是食義續有義持有義生有義養有義增有義是食義此四於有能牽乃至能增故名爲食問若牽有乃至增有是食義者諸有漏法皆應名食何故但說四耶脇尊者言惟佛世尊究竟了達諸法性相亦知勢用非餘能知若法有食相作用可立食者即便立之無者不立尊者世友作如是言此是世尊有餘之說略說影說有觀待說佛觀化宜而說法故尊者妙音說曰佛知此四牽有續有持有生有養有增有體相勢用强盛隣近故立爲食餘法不爾故不說食有餘師言如是四法極能長養諸界趣生老死世間令其流轉故立爲食餘則不爾或有說者食有二相一牽引當有令現在前二任持令有令

相續住有餘師說食有三種一者業食二者生食三者長養食業食謂思生食謂識長養食者謂段與觸

阿毗達磨大毗婆沙論卷第一百二十九說一切有部發智

音釋

那庾多梵語也此云萬億庾弋渚切珊覩史多梵語也亦云兜率陀此云知足珊蘇干切矯亂矯居夭切詐也亂盧玩切紊也蔑莫結切輕易也

阿毗達磨大毗婆沙論卷第一百三十

五百大阿羅漢等造

唐三藏法師玄奘奉詔譯

大種蘊第五中大造納息第一之四

問如是四食幾牽當有令現在前幾持今有令相續住有作是說一牽當有令現在前謂意思食三持今有令相續住謂餘三食或有說者二牽當有謂意思識二持今有謂餘二食有餘師說三牽當有謂觸思識一持今有所謂段食如是說者四食盡牽當有令現在前盡持今有令相續住問諸食於有幾未生令生幾生已長養有作是說諸食於有一未生令生謂意思食三生已長養謂餘三食復有說者二未生令生謂意思識二生已長養謂餘二食有餘師說三未生令生謂觸思識一生已長養所謂段食如是說者四食於有皆未生令生生已長養問何食於何法食事偏增答段食養色根大種勝故於色根大種食事偏增觸食養心心所勝故於心心所食事偏增思食養後有勝故於諸後有食事偏增識食養名色勝故於諸名色食事偏增問如說牽有義是食義等此言爲是因義是緣義耶設爾何失二俱有過若是因義者外香味觸於內諸處五因皆無云何爲食若是緣義者除內自性餘法皆是此增上緣何故但說四種爲食有說是因義問若爾外香味觸於內諸處五因皆無云何爲食答外香味觸爲覺發因令內香等得成食事內香味觸於內諸處有因義故說之爲食謂眼惟以觸處爲食耳鼻舌身色聲亦爾香用香處觸處爲

食味以味處觸處爲食觸處惟以觸處爲食心心所法三食爲食此中因義如理應思有說是緣義問若爾除内自性餘法皆是此增上緣何故但說四種爲食答於内諸處增上緣法有親有踈有近有遠有合不合有在此生有在餘生諸親近合在此生者說之爲食踈遠不合在餘生者不說爲食故食惟四此四皆於内十二處能爲食事然有增微如前所說問何故色處不立爲食有作是說無食相故有說色處取時麤重若於取時細輕者名食要微細轉滋養身故有說色處不至而取食惟至取非身不合成食事故有說色處至變壞位食事方成謂水所浸爛火所熟變風所動摇然後方成食所作事非色未變得名爲食故色非食香等不爾有餘師言若色是食眼見色時應除飢渴若然施主所費則爲唐捐有餘復言若色是食諸出家者眼見色時應犯遠離非時食法或有說者若色是食則色界天應受段食取諸色故當知後三所說乖理香觸亦有如斯過故應知前四所說者好問若色非食經云何通如世尊言長者汝所施食色香味具甚爲妙好答色雖非食爲欲發起施主思故佛作是說謂佛讃美所施食時施主便發殊勝思願快哉如來讃受我食我當必獲殊勝福利問若讃色具色非食者亦讃香等俱應非食彼既是食此亦應然答佛於此中不欲簡别是食非食但欲發起施主思願說此契經若此讃說即是食者觸非所讃便應非食問段食是何義答分段而食故名段食問若爾所飲吮等非段食

耶答從多分說是故無過復有說者飲吮等時亦作分段有餘師言從初而說謂劫初時人受用地味皆作分段而吞噉之因名段食問佛說段食有麤有細云何應知麤細差別答集異門說段食麤細互相觀待而可了知謂水族中小爲大食傳相觀待麤細得成如底民者羅者羅所食是麤底民者羅所食爲細底民者羅所食是麤底民所食爲細底民所食是麤大魚龜鼈及末羯羅失獸摩羅等所食爲細大魚鼈等所食是麤餘水行蟲所食爲細諸陸族中象馬駝等所食是麤羊鹿猪等所食爲細羊鹿猪等所食是麤兔猫貍等所食爲細兔猫貍等所食是麤餘陸行蟲所食爲細空行族中諸妙翅鳥所食是麤鵝鴈孔雀鸚鵡舍利命命鳥等所食爲細鵝鴈孔雀等所食是麤餘空行類所食爲細有作是說若諸有情以草木等而爲食者所食是麤以餅飯等而爲食者所食是細有餘師說以餅飯等而爲食者所食是麤以酥油等而爲食者所食是細有餘復說面門吞噉諸食是麤臍毛孔入諸食爲細謂胎藏中諸有情類食從臍入惟諸菩薩食從一切毛孔而入有作是言若食噉已有等流者此食是麤無等流者此食爲細如酥陀味香爲食等問觸思識食有麤細不若有者何故契經惟說段食有麤細若無者何故段食有麤細非餘耶答觸思識食亦有麤細界地相待故謂欲界是麤色界爲細色界是麤無色界爲細初靜慮是麤第二靜慮爲細乃至無所有處是麤非想非非想處爲細問若爾何故契經不說

答應說而不說者當知此義有餘有說契經舉初顯後已說段食有麤細當知餘食亦有麤細有說段食由四因緣有多少故麤細可知餘食不爾一追求故二積集故三受用故四等流故追求故者謂諸有情追求段食有多有少所求多者是麤所求少者爲細積集故者謂諸有情積集段食有多有少所集多者是麤所集少者是細受用故者謂諸有情受用段食有多有少所受多者是麤所受少者是細等流故者謂諸有情段食等流有多有少等流多者所食是麤等流少者所食是細有說段食觀待諸處可說麤細餘食不爾謂香味觸觀待色聲可說爲細觀待意法可說爲麤觸思識三意法處攝此於諸處惟細非麤無異觀待不說麤細問於何界有幾食

答欲界具四段食偏增色界有三觸食偏增無色亦三下三無色思食偏增非想非非想處識食偏增有說非想非非想處亦思食增一思能感八十千劫壽量果故問於何趣有幾食答地獄具四識食偏增問地獄之中有何段食答飲鎔銅汁吞熱鐵丸以爲段食問夫爲食者有所滋益此物入身燒脣舌咢咽喉胃腹從下出已炎赫轉增舉身焦然云何名食答雖爲燒惱而有食相初入身時暫除飢渴故傍生具四隨一偏增種類處所有差別故鬼趣具四思食偏增曾聞一時尊者滿願爲乞食故將入布色羯邏伐底城於城門前忽然見一老餓鬼女問言汝今何爲住此鬼女反問尊者見我耶尊者答如是鬼女便曰我夫入城希此城中有長者等癰腫潰爛

當因擠搦收取膿血還共食之爲是我今於此住待復問汝夫入來久近鬼女答曰飢渴所迷不憶我夫入城久近然惟記此城邊大河七移城南七移城北于今未還尊者愍傷悒然捨去如是鬼女飢渴多時希望所持身相續住故知鬼趣思食偏增人及欲天皆具四食然彼種類段食偏增色無色天如界中說問於傍生有幾食答卵生具四觸食偏增有說思食增云何知然如集異門說海中有獸時出海濱於沙渾中產生諸卵以沙埋覆還入海中彼在卵殼憶念母故身不爛壞謂憶念母先孚㜮時所有觸故若忘其母身便爛壞有餘師說若母憶念卵中子者卵則不壞若母忘之彼卵便壞此不應理所以者何勿以他食能持自命是故前說於理爲善胎生具四段食偏增濕生具四觸食偏增化生具四隨一偏增種類所有差別故所說食聲有二差別一世俗二勝義世俗者如世間言有殘食瓶無殘食瓶又如世間說城邑食所謂此食出吉祥城此食出怛叉翅羅城此食出奢羯羅城此食出寂靜宮如是等又如讚者說諸食名謂剌雉多食牟地多食佛所讚食四方食等又如經說順食逆食言順食者如世尊言苾芻當知一切有食謂天暴雨其滴洪澍諸山谿谷最先盈滿谿谷滿已小溝澗滿小溝澗滿已大溝澗滿大溝澗滿已小江河滿小江河滿已大江河滿大江河滿已大海盈滿言逆食者如世尊言苾芻當知一切有食大海有食謂大江河大江河有食謂小江河小江河有食謂大溝澗大溝澗有食

謂小溝澗小溝澗有食所謂谿谷谿谷有食謂天暴雨勝義食者謂此四食眞實資益諸有情故問諸段皆食耶答應作四句有段非食謂以段爲縁不能長益諸根大種有食非段謂以觸思識爲縁而能長益諸根大種有段亦食謂以段爲縁而能長益諸根大種有非段非食謂以觸思識爲縁不能長益諸根大種如段食有四句如是識思觸食各有四句皆應廣說如是差別成十六句問不能長益諸根大種便非食耶答如是所以者何前說長益是食相故問今現見有食已痛逼乃至或令捨於身擔云何長益是食相耶答雖所飲食有損有益但今說食謂益非損益有二時一初食時二消化時或有消化時損初食時益如食美毒此亦名食或有初食時損消化時益如服苦藥此亦名食由此二種隨於一時作食事故皆得名食故說長益名爲食相有說彼類食已初雖不安後變吐時還能爲益故先所說食自相成

經說苾芻如是四食能令部多有情安住及能攝益求有有情問此經所說部多求有二種有情云何差別答住本有名部多住中有名求有於六處門求當有故有說聖名部多異生名求有彼類多求當來有故有說無學名部多學名求有彼容希求當來有故問部多有情亦可攝益求有有情亦可安住如何但說能令部多有情安住及能攝益求有有情答此契經文俱應作二種說而不說者當知此義有餘有說此中欲以種種文種種說莊嚴於義令易解故有說此中欲現二門二

略乃至廣說有說本有安住最經多時聖與無學求暫安住於此義顯說安住言餘不如是不說安住經說苾芻如是四食是衆病本是癰瘡本是毒箭本是老死因是老死緣問食亦能爲安樂根本如世尊說道依資糧涅槃依道由道樂故得樂涅槃道之資糧食爲上首何故說是病等本耶答爲止有情段食欲故彼由貪食起諸惡行招感劇苦是故世尊作如是說設諸段食惟現樂因智者尚應不生躭嗜以起惡業招當苦故況爲現身衆病本等是故智者不應染着佛爲此故說是契經經說苾芻應觀段食如曠野子肉應觀觸食如新剥皮牛應觀思食如火坑炎炭應觀識食如三百利鉾問云何苾芻應觀段食如曠野子肉答譬如夫妻惟有一子面貌端正憐愛情深值國飢荒欲詣他土行至曠野遂絶餱糧前路尚遥不食數日皆困將死其夫竊念路遠糧絶命在須臾我等三人理不俱濟豈得相守俱喪此中今若一人充食則死一存二猶勝俱亡若以我供慮妻志懊悲恨自絶不能出難若以妻供恐兒失母亦不存活便爲兩失然所愛子我等所生夫妻若存子容可得宜捨子命度茲曠野作是念已悲不自勝妻便怪之前問其故夫乃具以所念告之妻聞哽咽悶絶躃地良久乃甦號哭呼天稱寃酷毒夫乃徐諭久而許之於是夫妻抱子嗚咽失聲悲叫何期苦哉滯咽多時乃盡子命破析爲脯充路資糧每欲食時夫妻相哭稱言子子雨淚而食食已嗟惋自責自咎然彼夫妻自初籌議乃至食已隨路行

時曾無歡情惟念愛子如是行者住空閑處終不放逸正思惟妻生一可愛妙喜法子心常念之初無捨離猒生死境趣涅槃方於長時修資緣匱乏爲持聖道所依苦身捨所專修入城乞食與不放逸正思惟俱自捨空閑乃至食已曾無染着歡樂之心惟念所捨專修之法苾芻如是於段食中應觀如前曠野子肉若於段食已斷徧知者於五欲愛亦斷徧知同一制伏一對治故若五欲愛已斷徧知則無一結未斷徧知能繫縛彼還生欲界此依離欲愛得不還果順下分結盡密意而說問云何苾芻應觀觸食如新剥皮牛答假如其牛有過於主欲令苦故生剥去皮其牛爾時以無皮故隨所住止若地若空所有諸蟲競來唼食爲去蟲故指觸蕃籬草木壁等轉增苦痛彼牛爾時寧有少樂觸與未觸皆受大苦如是諸有寧有少樂生與未生無不皆苦苾芻如是應觀觸食猶如所說新剥皮牛若於觸食已斷徧知者便於三受亦斷徧知諸受以觸爲緣生故如經言觸緣受若於三受已斷徧知則所作已辦故應思擇求斷觸食此依越有頂得阿羅漢果一切結盡密意而說云何苾芻應觀思食如火坑炎炭答如近城邑有大火坑無焰無煙炎炭盈滿有不愚稚非騃智人見已念言此大火坑炎炭盈滿我若墮者必死無疑作是念已便起思願求欲遠之即便捨去諸有癡幼頑無智人見已念言此坑之中紅赫可愛便即投趣受苦命終如彼智者見大火坑怖而遠避如是諸聖於後有思深生猒捨如無智者投大火

坑受苦喪命如是異生起後有思受無邊苦失於慧命苾芻如是應觀思食如上所說炎炭火坑若於思食已斷徧知者便於三愛亦斷徧知以彼三愛是起因故如契經說業爲因故生愛爲因故起若於三愛已斷徧知則所作已辦故應思擇求斷思食此亦依越有頂得阿羅漢果一切結盡密意而說問云何苾芻應觀識食如三百利鉾荅假如有人於日初分被百鉾穳日中分時亦百鉾穳於日後分亦百鉾穳如是日日受三百鉾乃至盡壽其人爾時舉體皆瘡無少完全如芥子許如是行者於日日中恒爲三百異境所引如利鉾心於所專修而爲侵害乃至盡壽令所修習多諸瘡疵苾芻如是應觀識食如上所說三百利鉾若於識食已斷徧知者則於名色亦斷徧知以識是彼名色緣故如契經說識緣名色若於名色已斷徧知則所作已辦故應思擇求斷識食此依越有頂得阿羅漢果一切結盡密意而說問餘食亦如三百鉾不若亦如三百鉾者何故但說觀識食耶若不如三百鉾者何故惟識食如三百鉾非餘食耶荅餘食亦應如三百鉾如以此觀識食亦應以此觀餘三食而契經但說觀識食者當知此是有餘之說有說此經示最後邊顯前所說諸食亦爾有餘師言心性剛强最難調伏佛爲呵責以三百鉾而爲譬喻餘食自以餘門說喻有說此經隨顯勝說是故無過前三喻中理有通者皆以此釋如契經說此吠羅摩婆羅門以如是諸妙飲食布施摩訶婆羅婆羅門衆有以飲食布施贍部林中異

生此獲施福果大於彼問此契經中爲説何等名爲贍部林中異生有作是説贍部洲中諸有腹者皆此所説有説諸有外仙已離欲染是此所説有言此是近佛菩薩理不應然諸有布施近佛菩薩所獲施福勝施俱胝阿羅漢衆如是説者此説已得順決擇分善根異生其德勝彼婆羅門故此經復言若以飲食布施贍部林中異生有以飲食施一預流此獲施福果大於彼由此已斷諸惡見故三結盡故離見所斷惡趣因故作有邊際故得預流果故此經復言若以飲食施百預流有以飲食施一一來此獲施福果大於彼離修所斷惡趣因故薄貪瞋癡故得一來果故此經復言若以飲食施百一來有以飲食施一不還此獲施福果大於彼由此已斷順下分

結故越欲界生故得不還果故此經復言若以飲食施百不還有以飲食施一阿羅漢此獲施福果大於彼此由已斷一切結故越有頂生故得阿羅漢果故此經復言若以飲食施百阿羅漢有以飲食施一獨覺此獲施福果大於彼自能覺故此經復言若以飲食施百獨覺有以飲食施一如來此獲施福果大於彼自能徧覺故亦能覺他故此經復言若以飲食奉施如來有造僧伽藍施四方僧衆此獲施福果大於彼以僧伽藍無障礙故問施佛功德勝於施僧此中施福皆先舉劣後舉其勝何故此中先佛後僧答即以是故先佛後僧所以者何若聲聞僧便不攝佛若四方僧則亦攝佛是福田僧苾芻僧故若惟施佛但佛應受僧衆不受故福爲劣若施僧衆

僧衆與佛俱應納受故福爲勝無障礙故獲福無限故雖所舉先佛後僧而猶得名先劣後勝問所得果勝亦由勝思何故世尊惟讚田勝答世尊所化有二差別一信慧具足二有信無慧於信慧具佛不讚田彼自能知田非田故於信無慧佛則讚田彼不能知田非田故然彼施果或有欲令思勝故勝或有欲令田勝故勝而實果勝俱由二種由此得成四句差別謂有由田不由思勝或有由思不由田勝或有俱由二種故勝或由二種俱劣故劣問佛施舍利子舍利子施佛此二施福何者爲多答諸有欲令果由思勝者彼說佛施福多以佛施思於現前位舍利子等尚不能知何況能及諸有欲令果由田勝者彼說舍利子施福多以佛福田三界中最勝故問預流果向爲可施不若可施者前經何故不說若不可施餘經所說復云何通如說

四向與四果　是眞福田僧　具戒慧等持
施者獲大果

有說可施謂衣服等非諸飲食問若可施者前經何故不說答前所引經說施飲食非衣服等是故不說有說此向亦可施食但有攝取而無受用謂毗呵羅中有入見道者餘人爲受所施食分或將食時有入見道施主以食置其膝上或復安置曼荼羅中問前所引經何故不說答彼經惟說能受用者此據攝取故不相違有餘師言此向不可施是故前經不說問若爾者所引經頌當云何通答彼頌欲顯補特伽羅由道差別成福田義謂顯成就無漏道者施獲大果名眞福田不說爾

時能受他施前問可施不可施者意問能受不能受故

阿毗達磨大毗婆沙論卷第一百三十 說一切有部發智

音釋

費方未切耗也
簡別簡古限切別筆列切簡別分辨也
飲吮飲於錦切啜也吮徂兖切歎也
嘐五各切齗嘐齒內上下肉也
擠搦擠子禮切排也搦眤格切按也
潬徒旱切水中沙渚也
析先的切分也
惋烏貫切懊嘆也
鉡穳鉡音牟鈎兵也穳子筭切鋋也
瘡疣瘡初良切瘍也潰也疣于求切瘤也

阿毗達磨大毗婆沙論卷第一百三十一

五百大阿羅漢等造

唐三藏法師玄奘奉詔譯

大種蘊第五中大造納息第一之五

如契經說鄔揭羅長者白佛言世尊我於一時自手執杓施僧飲食時有天神空中語我長者當知此阿羅漢果此阿羅漢向此不還果此不還向此一來果此一來向此預流果此預流向此持此犯我於爾時雖聞彼語自省無有不平等心於僧衆中等心而施問彼天神者爲是誰耶復何因緣來語長者有作是說是魔衆天欲爲長者善品留難有說是鬼以虛誑言惑亂長者有餘師說彼是長者常所祭天故來空中示導長者福田差別有餘復言彼是長者過去親屬生在天中以誠實言汲引長者問若是長者過去親屬於預流向云何能知見道迅速非其境故答預流向有二種一者世俗二者勝義得順決擇分名爲世俗已入見道名爲勝義住世俗向是彼天境若勝義向舍利子等尚不盡知況彼天等彼天所示但是世俗能受長者所施食故亦有餘經說勝義向如世尊告婆柁梨言若有苾芻是俱解脫我設告彼汝來以身於此濘渠爲我作杓婆柁梨聽於意云何彼聞我命爲拒逆不將登躡時爲退避不正踐蹈時爲轉側不婆柁梨曰不也世尊復告婆柁梨置俱解脫若有苾芻是慧解脫我設告彼乃至廣說復置慧解脫說於身證復置身證說於見至復置見至說信勝解置信勝解說隨法行置隨法行說隨信行佛問彼答一一

如前有說此經亦說世俗預流果向以見道中不能聽受佛語義故評曰此中說勝義向於理爲善以說隨信隨法行故問住見道時無能聽受佛語義者無異心故如何世尊以言告彼答世尊依彼志樂而說無如是事爲分別故假在見道有異分心能受如來此言義者必捨見道作所勑事佛意訶責婆柁梨言住見道中尚從我命況汝遠離一切功德而於我所生違逆心是故此中說勝義向問長者何故雖聞天語猶於僧中平等心施有說僧衆皆是長者一揵椎聲所名集故彼作是念此皆是我一揵椎聲之所名集無宜於此不等心施有說僧衆受此飲食皆除飢渴無差別故彼作是念我施飲食爲除飢渴如阿羅漢受我施已飢渴得除具縛異生受我飲食亦復如是無宜於此不等心施有說長者施僧飲食本意但欲饒益他故彼作是念我施飲食爲饒益他不欲自利如阿羅漢受我飲食所得饒益毀戒亦然是故我今應等心施有說長者避愛恚故彼作是念若施不等僧或於我起愛恚心猶此當招不如意果我即於彼便作怨讎何得名爲眞淨施主有說長者隨佛教故彼作是念如來常說若有於一補特伽羅偏心敬養有五過失若有一失尚不應爲何況於五有說長者不望報故彼作是念施果異熟惟欲界受我若命終當生色界施果於我便爲無益設當有益尚不希求況復無益故我但應平等心施有說長者敬出家故彼作是念我離欲染得不是果猶於居家眷屬珍財不能棄捨諸出家者

雖有具縛而於居家眷屬財産能棄能捨能不積集受佛禁戒盡壽修行純一圓滿清淨梵行設有失念毀犯戒者深生慙恥常希清淨若在居家不能如是故我於此應等心施有說長者重儀相故彼作是念諸出家人剃髮染衣儀相同佛持戒破戒俱令世間瞻覩生福爲作福田故我於中應等心施有說長者荷佛恩故彼作是念我依佛法獲得忍智金剛杵劒摧破二十身見山峯斷截無邊惡趣根本作有邊際定趣涅槃於四諦中慧眼清淨盡下分結出欲淤泥故我不應於佛弟子心不平等而行惠施有說長者顯自所得覺慧堅牢不可轉故彼作是念我慧堅牢豈隨天言輕有轉變故於僧衆施心平等顯已如是故來白佛

如契經中佛告慶喜施食有二果無差別一者菩薩受彼食已證得無上正等菩提二者如來受彼食已入於無餘大涅槃界問初受食者有貪瞋癡後受食者貪瞋癡盡何緣施果無差別耶答由思及田有偏勝故佛依偏勝說果無差謂初難陀難陀跋羅姊妹二人聞說菩薩受十六轉甘味乳糜必當得成無上等覺歡喜踴躍發殊勝思持上乳糜奉施菩薩菩薩食已即於是夜降伏魔軍成等正覺女聞倍喜更起勝思彼所施田雖非殊勝由思勝故能招勝果準陀於佛將涅槃時見佛身形少如衰變又聞不久必入涅槃戀慕不堪其心擾亂殊勝思願不能現前然由勝田能招勝果佛依此故說無差別有作是說欲遮準陀變悔心故如彼經說佛告阿難若

彼準陀工巧之子或他所引或自尋思於施食中而生變悔於難得事便爲不得難得事者所謂諸佛將涅槃時最後供養彼若生變悔者汝便應以六處而勸喻之謂施食因緣能招長壽色力樂譽富貴臣僚我從世尊親聞是事施食有二果無差別一者菩薩受彼食已證得無上正等菩提二者如來受彼食已入於無餘大涅槃界復應告彼準陀當知於施食中若生變悔汝於如是難得事中便爲不得如失菩薩將成佛時奉施乳糜所生勝福慎莫變悔由此故言二果無別有說二時俱能資益離染身故謂食於消化時能作食事佛於後夜成正覺時彼食消化如成正覺涅槃亦爾故說二施果無差別有說初受食已證得佛法後受食已受用佛法得修習修說亦如是有說初受食已便入一切靜慮解脫等持等至後受食已亦入一切靜慮解脫等持等至有說初受食已渡煩惱河後受食已渡生死河有說初受食已涸煩惱海後受食已涸生死海如是拔煩惱樹拔生死樹破煩惱山破生死山越煩惱依越生死依說亦如是有說初受食已棄捨集諦後受食已棄捨苦諦有說初受食已證入道諦後受食已證入滅諦有說初受食已捨集入道後受食已捨苦入滅有說初受食已超越諸漏後受食已超順漏法有說初受食已超四暴流後受食已超順流法如流順流說超差別如是枙順枙取順取身繫順身繫諸蓋順諸蓋說超亦爾有說初受食已摧破二魔謂煩惱魔自在天魔後受食已亦破二魔謂蘊魔死

魔有說初受食已入有餘大涅槃界後受食已入無餘大涅槃界佛依如是種種因緣說二種施果無差別

大種蘊第五中緣納息第二之一

大種與大種爲幾緣如是等章及解章義旣領已當廣分別問何故作此論答欲止譬喻者所說故彼說緣性非實有法問彼何故作是說答依契經故如契經說無明緣行行相有異無明一相如何一相無明爲緣生異相行而緣是實尊者亦說緣是諸師假立名號體非實有亦爲遮止如是所說顯示諸緣體是實有若諸緣性非實有者則一切法皆非實有以因緣攝一切有爲法等無間緣攝過去現在除阿羅漢最後心聚餘心心所法所緣緣增上緣攝一切法故又若緣性非實有者應不施設諸法甚深謂法不依因緣觀察則諸法性麤淺易知若以因緣而觀察者則甚深義過四大海惟佛能知非餘所測又若緣性非實有者應不施設有三菩提謂以上智觀因緣故得佛菩提以中智觀得獨覺菩提以下智觀得聲聞菩提又因緣性非實有者應不施設有三品慧謂下品慧應常下品中應恒中上應恒上無實緣力令增減故若爾便無師徒教習又師徒性應無改轉尊者妙音亦作是說若緣非實師不應令弟子覺慧轉下作中轉中作上無修習緣令增長故師徒教誨應不得成師應常師弟子亦爾由如是等所說理故知緣自性決定實有問若緣實有當云何通譬喻論師所引經義答無明雖一作用有多多用爲緣生異相行以有

爲法隨託衆緣有無量門作用別故譬如一士而有五能而不相違彼亦如是有說爲顯諸有爲法自性羸劣不能自起必藉他緣無實作用無有自在故作斯論此中自性謂法自體或云此顯所生諸法自性羸劣以羸劣故有藉四緣或三或二方得生起尚無有法藉一緣生况無所藉如羸病者必假若四若三若二所倚任緣而得起轉尚無假一况全不假或云此顯能生因緣自性羸劣以羸劣故或四或三或二相資方能生法如羸劣者或四或三或二相假能辦一事如契經說色是無常色之因緣亦無常性無常所起色云何常由諸有爲性羸劣故不能自起謂彼無力可能自生由不自生故藉他起要假緣力方得生故由藉他緣故無作用謂法無欲作是念言我應作誰誰令我作無作用故則無自在謂我勿起我勿滅中諸有爲法不自在故有說爲遣諸緣起愚故作斯論緣起愚者謂彼聞說無明緣行乃至生緣老死便謂惟此是緣起法今欲決定顯示從緣所生内外諸法皆是緣起由此等緣故作斯論

大種與大種爲幾緣答因增上因者二因謂俱有同類俱生互相望爲俱有因前生與後生爲同類因增上者謂不礙生及惟無障此依種類總相而說然四大種有十一種謂眼處所依乃至法處所依眼處所依與眼處所依爲因增上與餘所依但一增上乃至法處所依與法處所依爲因增上與餘所依但一增上眼處所依大種復有二種謂左與右左與左所依爲因增上與右所依但一增上右

與右所依爲因增上與左所依但一增上左眼所依大種復有二種謂所長養及異熟生長養與長養爲因增上與異熟生但一增上異熟與異熟爲因增上與所長養但一增上異熟大種復有二種謂善業異熟及不善業異熟善業異熟與善業異熟爲因增上與不善業異熟但一增上不善業說亦爾善業異熟大種復有二種謂天及人天與天爲因增上與人但一增上人說亦爾天大種復有二種謂欲界及色界欲界與欲界爲因增上與色界但一增上色界說亦爾色界大種復有四種謂初靜慮乃至第四靜慮初靜慮與初靜慮爲因增上與餘靜慮但一增上乃至第四靜慮說亦爾不善業異熟大種復有三種謂地獄傍生餓鬼地獄與地獄爲因增上與餘二但一增上傍生餓鬼說亦爾如說異熟長養亦爾如說左右亦爾如說眼處所依大種乃至法處所依大種亦爾此中異者謂五外處有自他身情非情等差別應思問同趣同地處所差別展轉相望爲有因不有說無因此不應理應有大種是刹那故謂五淨居所有大種無始生死曾未起故諸所造色十一種等准前大種廣說應知大種與所造色爲幾緣答因增上因者五因謂生因依因立因持因養因增上者謂不礙生及惟無障有說大種與所造觸爲同類因此不應理大種所造觸非同類故所造色與所造色爲幾緣答因增上因者三因謂俱有同類異熟增上者謂不礙生及惟無障此總相說差別說者准前大種如理應思所造色與大種爲幾緣

答因增上因者一因謂異熟因增上者謂不礙生及惟無障有說造觸與諸大種爲同類因此不應理造觸大種非同類故

大種與心心所法爲幾緣答所緣增上所緣者謂與身識彼相應法及與意識彼相應法爲所緣身識及相應法取自相意識及相應法取自相共相增上者如前說心心所法與心心所法爲幾緣答因等無間所緣增上因者五因謂相應俱有同類遍行異熟等無間者謂心心所法等無間心心所法現在前所緣者謂心心所法與心心所法爲所緣增上者如前說心心所法與大種爲幾緣答因增上因者一因謂異熟因增上者如前說大種與眼處爲幾緣答因增上因者五因謂生等五增上者如前說眼處與眼處爲幾緣答因增上因者一因謂同類因增上者如前說眼處與大種爲幾緣答一增上增上義如前說如眼處耳鼻舌身香味處亦爾大種與色處爲幾緣答因增上因者五因謂生等五增上者如前說色處與色處爲幾緣答因增上因者二因謂同類異熟增上者如前說色處與大種爲幾緣答因增上因者一因謂異熟因增上者如前說如色處聲觸處亦爾總說雖然而義有異謂大種與聲處爲因增上因者五因謂生等五增上者如前說聲處與聲處爲因增上因者一因謂同類因增上者如前說聲處與大種爲因增上因者一因謂異熟因增上者如前說大種與觸處爲因增上因者七因謂生等五及俱有同類增上者如前說觸處與觸處爲因增上因者七因謂生等

五及俱有同類增上者如前說觸處與大種爲因增上因者二因謂俱有同類增上者如前說大種與意處爲幾緣答所緣增上所緣者謂與身識意識爲所緣身識取自相意識取自相共相身識取時若一若多廣如前說意處與意處爲幾緣答因等無間所緣增上因者三因謂同類徧行異熟等無間者謂意處等無間意處現在前所緣者謂意處與意處爲所緣增上者如前說此依種類總相而說然意處有六種謂眼識乃至意識此中眼識與眼識爲因等無間增上非所緣因者二因謂同類異熟等無間者謂眼識等無間眼識現在前增上者如前說非所緣者以眼識惟緣色眼識非色故如眼識與眼識眼識與耳鼻舌身識亦爾眼識與意識爲因等無間所緣增上因者二因謂同類異熟等無間者謂眼識等無間意識現在前所緣者謂意識與眼識爲所緣增上者如前說如眼識對六與意識爲所緣增上者如前說如眼識對六識耳鼻舌身識對六亦爾意識與意識爲因等無間所緣增上因者三因謂同類遍行異熟等無間者謂意識等無間意識現在前所緣者謂意識與意識爲所緣增上者如前說意識與眼識爲因等無間增上非所緣因者三因即同類遍行異熟等無間者謂意識等無間眼識現在前增上者如前說非所緣者以眼識惟緣色意識非色故如意識對眼識意識對餘識亦爾問眼等五識展轉無間現在前不答諸瑜伽師說眼等五識展轉無間不現在前皆從意識無間生故阿毗達磨諸論師言眼等五識展轉皆得無間而起若不

爾者違根蘊說如彼說苦根與苦根爲因等無間增上非所緣意處與大種爲幾緣答因增上因者一因謂異熟因增上者如前說大種與法處爲幾緣答因所緣增上因者七因謂生等五及俱有同類所緣者謂與身識相應法及意識相應法爲所緣增上者如前說法處與法處爲幾緣答因等無間所緣增上因者五因即相應等五等無間者謂法處等無間法處現在前所緣者謂法處與法處爲所緣增上者如前說法處與大種爲幾緣答因增上因者三因謂俱有同類異熟增上者如前說

大種與眼根爲幾緣答因增上因者五因謂生等五增上者如前說眼根與大種爲幾緣答一增上增上義如前說如眼根耳鼻舌身男女根亦爾大種與命根爲幾緣答一增上增上義如前說命根與大種爲幾緣答一增上增上義如前說大種與意根爲幾緣答所緣增上所緣增上義皆如前說意根與大種爲幾緣答因增上因者一因謂異熟因增上者如前說如意根樂苦喜憂捨信精進念定慧根亦爾大種與未知當知根爲幾緣答所緣增上所緣者謂諸大種與苦忍苦智集忍集智及相應根爲所緣增上者如前說未知當知根與大種爲幾緣答一增上增上義如前說如未知當知根已知根具知根亦爾問大種對處問答有三何故對根問答惟二答彼造論者意欲爾故謂所造論隨彼意欲而造論但令不違法相不應責其所以有說此是有餘之說有說此中現種種文種種說莊

嚴於義令易解故有說此中現二門二略乃至廣說有說諸根即處所攝若說處當知已說根是以不問有說此中廣略漸次謂初四問次三後二由前廣說後可准知為去繁文漸略而說

問色法於色法有同類因耶答西方諸師譬喻尊者說色於色無同類因對法諸師說色於色有同類因如前雜蘊同類因中已廣分别何故四大種一生一住一滅而不相應心心所法一生一住一滅說名相應答如四大種或減或增心心所法則不如是此中生者謂生所生住者謂住所住及異所異滅者謂滅所滅問諸有為法各有生住滅何故乃言一生一住一滅答有因緣故說各有生住滅謂各别有諸相相故非一相有因緣故說一生一住一滅謂皆不離一刹那時等於一時生住滅故問四大種體有增減不設爾何失二俱有過若有增減寧不相離所以者何若堅物中地極微多水火風少地微隨與水等量雜餘則相離乃至動物說亦如是若無增減水石等物不應得成堅輭等異答應言大種體有增減問若爾云何名不相離答雖有增減而不相離以展轉相資同作所作故如堅物中雖地微多水火風少然離水等地微不能作所作事乃至動物說亦如是如多村邑共營一事雖有人數多少不同而互相須不可相離問心心所體亦有增減如何乃言則不如是謂心所法於三界三性有漏無漏諸心聚中有多有少答由事等故不名增減若一心中有二想一受等可名增減然一心

中一想一受等故異大種有說大種體無增減問石等云何堅輭等異答大種勢力有增微故如堅物中四大極微體數雖等而其勢力地極微增乃至動物說亦如是如一兩鹽和一兩麨置於舌上鹽生識猛麨生識微此亦如是水酢均和生舌識喻針鋒鳥翮生身識喻廣說亦爾問心心所法亦用有增微如指鬘利根馳奴鈍根如何言不如是耶答如四大種勢力麤顯增微易了是以說之心心所法則不如是由此大種不說相應又心心所法皆有所緣四大種無所緣非無所緣法可說相應所以者何心心所法有所依有行相有發悟故必有所緣有所緣故恒相應不相離四大種與此相違故無所緣無所緣故雖不相離而不相應不相離有二種一大種不相離共造一色故二心心所法不相離共緣一境故五蘊雖復同在一身無此二事非不相離是故大種不說相應

問云何得知此四大種恒不相離答自相作業一切聚中皆可得故謂堅聚中地界自相現可得故有義極成於此聚中若無水界金銀錫等應不可銷又水若無彼應分散若無火界石等相擊火不應生又火若無無能成熟彼應腐敗若無風界應無動搖又若無風應無增長於濕聚中水界自相現可得故有義極成於此聚中若無地界至嚴寒位應不成冰又地若無船等應沒若無火界應無煖時又火若無彼應腐敗若無風界應不動搖又風若無應無增長於煖聚中火界自相現可得故有義極成於此聚中若無地界燈燭

等燄應不可迴又地若無不應持物若無水界應不生流又火若無燄不應聚若無風界應不動搖又若無風應無增長於動聚中風界自相現可得故有義極成於此聚中若無地界觸牆等障應不折迴又地若無應不持物若無水界應無冷風又水若無彼應分散若無火界應無煖風又火若無彼應腐敗間此四大種其相各異展轉相違云何一時不相離起尊者世友作如是說言異相相違因緣各別非諸相異皆必相違諸不相違而相異者容俱時起互不相離如四大種及香味觸青黃色等諸有異相而互相違必無一時不相離起如薪與火雹與稼穡邏呼月輪藥病明闇

阿毗達磨大毗婆沙論卷第一百三十一 一說一切有部發智

音釋

濘（乃定切泥淖也）彴（職略切橫木渡水曰彴）柁（待可切）拒（其呂切捍格也）躡（尼輒切蹈也）涸（下各切水竭也）枙（於革切）麨（尺沼切乾粮也）酢（倉故切）翮（下革切勁羽也）雹（蒲角切雨冰也）邏（郎左切）

阿毗達磨大毗婆沙論卷第一百三十二

五百大阿羅漢等造

唐三藏法師玄奘奉詔譯

大種藴第五中縁納息第一之二

問若堅不堅物轉相作者諸法云何不捨自相云何相作如水性軟至冬凝結斧斫猶難金等性堅若置炎鑪便銷如水如是等豈非諸法捨自相耶答非諸堅物轉作不堅亦非不堅轉成堅物然堅不堅法住未來世若遇堅縁則不堅法滅堅法續生遇不堅縁則堅法滅不堅續生餘亦如是故無諸法捨自相過問大種等聚中有間隙不設爾何失二俱有過若有間隙寧不相離間隙若無何不成一有說此有間隙空界於中相雜住故問若爾云何名不相離答空界於中能自隱匿令於諸物見不相離如叢中女自蔽其身有說此無間隙展轉相逼無間住故問若爾云何不成一耶答雖無間隙而不成一如藴處界三世等中間隙雖無而不成一彼亦如是又大種等自體作用各各異故不可成一問諸極微互相觸不設爾何失二俱有過若相觸者寧不成一或成有分若不相觸擊時應散或應無聲答應作是說極微互不相觸若觸則應或遍或分遍觸則有成一體過分觸則有成有分失然諸極微更無細分問聚色相擊寧不散耶答風界攝持故令不散問豈不風界能飄散耶答有能飄散如壞劫時有能攝持如成劫時問若不觸者即相擊時云何發聲答即由此因故使聲發若相觸者如何發聲謂諸極微體相觸者手等相和體應相

糅中無間隙如何發聲尊者世友作如是說若諸極微互相觸者彼應得住至後刹那大德說言實不相觸但於合集無間生中隨世俗諦假名相觸問諸是觸物爲是觸爲因故生爲非觸爲因故生諸非觸物爲非觸爲因故生爲是觸爲因故生答有時是觸爲因生於非觸謂和合物正離散時有時非觸爲因生於是觸謂離散物正和合時有時是觸爲因生於是觸謂和合物復和合時有時非觸爲因生於非觸謂向遊塵同類相續問極微當言可見不可見耶尊者妙音作如是說極微當言可見慧眼境故阿毗達磨諸論師言極微當言不可見非肉天眼所能見故此中不依慧眼作問以於諸法無差別故頗有過去大種造過去色耶乃至廣說問何故作此

論答欲止他義顯已義故謂有餘部撥無去來說現在世是無爲法欲止微意顯有去來亦明現在是有爲法廣如前說復有外道依世現喻執有爲法後爲前因彼作是言現見泉水前爲後逼令其漏流如是諸法由未來法逼令現在復由現法逼令過去故有爲法後爲前因今欲止彼外道所說顯有爲法前能生後非後前因不爾便違內外緣起謂世父毋應從子生眼色應從眼識而起應無明等從行等生種等應從芽等而起先受苦樂報後造善惡業先得菩提然後修行既未作而得應已作而失若爾便無得解脫理又欲遮說大種所造色必同世者顯有異世由此因緣故作斯論諸有對所造色及隨心轉無表色隨在何世即後世大種造謂過去造過

去現在造現在未來造未來若表所起諸無表色復有三類造時不等謂初刹那如有對等各爲同世六種所造第二刹那若在過現俱爲過去大種所造若在未來通爲現未大種所造後諸刹那過現如前若在未來通爲三世大種所造所以者何諸有依表發起律儀及不律儀非二無表初刹那頃表無表色與此及餘能造大種現在俱滅彼至第二刹那以後表及大種俱在過去諸無表色有在過去有在未來有在現在是謂此處略毗婆沙頗有過去大種造過去色耶答有謂過去一切有對所造色隨心轉無表表所起無表惟爲過去大種所造頗有過去大種造未來色耶答有謂有未來表所起無表惟爲過去大種所造頗有過去大種造現在色耶答有謂有現在表所起無表惟爲過去大種所造頗有未來大種造未來色耶答有謂未來一切有對所造色隨心轉無表及有未來表所起無表惟爲未來大種所造頗有未來大種造過去現在色耶答無謂無果先因後理故頗有現在大種造現在色耶答有謂現在一切有對所造色隨心轉無表及有現在表所起無表惟爲現在大種所造頗有現在大種造過去色耶答無謂無果先因後理故頗有現在大種造未來色耶答有謂有未來表所起無表惟爲現在大種所造諸隨心轉無表是等流無執受有情數攝彼能造大種是長養無執受有情數攝諸表所起無表是等流無執受有情數攝彼能造大種是等流有執受有情數攝諸隨心轉無表

有二種一靜慮律儀所攝二無漏律儀所攝此各有七謂離害生命乃至離雜穢語靜慮律儀所攝七種共一四大種所造無漏律儀七種亦爾諸表所起無表有三種一律儀所攝二不律儀所攝三非律儀非不律儀所攝律儀所攝復有七種謂離害生命乃至離雜穢語如是七種各一四大種所造離害生命復有二種謂表無表此二各一四大種所造有餘師說此表無表共一四大種所造故彼問言頗有一四大種造二處色耶答有謂色處法處及聲處法處尊者妙音亦作是說阿毗達磨諸論師言彼說非理不可一四大種造麤細二果是故如前所說者好如離害生命表與無表各一四大種所造如是乃至離雜穢語亦爾不律儀所攝亦有七種謂害生命乃至雜穢語非二所攝有二七種謂害生命離害生命乃至雜穢語離雜穢語此諸七種各一四大種所造如是諸七各復有二謂表無表此亦各一四大種造餘師說等如前應知若成就過去大種彼過去所造色耶乃至廣說問何故作此論答欲止撥無去來二世及說成就不成就體非實有者意顯去來世及成就等是實有法故作此論若成就過去大種彼過去所造色耶答無成就過去大種有成就過去所造色謂諸聖者住胎藏中若生欲界住律儀若住不律儀若住非律儀非不律儀先有身語表不失若生色界若諸學者生無色界問亦有學者生無色界不成就過去所造色謂彼先在欲色界時未起未滅諸無漏道命終生無色界都不成就過去

所造色如何乃說若諸學者生無色界成就過去所造色耶答依成就者作如是說謂有學者先欲色界已起已滅諸無漏道彼成就過去所造色故有說彼在欲色界時必已起滅諸無漏道如勝進道必起現前無有住果而命終故若成就過去大種彼未來大種耶答無成就過去未來大種問何故無成就過去未來大種耶答由彼大種但有爾所成就勢力刹那現前則有成就已滅未現無成就者謂諸大種與成就得必同一世今時彼得不現在前故不成就有說大種習氣不堅故無成就去來世者以是羸劣無記性故謂善惡等習氣堅牢故有成就去來世者劣無記法則不如是如暫執持極香華物雖加洗拭習氣猶隨非如執持餘木石等手纔放捨此氣便無有說若成就去來世大種者則一趣成就五趣大種如是一身即五趣身是則趣壞所依亦壞欲令無如是過是故大種不成就去來問如生一趣成就五趣諸業煩惱而非趣壞此亦應然答以異熟果故說諸趣差別不以業煩惱故然諸大種或有是異熟果者則有趣壞及所依壞過失故彼非難若成就過去大種彼未來所造色耶答無成就過去大種有成就未來所造色謂諸聖者住胎藏中若生欲界得色界善心若生色界若諸聖者生無色界以彼定成就未來所造色故若成就過去大種彼現在大種耶答無成就過去大種有成就現在大種謂生欲色界無有生欲色界不成就大種故若成就過去大種彼現在所造色耶答無成就過去大種有

成就現在所造色謂生欲色界無有生欲色界不成就所造色故若成就過去所造色彼未來大種耶答無成就未來大種有成就過去所造色謂諸聖者住胎藏中若生欲界住律儀若住不律儀若住非律儀非不律儀先有身語表不失若生色界若諸學者生無色界若成就過去所造色彼未來所造色耶答應作四句有成就過去所造色非未來所造色謂生欲界住律儀不得色界善心若住不律儀若住非律儀非不律儀先有身語表不失有成就未來所造色非過去所造色謂阿羅漢生無色界有成就過去所造色亦未來所造色謂諸聖者住胎藏中若生欲界得色界善心若生色界若諸學者生無色界有非成就過去所造色亦非未來所造色謂處卵縠若諸異生住胎藏中若生欲界住非律儀非不律儀先無身語表設有而失若諸異生生無色界若成就過去所造色彼現在大種耶答應作四句有成就過去所造色非現在大種謂諸學者生無色界有成就現在大種非過去所造色謂處卵縠若諸異生住胎藏中若生欲界住非律儀非不律儀先無身語表設有而失有成就過去所造色亦現在大種謂諸聖者住胎藏中若生欲界住律儀若住不律儀若住非律儀非不律儀先有身語表不失若生色界有非成就過去所造色亦非現在大種謂阿羅漢若諸異生生無色界若成就過去所造色彼現在所造色耶答應作四句有成就過去所造色非現在所造色謂諸學者生無色界有成就現在所造色非

過去所造色謂處卵㲉若諸異生住胎藏中若生欲界住非律儀非不律儀先無身語表設有而失有成就過去所造色亦現在所造色謂諸聖者住胎藏中若生欲界住律儀若住不律儀若住非律儀非不律儀先有身語表不失若生色界有非成就過去所造色亦非現在所造色謂阿羅漢若諸異生生無色界過去已捨故現在無色身故若成就未來大種彼未來所造色耶答無成就未來大種有成就未來所造色謂諸聖者住胎藏中若生欲界得色界善心若生色界若諸聖者生無色界若成就未來大種彼現在大種耶答無成就未來大種有成就現在大種謂生欲色界無有生欲色界不成就大種故若成就未來大種彼現在所造色耶答無成就未來大種有成就現在所造色謂生欲色界無有生欲色界不成就現在所造色故若成就未來所造色彼現在大種耶答應作四句有成就未來所造色非現在大種謂諸聖者生無色界有成就現在大種非未來所造色謂處卵㲉若諸異生住胎藏中若生欲界不得色界善心有成就未來所造色亦現在大種謂諸聖者住胎藏中若生欲界得色界善心若生色界有非成就未來所造色亦非現在大種謂諸異生生無色界若成就未來所造色彼現在所造色耶答應作四句有成就未來所造色非現在所造色謂諸聖者生無色界有成就現在所造色非未來所造色謂處卵㲉若諸異生住胎藏中若生欲界不得色界善心有成就未來所造色亦現在所造色謂

諸聖者住胎藏中若生欲界得色界善心若生色界有非成就未來所造色亦非現在所造色謂諸異生生無色界若成就現在大種彼現在所造色耶答如是設成就現在所造色彼現在大種耶答如是以非現在大種無果故亦非現在所造色無因故

過去大種與過去大種爲幾緣答因增上因者二因謂俱有同類俱生互相望爲俱有因前生與後生爲同類因增上者謂不礙生及惟無障過去大種與過去所造色爲幾緣答因增上因者五因謂生因依因立因持因養因增上者如前說過去所造色與過去所造色爲幾緣答因增上因者三因謂俱有同類異熟增上者如前說過去所造色與過去大種爲幾緣答因增上因者一因謂異熟因增上者如前說過去大種與未來大種爲幾緣答因增上因者一因謂同類因增上者如前說未來大種與未來大種爲幾緣答因增上因者一因謂俱有因增上者如前說未來大種與未來大種爲幾緣答一增上增上義如前說過去大種與未來所造色爲幾緣答因增上因者五因謂生等五增上者如前說未來所造色與未來所造色爲幾緣答因增上因者二因謂俱有因異熟因增上者如前說未來所造色與過去大種爲幾緣答一增上增上義如前說過去大種與現在大種爲幾緣答因增上因者一因謂同類因增上者如前說現在大種與現在大種爲幾緣答因增上因者有說此中依刹那現在爲論故惟一因謂俱有因有說此中通依刹那分位一生

現在爲論故有二因謂俱有同類增上者如前說現在大種與過去大種爲幾緣答一增上增上義如前說過去大種與現在所造色爲幾緣答因增上因者五因謂生等五增上者如前說現在所造色與現在所造色爲幾緣答因增上因者有說此中依刹那現在爲論故惟一因謂俱有因有說此中通依刹那分位一生現在爲論故有三因謂俱有同類異熟增上者如前說現在所造色與過去大種爲幾緣答一增上增上義如前說過去所造色與未來大種爲幾緣答因增上因者一因謂異熟因增上者如前說未來大種與過去所造色爲幾緣答一增上增上義如前說過去所造色與未來所造色爲幾緣答因增上因者二因謂同類異熟增上者如前說未來所造色與過去所造色爲幾緣答一增上增上義如前說過去所造色與現在大種爲幾緣答因增上因者一因謂異熟因增上者如前說現在大種與過去所造色爲幾緣答一增上增上義如前說過去所造色與現在所造色爲幾緣答因增上因者二因謂同類異熟增上者如前說現在所造色與過去所造色爲幾緣答一增上增上義如前說

未來大種與未來所造色爲幾緣答因增上因者五因即生等五增上者如前說未來所造色與未來大種爲幾緣答因增上因者一因謂異熟因增上者如前說未來大種與現在大種爲幾緣答一增上增上義如前說現在大種與未來大種爲幾緣答因增上因者一因謂同類因增上者如前說未來大種與

現在所造色爲幾緣答一增上增上義如前說現在所造色與未來大種爲幾緣答因增上因者一因謂異熟因增上者如前說未來所造色與現在大種爲幾緣答一增上增上義如前說現在大種與未來所造色爲幾緣答因增上因者五因謂生等五增上者如前說未來所造色與現在所造色爲幾緣答一增上增上義如前說現在所造色與未來所造色爲幾緣答因增上因者二因謂同類異熟增上者如前說

現在大種與現在所造色爲幾緣答因增上因者五因謂生等五增上者如前說現在所造色與現在大種爲幾緣答因增上因者一因謂異熟因增上者如前說諸說此中依刹那分位一生現在爲論者則符此答諸說此中但依刹那現在爲論者則應答言但一增上便與本論答不相應

若成就欲界繫大種彼欲界繫所造色耶答如是設成就欲界繫所造色彼欲界繫大種耶答如是以無成就欲界繫大種而非果故亦無成就欲界繫所造色而非因故若成就欲界繫大種彼色界繫大種耶答應作四句有成就欲界繫大種非色界繫大種謂生欲界色界大種不現在前有成就色界繫大種非欲界繫大種謂生色界不作欲界化不發欲界語有成就欲界繫大種亦色界繫大種謂生欲界色界大種現在前若生色界作欲界化發欲界語有非成就欲界繫大種亦非色界繫大種謂生無色界若成就欲界繫大種彼色界繫所造色耶答應作四句有成就

欲界繫大種非色界繫所造色謂生欲界不得色界善心有成就色界繫所造色非欲界繫大種謂生色界不作欲界化不發欲界語有成就欲界繫大種亦色界繫所造色謂生欲界得色界善心若生色界作欲界化發欲界語有非成就欲界繫大種亦非色界繫所造色謂生無色界若成就欲界繫所造色彼色界繫大種耶答應作四句有成就欲界繫所造色非色界繫大種謂生欲界色界大種不現在前有成就色界繫大種非欲界繫所造色謂生色界不作欲界化不發欲界語有成就欲界繫所造色亦色界繫大種謂生欲界色界大種現在前若生色界作欲界化發欲界語有非成就欲界所造色亦非色界大種謂生無色界若成就欲界繫所造色彼色界繫所造色耶答應作四句有成就欲界繫所造色非色界繫所造色謂生欲界不得色界善心有成就色界繫所造色非欲界繫所造色謂生色界不作欲界化不發欲界語有成就欲界繫所造色亦色界繫所造色謂生欲界得色界善心若生色界作欲界化發欲界語有非成就欲界繫所造色亦非色界繫所造色謂生無色界若成就色界繫大種彼色界繫所造色耶答諸成就色界繫大種彼定成就色界繫所造色有成就色界繫所造色非色界繫大種謂生欲界得色界善心色界大種不現在前問生欲界者住色界何等心令彼大種現在前爲一向住善爲三種耶設爾何失俱見其過若一向住善心者施設論說當云何通如說住此無間異生由起色

貪纏所纏故五蘊色有於現法中以取爲緣趣當來有若住三種心者善心可爾有隨轉色爲彼果故染及無記爲有何果令彼現前有作是說惟住善心問施設論說當云何通答彼說身中所增長色問若爾彼說復云何通如說住此無間異生由起無色貪纏所纏故四蘊無色有於現法中以取爲緣趣當來有彼身亦有所增長色何故不說有作是說應說而不說者當知此義有餘有說起彼界纏時無增長色是以不說復有說者住三種心問善心可爾有隨轉果故餘二有何果令彼現前答彼生欲界者起色界善心時由隨轉色故令彼現前起染汙心時由有彼地空界色在此身中相離住故令彼現前起無記心時由有彼地化色令彼現前故住三種心皆能起彼地大種

阿毗達磨大毗婆沙論卷第一百三十二說一切有部發智

音釋

糅女救切雜也　拭賞職切揩也　觳苦角切

阿毗達磨大毗婆沙論卷第一百三十三

五百大阿羅漢等造

唐三藏法師玄奘奉　詔譯

大種藴第五中緣納息第二之三

問欲界繫大種與欲界繫大種爲幾緣答因增上因者二因謂俱有同類俱生互相望爲俱有因前生與後生爲同類因增上者謂不礙生及惟無障欲界繫大種與欲界繫所造色爲幾緣答因增上因者五因謂生因依因立因持因養因增上者如前說欲界繫所造色與欲界繫所造色爲幾緣答因增上因者二因謂同類異熟增上者如前說欲界繫所造色與欲界繫大種爲幾緣答因增上因者一因謂異熟因增上者如前說欲界繫大種與色界繫大種爲幾緣答一增上增上義如前說色界繫大種與色界繫大種爲幾緣答因增上因者二因謂俱有同類增上者如前說色界繫大種與色界繫大種爲幾緣答一增上增上義如前說欲界繫大種與色界繫所造色爲幾緣答一增上增上義如前說色界繫所造色與色界繫所造色爲幾緣答因增上因者三因謂俱有同類異熟增上者如前說色界繫所造色與欲界繫大種爲幾緣答一增上增上義如前說色界繫大種爲幾緣答一增上增上義如前說色界繫大種與欲界繫所造色爲幾緣答一增上增上義如前說欲界繫所造色與色界繫所造色爲幾緣答一增上增上義如前說色界繫所造色與欲界繫所造色爲幾緣答一增上增上義如前說色界繫大種與色

界繫所造色爲幾緣荅因增上因者五因謂生等五增上者如前說色界繫所造色與色界繫大種爲幾緣荅因增上因者一因謂異熟因增上者如前說諸色欲界繫彼色一切欲界繫大種所造耶荅應作四句有色欲界繫非欲界繫大種所造謂欲界繫大種以諸大種非所造故有色欲界繫大種所造非欲界繫謂色不繫欲界繫大種所造此復云何謂一切法智品隨轉色及依欲界身現前類智品隨轉色有色欲界繫欲界繫大種所造謂色欲界繫欲界繫大種所造此復云何謂欲界繫有對所造色及表所起無表有色非欲界繫非欲界繫大種所造謂色界繫大種若色色界繫色界繫大種所造若色不繫色界繫大種所造諸色色界繫彼色一切色界繫大種所造耶荅應作四句有色色界繫非色界繫大種所造謂色界繫大種所以如前有色色界繫大種所造非色界繫謂色不繫色界繫大種所造此復云何謂依色界身現前類智品隨轉色有色色界繫色界繫大種所造謂色色界繫色界繫大種所造此復云何謂色界繫有對所造色及有漏隨心轉無表有色非色界繫非色界繫大種所造謂欲界繫大種若色欲界繫欲界繫大種所造若色不繫欲界繫大種所造諸色過去彼色一切過去大種所造耶荅應作四句有色過去非過去大種所造謂過去大種所以如前有色過去大種所造非過去謂色未來現在過去大種所造此復云何謂未來現在表所起無表過去大種所造以依過去表故有色過

去過去大種所造謂色過去過去大種所造此復云何謂過去一切有對所造色隨心轉無表表所起無表有色非過去非過去大種所造謂未來現在大種若色未來現在現在大種所造若色未來未來大種所造諸色未來彼色一切未來大種所造耶答諸色未來大種所造彼色一切未來此復云何謂未來一切有對所造色隨心轉無表若表所起無表未來大種所造以依未來表故有色未來非未來大種所造謂未來大種若色未來過去現在大種所造此復云何謂未來表所起無表過去現在大種所造以依過去現在表故諸色現在彼色一切現在大種所造耶答應作四句有色現在非現在大種所造謂現在大種若色現在過去大種所造此復云何謂現在表所起無表過去大種所造所以如前問此無表色亦有現在所依大種何故不說耶答彼是轉依非造依故此無表色有二種依一是轉依謂現在大種由彼力轉故二是造依謂過去大種由彼力造故此中但說造依不說轉依是故不說能造五因皆過去故有色現在大種所造非現在謂色未來現在大種所造此復云何謂未來表所起無表現在大種所造所以如前有色現在現在大種所造謂色現在現在大種所造此復云何謂現在一切有對所造色隨心轉無表若現在表所起無表現在大種所造以依現在表故有色非現在非現在大種所造謂過去未來大種若色過去未來過去大種所造若色未來未來大種所造地云何乃至廣說問何

故作此論答欲令疑者得決定故謂此論中多説勝義或有生疑彼作論者惟善勝義不善世俗爲令彼疑得決定故顯地界等與地等别故作斯論地云何答顯形色此是世俗想施設地謂諸世間於顯形色依共假想施設地名如世間説青黄地等長短地等地界云何答堅性觸此是勝義能造地體水云何答顯形色此是世俗想施設水謂諸世間於顯形色依共假想施設水名如世間説青黄等水長短等水云何水界答濕性觸此是勝義能造水體火云何答顯形色此是世俗想施設火謂諸世間於顯形色依共假想施設火名如世間説青黄等火長短等火又如梵志觀火頌云

赤焱多疾疫　黄兵緑飢饉　綵豐青退減

白黑主興滅

火界云何答煖性觸此是勝義能造火體風云何答即風界風界云何答動性觸問何故不説世俗風耶答世間於風無假想故有餘師説世間於風亦起假想少故不説如世間説此有塵風此無塵風毗濕縛風吠嵐婆風小風大風塵輪風等地水火風幾處所攝乃至廣説問何故作此論答欲令疑者得決定故謂闡所説世俗地等便謂無體非處所攝非識所識或謂假實同一處攝同一識識爲除彼疑顯假地等亦實有體但假立名於五處中隨一處攝於五識中隨一識識又顯假實不同處攝不同識識由此等緣故作斯論地水火風幾處所攝幾識所識答地水火一處所攝謂色處眼所見故二識所識謂眼識

意識眼識取自相意識取自相共相風一處所攝謂觸處身所得故二識所識謂身識意識取自共相如前應知有說此亦通色處攝及眼識識少故不說地水火風界幾處所攝幾識所識答一處所攝謂觸處身所得故二識所識謂身識意識取自共相如前應知問幾處和合說爲能牽幾處和合說爲所牽答若有情數於有情數則九處能牽九處所牽若有情數於非有情數則九處能牽四處所牽若非有情數於非有情數則四處能牽四處所牽若非有情數於有情數則四處能牽九處所牽如說牽持運等亦爾問幾處和合說爲能量幾處和合說爲所量答四處能量四處所量五根微妙非量法故問幾處和合說爲能稱幾處和合說爲所稱有作是說四處能稱四處所稱有餘師說四處能稱重是所稱問幾處和合說爲能燒幾處和合說爲所燒有作是說四處能燒四處所燒有餘師說煖是能燒四是所燒問幾處和合說爲能斷幾處和合說爲所斷有作是說四處能斷四處所斷有餘師說堅性是能斷四處是所斷問幾處和合說爲能洗幾處和合說爲所洗有作是說四處能洗四處所洗有餘師說四處能洗色處所洗如說洗已鮮白或如金色復有說者四處能洗觸是所洗如說杯盛澡屑往其池邊指洗其身令去塵垢或有說者四處是能洗十二處是所洗由洗浴故內十二處皆悉明淨離諸垢濁問此四大種幾能爲災答三除地問何故地不能爲災答非其田非其器乃至廣說有說猛利方能爲災

地性遲鈍不能爲災有說若能損壞内事彼於外事亦能爲災謂斷末摩名壞内事此惟三大故地非災有說爲壞地故立災三大於地能燒浸擊故說爲災地則不爾有說若地亦爲災者應從風輪乃至第四靜慮皆令堅固合爲一摶此乃成劫非謂能壞有說若地能爲災者便應壞及第四靜慮然無諸災壞及彼者此中因論生論何故彼地災不及之有說即由地非災故有說彼地若爲災及是則應無最上災頂謂上三靜慮如次能爲三災之頂若第四靜慮災所壞者便更無處爲上災頂以諸無色無方處故有說欲避淨居諸天由彼更無上生義故若彼處所災所及者則淨居天無有盡壽而涅槃者若爾云何知彼壽量若言亦有盡壽涅槃是則彼地災無由起如說若處乃至尚餘一蟻卵在災便不壞有說若處有内災者便有外災第四靜慮無内災故外災不及謂初靜慮内有如火尋伺故外有火災第二靜慮内有如水喜悅故外有水災第三靜慮内有入出息風故外有風災第四靜慮更無内災是故外災皆不能及問火災起時火從何出有作是說世界成時有七日輪俱時而起持雙山後隱伏而住然後彼處一日輪昇遶蘇迷盧而爲照曜至劫將末火災起時餘六日輪漸次而出由彼勢力世界便壞有說世界將欲壞時即一日輪分爲七日由彼勢力世界便壞有說即一日輪至劫將末成七倍熱焚燒世界有說七日先藏地下後漸出現作用如前如是說者諸有情類業增上力令世界成至劫末時

業力盡故隨於近處有災火生乃至梵宮皆被焚燎問水災起時水從何出有作是說第三靜慮邊雨熱灰水由此乃至極光淨天皆被浸蕩有說從下水輪涌出由彼勢力世界便壞如是說者諸有情類業增上力令世界成至劫末時業力盡故隨於近處有災水生由彼因緣世界便壞問風災起時風從何出有作是說第四靜慮邊有畔喋婆大風卒起百俱胝界妙高山王金輪圍等皆被傾拔令互相擊上下翻騰如麩麵摶空中散滅有餘師說從下風輪有猛風起吹散世界如是說者說有情類業增上力令世界成至劫末時業力盡故隨於近處有災風生至遍淨天皆被散壞問三災起時一切外物爲皆轉變順彼災耶有作是言物皆變順謂此世界火災起時一切外物皆悉輕燥猶如乾草氎絮樺皮火纔觸時即燒即盡若水災起一切外物皆將融液如沙糖等水纔觸時隨即消壞若風災起一切外物皆將離散如沙麩摶風纔觸時即便散壞若爾諸法應捨自相如是說者三災起時堅濕等物亦無轉變但由有情業增上力令三災起能壞難壞如是三災與所壞事必是同分界地所攝謂欲界災能壞欲界初靜慮災壞初靜慮乃至第三靜慮亦爾問若爾經說當云何通如說大地妙高山等皆悉熇然風吹絕燄展轉乃至上燒梵宮極光淨天有生未久於劫成壞不善了知見已驚恐便作是念勿彼火燄燒盡梵宮當復燒此答當知彼經依相續說謂色界火續欲界生彼燒梵宮非欲界火水風相續准此應

知問此三災起先後云何答火水風三如次先後然非三種隣次而生謂七火災先次第起然後方有一水災生如是經於七七火劫及七水劫復七火災從彼無間一風災起故風水劫皆次火生火劫從三以數起故由此善釋遍淨天壽六十四劫知如是所說是大劫量一一各有八十中劫成住壞空各二十故且初火劫將燒壞時贍部洲人壽八萬歲安隱豐樂人衆甚多國邑村城雞飛相及人多修習十善業道從此以後捺落迦中有情命終不復生彼爾時已度二十住劫二十壞劫此爲最初地獄有情從此漸減乃至最後無一爲餘名爲地獄有情界壞次壞傍生次壞餓鬼一一壞相如地獄說次贍部洲諸有情壞問傍生鬼趣先人壞者人中所須乳酪等味耕駄等事如何得有有說由人業增上力有非情物似傍生現出乳等味作諸事業問人身今有八萬戶蟲作住持緣令身相續彼時既闕身云何存答爾時人身法爾時住如諸菩薩轉輪王身雖無諸蟲而法爾住如是說者諸大海中是諸傍生本所住處若彼無有一傍生時即名傍生有情界壞若傍生類人等雜居人等壞時彼方隨壞鬼有情壞類此應知然贍部洲人趣將壞爾時法爾有一有情無師自思入初靜慮從彼定起唱如是言此初靜慮甚樂甚靜展轉宣告遍贍部洲聞者攝心皆入初定從此捨壽上生梵天贍部洲中有情漸減乃至無一有情爲餘名贍部洲有情界壞次壞毗提訶洲次壞瞿陀尼洲一一壞相如贍部說北拘盧洲如三惡

趣無得靜慮生梵世者然彼壽盡必生欲天乃至彼處有情界盡名壯拘盧有情界壞人趣壞已四大王衆天法爾有一得初靜慮從彼定起宣告如前乃至彼處有情界盡名彼天中有情界壞次壞三十三天次壞夜摩天次壞覩史多天次壞樂變化天次壞他化自在天一一壞相如初天說欲界有情次第壞已時初靜慮有一有情法爾能入第二靜慮從彼定起唱如是言第二靜慮甚樂甚靜如是展轉聲遍梵宮聞者攝心入第二定命終皆往生彼天中初靜慮天有情漸減乃至無一有情爲餘名爲梵天有情界壞如是欲界及諸梵宮久遠空虛無有情類贍部洲等大地諸山經歷多時天不降雨一切草木皆悉乾焦更不復生乃至都盡久時復有第二日輪出現世間驗赫倍熱由此枯涸坑澗泉池乃至令其都無津潤久時復有第三日輪出現世間驗赫倍熱由此枯竭一切江河乃至令其都無津潤久時復有第四日輪出現世間驗赫倍熱由此枯涸無熱惱池即四大河所從出者謂殑伽信度縛芻私多乃至令其都無津潤久時復有第五日輪出現世間驗赫倍熱由此漸次枯涸大海乃至令其都無津潤久時復有第六日輪出現世間驗赫倍熱由此大地妙高山等皆悉焦熬發煙熢㶿久時復有第七日輪出現世間驗赫極熱由此大地妙高山等一時驗發中表烔然乃至梵宮悉皆焚蕩上從梵世下至風輪周遍燒然無餘灰燼如酥油等燒然盡時無有遺餘此亦如是爾時欲界初靜慮中皆悉空虛都

無所有二十壞刼此時已度二十空刼從此爲初問幾刼壞有情幾刼壞器有說十刼壞有情十刼壞器有說十五刼壞有情五刼壞器如是說有十九刼壞有情一刼壞器別業難轉非共業故如是世界壞經久時於下空中有微風起二十空刼此時已度二十成刼從此爲初所起微風漸廣漸厚時經久遠盤結成輪厚十六億踰繕那量廣則無數其體堅密假設有一大諾健那以金剛輪奮威懸擊金剛有碎風輪無損次有雲起雨風輪上滴如車軸積水成輪如是水輪於未凝結位深十一億二萬踰繕那有說廣量與風輪等有言狹小分百俱胝百俱胝輪其量皆等謂徑十二億三千四百半圍量三倍謂三十六億一萬三百五十踰繕那此不傍流由有情業力有餘師說由風力所搏次於水輪有別風起搏擊此水上結成金此即金輪厚三億二萬水輪遂減惟深八洛叉有說金輪廣如水量有師復說少廣水輪次有雲起雨金輪上滴如車軸經於久時積水浩然深過八萬猛風攢擊寶等變生復有異風析令區別謂分寶土成諸山洲分水甘鹹爲內外海初四妙寶成蘇迷盧挺出海中處金輪上謂四面如次北東南西金銀吠琉璃頗胝迦寶隨寶威德色現於空故贍部洲空似吠琉璃色此山出水八萬踰繕那水中亦然端嚴可愛次以金寶成七金山遶蘇迷盧住金輪上在水中量同蘇迷盧出水相望各半半減次以土等成四大洲下據金輪遶金山外最後以鐵成輪圍山在四洲外如牆圍遶出水半減第

七金山在水量同蘇迷盧等諸山廣量皆與出水量同七金山間有七內海八功德水盈滿其中七金山外有鹹水海此八大海各深八萬前七廣量如所遶山第八有說廣三億二萬二千踰繕那有說更增千二百八十七踰繕那半蘇迷盧山有四層級初層傍出一萬六千次上三層各半半減四層相去量各十千有說初層下齊水量次二去下量各十千其第四層去下二萬四層四面如妙高山四寶所成莊嚴殊妙四層如次堅手持鬘恒憍四王天眾居止持雙山等七金山上亦有四王所部村邑七山四級日月等天皆是四大王眾天攝故欲天中此天最廣從第四層級復有四萬踰繕那至蘇迷盧頂是三十三天住處山頂四面各二十千若據周圍數成八萬有餘師說面各八十千與下際四邊其量正等山頂四角各有一峯其高廣量各有五百有藥叉神名金剛手於中止住守護諸天於山頂中有城名善見面二千半周萬踰繕那金城量高踰繕那半其地平坦真金所成俱用百一雜寶嚴飾地觸柔輭如妬羅綿躡時齊膝隨足高下有微風起吹去萎華彌新妙華彌散其地是天帝釋所都大城城有千門嚴飾壯麗門有五百青衣藥叉勇健端嚴踰繕那量各嚴鎧仗防守城門於其城中有殊勝殿種種妙寶具足莊嚴蔽餘天宮故號殊勝面二百五十周千踰繕那其城四隅有四臺觀以金銀等四寶所成種種莊嚴甚可愛樂城外四面四苑莊嚴是彼諸天共遊戲處一衆車苑謂此苑中隨天福力種種車

現二麤惡苑天欲戰時隨其所須甲仗等現三雜林苑諸天入中所玩皆同俱生勝喜四喜林苑極妙欲塵殊類皆集歷觀無猒如是四苑形皆正方一一周千踰繕那量中央各有一如意池面各五十踰繕那量八功德水盈滿其中隨欲妙華寶舟好鳥一一奇麗種種莊嚴四苑四邊有四妙地中間去苑各二十踰繕那地一一邊量皆二百是諸天衆勝遊戲所諸天於彼捔勝歡娛城外東北有園生樹是三十三天受欲樂處盤根深廣五踰繕那聳幹上昇枝條傍布高廣量等百踰繕那舒葉開華妙香芬馥順風熏滿百踰繕那若逆風時猶遍五十城外西南角有大善法堂三十三天常於半月八日十四日十五日集此堂中詳辯人天及制伏阿素洛等如法不如法事如是等類餘處廣說

阿毗達磨大毗婆沙論卷第一百三十三 說一切有部發智

音釋

饉渠吝切菜不熟也 嵐魯甘切 濼子浩切 屑先結切 伺息利切察也 燎力照切燒也 氎徒協切細毛布也 樺胡化切木名也 液羊益切津也 烔徒紅切熱也 馭牛倨切使牛馬曰馭 焦即消切火所傷也 涸下各切水竭也 熢焞熢薄紅切焞蒲沒切熢焞煙起貌 胝張尼切

阿毗達磨大毗婆沙論卷第一百三十四

五百大阿羅漢等造

唐三藏法師玄奘奉詔譯

大種蘊第五中緣納想第二之四

已說成立風水金輪諸海山洲地居器已次辯成立空居諸天大梵天等所居宮地然彼宮殿有說依空有說空中密雲彌布如地爲彼宮殿所依外器世間至色究竟上無色故不可施設問從夜摩天至色究竟所依雲地其量如何有說從夜摩至他化自在雲地皆等妙高頂量色界雲地下狹上廣謂初二三四靜慮地如次等彼四洲小千中千大千諸世界量有餘師說夜摩天宮雲地倍於妙高山頂乃至他化自在天宮雲地望前展轉相倍初二三定如次等於小千中千大千界量第四靜慮其量無邊由此若依等四靜慮起有身見極難除斷以執無邊地爲我故問第四靜慮地若無邊災所不及寧非常住答剎那無常故無此失有說第四靜慮地中宮殿所依俱無常定謂彼宮地隨彼諸天生時死時俱起沒故此說非理所以者何應無有情共器業故由此如前所說者好謂器世間既成立已最初有一極光淨天由壽業福隨一盡故從彼殁已生大梵宮後諸有情亦從彼殁有生梵輔有生梵衆有生他化自在天宮漸漸下生乃至人趣北洲爲始次瞿陀尼次毗提訶後生贍部次生鬼趣次生傍生後生地獄由法爾力若處後空彼必先住若處先空彼必後住若大地獄一有情生爾時已度二十成劫二十住劫此爲最初問幾劫器世

間成幾劫有情漸住有説十劫器世間成十劫有情漸住有説五劫器世間成十五劫有情漸住如是説者一劫器世間成十九劫有情漸住問齊幾世界俱成有説齊百俱胝四大洲界有説無數世界俱壞俱成云何知然經爲量故如契經説佛告苾芻我眼清淨過於人眼見東方等無數世界或有正壞或壞已空或有正成或成已住如天大雨滴如車軸無間無缺此亦如是問何故一切世界不俱壞俱成答以諸有情業不等故謂有情類於此處所共業增長世界便成共業若盡世界便壞又有情類於彼處所淨業若增此界便壞淨業若減此界便成問若諸有情於劫將壞餘半劫在破和合僧墮無間獄有中夭不若有中夭彼業云何滅一劫壽若不中夭彼於劫壞寧不稽留如契經言若處乃至一蟻卵在災便不壞況彼在耶有作是説彼無中夭若爾彼於劫壞寧不稽留劫欲壞時業增上力飄置餘界大地獄中譬如王都有嘉喜事先移極罪置邊獄中後於王都方降恩赦有餘師説劫欲壞時法爾有情其心調善於餘重罪尚能不爲況有破壞和合僧者復有説者劫欲壞時若造破僧無間業者命終便墮他界獄中法爾不生將壞處故如説火劫世間壞時有情上生災起時分水劫風劫廣説亦然但水風災壞相有異謂水能浸爛風能飄擊所壞勢力遠近不同復如火劫世間成時先後時分水風亦爾如彼大劫有大三災如是中劫小三災現一刀兵二疾疫三饑饉初刀兵劫將欲起時贍部洲人極

壽十歲爲非法貪染汙相續不平等愛映蔽其心邪法縈纏瞋毒增上相見便起猛利害心如今獵師見野禽獸隨手所執皆成刀杖各逞凶狂互相殘害七日七夜死亡略盡贍部洲內纔餘萬人各起慈心漸增壽量爾時名爲度刀兵劫次疾疫劫將欲起時贍部洲人極壽十歲由具如前諸過失故非人吐毒疾疫流行遇輒命終難可救療都不聞有醫藥之名時經七月七日七夜疾疫流行死亡略盡贍部洲內纔餘萬人各起慈心漸增壽量爾時名爲度疾疫劫後飢饉劫將欲起時贍部洲人極壽十歲亦具如前諸過失故天龍忿責不降甘雨由是世間久遭飢饉由飢饉故便有聚集白骨運籌三種言異由二因故名有聚集一人聚集謂彼時人由極饑羸聚集而死二種聚集謂彼時人爲益後人輟其所食置於小篋擬爲種子故饑饉時名有聚集言有白骨亦由二因一彼時人身形枯燥命終未久白骨便現二彼時人饑饉所逼聚集白骨煎汁飲之有運籌言亦二因故一由種少傳籌食之謂一家中從長至幼隨籌至日得少麤食二謂以籌挑故場蘊得少穀粒多用水煎分共飲之以濟餘命如是饑饉經七年七月七日七夜饑饉所逼死亡略盡贍部洲內纔餘萬人各起慈心漸增壽量爾時名爲度饑饉劫此三災橫雖復難除然有聖言說彼對治謂若有能一日一夜持不殺戒於未來生決定不逢刀兵災起若能以一訶梨怛雞起殷淨心奉施僧衆於當來世決定不逢疾疫災起若有能以一摶之食起殷

淨心奉施僧衆於當來世決定不逢饑饉災起問如是三災餘洲有不答無根本災而有相似謂瞋增盛身力羸劣數加饑渴此說二洲北拘盧洲亦無相似以無罪業而生彼故又彼無有瞋增盛故

大種蘊第五中具見納息第三之一

已具見諦世尊弟子未離欲染所成就色界繫身語業色何大種所造如是等章及解章義既領會已當廣分別問何故作此論答欲令疑者得決定故謂契經說佛告苾芻若此身中離生喜樂滋潤遍滋潤適悅遍適悅於此身中無有少分離生喜樂而不遍滿此契經中說根本地勿謂惟此根本地中有能離法非近分地斷此疑故顯近分中亦有相似能離善法有餘師說欲止分別論者說預流一來亦得根本靜慮彼何故作是說依契經故如說慧闕無靜慮靜慮闕無慧是二具足者去涅槃不遠預流一來無不有慧故彼亦有根本靜慮爲遮彼執顯初二果未得靜慮問若爾彼所引頌當云何通尊者世友作如是說彼說正思擇名靜慮若不爾者外道亦得根本靜慮豈便許彼亦有慧耶分別論者作是說言許彼有慧復有何過彼說不然所以者何具是二者便於涅槃已爲不遠非諸外道去涅槃近以彼無有解脫法故有說爲止譬喻者意彼說諸近分地惟有善法今明近分具有三種謂善染無記若近分地惟有善者世尊弟子未離欲貪依未至定起世俗道彼隨轉律儀何地大種造譬喻尊者作如是言是初靜慮大種所造豈不汝等說預流

一來未得靜慮彼作是說我遮善靜慮非染無記彼說非理未離欲貪尚不能起初善靜慮況能起彼無覆無記是故爲止他宗及顯正理故作斯論問已說已具見諦何故復言世尊弟子答已具見諦者欲差別隨信隨法行故世尊弟子者欲差別諸異生故此是誰耶答此是預流及一來果非餘以說未離欲染故問隨信法行何故不名已具見諦有作是說已見四諦及已害邪見者名已具見諦隨信隨法行非已見四諦今正見故非已害邪見今正害故由此不名已具見諦有餘師說若相續中已除一切見倒惡行惡趣煩惱方得名爲已具見諦隨信隨法行今正能除不名已除猶成就故由此不名已具見諦如良田中無有一切塵雹災橫名具足田致諸稼穡復有說者若相續中已除四疑生四決定爾時名已具見隨信隨法行今除四疑生四決定不名已具有說若身中已除四闇已起四明已除四無智已起四智名已具見隨信隨法行則不如是不名已具有說已伏四諦洲渚已除其中煩惱怨敵乃名已具隨信隨法行今伏今除不名已具問何故異生不名世尊弟子答若惟順佛語不受餘教名世尊弟子異生或順佛語或順邪言故不名世尊弟子有說諸有正聞非邪聞所伏乃名世尊弟子異生不爾有說若成就四種證淨名世尊弟子異生無四證淨故不名世尊弟子有說若惟稱佛以爲大師名世尊弟子異生或稱外道邪魔以爲師故不名世尊弟子有說若惟歸敬三寶以爲福田名世尊弟子諸

異生類或以邪神諸外道等以爲福田不名世尊弟子有說若信惟佛是一切智惟佛所說法能度生死惟苾芻僧是梵行者名世尊弟子諸異生類與此相違是故不名世尊弟子有說於佛聖教其心堅牢如天帝幢名世尊弟子諸異生類於佛教中心不堅牢猶如氎絮隨風上下動轉無恒故不名爲世尊弟子已具見諦世尊弟子未離欲染所成就色界繫身語業色何大種所造答色界繫此依種類總相而說若别說者應言未至地大種所造此則遮說預流一來亦得靜慮者意說未離欲染故無有未離欲染而能得靜慮者又亦遮說未至地中無無記者意說色界大種造故無有未得靜慮地而能起彼大種者問何故此中但問隨世俗道身語業非無漏耶答彼造論者意欲爾故隨彼意欲而作斯論但令不違法相不應責其所以有說應具足問而不問者當知此義有餘有說無漏身語業決定不離隨世俗道身語業若問世俗當知已問無漏有說無漏律儀以世俗戒爲加行爲門爲依爲安足處若問彼加行則已問律有說無漏戒依世俗戒得故問世俗則問無漏有說隨世俗道身語律儀必與能造同其種類今但問同類隨地差别無漏異類是以不問有說此隨世俗道色有異諍論謂有說是未至地大種所造有說是初靜慮大種所造是以問之無漏定是欲界大種所造是以不問由此等緣惟問世俗身語業不問無漏生欲界入有漏四靜慮身語業色何大種所造答色界繫此依種類總相而說若别

說者隨初靜慮世俗道色即初靜慮繫大種所造乃至隨第四靜慮世俗道色即第四靜慮繫大種所造生欲界入無漏四靜慮身語業色何大種所造答欲界繫依欲界身現在前故問何故有漏所依大種必與所造同一地繫無漏所依隨何身起即彼繫耶答有漏律儀有縛有繫故爲同地大種所造無漏律儀離縛離繫然依身起故隨何地身中現前即彼大種所造有說有漏律儀墮界墮地故自界地大種所造無漏律儀雖墮於地而不墮界然依身起故隨所依大種所造有說有漏律儀爲同類大種所造故地必同無漏律儀爲異類大種所造故隨身別以必依身現在前故生色界入有漏四靜慮身語業色何大種所造答色界繫此依種類總相而說若別說者隨初靜慮世俗道色即初靜慮繫大種所造乃至隨第四靜慮世俗道色即第四靜慮繫大種所造生色界入無漏四靜慮身語業色何大種所造答色界繫此亦依總相說若別說者若生初靜慮入無漏四靜慮彼身語業皆初靜慮大種所造若生第二靜慮入無漏三靜慮彼身語業皆第二靜慮大種所造若生第三靜慮入無漏二靜慮彼身語業皆第三靜慮大種所造若生第四靜慮入無漏第四靜慮彼身語業第四靜慮大種所造此中應知生下地上地定現前生上地下地定不現前問何故爾耶答下地定劣上地定勝於勝生欣尚故起於劣生猒背故不起有說下趣於上上不趣下如臣朝王王不朝臣有說生下地者於上地法更有所作故起

現前生上地者於下地法更無所作是故不起如阿羅漢不起三界斷對治道以無用故有說加行善法由功用起生上地者下地法無用非於無用法更起功力令現在前非如無記問大種隨地有五類別幾無間滅幾無間現前答生欲界者若欲界心無間有漏初靜慮現在前彼一類大種滅謂欲界二類大種無間現前謂欲界初靜慮若有漏初靜慮無間有漏初靜慮現在前彼二類大種滅二類大種無間現前謂欲界初靜慮若有漏初靜慮無間無漏初靜慮現在前彼二類大種滅謂欲界初靜慮一類大種無間現前謂欲界若無漏初靜慮無間無漏初靜慮現在前彼一類大種滅一類大種無間現前謂欲界若無漏初靜慮無間有漏初靜慮現在前彼一類大種滅謂欲界二類大種無間現前謂欲界初靜慮若有漏初靜慮無間欲界善心現在前俱一類大種滅一類大種無間現前謂欲界如入出初靜慮乃至入出第四靜慮隨其所應皆應廣說如生欲界乃至生第四靜慮隨其所應亦應廣說問若生欲界色界大種現在前時何處現前有說眉間有說鼻端有說心邊有說齋邊有說足指有作是說隨先加行安心處所是處現前有餘師說欲界大種麤色界大種細細入麤隙如油入沙然根本靜慮現在前時色界大種遍身內起若近分定現在前時色界大種惟心邊起

有說近分定現在前時色界大種亦遍身起然長養身不如根本如有二人俱詣池浴一在池側掬水浴身一入池中沒身而洗二人用水雖俱遍身然長養身入池者勝問欲界身中先有間隙色界大種來入中耶答不爾未來欲界身自有二種一惟欲界大種二色界大種雜若時遇入色界定緣彼惟欲界者便滅色界雜者便生故不可言先有間隙後來住中世尊弟子生無色界所成就無漏身語業色何大種所造答或欲界繫或色界繫問此中何故復作斯論答欲令疑者得決定故謂無色界無有諸色或有生疑世尊弟子生無色界所成就無漏色非大種所造爲除此疑故說或欲界繫或色界繫大種所造問彼所成就色定欲色界大種所造何故言或

答應決定說而言或者欲顯界無雜亂無漏對治有雜亂由界無雜亂故欲界大種所造異色界大種所造異無有一色二界大種所造是故說或此即總說然無漏色隨起依地能造大種有五類別謂欲界四靜慮繫大種所造世尊弟子生無色界若阿羅漢惟成就未來五地大種所造無漏色非現在不起故非過去已捨故若不還者亦成就未來五地大種所造無漏色非現在不起故過去不定依五地身起有多少或全無故由此應說或有學者生無色界成就未來五地依戒過去全無謂先依欲界四靜慮身於第三果及第四向諸無漏道未起未滅從彼命終生無色界或有學者生無色界成就未來五過去一謂先欲界四靜慮時隨依一身於第三果或

第四向諸無漏道已起已滅從彼命終生無色界或有學者生無色界成就未來五過去二謂先欲界四靜慮時隨依二身於第三果或第四向諸無漏道已起已滅從彼命終生無色界或有學者生無色界成就未來五過去三謂先欲界四靜慮時隨依三身於第三果或第四向諸無漏道已起已滅從彼命終生無色界或有學者生無色界成就未來五過去四謂先欲界四靜慮時隨依四身於第三果或第四向諸無漏道已起已滅從彼命終生無色界或有學者生無色界成就未來五過去五謂具依欲界四靜慮身於第三果或第四向諸無漏道已起已滅得從彼命終生無色界有作是說無有學者生無色界不成就過去色以彼先在欲色界時於第三果或第四向必已起滅方命終故是故本論說言若諸學者生無色界成就過去未來所造色若於彼得阿羅漢果成就未來所造色非過去所造色若謂不爾本論應說學者生無色界有不成就過去所造色尊者僧伽伐蘇說曰或有學者生無色界都不成就過去未來五地身中無漏業色謂先依欲界四靜慮身於第三果及第四向諸無漏道未起未滅從彼命終生無色界或有學者生無色界成就過去未來各一謂先欲界四靜慮時隨依一身於第三果或第四向諸無漏道已起已滅從彼命終生無色界如是成二成三成四成五准前廣說如理應思若生彼界得阿羅漢果別得未來五地依戒此說非理無得果時惟得無為非有為故又與本論所說相違

如說聖者生無色界成就未來所造色非過去大種若如彼意本論應說聖者生無色界有不成就未來所造色故前所說於理爲善無色界歿生欲界最初所得諸根大種何大種爲因乃至廣說問何故復作斯論答欲令疑者得決定故謂無色界都無諸色或有生如是疑欲色界歿生無色界彼色或經八萬六萬四萬二萬劫斷從彼命終生欲色界最初所得諸根大種無因而生爲除彼疑顯彼諸色非無因生故作斯論無色界歿生欲界最初所得諸根大種何大種爲因答欲界繫此依種類總相而說若別說者應作是說無色界歿來生欲界最初所得諸根大種若生地獄還以地獄大種爲因乃至若生天趣還以天趣大種爲因若眼根及彼大種還以左眼根所依大種爲因餘根及境類此應知眼中左眼及彼種還以左眼所依大種爲因左中異熟還以異熟爲因長養還以長養爲因如左右亦爾餘根及境廣說亦爾然續生心俱起大種展轉爲俱有因於眼等爲生等因無始生死久滅大種與今大種爲同類因問何故此中不問眼等與初所得根大爲因有說此是要略之言故不問耳有餘師說大種通與根大爲因是以問之眼等不與大種爲因是以不問有說大種久滅及今並有因義眼等但有久滅爲因是故不說無色界歿生色界最初所得諸根大種何大種爲因答色界繫此亦依種類總說若別說者應作是說無色界歿來生色界最初所得諸根大種若生初靜慮還以初靜慮大種爲因乃至若生

第四靜慮還以第四靜慮大種爲因若眼根及彼大種還以眼根所依大種爲因眼中左右異熟長養廣說如前餘根及境廣說亦爾然續生心俱起大種展轉爲俱有因如是等廣說如前色界歿生欲界最初所得諸根大種何大種爲因答欲界繫此亦總說若差別說如前應知餘義亦如前廣說

阿毗達磨大毗婆沙論卷第一百三十四 說一切有部發智

音釋

疫 羊益切病氣流行也
纔 音才蹔也
籌 直由切筭也
羸 力追切瘦也
篋 苦協切緘藏也

阿毗達磨大毗婆沙論卷第一百三十五

五百大阿羅漢等造

唐三藏法師玄奘奉　詔譯

大種蘊第五中具見納息第三之二

生欲界作色界化乃至廣說問何故作此論答欲止他義顯已義故如譬喻者作如是說諸所化物皆非實有若實有者云何名化大德亦言化非實有是修所現如屍起作鬼呪所爲爲止如是所說意趣顯諸化事皆是實有由此等緣故作斯論生欲界作色界化發色界語彼身語色何大種所造答色界繫生色界作欲界化發欲界語彼身語色何大種所造答欲界繫以有漏所造色皆同分界地大種所造故然所化身差別有八謂生欲界作欲界化有二種一似自身二似他身作色界化亦有此二及生色界作色界化有二種一似自身二似他身作欲界化亦有此二是謂八此中但依二種作論謂生欲界作色界化及生色界作欲界化似他身者問何故此中但依二身作論答彼作論者意欲爾故隨彼意欲而造論但令不違法相不應責其所以有說惟此二身微細難見難了是故偏說有說惟此二身最難現前藉多加行方能起故有說此於世間難可信受謂誰能作他界他身有說此二最爲希有謂能化作異界異身是故偏說諸變化心總有二種一欲界繫二色界繫或爲五謂欲界四靜慮繫或爲十二即十二種能化者心謂得初靜慮果者乃至得第四靜慮果者各有三種何等爲三一異生二有學三無學復有說三一外法異生

二內法異生三聖者復有說三謂三位得一離染時得謂離下染得靜慮時二得果時得謂得無學果時三練根時得謂轉根作見至不動時或分十四謂欲界繫有四即四靜慮果初靜慮繫亦有四如欲界說第二靜慮繫有三即上三靜慮果第三靜慮繫有二即上二靜慮果第四靜慮繫有一即第四靜慮果以下地心羸劣故不能於上地化或分十五謂五地繫諸變化心各有上中下品有說得五地變化心者各有三類謂異生等如前說或復分爲四十二種謂前十四各有上中下品有說得十四種變化心者各有三類謂異生等如前說諸作欲界化彼身還似欲界有情諸作色界化彼身還似色界有情問所作化身幾處所攝答若生欲界作欲界化自身

他身皆四處攝謂色香味觸作色界化自身他身皆二處攝謂攝色觸若生色界作色界化自身他身皆二處攝作欲界化自身他身皆四處攝如前說有說若作他身則四處攝若作自身惟二處攝勿彼成就香味處故如是說者雖化香味無成就失如人衣服嚴具華香雖復在身而不成就問若生欲界作欲界化初靜慮果作色界化初靜慮果如是二種誰劣誰勝答此二運轉等無差別然色界者界勝故勝問若生欲界作欲界化第二靜慮果作色界化初靜慮果如是二種誰劣誰勝答欲界者運轉勝以彼從欲界乃至第二靜慮能往還故色界者界勝以色界法勝欲界故問若生欲界作欲界化初靜慮果作色界化第二靜慮果如是二種誰劣誰勝答色

界者二事勝一界勝二運轉勝如說生欲界作欲色界化初第二靜慮果相對辯勝劣如是生欲界作欲色界化初第三靜慮果初第四靜慮果第二第三靜慮果第二第四靜慮果第三第四靜慮果相對辯勝劣准前問答如理應思如生欲界如是生初靜慮生第二靜慮生第三靜慮隨其所應當思廣說問如生初靜慮者有能發起身語表心故令所化身作往來等種種作用上諸靜慮無如是心化主生彼所化云何有往來等用答如生初靜慮以發起表心令化身轉作往來等用如是生上諸靜慮亦以初靜慮發起表心令所化身起往來等用如眼識等有餘師說諸所化身無往來等種種作用但默然住由化主力令彼似有往來等事如帝網戲非有現有

問化事起時爲必有依託方得現耶爲復不爾有說化事必有依託謂必依於木石塊等化主方能作所化事有餘師說若初起通者所起化事要有所假若通慧滿者無所依假能起化事問爲一心一化爲一心多化若一心一化經頌所說當云何通如說

一化主語時　諸所化皆語　一化主若默
諸化皆默然

若一心多化施設論說復云何通如說神境智證通云何加行以何方便起神境智證通答彼初業者習世俗定令極自在極自在已起令現前由現前故於神境通便能引發從彼乃能隨起一化起一化事尚爾許心況復多耶有作是說一心一化問所引經頌當云何通答先以多心祈多化語後以一心令語

俱發前多心是轉後一心隨轉有餘師說一心多化問彼施設論當云何通答若初起通者一心一化若通慧滿者一心多化問於一心中所起化事爲必同類亦異類耶有說必同類化謂作象時不作馬等有說亦異類化謂初起通者一心但能作一類物若通慧滿者一心能作象等四軍問已知修所成化事爲亦有生得化耶有說無以生得心勢用劣故但能轉變令似異本有說亦有然惟能作自身非餘問若爾云何通經所說如契經說有三魔女各各化作多百女身所謂童女産未産女中女老女其數各百又自化身種種嚴飾爲惑媚故詣菩薩所謂菩薩曰可起沙門我等今來願相適事菩薩不受尋令彼身作衰老形羞慚而退答即依魔女異熟身上化作前說多百女身如拘執毛不離拘執如是說者生所得心自身他身俱能化作云何知然曾聞尊者鄔波毱多端身靜慮魔爲嬈擠便以華鬘冠尊者頂尊者出定驚怪念言此誰所作尋即知此是魔所爲爲調彼故即以神力化作三屍繫魔王頸所謂死蛇死狗死人於是魔王極懷慚耻種種方便欲去不能所繫三屍纏遶其頸轉急轉臭魔既無聊倍增惶恐爲脫屍故便陷入地更出騰空又没大海水中復入蘇迷盧腹盡力擺突終不能去魔既困弊自度力窮漸歷六天求欲免脫既不能得往梵宮邊請大梵言惟願哀愍解我頸上仙人所辱梵王告曰吾不能去可還歸依本繫汝者魔聞此已下贍部洲五體歸誠禮尊者足白言大德惟願慈悲赦我前

慙去尊所報爾時尊者鄔波毱多徐告魔言吾知時矣魔重稽首謝過求哀請示何時爲除所辱尊者告曰汝能從今乃至如來聖教未滅更不惱亂諸苾芻不魔曰唯然當如教勑請更誨示惟尊所爲尊者復言向爲佛法然有私願今欲請爲魔曰惟命尊者告曰佛涅槃後經于百歲我身乃生如來法身吾今已見所未見者謂佛生身仁今頗能爲我現不魔曰此事甚易我能爲之願尊見時勿便致敬令我獲罪尊者曰爾即時爲魔解去三屍魔王歡喜謝尊者已便入林中即自化身作如來像三十二相八十種好威光赫弈過千日輪復更化作諸苾芻衆右舍利子左大目連尊者阿難持鉢隨後又與阿若多憍陳那等千二百五十人俱如半月形從林而出時尊者鄔波毱多見已歡喜得未曾有以淳淨意如斷根樹莫能自持不覺投身禮魔雙足魔王悚懼尋滅化身由此故知生所得慧亦能化作自身他身問即彼尊者鄔波毱多於他事中所得自在過倶胝倍勝彼魔王尊者何緣不自化作而苦求請魔王作耶答於修所成尊者自在於生得化不及魔王欲試魔王生得化力是故請彼化作佛身有説修所得化尊者自得不生希有生所得化尊者不得生希有心欲寄魔王覿生得化是故求彼令作佛身有説尊者深心敬佛若自化作恐敬心不勝是以令魔作之有説尊者少欲若自化作恐天人等謂已是佛極加敬養般涅槃後諸天世人供養悲哀同佛滅度是以但請魔作問修得生得二種變化云何差別

答所化無别但修得者淨速圓妙非生所得有說生得心化惟依自界身修得心化通依自他界身問有留化事不若有者佛何故般涅槃時不留化身令於滅後住持說法饒益有情若無者何故尊者大迦葉波已般涅槃留身久住曾聞尊者大迦葉波入王舍城最後乞食食已未久登雞足山山有三峯如仰雞足尊者入中結加趺坐作誠言曰願我此身并納鉢杖久住不壞乃至經於五十七俱胝六十百千歲慈氏如來應正等覺出現世時施作佛事發此願已尋般涅槃時彼三峯便合成一掩蔽尊者儼然而住及慈氏佛出現世時將無量人天至此山上告諸衆曰汝等欲見釋迦牟尼佛杜多功德弟子衆中第一大弟子迦葉波不舉衆咸曰我等欲見慈氏如來即以右手撫雞足山頂應時峯坼還爲三分時迦葉波將納鉢杖從中而出上昇虛空無量天人覩斯神變歎未曾有其心調柔慈氏世尊如應說法皆得見諦若無留化如此之事云何有耶有說有留化事問若爾世尊何故不留化身至涅槃後住持說法答所應作者已究竟故謂佛所應度皆已度訖所未度者聖弟子度之有說無留化事問若爾迦葉波事云何得有答諸信敬天神所住持故有說迦葉波爾時未般涅槃慈氏佛時方取滅度此不應理寧可說無不說彼默然多時虛住如是說者有留化事是故大迦葉波已入涅槃問經說一時作雙示道謂身下出火身上出水身下出水身上出火此爲一心爲二心作若一心作云何一心有相違二

果若二心作云何一時有二心俱起有說一心所作問云何一心有相違二果答先以二心別祈水火後住一心令其俱發前二心是轉後一心隨轉有說二心所作問云何一時有二心俱起答由勝定力水火二心速疾迴轉似俱時發如物攢子左手放光右手隨言分僧卧具若時發表無容放光若時放光無容發表由勝定力光表二心速疾迴轉似俱時發水火二心應知亦爾施設論說佛於一時化作化佛身真金色相好莊嚴世尊語時化身亦語化身語時世尊亦語弟子一時作化弟子剃除鬚髮著僧伽胝弟子語時所化便默所化語時弟子便默所以者何佛於心定俱得自在入出速疾不捨所緣發自語已便發化語發化語已復發自語以極速故似俱時發弟子心定非極自在入出遲緩數捨所緣發自語已發於化語化語起時自語已滅發化語已復發自語自語起時化語已滅非極速故覺知前後問諸大聲聞亦能如是世尊於此有何不共答佛以一心能發二語謂自及化自語已化即語化語已自即語極迅速故非俱謂俱聲聞一心亦發二語謂自及化自語滅已化乃語化說滅已自乃語非極迅速故非俱覺非俱又佛世尊於諸智境皆得自在非諸聲聞故佛此中亦有不共彼復翻說佛於一時化作化佛身真金色相好莊嚴世尊語時所化便默所化語時世尊便默弟子一時作化弟子剃除鬚髮著僧伽胝弟子語時所化亦語所化語時弟子亦語問諸大聲聞亦能如是世尊於此有何不共答

佛於心定俱得自在入出速疾不捨所緣能以一心發於二語謂自及化於中欲令語者便語不令語者便默聲聞心定非極自在入出遲緩數捨所緣雖能一心發於二語謂自及化然於其中欲令一語第二亦語欲令一默第二亦默不能令其一默一語又佛世尊於諸智境皆得自在非諸聲聞故佛此中亦有不共契經中說佛告阿難我之神力能以意所成身倏爾至於梵世阿難白佛何其劣或此事聲聞亦能世尊何足自歎謂所化作名意所成身聲聞亦能以此至於梵世佛若爾者有何不共世尊頗能離神通力以麤大種父毋生身於倏忽間至梵世不世尊告曰此我亦能阿難復言此事實難願說譬喻令我信解佛言諦聽如世間鐵或餅或團置炎鑪中漸輕漸輭漸調漸淨隨意所爲如是如來身隨心轉繫心於身作輕輭等想身隨心力成輕輭等事由能繫心相續勢力令所繫身運轉隨意此中有說佛盡智時得欲界無覆無記未曾得心心所法由此勢力不入靜慮不起神通纔發心時即能舉身至色究竟何況梵世有作是說世尊爾時起緣風心令身輕舉有餘師說起緣空心能令佛身所往無礙有言佛意即說此身名意所成由隨意力成輕輭等運轉事故離定通力能運此身至梵世故與聲聞別有言佛說意所成身即所化身不假定通能至梵世與聲聞別有言佛說由意勢通令所化身速至梵世此捷疾力二乘等無故佛依此自顯殊勝問頗有變化心一剎那頃斷而不得得而不斷俱不俱

耶答有謂離欲染最後無間道時於變化心有此四句斷而不得者謂欲界繫上三靜慮果得而不斷者謂初靜慮繫初靜慮果亦斷亦得者謂欲界繫初靜慮果不斷不得者謂初靜慮繫上三靜慮果第二靜慮繫上三靜慮果第三靜慮繫上二靜慮果第四靜慮繫第四靜慮果如離欲果染最後無間道作四句如是離初靜慮染最後無間道乃至離第三靜慮染最後無間道隨其所應各有四句化當言有大種無大種耶答當言有大種無有現色離大種故化當言有所造色無所造色耶答當言有所造色化有二種一修得二生得修得化若欲界繫四處攝若色界繫二處攝生得化若欲界繫九處攝若色界繫七處攝由如是法成化身故化當言有心無心耶答當言無心然化有二種一修得此無心二生得此有心此中說修得化非心依故又有二種一作他身此無心二作自身此有心此中說他身化非心依故若變化他有情身者如自身說化當言誰心所轉耶答當言化主由化主心令有表故然修得化由化主心轉若生得化由自心轉此中說修得化又作他身由化主心轉若作自身由自心轉此中說他身化問諸化皆滅耶答修得化滅生得化有滅不滅謂天龍藥叉等自身化時有異色等起此於後時異色等滅而自身在又作他身者滅作自身者有滅不滅若變化他有情身者如自身說問諸化所食誰腹中消答此若化主所須所宜食者即化主腹中消若非化主所須所宜食者如草木等聚置一處

若化他有情令飲食者隨化主意有消不消問化身由何出煙燄等答由化主力謂諸化主欲於是處起煙起燄起煙燄峯起煙燄舍即於是處煙燄等起問由何化身有燒者有不燒者復以何故有燒身不燒衣燒衣不燒身俱不俱耶答由化主力謂諸化者隨意所欲或燒不燒如契經說尊者達臘婆末羅子以神通力上昇虛空火界焚身無餘灰燼問彼尊者火焚身時爲涅槃前爲涅槃後答諸說有留化者彼說涅槃後火起焚身謂彼獲得心定自在將取滅度神力昇空於虛空中化作牀座及種種薪便以願力入火界定纔發火已即般涅槃由此焚身令無灰燼諸說無留化者彼說命未盡火起焚身謂彼獲得心定自在將欲滅度神力昇空入火等持令身漸死隨無根處火起焚之乃至最後惟有心命依處如極細毛端許乃入涅槃火亦隨滅餘毛端量所不燒者由細難知謂無灰燼

中有當言有大種無大種耶乃至廣說問何故次化明中有答是作論者意欲爾故乃至廣說有說化與中有俱是微細難可了知有餘師說此二俱是意所成身有說此二多諸誹謗謂譬喻者說化非實分別論者撥無中有前明化是實有今明中有非無以是故次化明中有中有當言有大種無大種耶答當言有大種無有現色離大種故中有當言有所造色無所造色耶答當言有所造色欲界九處攝色界七處攝由如是法成彼身故中有當言有心無心耶答當言有心中有當言誰心所轉耶答當言自心由自心力起表業

故中有義如結蘊廣說世名何法答此增語所顯行問何故作此論答爲止他宗顯自宗故謂譬喻者分別論師執世與行其體各別行體無常世體是常諸無常行行常世時如諸器中果等轉易又如人等歷入諸舍爲遮彼執顯三世體即是諸行行無常故世亦無常由是等緣故作斯論三世義亦如結蘊廣說劫名何法答此增語所顯半月月時年問何故作此論答爲釋經故如契經說有一苾芻來詣佛所頂禮雙足却住一面白世尊言佛恒說劫此爲何量佛言苾芻劫量長遠非百千等歲數可知苾芻復言有譬喻不世尊言有今爲汝說如近城邑有全假石山縱廣高量各踰繕那迦尸細縷百年一拂山已磨滅此劫未終苾芻當知汝等長夜經此劫數無量百千在於地獄傍生鬼趣及人天中受諸劇苦生死輪轉未有盡期何得安然不求解脫彼經即是此論所依經雖說劫未分別劫體是何今欲分別故作斯論問何故但說半月月時年爲劫不說刹那臘縛牟呼栗多晝夜以爲劫耶答應說而不說者當知此義有餘有說此中舉麤攝細謂刹那等細半月月等麤若說麤當知已說細由積細時爲麤時故有說此中舉近攝遠謂劫近爲半月等所成半月等復爲刹那等成故說近時亦已說遠劫體是何有說是色處云何知然如施設論說劫初時人身光恒照以貪味故光滅闇生於是東方有日輪起光明暉朗同於昔照見已喜曰天光來來以天光來故名爲晝須臾未幾日輪西沒闇起如先見已歎言天

光沒沒故天光沒故名爲夜由此證知劫體是色劫體皆積晝夜成故如是說者晝夜等位無不皆是五蘊生滅以此成劫劫體亦然然劫既通三界時分故用五蘊四蘊爲性已說自性所以今當說何故名劫劫是何義答分別時分故名爲劫謂分別剎那臘縛牟呼栗多時分以成晝夜分別晝夜時分以成半月月時年分別半月等時分以成於劫以劫是分別時分中極故得總名聲論者言分別位故說名爲劫所以者何劫是分別有爲行中究竟位故劫有三種一中間劫二成壞劫三大劫中間劫復有三種一減劫三增劫三增減劫減者從人壽無量歲減至十歲增者從人壽十歲增至八萬歲增減者從人壽十歲增至八萬歲復從八萬歲減至十歲此中一減一增十八增減有二十中間劫經二十中劫世間成二十中劫成已住此合名成劫經二十中劫世間壞二十中劫壞已空此合名壞劫總八十中劫合名大劫成已住中二十中劫初一惟減後一惟增中間十八亦增亦減問此三誰最久有說減劫最久增劫爲中增減最促謂身有光時所經時久非身光滅乃至于今食地味時所經時久非地味滅乃至于今食地餅時所經時久非地餅盡乃至于今食林藤時所經時久非從彼盡乃至于今食自然稻時所經時久非從彼盡乃至于今故此減劫時最爲久如是說者初減後增中間十八此二十劫其量皆等於惟減時佛出于世於惟增時輪王出世於增減時獨覺出世問施設論說人中四洲由日月輪以

辯晝夜欲天晝夜云何得知答因相故知謂從天上若時鉢特摩華合殟鉢羅華開衆鳥希鳴涼風疾起少欣遊戲多樂睡眠當知爾時說名爲夜若時殟鉢羅華合鉢特摩華開衆鳥和鳴微風徐起多欣遊戲少欲睡眠當知爾時說名爲晝

阿毗達磨大毗婆沙論卷第一百三十五　說一切有部發智

音釋

鄔𨘥（鄔安古切𨘥居六切）　嬈（而沼切亂也）　挵（盧貢切玩戲也）　胝（張尼切）　坼（恥格切裂也）　攢（方味切）　燼（徐刃切火餘也）　縷（隴主切）　殟（烏沒切）

阿毗達磨大毗婆沙論卷第一百三十六

五百大阿羅漢等造
唐三藏法師玄奘奉　詔譯

大種蘊第五中具見納息第三之三

問心起住滅分名何法答此增語所顯刹那臘縛牟呼栗多問此應半月等前說所以者何由刹那等積成晝夜晝夜積成半月月等半月月等積成劫故何故前說麤後說細耶答彼作論者意欲爾故乃至廣說有作是說阿毗達磨應以相求不以先後但不違法相隨說無失有餘師說此作論中先說麤後說細令諸學者漸次入故此中起分謂生住分謂老滅分謂無常有爲法有三分齊謂時色名時之極少謂一刹那色之極少謂一極微名之極少謂依一字積此以爲漸多分齊名分齊如雜蘊說問彼刹那量云何可知有作是言施設論說如中年女緝積毳時抖擻細毛不長不短齊此說爲怛刹那量彼不欲說毳縷短長但說毳毛從指間出隨所出量是怛刹那問前問刹那何緣乃引施設論說怛刹那量答此中舉麤以顯於細以細難知不可顯故謂百二十刹那成一怛刹那六十怛刹那成一臘縛此有七千二百刹那三十臘縛成一牟呼栗多此有二百一十六千刹那三十牟呼栗多成一晝夜此有少二十不滿六十五百千刹那此五蘊身一晝一夜經於爾所生滅無常有說此麤非刹那量如我義者如壯士彈指頃經六十四刹那有說不然如我義者如二壯夫掣斷衆多迦尸細縷隨爾所縷斷經爾所刹那有說不然如我義者

如二壯夫執挽衆多迦尸細縷有一壯士以至那國百練剛刀捷疾而斷隨爾所縷斷經爾所剎那有說猶麤非剎那量實剎那量世尊不說云何知然如契經說有一苾芻來詣佛所頂禮雙足却住一面白世尊言壽行云何速疾生滅佛言我能宣說汝不能知苾芻言頗有譬喻能顯示不佛言有今爲汝說譬如四善射夫各執弓箭相背攢立欲射四方有一捷夫來語之曰汝等今可一時放箭我能遍接俱令不墮於意云何此捷疾不苾芻白佛甚疾世尊佛言彼人捷疾不及地行藥叉地行捷疾不及空行藥叉空行捷疾不及四大王衆天彼天捷疾不及日月輪二輪捷疾不及堅行天子此是導引日月輪車者此等諸天展轉捷疾壽行生滅捷疾於彼剎那流轉無有暫停由此故知世尊不說實剎那量問何故世尊不爲他說實剎那量答無有有情堪能知故問豈舍利子亦不知耶答彼雖能知而於彼無用是故不說佛不空說法故

一歲有十二月晝夜增減略爲二時由減及增各六月故然晝與夜增減相違雖各二時而無四位晝夜增減各一臘縛月則各一牟呼栗多三十牟呼栗多成一晝夜於中晝夜多少四類不同增位極長不過十八減位極短惟有十二晝夜停位各有十五謂羯栗底迦月白半第八日晝夜各十五牟呼栗多從此以後晝減夜增各一臘縛至末伽始羅月白半第八日夜有十六牟呼栗多晝十四至報沙月白半第八日夜有十七晝十三至磨

伽月白半第八日夜有十八晝十二從此以後夜減晝增各一臘縛至頗勤窶那月白半第八日夜有十七晝十三至制怛羅月白半第八日夜有十六晝十四至吠舍佉月白半第八日晝夜各十五從此以後夜減晝增各一臘縛至誓瑟搋月白半第八日夜有十四晝十六至阿沙荼月白半第八日夜有十三晝十七至室羅筏拏月白半第八日夜有十二晝十八從此以後晝減夜增各一臘縛至婆達羅鉢陀月白半第八日夜有十三晝十七至阿濕縛庾闍月白半第八日夜有十四晝十六如是復至羯栗底迦月白半第八日晝夜停等是名略說時之分齊

問彼極微量復云何知答應知極微是最細色不可斷截破壞貫穿不可取捨乘履摶掣非長非短非方非圓非正不正非高非下無有細分不可分析不可覩見不可聽聞不可齅嘗不可摩觸故說極微是最細色此七極微成一微塵是眼眼識所取色中最微細者此惟三種眼見一天眼二轉輪王眼三住後有菩薩眼七微塵成一銅塵有說此七成一水塵七銅塵成一水塵有說此七成一銅塵七水塵成一兔毫塵有說七銅塵成一兔毫塵七兔毫塵成一羊毛塵七羊毛塵成一牛毛塵七牛毛塵成一向遊塵七向遊塵成一蟣七蟣成一虱七虱成一麰麥七麰麥成指一節二十四指節成一肘四肘爲一弓去村五百弓名阿練若處從此已去名邊遠處即五百弓成摩揭陀國一俱盧舍成北方半俱盧舍所以者何摩揭陀國其地平正去村雖

近而不聞聲北方高下遠猶聲及是故北方俱盧舍大八俱盧舍成一踰繕那贍部洲人身長三肘半或有過者毗提訶人身長八肘瞿陀尼人身長十六肘俱盧洲人身長三十二肘四大王衆天身長俱盧舍四分之一三十三天身長半俱盧舍天帝釋身長俱盧舍夜摩天身長俱盧舍四分之三覩史多天身長俱盧舍樂變化天身長俱盧舍及俱盧舍四分之一他化自在天身長俱盧舍半梵衆天身長半踰繕那梵輔天身長一踰繕那大梵天身長一踰繕那半少光天身長二踰繕那無量光天身長四踰繕那極光淨天身長八踰繕那少淨天身長十六踰繕那無量淨天身長三十二踰繕那遍淨天身長六十四踰繕那無雲天身長百二十五踰繕那福生天身長二百五十踰繕那廣果天身長五百踰繕那無想天身亦爾無煩天身長千踰繕那無熱天身長二千踰繕那善現天身長四千踰繕那善見天身長八千踰繕那阿迦膩瑟搋天身長十六千踰繕那如是名爲色之分齊頗有法四緣生耶乃至廣說問何故作此論答爲止說緣無實者意顯諸緣性皆是實有故作斯論從緣生法有三種一色二心心所法三心不相應行色復有三謂善染汙無覆無記心心所法心不相應行亦爾此中善色及異熟所不攝無覆無記色生時一緣一少分於此有作用一緣者增上一少分者因緣即同類因即此滅時一緣一少分於此有作用一緣者增上一少分者因緣即俱有因染汙色生時一緣一少分於此有作用一

緣者增上一少分者因緣即同類因遍行因即此滅時一緣一少分於此有作用一緣者增上一少分者因緣即俱有因異熟色生時一緣一少分於此有作用一緣者增上一少分者因緣即同類因異熟因即此滅時一緣一少分於此有作用一緣者增上一少分者因緣即俱有因善心心所法及異熟所不攝無覆無記心心所法生時二緣一少分於此有作用二緣者增上等無間一少分者因緣即同類因即此滅時二緣一少分於此有作用二緣者增上所緣一少分者因緣即俱有因相應因染汙心心所法生時二緣一少分於此有作用二緣者增上等無間一少分者因緣即同類因遍行因即此滅時二緣一少分於此有作用二緣者增上所緣一少分者因緣即俱有因相應因異熟心心所法生時二緣一少分於此有作用二緣者增上等無間一少分者因緣即同類因異熟因即此滅時二緣一少分於此有作用二緣者增上所緣一少分者因緣即俱有因相應因善心不相應行中無想等至滅盡等至生時二緣一少分於此有作用二緣者增上等無間一少分者因緣即同類因即此滅時一緣一少分於此有作用一緣者增上一少分者因緣即俱有因餘善及異熟所不攝無覆無記心不相應行生時一緣一少分於此有作用一緣者增上一少分者因緣即同類因即此滅時一緣一少分於此有作用一緣者增上一少分者因緣即俱有因染汙心不相應行生時一緣一少分於此有作用一緣者增上一少

分者因緣即同類因遍行因即此滅時一緣一少分於此有作用一緣者增上一少分者因緣即俱有因異熟心不相應行生時一緣一少分於此有作用一緣者增上一少分者因緣即同類因異熟因即此滅時一緣一少分於此有作用一緣者增上一少分者因緣即俱有因是謂此處略毗婆沙頗有法四緣生耶答有謂一切心心所法問此法生時但由二緣半於此有作用云何乃說四緣生耶答生位滅位合說四緣起未已滅總名生故問生時滅時各二緣半若合說者應有五緣何故說四答依種類說不過四故謂一緣惟於生時作用一緣惟於滅時作用二緣通於二時作用故合說四頗有法三緣生耶答有謂無想等至滅盡等至問此法生時但由二緣半於此有作用云何乃說三緣生耶答生位滅位合說三緣起未已滅總名生故問此於生時有二緣半滅時有一緣半若合說者應有四緣何故說三答依種類說不過三故謂一緣惟於生時作用二緣通於二時作用故合說三頗有法二緣生耶答有謂除無想滅盡等至諸餘心不相應行及一切色問此法生時但由一緣半於此有作用云何乃說二緣生耶答生位滅位合說二緣起未已滅總名生故問此於生時有一緣半滅時有一緣半應有三緣何故說二答依種類說不過二故謂二緣俱於生時滅時有作用故頗有法一緣生耶答無所以者何謂有爲法性羸劣故不自體故依止他故無作用故不自在故彼有爲法最極少者謂一刹那一極微法

生位滅位除其自體餘一切法爲增上緣於滅位中生等爲彼俱有因故說爲因緣由此定無一緣生者此中因緣攝一切有爲法等無間緣攝過去現在除阿羅漢最後心聚餘心心所法所緣緣增上緣攝一切法又因緣攝五蘊等無間緣攝無色四蘊少分所緣緣增上緣攝五蘊及非蘊又因緣攝三世等無間緣攝二世少分所緣緣增上緣攝三世及非世問如是四緣誰勝誰劣有說因緣勝餘劣以因增長有生滅故有說等無間緣勝餘劣以能開闢聖道門故有說所緣緣勝餘劣以諸心心所所依仗故有說增上緣勝餘劣諸法生滅皆不障故如是說者皆勝皆劣功能差別故問諦與忍智爲所緣緣於與三乘誰爲親勝答無偏親勝如豆聚等但由忍智上中下故施設所緣有三差別如三力士射堅洛叉摩訶諾健那中而不破鉢羅塞建提破而不度那羅延箭破已直度更穿餘物非彼洛叉有堅輭異但由射者勢力不同故說洛叉亦有差別問何緣闕故便般涅槃有說因緣流轉生死由因緣力因緣斷故生死則斷有說等無間緣以阿羅漢後心不續便涅槃故有說所緣緣以諸爾𦦨不起此後心心所法便涅槃故有說增上緣以阿羅漢最後心後無不障礙便斷絕故如是說者四緣闕故而般涅槃以涅槃時四緣攝法於彼相續皆無作用便般涅槃

云何因相應法乃至廣說問何故作此論答欲止愚於相應法者執相應法體非實有顯相應法體是實有故作斯論於此義中有作

是說此中但依一因作論謂相應因由此中說相應言故依彼意趣釋此文者云何因相應法答一切心心所法此是相應因自體法與相應因自體法相應故名因相應云何因不相應法答色無爲心不相應行問色等既非相應因自體如何乃說因不相應答色等雖非相應因自體而與相應因自體不相應故說爲因不相應斯有何失云何因相應因不相應法答即心心所法少分因相應少分因不相應少分因相應者謂自於他少分因不相應者謂自於自云何非因相應非因不相應法答即心心所法少分非因相應少分非因不相應少分非因相應者謂自於自少分非因不相應者謂自於他有說此中依二因作論謂相應因俱有因由此二因恒與彼法不相離故有說此中依三因作論謂相應因俱有因同類因由此三因通三性故有說此中依四因作論除同類因遍行因由此四因通三世故有說此中依五因作論除能作因以通無爲非親勝故有說此中依六因作論由此所說因言總故然相應法或有具作六因自體或有但作五因自體或有但作四因自體何等具作六因自體謂不善遍行心心所法何等但作五因自體謂不善非遍行心心所法若有覆無記遍行心心所法若善有漏心心所法何等但作四因自體謂有覆無記非遍行心心所法若無覆無記心心所法若無漏心心所法依彼意趣釋此文者云何因相應法答一切心心所法謂六因自體法與六因自體法相應五因自體法與五因

自體法相應四因自體法與四因自體法相應故名因相應後三問答准前應知

云何緣有緣法乃至廣說問何故作此論答欲止愚於所緣緣性執所緣緣非實有法者意顯所緣緣體是實有故作斯論云何緣有緣法答若意識并相應法緣心心所法由有所緣法爲此所緣故說此爲緣有緣法如明眼者見明眼人彼明眼人復有所見緣有緣法應知亦爾云何緣無緣法答五識身并相應法若意識并相應法緣色無爲心不相應行由無所緣法爲此所緣故說此爲緣無緣法如明眼者見生盲人彼生盲人更無所見緣無緣法應知亦爾云何緣有緣緣無緣法答若意識并相應法緣心心所法及色無爲心不相應行由有所緣無所緣法爲此所緣故說此爲緣有緣緣無緣法如明眼者見明眼人及生盲人彼明眼人復有所見彼生盲人更無所見緣有緣緣無緣法應知亦爾有餘謂此第三句義即合初二更無異體此不應理與本論相違故如本論說緣有緣法是有爲緣隨眠隨增緣無緣法是一切隨眠隨增緣有緣緣無緣法是有爲緣隨眠隨增非緣有緣非緣無緣法是有漏緣隨眠隨增然有意識并相應法一刹那頃總緣有緣及無緣法是故如前所說者好云何非緣有緣非緣無緣法答色無爲心不相應行由此法不緣有所緣無所緣法故說此爲非緣有緣非緣無緣法如生盲人都無所見此亦如是如世尊說內無色想觀外色乃至廣說問何故作此論答爲欲分別契經義故如契經說內

無色想觀外色雖作是說而不分別云何內無色想觀外色乃至廣說今欲分別故作斯論云何內無色想觀外色耶答謂有苾芻起如是勝解今我此身將死已死將上輿已上輿將往塚間已往塚間將置地已置地將爲種種蟲食已爲種種蟲食彼於最後不見內身惟見外蟲是名內無色想觀外色謂彼由先多勝解力不見身相但見違逆損害內身外諸蟲相復有苾芻起如是勝解今我此身將死已死將上輿已上輿將往塚間已往塚間將置薪積已置薪積將爲火焚已爲火焚彼於最後不見內身惟見外火是名內無色想觀外色謂彼由先多勝解力不見身相但見違逆損害內身外諸火相復有苾芻起如是勝解今我此身甚爲虛僞如雪或雪摶如沙糖或沙糖摶如生熟酥或生熟酥摶將爲火炙已爲火炙將融銷已融銷彼於最後不見內身惟見外火是名內無色想觀外色謂彼由先多勝解力不見身相但見違逆損害內身外諸火相此中如雪或雪摶者謂北方諸瑜伽師如沙糖或沙糖摶者謂南方諸瑜伽師如生熟酥或生熟酥摶者謂一切處諸瑜伽師問若時作內無色想即時觀外色耶爲爾時但觀外色不作內無色想耶設爾何過若時作內無色想即時觀外色者云何一覺不作二解差別解耶如是一覺便成多體若爾時但觀外色不作內無色想者此文所說內無色想觀外色復云何通答應說爾時但觀外色不作內無色想問若爾此文所說內無色想觀外色當云何通答依瑜伽師意

樂而說謂觀行者有如是意樂我當內無色想觀外色隨彼而說然於爾時惟觀外色有說依彼先時分別行相故作是說謂瑜伽師先起如是分別行相我當如是如是作內無色想觀外色觀及修觀時唯觀外色有說此文依修加行成滿時說謂內無色想者說此善根加行時觀外色者說此善根成滿時非於一時有二種解有說此文依義至說謂若內無色想義至觀外色若觀外色義至內無色想非於一覺有二種解有說內無色想者說所依觀外色者說所緣非於所緣俱起二解有餘師說若時作內無色想即時亦觀外色問若爾云何一覺不作二解差別解耶答雖作二解而不相違故無有失此不應理有無二相互相違故是故如前所說者好如世

尊說有除色想乃至廣說問何故復作此論答彼作論者意欲爾故乃至廣說有說爲欲分別契經義故謂契經中說除色想而不廣辯今欲辯之故作斯論云何除色想耶答謂有苾芻起如是勝解令我此身將死已死將上轝已上轝將往塚間已往塚間將置地已置地將爲種種蟲食已爲種種蟲食此種種蟲將散已散彼於最後不見自身亦不見蟲是名除色想謂彼由先多勝解力不見身相亦復不見違害內身外諸蟲相復有必芻起如是勝解令我此身將死已死將上轝已上轝將往塚間已往塚間將置薪積已置薪積將爲火焚已爲火焚此焚屍火將滅已滅彼於最後不見自身亦不見火是名除色想謂彼由先多勝解力不見身相亦復不見違害

内身外諸火相復有苾芻起如是勝解今我此身甚爲虛僞如雪或雪摶如沙糖或沙糖摶如生熟酥或生熟酥摶將爲火炙已爲火炙將融銷已融銷此能銷火將滅已滅彼於最後不見自身亦不見火是名除色想謂彼由先多勝解力不見身相亦復不見違害内身外諸火相如雪摶等三種譬喻隨方差別如前應知問彼瑜伽師何處曾見如是諸相而今觀耶答由彼曾與同梵行者作瞻病人曾見苾芻大種乖適斷諸餘食呻吟苦痛雖加醫藥轉復增劇乃至漸困暴汗交流喘息奔急須臾命盡爲縛牀輿安置其屍同學悲酸送至葬所若所至處薪難得者便置坑中悒然捨去後日重往見彼屍骸已爲狐狼鵄梟鵰鷲烏鵲餓狗之所噉食須臾遠觀骨肉都盡倏忽四散其處寂然若處柴薪易可得者便積薪木安置其屍以火焚之俄頃皆盡須臾火滅寂無所有彼瑜伽師善取如是種種相已疾還所住洗足敷座結跏趺坐調直身心令無熱惱遠離諸蓋有所堪能憶念先時所取諸相以勝解力想見己身次第有前所見衆相若不曾作瞻養病人彼於一時見雪摶等漸次爲火之所銷融乃至後時都無所見取是相已以勝解力想見己身次第有前所見衆相由此緣故諸瑜伽師於其自身起斯勝解問如是觀察分位不同於諸觀門何等所攝答是除色想及此加行并此加行加行所攝謂不見身不見蟲火此最後位除色想攝若不見身而見蟲火是除色想加行所攝若猶見身亦見蟲火是此加行加行所

攝有作是說是除色想及第二初解脫所攝謂不見身不見蟲火是除色想若不見身而見蟲火是第二解脫若猶見身亦見蟲火是初解脫有餘師說顯三善根謂不見身不見蟲火此顯上品若不見身而見蟲火此顯中品若猶見身亦見蟲火此顯下品

阿毗達磨大毗婆沙論卷第一百三十六說一切有部發智

音釋

緝七入切績也　毳此芮切細毛也　抖擻抖當口切擻蘇后切抖擻振舉也　挽無遠切引也　攢徂丸切族聚也　窶其矩切　搋丑皆切　𪎊古猛切麥也　薪積薪息鄰切柴也積資四切聚也　劇奇逆切甚也　喘昌兗切疾息也　悒於汲切憂也　鵄梟鴟赤脂切梟古堯切

阿毗達磨大毗婆沙論卷第一百三十七

五百大阿羅漢等造

唐三藏法師玄奘奉詔譯

大種蘊第五中具見納息第三之四

問此除色想自體云何答慧爲自體若爾何故以想爲名由此聚中想用增故如持息念身等念住本性生念宿住隨念皆慧爲體以念爲名念用增故彼亦如是已說自體應說因緣何因緣故名除色想由此能遣諸積集色令不現前名除色想界者色界地者第四靜慮所依者依欲界身行相者不明了行相所緣者緣欲界問此緣欲界何法有說即緣積坑等處有說即緣彼處空界如是說者即緣所除所有諸色於中有說惟緣所除自身諸色念住者身念住智者世俗智等持者非等持俱根者捨根相應世者通三世過去緣過去現在緣現在未來可生者緣未來不生者緣三世善不善無記者是善緣三種有說惟緣無記三界繫不繫者是色界繫緣欲界繫學無學非學非無學者是非學非無學緣非學非無學見所斷修所斷不斷者是修所斷緣修所斷緣自身他身非身者有說惟緣自身有說緣自他身有說通緣三種緣名緣義者惟緣義加行得離染得者是加行得非離染得已離第四靜慮染者若不加行求此想時終不能起令現前故有說佛離染得離有頂染時得故餘加行得有說餘亦離染得而加行現前佛不加行獨覺下加行聲聞或中或上起處者在欲界非色無色界在人三洲非北洲問此誰所起有說惟聖者非異生

有說異生亦起異生有二種一內法異生二外法異生內法者能起非外法以外法異生長夜執我怖畏無我不樂遣除內所依色故已說此想自性等問復應顯示有雜無雜諸無除色想皆未離色染耶答諸未離色染皆無除色想有無除色想非未離色染謂已離色染而未入彼定諸有除色想皆已離色染耶答諸有除色想皆已離色染有已離色染非有除色想謂已離色染而未入彼定所以者何前說彼定惟加行得非離染得故雖已離第四靜慮染若不加行求此定時終不能起令現前故有說此定雖離染得而獨覺等要起加行方令現前此依現前有無作論故作是說問除色想言有多處說謂此處說雜蘊亦言入無色定除去色想波羅衍拏亦作是說

諸有除色想　能除一切身　於內外法中
無有不見者

衆義品中亦作是說

於想有想非即離　亦非無想非除想
如是平等除色想　無有染著彼因緣

如是諸說義有何異答此說能遣諸積集色令不現前名除色想波羅衍拏衆義品說斷色界愛名除色想雜蘊中說不緣下地流轉諸色名除色想有說此除色想在第四靜慮波羅衍拏衆義品說除色想者在七地謂未至中間四靜慮空無邊處近分雜蘊所說除色想者亦在七地謂四無色上三近分有說此除色想是身念住波羅衍拏衆義品說除色想者是法念住雜蘊所說除色想者通四

念住有說此除色想是不共餘三是共有說雜蘊所說是共餘三不共是名諸說異義四識住七識住爲四攝七七攝四耶乃至廣說問何故作此論答爲欲分别契經義故謂契經說四識住七識住九有情居而不廣分別亦不明攝令欲廣解并顯相攝故作斯論四識住者如契經說一色隨識住二受隨識住三想隨識住四行隨識住色隨識住者謂色有漏隨順於取有情數攝行隨識住亦爾受隨識住者謂受有漏隨順於取想隨識住亦爾有餘師說色隨識住者謂色有漏隨順於取有情數非有情數攝行隨識住亦爾受想隨識住如前說問有情數蘊說爲識住此事可爾非有情數蘊云何名識住答有多種識住謂相應識住俱有識住所依識住所緣識住所行識住非有情數蘊是識所緣故名識住已說自性應說因緣何因緣故說名識住答識於此中住等住近住故名識住如馬等所住名馬等住有說此中喜所潤識增長廣大故名識住有說此中愛所潤識攝受不離故名識住有說此中諸有漏識隨順取識生起執著安住增長故名識住問何故無漏法不立識住答諸無漏法無識住相故復次若法能增益有能攝受有能住持有立爲識住諸無漏法能損減有能違害有能破壞有故非識住復次若法乃至是身見事乃至墮苦集諦立爲識住諸無漏法乃至非身見事乃至不墮苦集諦故非識住有說若法喜所潤識於中增長廣大立爲識住諸無漏法與此相違故非識住有說若法愛所潤識於中攝

受不離立爲識住諸無漏法則不如是故非識住有說若法諸有漏識隨順取識於中生起執著安住增長立爲識住諸無漏法與此相違故非識住問何故識非識住答爲識住故立識住如爲王故立王座如王座王牀王路亦爾如王非路路非王是王所行故名王路如是識非識住非識是識所止故名識住是故識非識住有說若法識所乘御如象馬船人所乘御彼法立識住非識乘御於識故識非識住復次若法與識俱生俱生俱滅於識有用立爲識住識於識不爾有說識住法爾與識俱在現在是識所住非識與識得有此事問自識他識俱在現在何不展轉立識住耶答自識於自識非識住故於他識亦非無異相故復次於自識親尚非識住況於踈遠有說若法與識三和合生互有作用立爲識住非識與識三和合生互有作用故非識住由自分識於中住故自分諸蘊得識住名謂欲界蘊欲界識所住色界蘊色界識所住無色界蘊無色界識所住初靜慮蘊初靜慮識所住乃至非想非非想處蘊非想非非想識所住問生欲界起色無色界無漏心現在前現在二蘊是識住不答應言是識住問無同分識於中止住云何名識住答得識住相故謂同分識餘緣故不生非此不能生故亦名識住如泉池側置象馬牛師子等口以爲注道水不行時非此爲障水若行者爲作所依雖水不行亦名注道彼亦如是七識住者如契經說有色有情身異想異如人一分天是第一識住有色者謂彼有情有色可了有

色身有色界處蘊有色施設故名有色有情者謂諦義勝義有情不可得非實有體然於界處蘊中假想施設說爲有情捺落意生儒童養者補特伽羅命者生者故名有情身異者謂彼有情有種種身種種顯形狀貌差別故名身異想異者謂彼有情有樂想苦想不苦樂想故名想異如人一分天者人即一切人一分天謂欲界天是第一識住者第一即次第中最初數識住謂彼所繫色受想行識釋識住義已如前說有色有情身異想一如梵衆天謂彼初起是第二識住有色等如前說想一者謂彼有情染想無異如梵衆天者此顯梵世諸天謂彼初起者謂彼初生同是起染想後便想異是第二識住者第二准前識住如前說有色有情身一想異如極光淨天是第三識住有色等如前說身一者謂彼有情有一類身一類顯形狀貌無別想異者謂彼有情有樂想不苦不樂想由彼諸天猒根本地喜根已起近分地捨根現前猒近分地捨根已起根本地喜根現前如富貴人猒欲樂已欣住法樂猒法樂已欣住欲樂如極光淨天者此顯第二靜慮諸天有色有情身一想一如遍淨天是第四識住有色等如前說想一者謂彼有情有無覆無記無差別想如遍淨天者此顯第三靜慮諸天無色有情一切色想皆超越故諸有對想皆隱沒故於別異想不作意故入無邊空空無邊處具足住如隨空無邊處天是第五識住無色有情一切空無邊處皆超越故入無邊識識無邊處具足住如隨識無邊處天是第六識住無

色有情一切識無邊處皆超越故入無少所有無所有處具足住如隨無所有處天是第七識住此中諸無色者謂彼有情無色可了無有色身無色界處蘊無色施設故名無色有情等如前說一切空無邊處皆超越等如餘處說識住者謂彼所繫受想行識問何故初靜慮有異身非上地答以初靜慮立王臣衆有差別故謂大梵王與諸梵輔及諸梵衆數數集會於中種種顯形狀貌衣服語言各有差別上地不爾有說初靜慮受上中下無別異業異熟故身有異上地不爾有說初靜慮受有尋伺業異熟故身有異上地不爾有說初靜慮受表無表業異熟故身有異上地不爾有說初靜慮受四識身相應業異熟故身有異上地不爾有說初靜慮受三受相應業異熟故身有異上地不爾由如是等種種因緣初靜慮身異上地身一又初靜慮由染汙想說爲想一第二靜慮由善想說爲想異第三靜慮由無覆無記異熟想說爲想一問何故惡趣第四靜慮非想非非想處皆不立識住耶有作是說彼亦應立在識住中而不立者是有餘說尊者世友作如是說此是世尊要略而說然惡趣等攝在此中謂諸惡趣當知攝在初識住中第四靜慮攝次三中非想非非想處攝後三中所以者何以界同故有說若處有二種識多分可得立爲識住一愛所攝受識二見所攝受識惡趣及非想非非想處愛所攝受識多分不可得第四靜慮見所攝受識多分不可得故非識住有說若處有三種識多分可得立爲識住一見所斷

識二修所斷識三不斷識惡趣非想非非想處不斷識俱不可得第四靜慮見所斷識多分不可得故非識住問豈不第四靜慮異生皆有見所斷識可得耶答雖有而於彼地非多分可得五淨居天全無有故問人欲界天不斷識亦不可得應非識住答可得有二一自性可得二所依可得人欲界天不斷識雖非自性可得而所依可得故立識住問豈不非想非非想處不斷識亦所依可得耶生彼有得阿羅漢故答雖有而非多分以生彼中暫起聖道取無學果已乃至涅槃不現前故有說若處有六種識多分可得立為識住謂見苦所斷識乃至修所斷識及不斷識惡趣非想非非想處不斷識俱不可得第四靜慮前四所斷識多分不可得故非識住問答分別如前應知有說若處識所樂住立為識住諸惡趣中苦所逼故識不樂住第四靜慮樂遷動故識不安住謂諸異生或樂入無色或樂入無想若諸聖者或樂入無色或樂入淨居或樂入涅槃非想非非想處極寂靜故心微劣故識不樂住有說若處無壞識法立為識住諸惡趣中有極苦受第四靜慮有無想定無想異熟非想非非想處有滅盡定能壞識法故非識住有說若處由二事故發起殊勝異分諸識令現在前立為識住一由定故二由生故惡趣非想非非想處二事俱無第四靜慮雖有定故而無生故有言惡趣二事俱無第四靜慮雖有定故而無生故非想非非想處雖有生故而無定故由如是等種種因緣惡趣等非識住問何故四識住中識非

識住七識住中識是識住答由別因故立四識住由別因故立七識住謂若有法識所乘御與識俱行親近和合立四識住識望於識無如是事故不立在四識住中若法與識爲因爲果展轉相資立七識住識望於識有如是事是故立在七識住中

九有情居者如契經說有色有情身異想異如人一分天是第一有情居有色有情身異想一如梵衆天是第二有情居有色有情身一想異如極光淨天是第三有情居有色有情身一想一如遍淨天是第四有情居有色等如前說有情居者謂彼所繫色受想行識又是有情所居所住所止生處故名有情居有色有情無想無別想如無想有情天是第五有情居有色等如前說無想者彼處長時想等滅故即由此義名無想有情天無色有情一切色想皆超越故諸有對想皆隱没故於別異想不作意故入無邊空空無邊處具足住如隨空無邊處天是第六有情居無色有情一切空無邊處皆超越故入無邊識識無邊處具足住如隨識無邊處天是第七有情居無色有情一切識無邊處皆超越故入無少所有無所有處具足住如隨無所有處天是第八有情居無色有情一切無所有處皆超越故入非想非非想處具足住如隨非想非非想處天是第九有情居無色等如前說一切無所有處皆超越等如餘處說問何緣惡趣及無想所不攝廣果天等非有情居有作是說彼亦應立爲有情居而不立者是有餘說尊者世友作如是說此是世尊要略

而説然惡趣等攝在此中謂諸惡趣當知攝在初有情居無想所不攝廣果天等當知攝在第五有情居所以者何以地同故有説若處餘樂來居已居其中不樂遷動是處可立爲有情居諸惡趣中二俱不然但由業力令往令住若隨意欲刹那不住故不建立第四靜慮除無想天餘雖樂來而好遷動如邊城邑人不樂居謂彼異生或樂無色或樂無想若諸聖者或樂淨居或樂無色或樂入涅槃如國邊城恒爲盜賊隣敵侵故貴族生財樂轉餘處雖留少分以充鎮守有諸商人來求資貨鎮人謂曰此處多災無以相贍商旅咸曰此非城邑如是無想所不攝天惑業所驅恒樂遷動故不説彼爲有情居已分別二動自性今當顯説雜無雜相四識住七識住爲四攝七七攝四耶答應作四句有四非七謂地獄傍生鬼界廣果色受想行及非想非非想處受想行有七非四謂人欲界天梵衆極光淨遍淨空無邊處識無邊處無所有處心有亦四亦七謂人欲界天梵衆極光淨遍淨色受想行及空無邊處識無邊處無所有處受想行有非四非七謂地獄傍生鬼界廣果非想非非想處心此中所以如前廣説四識住九有情居爲四攝九九攝四耶答應作四句有四非九謂地獄傍生鬼界無想天所不攝廣果色受想行有九非四謂人欲界天梵衆極光淨遍淨無想天四無色心有亦四亦九謂人欲界天梵衆極光淨遍淨無想天色受想行及四無色受想行有非四非九謂地獄傍生鬼界無想天所不攝廣果心此中所

以亦如前說七識住九有情居爲七攝九九攝七耶答九攝七非七攝九何所不攝答二處謂無想天處及非想非非想處此中所以亦如前說問世尊何故於無想天及有頂天多說爲處答有諸外道執此二處以爲解脫佛爲遮彼說爲生處有說外道執此二處爲最寂靜佛說爲處明是喧動而非寂靜是界趣生流轉處故有說外道執此二處是眞解脫永無退還故佛說彼是退還處非眞解脫謂從非想非非想處歿多生下地無想天歿必生欲界有說彼二壽量長遠外道多執爲眞涅槃謂無想天於惟異生生處壽量最遠非想非非想天於異生聖者生處壽量最遠故佛說彼是無常處有作是說九有情居世尊皆以二名宣說於其七種作二名說謂名識住及有情居於餘二種亦二名說謂名爲處及有情居有餘師說佛以識住與有情居展轉相攝餘不盡者惟有二處不應異釋空無邊等亦名處故有說生處精勤果中此居後邊故說名處謂惟異生生處精勤果中無想天爲後邊一切生處精勤果中有頂天爲後邊

大種蘊第五中執受納息第四之一

有執受大種與有執受大種爲幾緣如是等章及解章義既領會已應廣分別問何故作此論答彼作論者意欲爾故隨彼意欲而作論但不違法相便不應責復次欲止說因緣法及去來世非實有者意顯諸因緣去來實有故作斯論此中有執受大種者謂現在剎那有情數攝心心所法所執受大種無執受

大種者謂過去未來及現在一分有情數攝并三世一切非情數攝所有大種是謂此處略毗婆沙有執受大種與有執受大種爲幾緣答因增上因者一因謂俱有因增上者謂不礙生及惟無障然有差别謂一果者異類相望爲因增上非一果者但一增上有執受大種與無執受大種爲幾緣答因增上因者一因謂同類因增上者如前說然有差别謂有執受大種與未來有情數大種爲因增上與餘無執受大種但一增上無執受大種與無執受大種爲幾緣答因增上因者二因謂俱有同類增上者如前說然有差别謂過去有情數大種與過去有情數大種爲因增上因者二因謂俱有同類增上者如前說與未來有情數大種及現在有情數無執受大種爲因增上因者一因謂同類因增上者如前說與未來非有情數大種但一增上過去非有情數大種與過去未來有情數大種爲因增上因者一因謂俱有同類增上者如前說與未來現在非有情數大種爲因增上因者一因謂同類因增上者如前說與過去未來有情數大種及現在有情數無執受大種爲一增上未來有情數大種與未來有情數大種爲因增上因者一因謂俱有因增上者如前說與餘無執受大種但一增上未來非有情數大種與未來非有情數大種爲因增上因者一因謂俱有因增上者如前說與餘無執受大種但一增上現在有情數無執受大種與現在有情數無執受大種爲因增上因者二因謂俱有因增上者如前說與未來有情數大

種爲因增上因者一因謂同類因增上者如前說與餘無執受大種但一增上現在非有情數無執受大種與現在非有情數無執受大種爲因增上因者一因謂俱有因增上者如前說與未來非有情數大種爲因增上因者一因謂同類因增上者如前說與餘無執受大種但一增上現在非有情數大種無執受大種與有執受大種爲幾緣答因增上因者一因謂同類因增上者如前說然有差別謂過去有情數大種與有執受大種爲因增上因者一因謂同類因增上者如前說餘無執受大種與有執受大種但一增上巳說大種當說所造所造亦二謂有執受及無執受現在刹那有情數攝心心所法所執受者是有執受過去未來及現一分有情數攝三世一切非情數攝是無執受是謂此處略毗婆沙有執受所造色與有執受所造色爲幾緣答一增上增上義如前說無因者有對所造色展轉相望非俱有因故有執受所造色與無執受所造色爲幾緣答因增上因者二因謂同類異熟增上者如前說然有差別謂有執受所造色與未來有情數所造色爲因增上與餘無執受所造色但一增上無執受所造色與無執受所造色爲幾緣答因增上因者三因謂俱有同類異熟因增上者如前說然有差別謂過去有情數所造色與過去有情數所造色爲因增上因者三因謂俱有同類異熟因增上者如前說與未來有情數所造色爲因增上因者二因謂同類異熟增上者如前說與現在有情數無執受所造色爲

因增上因者一因謂同類因增上者如前說與餘無執受所造色但一增上過去非有情數所造色與過去未來現在非有情數所造色爲因增上因者一因謂同類因增上者如前說與餘無執受所造色但一增上未來有情數所造色與未來有情數所造色爲因增上因者二因謂俱有異熟增上者如前說與餘無執受所造色但一增上未來非有情數所造色與一切無執受所造色但一增上現在有情數無執受所造色與現在有情數無執受所造色爲因增上因者一因謂俱有因增上者如前說與未來有情數所造色爲因增上因者二因謂同類異熟增上者如前說與餘無執受所造色但一增上現在非有情數所造色與未來非有情數所造色爲因增上因者一因謂同類因增上者如前說與餘無執受所造色但一增上無執受所造色與有執受所造色爲幾緣答因增上因者二因謂同類異熟增上者如前說然有差別謂過去有情數所造色與有執受所造色爲因增上因者二因謂同類異熟增上者如前說餘無執受所造色與有執受所造色但一增上

阿毗達磨大毗婆沙論卷第一百三十七說一切有部發智

音釋

補特伽羅梵語也此云數取趣謂數數往來諸趣也　驅豈俱切逐也

阿毗達磨大毗婆沙論卷第一百三十八

五百大阿羅漢等造

唐三藏法師玄奘奉　詔譯

大種蘊第五中執受納息第四之二

因相應法與因相應法爲幾緣答因等無間所緣增上因者五因謂相應俱有同類遍行異熟等無間者謂因相應法等無間因相應法現在前所緣者謂因相應法與因相應法爲所緣增上者謂不礙生及惟無障因相應法與因不相應法爲幾緣答因等無間增上因者四因謂俱有同類遍行異熟等無間者謂因相應法等無間因不相應法現在前即無想等至滅盡等至是心心所等無間法故增上者如前說非所緣者因不相應法無所緣故因不相應法與因不相應法爲幾緣答因增上因者四因謂俱有同類遍行異熟增上者如前說因不相應法與因相應法爲幾緣答因所緣增上因者四因謂俱有同類遍行異熟所緣者謂因不相應與法因相應法爲所緣增上者如前說非等無間者因不相應法非等無間緣故有所緣法與有所緣法爲幾緣答因等無間所緣增上因者五因謂相應俱有同類遍行異熟等無間者謂有所緣法等無間有所緣法現在前所緣者謂有所緣法與有所緣法爲所緣增上者如前說有所緣法與無所緣法爲幾緣答因等無間增上因者四因謂俱有同類遍行異熟等無間者謂有所緣法等無間無所緣法現在前即無想等至滅盡等至是心心所等無間法故增上者如前說非所緣者無所緣法無所

緣故無所緣法與無所緣法爲幾緣答因增上因者四因謂俱有同類遍行異熟增上者如前說無所緣法與有所緣法爲幾緣答因所緣增上因者四因謂俱有同類遍行異熟所緣者謂無所緣法與有所緣法爲所緣增上者如前說非等無間者無所緣法非等無間緣故有色法與有色法爲幾緣答因增上因者三因謂俱有同類異熟增上者如前說有色法與無色法爲幾緣答因所緣增上因者三因謂俱有同類異熟所緣者謂有色法與無色法爲所緣增上者如前說非等無間者以有色法非等無間緣故無色法與無色法爲幾緣答因等無間所緣增上因者五因謂相應等五等無間者謂無色法等無間無色法現在前所緣者謂無色法與無色法爲所緣增上者如前說無色法與有色法爲幾緣答因增上因者四因謂俱有同類遍行異熟增上者如前說有見無見有對無對說亦如是差別者有見法與有見法爲二因謂同類異熟餘皆如前說有漏法與有漏法爲幾緣答因等無間所緣增上因者五因謂相應等五等無間者謂有漏法等無間有漏法現在前所緣者謂有漏法與有漏法爲所緣增上者如前說有漏法與無漏法爲幾緣答等無間所緣增上等無間者謂有漏法等無間無漏法現在前所緣者謂有漏法與無漏法爲所緣即苦集忍智品心心所法增上者如前說非因者以因如種子非有漏法與無漏法爲種子故無漏法與無漏法爲幾緣答因等無間所緣增上因者三因謂相應俱有同

類等無間者謂無漏法等無間無漏法現在前所緣者謂無漏法與無漏法爲所緣即滅道忍智品心心所法增上者如前說無漏法與有漏法爲幾緣答等無間所緣增上等無間者謂無漏法等無間有漏法現在前所緣者謂無漏法與有漏法爲所緣增上者如前說非因者以因如種子非無漏法與有漏法爲種子故有爲法與有爲法爲幾緣答因等無間所緣增上因者五因謂相應等五等無間者謂有爲法等無間有爲法現在前所緣者謂有爲法與有爲法爲所緣增上者如前說有爲法與無爲法爲幾緣答無無爲法與無爲法爲幾緣答無無爲法與有爲法爲幾緣答所緣增上所緣者謂無爲法與有爲法爲所緣增上者如前說問何故有爲法有因有緣無爲法無因無緣耶答諸有爲法性羸劣故藉諸因緣無爲法强盛不藉因緣如劣者依他强者不依此亦如是有說諸有爲法有作用故假諸因緣無爲法無作用故不假因緣如刈者須鎌掘者須鍤無所作者則無所須此亦如是有說諸有爲法行世取果作用了境故須因緣無爲法無如是事故不須因緣如遠行者則須資糧不行不須此亦如是有說有爲如王亦如眷屬故有因緣無爲如王不如眷屬故無因緣如王王眷屬富貴者富貴者眷屬帝釋帝釋眷屬當知亦爾問諸有爲法有時不生誰作留難爲有爲法無爲法耶答諸有爲法爲作留難非無爲法以無爲法恒與有爲作能作因及增上緣於生不生俱無障故如泉池側師子口等水不流

時自有餘緣非此爲障問諸無爲法與有爲法作增上緣及所緣緣於能緣不能緣作增上緣有勝劣不答增上緣義等無差別若緣不緣皆無障故所緣緣義則有差別於能緣者作所緣緣於不能緣則便不作諸纏所纏續地獄有乃至廣說所說有聲義有多種如結蘊廣說此中說續衆同分有情數五蘊名有然相續有五一中有相續二生有相續三分位相續四法相續五刹那相續中有相續者謂死有蘊滅中有蘊起中有續死有名中有相續生有相續者謂中有蘊滅生有蘊起生有續中有名生有相續分位相續者謂羯邏藍位蘊滅頞部曇位蘊起乃至中年位蘊滅老年位蘊起皆以後位續前位名分位相續法相續者謂善法等無間染或無記法現在前染法等無間善或無記法現在前無記法等無間善或染法現在前皆以後法續前法名法相續刹那相續者初刹那蘊等無間第二刹那蘊現在前後刹那續前刹那名刹那相續此五皆入二相續中謂法相續刹那相續皆不離法及刹那故界分別者欲界具五色界有四除分位無色界有三又除中有趣分別者地獄有四除分位餘趣具五生分別者一切具五於此五相續中依二相續而作論謂中有生有諸纏所纏續地獄有最初所得諸根大種彼諸根大種與彼心心所法爲幾緣答一增上彼心心所法與彼諸根大種爲幾緣答一增上諸纏所纏續傍生有鬼有人有天有最初所得諸根大種彼諸根大種與彼心心所法爲幾緣答一增上彼心心

所法與彼諸根大種爲幾緣答一增上問若彼心心所法不緣彼諸根大種而結生者可說彼諸根大種與彼心心所法但一增上若彼心心所法緣彼諸根大種而結生者彼諸根大種與彼心心所法便爲二緣謂所緣增上何故定答但一增上答亦應說二而不說者當知此義有餘有說此中說決定者謂增上緣則定所緣緣不定是以不說有說此中說互有者謂根大種與心心所展轉爲增上緣是以則說非心心所與根大種爲所緣緣是故不說有說此中說相資者謂彼根大種與心心所法更互相資增上義勝所緣不爾隨緣何法皆得起故是以不說生欲界入有漏初靜慮乃至非想非非想處長養諸根增益大種彼諸根大種與彼心心所法爲幾緣答一增上彼心心所法與彼諸根大種爲幾緣答一增上問彼心心所法若緣餘法而入定者可如所說若即緣彼諸根大種而入定者則有二緣何故乃說但一增上答應說而不說者當知此義有餘有說此中說決定者所緣不定是故不說有說此中說互有者所緣不爾是故不說有說此中說相資者謂心心所法與彼根大更互相資增上義勝所緣不爾隨緣何法皆得生起是故不說問入諸靜慮長益根大與入無色差別云何答靜慮長益多而非妙如縛喝國食無色長益妙而非多如中印度食生欲界入無漏初靜慮乃至無所有處長養諸根增益大種彼諸根大種與彼心心所法爲幾緣答一增上彼心心所法與彼諸根大種爲幾緣答一增上此中

不說所緣緣義及靜慮無色長益差別如前應知問入有漏靜慮無色長益根大與入無漏差別云何答有漏長益多而非妙無漏長益妙而非多二喻如前生色界入有漏初靜慮乃至非想非非想處長養諸根增益大種彼諸根大種與彼心心所法爲幾緣答一增上彼心心所法與彼諸根大種爲幾緣答一增上生色界入無漏初靜慮乃至無所有處長養諸根增益大種彼諸根大種與彼心心所法爲幾緣答一增上彼心心所法與彼諸根大種爲幾緣答一增上此中不說所緣及靜慮無色有漏無漏長益差別皆如前說

有執受是何義答此增語所顯墮自體法無執受是何義答此增語所顯非墮自體法然多處說有執受言謂此中說有執受是何義謂墮自體法契經復說

有執受苦蘊　便引生衆苦　謂生苦老苦
病苦及死苦

有經復說無聞異生長夜修治有執受我餘經復說況於此身暫停住中有愛執受品類足說九處少分名有執受識身論說有執受蘊是慈所緣問如是諸說義有何異答此中說內身所攝五蘊名有執受初契經說續衆同分有情數五蘊名有執受次契經說無始時來身見事五蘊名有執受後契經說內身所攝色蘊名有執受品類足說一剎那九處少分名有執受識身論說一剎那五蘊少分名有執受有說品類足識身論說一剎那有情數九處少分名有執受有說二論說一剎那有根所攝九處少分名有執受有說二論

說一刹那異熟所攝九處少分名有執受是名差別問慈何故但緣色答初修時緣色成時緣五緼西方師說有執受有四種一身有執受二相續有執受三衆同分有執受四世俗施設有執受身有執受者謂初經所說有執受苦緼相續有執受者如說我有根身相續執受衆同分有執受者如說我有根身衆同分執受世俗施設有執受者如說我執受如是重擔如是事業此中說内身五緼名有執受此所不攝法是無執受問如前所說有執受無執受其相云何有說若與血肉筋骨相雜住者名有執受與此相違名無執受有說於彼斫刺破裂時生苦痛捨擔名有執受與此相違名無執受尊者妙音作如是說若法已生未滅有情數是有對非所聞名有執受已生者簡未來未滅者遮過去有情數者遮非有情數是有對者遮意處法處非所聞者遮聲處與此相違名無執受尊者左取作如是言若法有方分有情數繫屬身是有對可牽可斥名有執受有方分者遮過去未來有情數者遮非有情數繫屬身者遮身所出謂髮毛等是有對者遮意處法處可牽可斥者遮聲處與此相違名無執受問十二處中幾有執受幾無執受答若生欲界九處少分是有執受三處全九處少分是無執受三處謂聲處意處法處若生色界七處少分是有執受三處全七處少分是無執受三處如前說問於此身中三十六種諸不淨物幾有執受幾無執受答髮毛爪齒根有執受餘無執受皮膽腦血生有執受朽無執受骨肉筋脉

心肺脾腎肝腸胃膜脂髓腦胲生熟二藏皆有執受膏膿痰飲涕唾淚汗屎尿塵垢皆無執受順取是何義答此增語所顯有漏法非順取是何義答此增語所顯無漏法問何故有漏法名順取有說此法從取生能生取故名順取有說此法從取轉能轉取故名順取有說此法取所引能引取故名順取有說此法取所長養能長養取故名順取有說此法取所增廣增廣於取故名順取此增廣言顯滋蔓義有說此法繫屬於取故名順取如屬王者名爲順王由內無我若有問言汝屬於誰答言屬取有說諸取於此法中將生已生將執已執將住已住故名順取有說諸取於此法中將長養已長養故名順取有說諸取於此法中將增廣已增廣故名順取有說諸取於此堅著如濕膩物塵垢隨著故名順取有說諸取於此樂住如魚蝦蟇樂處水中故名順取有說此法爲取舍宅安立足處故名順取謂依此法一切愛慢見疑瞋癡諸纏垢等皆生長故諸有漏法由同分取得順取名非異分取謂欲界法由欲界取色界法由色界取無色界法由無色界取初靜慮地法由初靜慮地取乃至非想非非想地法由非想非非想地取以有漏法界地無雜故若依相續則有雜義謂由自身取他身法得順取名由他身取自身法得順取名若不爾外法應非順取外無取故順結是何義答此增語所顯有漏法非順結是何義答此增語所顯無漏法廣釋順結非順結義如前順取非順取說見處是何義答此增語所顯有漏法非見

處是何義答此增語所顯無漏法然見處聲說有多處謂此中說見處是何謂有漏法俱迦捺陀契經復說諸所有見諸所有見處諸所有見纏諸所有見等起諸所有見損害世尊一切悉知悉見此中見者謂五見見處者謂見所緣見纏者謂見現行見等起者謂見因見損害者謂見滅世尊一切悉知悉見者謂見對治有作是說見見處見纏謂苦諦見等起謂集諦見損害謂滅諦世尊一切悉知悉見謂道諦阿羅揭陀喻經復說有六見處謂諸所有色若過去若未來若現在廣說乃至苾芻應以正慧觀彼一切非我我所勿起我慢諸所有受乃至廣說諸所有想乃至廣說諸有見聞覺知若得若求意隨尋伺乃至廣說諸有此見有我有有情有世間常恒凝住無變易法正如是住乃至廣說諸有此見我應不有我應非有我當不有我當非有苾芻應以正慧觀彼一切非我我所勿起我慢苾芻應於如是見處取處等隨觀察無我我所若能如是則於世間無所執受乃至廣說此中諸所有色受想者即色受想蘊諸有此見有我有有情乃至廣說諸有此見我應不有乃至廣說者謂行蘊諸有見聞覺知等謂識蘊問見聞覺知其義已具若得若求意隨尋伺更何所顯答前廣今略前別今總前開今合前漸今頓是謂所顯防諸漏經復作是說於六見處不正思惟則於內身隨起一執諦故住故我有我諦故住故我無我我見我我見無我無我見我或此有我有有情有命者有生者有養者有補特伽羅有意生有摩

納婆或無曾當現於彼彼處已作未作諸善惡業受異熟果問如是四處説見處聲有何差別有説此中所説見處顯一切有漏法初經所説見處總顯五見第二經所説見處顯見及離見法第三經所説見處顯有身見邊執見有説此及初二經所説見處總顯五取蘊第三經所説見處但顯行蘊少分有説此及初二經通顯相應不相應法第三經唯顯相應法如相應不相應有所依無所依有行相無行相有所縁無所縁有警覺無警覺亦爾有説此及初二經通顯有色無色法第三經唯顯無色法如有色無色有見無見有對無對亦爾有説此及初二經通顯染不染法第三經唯顯染法如染不染有罪無罪有覆無覆黑白纏非纏亦爾有説此及初二經通顯見修所斷法第三經唯顯見所斷法如見所斷修所斷無事有事忍對治智對治亦爾有説此及初二經通顯善不善無記法第三經唯顯無記法有説此及初二經通顯有異熟無異熟法第三經唯顯無異熟法問諸有漏法由何見故説名見處有説由有身見邊執見故説爲見處此二但縁自地境故有説由四見故謂除邪見由此四種有漏縁故如是説者由五見故得見處名問若爾滅道應名見處邪見境故答見處有二一所縁處二隨眠處具此二義乃名見處滅道雖是邪見所縁處非隨眠處故不名見處有説見處有二一所縁處二相應處具此二義立見處名滅道雖是見所縁處非相應處由此不得名爲見處若法是内彼法内處攝耶乃至廣説

問何故作此論答彼作論者意欲爾故隨彼意欲而作論但不違法相便不應責有作是說爲止他宗顯已義故謂有異宗說内外法皆非實有今遮彼意明内外法皆是實有故作斯論然内外法差别有三一相續内外謂在自身名爲内在他身及非有情數名爲外二處内外謂心心所所依名内所緣名外三情非情内外謂有情數法名内非有情數法名外此中但依相續爲論若法是内彼法内處攝耶答應作四句有法是内非内處攝如說於内受内法住循法觀彼法是内者在自身故非内處攝者非心心所所依故應知此中亦攝自身色等五境有法内處攝者非内如說於外身外心住循心觀彼法内處攝者是心心所所依故非内者非在自身故應知此中亦攝他身眼耳鼻舌有法是内亦内處攝如說於内身内心住循心觀彼法是内者在自身故亦内處攝者心心所所依故應知此中亦攝自身眼耳鼻舌有法非内非内處攝如說於外受外法住循法觀彼法非内者非在自身故非内處攝者非心心所所依故應知此中亦攝他身等色等五境若法是外彼法外處攝耶答應作四句有法是外非外處攝如說於外身外心住循心觀彼法是外者在他身故非外處攝者非惟心心所所緣故應知此中亦攝他身眼耳鼻舌有法外處攝非外如說於内受内法住循法觀彼法外處攝者惟心心所所緣故非外者非在他身及非有情數故應知此中亦攝自身色等五境有法是外亦外處攝如說於外受外法住

循法觀彼法是外者在他身及非有情數故亦外處攝者惟心心所所緣故應知此中亦攝他身等色等五境有法非外非外處攝如說於內身內心住循心觀彼法非外者非在他身及非有情數故非外處攝者非惟心心所所緣故應知此中亦攝自身眼耳鼻舌

阿毗達磨大毗婆沙論卷第一百三十八說一切有部發智

音釋

鐮力鹽切鍥也 鍤楚治切鍫也 腎時忍切水藏也 胲古哀切膜也 蝦蟇蝦胡加切蟇莫霞切

阿毗達磨大毗婆沙論卷第一百三十九

五百大阿羅漢等造

唐三藏法師玄奘奉　詔譯

大種蘊第五中執受納息第四之三

有二受謂身受心受乃至廣說問何故作此論答欲止他宗顯已義故謂或有說受即是心分位差別復有說言惟有苦受無別樂捨爲遮彼意顯受非心有三差別故作斯論問此中何故不問一受答彼作論者意欲爾故乃至廣說有說此中顯受差別展轉相攝非顯受體故不問一有二受謂身受心受有三受謂樂受苦受不苦不樂受爲二攝三三攝二耶答互相攝隨其事謂身受攝三少分即此攝身受心受亦爾是故說隨其事二受如前說有四受謂三界繫受及不繫受爲二攝四四攝二耶答互相攝隨其事謂身受攝二少分即此攝身受二少分者欲界繫受色界繫受心受攝二全二少分即此攝心受二全者無色界繫受不繫受二少分者欲界繫受色界繫受是故說隨其事二受如前說有五受謂樂根苦根喜根憂根捨根爲二攝五五攝二耶答互相攝隨其事謂身受攝一全二少分即此攝身受一全者苦根二少分者樂根捨根心受攝二全二少分即此攝心受二全者喜根憂根二少分者樂根捨根是故說隨其事二受如前說有六受謂眼觸所生受耳鼻舌身意觸所生受爲二攝六六攝二耶答互相攝隨其事謂身受攝五全即此攝身受五全者眼觸所生受乃至身觸所生受心受攝一全即此攝心受一全者謂意觸所生

受是故說隨其事二受如前說有十八受謂六喜意近行六憂意近行六捨意近行為二攝十八十八攝二耶答二攝十八非十八攝二何所不攝謂有漏樂根苦根五識相應捨根及無漏受問何故有漏樂根非意近行耶答欲界初靜慮樂根惟在五識及三識意近行惟在意識故有漏樂根非意近行問第三靜慮有漏樂根惟在意識何故不說答初非分故後亦不立有說彼非全故謂無全地有漏樂根在意識者是故不立有說彼樂受雖與意識相應而非捷利意近行必捷利分別轉故又所對苦非近行故此亦不立問何故苦根非意近行答苦根惟五識相應意近行者意識相應有說苦根不能分別能分別者立意近行有說苦根取自相境意近行者取自共相復次苦根惟緣現在意近行者通緣三世復次苦根一往取境意近行者數往而取復次苦根不能思度能思度者立意近行問何緣五識相應捨根非意近行答如苦根說問何故無漏受非意近行答以無漏受無意近行相故又受若能增益諸有攝受諸有住持諸有立意近行無漏受損減違害破壞諸有故不立意近行又受乃至是身見事乃至墮苦集諦立意近行無漏受乃至非身見事乃至不墮苦集諦故不立意近行二受如前說有三十六受謂六躭嗜依喜六出離依喜六躭嗜依憂六出離依憂六躭嗜依捨六出離依捨為二攝三十六三十六攝二耶答二攝三十六非三十六攝二何所不攝如前說即有漏樂根苦根五識相應捨根及無漏

受問答分別如前應知二受如前說有百八受謂依三世各三十六爲二攝百八百八攝二耶答二攝百八非百八攝二何所不攝謂如前說即有漏樂根乃至無漏受問答如前三受四受爲三攝四四攝三耶答互相攝隨其事謂樂受攝三少分即此攝樂受三少分者欲界繫色界繫不繫受苦受攝一少分即此攝苦受一少分者欲界繫受不苦不樂受攝一全三少分即此攝不苦不樂受一全者無色界繫受三少分者欲界繫色界繫不繫受是故說隨其事三受五受爲三攝五五攝三耶答互相攝隨其事謂樂受攝二全即此攝樂受二全者樂根喜根苦受攝二全即此攝苦受二全者苦根憂根不苦不樂受攝一全即此攝不苦不樂受一全者捨根是故說隨其事三受六受爲三攝六六攝三耶答互相攝隨其事謂樂受攝六少分即此攝樂受苦受攝六少分即此攝苦受不苦不樂受攝六少分即此攝不苦不樂受諸六少分者眼觸所生受乃至意觸所生受是故說隨其事三受十八受爲三攝十八十八攝三耶答三攝十八非十八攝三何所不攝謂有漏樂根苦根五識相應捨根及無漏受三受三十六受三受百八受說亦爾皆於三受不攝有漏樂根乃至無漏受故問答如上四受五受爲四攝五五攝四耶答互相攝隨其事謂欲界繫受攝三全三少分即此攝欲界繫受三全者苦根憂根三少分者樂根喜根捨根色界繫受攝三少分即此攝色界繫受三少分者樂根喜根捨根無色界繫受攝一少分即此

攝無色界繫受一少分者捨根不繫受攝三少分即此攝不繫受三少分者樂根喜根捨根是故說隨其事四受六受爲四攝六六攝四耶答互相攝隨其事謂欲界繫受攝二全四少分即此攝欲界繫受二全者鼻觸所生受舌觸所生受四少分者眼觸所生受耳身意觸所生受色界繫受攝四少分即此攝色界繫受四少分者眼觸所生受耳身意觸所生受無色界繫受攝一少分即此攝無色界繫受不繫受攝一少分即此攝不繫受諸一少分者意觸所生受是故說隨其事四受十八受爲四攝十八十八攝四耶答四攝十八非十八攝四何所不攝謂有漏樂根苦根五識相應捨根及無漏受四受三十六受四受百八受說亦爾問答如上五受六受爲五攝六六攝五耶答互相攝隨其事謂樂根捨根攝六少分即此攝樂根捨根六少分者眼觸所生受乃至意觸所生受苦根攝五少分即此攝苦根五少分者眼觸所生受乃至身觸所生受憂根喜根攝一少分即此攝憂根喜根一少分者意觸所生受是故說隨其事五受十八受五受三十六受五受百八受皆如前四受十八受等說隨其所應六受十八受六受三十六受六受百八受當知亦爾十八受三十六受爲十八攝三十六三十六攝十八耶答互相攝隨其事謂六喜意近行攝十二全即此攝六喜意近行十二全者六躭嗜依喜六出離依喜六憂意近行攝十二全即此攝六憂意近行十二全者六躭嗜依憂六出離依憂六捨意近行攝十二全即此攝六

捨意近行十二全者六躭嗜依捨六出離依捨是故說隨其事十八受百八受爲十八攝百八百八攝十八耶答互相攝隨其事謂六喜意近行攝三十六全即此攝六喜意近行三十六全者六躭嗜依喜六出離依喜此各三世六憂意近行攝三十六全即此攝六憂意近行三十六全者六躭嗜依憂六出離依憂此各三世六捨意近行攝三十六全即此攝六捨意近行三十六全者六躭嗜依捨六出離依捨此各三世是故說隨其事三十六受百八受爲三十六攝百八百八攝三十六耶答互相攝隨其事謂三十六各攝三全即此攝三十六三全者即三十六各三世別是故說隨其事問十八意近行云何建立爲以相應爲以自性爲以所緣設爾何過若以相應則惟有一謂意識相應近行若以自性則惟有三謂喜近行憂近行捨近行若以所緣則惟有六謂色近行乃至法近行何故說十八耶答總以三緣故立十八謂一意識相應近行有喜憂捨三種自性各緣色等六種境起故有十八已說自性當說所以者何因緣故名意近行答此十八受意爲近緣行於境界名意近行又此爲近緣令意於境數數行故名意近行又依意故近境而行名意近行於境捷利樂數分別故名爲行如捷利女數於其夫起分別行或取喜相或取憂相或取捨相如女捷利受數於六境起分別行或行順喜相或行順憂相或行順捨相由此因緣名意近行問此十八意近行爲但意近亦五識耶答惟在意地非五識問若爾何故經說

眼見色已於順喜色起喜近行於順憂色起憂近行於順捨色起捨近行廣說乃至意知法已於順喜法起喜近行於順憂法起憂近行於順捨法起捨近行耶答由五識身所引起故爲遜路故作如是說然意近行惟在意地如不淨觀亦惟意地然契經言眼見色已隨觀不淨具足安住亦由眼識所引起故爲遜路故作如是說又契經說眼見色已乃至廣說故知意近行不在五識問亦說意知法已豈亦不在意識耶答就勝說故無過謂初喜等雖亦近行然非明利後重於境捷利分別乃名近行由此故言意知法已又五識中無近行義如前已說問前際後際所有分別亦是意近行耶契經何故不說答是意近行隨明了故且說現在由斯類顯去來亦是問諸有非見色已而分別色乃至非觸觸已而分別觸此所生喜等是意近行耶答是意近行然契經中依明了義說見色已乃至廣說問諸有眼見色已起聲等分別乃至意知法已起色等分別此所生喜等是意近行耶答是意近行然契經中依明了義說見色已乃至廣說若作是說則覺所覺根根義行相所緣皆得明了若不爾者便不分明問此十八意近行幾雜緣幾不雜緣答十五不雜緣謂色意近行三乃至觸意近行三餘雜緣不雜緣謂法意近行三緣内六處及外法處若總若別名不雜緣若緣此七或總或別及外五中或一或二或乃至五名爲雜緣於外五中若合緣二或乃至五亦名雜緣法意近行法名通故以合緣故非前十五問頗有色等決

定順喜乃至決定順捨耶答依所緣故無依相續故有謂有色等或時可意或時不可意或於彼可意於此不可意於餘非可意非不可意有説色等於親品順喜於怨品順憂於中品順捨問此十八意近行幾續生幾命終答六謂六捨意近行所以者何諸喜憂意近行勝作意轉命終續生無勝作意問羯邏藍等位中各有幾意近行答皆容有十八問幾意近行能雜染耶答一謂雜緣捨法意近行能爲無間道故若解脱道通有雜緣喜法意近行加行勝進亦通所餘問此十八意近行何界地有幾答欲界具一切色界中初二靜慮各有十二除六憂第三第四靜慮各有六復除六喜無色界中空無邊處近分若許別緣下者則有四捨意近行謂色聲觸法若許總緣下者則惟有一法捨意近行如是説者應説有四四無色根本及上三近分各惟有一法捨意近行問幾意近行緣何界法答欲界繫十八中六惟緣欲界繫謂緣香味喜憂捨近行九通緣欲色界繫謂緣色聲觸喜憂捨近行三通緣三界繫及不繫謂緣法喜憂捨近行初二靜慮各十二中四惟緣欲界繫謂緣香味喜捨近行六通緣欲色界繫謂緣色聲觸喜捨近行二通緣三界繫及不繫謂緣法喜捨近行第三第四靜慮各有六中二惟緣欲界繫謂緣香味捨近行三通緣欲色界繫謂緣色聲觸捨近行一通緣三界繫及不繫謂緣法捨近行空無邊處近分若許有四意近行者三惟緣色界繫謂緣色聲觸捨近行一通緣色無色界繫及不繫謂緣法捨

近行若許惟有一意近行諸法捨意近行者彼一通緣色無色界繫及不繫四無色根本及上三近分所有各一法捨近行皆通緣無色界繫及不繫問此諸意近行誰成就幾答生欲界若未得色界善心彼成就欲界一切初二靜慮各八第三第四靜慮各四無色界一若得色界善心未離欲界染彼成就欲界一切初靜慮十第二靜慮八第三第四靜慮各四無色界一若已離欲界染未得第二靜慮善心彼成就欲界初靜慮各十二第二靜慮八第三第四靜慮各四無色界一若得第二靜慮善心未離初靜慮染彼成就欲界初靜慮各十二第二靜慮十第三第四靜慮各四無色界一若已離初靜慮染未得第三靜慮善心彼成就欲界初二靜慮各十二第三第四靜慮各四無色界一若得第三靜慮善心彼成就欲界初二靜慮各十二第三靜慮六第四靜慮四無色界一若得第四靜慮善心未得空無邊處善心彼成就欲界初二靜慮各十二第三第四靜慮各六無色界一若得空無邊處善心諸說彼地近分有四意近行者彼成就欲界初二靜慮各十二第三第四靜慮各六空無邊處四上三無色各一諸說彼地近分惟有一意近行者彼成就四無色各一餘如前說若生初靜慮若未得第二靜慮善心彼成就初靜慮十二第二靜慮八第三第四靜慮各四無色界一成就欲界一謂法捨意近行即通果心俱總緣色等爲境起故有說彼成就三謂色聲法捨意近行即通果心俱此心若緣所

起身表即有緣色捨意近行此心若緣所起語表即有緣聲捨意近行此心若緣所變化事以總緣故即有緣法捨意近行有說彼成就六謂六捨意近行即通果心俱此心容有總別緣故若得第二靜慮善心未離初靜慮染彼成就第二靜慮十餘如前說若已離初靜慮染未得第三靜慮善心彼成就第三靜慮十二餘如前說若得第三靜慮善心未得第四靜慮善心彼成就第三靜慮六餘如前說若得第四靜慮善心未得空無邊處善心彼成就第四靜慮六餘如前說若得空無邊處善心有說彼成就空無邊處四上三無色各一有說彼成就四無色各二餘如前說生第二靜慮若未得第三靜慮善心彼成就第二靜慮十二第三第四靜慮各四無色界一

欲界如前說成就初靜慮一謂法捨意近行以總緣故有說成就三謂色聲法捨意近行若緣所起身表即有緣色捨意近行若緣所起語表即有緣聲捨意近行若緣所變化事以總緣故即有緣法捨意近行有說彼成就四謂色聲觸法捨意近行以生第二靜慮起初靜慮三識身時容有彼眷屬別緣色聲觸初靜慮地無覆無記意識現在前故或通果心總別緣故若得第三靜慮善心未得第四靜慮善心彼成就第三靜慮六餘如前說若得第四靜慮善心未得空無邊處善心彼成就第四靜慮六餘如前說若得空無邊處善心有說彼成就空無邊處四上三無色各一有說彼成就四無色各一餘如前說生第三靜慮若未得第四靜慮善心彼成就第三靜

處六第四靜慮四無色界一欲界初靜慮如前說成就第二靜慮一謂法捨意近行即通果心俱總緣色等爲境起故有說彼成就三謂色觸法捨近行即通果心俱此心容有總別緣故若得第四靜慮善心等如前說生第四靜慮成就多少應准前說生無色界不成就下成就自上亦應准前廣說問此諸意近行云何得答離欲界染前八無間解脫道時各得初靜慮近分六第九無間道時得初靜慮及彼眷屬十二得欲界一謂法捨近行有說得三謂色聲法捨近行有說得六謂六捨近行離初靜慮染前八無間解脫道時各得第二靜慮近分六第九無間道時得第二靜慮及彼近分十二欲界如前說得初靜慮一謂法捨近行有說得三謂色聲法捨近行有說得四謂色聲觸法捨近行離第二靜慮染前八無間解脫道時各得第三靜慮近分六第九無間道時得第三靜慮及彼近分六欲界初靜慮如前說得第二靜慮一謂法捨近行有說得三謂色觸法捨近行離第三靜慮染前八無間解脫道時各得第四靜慮近分六第九無間道時得第四靜慮及彼近分六欲界初二靜慮如前說得第三靜慮一有說得三如第二靜慮說離第四靜慮染一切無間解脫道時各得空無邊處四有說得一離空無邊處染乃至離無所有處染一切無間解脫道時皆惟得一證阿羅漢果時得欲界初二靜慮各十二第三第四靜慮各六空無邊處四有說一上三無色各一已說離染得受生得者謂從上地歿生下地時得自地一

切及下地隨所應如說得捨及斷亦應准前廣說此十八意近行由䟦嗜出離依有差別故世尊說爲三十六師句此中順染受名䟦嗜依順善受名出離依問何故不說無覆無記答彼亦說在此二中故謂無覆無記受有順染品有順善品順染品者䟦嗜依攝順善品者出離依攝問何說此名師句耶答此差別句能表大師是師幖幟故名師句由此諸句惟佛大師能知能說無滯礙故如契經言若時衆會恭敬信受如來不喜若不喜不敬受如來不憂正念正知住清淨捨有說此是外道師句彼於此中有迷執故有說此應名爲師迹是諸邪師所遊履故有說此應名爲怨路愛名爲怨依此而轉或諸煩惱皆名爲怨彼依此轉故名怨路有說此應名爲刀道

遊涉此者有傷害故如說梵志第三意刀若揮舉時發惡招苦問此三十六何界地有幾答欲界具一切色界中初二靜慮各有二十第三第四靜慮各有十無色界中空無邊處近分若許有別緣則有五若說惟緫緣則但有二如是說者應說有五四無色根本及上三近分各惟有二問此三十六何界地幾緣何界地答欲界三十六中十二惟緣欲界繫十八通緣欲色界繫六通緣三界繫及不繫初二靜慮各二十中四惟緣欲界繫六惟緣色界繫六通緣欲色界繫二通緣色無色界繫及不繫二通緣三界繫及不繫第三第四靜慮各十中二惟緣欲界繫三惟緣色界繫三通緣欲色界繫一通緣色無色界繫及不繫一通緣三界繫及不繫空無邊處近分若

說有五者三惟緣色界繫一通緣無色界繫及不繫一通緣色無色界繫及不繫若說有二者一通緣無色界繫及不繫一通緣色無色界繫及不繫四無色根本及上三近分各有二中二俱通緣無色界繫及不繫問此三十六誰成就幾答生欲界若斷善根彼成就欲界十八初二靜慮各八後二靜慮各四四無色各一若不斷善根未得色界善心彼成就欲界三十六上地如前說若得初靜慮善心未離欲界染彼成就欲界三十六初靜慮十四上地如前說若已離欲界染未得第二靜慮善心彼成就欲界十二初靜慮二十上地如前說若得第二靜慮善心未離初靜慮染彼成就欲界十二初靜慮二十第二靜慮十四上地如前說若已離初靜慮染未得第三靜慮善心彼成就欲界初靜慮各十二第三靜慮二十上地如前說若得第三靜慮善心未離第二靜慮染彼成就欲界初靜慮各十二第二靜慮二十第三靜慮十上地如前說若已離第三靜慮染未得第四靜慮善心彼成就欲界初二靜慮各十二第三靜慮十上地如前說若得第四靜慮善心未離第三靜慮染彼成就欲界初二靜慮各十二後二靜慮各十四無色各一若已離第三靜慮染未得空無邊處善心彼成就欲界初二靜慮各十二第三靜慮六第四靜慮十四無色各一若得空無邊處善心未離第四靜慮染彼成就空無邊處五有說二上三無色各一下地如前說若已離第四靜慮染未得識無邊處善心彼成就第四靜慮六空無邊處五有

說二上三無色各一下地如前說若得識無邊處善心未離空無邊處染彼成就識無邊處二上二無色各一下地如前說若已離空無邊處染未得無所有處善心彼成就空無邊處四有說一識無邊處二上二無色各一下地如前說若得無所有處善心未離識無邊處染彼成就無所有處二有頂一下地如前說若已離識無邊處染未得有頂善心彼成就識無邊處一無所有處二有頂一下地如前說若得有頂善心未離無所有處染彼成就有頂二下地如前說若已離無所有處染未離有頂染彼成就無所有處一有頂二下地如前說若已離有頂染彼成就有頂一下地如前說生初靜慮若未得第二靜慮善心彼成就初靜慮二十第二靜慮八後二靜慮各四四無色各一成就欲界一謂法出離依捨有說成就三謂色聲法出離依捨有說成就六謂六出離依捨若得第二靜慮善心未離初靜慮染彼成就第二靜慮十四餘如前說若已離初靜慮染未得第三靜慮善心彼成就初靜慮十二第二靜慮二十餘如前說如是乃至離有頂染廣說如前如生初靜慮如是生第二靜慮等准前廣說如理應知得捨斷三亦准前說如契經說以六出離依善爲仗爲依爲建立故於六躭嗜依喜能棄能捨及能變吐如是便斷以六出離依憂爲仗爲依爲建立故於六躭嗜依憂能棄能捨及能變吐如是便斷以六出離依捨爲仗爲依爲建立故於六躭嗜依捨能棄能捨及能變吐如是便斷當知此說暫斷名斷復言以

六出離依喜爲仗爲依爲建立故於六出離便能棄能捨及能變吐如是便斷當知此說離欲界染復言以六出離依捨爲仗爲依爲建立故於六出離依喜能棄能捨及能變吐如是便斷當知此說離第三靜慮染復言以一種性所依捨爲仗爲依爲建立故於種種性所依捨能棄能捨及能變吐如是便斷當知此說離第四靜慮染復言以非彼性類爲仗爲依爲建立故於一種性所依捨能棄能捨及能變吐如是便斷當知此說離非想非非想處染非彼性類者謂無漏道要由此道能離非想非非想處染故

阿毗達磨大毗婆沙論卷第一百三十九 說一切有部發智

音釋

躭嗜 躭丁含切樂也 嗜常利切好也

幖幟 幖甫遙切表也 幟職吏切旗也

阿毗達磨大毗婆沙論卷第一百四十

五百大阿羅漢等造

唐三藏法師玄奘奉詔譯

大種蘊第五中執受納息第四之四

以無間道證預流果修彼道時四念住幾現在修幾未來修乃至廣說問何故作此論答欲止他宗顯已義故謂或有說無未來修勿有未作而已得故爲遮彼執顯有未來修彼雖未起已起彼類故或復有欲二心俱行以見聞等俱時有故爲遮彼執顯無二心俱行刹那迅轉非俱似俱故或復有說四正斷等非一時有用因異故爲遮彼執顯此同時得有四種體無別故或復有說信等惟無漏經說異生無信等根故爲遮彼執明信等通有漏契經但說無漏根故或復有說根力體異由彼勝劣位差別故爲遮彼執顯位雖殊而根力用一體有故或復有說覺支通有漏說不淨觀俱修念覺支故爲遮彼執顯覺支惟無漏經說有俱非同時俱故或復有說近分地有喜經說依喜斷出離憂故爲遮彼執明近分無喜經說已斷當斷名斷故或復有說正語業命不俱時有一刹那中無二身語故爲遮彼執顯二戒俱三根所起一時可得故或復有說預流一來亦得靜慮爲遮彼執顯俱不得未離欲故或復有說忍即是智爲遮彼執顯忍非智以於諦境未審決故或復有說異生不斷惑未見諦故爲遮彼執明異生亦斷惑見麤等故或復有說聖者不以世俗道斷惑爲遮彼執顯聖自在隨用何道故或復有說上地亦有正思惟支爲遮彼執顯上

地無彼支以無尋故或復有執無色亦有無漏戒支爲遮彼執顯彼無戒以無色故或復有說三三摩地義別體同爲遮彼執明體亦異行相別故爲止此等種種異宗顯正所明故作斯論以無間道證預流果修彼道時四念住幾現在修幾未來修四正斷四神足五根五力七覺支八道支四靜慮四無量四無色八解脫八勝處十遍處八智三等持幾現在修幾未來修答念住現在一未來四正斷神足現在未來四根力現在未來五覺支現在未來六道支現在未來八無靜慮無無量無無色無解脫無勝處無遍處無智等持現在未來一念住現在一未來四者此則遮一心俱行及無未來修執若有二心俱時行者則應現在修四念住然四念住必不俱行一心相應無四慧故不可此四一體建立行相所緣俱有異故非一相續多心並起勿由彼成多有情故若未來世無修義者則所修善無增廣義起多加行則爲唐捐設功用多所獲少故又初成佛時應未具足一切功德勿有此等過失故有未來修未來世寬故具修四現修勢用能引當來種類法得令現前故現在一者謂雜緣法念住見道諦故正斷神足現在未來四者此則遮說正斷神足非俱時有一正勤體有四所作如燈一時有四作用一三摩地由四因生故從所因立四名稱未來修者亦體一義分故現在未來各言修四根力現在未來五者此則遮根力體異及說五種次第生執雖根力位異而自體無別即一信等有生破二用立根力名互不相違

相資俱起故此五種非次第生覺支現在未來六者此則遮說近分有喜此處未得上根本地未離下怖不生喜故經說依喜斷出離憂者依加行道說非無間道故不相違此依未至無喜故六道支現在未來八者此則止正語業命不俱者意無貪瞋癡所發無表各有七種俱時起故無靜慮者此則止預流一來亦得靜慮者意此未離欲入見道故已離欲者非二向故無無量者此遮無量亦通無漏及見道中修無量執此緣有情故非無漏見道迅速又初得故不能兼修又復未得根本地故不修無量無無色者此遮無色有見道執無色中無遍緣智故必無見道又此未得無色定故無解脫無勝處無遍處者此遮前三解脫等亦通無漏者執十六行相所不

攝故不名無漏又爾時未得根本地故彼皆不修無智者此則遮說忍即是智忍於諦境未如實審決故不名智又於此位自分修故不修未來諸智是故言無等持現在未來一者此則遮說三三摩地義別體同以三等持行相異故體亦有別一者謂無願等持道類忍時惟修此故雖八忍皆無間道依證果位說道類忍非餘以無間道證一來果修彼道時四念住乃至三等持幾現在修幾未來修答若倍離欲染入正性離生修彼道時念住現在一未來四正斷神足現在未來四根力現在未來五覺支現在未來六道支現在未來八無靜慮無無量無無色無解脫無勝處無遍處無智等持現在未來一若倍離欲染入正性離生者此則遮說異生不斷惑然異

生類能以麤等六種行相離欲界染乃至無所有處染若先已離六品欲染名倍離欲倍後三故所餘文句皆如前釋若從預流果以世俗道證一來果修彼道時念住現在一未來四正斷神足現在未來四根力現在未來五覺支現在無未來六道支現在無未來八無靜慮無無量無無色無解脫無勝處無遍處智現在一未來七等持現在無未來三以世俗道證一來果者此則遮說聖者不以世俗道斷惑聖於二道俱成就故隨欲現前即以彼斷念住現在一者謂雜緣法念住有漏雜染無間道必總緣故根力現在未來五者此則遮說信等惟無漏說觀信等爲集等故佛觀三根方說法故有漏亦有根力用故覺支現在無者此則遮說覺支通有漏有漏不能如實覺故說不淨觀俱修念覺支者依展轉因有俱而說未來六者聖者起有漏道時亦兼修無漏故道支現在無者雖道支通有漏然覺支後說故亦惟無漏阿毗達磨有如此相無無量等者未至定中無彼根本地諸善法故智現在一者謂世俗智未來七者除他心智以無間道相違故又未得故此中但依八智作論除盡無生以位局故等持現在無者三等持雖通有漏然此中說無漏者以無漏是解脫門故此文說第六無間道以彼能證一來果故餘如前說若從預流果以無漏道證一來果修彼道時念住現在一未來四正斷神足現在未來四根力現在未來五覺支現在未來六道支現在未來八無靜慮無無量無無色無解脫無勝處無遍處智現

在二未來七等持現在一未來三念住現在一者謂法念住或雜不雜以四法智隨起一故智現在二者謂苦智法智二或乃至道智法智二等持現在一者謂三中隨一餘如前說

以無間道證不還果修彼道時四念住乃至三等持幾現在修幾未來修答若已離欲染依未至定入正性離生修彼道時念住現在一未來四正斷神足現在未來四根力現在未來五覺支現在未來六道支現在未來八無靜慮無無量無無色無解脫無勝處無遍處無智等持現在未來一無靜慮者見道依下不修上故餘如前說

若依初靜慮入正性離生修彼道時念住現在一未來四正斷神足現在未來四根力現在未來五覺支現在未來七道支現在未來八靜慮現在未來一無無量無無色無解脫無勝處無遍處無智等持現在未來一釋此文句准前應知若依靜慮中間入正性離生修彼道時念住現在一未來四正斷神足現在未來四根力現在未來五覺支現在六未來七道支現在七未來八靜慮現在無未來一無無量無無色無解脫無勝處無遍處無智等持現在未來一覺支現在六者靜慮中間無喜根故依上修下故未來七道支現在七者此遮上地有尋者執此上心細故無有尋餘如前說若依第二靜慮入正性離生修彼道時念住現在一未來四正斷神足現在未來四根力現在未來五覺支現在未來七道支現在七未來八靜慮現在一未來二無

無量無無色無解脫無勝處無遍處無智等持現在未來一釋此文句准前應知若依第三靜慮入正性離生修彼道時念住現在一未來四正斷神足現在未來四根力現在未來五覺支現在六未來七道支現在七未來八靜慮現在一未來三無無量無無色無解脫無勝處無遍處無智等持現在未來一釋此如前若依第四靜慮入正性離生修彼道時念住現在一未來四正斷神足現在未來四根力現在未來五覺支現在六未來七道支現在七未來八靜慮現在一未來四無無量無無色無解脫無勝處無遍處無智等持現在未來一此隨所應如前釋若從一來果以世俗道證不還果修彼道時念住現在一未來四正斷神足現在未來四根力現在未來五覺支現在無未來六道支現在無未來八無靜慮無無量無無色無解脫無勝處無遍處智現在一未來七等持現在無未來三釋此文句如前應知若從一來果以無漏道證不還果修彼道時念住現在一未來四正斷神足現在未來四根力現在未來五覺支現在未來六道支現在未來八無靜慮無無量無無色無解脫無勝處無遍處智現在二未來七等持現在一未來三皆如前釋

以無間道證神境智通修彼道時四念住乃至三等持幾現在修幾未來修答若諸異生依初靜慮修彼道時念住現在一未來四正斷神足現在未來四根力現在未來五無覺支無道支靜慮現在未來一無量現在無未來四無無色解脫現在無未來二勝處現在

無未來四無遍處智現在未來一無等持此中念住現在一者謂身念住神境智通但緣色故彼無間道亦但緣色問如金剛喻定緣有頂四蘊或三界滅道漏盡通緣有頂四蘊如是則所緣或異此中何故神境智通與無間道必同緣色答金剛喻定與最初盡無生智俱是觀諦斷煩惱道但求離染非於所緣有所轉作故所緣或異神境通等皆是隨事作意俱欲於境變現了知故所緣必同無量現在無未來四者根本地中有漏功德由同地故隨應皆修解脫現在無未來二者謂初二解脫彼在初二靜慮繫故勝處現在無未來四者謂初四勝處亦彼繫故智現在未來一謂世俗智問何故無他心智答無間道中不修彼故是容暇道之所修故餘隨所應如前說若諸聖者依初靜慮修彼道時念住現在一未來四正斷神足現在未來四根力現在未來五覺支現在無未來七道支現在無未來八靜慮現在未來一無量現在無未來四無無色解脫現在無未來二勝處現在無未來四無遍處智現在一未來七等持現在無未來三靜慮現在未來一者問聖者已離第三靜慮染得第四靜慮依初靜慮修神鏡通無間道中應言靜慮未來修四無漏道依上下修故何故但說未來一耶有說應言未來修四而不說者當知有餘有說此中依漸次者說謂從具縛入正性離生乃至得不還果已依初靜慮修神境通無間道中未來修一不修上者以未得故有說假使離第三靜慮染依初靜慮修神境通亦但修一不修上

地故問豈不依初靜慮斷上地染及無學者修練根時亦修上地所有功德耶寧說依下不能修上答斷上地惑能修上者以彼地道所治同故法斷彼惑能治必修無學練根如得彼果是故此皆依下修上諸通不爾故不修上如見道中惟修自下此例非理見道是初得種性未自在故惟自分修修道是已得種性於彼自在寧不兼修然五通是勝功德修加行時必極作意若諸靜慮已得自在何理爲障而不兼修由此應知前說者好無無色等准此應知餘如前說若諸異生依第二靜慮修彼道時念住現在一未來四正斷神足現在未來四根力現在未來五無覺支無道支靜慮現在未來一無量現在無未來四無無色解脫現在無未來二勝處現在無未來四無遍處智現在未來一無等持靜慮現在未來一者彼已得下地而不修者有漏功德惟自地修墮界地故餘如前說若諸聖者依第二靜慮修彼道時念住現在一未來四正斷神足現在未來四根力現在未來五覺支現在無未來七道支現在無未來八靜慮現在一未來二無量現在無未來四無無色解脫現在無未來二勝處現在無未來四無遍處智現在一未來七等持現在無未來三靜慮未來二者謂初二靜慮初惟無漏餘如前說若諸異生依第三靜慮修彼道時念住現在一未來四正斷神足現在未來四根力現在未來五無覺支無道支靜慮現在未來一無量現在無未來三無無色無解脫無勝處無遍處智現在未來一無等持無量未來

三者除喜無量無解脱等者第三靜慮樂所迷故無解脱等猒行功德淨解脱等雖作欣行相由地有災横故亦不得有餘如前説若諸聖者依第三靜慮修彼道時念住現在一未來四正斷神足現在未來四根力現在未來五覺支現在無未來七道支現在無未來八靜慮現在一未來三無量現在無未來三無無色無解脱無勝處無遍處智現在一未來七等持現在無未來三廣釋如前若諸異生依第四靜慮修彼道時念住現在一未來四正斷神足現在未來四根力現在未來五無覺支無道支靜慮現在未來一無量現在無未來三無無色解脱現在無未來一勝處現在無未來四遍處現在無未來八智現在未來一無等持解脱未來一者謂淨解脱身作證具足住勝處未來四者謂後四勝處遍處未來八者謂前八遍處由此地中離八災横故有此等清淨功德餘如前説若諸聖者依第四靜慮修彼道時念住現在一未來四正斷神足現在未來四根力現在未來五覺支現在無未來七道支現在無未來八靜慮現在一未來四無量現在無未來三無無色解脱現在無未來一勝處現在無未來四遍處現在無未來八智現在一未來七等持現在無未來三廣釋如前

以無間道證天耳智通他心智通宿住隨念智通死生智通修彼道時四念住乃至三等持幾現在修幾未來修答如神境智通應隨相説由此五種皆依四靜慮異生聖者俱能起故然修天耳死生智通無間道時現在念

住如神境智通說以俱緣色作身念住故修他心智通無間道時現在惟起心念住修宿住隨念智通無間道時現在惟起法念住餘隨所應皆如前說

以無間道證漏盡智通修彼道時四念住乃至三等持幾現在修幾未來修答若依未至定證阿羅漢果修彼道時念住現在一未來四正斷神足現在未來四根力現在未來五覺支現在六未來七道支現在未來八靜慮現在無未來四無無量無色現在無未來三解脫現在無未來三無勝處無遍處智現在二未來六等持現在一未來三念住現在一者謂法念住或雜不雜四類智二法智隨一現前故靜慮未來四者斷有頂惑通修上下能治道故無無量等者爾時不修有漏法故有漏不能治有頂故無色解脫未來三者謂前三無色及即彼三解脫通無漏故智現在二者謂滅智法智二或道智法智二或苦智類智二乃至或道智類智二未來六者除世俗智及他心智彼有漏故與無間道相違故等持現在一者謂空無相無願隨一現前金剛喻定與六智相應故此中但說斷有頂惑第九無間道彼能證得漏盡智通故餘如前說若依初靜慮證阿羅漢果修彼道時念住現在一未來四正斷神足現在未來四根力現在未來五覺支現在未來七道支現在未來八靜慮現在一未來四無無量無色現在無未來三解脫現在無未來三無勝處無遍處智現在二未來六等持現在一未來三若依靜慮中間證阿羅漢果修彼道時念住現

在一未來四正斷神足現在未來四根力現在未來五覺支現在六未來七道支現在七未來八靜慮現在無未來四無無量無色現在無未來三解脫現在無未來三無勝處無遍處智現在二未來六等持現在一未來三若依第二靜慮證阿羅漢果修彼道時念住現在一未來四正斷神足現在未來四根力現在未來五覺支現在六未來七道支現在七未來八靜慮現在一未來四無無量無色現在無未來三解脫現在無未來三無勝處無遍處智現在二未來六等持現在一未來三若依第三第四靜慮證阿羅漢果修彼道時念住現在一未來四正斷神足現在未來四根力現在未來五覺支現在六未來七道支現在七未來八靜慮現在一未來四無無量無色現在無未來三解脫現在無未來三無勝處無遍處智現在二未來六等持現在一未來三此隨所應如前釋若依無色定證阿羅漢果修彼道時念住現在一未來四正斷神足現在未來四根力現在未來五覺支現在六未來七道支現在四未來八靜慮現在無未來四無無量無色現在一未來三解脫現在一未來三無勝處無遍處智現在二未來六等持現在一未來三依無色定者謂依空無邊處或依識無邊處或依無所有處由此三地皆有無漏道能離非想非非想處染故非想非非想處定力昧劣非無漏道所依止故此中不說道支現在四者此則遮說無色界有無漏戒及說上地有正思惟者意以無所依四大種故及上地心漸微細故問

如無無漏大種而有無漏戒如是雖無彼地大種而有彼地戒斯有何失答無漏戒不墮界地隨所依身大種所造由此雖無無漏大種而有所造無漏戒有漏戒必墮界地惟爲自地大種所造彼無大種故戒亦無問若無漏戒隨所依身大種所造者生欲色界入無漏無色定時應起彼定俱無漏戒有所依身大種故答雖無漏戒隨所依身大種所造然隨何地要有大種造有漏戒方隨彼類起無漏戒無色中無有大種造有漏戒故無漏戒於彼亦無依彼所有發無漏故問何故戒體惟色答遮惡色起故又是身語業性故身語二業色爲體故問何故意業非戒答不能親遮惡戒故問何故惡戒非意業答未離欲者皆成就不善意業彼豈悉名犯戒或不律儀耶是故惡戒非意業又善意業若是善戒則應一切不斷善者悉名住律儀彼皆成就善意業故若許爾者便一有情名住律儀亦名住不律儀者則應無有三種差別如是則與聖教相違故善惡戒俱非意業又世共許防禁身語說名戒故意業非戒應知意業是發戒因不可戒因即名爲戒勿令因果有雜亂失是故無色道支惟四未來通修下地無漏故具有八無色解脫現在一者謂前所依三地隨一餘如前釋

阿毗達磨大毗婆沙論卷第一百四十 說一切有部發智

音釋

繫 古詣切緣繫也 練 連彥切精熟也

阿毗達磨大毗婆沙論卷第一百四十一

五百大阿羅漢等造

唐三藏法師玄奘奉　詔譯

大種蘊第五中執受納息第四之五

四念住者一身念住二受念住三心念住四法念住然此念住總說惟一謂心所中一慧自性根中慧根力中慧力覺支中擇法覺支道支中正見或分爲二謂有漏無漏或分爲三謂下中上或分爲四謂三界繫及不繫或分爲五謂三界繫及學無學乃至若以相續剎那差別分別則有無量問世尊何故於此義中開少合多惟說四種答佛依正慧行相所緣麤細不同建立四種問若爾何故契經中說觀内外俱十二種別答不過四故但說四種如七葉樹七生預流彼亦如是問此體是慧何故世尊說爲念住答慧由念力得住所緣故名念住或此慧力令念住境故名念住此二於境展轉相資勝於餘法故說念住廣辯念住如餘處說

四正斷者一於已生惡不善法爲令斷故生欲發勤攝心持心二於未生惡不善法爲不生故餘說如前三於未生善法爲令生故餘說如前四於已生善法爲令安住不忘倍修增廣故餘說如前然此正斷或總爲一謂心所中一精進體根中精進根力中精進力覺支中精進覺支道支中正精進或分爲二謂有漏無漏或分爲三謂下中上或分爲四謂三界繫及不繫或分爲五謂三界繫及學無學乃至若以相續剎那差別分別則有無量問世尊何故於此義中開少合多惟說四種

答一精進體於刹那中作用不同建立四種謂於已生未生惡法斷及不生故復於未生已生善法生及增廣故如燈一念四用差別謂燒炷盡油熱器破闇彼亦如是問法蘊等論說斷已生惡不善法即具四種謂於已生惡不善法爲令斷故生欲發勤攝持心者彼斷已生惡不善位亦能令彼惡不善法未生不生復令善法未生得生已生住等乃至說修已生善法令安住等亦具有四謂於已生善法爲令安住不忘倍修增廣故生欲發勤攝持心者彼修已生諸善法位亦能令彼惡不善法已生者斷未生不生復令善法未生者生如是便成十六正斷何故於此但說四耶答依修行者差别意樂至加行位故作是說謂彼先時起一意樂至加行位便具四種如是依彼四種意樂至加行位故作是說然加行時皆惟有四不過四故但說四種如由意樂加行故說如是由趣入加行故說由依處加行故說由勝解加行故說應知亦爾已說自性當說所以問此四何緣說爲正斷答由此四種能正斷故問前二可爾後二云何答以初爲名故無有失或此四種皆有斷義謂前二斷煩惱障後二斷所知障修善法時斷無知故暫斷永斷俱名斷故有處說此名爲正勝無倒策發成勝事故

問惡與不善何差别答惡謂有覆無記不善謂諸不善有作是說惡謂色無色界及欲界少分染法不善謂欲界多分染法有說惡謂欲界身邊二見品不善謂欲界諸餘煩惱等問何故惡不善法已生者說令斷未生者說

令不生答已生者於自相續已有作用故說令斷未生者於自相續未有作用故說令不生有說已生者於自相續已障聖道故說令斷未生者於自相續未障聖道故說令不生有說已生者於自相續已取果與果故說令斷未生者於自相續未取果與果故說令不生有說已生者於自相續已取等流果異熟果故說令斷未生者於自相續未取等流果異熟果故說令不生有說已生者於自相續已酬同類徧行因故說令斷未生者於自相續未酬同類徧行因故說令不生有說已生者於自相續已燒已惱故說令斷未生者於自相續未燒未惱故說令不生有說已生者於自相續已作譏呵已作垢染已作膠滓已墮惡意故說令斷未生者於自相續未作譏呵未作垢染未作膠滓未墮惡意故說令不生問所修諸善隨爾所生即爾所滅無有生已過一刹那有停住義如何乃言於已生善法爲令安住不忘倍修增廣耶答應知此中說二分善法謂順住分順勝進分令安住不忘者說順住分令倍修增廣者說順勝進分俱依相續展轉勝進說安住等故無有失有說此中說三品善法謂下中上令安住不忘者說依下品善根轉至中品令倍修增廣者說依中品善根轉至上品雖一刹那生已即滅而依相續故作是說

此正斷欲界有四色無色界亦爾問欲界有惡不善法可說有四云何上界亦說四耶答彼雖過患不具而具有彼功德有說彼雖無所治而有能治問未至地可爾上地云何答

有多種對治謂捨對治斷對治持對治遠分對治猒壞對治上地雖無捨及斷對治而有餘對治問靜慮可爾無色云何答無色雖無壞對治而有持及遠分對治

此正斷學無學位各具四種問學位可爾有惡不善法故無學云何答彼雖無過患而有功德有說彼雖無所治而有能治謂多種對治如前說彼雖無捨及斷而有所餘

問緣涅槃精進何正斷攝有說初正斷攝以斷即涅槃故有說第二正斷攝以涅槃是不生故有說第三正斷攝緣涅槃時善法生故有說第四正斷攝緣涅槃時善法增故如是說者四正斷攝緣涅槃時作四事故謂緣諸法擇滅性時即令一切惡不善法已生者斷未生不生及令一切世出世善未生者生已生增廣

四神足者一欲三摩地斷行成就神足二勤三摩地斷行成就神足三心三摩地斷行成就神足四觀三摩地斷行成就神足問云何名神云何名足有作是說三摩地名神欲等四名足由四法所攝受令三摩地轉故問等持俱有相應法多何故此四獨名神足答此於等持隨順勝故謂於俱有相應法中資益等於此四爲勝復有說者三摩地是神亦足欲等四惟足非神如擇法是覺亦支餘六惟支非覺正見是道亦支餘七惟支非道離非時食是齋亦支餘七惟支非齋彼亦如是問若三摩地是神亦足或應立一或應立五何故說四耶答惟三摩地立爲神足從四因生故說爲四謂加行位或由欲力引發等持令

其現起廣說乃至或由觀力引令現起由加行位四法隨增令等持起故得定位於一等持建立四種已說自性當說所以問此四何緣說爲神足答諸所思求諸所欲願一切如意故名爲神引發於神故名神足然此神用略有二種一世俗所欣二聖者所樂若分一爲多合多成一此等名爲世俗所欣若於世間諸可意事不住順想於諸世間不可意事不住違想於諸可意不可意事安住於捨正念正知此等名爲賢聖所樂復有三種神用一運身二勝解三意勢運身神用者謂舉身凌虛猶若飛鳥亦如壁上所畫飛仙勝解神用者謂於遠作近解由此力故或住此洲手捫日月或屈伸臂頃至色究竟天意勢神用者謂眼識至色頂或上至色究竟天或傍越無邊世界問此三神用誰成就幾有說聲聞成一謂運身獨覺成二除意勢惟佛世尊具成三種有說異生成一謂運身二乘成二除意勢然聲聞運身所顯獨覺意解所顯佛具成三意勢所顯或復五種神用一業二異熟三變現四具德五發心業神用者謂中有等異熟神用者謂飛禽等變現神用者謂依靜慮分一爲多合多爲一等具德神用者謂四神足發心神用者謂天龍等此中天者謂欲界天於所說五神用中此中說具德神用如契經說苾芻當知欲三摩地斷行成就修於神足依止離依止無染依止滅迴向於捨勤三摩地心三摩地觀三摩地說亦如是此中說何名爲離等有作是說是三摩地彼說若緣三摩地爲境修於神足由二緣故名依離

等謂意樂故及所緣故若緣餘法爲境修於神足但由一緣名依離等謂意樂故非所緣故有餘師說是寂滅涅槃彼說若緣寂滅涅槃爲境修於神足由二緣故名爲離等謂意樂故及所緣故若緣餘法爲境修於神足但由一緣名依離等謂意樂故非所緣故復有說者是三摩地及寂滅涅槃彼說若緣此二爲境修於神足由二緣故名爲離等謂意樂故及所緣故若緣餘法爲境修於神足但由一緣名爲離等謂意樂故非所緣故應知此中依止離者謂初靜慮依止無染者謂第二靜慮依止滅者謂第三靜慮迴向於捨者謂第四靜慮

如契經說苾芻當知何等名壽謂四神足問何故神足說名爲壽答由此爲依壽不斷故謂在定位壽必無斷有說依此離壽災故謂在定位遠離壽災有說依此壽自在故如契經說若有苾芻苾芻尼等於四神足若習若修若多修習彼若希求住壽一劫或一劫餘隨意自在由此故說神足爲壽如契經說有一梵志來詣具壽阿難陀所種種愛語歡喜問訊已退坐一面問阿難曰何故於沙門喬答摩所勤修梵行問何故梵志作是問耶答彼是阿難昔時朋友委知尊者是愛行人於五欲中先恒耽著故來試驗爲求愛斷而修梵行爲求勝欲修梵行耶故作斯問阿難答言我爲愛斷故在佛所勤修梵行問勤修梵行斷七隨眠何故但言我爲愛斷答尊者慶喜亦知梵志是愛行人耽著諸欲爲汲引故意云若汝爲愛所纏欲求離者宜捨家法來

世尊所隨我勤修清淨梵行故方便答我爲愛斷婆羅門曰沙門喬答摩實有道迹能斷愛不阿難陀曰實有勿疑汝若來修定能斷愛梵志請曰願爲說之令我心開必當依命尊者告曰惟我世尊如實知見說四神足依之修習速離愛纏問若有能於四念住等三十七種菩提分法隨一修習皆能斷愛何故但言修四神足答此是愛結近對治故謂有愛者馳散諸緣等持能爲彼近對治梵志復曰如仁所言神足無邊修何能盡問梵志何故作是語耶答梵志意言此四神足其體徧在學無學位彼即無邊修何能盡修若不盡何能斷愛阿難告曰此非無邊梵志復言請爲解說阿難告言吾今問汝可隨意答於意云何汝曾生欲入園遊不梵志曰然復問入園既遊觀已生欲還不梵志曰然復問二時所生樂欲豈不有異梵志曰然尊者告言如汝生欲二時有異一欲入園二欲還出如是神足學無學位亦各不同學位所修爲欲斷愛無學所修爲現法樂隨所修異非謂無邊梵志如何謂修不盡彼聞歡喜發淳淨心歸佛出家修於梵行

五根者謂信根精進根念根定根慧根五力亦爾此五隨名即心所中各一爲性已說自性當說所以問何緣此五名根名力答能生善法故名根能破惡法故名力有說不可傾動名根能摧伏他名力有說勢用增上義是根不可屈伏義是力若以位別下位名根上位名力若以實義一一位中皆具二種此二廣辯如餘處說

七覺支者一念覺支二擇法覺支三精進覺支四喜覺支五輕安覺支六定覺支七捨覺支擇法即慧喜即喜根捨謂行捨餘四如名即心所中各一爲性已說自性當說所以問何故此七名覺支耶答覺謂究竟覺即說無生智或如實覺即無漏慧七爲彼分故名爲支擇法亦覺亦支餘六是支非覺此七廣辯如餘處說

八道支者謂正見正思惟正語正業正命正精進正念正定正見即慧正思惟即尋正語業命即隨心轉三根所發身語無表餘三如名即心所性已說自性當說所以問何故此八名爲道支答所履通達故名爲道八是彼分故說名支正見亦道亦支餘七是支非道此亦如餘處廣說

四靜慮者謂初靜慮乃至第四靜慮有說尋喜樂捨相應靜慮如次爲四此有二種一修得二生得修得者即彼地攝心一境性若并助伴即五蘊性生得者隨地所繫餘五蘊爲性已說自性當說所以問此四何緣說爲靜慮答靜謂寂靜慮謂籌慮此四地中定慧平等故稱靜慮餘隨有闕不得此名此四廣如餘處分別

四無量者謂慈悲喜捨慈謂與樂作意相應無瞋善根爲性悲謂除苦作意相應無瞋善根爲性有說不害爲性喜謂慶慰作意相應喜根爲性有說以善心所中欣爲自性捨謂平等作意相應無貪善根爲性已說自性當說所以問何故名無量答由此四種緣無量有情故生無量善法故招無量勝果故廣說

此四亦如餘處四無色者謂空無邊處乃至非想非非想處此亦二種一修得二生得修得者即彼地攝心一境性若并助伴即四蘊性生得者即彼地繫餘四蘊爲性巳說自性當說所以問何故此四說名無色答此四地中超過一切有色法故違害一切有色法故色法於此無容生故說名無色此四亦如餘處廣說

八解脫者一有色觀諸色解脫二內無色想觀外色解脫三淨解脫身作證具足住四空無邊處解脫乃至七非想非非想處解脫八滅受想解脫身作證具足住此中前三無貪善根爲性若并助伴即五蘊性次四即以彼根本地加行善四蘊爲性有說亦以彼近分地前八解脫道爲性最後解脫以滅盡等至爲性巳說自性當說所以問何故名解脫答解脫所有彼能障故餘義如餘處廣說

八勝處者一內有色想觀外色少乃至廣說二內有色想觀外色多乃至廣說三內無色想觀外色少乃至廣說四內無色想觀外色多乃至廣說觀青黃赤白復爲四種此八皆以無貪善根爲性若并助伴即五蘊性巳說自性當說所以問何故名勝處答降伏所緣摧滅貪愛故名勝處廣分別義如餘處說

十徧處者謂各别觀青黃赤白地水火風即爲前八九空無邊處十識無邊處此中前八無貪善根爲性若并助伴即五蘊性後二徧處即以彼地有漏加行善彼勝解俱品四蘊爲性巳說自性當說所以問何故名徧處答所緣廣普勝解無邊故名徧處餘義如餘處

說八智者謂法智類智世俗智他心智苦智集智滅智道智非盡無生以位局故此八皆以心所法中慧爲自性已說自性當說所以問何故名智答於所緣法審觀決定故名爲智餘義如餘處廣說

三等持者一空二無願三無相此三皆以心所法中三摩地爲性通有漏無漏此中惟說無漏解脫門故若空無我二行相俱無漏等持名空三摩地若無常苦因集生緣道如行出十行相俱無漏等持名無願三摩地若滅靜妙離四行相俱無漏等持名無相三摩地已說自性當說所以問何故名等持答平等持心令專一境有所成辦故名等持廣說此三如餘處辯四沙門果者一預流果二一來果三不還果四阿羅漢果此四各以二法爲住一無爲二有爲無爲果者謂預流果以三界見所斷擇滅爲性一來果以三界見所斷及欲界修所斷前六品擇滅爲性不還果以三界見所斷及欲界修所斷擇滅爲性阿羅漢果以三界見修所斷擇滅爲性有爲果者隨其所應皆以無漏五蘊爲性已說自性當說所以問何故名沙門果答無倒勇勵息除染法名曰沙門是諸沙門所引所證名沙門果此亦如餘處廣說

五通者一神境智通二天眼智通三天耳智通四他心智通五宿住隨念智通此五皆以慧爲自性已說自性當說所以問何故名通答於自所緣無倒了達妙用無礙故名爲通界者四惟色界繫他心智通色界繫及不繫地者在四靜慮根本地非近分非無色所以

者何若地有五通所依殊勝三摩地彼地有五通近分無色無五通所依殊勝三摩地是故於彼無此諸通有說若地奢摩他毗鉢舍那平等攝受彼地有五通近分無色隨一闕故無有五通所依者皆依欲色界行相者四種惟不明了行相他心智通若有漏亦不明了行相若無漏作道四行相所緣者神境智通緣欲色界或四處或二處天眼智通緣欲色界色處天耳智通緣欲色界聲處他心智通緣欲色界及不繫心心所宿住智通緣欲色界五蘊念住者前三惟身念住他心智通是三念住除身宿住智通惟法念住智者四種惟世俗智他心智通若有漏是世俗智他心智若無漏是法智類智道智他心智三摩地俱者四種非三摩地俱他心智通若有漏

亦非三摩地俱若無漏與道無願三摩地俱根相應者依種類說三根相應謂樂根喜根捨根世者五種皆墮三世前四過去緣過去現在緣現在未來若生緣未來不生緣三世宿住智通過去現在緣過去未來緣三世善等者天眼天耳通是無記緣三種神境智通是善緣無記餘是善緣三種欲界繫等者四是色界繫緣欲色界繫他心智通是色界繫及不繫緣欲色界繫及不繫學等者四是非學非無學緣非學非無學他心智通是學無學非學非無學緣學無學非學非無學見所斷等者三是修所斷緣修所斷他心智通是修所斷及不斷緣見修所斷及不斷宿住智通是修所斷緣見修所斷緣名緣義者宿住智通通緣名義餘四惟緣義緣自相續等者

他心智通惟緣他相續餘四通緣自他相續及非相續加行離染得者問此五通爲加行得爲離染得若加行得者智蘊所說云何通如說若成就現在他心智亦成就過去未來耶答如是若離染得者此蘊前說云何通如說以無間道證神境智通時念住現在修一未來修四等非起先得有未來修有說惟加行得問智蘊所說云何通答彼文應作是說若成就現在他心智未來定成就過去若已滅不失則成就若未已滅或已滅而失則不成就而不說者言勢所引總略答故有說惟離染得問此前所說云何通答說重調練善提分法非初得修爾時但令先所得者轉明勝故如是說者皆通加行及離染得此蘊但說加行得者智蘊惟說離染得者如是便爲二說善通有說於彼離染得中有已曾習有未曾習智蘊說已曾習此蘊說未曾習如是亦爲二說善通離染得者謂初靜慮所引發者離欲界染時得乃至第四靜慮所引發者離第三靜慮染時得若諸聖者及後有異生通得曾習未曾習餘唯得曾習離染得已加行現前佛不加行獨覺下加行聲聞或中或上又隨離染解脫道時所修得者皆離染得若於餘時而修得者皆加行得何處起者欲色界皆得起欲界中惟人天人中惟三洲通男女身異生聖者學與無學皆得現起

問諸通爲無間道攝爲解脫道攝若無間道攝者經所說云何通如說分一爲多合多爲一乃至廣說非無間道一剎那中有如是事若解脫道攝者品類足說當云何通如說通

云何謂善慧天眼耳通解脫道是無記慧云何名通答諸通是解脫道攝如沙門果解脫道攝非無間道此亦如是問品類足說當云何通答彼所說通與此說異彼說善慧皆名爲通以說一切法皆是所通達故此中所說勝慧名通此通或善或是無記通與善慧得作四句有通非善慧謂天眼耳通有善慧非通謂除通餘善慧有俱是謂餘四通有俱非謂除前相

問此五通爲如說而生爲不爾有作是說如說而生謂先起神境智通故佛前說乃至後起宿住智通故佛後說謂彼聞色界天而不能往故先起神境通往而不能見其色故次起天眼通見而不能聞其語故次起天耳通聞而不能知其心故次起他心通知彼心已未知宿世曾相遇不故後起宿住通世尊依此次第而說如是說者次第無定謂或先起神境通乃至或先起宿住通或有唯得神境通如天授等或有惟得天眼通如善星等是故諸通無順入逆入亦無超越次第如諸等至或如無量解脫勝處徧處

問修起神境天眼通時俱有光明此有何異答若修神境所引光明或化所爲或自性有若修天眼所引光明非化所爲惟自性有

阿毗達磨大毗婆沙論卷第一百四十一　說一切有部發智

音釋

阿毗達磨（梵語也此云無比法　毗頻眉切）　膠濘（膠古肴切　濘乃定切）　捫（莫奔切　撫也）　喬答摩（梵語也此云純淑　喬渠嬌切）　勵（力制切　勉力也）　奢摩他（梵語也此云止　奢詩車切）　毗鉢舍那（梵語也此云觀）

毗頻眉切
鉢補末切

阿毗達磨大毗婆沙論卷第一百四十二

五百大阿羅漢等造

唐三藏法師玄奘奉詔譯

根蘊第六中根納息第一之一

二十二根眼根耳根鼻根舌根身根女根男根命根意根樂根苦根喜根憂根捨根信根精進根念根定根慧根未知當知根已知根具知根此二十二根幾學幾無學幾非學非無學如是等章及解章義既領會已應廣分別問何故尊者以二十二根而作論答是彼尊者所樂欲故隨彼所欲不違法相而作斯論不應責其所以有說不應問彼尊者以契經說二十二根彼根契經是此論根本依彼經造論不可責其因緣以彼尊者於佛所說二十二根不能少減說二十一不能少增說二十三以佛所說無增減故不可增減如不可增減不可多少不可損益無量無邊應知亦爾以佛所說無量無邊不可於中作量邊故無量者義難測故無邊者文難知故譬如大海無量無邊無量者深無邊者廣世尊所說應知亦然雖百千俱胝那庚多數如舍利子等諸大論師於佛所說二句文義造百千論分別解釋盡其覺性不得邊際是故不應責彼尊者問置彼尊者世尊何故說此契經答觀所化者應聞此法得饒益故復次此經有別緣起謂有梵志名曰生聞來詣佛所歡喜問訊在一面坐而白佛言施設幾根攝諸根盡佛言我說二十二根攝諸根盡若有遮此更說餘根當知彼說有言無義若還問彼反生愚惑所以者何非其境故由梵志問說

此契經是故不應徵佛說意問置佛說意梵志何故但問諸根不問蘊界處等答隨彼所疑而問不應爲責或彼梵志性善尋思隨有所聞喜便歷問爲知根義周遍遊歷九十六道問諸根量如離繫者施設一根所謂命根遍內外物故彼立制不飲冷水不斷生草以有命故問諸外道於外物中執有何根名有根法答有於外物執有意根有於外物執有命根有於外物執有二根由意根故名有根法由命根故名有命法有於外物執有二根謂業與意隨應當說又如外道波羅設利作如是說眼不見色耳不聞聲名聖修根問何故彼名波羅設利答是所立名不應問立名所以名隨假立不必皆有實義故有說此是彼姓謂婆羅門有姓憍蹉有姓筏蹉有姓扇袟略有姓憍陣那有姓婆羅惰闍有姓波羅設利有說此是雜種謂從剎帝利婆羅門生名波羅設利如從驢馬所生名騾如是說者此是彼姓彼有弟子名嗢怛羅曾於一時來詣佛所歡喜問訊在一面坐佛時告曰汝師波羅設利爲汝等說修根法耶嗢怛羅言我師曾說佛問云何彼云我師作如是說眼不見色耳不聞聲名聖修根無所取故佛即難曰若爾盲者應名聖修根不見色故時阿難陀佛邊侍立爲佛搖扇尋亦難言聾者亦應名聖修根不聞聲故問設有外道百千俱胝那庾多數智慧辯才如舍利子佛皆能伏何故世尊作初難已尊者慶喜作第二難世尊何故而不遮止答佛觀慶喜咽喉有相知欲設難故便自止以佛昔在三無數劫精勤修

習菩薩行時尚不斷他所有才辯乃至弟子亦不遮遏況今成佛斷他辯才又佛了知若自所說若慶喜說平等無異無有增減故不遮止又顯師與弟子俱能摧伏他故若師弟子俱能伏者乃名善伏故不遮制又欲令彼無餘言故謂若世尊作第一難慶喜不作第二難者則彼外道還自衆中以餘慢心作如是言雖爲彼師所伏而非弟子彼雖能伏我等而非我師若佛世尊作第一難慶喜復作第二難者則彼永捨憍慢之心弟子尚能摧伏我等何況彼師設我師來亦不能對何況我等又欲滿彼梵志意故彼作是念喬答摩尊諸力士中爲無有上能伏能破一切論者而無屈撓諸論師中最爲尊勝往昔所有諸大論師尚無能對何況我等若彼弟子與我談論我當酬對豈不宜哉佛一切時滿所化意如其所念而汲引之故不遮止慶喜所難復次佛以慶喜爲證義人故彼外道衆信重慶喜以彼尊者形貌端嚴善知因陀羅聲明論故佛意令彼問所信人自驗師宗應正理不慶喜時說故佛不止復次欲顯世尊無勝已慮故謂諸外道慮弟子中有勝已故遮其言辯佛無是事設有弟子百千俱胝那庾多數辯才智慧如舍利子亦無問難與佛等者況能勝佛復次欲顯已斷法慳垢故謂諸外道不許弟子與他論難勿彼由斯多獲名譽恭敬利養佛則不爾假使世間一切皆得無邊名利佛無一毫終無嫉妬是故不止慶喜所說復次欲顯弟子亦勝他故謂諸外道恐已門徒與他論難墮負受辱世尊弟子無不

勝他若論難時益更光揚如來正法故不遮制復次爲欲顯示善說法中文義滿足無異見故謂諸外道惡說法中文義乖違師徒見異隨有所立所說所解師與弟子各各相違佛正法中無此過失隨有所立所說所解弟子與師皆同一味由此等緣對彼外道佛與慶喜各設一難問外道若許盲聾之人是聖修根云何成難答是爲大難亦是總說外道過失無能對者謂汝若許盲聾之人亦得名爲聖修根者汝等何故棄捨居家晝夜精勤修諸梵行但應毀壞眼耳二根自可名爲聖修根者故前所說是爲大難亦是總訶一切外道又勝論者說有五根鼻舌眼身耳根爲五又數論者說十一根謂五覺根五業根意五覺根者所謂眼耳鼻舌身根五業根者謂語手足大小便根意者意根爲第十一或復有說百二十根謂眼耳鼻各二爲六舌身意命及五受根信等五根總爲二十六趣各二十爲百二十彼說阿素洛爲第六趣有說根是主義彼外道說有百二十主如天主龍主阿素洛主及人主等要受如是百二十處勝妙之身方得解脫生聞梵志聞如是等說根不同轉生疑惑不知何者是其實說聞釋氏宫生一太子具三十二大丈夫相八十隨好身眞金色圓光一尋見者歡喜觀無猒足捨輪王位踰城出家精勤修習難行苦行證得無上正等菩提一切知者一切見者斷一切疑網施一切決定能盡一切問難源底聞已即時來詣佛所在一面坐而白佛言說根者多沙門說幾根攝諸根盡問何故梵志不以

所聞說根差別請問於佛而直作此問耶答彼有惡慧恐佛於他所說根中擇善而說故作總問佛依彼問答言我說二十二根攝諸根盡若有遮此更說餘根廣說乃至非其境故問世尊何故復作是語若有遮此更說餘根當知彼說有言無義若還問彼反生迷惑所以者何非其境故答欲令彼知先所聞一根乃至百二十根皆非實故義言我是一切知者一切見者尚不能於二十二根中減一根說二十一增一根說二十三况諸外道僻見無知於諸根中有能增減說一乃至百二十耶由此因緣彼來詣佛但問根義非蘊界等問此二十二根名有二十二實體有幾答對法者言名二十二實體十七於中男女三無漏根無別體故問何故男女根無別體耶

答此二即是身根攝故如說女根云何謂身根少分男根云何謂身根少分問何故三無漏根亦無別體答此三即是九根攝故九謂意根樂喜捨根信等五根此九根有位名未知當知根有位名已知根有位名具知根即見道位修道位無學道位如次應知又在隨信隨法行相續中名未知當知根在信解見至身證相續中名已知根在慧解脫俱解脫相續中名具知根九根聚集隨位說三故無別體由此故說二十二根名二十二實體十七尊者法救作如是說名二十二實體十四謂即前五及命捨定無別實體故問何故彼說命根無實體答命根是不相應行蘊所攝彼說不相應行蘊無實體故問何故復說捨根無別體答彼說離苦樂受無別不苦不樂

受所以者何諸所有受或樂或苦若非苦樂云何名受問若爾經說三受當云何通答彼作是說樂受苦受有上有下有利有鈍有躁有靜諸上利躁者名樂受苦受諸下鈍靜者名不苦不樂受此體不定如疑而轉問何故彼說定根亦無別體答彼說離心無定體故如說定云何謂心一境性由此諸根名二十二實體十四尊者覺天作如是說名二十二實體唯一所謂意根彼作是說諸有爲法有二自性一大種二心離大種無所造色離心無心所諸色皆是大種差別無色皆是心之差別由此義故實根唯一如實義者應如初說名二十二實體十七如名體如是名施設體施設名異相體異相名異性體異性名別性體別性名分別體分別名覺悟體覺悟應知亦爾是名諸根自性我物性相自體已說自性當說所以問何故名根根是何義答增上義是根義明義是根義現義是根義喜觀義是根義端嚴義是根義最義是根義勝義是根義主義是根義問若增上義是根義者諸有爲法展轉增上諸無爲法於有爲增上則一切法皆應立根何故世尊立二十二脅尊者言佛於諸法了達究竟善知諸法體相勢用餘不能知若法有根相者立根無者不立不應責問有說增上緣有下有上有劣有勝上勝立根下劣不立有說雖一切法皆有增上緣義而非皆有增上明現乃至主義如二十二根者如一切有情雖皆互有增上緣義而有勝者如鬼界中琰摩王勝傍生趣中師子王勝村中主勝國中王勝四大洲

中轉輪王勝於欲界中自在天勝千世界中梵王爲勝於三界中佛爲最勝佛於一切有情類中獨稱法王無倫匹故如是諸法雖皆是增上緣而非一切皆有增上乃至主義如二十二根者故佛惟說此二十二根問若增上義是根義者誰於何增上答眼根於四處增上一莊嚴自身二導養自身三爲識等依四作不共事莊嚴自身者雖有妙身支分具足眼根若缺人不喜觀故於嚴身此爲增上導養自身者由眼根故見好惡色捨危就安令身久住爲識等依者眼識及相應法依此而生作不共事者惟眼根見色非餘根耳根於四處增上一莊嚴自身二導養自身三爲識等依四作不共事莊嚴自身者雖有妙身支分具足耳根若缺人不喜觀故於嚴身此爲增上導養自身者由耳根故聞好惡聲捨危就安令身久住爲識等依者耳識及相應法依此而生作不共事者惟耳根聞聲非餘根有餘師說眼根導養生身爲勝耳根導養法身爲勝如說

譬如明眼人　能避現險難　世有聰聞者
能離當苦惡　多聞能知法　多聞能離罪
多聞捨無義　多聞得涅槃

復有說者眼根耳根俱能導養生身法身導養生身如前說導養法身者由眼根故親近善士由耳根故聽聞正法由此能引如理作意法隨法行乃至展轉證得涅槃是故經說梵壽梵志勿壞二根謂眼與耳問何故於諸根聚中但說勿壞二根耶答由眼耳根佛出世時爲路爲門趣入佛法又由眼耳遇佛便

能比知是佛如說苾芻汝若不能知佛心者應二處求一所聞二所見由此偏說勿壞二根鼻舌身根皆於四處增上一莊嚴自身二導養自身三爲識等依四作不共事莊嚴自身者雖有妙身支分具足三根隨缺人不喜觀導養自身者由此三根受用段食令身久住以段食是香味觸故爲識等依者鼻識及相應法依鼻根生舌識及相應法依舌根生身識及相應法依身根生作不共事者惟鼻能齅惟舌能嘗惟身覺觸各非餘根意根於二處增上一能續後有二自在隨轉能續後有者如說識若不託母胎名色得成羯邏藍不不也世尊自在隨轉者如說

世間心所引　亦爲心所勞　心若於彼生

皆自在隨轉

有說意根於染淨品增上如說心雜染故有情雜染心清淨故有情清淨男女二根於二處增上一有情異二分別異有情異者由此二根令諸有情男女類別分別異者由此二根形相言音乳房等別謂劫初時無女男差別後於是處必造色生便有男女體類狀貌顯形言音衣著飲食受用差別有說此二於染淨品增上於染勝者非於婬欲此無疑故但由此二若壞若闕於不律儀五無間業不能受作亦復不能斷諸善根於淨勝者此男女根若壞若闕便不能起一切律儀亦復不能離三界染不能種植三乘種子命根於二處增上一令說有根二令根不斷命根若在可說有根及令諸根相續住故有說命根於四處勝一續衆同分二持衆同分三護養衆

同分四令衆同分不斷五受根於雜染品增
上以諸有情由受勢力四方追求遊於鐵鎖
鉤索嶮路登山越谷匍匐偃倒或入大海遇
諸畏難謂波浪洄澓室獸摩羅黒風旋風伏
山灘磧墮惡龍宫邏刹娑洲金毗羅難盜賊
難等如是種種皆因諸受問無漏受云何於
雜染品增上耶答初起加行及趣入時亦於
雜染品增上謂觀行者求彼受時亦須追求
衣食等物由此勢力亦生染故有説受於染
淨俱勝樂受於染勝者如説於樂受貪隨增
於淨勝者如説樂故心定苦受於染勝者如
説於苦受瞋隨增於淨勝者如説苦爲信依
不苦不樂受於染勝者如説於不苦不樂受
無明隨增於淨勝者如説六出離依捨信等
五根於清淨品增上如説

信生能歸趣　越放逸流海　精進能除苦
慧能得清淨
又説我聖弟子具信伊師迦能捨不善修習
善法又佛告慶喜精進能得菩提又説我聖
弟子具精進力捨不善法修習善法又説念
能徧行防護一切我聖弟子具念防護捨不
善法修習善法又説定是正道不定是邪道
定心得解脱非不定心定心能知諸蘊生滅
又説我聖弟子具三定鬘能離不善修於善
法又説
慧爲世間上　能順趣決擇　能正知諸法
能盡老死苦
又説一切法中慧爲最上又説姊妹我聖弟
子能以慧刀斷諸結縛隨眠纏垢又説我聖
弟子具慧垣墻能障惡法增長善法未知當

知根於未見諦而見諦增上已知根於已見諦除煩惱過增上具知根於已除煩惱過得現法樂住增上由此各各於彼彼處有增上義故說爲根

尊者寠沙筏摩作如是說惟意一種是勝義根是内是徧有所緣故是内者内處攝故是徧者從無間獄至有頂故有所緣者緣一切法故餘眼等根不具斯義是故不立爲勝義根謂眼等五雖内處攝而非是遍非有所緣命根雖遍而非内處亦非有緣苦樂憂喜雖有所緣非遍非内捨信等五雖徧有緣而非内處三無漏根如九根說問若惟意是勝義根者餘二十一何故名根答彼與意根作所依作依作雜染作清淨作清淨位故亦名根誰作所依謂眼等五根誰作依謂命根誰作雜染謂五受根誰作清淨謂信等五根誰作清淨位謂三無漏根即見位修位無學位問何故男女復得名根答生有情故生欲樂故制煩惱故爲染依故生有情者謂生胎生卵生有情生欲樂者謂於是處初生欲樂後乃徧身如依眉間初生聖樂後乃徧身此亦如是制煩惱者謂此志性能於蹔時伏諸煩惱爲染依者謂染污識及相應法此爲所依餘處身根發三種識此惟發染污識非餘發此識時惟作習近意故必與貪俱

尊者僧伽筏蘇作如是說惟命等六是勝義根所謂眼耳鼻舌身命有情本故問若命等六是勝義根者餘十六種何故名根答與命等六作種子作雜染作清淨作清淨位故亦名根誰作種子謂意根誰作雜染謂五受根

誰作清淨謂信等五根誰作清淨位謂三無漏根即見位修位無學位問何故男女亦得名根答欲界有情欲爲種子欲爲苗稼此依何有謂男女根是故此二亦得名根

尊者妙音作如是說命等八種是勝義根謂眼耳鼻舌身男女命有情本故問若命等八是勝義根者餘十四種何故名根答與命等八作種子作雜染作清淨作清淨位故亦名根廣如前說問身根極微徧身等有何故此獨名男女根復說爲顯答尊者世友作如是說此處能顯是男女故名男女根復說爲顯問有二形者亦能顯耶答此不能顯不決定故由此故說非男非女有說此處生流轉者還滅者故外道六師補剌拏等名流轉者聲聞獨覺及與如來名還滅者尊者說曰此處能生諸仙牟尼諸聰慧者善調伏者易共住者故名男女根亦說名顯

已說諸根總相所以今當顯示一一別相問眼根云何答若已見色今見色當見色及此所餘是名眼根已見色者說過去眼今見色者說現在眼當見色者說未來眼此說同分及此所餘者說彼同分眼如界中廣說乃至意根說亦如是問女根云何答身根少分男根云何答身根少分命根云何答三界壽樂根云何答依順樂觸所生身心樂平等受受所攝是謂樂根苦根云何答依順苦觸所生身苦不平等受受所攝是謂苦根喜根云何答依順樂觸所生心悅平等受受所攝是謂喜根憂根云何答依順苦觸所生心慼不平等受受所攝是謂憂根捨根云何答依順不

苦不樂觸所生身心捨非平等非不平等受受所攝是謂捨根信根云何答於出離遠離所生善法諸信順印可忍受欲樂心清淨性是謂信根精進念定慧根如文廣說問未知當知根云何答未見諦者未現觀者諸學慧慧根及所有根隨信隨法行於四聖諦未現觀能現觀是謂未知當知根此中於四聖諦未已見故名未見諦者未已現觀故名未現觀者諸學慧慧根者此說慧根及所有根隨信隨法行於四聖諦未現觀能現觀者說餘八根總此九根名未知當知根問此九根中何故慧根再說別說餘根但作一總說耶答慧名義勝故謂根聚中慧爲最勝如國中王勝村中主勝餘根不爾有說慧爲導首故如說苾芻諸善法生明爲導首明爲前因由此引生所有慚愧有說慧具三現觀故謂慧俱三現觀一見現觀二緣現觀三事現觀慧相應法有二現觀謂除見非慧性故慧俱有法有一現觀謂事非餘非慧性故無所緣故有說慧見煩惱令不久住如宂居衆生人若見時便還入宂有說慧照相續則煩惱不侵如室有燈賊不能盜有說慧能照一切法外日月等惟照一界一處一蘊一世少分慧能普照十八界十二處五蘊三世及無爲法有說無慧者縛有慧者解有說慧入佛法甚歡娱故謂佛法中以解爲勝是故諸有慧者見妙法寶於中歡娱如明眼人入於寶渚若無智慧雖入佛法無所見故常懷憂慼如生盲人至採寶所更增愁毒有說慧根如將如導如目如首是覺覺支是道道支有說慧能導引

餘菩提分令不異趣如明眼者導衆盲人令行正路此亦如是有說慧斷纏縛猶如利刀如說姊妹我聖弟子能以慧刀斷諸縛隨眠纏垢有說慧如臺殿如尊者阿泥律陀言我依戒住戒得昇無上智慧臺殿有說慧能安立諸法自相共相能分別諸法自相共相破自體愚及所緣愚於諸法中不增減轉有說慧是諸佛所愛敬故佛不愛敬有情色力族姓財富自在但愛敬慧以慧能證諸功德故有說慧能顯佛無與等故謂諸色力族姓財富榮貴自在不能顯佛是最尊勝惟慧能顯以一切智惟佛有故餘根不爾以如是等無量因緣慧根餘根作差別說

阿毗達磨大毗婆沙論卷第一百四十二 說一切有部發智

音釋

憍薩 憍舉喬切薩七卧切 筏 房越切 祑 直質切 憍陣那 梵語也此云火器陣除吝切 婆羅惰闍 梵語也此云利根惰杜果切闍時遮切 騾 落戈切 嗢怛羅 梵語也此云上嗢烏没切怛當割切 撓 女巧切擾亂也 躁 則到切不安靜也 羯邏藍 梵語也此云凝滑羯居謁切邏郎佐切 匍匐 匍薄胡切匐蒲北切匍匐手行也 洄澓 洄戸恢切澓房福切洄澓水漩流也 磧 七迹切水渚有石曰磧 窶 其矩切 蹔 昨濫切不久也 補剌拏 梵語也此云圓滿剌郎葛切拏奴加切

阿毗達磨大毗婆沙論卷第一百四十三

五百大阿羅漢等造

唐三藏法師玄奘奉　詔譯

根藴第六中根納息第一之二

問已知根云何答已見諦者已現觀者諸學慧慧根及所有根信解見至身證於四聖諦已現觀重現觀是謂已知根此中於四聖諦已見故名已見諦者已現觀故名已現觀者諸學慧慧根者此說慧根及所有根信解見至身證於四聖諦已現觀重現觀者說餘八根總此九根名已知根問諸無學者於四聖諦亦重現觀如從退法轉至思法乃至從堪達法轉至不動何故但說學重現觀非無學耶答亦應說無學而不說者當知有餘有說此中舉初顯後若說學重現觀當知已說無學亦重現觀如舉初顯後舉始入顯已度舉加行顯究竟當知亦爾有說若斷未曾斷煩惱得未曾得沙門果者說重現觀無學爾時非斷未曾斷煩惱亦非得未曾得沙門果是故不說有說若斷未曾斷繫得得未曾得離繫得者說重現觀無學爾時雖得未曾得離繫得而不斷未曾斷繫得是故不說如斷繫得得離繫得除過患修功德捨下劣證上妙去無義取有義盡渴愛苦受無熱樂應知亦爾有說捨未曾捨無智得未曾得智者說重現觀無學爾時雖得未曾得智而非捨未曾捨無智是故不說應知此依染無智說由如是等種種因緣學說重現觀非無學

問具知根云何答漏盡阿羅漢諸無學慧慧根及所有根慧解脫俱解脫能得現法樂住

此中漏盡阿羅漢諸無學慧慧根者此說慧根及所有根慧解脫俱解脫能得現法樂住者說餘八根總此九根名具知根問學者亦有現法樂住何故但說無學耶答亦應說學而不說者當知有餘有說此中舉終顯始若說無學得現法樂住當知已說學亦得現法樂住如舉終顯始舉已度顯初入舉究竟顯加行當知亦爾復次此說名義勝者以法言之則無學法勝以補特伽羅言之則無學補特伽羅勝有說此中說得輕安樂非煩惱熱所損者學雖得輕安樂而猶爲煩惱熱所損是故不說復次此中說受輕安樂自在廣大者學於所作有所作故雖受輕安樂而不自在亦不廣大如王未除一切怨敵雖受王樂而不自在亦不廣大彼亦如是是故不說有說此中說已息煩惱意言已滿牟尼相者學則不然是故不說有說此中說有現法樂住無後世樂住者學於二世皆有樂住是故不說由如是等諸因緣故無學說樂住非學問爲有三明阿羅漢不若有者此中何故不說若無者恣舉經云何通如說尊者舍利子恭敬合掌白佛言世尊此五百苾芻幾是三明幾是俱解脫幾是慧解脫此中因論生論尊者舍利子知是事不若知者何故問若不知者云何得名波羅蜜多聲聞應作是說彼尊者知若爾何故問亦有知而問者如毗柰耶說爾時世尊知而故問由此不應以知故遮其問有說尊者欲饒益他故謂舍利子雖自了知而知衆中有不知者無無畏故不能問佛舍利子無是過故爲饒益他所以發問有

說尊者欲於總中顯差別故謂佛爲五百苾芻如應說法彼聞皆得阿羅漢果永斷後有稱可佛心一切有情眞實稱可佛心者謂得阿羅漢果永斷後有尊者舍利子作是念彼諸苾芻雖皆得阿羅漢果永斷後有而未知彼誰先來勤修加行誰不爾欲於總中顯有差別故發斯問有說世尊先爲五百苾芻說法令等住果尊者舍利子欲顯彼道有差別故是以發問有說世尊先爲五百苾芻說法令住平等無爲解脫尊者舍利子欲顯彼有爲解脫非無異故而發斯問有說尊者欲顯發功德伏藏令世共知故如世伏藏土所覆故世人不見若因開發乃得見之生希有想如是功德寶藏以少欲土覆世無知者由舍利子所顯發故世人共知生希有想有說尊者欲發施主增上思故有諸施主兩四月中以衣服等供給僧衆彼或生念我所施田爲良美不爲欲令彼生決定知我等已於良田植福快哉所作功不唐捐是故尊者發如是問有說尊者欲顯師徒儀式法應爾故謂弟子法應問師師法應答故弟子有說尊者顯已求法無猒離諸懈慢令他亦然是以故問有說尊者欲斷世人少有所知便生憍足不問他故彼尊者念言世人智慧於我所有十六分中不能及一我猶問他何況汝等少知少見而不問耶有說尊者欲顯離法慳垢故謂法慳者見他問時尚不生喜何況自問有說尊者欲止外道誹謗故謂諸外道恒謗佛言沙門喬答摩攝受鄔波底沙俱履多故夜從受法晝爲他說若舍利子於大衆前合掌恭

敬而請問者此謗便止有說尊者欲顯世尊弟子所有善說皆須佛印印之故發斯問如王所司所有符䟽若無王印人不承受往關津等悉為障礙若有王印人皆信用所往無礙如是佛弟子所有善說若無佛印他不信受如來滅後所有四衆亦不敬受若為佛印所印可者聞則奉行遺法四衆亦生敬重由此等緣彼舍利子而作斯問若無三明阿羅漢者彼經所說云何通耶答應說有三明阿羅漢問若爾彼經善通此中何故不說答此中應作是說及所有根慧解脫俱解脫三明能得現法樂住而不說者當知有餘復次已說在先所說中謂三明阿羅漢或是慧解脫或是俱解脫若說慧解脫當知已說慧解脫三明若說俱解脫當知已說俱解脫三明故不別說昔於此義有二論師一名時毗羅二名寠沙伐摩尊者時毗羅偏稱讃慧尊者寠沙伐摩偏稱讃滅定時毗羅作如是說慧勝非滅定慧有所緣滅定無所緣故寠沙伐摩作如是說滅定勝非慧滅定惟聖者有慧通異生有故稱讃慧者作如是言若具三明非八解脫者是名三明若具三明亦八解脫者亦名三明若具八解脫非三明者是名俱解脫若有一明二明是名慧解脫所以者何以慧勝滅定故稱讃滅定者作如是言若具八解脫非三明者是名俱解脫若具八解脫亦三明者亦名俱解脫若具三明非八解脫者是名三明若有一明二明名慧解脫所以者何以滅定勝慧故此二所說俱唐捐其功於文無益於義無益然具三明者有得滅定有

不得滅定若得者名俱解脱三明若不得者名慧解脱三明

今當重説三無漏根一一立名差别所以問何故名未知當知根答未已知而知未已現觀而現觀斷無智故名未知當知根問若如是者苦法智忍生於欲界五蘊苦得現觀苦法智生於彼復得現觀則是現觀已復現觀何故猶名未知當知根不名已知根耶答苦法智忍於欲界五蘊苦名現觀非已現觀苦法智生乃名已現觀然非已現觀而現觀故不名已知根有説苦法智忍於欲界五蘊苦雖名現觀而不名知非智性故苦法智生乃得名知爾時雖名已現觀而現觀而非已知而知故不名已知根又此中依智現觀而作論非忍故亦不名已現觀而現觀如何名已知根有説苦法智後復有未已現觀道生此智爲未已現觀覺所淩所覆以下著上彼增上力故此不自在由此苦法智不名已知根餘忍智亦爾

問何故名已知根答已知而知已現觀而現觀斷無智故名已知根問若如是者道類智忍生除其自性相應俱有法於餘一切類智品道皆得現觀此後道類智生於道類智忍自性相應俱有法乃得現觀爾時於彼忍自性等未已現觀而現觀何故名已知根不名未知當知根答外國師説十六心刹那皆是見道問今不問彼但問十五心刹那爲見道者何故爾耶尊者僧伽筏蘇説曰道類智忍現在前時能修未來無量刹那道類智忍彼所修者於現在忍等已得現觀故無有過此

不應理未來道無作用故應作是答從多分說名已現觀謂已現觀者無量無邊未已現觀者但有少許已現觀而現觀者猶如大地未已現觀而現觀者但如一塊妙高一塵大海一滴虚空蚊處喻亦如是故從多分名已知根問第十六心頃應如七智何故獨說爲已知根非已知而知故答此亦從多分說謂初刹那雖與七智相似後諸刹那皆與彼異從多分說悉名已知根一類性故有說此後更無未已知道所淩所覆不以下著上令不得自在必當爾故於知言已知如去時名已去彼亦如是

問何故名具知根答已知而知已現觀而現觀不斷無智先已斷故名具知根問若如是者三乘無學皆是具知何故世尊獨名爲佛答能初覺故能徧覺故能別覺故說名爲佛聲聞獨覺不能初覺不能徧覺不能別覺故不名佛有說若於爾燄自覺徧覺無錯謬覺說名爲佛獨覺雖能自覺無餘二種聲聞俱無故不名佛有說若於諸緣能自然覺一切種覺說名爲佛獨覺雖有自然覺而無一切種覺聲聞俱無故不名佛有說若智於能覺所覺行相所緣根根義有境境爾燄中能徧明覺說名爲佛二乘不爾有說若有聞而不捨說名爲佛二乘不爾有說若相續中永伏一切非理習氣說名爲佛二乘不爾有說若有於甚深緣起河能盡源底說名爲佛二乘不爾故經喻以三獸渡河謂兔馬象兔於水上但浮而渡馬或履地或浮而渡香象恒時蹈底而渡聲聞獨覺及與如來渡緣起河如

次亦爾有說若斷一種無知謂染不染說名爲佛聲聞獨覺惟能斷染不斷不染故不名佛有說若斷二種疑惑謂事隨眠說名爲佛聲聞獨覺雖斷隨眠而不斷事故不名佛有說若盡智時二障俱斷心得解脫諸煩惱障及解脫障說名爲佛聲聞獨覺或先脫煩惱障後解脫障或先脫解脫障後煩惱障無俱脫者故不名佛有說若具二圓滿者說名爲佛謂所依能依諸餘有情或所依圓滿非能依如轉輪王或能依圓滿非所依謂聲聞獨覺惟佛具二故得佛名如所依能依器器中處處中明與行應知亦爾有說若三事圓滿說名爲佛謂色族辯二乘不爾有說若三事圓滿說名爲佛謂立誓果成恣問二乘不爾有說若具三不護三不共念住說名爲佛二乘不爾有說若所言無二辯才無竭所記無謬說名爲佛二乘不爾有說若具四智說名爲佛謂因智時智相智說智二乘不爾有說若具四智說名爲佛謂無著智無礙智無謬智不退智二乘不爾有說若具種種因覺種種果覺種種相續覺種種對治覺說名爲佛二乘不爾有說若世八法所不能染功德彼岸無能逮者一切危扼堪能拔濟說名爲佛二乘不爾有說若具十八不共佛法十力四無所畏大悲三不共念住說名爲佛二乘不爾有說若有深遠微細偏行平等大悲心者說名爲佛深遠者三無數劫所積集故微細者覺三苦故偏行者緣三果故平等者於怨親中無異轉故由如是等種種因緣於三具知惟一名佛

問世尊何故於色蘊中惟立眼處等爲根非色處等耶答由色處等無根相故有說内處攝者立根外處攝者不立有說若亦作所依者立根惟作所緣者不立有境境說亦爾有說若惟有情數攝者立根若不定者不立有說若惟是有執受者立根若非及不定者不立有說若惟相續攝者立根不定者不立有說若惟自相續受用者立根不定者不立有說不共者立根共者不立

問世尊何故於受蘊中苦受樂受各立二根不苦不樂受惟立一耶答不苦不樂受亦應立二而不立者當知是有餘說復次欲以種種文種種說莊嚴於義令易解故復次欲現二門二略乃至廣說復次苦樂二受有明利有不明利有輕躁有不輕躁有安住有不安住諸明利輕躁不安住者立憂喜受諸不明利不輕躁安住者立苦樂受不苦不樂受惟不明利不輕躁安住故合立一復次苦受樂受轉有異故各分爲二謂樂根轉異喜根轉異苦根轉異憂根轉異不苦不樂受無異轉故合立爲一復次苦受樂受互相違故各分爲二謂苦樂相違憂喜相違不苦不樂受無此相違故但說一

問何故想蘊不立爲根答非根法多何獨問想問如色蘊行蘊少分立根受蘊識蘊皆立爲根惟想不立所以故問答以想無根相故復次根者自力轉想由他轉如傭作人他教即作不教不作想於境轉亦復如是謂受思識領納造作了別境已想方取相復次根者自在不爲他覆想爲慧覆故不說根謂善想

爲善慧所覆如於善事善取相者世間說此名聰慧人無記想爲無記慧所覆如於世務善取相者世便記此名巧慧人染污想爲顛倒慧所覆如說於無常起常想顛倒乃至於非我起我想顛倒尊者世友說曰想何故不立根答增上義是根義想增上少故不立根問想亦有增上如說一切有爲法展轉增上諸無爲法於有爲增上答我說少不說無也又說根者能害煩惱想不能害煩惱問想亦能害煩惱如說苾芻於無常想若習若修若多修習能除一切欲貪色無色貪答此於慧說想名也大德說曰根是主義不隨於他想則隨他餘心心所分別境已方能取相故不立根尊者衆世說曰根者沉實想用浮虛故勝解觀名爲假想世亦於彼不實解中言是汝想尊者覺天說曰根者決定難可摇動想用隨緣轉易不定如影像陽燄故不立根問何故煩惱不立爲根答彼無根相是以不立有餘師說增上是根煩惱下劣問煩惱能令諸有相續壞諸善品令没生死令遠涅槃難可調伏云何下劣答以諸煩惱鄙賤可訶智者棄之故名下劣非無勢用名爲下劣如旃荼羅補羯娑等雖有勢用亦名下劣以諸勝人所輕賤故問若爾染汙受應不立根答受於染品勢用增上故立爲根煩惱不爾以依諸受生煩惱故問若爾想應立根亦能生煩惱故答想雖能生煩惱而不及受勝由此義故亦不說在緣起支中有說受雖隨順染品而亦與善法交通煩惱惟於染品隨順而不順善故不立根猶如獄正所居雖下而與貴

勝交往非如守門獄卒雖有威猛苦切於人而極鄙惡可厭賤故貴勝離之尊者僧伽伐蘇說曰若法有染無染身中可得者立根煩惱惟於有染身中可得故不立根若爾憂根及具知根皆不應立憂根但於有染身中可得具知根但於無染身中可得故有說根是主義煩惱非主是心所法故若爾受等亦應不立由此因緣前說爲善

問何故受善染無記皆立爲根慧念定惟善立根非染無記答受於順雜染品勢用增上善染無記受皆有勢力順雜染品故並立根慧念定三順清淨品勢用增上惟善慧念定順清淨品故立爲根染慧念定乃相資助斷清淨品無記慧等亦於淨品不順是故皆不立根有餘師說受於三品皆有勢用故並立根慧念定三惟於淨品有勢用故惟善立根所以者何諸受力故令有情類於諸善染無記事轉由受於淨品勝故說在覺支靜慮支中於染品勝故說在十二緣起支中於非二品勝者謂由受故造作種種無記事業慧等不爾由此應知意根亦於三品勝故善染無記皆立爲根於三勝者以三品法皆依心故

問何故作意勝解觸欲不立爲根答無根相故謂作意雖能發動於意趣所緣境非一切時恒有勝用故不立根問此於淨品豈無勝用諸修定者初修定時無不皆由作意力故答初修定時令心趣境雖蹔有力心住境已便無勝用故不立根勝解雖能令心於境印可決定而於生長無别勝用故不立根問豈不勝解於善法中亦有勝用於戒等五蘊十

無學支中皆建立故答於離染位離染相顯立解脫蘊正解脫支除此更無生長勝用以無根相不立爲根觸雖令心觸對於境順生諸受然於染淨無別勝用故不立根問豈不生受即是勝用答受於染淨有勝功能可立爲根觸惟生受於染淨品無親勝用又觸惟能隨順染品非順淨品故不立根多順淨品立諸根故即由此故欲不立根亦於淨品無勝用故問經說諸法欲爲根本諸染淨品皆從欲生如何於淨無有勝用答雖染淨品無欲不生契經說爲諸法根本然既生已便無勝用又多順愛故不立根順下賤法非增上故問思能令心造作善惡立爲意業能發身語能感生死有增上用勝於餘法何不立根答惟順雜染非清淨品故不立根有說諸業從煩惱生煩惱鄙賤非增上故不立爲根業亦應爾如鄙賤人所生男女人皆猒棄不與交婚諸業亦然故無根義

問何故善心所法中惟二立根餘皆不立答餘並無根相故謂信能爲諸善根本無有善品離信而成精進普能策發衆善無有善品離精進成故此二法增上義勝可立爲根餘則不爾問慙愧二種自性善攝說爲白法何不立根答此能對治徧不善心一向黑品自性不善故說名白及自性善然於生長諸善法中無別勝能故無根義問無貪無恚名爲善根此中何故不立爲根答彼建立根與此義異謂彼所治與六識俱通五所斷是隨眠性能發麤重身語惡業與斷善根作勝加行具斯五義立不善根無貪等三能對治彼及

起諸散善業故名善根此中信等立根通望
生長一切善法多依隨順出世善品故無貪
等於此非根問輕安不害不放逸捨何不立
根答無根相故謂彼所治四隨煩惱三惟徧
染心一爲惡尋伴惱亂菩薩障取菩提故善
法中立彼能治然於生長清淨品法無勝所
作故不立根問諸善皆依不放逸起云何說
所作非勝耶答此但能除諸放逸法故令諸
善品依信等生非彼親能有生長用問欣猒
何故不立根耶答於散位中此用雖勝於定
善位用不分明根用必於兩位中勝而於定
位明了增强故彼二法無有根義問若爾何
故立信爲根答澄淨用通一切位非惟散位
是故立根問惡作睡眠及與尋伺何故非根
答無根相故謂前二種惟在散心後二不通

一切界地又皆無有生善勝能故皆不說有
其根義問若爾苦等四受應不立根答總而
言之受徧諸位依彼種類皆說爲根又受皆
有生長增上彼四不爾問道支中立尋靜慮
支中立尋伺豈非生長有增勝耶答此於定
慧有策持力故立爲支非於生長有增上用
是故非根
問何故於諸不相應行惟命立根答惟命根
有根義故謂彼惟是有情數攝惟是異熟能
徧任持故立爲根餘皆不爾所以者何四有
爲相三義皆無無想異熟無徧持義其衆同
分非惟異熟由彼亦通等流性故二無心定
名句文身得非得等無後二義故彼一切皆
不立根
問若最勝義是根義者涅槃於一切法中最

勝何不立根答彼是諸根盡滅處故根盡滅處不名爲根如瓶等壞處不名瓶等有說若法行世取果與果有諸作用了知所緣可立爲根涅槃不爾有說若法生滅有因有果有有爲相可立爲根涅槃不爾有說根者屬因屬緣和合而生涅槃不爾有說若法爲生所生爲老所老爲滅所滅可立爲根涅槃不爾有說根者墮蘊墮世衆苦所隨涅槃不爾有說根者有前後相上中下相涅槃不爾有說最勝是根義者謂於有爲中勝而有作用涅槃乃一切法中最勝而無作用故不立根虚空非擇滅不立根義准此應知

阿毗達磨大毗婆沙論卷第一百四十三一說切有部發智

音釋

慠五到切倨也　傭于封切雇作也

阿毗達磨大毗婆沙論卷第一百四十四

五百大阿羅漢等造

唐三藏法師玄奘奉詔譯

根蘊第六中根納息第一之三

此二十二根幾學幾無學幾非學非無學答二學一無學十非學非無學九應分別二學者謂未知當知根已知根一無學者謂具知根十非學非無學者謂七色命苦憂根九應分別者謂意樂喜捨信等五根此皆應作三分而答故名應分別一作學分二作無學分三作非學非無學分分別論者言此應作分別記故名應分別謂意根或學或無學或非學非無學云何謂學作意相應意根此復云何謂從苦法智忍乃至金剛喻定相應意根云何無學謂無學作意相應意根此復云何謂盡智無生智無學正見相應意根云何非學非無學謂有漏作意相應意根此復云何謂有三種何等爲三謂善染汙無覆無記善復有三謂加行得離染得生得加行得者復有三種謂聞所成思所成修所成聞思所成者謂不淨觀持息念念住等相應修所成者謂煖頂忍世第一法現觀邊世俗智靜慮無量無色解脫勝處徧處等相應離染得者謂由離染時得即靜慮無量無色解脫勝處徧處等相應生得者謂生時所得善染汙有二種謂見所斷修所斷無覆無記有四謂威儀路工巧處異熟生及變化等通果心如意根樂根喜根捨根信根精進根念根定根慧根亦爾然有差別謂信等五除染無記餘隨所應問何故此中明意根等惟說作意相應非

餘答彼作論者意欲爾故乃至廣說脇尊者曰此不應問一切有疑說餘相應亦生疑故但不違理隨說無過有說作意順生心勝故謂相應法中順生心者惟作意勝如不相應中順生法者惟有生相是故偏說有說作意是警覺相是牽引相令意相等取所緣勝是故偏說有說作意能生諸法勝於餘法是故偏說

已分別諸根學等自性雜無雜相今當說諸根學彼是學者根耶答應作四句有根學彼非學者根謂學根學者不成就此復云何謂隨信行不成就隨法行諸根隨法行不成就隨信行諸根信勝解不成就見至諸根見至不成就信勝解諸根退法性學不成就五性學諸根乃至不動法性學不成就五性學諸根佛乘性學不成就餘二乘性學諸根乃至聲聞乘性學不成就餘二乘性學諸根住苦法智忍位不成就上學位諸根乃至住道類智忍位不成就上學位諸根住學三果未上進位不成就下上學位諸根住上進位如應廣說有是學者根彼根非學謂非學非無學根學者成就此復云何謂諸學者生欲界已得眼根不失及生色界彼成就眼根已得者謂缽羅奢佉位等不失者謂不失壞如眼根耳鼻舌根亦爾生欲色界彼成就身根女成就女根男成就男根生遍淨及下成就樂根生欲界成就苦根生極光淨及下成就喜根未離欲染成就憂根意命捨根一切成就生欲界未得無色界善心彼成就欲色界信等五根若得無色界善心成就三界信等五根

生色界未得無色界善心彼成就色界信等五根若得無色界善心成就色無色界信等五根生無色界彼成就無色界信等五根有根學彼亦學者根謂學根學者成就此復云何謂隨信行成就隨信行諸根隨法行成就隨法行諸根信勝解成就信勝解諸根見至成就見至諸根退法性學成就退法性學諸根乃至不動法性學成就不動法性學諸根佛乘性學成就佛乘性學諸根乃至聲聞乘性學成就聲聞乘性學諸根住苦法智忍位成就苦法智忍位諸根乃至住道類智忍位成就一切見道諸根住學三果未上進位各成就所住果所攝諸根住上進位各成就所得果及勝果道所攝諸根有根非學彼亦非學者根謂無學根及非學非無學根學者不成就此復云何謂諸學者定不成就無學諸根及有非學非無學根學者不成就謂諸學者生欲界不得眼根設得而失及生無色界彼不成就眼根不得者謂未至鉢羅奢佉位等設得而失者謂已失壞如眼根耳鼻舌根亦爾生無色界彼不成就身根女不成就男根男不成就女根有俱不成謂生色無色界及生欲界或本不得或已得漸命終等捨生遍淨上不成就樂根生色無色界不成就苦根生極光淨上不成就喜根已離欲染不成就憂根生欲界未得無色界善心彼不成就無色界信等五根生色界未得無色界善心彼不成就欲無色界信等五根生無色界彼不成就欲色界信等五根

諸根無學彼是無學者根耶答應作四句有

根無學彼非無學者根謂無學根無學者不成就此復云何謂時解脫不成就不時解脫諸根不時解脫不成就時解脫諸根退法不成就五種諸根乃至不動法不成就五種諸根佛不成就獨覺聲聞諸根獨覺不成就佛聲聞諸根聲聞不成就佛獨覺諸根有是無學者根彼根非無學謂非學非無學根無學者成就此復云何謂無學者生欲界已得眼根不失及生色界彼成就眼根如眼根耳鼻舌根亦爾生欲色界彼成就身根女成就女根男成就男根生遍淨及下成就樂根生欲界成就苦根生極光淨及下成就喜根意命捨根一切成就生欲界彼成就三界信等五根生色界彼成就色無色界信等五根生無色界彼成就無色界信等五根有根無學彼亦無學者根謂無學根無學者成就此復云何謂時解脫成就時解脫諸根不時解脫成就不時解脫諸根退法成就退法諸根乃至不動法成就不動法諸根佛成就佛諸根獨覺成就獨覺諸根聲聞成就聲聞諸根有根非無學彼亦非無學者根謂學根及非學非無學根無學者不成就此復云何謂無學者定不成就學諸根及有非學非無學根無學者不成就謂無學者生欲界不得眼根設得而失及生無色界彼不成就眼根如眼根耳鼻舌根亦爾生無色界彼不成就身根女不成就男根男不成就女根有俱不成謂生色無色界及生欲界或本不得或已得而失生遍淨上彼不成就樂根生色無色界彼不成就苦根生極光淨上彼不成就喜根定不成

就憂根生色界彼不成就欲界信等五根生無色界彼不成就欲色界信等五根

諸根非學非無學彼是非學非無學者根耶合諸非學非無學者根彼根非學非無學所以者何以成就學法即名學者成就無學法即名無學者若不成就學無學法名非學非無學者即是異生彼所成就根惟是非學非無學故有根非學非無學彼非非學非無學者根謂非學非無學根非學非無學者不成就此復云何謂諸異生生欲界未得眼根設得而失及生無色界彼不成就眼根如眼根耳鼻舌根亦爾生無色界彼不成就身根女不成就男根男不成就女根有俱不成謂生色無色界及生欲界或本不得或已得而失生遍淨上不成就樂根生色無色界不成就苦根生極光淨上不成就喜根離欲界染不成就憂根斷善根者不成就三界信等五根生欲界不斷善根若未得色界善心彼不成就色無色界信等五根若得色界善心未得無色界善心彼不成就無色界信等五根生色界若未得無色界善心彼不成就欲無色界信等五根若得無色界善心彼不成就欲界信等五根生無色界彼不成就欲色界信等五根

已分別諸根學等彼學等義今當說問云何名學無學非學非無學耶答以無貪道爲斷貪故而學此道所攝法名學以無貪道爲斷貪故而不學已學故此道所攝法名無學與二相違名非學非無學復次以無瞋道爲斷瞋故而學此道所攝法名學以無瞋道爲斷

瞋故而不學已學故此道所攝法名無學與二相違名非學非無學復次以無癡道爲斷癡故而學此道所攝法名學以無癡道爲斷癡故而不學已學故此道所攝法名無學與二相違名非學非無學復次以無愛道爲斷愛故而學然非愛事此道所攝法名學以無愛道爲斷愛故而學者此則遮無學道然非愛事者此則遮世俗道以無愛道爲斷愛故而不學已學故然非愛事此道所攝法名無學以無愛道爲斷愛故而不學已學故者此則遮學道然非愛事者此則遮世俗道與二相違名非學非無學復次若道爲斷二求滿一求故而學此道所攝法名學爲斷二求者謂欲求有求滿一求者謂梵行求若道爲斷二求滿一求故而不學已學故此道所攝法名無學與二相違名非學非無學復次若道爲斷煩惱修諦現觀故而學此道所攝法名學若道爲斷煩惱修諦現觀故而不學已學故此道所攝法名無學與二相違名非學非無學復次若所依中有煩惱得隨縛有無漏得隨逐彼是學若所依中無煩惱得隨縛有無漏得隨逐彼是無學與二相違名非學非無學復次若所依中有愛隨縛有無漏得彼是學若所依中無愛隨縛有無漏得彼是無學與二相違名非學非無學復次若法見道修道所攝是學若法無學道所攝是無學與二相違是非學非無學見地修地無學地說亦爾復次若法未知當知根已知根所攝是學若法具知根所攝是無學與二相違是非學非無學復次五種補特伽羅相續中諸無

漏法是學五種補特伽羅者謂隨信行隨法行信勝解見至身證二種補特伽羅相續中諸無漏法是無學二種補特伽羅者謂慧解脫俱解脫與二相違是非學非無學復次七種補特伽羅相續中諸無漏法是學七種補特伽羅者謂四向前三果一種補特伽羅相續中諸無漏法是無學一種補特伽羅者謂阿羅漢果與二相違名非學非無學復次十八種補特伽羅相續中諸無漏法是學九種補特伽羅相續中諸無漏法是無學與二相違是非學非無學此二十二根幾善幾不善幾無記答八善八無記六應分別八善者謂信等五三無漏根八無記者謂七色命根六應分別者謂意五受此復云何謂意根或善或不善或無記云何善謂善作意相應意根此有二種謂有漏無漏有漏有三謂加行得離染得生得無漏有二謂學無學云何不善謂不善作意相應意根此有二種謂見所斷修所斷即欲界三十四隨眠俱生作意相應意根云何無記謂無記作意相應意根此有二種謂有覆無記無覆無記有覆無記者謂欲界有身見邊執見及色無色界一切煩惱俱生作意相應意根無覆無記者謂威儀路工巧處異熟生通果俱生作意相應意根如意根捨根喜根樂根隨應亦爾苦根或善或不善或無記云何善謂善作意相應苦根此復云何謂生得善云何不善謂不善作意相應苦根此復云何謂修所斷云何無記謂無記作意相應苦根此復云何謂異熟生憂根或善或不善云何善謂善作意相應憂根如

說我於何時當於是處得具足住若於聖處已具足住於上解脫希求思慕心懷憂慼云何不善謂不善作意相應憂根此復云何謂見所斷及修所斷問何故無有無記憂根答無記有二謂有覆無覆憂根且非有覆無記由與欲界有身見邊執見不相應故所以者何行相異故彼二見歡行相轉憂根慼行相轉互相違法不相應故憂根亦非無覆無記非威儀路工巧處異熟生所攝故問何故憂根非威儀路所攝答憂根分別轉威儀路無分別轉若威儀路有憂根者設有分別我今應作如是威儀如佛世尊或如馬勝即分別時便應已住如是威儀然威儀路無此分別故威儀路無有憂根問何故憂根非工巧處答憂根分別轉工巧處無分別轉若工巧處有憂根者設有分別我今應作如是工巧如佛世尊或如妙業天子即分別時已應成辦如是工巧然工巧處無此分別故工巧處無有憂根問何故憂根非異熟生答憂根分別轉異熟生無分別轉若異熟生有憂根者設有分別我今應受如是異熟如佛世尊或如轉輪聖王即分別時便應現受如是異熟然異熟生無此分別故異熟生無有憂根有說憂根現加行轉異熟生先業所引是故憂根非異熟生有說憂根隨欲而轉以於一切亡失事中有起憂根有不起故異熟生者不隨欲受由業轉故是故憂根非異熟生有說憂根若是果熟則應重業但受少果謂有因作無間業已便生憂悴即應名爲受彼異熟豈非異少有說憂根離欲時捨異熟生法離三

界染而猶隨轉是故憂根非異熟生由此憂根惟善不善

已分別諸根善等彼善等義今當說問云何名善不善無記耶答若法巧便所攝能招愛果自性安隱說名爲善巧便所攝者顯道諦能招愛果者顯苦集諦少分自性安隱者顯滅諦若法不巧便攝招不愛果性不安隱說名不善此則顯示苦集諦少分與二相違說名無記有說若法能得愛果及樂受果說名爲善若法能得不愛果及苦受果說名不善與二相違說名無記有說若法能生愛有芽及解脫芽說名爲善若法能生不愛有芽說名不善與二相違說名無記有說若法能感可愛趣說名爲善若法能感不可愛趣說名不善與二相違說名無記有說若法墮還滅品清淨品是輕舉性說名爲善若法墮流轉品雜染品是沉重性說名不善與二相違說名無記氣尊者曰由四緣故說名爲善一自性故二相應故三等起故四勝義故自性善者有說是慚愧有說是三善根相應善者是彼相應心心所法等起善者是彼所起身語業心不相應行勝義善者謂涅槃安隱故名善分別論者作如是言自性善者謂智相應善者謂彼相應識等起善者謂彼所起身語業勝義善者謂涅槃由四緣故說名不善一自性故二相應故三等起故四勝義故自性不善者有說是無慚無愧以一向不善遍不善心故有說是三不善根以具五義故相應不善者謂彼相應心心所法等起不善者謂彼所起身語業心不相應行勝義不善者謂

生死不安隱故名不善分別論者作如是言自性不善者謂癡相應不善者謂彼相應識等起不善者謂彼所起身語業勝義不善者謂生死脅尊者言若法是如理作意自性如理作意相應如理作意等起如理作意等流果離繫果者是善若法是不如理作意自性不如理作意相應不如理作意等起不如理作意等流果者是不善與二相違是無記如如理作意不如理作意慚愧無慚無愧三善根三不善根信等五根五蓋亦爾集異門說何故名善答有可愛果可樂果適意果悅意果可欣尚果名善此說等流果復次有可愛異熟可樂異熟適意異熟悅意異熟可欣尚異熟名善此說異熟果與此相違是不善與二相違是無記餘義如結蘊初納息廣說此

二十二根幾有異熟乃至廣說問何故作此論答欲止他宗顯已義故謂譬喻者說離思無異熟因離受無異熟果爲遮彼說顯異熟因及異熟果俱通五蘊飲光部說諸異熟因異熟未生彼因有體異熟生已彼因便失如芽未生種猶有體芽既生已種體便無欲止彼意顯因恒有復有外道執善惡業無果異熟亦遮彼意顯善惡業有果異熟故作斯論此二十二根幾有異熟幾無異熟答一有異熟十一無異熟十應分別一有異熟者謂憂根十一無異熟者謂七色命三無漏根十應分別者謂意四受信等五根此復云何謂意根或有異熟或無異熟云何有異熟謂不善善有漏意根云何無異熟謂無記無漏意根如意根樂根喜根捨根亦爾苦根或有異熟

或無異熟云何有異熟謂善不善苦根云何無異熟謂無記苦根信等五根或有異熟或無異熟云何有異熟謂有漏信等五根云何無異熟謂無漏信等五根

已分別諸根有異熟等彼有異熟等義今當說問云何名有異熟等爲與自異熟俱故名有異熟爲與他異熟俱故名有異熟耶若與自異熟俱故名有異熟者如何因果不並又違伽他所說如說作惡不即熟等若與他異熟俱故名有異熟者則無漏道應名有異熟與他異熟俱故答應說與自異熟俱故名有異熟問如何因果不並及違伽他說耶答有二種俱一者有俱二者並俱有俱者如有因有果有所緣有異熟等並俱者如有壽有伺有喜有作意等此中依有俱而作論如有俱並俱有俱不相離俱亦爾有說有三種俱一者遠俱二者近俱三遠近俱前二如前遠近俱者如有漏有隨眠有緣有事等此中但依遠俱作論問何故名異熟答異類而熟故名異熟熟有二種一同類二異類同類者謂等流果異類熟者謂異熟果餘如結蘊廣說此

二十二根幾見所斷乃至廣說問何故作此論答欲止他宗顯己義故如譬喻者說無有世俗道能斷煩惱彼大德說異生無有斷隨眠者但能伏纏亦非世俗道有永斷義由契經言聖慧見已方能斷故爲遮彼說顯世俗道亦能永斷諸異生類亦斷隨眠故契經說嗢達洛迦曷邏摩子斷欲斷色乃至斷於無所有處生於非想非非想處又說有外道仙能離欲染如是等所言聖慧見已方能斷者

顯能究竟斷有頂染或有說言諸世俗道雖能永斷但是異生而非聖者非捨勝道用劣道故爲止彼意顯諸聖者亦以世俗道離八地染有作是說頓斷非漸金剛喻定現在前時一切煩惱一時斷故爲遮彼執顯必漸斷四沙門果漸次得故有執現觀惟頓非漸爲遮彼說顯漸非頓又爲顯示有二部結二部對治故作斯論

此二十二根幾見所斷幾修所斷幾不斷答九修所斷三不斷十應分別九修所斷者謂七色命苦根三不斷者謂三無漏根十應分別者謂意四受信等五根謂意根或見所斷或修所斷或不斷云何見所斷謂意根隨信隨法行現觀邊忍所斷此復云何謂見所斷八十八隨眠相應意根云何修所斷謂意根學見迹修所斷此復云何謂修所斷十隨眠相應意根及不染汙有漏意根云何不斷謂無漏意根如意根捨根亦爾樂根或見所斷或修所斷或不斷云何見所斷謂樂根隨信隨法行現觀邊忍所斷此復云何謂見所斷二十八隨眠相應樂根即第三靜慮見所斷云何修所斷謂樂根學見迹修所斷此復云何謂修所斷五隨眠相應樂根及不染汙有漏樂根五隨眠者謂欲界貪無明色界貪慢無明

云何不斷謂無漏樂根喜根或見所斷或修所斷或不斷云何見所斷謂喜根隨信隨法行現觀邊忍所斷此復云何謂見所斷五十二隨眠相應喜根五十二隨眠者謂欲界二十四除瞋癡八色界二十八云何修所斷謂

喜根學見迹修所斷此復云何謂修所斷六隨眠相應喜根及不染汙有漏喜根六隨眠者謂欲色界貪慢無明云何不斷謂無漏喜根憂根或見所斷或修所斷云何見所斷謂憂根隨信隨法行現觀邊忍所斷此復云何謂見所斷十六隨眠相應憂根十六隨眠者謂欲界邪見瞋癡無明各四云何修所斷謂憂根學見迹修所斷此復云何謂修所斷二隨眠相應憂根及不染汙憂根二隨眠者謂欲界瞋無明信等五根或修所斷或不斷云何修所斷謂有漏信等五根云何不斷謂無漏信等五根

巳分別諸根見斷等彼見斷等義今當說問云何名見所斷修所斷耶如見不離修修不離見見道中如實修可得修道中如實見可得慧名爲見不放逸名修此中說何名爲如實此中意說偏多猛利名爲如實謂見道中慧多不放逸少修道中不放逸多慧少或復此中意說平等名爲如實謂見道中隨有爾所慧即有爾所不放逸修道中隨有爾所不放逸即有爾所慧尊者世友作如是說觀四聖諦斷諸煩惱云何分別此是見所斷此是修所斷答由見而斷由見而除由見變吐名見所斷有說見所斷亦應言修所斷以見道中如實修可得故如是說者由見而斷由見而除由見變吐名見所斷如所得道若習若修若多修習分齊斷限量斷漸令薄究竟斷名修所斷有說修所斷亦應言見所斷以修道中如實見可得故如是說者如所得道若習若修若多修習分齊斷限量斷漸令薄究

竟斷名修所斷問此言有何義答此說見道是猛利道暫現在前九品煩惱一時而斷修道是不猛利道數習現前九品煩惱九時而斷如利鈍刀俱截一物利者一割便斷鈍者數割乃斷有說若法以見增道斷名見所斷若法以修增道斷名修所斷有說若法以二相道斷名見所斷二相者謂見相慧相若法以三相道斷名修所斷三相者謂見智慧相有說若法以四相道斷名見所斷四相者謂眼明覺慧相若法以五相道斷名修所斷五相者謂眼智明覺慧相有說若法由忍斷名見所斷若法由智斷名修所斷餘廣說如結蘊初納息

阿毗達磨大毗婆沙論卷第一百四十四 一說切有部發智

音釋

脇 虛業切　佉 丘迦切　補特伽羅 梵語也此云數取趣伽求加切

慼 倉歷切憂也　悴 秦醉切憔悴也　伽他 梵語也此云孤起又云頌伽求加切他唐和切

分齊 分符問切齊才詣切分齊限量也

阿毗達磨大毗婆沙論卷第一百四十五

五百大阿羅漢等造

唐三藏法師玄奘奉詔譯

根蘊第六中根納息第一之四

此二十二根幾見苦所斷乃至廣說問何故復作此論答前門遮說頓斷者意而猶未遮說頓現觀又亦未顯漸次現觀今欲遮顯故作斯論有說前門亦遮頓現觀亦顯漸現觀但不明了今欲令明了故作斯論有說所以作論者欲分別五部煩惱五部對治故造斯論五部煩惱者謂見苦所斷乃至修所斷五部對治者謂苦忍苦智乃至道忍道智此二十二根幾見苦所斷幾見集所斷幾見滅所斷幾見道所斷幾修所斷幾不斷答九修所斷三不斷十應分別九修所斷者謂七色命苦根三不斷者謂三無漏根十應分別者謂意四受信等五根謂意根或見苦所斷或見集見滅見道所斷或修所斷或不斷云何見苦所斷謂意根隨信隨法行苦現觀邊忍所斷此復云何謂見苦所斷二十八隨眠相應意根云何見集所斷謂意根隨信隨法行集現觀邊忍所斷此復云何謂見集所斷十九隨眠相應意根云何見滅所斷謂意根隨信隨法行滅現觀邊忍所斷此復云何謂見滅所斷十九隨眠相應意根云何見道所斷謂意根隨信隨法行道現觀邊忍所斷此復云何謂見道所斷二十二隨眠相應意根云何修所斷謂意根學見迹修所斷此復云何謂修所斷十隨眠相應意根及不染汙有漏意根云何不斷謂無漏意根如意根捨根亦爾

樂根或見苦所斷或見集見滅見道所斷或修所斷或不斷云何見苦所斷謂樂根隨信隨法行苦現觀邊忍所斷此復云何謂見苦所斷九隨眠相應樂根云何見集所斷謂樂根隨信隨法行集現觀邊忍所斷此復云何謂見集所斷六隨眠相應樂根云何見滅所斷謂樂根隨信隨法行滅現觀邊忍所斷此復云何謂見滅所斷六隨眠相應樂根云何見道所斷謂樂根隨信隨法行道現觀邊忍所斷此復云何謂見道所斷七隨眠相應樂根云何修所斷謂樂根學見迹修所斷此復云何謂修所斷五隨眠相應樂根及不染汙有漏樂根五隨眠者謂欲界貪無明色界貪慢無明云何不斷謂無漏樂根喜根或見苦所斷或見集見滅見道所斷或修所斷或不斷云何見苦所斷謂喜根隨信隨法行苦現觀邊忍所斷此復云何謂見苦所斷十七隨眠相應喜根十七隨眠者謂欲界除瞋疑色界一切云何見集所斷謂喜根隨信隨法行集現觀邊忍所斷此復云何謂見集所斷十一隨眠相應喜根云何見滅所斷謂喜根隨信隨法行滅現觀邊忍所斷此復云何謂見滅所斷十一隨眠相應喜根云何見道所斷謂喜根隨信隨法行道現觀邊忍所斷此復云何謂見道所斷十三隨眠相應喜根云何修所斷謂喜根學見迹修所斷此復云何謂修所斷六隨眠相應喜根及不染汙有漏喜根六隨眠者謂欲界除瞋色界一切云何不斷謂無漏喜根憂根或見苦所斷或見集見滅見道所斷或修所斷云何見苦所

斷謂憂根隨信隨法行苦現觀邊忍所斷此復云何謂見苦所斷四隨眠相應憂根四隨眠者謂欲界邪見瞋癡無明云何見集所斷謂憂根隨信隨法行集現觀邊忍所斷此復云何謂見集所斷四隨眠相應憂根云何見滅所斷謂憂根隨信隨法行滅現觀邊忍所斷此復云何謂見滅所斷四隨眠相應憂根云何見道所斷謂憂根隨信隨法行道現觀邊忍所斷此復云何謂見道所斷四隨眠相應憂根云何修所斷謂憂根學見迹修所斷此復云何謂修所斷二隨眠相應憂根及不染汙憂根二隨眠者謂欲界瞋無明信等五根或修所斷或不斷云何修所斷謂有漏信等五根云何不斷謂無漏信等五根

已分別諸根見苦所斷等彼見苦所斷等義今當說問云何名見苦所斷乃至修所斷耶答若法對治決定對治所緣決定名見苦所斷乃至見道所斷若法對治不決定對治所緣不決定名修所斷有說若法處所決定對治所緣決定名見苦所斷乃至見道所斷若法處所不決定對治所緣不決定名修所斷有說若法苦忍苦智爲對治名見苦所斷乃至若法道忍道智爲對治名見道所斷若法諸智爲對治名修所斷有說若法苦忍所斷名見苦所斷乃至若法道忍所斷名見道所斷若法諸智所斷名修所斷有說若法觀苦諦所斷名見苦所斷乃至若法觀道諦所斷名見道所斷若法或觀苦諦或觀集滅道諦或不觀諦所斷名修所斷有說若法與見苦諦相違名見苦所斷乃至若法與見道諦相

違名見道所斷若法與見四諦相違名修所斷

此二十二根幾見幾非見乃至廣說問何故作此論答欲止說一切法皆是見性者意彼作是說所作猛利說名爲見一切法無不皆於自事猛利故悉名見爲遮彼執顯諸法中惟眼根及慧少分名見非餘故作斯論

此二十二根幾見幾非見答一見十七非見四應分別一見者謂眼根十七非見者謂六色命意五受信等四根四應分別者謂慧三無漏根慧根或見或非見云何見謂盡智無生智所不攝意識相應慧根云何非見謂餘慧根即五識相應慧根及盡智無生智所攝慧根未知當知根或見或非見云何見謂未知當知根所攝慧根云何非見謂未知當知根所攝餘根即餘八根如未知當知根已知根亦爾具知根或見或非見云何見謂盡智無生智所不攝具知根所攝慧根云何非見謂具知根所攝餘根即餘八根及盡智無生智所攝慧根

已分別諸根見等彼見等義今當說問何故名見見是何義答由四緣故名見一能觀故二推決故三堅執故四深入所緣故能觀故者謂見自性問邪見顛倒見彼何所觀答是故說見自性謂雖邪顛倒見而是見慧自性故說能觀如人隨有所見即名能觀非如盲者推決故者謂能推求決定問一剎那頃如何推求答性猛利故說名推求堅執故者謂諸見趣僻執堅牢非聖道力無由令捨深入所緣者謂於境猛入如針墮泥有說由二緣

故名見一照了性故二推度性故有說由三緣故名見一有見相故二成見事故三於境無礙故有說由三緣故名見一意樂故二執著故三推決故有說由三緣故名見一意樂故二加行故三無智故意樂故者謂意樂壞者加行故者謂加行壞者無智故者謂俱壞者復次意樂故者謂修定者加行故者謂尋思者無智故者謂隨聞者

此二十二根幾有尋有伺乃至廣說問何故作此論答欲止譬喻者所說故彼說從欲界乃至有頂皆有尋伺所以者何契經說故如契經說心麤性是尋心細性是伺心麤細性乃至有頂彼大德說曰對法諸師說尋伺是心麤細性此麤細性相待而立乃至行頂皆現可得而說尋伺惟在欲界及梵世有此是惡說非爲善說阿毗達磨諸論師言我等善說非爲惡說以依多門說麤細性非是一種如說纏麤隨眠細此中尋伺非麤非細以俱非纏隨眠性故如說色蘊麤四蘊細此中尋伺俱是其細以俱攝在行蘊中故如說欲界麤初靜慮細此中尋伺俱通麤細以二俱通二地攝故如說初靜慮麤第二靜慮細此中尋伺俱是其麤以依多門說麤細性故尋與伺非至有頂若說尋伺至有頂者應不說有三地差別譬喻者言始從欲界乃至有頂皆有善染無記三法一切地染法皆名有尋有伺惟善無記有三地別若爾何故說尋伺滅無尋無伺定生喜樂入第二靜慮彼言此依善尋伺說不說染汙此說不然何緣乃說滅善尋伺非滅染汙而應先滅染汙尋伺以離

染時必斷彼故以越界地方捨於善故譬喻者眞爲惡說欲止彼意顯尋與伺惟在二地故作斯論

此二十二根幾有尋有伺幾無尋惟伺幾無尋無伺答二有尋有伺八無尋無伺十二應分別二有尋有伺者謂苦憂根八無尋無伺者謂七色命根十二應分別者謂意三受信等五三無漏根意根或有尋有伺或無尋惟伺或無尋無伺云何有尋有伺謂有尋有伺作意相應意根此復云何謂欲界初靜慮意根云何無尋惟伺謂無尋惟伺作意相應意根此復云何謂靜慮中間意根云何無尋無伺謂無尋無伺作意相應意根此復云何謂從第二靜慮乃至非想非非想處意根如意根捨根信等五根三無漏根亦爾樂根或有尋有伺或無尋無伺云何有尋有伺謂有尋有伺作意相應樂根此復云何謂欲界初靜慮樂根云何無尋無伺謂無尋無伺作意相應樂根此復云何謂第三靜慮樂根如樂根喜根亦爾然有差別謂第二靜慮喜根名無尋無伺

已分別諸根有尋有伺等彼有尋有伺等義今當說問云何名有尋有伺無尋惟伺無尋無伺耶答若法與尋伺俱尋伺相應尋伺等起尋伺俱轉名有尋有伺若法不與尋俱惟與伺俱尋不相應惟伺相應非尋等起惟伺等起尋已息滅惟伺俱轉名無尋惟伺若法不與尋伺俱非尋伺相應非尋伺等起尋伺已息名無尋無伺有說若法有尋求有伺察名有尋有伺若法無尋求有伺察名無尋惟

伺若法無尋求無伺察名無尋無伺

此二十二根幾樂根相應乃至廣説問何故作此論答欲止他宗顯巳義故如譬喻者説心心所法次第而生彼大德言心心所法一一而起如經狹路尚無二並何況有多或復有説若法由彼力起即説與彼相應非餘謂心能生心及心所故心心所與心相應心所惟能生於心所故諸心所亦互相應心所不能生於心故不說心與心所相應或復有執諸法惟與自體相應彼作是言徧和合義是相應義更無餘徧和合如自體於自體者故説自體相應非他有執諸法自體於自體非相應非不相應非相應者不自觀故非不相應者遍和合故爲止如是種種異説顯心心所俱時而生展轉相應非於自體惟望他説故作斯論

此二十二根幾樂根相應幾苦根相應幾喜根相應幾憂根相應幾捨根相應答樂根喜根捨根九根少分相應苦根憂根六根少分相應樂喜捨根九根少分相應者謂意信等五根三無漏根問云何樂喜捨與此九少分相應耶答意根信等五根通與五受相應此中但取三受相應故言少分三無漏根多法爲性今除受體與餘相應故言少分苦根憂根六根少分相應者謂意信等五根問云何苦憂與此六少分相應耶答此六根與五受相應此中但取憂苦相應故言少分問何故但問與受相應不問餘心心所耶答是作論者意欲爾故隨彼意欲而作論但不違法相便不應責有説一切法皆歸趣受是以問之

有說一受有多根相謂於一受分爲五根餘法不爾故惟問受有說諸受成就不相違現行相違是以偏問成就不相違者謂一有情成就五受現行相違者謂一有情一刹那中不能起二何況起多有說以受是緣起輪轂是以偏問有說除受更欲問何若問信等五根三無漏根彼惟是善非與一切有相應義若問命等八根彼惟無記又不相應問若爾何故不問意根答本由意根立相應法不可還問與意相應是故此中惟問與受相應之義五受自性非自相應故復惟以餘法問受

已分別諸根與受相應彼相應義今當說問何故名相應相應是何義答等義是相應義問諸心品中心所法有多有少云何名等謂欲界多色界少色界多無色界少善多不善少不善多無記少有覆無記多無覆無記少云何等義是相應義答以事等故說名爲等謂一心品中若有二受一想等者可說非等然一心品中如受有一想等亦爾故名爲等有說五種等義是相應義謂所依等所緣等行相等時等事等餘廣說如結蘊初納息

此二十二根幾欲界繫乃至廣說問何故作此論答欲止他宗顯已義故謂或有執色界有男女根彼作是言有色身處皆有女男二根可得爲止彼意顯女男根惟欲界有故作斯論復有說言樂根苦根五地可得謂欲界四靜慮彼說有身皆有苦樂爲遮彼執顯苦根惟欲界有樂根惟三地有故作斯論或復有說喜根憂根九地可得謂從欲界乃至有頂彼說有心皆有憂喜三界九地皆有心故

又欲界身不淨可猒尚於合時生喜離時生憂況上界中身極淨妙猶如燈焰心無嬈濁如清涼池而於離合得無憂喜爲遮彼執顯憂惟欲界喜至第二靜慮上地俱無故作斯論

此二十二根幾欲界繫幾色界繫幾無色界繫幾不繫答四欲界繫三不繫十五應分別四欲界繫者謂女男苦憂根三不繫者謂三無漏根十五應分別者謂五色命意三受信等五根眼根或欲界繫或色界繫云何欲界繫謂欲界繫大種所造眼根云何色界繫謂色界繫大種所造眼根如眼根耳鼻舌身根亦爾命根或欲界繫或色界繫或無色界繫云何欲界繫謂欲界繫壽云何色界繫謂色界繫壽云何無色界繫謂無色界繫壽意根或欲界繫或色界繫或無色界繫或不繫云何欲界繫謂欲界繫作意相應意根云何色界繫謂色界繫作意相應意根云何無色界繫謂無色界繫作意相應意根云何不繫謂無漏作意相應意根如意根捨根信等五根亦爾樂根或欲界繫或色界繫或不繫云何欲界繫謂欲界繫作意相應樂根云何色界繫謂色界繫作意相應樂根云何不繫謂無漏作意相應樂根如樂根喜根亦爾

問何故色界無男女根答非其田非其器乃至廣說有說爲欲棄捨男女根故修諸靜慮往色界生若彼亦有男女根者則應無有求生彼界若法下地所有上地亦有者應不施設有漸次滅法若無漸次滅法亦應無畢竟滅法以漸以滅法能引畢竟滅法故若無畢

竟滅法應無解脫若無解脫應無出離勿有如斯衆多過失故於色界無男女根有說男女二根段食所引如契經說劫初時人無男女根形相不異後食地味女男根生由此便有男女相異色界離段食故無此二根有說男女二根欲界有用非於色界是故彼無問鼻舌二根於彼無用云何得有答鼻舌二根於彼有用令端嚴故非男女根有端嚴義可慚鄙故問色界天衆爲女爲男設爾何失若是女者應有女根若是男者應有男根若非二者便違經說如說女身不得作梵王等而不遮男答應作是說彼皆是男問豈不彼類不成就男根耶答雖無男根而有餘丈夫相又能離染故說爲男如契經中說諸果向皆名丈夫非無女人行向住果當知亦以能離染故說爲丈夫毗柰耶中亦作是說佛以兩手捧大生主骨告苾芻衆汝等諦聽一切女人其性輕轉多諸嫉妬諂媚慳貪惟大生主雖是女人而離一切女人過失作丈夫所作得丈夫所得我說是輩名爲丈夫色界諸天理亦應爾能離染故說爲丈夫由此應作四句分別有是男子不成就男根謂色無色天大生主等有成就男根而非男子謂二形者有是男子亦成就男根謂一切丈夫成就男根者有非男子亦不成就男根謂除前相諸是女者必成就女根有成就女根而非是女謂二形者若依所引毗柰耶義女亦四句應推廣說問何故上界無憂苦根答非田非器乃至廣說有說爲欲棄捨憂苦根故修諸靜慮往色界生若彼亦有憂苦根者則應無有

求生彼界若法下地所有上地亦有者應不施設有漸次滅法廣說如前勿有斯過故上界無憂苦根有說何故憂苦根色界無者以是欲界不共過失故諸界地中各有不共功德過失欲界過失者謂苦根等功德者謂能入見道等上界功德過失隨地應廣說有說欲界是過失界由是過失界故雖殊勝身亦猶有苦如佛獨覺聲聞輪王上界是功德界由是功德界故雖下劣身亦無有苦如遇惡歲雖有美稼不能無災若逢善歲雖諸穢莫亦無災及欲界上界應知亦爾所以上界亦無憂者以諸憂根離欲捨故又是重無知等流果故生上界者離重無知是故憂根於彼非有

已分別諸根欲界繫等彼欲界繫等義今當說問云何名欲界繫色界繫無色界繫耶答若法繫在欲界名欲界繫繫在色界名色界繫繫在無色界名無色界繫如牛繫在柱等名柱等繫或有說者若法繫屬欲界足名欲界繫繫屬色無色界足名色無色界繫足名煩惱如說佛無邊所行無足誰將去如人有足能往四方若無足者則不能往如是若有煩惱足者能往諸界諸趣諸生生死流轉無煩惱足則不能往或有說者若法爲欲界生死縛所繫名欲界繫爲色無色界生死縛所繫名色無色界繫或有說者若法爲欲界阿賴耶所藏摩摩异多所執名欲界繫爲色無色界阿賴耶所藏摩摩异多所執名色無色界繫阿賴耶者謂愛摩摩异多者謂見或有說者若法爲欲界愛所潤見執爲我我所名

欲界繫爲色無色界愛所潤見執爲我我所名色無色界繫或有說者若法欲界樂欲所合名欲界繫色無色界樂欲所合名色無色界繫樂名爲愛欲名爲見或有說者若法爲欲界垢所垢毒所毒穢所穢名欲界繫爲色無色界垢所垢毒所毒穢所穢名色無色界繫此中一切煩惱名穢非但說瞋

阿毗達磨大毗婆沙論卷第一百四十五 說一切有部發智

音釋

狹 轄田切隘也　嬈 而沼切擾也　諂媚 諂田琰切諛也媚明祕切蠱惑也　异 差吏切

阿毗達磨大毗婆沙論卷第一百四十六

五百大阿羅漢等造

唐三藏法師玄奘奉　詔譯

根蘊第六中根納息第一之五

此二十二根幾因相應乃至廣說問何故作此論答欲止說因緣法非實有者意顯因緣法決定實有亦爲遮止愚於相應執相應法非實者意令知相應是實有故而作斯論於此義中有說依一因作論謂相應因由此中說相應言故依彼意趣釋此文者此二十二根幾因相應答十四謂意五受信等五三無漏根此是相應因自體根與相應因自體法相應故名因相應幾因不相應答八謂七色命根問此八既非相應因體如何乃說因不相應答此八雖非相應因體而與相應因體不相應故說爲因不相應斯有何失幾因相應因不相應答即前十四少分因相應少分因不相應少分因相應者謂自性於他性少分因不相應者謂自性於自性幾非因相應非因不相應答即前十四少分非因相應少分非因不相應少分非因相應者謂自性於自性少分非因不相應者謂自性於他性有說此中依二因作論謂相應因俱有因由此二因恒與彼法不相離故依彼意趣釋此文者

此二十二根幾因相應答十四此是二因自體根與二因自體法相應故名因相應後三問答如前應知有說此中依三因作論謂相應因俱有因同類因由此三因通三性故有說此中依四因作論謂除同類徧行二因由

此四因通三世故有說此中依五因作論謂除能作因以通三爲非親勝故有說此中依六因作論由此所說因言總故然相應法或作六因自體或作五因自體或作四因自體如大種蘊廣說依彼意趣釋此文者此二十二根幾因相應答十四謂六因自體根與六因自體法相應五因自體根與五因自體法相應四因自體根與四因自體法相應故名因相應後三問答如前應知

此二十二根幾緣有緣乃至廣說問何故作此論答欲止說所緣緣非實者意顯所緣緣是實有故而作斯論此二十二根幾緣有緣答十三少分謂意樂喜憂捨信等五三無漏根少分有所緣法爲此所緣故說此爲緣有緣句如明眼者見明眼人彼明眼人復有所見緣有緣句應知亦爾幾緣無緣答一十三少分一者謂苦根十三少分者如前說無所緣法爲此所緣故說此爲緣無緣句如明眼者見生盲人彼生盲人更無所見緣無緣句當知亦爾幾緣有緣緣無緣答即前十三少分有所緣無所緣法爲此所緣故說此爲緣有緣緣無緣句如明眼者見明眼人及生盲人彼明眼人復有所見彼生盲人更無所見緣有緣緣無緣句應知亦爾有餘謂此第三句義即合初二更無異體此說不然與本論相違故如十門說緣有緣法是有爲緣隨眠隨增緣無緣法是一切隨眠隨增緣有緣緣無緣法是有爲緣隨眠隨增非緣有緣非緣無緣法是有漏緣隨眠隨增然有意識并相應法一剎那頃總緣有緣及無緣法是故如

前所說爲善幾非緣有緣非緣無緣答八謂七色命根由此不緣有所緣無所緣法故說此爲非緣有緣非緣無緣句如生盲人都無所見此句亦爾

此中略示二十二根緣有緣等四句差別十門所說十八界等亦應以此四句分別謂十八界中十色界爲第四句五識界爲第二句意界意識界爲前三句法界具爲四句十二處中十色處爲第四句意處爲前三句法處具爲四句五蘊中色蘊爲第四句受想識蘊爲前三句行蘊具爲四句如蘊取蘊亦爾六界中五色界爲第四句識界爲前三句有色法可見法有對法無爲法滅諦爲第四句無色法無見法無對法有漏法無漏法有爲法過去未來現在法善不善無記法欲色無色界繫法學無學非學非無學法見修所斷不斷法苦集道諦靜慮無色皆具爲四句四無量中若取自性緣住同分心有情則爲第三句若緣不住同分心有情則爲第二句若并取相應隨轉緣住同分心有情則爲第三第四句若緣不住同分心有情則爲第二第四句初三解脫八勝處前八徧處若取自性爲第一句若并取相應隨轉則爲第二第四句滅受想解脫爲第四句餘四解脫具爲四句後二徧處爲第三第四句滅智無相等持爲第二句他心智爲初句餘六智二等持爲前三句諸門煩惱中五識相應者爲第二句意識相應者爲前三句是中差別應思廣說諸根此法彼根異生耶設根異生彼根此法耶答諸根此法彼根非異生諸根異生彼根非

此法問何謂此法何謂異生答此法謂聖者異生即異生諸根此法彼根非異生者謂諸無漏根惟聖者成就非諸異生諸根異生彼根非此法者謂見所斷根惟異生成就非諸聖者有說此法者謂住苦法智忍異生者謂住世第一法諸根此法彼根非異生者謂苦法智忍俱生諸根惟住苦法智忍者現起非住世第一法者諸根異生彼根非此法者謂世第一法俱生諸根惟住世第一法者現起非住苦法智忍者有說此法者謂住律儀異生者謂住不律儀諸根住律儀者所起彼根非住不律儀者所起諸根住不律儀者所起彼根非住律儀者所起有說此法者謂不缺根異生者謂缺根如扇搋半擇迦無形二形等諸根不缺根者所起彼根非缺根者所起諸根缺根者所起彼根非不缺根者所起有說此法者謂不斷善根異生者謂斷善根諸信等根不斷善者所起彼根非斷善者所起諸邪見俱生根斷善者所起非不斷善者所起有說此法者謂住正定聚異生者謂住邪定聚諸住正定聚者所起根彼根非住邪定聚所起諸住邪定聚者所起根彼根非住正定聚者所起有說此法者謂住五淨居異生者謂住五異生處諸住五淨居者所起根彼根非住五異生處者所起諸住五異生處者所起根彼根非住五淨居者所起色蘊攝幾根答七謂眼等七色根受蘊攝幾根答五三少分五者謂五受根三少分者謂三無漏根少分以三無漏根九法爲體此惟攝三故言少分想蘊攝幾根答無想非根故行蘊攝幾

根答六三少分六者謂命信等五根三少分者謂三無漏根少分以三無漏根九法爲體此惟攝五故言少分識蘊攝幾根答一三少分一者謂意根三少分者謂三無漏根少分以三無漏根九法爲體此惟攝一故言少分善根幾界幾處幾蘊攝答八界二處三蘊八界者謂七心界法界二處者謂意處法處三蘊者謂受蘊行蘊識蘊惟攝善根有幾界幾處幾蘊答無不善根幾界幾處幾蘊攝答八界二處二蘊八界者謂十心界法界二處者謂意處法處二蘊者謂受蘊識蘊惟攝不善根有幾界幾處幾蘊答無有覆無記根幾界幾處幾蘊攝答六界二處二蘊六界者謂眼識界耳識界身識界意界意識界法界二處者謂意處法處二蘊者謂受蘊識蘊惟攝有覆無記根有幾界幾處幾蘊答無無覆無記根幾界幾處幾蘊攝答十三界七處四蘊十三界者謂內十二界及法界七處者謂內六處及法處四蘊者謂除想蘊惟攝無覆無記根有幾界幾處幾蘊答五界五處非蘊五界者謂眼等五色根界五處者謂眼等五色根處非蘊者謂無一蘊惟無覆無記故根法幾界幾處幾蘊攝答十三界七處四蘊十三界者謂內十二界及法界七處者謂內六處及法處四蘊者謂除想蘊惟攝根法有幾界幾處幾蘊答十二界六處二蘊十二界者謂內十二界六處者謂內六處二蘊者謂受蘊識蘊非根法幾界幾處幾蘊攝答六界六處三蘊六界者謂外六界六處者謂外六處三蘊者謂色蘊想蘊行蘊惟攝非根法有

幾界幾處幾蘊答五界五處一蘊五界者謂外五色界五處者謂外五色處一蘊者謂想蘊根非根法幾界幾處幾蘊攝答十八界十二處五蘊惟攝根非根法有幾界幾處幾蘊答一界一處二蘊一界者謂法界一處者謂法處二蘊者謂色蘊行蘊頗根爲緣生根耶乃至廣説有説此中有一標一釋一廣釋如説頗根爲緣生根耶等是標頗眼根爲緣生眼根耶等是釋眼根與眼根爲幾緣等是廣釋有説此中有三標三釋三廣釋如説頗根爲緣生根耶是標答生是釋生非根耶等是廣釋頗眼根爲緣生眼根耶是標答生是釋生耳根乃至生具知根耶等是廣釋眼根與眼根爲幾緣是標答因增上是釋乃至與具知根爲所緣增上等是廣釋有説此中有三標三釋如説頗根爲緣生根耶等是標答生等是釋頗眼根爲緣生眼根耶等是標答生等是釋眼根與眼根爲幾緣等是標答因增上等是釋

頗根爲緣生根耶答生云何生答如眼爲所依生意三受信等五根或眼爲所緣生意四受信等五三無漏根頗根爲緣生非根耶答生云何生答如眼爲所依生想思觸作意等或眼爲所緣生想思觸作意及惡作睡眠等頗根爲緣生根非根耶答生云何生答如眼爲所依生意三受信等五根想思觸作意等或眼爲所緣生意四受信等五三無漏根想思觸作意等及惡作睡眠等頗非根爲緣生非根耶答生云何生答如色爲所緣生想思觸作意等及惡作睡眠等頗非根爲緣生根

耶答生云何生答如色爲所緣生意五受信等五三無漏根頗非根爲緣生根非根耶答生云何生答如色爲所緣生意五受信等五三無漏根想思觸作意等及惡作睡眠等頗根非根爲緣生根非根耶答生云何生答如眼爲所依色爲所緣生意三受信等五根想思觸作意等頗根非根爲緣生根耶答生云何生答如眼爲所依色爲所緣生意三受信等五根頗根非根爲緣生非根耶答生云何生答如眼爲所依色爲所緣生想思觸作意等有餘於此作第二三文頗根爲緣惟生根耶答不生由此根亦生非根故頗根爲緣惟生非根耶答不生由此根亦生根故頗根爲緣惟生根非根耶答生云何生答如眼爲所依生意三受信等五根想思觸作意等頗非根爲緣惟生非根耶答不生由此非根亦生根故頗非根爲緣惟生根耶答不生由此非根亦生非根故頗非根爲緣惟生根非根耶答生云何生答如色爲所緣生意五受信等五三無漏根想思觸作意等及惡作睡眠等頗根非根爲緣惟生根非根耶答生云何生答如眼爲所依色爲所緣生意三受信等五根想思觸作意等頗根非根爲緣惟生根耶答不生由此根非根亦生非根故頗根非根爲緣惟生非根耶答不生由此根非根亦生根故有餘於此作第三文頗惟根爲緣生根耶答不生由此根亦緣非根生故頗惟根爲緣生非根耶答不生由此非根亦緣非根生故頗惟根爲緣生根非根耶答不生由此根非根亦緣非根生故頗惟非根爲緣生非根

耶答不生由此非根亦緣根生故頗惟非根爲緣生根耶答不生由此根亦緣根生故頗惟非根爲緣生根非根耶答不生由此根非根亦緣根生故頗惟根非根爲緣生根非根耶答生廣説如上頗惟根非根爲緣生根耶答生廣説如上頗惟根非根爲緣生非根耶答生廣説如上

頗眼根爲緣生眼根耶答生云何生答謂不礙生及惟無障頗眼根爲緣生耳根乃至具知根耶答生云何生答如眼爲所依生意三受信等五根或眼爲所緣生意四受信等五三無漏根或謗眼根墮諸惡趣受諸色根命根意根苦根異熟或信眼根生諸善趣受諸色根命根意根樂根喜根捨根異熟是名眼根爲緣生耳根乃至具知根如眼根耳鼻舌身女男命根亦爾然有差别謂女男根非苦根信等五根所依命根非一切根所依頗意根爲緣生意根耶生眼根乃至具知根耶答生云何生答如意根爲所依生意五受信等五三無漏根或意根爲所緣生意四受信等五三無漏根或謗意根墮諸惡趣受諸色根命想意根苦根異熟或信意根生諸善趣受諸色根命根意根樂根喜根捨根異熟又意根有善不善善者於善趣受諸色根命根意根樂根喜根捨根異熟不善者於惡趣受諸色根命根意根苦根異熟如意根五受根信等五根亦爾然有差别謂一切非所依苦根於自非所緣信等五根非不善頗未知當知根爲緣生未知當知根耶生眼根乃至具知根耶答生云何生答如未知當知根爲所依

生未知當知已知意三受信等五根或未知當知根爲所緣生意四受信等五三無漏根或謗未知當知根墮諸惡趣受諸色根命根意根苦根異熟或信未知當知根生諸善趣受諸色根命根意根樂根喜根捨根異熟如未知當知根已知根具知根亦爾然有差別謂已知根爲所依生已知根具知根意根三受信等五根具知根爲所依生具知根意根三受信等五根間眼根與眼根爲幾緣與耳根乃至具知根爲幾緣乃至具知根與具知根爲幾緣與眼根乃至已知根爲幾緣答眼根與眼根爲因增上因者一因謂同類因增上者謂不礙生及惟無障後增上義皆同此說與餘色根命根苦根爲一增上與餘根爲所緣增上餘根者謂意四受信等五三無漏根如眼根耳鼻舌根亦爾身根與身根女根男根爲因增上因者一因謂同類因與餘色根命根苦根爲一增上與餘根爲所緣增上餘根者如前說女根與女根身根爲因增上因者一因謂同類因與餘色根命根苦根爲一增上與餘根爲所緣增上餘根者如前說如女根男根亦爾命根與命根爲因增上因者一因謂同類因與七色根苦根爲一增上與餘根爲所緣增上餘根者如前說意根與意根爲因等無間所緣增上因者三因謂同類徧行異熟因等無間者謂意根等無間意根現在前所緣者謂意根與意根爲所緣諸等無間及所緣義皆准此說與七色根命根爲因增上因者一因謂異熟因與苦根爲因等無間增上非所緣因者五因謂相應俱有

同類徧行異熟因等無間者謂意根等無間苦根現在前非所緣者苦根緣色意根非色故與餘根爲因等無間所緣增上餘根者謂樂喜捨憂信等五三無漏根此依具緣等故總說然因有異謂與樂喜捨根爲五因即相應等五與憂根爲四因除異熟因與信等五根三無漏根爲三因即相應俱有同類因如意根樂根喜根捨根信等五根亦爾當知此依緣數等故總相而說然以因緣有差別故恐文隅遠今具分別謂樂根與樂根爲因等無間所緣增上因者三因即同類徧行異熟因與七色命根爲因增上因者一因即異熟因與意根爲因等無間所緣增上因者五因即相應等五與苦根爲因等無間增上非所緣因者二因即同類異熟因非所緣者苦根緣色樂根非色故與喜根爲因等無間所緣增上因者二因即同類異熟因與憂根爲因等無間所緣增上因者一因即同類因與捨根爲因等無間所緣增上因者三因即同類徧行異熟因與信等五根三無漏根爲因等無間所緣增上因者三因即相應俱有同類因喜根與喜根爲因等無間所緣增上因者三因即同類徧行異熟因與七色根命根爲因增上因者一因即異熟因與意根爲因等無間所緣增上因者五因即相應等五與樂根爲因等無間所緣增上因者三因即同類徧行異熟因與苦根爲因等無間增上非所緣因者三因即同類徧行異熟因與憂根爲因等無間所緣增上因者二因即同類徧行因與捨根爲因等無間所緣增上因者三因

即同類徧行異熟因與信等五根三無漏根爲因等無間所縁增上因者三因即相應俱有同類因捨根與捨根爲因等無間所縁增上因者三因即同類徧行異熟因與七色根命根爲因增上因者一因即異熟因與意根爲因等無間所縁增上因者五因即相應等五與樂根喜根爲因等無間所縁增上因者三因即同類徧行異熟因與苦根爲因等無間增上非所縁因者三因即同類徧行異熟因與憂根爲因等無間所縁增上因者二因即同類徧行因與信等五根三無漏根爲因等無間所縁增上因者三因即相應俱有同類因信根與信根爲因等無間所縁增上因者一因即同類因與七色根命根爲因增上因者一因即異熟因與意根樂根喜根捨根爲因等無間所縁增上因者四因除徧行因與苦根爲因等無間增上非所縁因者三因即相應俱有同類因與憂根爲因等無間所縁增上因者三因即相應俱有同類因與精進等四根三無漏根爲因等無間所縁增上因者三因即相應俱有同類因如信根精進等四根亦爾苦根與苦根爲因等無間增上非所縁因者二因即同類異熟因非所縁者苦根縁色苦根非色故與七色根命根爲因增上因者一因即異熟因與三無漏根爲所縁增上所縁者謂與苦忍苦智集忍集智品爲所縁與餘根爲因等無間所縁增上餘根者謂意樂喜捨憂信等五根此亦具縁等故總說然因有異謂與意根爲四因除徧行因與樂根喜根捨根爲三因即同類異熟因與

憂根爲一因即同類因與信等五根爲三因即相應俱有同類因憂根與憂根爲因等無間所緣增上因者二因即同類徧行因與七色根命根爲因增上因者一因即異熟因與苦根爲因等無間增上非所緣因者三因即同類徧行異熟因與三無漏根爲所緣增上所緣者謂與苦忍苦智集忍集智品爲所緣與餘根爲因等無間所緣增上餘根者謂意樂喜捨信等五根此亦具緣等故總說然因有異謂與意根爲五因即相應等五與樂喜捨根爲三因即同類徧行異熟因與信等五根爲三因即相應俱有同類因未知當知根與未知當知根爲因等無間所緣增上因者三因即相應俱有同類因所緣者謂與道忍道智品爲所緣與具知根爲因所緣增上非

等無間因者一因即同類因所緣者謂與道忍道智品爲所緣非等無間者未知當知根等無間具知根不現前故與七色根命根苦根爲一增上與憂根爲所緣增上與餘根爲因等無間所緣增上餘根者謂意樂喜捨信等五已知根此亦具緣等故總說然因有異謂與意等九根爲三因即相應俱有同類因與已知根爲一因即同類因已知根與已知根爲因等無間所緣增上因者三因即相應俱有同類因與七色根命根苦根爲一增上與憂根未知當知根爲所緣增上與餘根爲因等無間所緣增上餘根者謂意樂喜捨信等五具知根此亦具緣等故總說然因有異謂與意等九根爲三因即相應俱有同類因與具知根爲一因即同類因具知根與具知

根爲因等無間所緣增上因者三因即相應俱有同類因與七色根命根苦根爲一增上與憂根未知當知根已知根爲所緣增上與餘根爲因等無間所緣增上餘根者謂意樂喜捨信等五根因者三因即相應俱有同類因等無間者謂具知根等無間意等九根現在前所緣者謂具知根與意等九根爲所緣增上者謂不礙生及惟無障

阿毗達磨大毗婆沙論卷第一百四十六 說一切有部發智

音釋

扇搋 梵語也此云生謂生來男根不滿也搋丑皆切 半擇迦 梵語此云變謂今生變作也

阿毗達磨大毗婆沙論卷第一百四十七

五百大阿羅漢等造

唐三藏法師玄奘奉　詔譯

根蘊第六中有納息第二之一

欲有相續最初得幾業所生根如是等章及解章義既領會已當廣分別然有聲目多義如前廣說此中說續衆同分有情數五蘊名有相續有五亦如前說此中依二相續作論謂中有相續生有相續欲有相續最初得幾業所生根答卵生胎生濕生得二謂身根命根問最初羯邏藍位亦得餘色根不若得者如何於少時頃便得爾所根耶又此中何故不說毗柰耶說復云何通如說於母腹中二根初得謂身與命若損害彼乃至廣說若不得者何故經說天眼觀知是男是女答有言亦得問如何於少時頃便得爾所根耶答爾時雖無諸色根相而已具得彼根種子如清鹽水酥蜜沙糖酒等和合貯在一器若以草端霑取一滴於中具有鹽等諸味羯邏藍位應知亦爾一切色根種子皆具問若爾何故此中不說答應說而不說者當知此義有餘有說此中說皆得者餘得不定是以不說如生盲等不得眼等問毗柰耶說復云何通答彼說能持諸餘根者謂身根能持諸餘色根命根能持餘非色根是故偏說有說此位不得餘色根問天眼云何觀知男女答羯邏藍時雖無男女根而有男女相由觀彼相得知男女所以者何非彼已有男女二根可說觀故有餘師說依經故知經說若胎是男依母右脇向背蹲坐若胎是女依母左脇向腹蹲

坐得天眼者觀此差別依經而說或有說者觀中有知謂天眼觀中有後位若是男子入於母胎知此羯邏藍是男非女若女入者復知此位是女非男如是說者羯邏藍位未得餘色根鉢邏奢佉位中方乃得故化生得六或七或八無形者六謂眼耳鼻舌身命根一形者七謂前六及男女根隨一二形者八謂前六及男女根問餘無色根爾時亦得謂意五受信等五根此中何故不說答此中應說而不說者當知有餘有說爾時一切得者此中則說餘無色根雖有得者而非一切是故不說謂上地終生下地時雖得彼根若自地終還生自地彼皆不得是故不說有說此中但問初得業所生者初受生位餘無色根雖有得者而非業生故此不說後位所得雖業所生而非初得故亦不說色有相續最初得幾業所生根答六謂眼耳鼻舌身命根無色有相續最初得幾業所生根答一謂命根

頗思惟欲界繫法徧知欲界耶乃至廣說此中思惟者是取所緣義徧知者是究竟斷義此文顯示緣彼彼界法離彼彼界染或不能離

頗思惟欲界繫法徧知欲界耶答徧知此通異生及聖者通無間道及解脫道若世俗道離欲染時九無間道緣欲界法離欲界染若無漏道苦集法智離欲染時九無間道九解脫道緣欲界法離欲界染頗思惟欲界繫法徧知色界耶答不徧知頗思惟欲界繫法徧知無色界耶答不徧知問何故俱不徧知答欲界是不定界非修地非離染地色無色界

是定界是修地是離染地非緣不定界非修非離染地法能離定界修地離染地染有說欲界是麤界色無色界是細界非緣麤界法能離細界染有說欲界是下界色界是中界無色界是妙界非緣下界法能離中妙界染有說欲界是劣界色無色界是勝界非緣劣界法能離勝界染由此等義故不徧知

頗思惟色界繫法徧知色界耶答徧知此通異生及聖者通無間道及解脫道若世俗道離色染時九無間道緣色界法離色界染若無漏道苦集類智離色染時九無間道九解脫道緣色界法離色界染頗思惟色界繫法徧知欲界耶答徧知此通異生及聖者惟解脫道非無間道謂世俗道離欲染時九解脫道緣色界法離欲界染頗思惟色界繫法徧知無色界耶答不徧知問何故不徧知答色界是麤界無色界是細界非緣麤界法能離細界染有說色界是中界無色界是妙界非緣中界法能離妙界染有說色界是劣界無色界是勝界非緣劣界法能離勝界染由此等義故不徧知

頗思惟無色界繫法徧知無色界耶答徧知此惟聖者非異生通無間道及解脫道謂無漏道苦集類智離無色染時九無間道九解脫道緣無色界法離無色界染頗思惟無色界繫法徧知欲界耶答不徧知問何故不徧知答以極遠故非觀極遠界法能離極遠界染頗思惟無色界繫法徧知色界耶答徧知此通異生及聖者惟解脫道非無間道謂世俗道離色染時九解脫道緣無色界法離色

界染
幾根徧知欲界答世俗道七無漏道八世俗道七者謂意捨信等五根無漏道八者謂前七及已知根
幾根徧知色界答世俗道七無漏道十世俗道七者謂意捨信等五根無漏道十者謂前七及喜樂已知根
幾根徧知無色界答十一謂前十及具知根已知根爲無間道具知根爲解脫道當知此依最後位說問離欲界染時最後解脫道容有根本初靜慮現前彼以捨根爲無間道喜根爲解脫道何故不依最後位說世俗道或八無漏道或九耶答此文應作是說世俗道七或八無漏道八或九而不說者當知有餘有說此中說決定者謂離非想非非想處染時定以具知根爲最後解脫道離欲界染時非定以喜根爲最後解脫道有於爾時不能即入根本地故然於爾時多依近分故惟說捨徧知欲界時徧知幾根答四謂女男苦憂根雖於爾時徧知十九而依永斷無餘無分無片無影無隨縛斷故作是說或此中說上界不行不可得者故惟說四徧知色界時徧知幾根答五謂眼耳鼻舌身根雖於爾時徧知十三而依永斷無餘無分無片無影無隨縛斷故作是說或此中說上界不行不可得者故惟說五徧知無色界時徧知幾根答八謂意命捨信等五根由此諸根離非想非非想處染時皆永斷故
幾根得預流果答九謂意捨信等五未知當知已知根未知當知根爲無間道已知根爲

解脫道幾根得一來果答若倍離欲染入正性離生者九如預流說若從預流果得一來果者世俗道七無漏道八七者謂意捨信等五根八者謂前七及已知根幾根得不還果答若已離欲染入正性離生者九謂意根樂喜捨根隨一依地別故信等五未知當知已知根未知當知根爲無間道已知根爲解脫道若從一來果得不還果者世俗道七無漏道八七及八如一來說此依多分若入根本或八或九幾根得阿羅漢果答十一謂意樂喜捨信等五已知具知根已知根爲無間道具知根爲解脫道問此說十一爲以用故爲以有故若以用者無有一時三受並用如何說十一若以有者得不還果亦有三受何故不說答此以用故不以有故問無有一時三受並用云何說十一耶答依一相續作用而說故無有過謂容有一補特伽羅先以樂根得阿羅漢退已用喜復退用捨或初退用捨後退用喜如先以樂如是先喜先捨隨應亦爾證不還果無如是事若以此根先得彼果退已還用此根而得此根者即捨根以喜樂得無退義故

得預流果徧知幾根答無爾時未有一根究竟斷故得一來果徧知幾根答無爾時亦未有根究竟斷故得不還果徧知幾根答若已離欲染入正性離生者無義如前說若從一來果得不還果者四謂女男苦憂根得阿羅漢果徧知幾根答八謂命意捨信等五根諸根

得預流果此根得彼果已當言成就當言不

成就答解脱道攝者當言成就無間道攝者當言不成就道類智俱生品諸根是解脱道攝此當言成就已得故道類智忍俱生品諸根是無間道攝此當言不成就已捨故諸根得一來果此根得彼果已當言成就當言不成就答解脱道攝者當言成就無間道攝者當言不成就道類智或第六解脱道俱生品諸根是解脱道攝此當言成就已得故道類智忍或第六無間道俱生品諸根是無間道攝此當言不成就已捨故諸根得不還果此根得彼果已當言成就當言不成就答解脱道攝者當言成就無間道攝者當言不成就道類智或第九解脱道俱生品諸根是解脱道攝此當言成就已得故道類智忍或第九無間道俱生品諸根是無間道攝此當言不

成就已捨故問以無漏道得一來不還果時可言無間道攝者不成就若以世俗道得二果時無間道不捨云何言不成就答此二果文應作是説解脱道攝者當言成就無間道攝者當言成就或不成就而不作是説者當知此中惟依不共勝道而説有言此説現前成就以世俗道得二果已無間道諸根定不現前故諸根得阿羅漢果此根得彼果已當言成就當言不成就答解脱道攝者當言成就無間道攝者當言不成就最初盡智俱生品諸根是解脱道攝此當言成就已得故金剛喻定俱生品諸根是無間道攝此當言不成就已捨故

諸根得預流果此根斷何界結答色無色界或無斷色無色界者謂道類智忍俱生品諸

根或無者謂道類智俱生品諸根以解脫道非斷對治故此根何果攝答預流果或無預流果攝者謂道類智俱生品諸根或無者謂道類智忍俱生品諸根諸根得一來果此根斷何界結答欲界或色無色界或無斷欲界或無者謂從預流果得一來果時第六無間道俱生品諸根斷欲界結第六解脫道俱生品諸根不斷結斷色無色界或無者謂倍離欲染入正性離生得一來果時道類智忍俱生品諸根斷色無色界結道類智俱生品諸根不斷結此根何果攝答一來果或無一來果攝者謂第六解脫道及道類智俱生品諸根或無者謂第六無間道及道類智忍俱生品諸根諸根得不還果此根斷何界結答欲界或色無色界或無斷欲界或無者謂從一來果得不還果時第九無間道俱生品諸根斷欲界結第九解脫道俱生品諸根不斷結斷色無色界或無者謂巳離欲染入正性離生得不還果時道類智忍俱生品諸根斷色無色界結道類智俱生品諸根不斷結此根何果攝答不還果或無不還果攝者謂第九解脫道及道類智俱生品諸根或無者謂第九無間道及道類智忍俱生品諸根諸根得阿羅漢果此根斷何界結答無色界或無斷無色界者謂金剛喻定俱生品諸根或無者謂初盡智俱生品諸根此根何果攝答阿羅漢果或無阿羅漢果攝者謂初盡智俱生品諸根或無者謂金剛喻定俱生品諸根諸根得預流果時所捨諸根此根斷何界結答欲界或色無色界或無得預流果時見道所攝

已得諸根名爲所捨此根或斷欲界謂四法智忍俱生品諸根或斷色無色界謂四類智忍俱生品諸根或無謂七智俱生品諸根此根何果攝答無以無預流下果攝此諸根故得一來果時所捨諸根此根斷何界結答欲界或色無色界或無若倍離欲染入正性離生得一來果時見道所攝已得諸根名爲所捨此根或斷欲界謂四法智忍俱生品諸根或斷色無色界謂四類智忍俱生品諸根或無謂七智俱生品諸根若從預流果得一來果時預流果及此勝果道所攝諸根名爲所捨此根或斷欲界謂六無間道所攝諸根或無謂預流果及此勝果道中諸加行道解脫道勝進道所攝諸根此根何果攝答預流果或無預流果攝者謂道類智俱生品所捨諸根或無者謂此勝果道及見道所攝所捨諸根此根斷何界結答欲界或色無色界或無若已離欲染入正性離生得不還果時見道所攝已得諸根名爲所捨此根或斷色無色界謂四類智忍俱生品諸根或無謂四法智忍及七智俱生品諸根若從一來果得不還果時一來果及此勝果道所攝諸根名爲所捨此根或斷欲界謂三無間道所攝諸根或無謂一來果及此勝果道中諸加行道解脫道勝進道所攝諸根此根何果攝答一來果或無一來果攝者謂道類智俱生品及第六解脫道所攝所捨諸根或無者謂此勝果道及見道所攝所捨諸根得阿羅漢果時所捨諸根此根斷何界結答色界或無色界或無得阿羅漢果時不還

果及此勝果道所攝諸根名爲所捨此根或斷色界謂離四靜慮涤各有九無間道所攝諸根或斷無色界謂離四無色涤各有九無間道所攝諸根或無謂不還果及此勝果道中諸加行道解脫道勝進道所攝諸根此根何果攝答不還果或無不還果攝者謂道類智俱生品及第九解脫道所攝所捨諸根或無者謂此勝果道所攝所捨諸根

得預流果時所得諸根此根斷何界結答無謂得預流果時所得諸根皆是解脫道類所攝惟無間道攝能斷煩惱故此根何果攝答預流果或無預流果攝者謂道類智俱生品所得諸根或無者謂爾時所得世俗諸根問爾時所得諸根皆是無漏預流果攝復有何世俗根是今所得而言或無答此文但應說預流果不應言或無而說或無者欲顯爾時所得命等八根是無始時來所未曾得以是初得聖果依故得一來果時所得諸根此根斷何界結答無義如前說此根何果攝答一來果或無一來果攝者謂道類智俱生品及第六解脫道所攝所得諸根或無者謂爾時所得世俗諸根得不還果時所得諸根此根斷何界結答無義如前說此根何果攝答不還果或無不還果攝者謂道類智俱生品及第九解脫道所攝所得諸根或無者謂爾時所得世俗諸根得阿羅漢果時所得諸根此根斷何界結答無義如前說此根何果攝答阿羅漢果或無阿羅漢果攝者謂初盡智俱生品所得諸根或無者謂爾時所得世俗諸根

諸預流者所成就根此根斷何界結答欲界或無斷欲界者謂六無間道所攝諸根或無者謂預流果及此勝果道中諸加行道解脱道勝進道所攝等諸根此根何果攝答預流果或無預流果攝者謂道類智俱生品所成就諸根或無者謂預流者所成就勝果道所攝諸根及所成就餘善有漏染汙無覆無記諸根諸一來者所成就根此根斷何界結答欲界或無斷欲界者謂三無間道所攝諸根或無者謂一來果及此勝果道中諸加行道解脱道勝進道所攝等諸根此根何果攝答一來果或無一來果攝者謂道類智俱生品及第六解脱道所攝所成就諸根或無者謂一來者所成就勝果道所攝諸根及所成就餘善有漏染汙無覆無記諸根諸不還者所成就根此根斷何界結答色界或無色界或無斷色界者謂離四靜慮染各有九無間道所攝諸根斷無色界者謂離四無色染各有九無間道所攝諸根或無者謂不還果及此勝果道中諸加行道解脱道勝進道所攝等諸根此根何果攝答不還果或無不還果攝者謂道類智忍俱生品及第九解脱道所攝所成就諸根或無者謂不還者所成就勝果道所攝諸根及所成就餘善有漏染汙無覆無記諸根諸阿羅漢所成就根此根斷何界結答無以阿羅漢諸結已盡無可斷故此根何果攝答阿羅漢果或無阿羅漢果攝者謂阿羅漢所成就無漏諸根或無者謂阿羅漢所成就善有漏無覆無記諸根

諸預流者斷結諸根此根斷何界結答欲界

謂欲界修所斷前六品結此根何果攝答無
謂無間道能斷諸結沙門果所攝諸根必是
解脱道故諸一來者斷結諸根此根斷何界
結答欲界謂欲界修所斷後三品結此根何
果攝答無所以如前諸不還者斷結諸根此
根斷何界結答色界或無色界色界者謂四
靜慮修所斷各九品結無色界者謂四無色
修所斷各九品結此根何果攝答無所以如
前諸阿羅漢諸結已盡無斷結根故不問答
諸預流果所攝諸根此根斷何界結答無以
沙門果所攝諸根是解脱道惟無間道能斷
結故諸一來果不還果阿羅漢果所攝諸根
此根斷何界結答無所以如前阿羅漢果又
無結可斷故
諸苦智是於苦無漏智耶乃至廣說問何故
作此論答欲令疑者得決定故謂苦智集智
行相無雜所緣有雜滅智道智行相無雜所
緣無雜或有生疑如苦集智行相無雜所緣
有雜滅道智亦如是耶如滅道智行相無雜
所緣無雜苦集智亦如是耶爲令此疑得決
定故顯苦集智所緣有雜滅道智所緣無雜
故作斯論問何故苦智集智行相無雜所緣
有雜答離苦無集離集無苦故謂一一有漏
事果義名苦因義名集即於一一有漏事中
若智作苦等四行相轉名苦智若智作集等
四行相轉名集智故苦集智行相無雜所緣
有雜滅智道智行相所緣二俱無雜滅等道
等行相異故有爲無爲所緣别故
諸苦智是於苦無漏智耶設於苦無漏智是
苦智耶答諸苦智是於苦無漏智由無漏智

於苦事中作非常苦空非我四行相轉名苦智故有於苦無漏智非苦智謂於苦智集智由無漏智於苦事中作因集生緣四行相轉名集智故前已説離苦無集故集智所緣亦名爲苦諸集智是於集無漏智耶設於集無漏智是集智耶答諸集智是於集無漏智由無漏智於集事中作因集生緣四行相轉名集智故有於集無漏智非集智謂於集智苦智由無漏智於集事中作非常苦空非我四行相轉名苦智故前已説離集無苦故苦智所緣亦名爲集諸滅智是於滅無漏智耶答如是設於滅無漏智是滅智耶答如是諸道智是於道無漏智耶答如是設於道無漏智是道智耶答如是由前已説滅智道智行相所緣俱無雜故若無漏智緣擇滅作滅靜妙離四行相轉名滅智若無漏智緣聖道作道如行出四行相轉名道智故

阿毗達磨大毗婆沙論卷第一百四十七 一説切有部發智

阿毗達磨大毗婆沙論卷第一百四十八

五百大阿羅漢等造

唐三藏法師玄奘奉詔譯

根蘊第六中有納息第二之二

諸根無漏緣欲界繫此根法智相應耶設根無漏法智相應此根緣欲界繫耶答應作四句有根無漏緣欲界繫此根非法智相應謂苦法智忍及相應根苦法智集法智忍及相應根集法智此中苦法智忍是無漏慧根此根緣欲界繫非法智相應以忍與智不相應故及相應根者謂苦法智忍相應八無漏根此根亦緣欲界繫非法智相應忍相應故苦法智亦是無漏慧根此根亦緣欲界繫非法智相應自體與自體不相應故謂三緣故自體不與自體相應一無二自性俱生故二前後剎那不並故三一切法不觀自性與他爲緣故集法智忍及相應根集法智亦如是有根無漏法智相應此根不緣欲界繫謂滅道法智相應根此是滅道法智相應八無漏根此根不緣欲界繫緣不繫法故

有根無漏緣欲界繫此根亦法智相應謂苦集法智相應根此是苦集法智相應八無漏根此根緣欲界繫緣欲界苦集故有根無漏不緣欲界繫此根亦非法智相應謂苦類智忍苦類智及二相應根集類智忍集類智及二相應根滅法智忍及相應根滅法智滅類智忍滅類智及二相應根道法智忍及相應根道法智道類智忍道類智及二相應根此中苦類智忍苦類智俱是無漏慧根此根不緣欲界繫緣色無色界繫故亦非法智相應

忍智與智不相應故及二相應根者謂苦類智忍苦類智相應八無漏根此根不緣欲界繫緣色無色界繫故亦非法智相應與苦類智忍苦類智相應故集類智忍集類智及二相應根亦如是滅法智忍是無漏慧根此根不緣欲界繫緣不繫法故亦非法智相應忍與智不相應故及相應根者謂滅法智忍相應八無漏根此根不緣欲界繫緣不繫法故亦非法智相應忍相應故滅法智亦是無漏慧根此根不緣欲界繫緣不繫法故亦非法智相應自體與自體不相應故道法智忍及相應根道法智亦如是滅類智忍滅類智俱是無漏慧根此根不緣欲界繫緣不繫法故亦非法智相應忍智與智不相應故及二相應根者謂滅類智忍滅類智相應八無漏根

此根不緣欲界繫緣不繫法故亦非法智相應與滅類智忍滅類智相應故道類智忍道類智及二相應根亦如是

諸根無漏緣色無色界繫此根類智相應耶設根無漏類智相應此根緣色無色界繫耶答應作四句有根無漏緣色無色界繫此根非類智相應謂苦類智忍及相應根苦類智集類智忍及相應根集類智此中苦類智忍是無漏慧根此根緣色無色界繫非類智相應忍與智不相應故及相應根者謂苦類智忍相應八無漏根此根亦緣色無色界繫非類智相應忍相應故苦類智亦是無漏慧根此根亦緣色無色界繫非類智相應自體不相應故集類智忍及相應根集類智亦如是有根無漏類智相應此根不緣色無

色界繫謂滅道類智相應根此是滅道類智相應八無漏根此根不緣色無色界繫緣不繫法故

有根無漏緣色無色界繫此根亦類智相應謂苦集類智相應根此是苦集類智相應八無漏根此根緣色無色界繫緣色無色界苦集故有根無漏不緣色無色界繫此根亦非類智相應謂苦法智忍苦法智及二相應根集法智忍集法智及二相應根滅法智忍滅法智及二相應根滅類智忍及相應根滅類智道法智忍道法智及二相應根道類智忍及相應根道類智此中苦法智忍苦法智俱是無漏慧根此根不緣色無色界繫緣欲界繫故亦非類智相應忍智與智不相應故及二相應根者謂苦法智忍苦法智相應八無漏根此根不緣色無色界繫緣欲界繫故亦非類智相應與忍法智相應故集法智忍集法智及二相應根亦如是滅法智忍滅法智俱是無漏慧根此根不緣色無色界繫緣不繫法故亦非類智相應忍智與智不相應故及二相應根者謂滅法智忍滅法智相應八無漏根此根不緣色無色界繫緣不繫法故亦非類智相應與忍法智相應故道法智忍道法智及二相應根亦如是滅類智忍是無漏慧根此根不緣色無色界繫緣不繫法故亦非類智相應忍與智不相應故及相應根者謂滅類智忍相應八無漏根此根不緣色無色界繫緣不繫法故亦非類智相應忍相應故滅類智亦是無漏慧根此根不緣色無色界繫緣不繫法故亦非類智相應自體與

自體不相應故道類智忍及相應根道類智亦如是

法智當言法智耶乃至廣説問何故此中但依法類二智作論答彼作論者意欲爾故隨彼意欲而造論但不違法性便不應責彼意欲依二智作論即便作之謂法智類智如前智藴隨論者意依二智作論謂他心智宿住隨念智如後定藴隨論者意亦依二智作論謂盡智無生智如此藴前隨論者意依四智作論謂苦智集智滅智道智如前結藴隨論者意依八智作論謂法智類智他心智世俗智苦集滅道智如所知納息隨論者意依十智作論謂前八智及盡無生智譬如善巧陶師以濕泥團置於輪上隨意埏埴成種種器於工巧法而不相違如是善作論者以聞思慧行所知境照了除癡然後隨欲造種種論於諸法性亦不相違有説惟法類智互不相攝亦俱徧緣不相攝境謂有漏無漏有爲無爲四聖諦法有説以法類智攝一切無漏智盡是彼根本有説法類二智作分齊緣謂法智緣下類智緣上由此等緣故但依此二智作論

法智當言法智耶當言類智他心智世俗智苦智集智滅智道智耶答當言法智或他心智苦智集智滅智道智當言法智者謂知欲界諸行諸行因諸行滅諸行對治道或他心智者謂知欲界諸行對治道他心心所法或苦智者謂知欲界諸行非常相苦相空相非我相或集智者謂知欲界諸行因因相集相生相緣相或滅智者謂知欲界諸行滅滅相

靜相妙相離相或道智者謂知欲界諸行對治道道相如相行相出相顯自性已當顯地法智當言有尋有伺無尋惟伺無尋無伺耶答當言三種謂在未至初靜慮名有尋有伺在靜慮中間名無尋惟伺在上三靜慮名無尋無伺顯地已當顯相應

法智當言樂根相應喜根相應捨根相應耶答當言三種謂在第三靜慮樂根相應在初二靜慮喜根相應在未至靜慮中間第四靜慮捨根相應顯相應已當顯行相

法智當言空無願無相相應耶答當言三種謂二行相空相應十行相無願相應四行相無相相應顯行相已當顯所緣法智當言緣欲界繫緣色界繫緣無色界繫緣不繫耶答當言緣欲界繫或不繫緣欲界繫者謂苦集法智緣不繫者謂滅道法智

類智當言類智耶當言法智他心智世俗智苦智集智滅智道智耶答當言類智或他心智苦智集智滅智道智當言類智者謂知色無色界諸行諸行因諸行滅諸行對治道或他心智者謂知色無色界諸行無漏對治道他心心所法或苦智者謂知色無色界諸行非常等四種相或集智者謂知色無色界諸行因因等四種相或滅智者謂知色無色界諸行滅滅等四種相或道智者謂知色無色界諸行對治道道等四種相顯自性已當顯地類智當言有尋有伺無尋惟伺無尋無伺耶答當言三種謂在未至初靜慮名有尋有伺在靜慮中間名無尋惟伺在上三靜慮下三無色名無尋無伺顯地已當顯相應

類智當言樂根相應喜根相應捨根相應耶答當言三種謂在第三靜慮樂根相應在初二靜慮喜根相應在未至靜慮中間第四靜慮下三無色捨根相應顯相應已當顯行相類智當言空無願無相相應耶答當言三種謂二行相空相應十行相無願相應四行相無相相應已顯行相當顯所緣

類智當言緣欲界繫緣色界繫緣無色界繫緣不繫耶答當言緣色無色界繫或不繫緣色無色界繫者謂苦集類智緣不繫者謂滅道類智

時心解脱當言學根得無學根得乃至廣説

問何故作此論答欲解釋契經義故如佛告阿難陀言苾芻不應樂處憒閙若樂是者於時愛心解脱或於不時不動心解脱身作證能具足住無有是處若有苾芻不樂憒閙而樂寂靜於時愛心解脱或不時不動心解脱身作證能具足住斯有是處彼經雖説二種解脱而不分別此二自性亦未曾顯由何根得前智蘊中雖已顯示解脱自性而未顯得今欲顯得故作斯論有説欲止他所説故謂或有執時心解脱有學有所作所作未辦故不動心解脱無學無所作所作已辦故爲遮彼執顯二解脱俱是無學所作已辦或復有執時心解脱是有漏不動心解脱是無漏欲止彼意顯二解脱俱是無漏或復有執時心解脱是有爲不動心解脱是無爲爲止彼執顯二解脱俱是有爲由此等緣故作斯論諸法中惟二法是解脱自性謂有爲法中惟有勝解無爲法中惟有擇滅彼勝解者是心所

大地法恒與心相應彼擇滅者是離繫是勝義善常住涅槃勝解有二謂染不染染謂邪勝解即貪等煩惱隨煩惱相應不染謂正勝解即信等諸善法相應此正勝解復有二種謂有漏無漏有漏者謂不淨觀持息念無量勝處徧處等相應無漏復二謂學無學學者謂七聖身中無漏勝解無學者謂阿羅漢身中無漏勝解無學勝解復有二種謂時心解脫不時心解脫時心解脫者謂五種阿羅漢身中無漏勝解不時心解脫者謂不動法阿羅漢身中無漏勝解此二亦名心解脫慧解脫離貪故名心解脫離無明故名慧解脫問若此勝解離貪故名心解脫離無明故名慧解脫者集異門等所說當云何通如說云何離貪故心得解脫答無貪善根對治貪故云何離無明故慧得解脫答無癡善根對治癡故由此說故二解脫體即是善根非是勝解答彼文應作是說云何離貪故心得解脫答無貪善根相應心勝解印可即此名爲時心解脫云何離無明故慧得解脫答無癡善根相應心勝解印可即此名爲不動心解脫而不作是說者有何意耶答此就依處以顯勝解謂依無貪故心解脫貪依無癡故心解脫癡然心解脫體是勝解

時心解脫當言學根得無學根得學無學根得耶答當言學無學根得學根得者謂無間道俱生根無學根得者謂解脫道俱生根又學根得者謂向道俱生根無學根得者謂果道俱生根又學根得者謂金剛喻定俱生品根無學根得者謂盡智俱生品根又學根得

者謂已知根無學根得者謂具知根又學根得者謂修道俱生根無學根得者謂無學道俱生根修地無學地亦爾不動心解脫當言學根得無學根得學無學根得耶答若本得不動當言學無學根得若時解脫阿羅漢得不動當言無學根得學無學根得者廣說如前無學根得者彼無間解脫道俱無學攝故一切結盡當言學根得無學根得學無學根得耶答當言學無學根得廣說如前問此文何故不如不動心解脫說答此文亦應作如是說若初證一切結盡當言學無學根得若時解脫阿羅漢得不動證一切結盡當言無學根得而不作是說者有何意耶答解脫有二謂有爲無爲二種心解脫是有爲一切結盡是無爲有爲解脫有下中上初所得異後所得異故差別說無爲解脫無下中上後得同初故無別說

以無間道證預流果此道當言法智相應類智他心智世俗智苦智集智滅智道智相應耶當言有尋有伺無尋惟伺無尋無伺耶當言樂根喜根捨根相應耶當言空無願無相相應耶當言緣欲界繫色界繫無色界繫不繫耶答以無間道證預流果此道當言忍相應有尋有伺捨根相應無願相應緣不繫忍相應者道類智忍俱故有尋有伺者惟依未至地故捨根相應者未至地惟有捨受故無願相應者道無願俱故緣不繫者類智品爲所緣故

以無間道證一來果此道當言法智相應類智他心智世俗智苦智集智滅智道智相應

耶當言有尋有伺無尋惟伺無尋無伺耶當言樂根喜根捨根相應耶當言空無願無相相應耶當言緣欲界繫色界繫無色界繫不繫耶答若倍離欲染入正性離生者如證預流果說若從預流果以世俗道證一來果此道當言世俗智相應有尋有伺捨根相應緣欲界繫世俗智相應者謂麤等三行相隨一轉故不與空等相應者彼惟無漏故緣欲界繫者欲界五蘊爲所緣故餘如前說若從預流果以無漏道證一來果此道當言法智相應或苦智或集智或滅智或道智相應有尋有伺捨根相應或空或無願或無相相應或緣欲界繫或緣不繫法智相應者謂四法智隨一相應或苦智相應者即苦法智相應乃至或道智相應者即道法智相應或空相應者謂二行相相應或無願相應者謂十行相相應或無相相應者謂四行相相應或緣欲界繫者謂苦集法智或緣不繫者謂滅道法智餘如前說

以無間道證不還果此道當言法智相應類智他心智世俗智苦智集智滅智道智相應耶當言有尋有伺無尋惟伺無尋無伺耶當言樂根喜根捨根相應耶當言空無願無相相應耶當言緣欲界繫色界繫無色界繫不繫耶答若已離欲染入正性離生此道當言忍相應或有尋有伺或無尋惟伺或無尋無伺或樂根相應或喜根相應或捨根相應無願相應緣不繫或有尋有伺者謂依未至初靜慮或無尋惟伺者謂依靜慮中間或無尋無伺者謂依上三靜慮或樂根相應者謂依

第三靜慮或喜根相應者謂依初二靜慮或捨根相應者謂依未至靜慮中間第四靜慮餘如前說若從一來果以世俗道證不還果者如以世俗道證一來果說若從一來果以無漏道證不還果者如以無漏道證一來果說以無間道證阿羅漢果此道當言法智相應類智他心智世俗智苦智集智滅智道智相應耶當言有尋有伺無尋惟伺無尋無伺耶當言樂根喜根捨根相應耶當言空無願無相相應耶當言緣欲界繫色界繫無色界繫不繫耶答此道當言或法智相應或類智或苦智或集智或滅智或道智相應或有尋有伺或無尋惟伺或無尋無伺或樂根或喜根或捨根相應或空或無願或無相相應或緣無色界繫或緣不繫或法智相應者謂滅

道法智隨一相應或類智相應者謂四類智隨一相應或苦智集智相應者即苦集類智相應或滅智道智相應者即滅道法類智相應或有尋有伺者謂依未至初靜慮或無尋惟伺者謂依靜慮中間或無尋無伺者謂依上三靜慮下三無色或樂根相應者謂依第三靜慮或喜根相應者謂依初二靜慮或捨根相應者謂依未至靜慮中間第四靜慮下三無色或空相應者謂二行相相應或無願相應者謂十行相相應或無相相應者謂四行相相應或緣無色界繫者謂苦集類智緣有頂苦集故或緣不繫者謂滅道法類智緣三界滅及能對治道故

幾根永斷滅起得預流果答無根永斷七根滅起一滅不起一起不滅得預流果七根滅

起者七謂意捨信等五根滅謂此七無間道攝起謂此七解脫道攝又滅謂向道攝起謂果道攝又滅謂道類智忍品攝起謂道類智品攝又滅謂未知當知根俱生起謂已知根俱生又滅謂見道攝起謂修道攝見地修地亦爾一滅不起者謂未知當知根一起不滅者謂已知根幾根永斷滅起得一來果答若倍離欲染入正性離生者如證預流果説若從預流果以世俗道證一來果無根永斷七根滅起得一來果七根滅起者七如前説滅謂此七無間道攝起謂此七解脫道攝又滅謂向道攝起謂果道攝

若從預流果以無漏道證一來果無根永斷八根滅起得一來果八根滅起者八謂前七加已知根滅起義如前説

幾根永斷滅起得不還果答若已離欲染入正性離生無根永斷七根滅起一滅不起一起不滅得不還果七根滅起者七謂意根樂喜捨根隨一信等五根餘如得預流果中説若從一來果以世俗道證不還果不入靜慮四根永斷七根滅起得不還果四根永斷者謂女男苦憂根七根滅起者七謂意捨信等五根滅起義如從預流得一來説若入靜慮四根永斷六根滅起一滅不起一起不滅得不還果

四根永斷者如前説六根滅起者六謂意根信等五根滅起義如前説一滅不起者謂捨根一起不滅者謂喜根若從一來果以無漏道證不還果不入靜慮四根永斷八根滅起得不還果八根者謂意捨信等五已知根餘

如前說若入靜慮四根永斷七根滅起一滅不起一起不滅得不還果七根者即前謂意信等五及已知根餘如以世俗道證不還果中說

問離欲界染第九解脫道誰即入靜慮誰不入耶答所依力强者入所依力劣者不入有說所依力劣者入爲長養所依故所依力强者不入不爲長養所依故有說欣多者入猒多者不入有說喜樂多者入憂苦多者不入有說以滅道智離欲染者入以苦集智離欲染者不入有說以無相道無願離欲染者入以空苦集無願離欲染者不入有說猒欲界法離欲染者入猒三界法離欲染者不入有說爲求靜慮而離染者入爲求解脫而離染者不入有說利根者入鈍根者不入如利根鈍根因力緣力内分力外分力内正思惟力外聞正法力應知亦爾

幾根永斷滅起得阿羅漢果答若依未至證阿羅漢果一根永斷七根永斷滅起一滅不起一起不滅得阿羅漢果一根永斷者謂命根七根永斷滅起者七謂意捨信等五根永斷謂有漏攝滅謂無間道攝起謂解脫道攝又永斷謂世俗攝滅謂向道攝起謂果道攝又永斷謂非學非無學攝滅謂學攝起謂無學攝又永斷謂有頂攝滅謂金剛喻定俱生品攝起謂盡智俱生品攝又永斷謂修所斷攝滅謂已知根攝起謂具知根攝又永斷謂無色界繫攝滅謂修道地攝起謂無學道地攝一滅不起者謂已知根一起不滅者謂具知根

如依未至依靜慮中間第四靜慮三無色定亦爾若依初靜慮證阿羅漢果二根永斷六根永斷滅起一根滅起一滅不起一起不滅得阿羅漢果二根永斷者謂命捨根六根永斷滅起者六謂意信等五根永斷滅起義如前說一根滅起者一謂喜根滅起義如前說一滅不起者謂已知根一起不滅者謂具知根如依初靜慮依第二第三靜慮亦爾然差別者依第三靜慮應說樂根起滅

阿毗達磨大毗婆沙論卷第一百四十八一說切有部發智

音釋

埏埴　埏式連切和土也埴時力切黏土也　憒閙　憒古對切心亂也閙奴教切不靜也

阿毗達磨大毗婆沙論卷第一百四十九

五百大阿羅漢等造
唐三藏法師玄奘奉詔譯

根蘊第六中觸納息第三之一

有十六觸謂有對觸增語觸明觸無明觸非明非無明觸愛觸恚觸順樂受觸順苦受觸順不苦不樂受觸眼觸耳觸鼻觸舌觸身觸意觸云何有對觸乃至云何意觸如是等章及解章義既領會已當廣分別問何故作此論答爲止他宗顯已義故謂譬喻者說觸非實有所以者何契經說故如契經說眼及色爲緣生眼識三和合觸等離眼色眼識外實觸觸體不可得爲遮彼意顯觸體是實有若觸體非實有者便違經說如契經說觸爲緣受若無觸者但應說六處緣受或說無緣不應言觸緣受又若觸體非實有者應說緣起惟十一支契經不應說有十二又若觸體非實有者但應說有九大地法然說有十故觸實有問若觸實有云何會釋彼所引經答彼經意說三法和合爲緣生觸非於無體得有生義此若不生云何緣受譬如月月愛珠及器和合爲緣生水非無水生得有水用又如日日愛珠糅薪和合爲緣生火非無火生得有火用如是根境及識和合爲緣生觸非無觸生得有觸用觸用謂能爲緣生受是故欲止他說顯觸實有而作斯論問何緣根蘊分別觸耶答彼作論者意欲爾故乃至廣說復次此不應問所以者何前已說一一蘊中具一切義故復次一切法觸所集起根由觸生故分別觸復次心心所以觸爲命觸所引觸

所轉觸力故現在前此中有根故分別觸復次先安立諸觸後辯根相應根以觸爲章故應先分別觸

問諸聖教中或說一觸如心所中立觸心所十大地法中立觸大地法或說二觸謂有漏無漏縛觸繫不繫或說三觸謂下中上善不善無記或說四觸謂三界繫及不繫或說五觸謂三界繫及學無學或說六觸謂眼觸乃至意觸或說七觸謂見苦所斷乃至修所斷并學無學或說八觸謂見苦所斷乃至修所斷及見道修道無學道或說九觸謂下下乃至上上或說十觸謂欲界繫乃至非想非非想處繫及不繫若約相續刹那分別則有無量何故此中於一等廣說十六於無量略說十六耶答由六因緣不略不廣說十六觸謂所緣故障治故自性故違順故相應故所依故由所緣故立有對觸增語觸由障治故立明觸無明觸由自性故立非明非無明觸由違順故立愛觸恚觸由相應故立順樂受觸順苦受觸順不苦不樂受觸由所依故立眼觸乃至意觸

云何有對觸答五識身相應觸問何故此觸名有對答以有對法爲所緣故問增語觸亦以有對法爲所緣何故此觸獨名有對答此觸以初故得名增語觸更以餘緣建立有說此觸但以有對法爲所緣增語觸亦緣餘法有說此觸所依所緣皆是有對增語觸所緣雖或有對所依不爾故別立名云何增語觸答意識身相應觸問何故此觸名增語答由此觸自性語增故名增語問云何此觸自性

語增答有對觸惟欲色界繫此觸通三界繫及不繫又有對觸惟欲界初靜慮地可得此觸一切地可得又有對觸惟有漏此觸通有漏無漏由此等故自性語增有説此觸所緣語增故名增語問云何此觸所緣語增答有對觸惟以有色法爲所緣此觸通緣有色無色又有對觸但以有對法爲所緣此觸通緣有對無對又有對觸但以有漏法爲所緣此觸通緣有漏無漏又有對觸但以有爲法爲所緣此觸通緣有爲無爲由此等故所緣語增有説增語者謂名此觸緣名故名增語雖亦緣義而非不共故隨不共立名依別立通名如苦集智等云何明觸答無漏觸即三無漏根相應觸云何無明觸答染汙觸即一切煩惱隨煩惱相應觸云何非明非無明觸答不染有漏觸此中問答各有二遮謂非明者遮明觸非無明者遮無明觸不染者遮染汙觸有漏者遮無漏觸由此遮故此體惟攝一切有漏善無覆無記觸云何愛觸答貪相應觸即二界五部所斷六識身俱貪相應觸云何恚觸答瞋相應觸即五所斷六識身俱瞋相應觸云何順樂受觸答樂受相應觸即樂喜根相應觸云何順苦受觸答苦受相應觸即苦憂根相應觸云何順不苦不樂受觸答不苦不樂受相應觸即捨根相應觸云何眼觸答眼識身相應觸乃至云何意觸答意識身相應觸謂依眼等根生故名眼等觸顯自性已當辯相攝然有一觸攝諸觸盡謂心所中一觸自性此中二觸攝諸觸盡謂有對觸增語觸復有三觸攝諸觸盡謂明無明非明

非無明觸及順樂順苦順不苦不樂受觸復有六觸攝諸觸盡謂眼觸乃至意觸問有對觸攝幾觸乃至意觸攝幾觸耶答有對觸攝六觸全七觸少分六全者謂有對觸眼耳鼻舌身觸七少分者謂無明非明非無明觸愛恚觸順樂順苦順不苦不樂受觸問云何此攝彼七少分答彼七通與六識相應此惟攝五識相應故言少分增語觸攝三觸全七觸少分三全者謂增語觸明觸意觸七少分者如前說問云何此攝彼七少分答彼七通與六識相應此惟攝意識相應故言少分明觸攝明觸全四觸少分謂增語觸順樂順不苦不樂受觸意觸問云何此攝彼四少分答彼四通有漏無漏此惟攝無漏故言少分無明觸攝三觸全十一觸少分三全者謂無明觸

愛恚觸十一少分者謂有對增語觸順樂順苦順不苦不樂受觸眼觸乃至意觸問云何此攝彼十一少分答彼十一通染不染此惟攝染故言少分非明非無明觸攝非明非無明觸全十一觸少分謂如前說問云何此攝彼十一少分答即前十一通染不染不染有通有漏無漏此惟攝不染有漏故言少分愛觸攝愛觸全十一觸少分謂有對增語觸無明觸順樂順不苦不樂受觸眼觸乃至意觸問云何此攝彼十一少分答彼十一通與貪俱生不俱生此惟攝俱生故言少分恚觸攝恚觸全十一觸少分謂有對增語觸無明觸順苦順不苦不樂受觸眼觸乃至意觸問云何此攝彼十一少分答彼十一通與瞋俱生不俱生此惟攝俱生故言少分順樂受觸攝

順樂受觸全十二觸少分謂有對增語觸明無明非明非無明觸愛觸眼觸乃至意觸問云何此攝彼十二少分答彼十二通與樂受俱生不俱生此惟攝俱生故言少分順苦受觸攝順苦受觸全十一觸少分謂有對增語觸無明非明非無明觸恚觸眼觸乃至意觸問云何此攝彼十一少分答彼十一通與苦受俱生不俱生此惟攝俱生故言少分順不苦不樂受觸攝順不苦不樂受觸全十三觸少分謂有對增語觸明無明非明非無明觸愛恚觸眼觸乃至意觸問云何此攝彼十三少分答彼十三通與捨受俱生不俱生此惟攝俱生故言少分眼觸攝眼觸全八觸少分謂有對觸無明非明非無明觸愛恚觸順樂順苦順不苦不樂受觸問云何此攝彼八少分答彼八通與眼識相應不相應此惟攝相應故言少分如眼觸耳鼻舌身觸亦爾是中差別者各攝自觸全自識相應八少分意觸攝三觸全七觸少分如增語觸說問何故名攝攝是何義答自體於自體已有當有現有可得故名爲攝有說自體於自體不異不外不差別不相離是有不空故名爲攝有說自體於自體非不曾有非不今有非不當有故名爲攝諸法不捨自性義是攝義非如以指捻衣以手取食彼可捨故有說拘礙義是攝義諸法拘礙無如自體於自體者有對觸幾根相應乃至意觸幾根相應耶答有對觸一根全八根少分相應一全者謂苦根八少分者謂意樂捨信等五根問云何此與彼八少分相應答彼八根通六識俱生品此惟與五

識俱生品相應故言少分增語觸五根全八根少分相應五全者謂喜憂三無漏根八少分者如前說問云何此與彼八少分相應答彼八根通六識俱生品此惟與意識俱生品相應故言少分明觸三根全九根少分相應三全者謂三無漏根九少分者謂意樂喜捨信等五根問云何此與彼九少分相應答彼九根通有漏無漏此惟與無漏相應故言少分無明觸六根少分相應謂意五受根問云何此與彼六少分相應答彼六根通染不染此惟與染相應故言少分非明非無明觸十一根少分相應謂意五受信等五根問云何此與彼十一少分相應答彼十一根中前六通染不染後五通有漏無漏此惟與不染有漏相應故言少分愛觸四根少分相應謂意

樂喜捨根問云何此與彼四少分相應答彼四根通貪俱生不俱生此惟與俱生者相應故言少分恚觸四根少分相應謂意苦憂捨根問云何此與彼四少分相應答彼四根通瞋俱生不俱生此惟與俱生者相應故言少分順樂受觸二根全九根少分相應二全者謂樂喜根九少分者謂意信等五三無漏根問云何此與彼九少分相應答彼九根中前六通樂受俱生不俱生此惟與俱生者相應後三通以九根爲性此惟與六根相應故言少分順苦受觸二根全六根少分相應一全者謂苦憂根六少分者謂意信等五根問云何此與彼六少分相應答彼六根通苦受俱生不俱生此惟與俱生者相應故言少分順不苦不樂受觸一根全九根少分相應一全

者謂捨根九少分者謂意信等五三無漏根問云何此與彼九少分相應答彼九根中前六通不苦不樂受俱生不俱生此惟與俱生者相應後三通以九根爲性此惟與六根相應故言少分眼觸九根少分相應謂意樂苦捨信等五根問云何此與彼九少分相應答彼九根通眼識俱生品不俱生品此惟與俱生品相應故言少分如眼觸耳鼻舌身觸亦爾是中差别者各與自識俱生品根相應意觸五根全八根少分相應如增語觸說相應義廣說如上

諸根因有對觸此根有對觸相應耶設根有對觸相應此根因有對觸耶答諸根有對觸相應此根因有對觸謂此根以有對觸爲四因即相應俱有同類異熟因有根因有對觸此根非有對觸相應謂根因有對觸餘觸相應及異熟生無所緣餘觸相應者謂增語觸相應此根以有對觸爲二因即同類異熟因及異熟生無所緣者謂命等八根此根以有對觸爲一因即異熟因諸根因增語觸此根增語觸相應耶設根增語觸相應此根因增語觸耶答諸根增語觸相應此根因增語觸謂此根以增語觸爲五因即相應俱有同類遍行異熟因有根因增語觸此根非增語觸相應謂根因增語觸餘觸相應及異熟生無所緣餘觸相應者謂有對觸相應此根以增語觸爲三因即同類遍行異熟因及異熟生無所緣者謂命等八根此根以增語觸爲一因即異熟因諸根因明觸此根明觸相應耶答如是設根明觸相應此根因明觸耶答如

是此中因者謂三因即相應俱有同類因諸根因無明觸此根無明觸相應耶設根無明觸相應此根因無明觸耶答諸根無明觸相應此根因無明觸謂此根以無明觸爲四因即相應俱有同類遍行因有根因無明觸此根非無明觸相應謂根因無明觸餘觸相應及異熟生無所緣餘觸相應者謂非明非無明觸相應此根以無明觸爲一因即異熟因及異熟生無所緣者謂命等八根此根以無明觸爲一因即異熟因諸根因非明非無明觸此根非明非無明觸相應耶設根非明非無明觸相應此根因非明非無明觸耶答諸根非明非無明觸相應此根因非明非無明觸謂此根以非明非無明觸爲四因即相應俱有同類異熟因有根因非明非無明觸此根非明非無明觸相應謂根因非明非無明觸異熟生無所緣謂命等八根以非明非無明觸爲一因即異熟因諸根因愛觸此根愛觸相應耶設根愛觸相應此根因愛觸耶答諸根愛觸相應此根因愛觸謂此根以愛觸爲三因即相應俱有同類因有根因愛觸此根非愛觸相應謂根因愛觸餘觸相應及異熟生無所緣餘觸相應者謂餘無明觸非明非無明觸相應此根以愛觸爲二因即同類異熟因謂餘無明觸相應根以愛觸爲同類因非明非無明觸相應根以愛觸爲異熟因及異熟生無所緣者謂命等八根以愛觸爲一因即異熟因如說愛觸恚觸亦爾差別者說自名諸根因順樂受觸此相順樂受觸相應耶設根順樂受觸相應此根因順樂受觸

耶答諸根順樂受觸相應此根因順樂受觸謂此根以順樂受觸爲五因即相應等五有根因順樂受觸此根非順樂受觸相應謂根因順樂受觸餘觸相應及異熟生無所緣餘觸相應者謂順苦受觸順不苦不樂受觸相應此根以順樂受觸爲三因即同類遍行異熟因及異熟生無所緣者謂命等八根以順樂受觸爲一因即異熟因如説順樂受觸順苦受觸順不苦不樂受觸亦爾差别者說自名諸根因眼觸此根眼觸相應耶設根眼觸相應此根因眼觸耶答諸根眼觸相應此根因眼觸謂此根以眼觸爲四因即相應俱有同類異熟因有根因眼觸此根非眼觸相應謂根因眼觸餘觸相應及異熟生無所緣餘觸相應者謂耳鼻舌身意觸相應此根以眼觸爲二因即同類異熟因及異熟生無所緣者謂命等八根此眼以眼觸爲一因即異熟因如説眼觸耳鼻舌身觸亦爾差别者說自名諸根因意觸此根意觸相應耶設根意觸相應此根因意觸耶答諸根意觸相應此根因意觸謂此根以意觸爲五因即相應等五有根因意觸此根非意觸相應謂根因意觸餘觸相應及異熟生無所緣餘觸相應者謂眼耳鼻舌身觸相應此根以意觸爲三因即同類遍行異熟因及異熟生無所緣者謂命等八根此根以意觸爲一因即異熟因

諸成就此類眼根彼成就此類身根耶乃至廣說類有四種一修類二律儀類三界類四相似類此四廣說如前業蘊此中依界類而作論諸成就此類眼根彼成就此類身根耶

設成就此類身根彼成就此類眼根耶答應作四句有成就此類眼根非此類身根謂生欲界不得眼根設得已失得色界眼不得眼根者謂未至鉢羅奢佉位等設得已失者謂已得眼根或自然壞或遇緣壞故失得色界眼者謂由善習靜慮力故色界眼根依欲界身得而不失不得彼界身根無成就他界身故有成就此類身根非此類眼根謂生欲界不得眼根設得已失不得色界眼彼但成就欲界身根二界眼根並不成就有成就此類眼根亦此類身根謂生欲界眼根已得不失若生色界已得者謂已至鉢羅奢佉位等不失者謂所得眼根非自然壞及遇緣壞故不失生色界者色界無有根不具故有非成就此類眼根亦非此類身根謂生無色界彼地定無諸色根故如眼根耳根亦爾此二俱有異界現前故諸成就此類鼻根彼成就此類身根耶設成就此類身根彼成就此類鼻根耶答若成就此類鼻根彼成就此類身根有成就此類身根彼不成就此類鼻根謂生欲界不得鼻根設得已失不得鼻根者謂未至鉢羅奢佉位等設得已失者謂已得鼻根或自然壞或遇緣壞故失如鼻根舌根亦爾此二俱無異界現前故問何故生欲界得起色界眼耳根現在前非鼻舌身根耶答由眼耳二根有加行得離染得修所成通所依性四支五支靜慮果故得異界起現在前鼻舌身根無如是事故惟自界起現在前有餘師言生欲界者求起上界天眼耳根不求餘三故不得起謂觀行者於是希求云何令我見色

界色聞色界聲由此便修根本靜慮起天眼耳彼無香味可欲嗅嘗故不求起色界鼻舌無生異地覺異地觸設於彼求無理可起惟取至境故問天眼以何爲自性答非諸筋骨血肉所成色界大種所造淨色能無礙視體不可見眼界眼處眼根所攝是謂天眼顯自性已當釋其名問此何因緣說爲天眼答此眼殊勝故名爲天世於勝法有天言故如說天衣天莊嚴具天飲食等此中皆以殊勝名天彼亦如是界者色界繫地者在四靜慮地非近分無色所以者何若地有通所依勝定此地有天眼非近分無色有通所依勝定故彼地無天眼問何故近分無色無通所依勝定耶答奢摩他毗鉢舍那不平等故非五支四支所成故非樂道所攝故問若生欲界修得天眼現在前時於何處起答即於生得眼根處起問若生得眼壞彼何處起答即於曾有眼根處起問若彼處所合爲一段不可知者復何處起答即於應有眼根處起問諸起天眼現在前者爲有左起右不起耶右起左不起耶左劣右中耶左中右上耶右劣左中耶右中左上耶答不如是起謂起天眼者必二處眼俱起等劣等中等上一切天眼無瞎無闕亦無眩亂及彼同分問若生欲界化作色究竟萬六千踰繕那身天眼現前觀彼色時人身長三肘半或四肘尚不徧彼足指爲住何處觀彼色耶爲上爲下有說以神境通住上而見如嘗舍人處上觀下如是居上觀下衆色有說住下而見如行像者處下觀上如是居下觀上衆色有說彼時以神境智證

通延廣此身令徧所化萬六千踰繕那身量而觀衆色有說欲界亦有萬六千踰繕那身應與所化色究竟身俱生若時化作色究竟身爾時欲界三肘半或四肘身便滅彼萬六千踰繕那身續起即依常眼處所而觀衆色如是說者如彼生處異熟身量化身亦爾如從色界來欲界時化作化身還如欲界異熟身量此作彼身當知亦爾隨彼所住觀見衆色

阿毗達磨大毗婆沙論卷第一百四十九 一說切有部發智

音釋

粖 莫結切 捻 奴協切捏也 眩 黃絹切目無常主也

阿毗達磨大毗婆沙論卷第一百五十

五百大阿羅漢等造

唐三藏法師玄奘奉詔譯

根蘊第六中觸納息第三之二

問若天眼現在前時生得眼爲斷不若斷者云何不異熟生色斷已復續以阿毗達磨者不欲令異熟生色斷已續故若不斷者天眼生得眼二俱見色云何不錯亂耶答應言不斷以異熟色斷已不續故是故尊者妙音作如是問天眼現在前時生得眼當言斷耶不斷耶答當言不斷即於是處有色界大種與所造天眼俱現在前問若爾者天眼生得眼二俱見色云何不錯亂耶答天眼起時生得眼住彼同分故無有過譬如餘識現在前時雖不見色而眼不斷此亦如是問何故不俱見耶答以一身中無二識俱起爾時識依天眼不依生得眼故有說有色非是生得眼境爲見彼故起天眼現前故於爾時生得眼雖不斷而無用是故不俱見有說天眼起時生得眼斷問若爾云何不異熟生色斷已可續耶如是則違阿毗達磨者說答斷有二種一暫斷二究竟斷暫斷者可續非究竟斷是故無過有說爾時生得眼滅天眼生天眼滅生得眼生彼身中眼根未甞空故不可謂斷有說彼時生得眼斷亦無有過亦有異熟生色斷已續故云何如然如契經說一切施王即時舉手自挑兩目施婆羅門由勝思願令眼平復又如經說惡行爾時以揭地羅鉤挑善行眼亦由菩薩勝思願故還得眼根施設論說地獄有山壓笮有情令身碎壞於後未久

諸根復生諸地獄中此類非一故知異熟生色斷已可續如是說者起天眼時生得眼不滅異熟色斷亦無續義問前所引事當云何通答彼不相違有別義故即如所說一切施王爾時但由施心成滿故作是說實未挑眼其事云何謂佛昔日爲菩薩時曾作國王名一切施能滿一切來求者意天上人中此名流布時天帝釋知已念言彼王如斯惠施無倦爲求無上正等菩提爲希世間名譽天位若希天位或爲我怨當往驗之知其施意便自化作婆羅門身戴帽垂鬢金韜絡體手策金杖來詣王前呪願王言願常尊勝王言梵志來何所求答言我來正須王眼王以四寶爲眼施之彼不受言我今須眼何用此爲王聞是已便舉兩手欲自挑目帝釋知王施心決定便止王言欲何所求能施難施爲求釋梵魔王位耶爲希世間名譽歸敬王言此等皆非所求惟有離於生老病死應正等覺是我所願天帝聞已便復本形讚歎王言眞是菩薩不久定得無上菩提作是言已忽然不現故彼爾時實未挑眼又彼所引善惡行經善行眼根有餘種子由勝思願圓滿勝前諸地獄中亦同此釋若無餘種則不可生故異熟色斷無續理由此天眼現在前時生得眼不斷

問如生欲界所起天眼生色界亦起不有說不起以色界中隨生得眼所見多少修得眼亦爾無別作用是故不起如是說者亦起現前問與生得眼同起復何用答欲遊戲通慧故起現前又中有身非生得眼境故起天眼

觀中有差別問爲生欲界所起天眼勝爲生色界所起勝耶答欲界所起猛利故勝謂佛獨覺到究竟聲聞所起天眼作用猛利非生色界所能現前色界所起所依故勝謂彼依身廣大勝妙所起天眼多極微成非欲界中此眼得起故二界起各有勝劣

問修得天眼與生得眼有何差別答名即差別謂名天眼名生得眼有說體亦有異謂生得眼有同分彼同分修得天眼惟是同分又生得眼通所長養及異熟生修得天眼惟所長養有說因亦有異謂生得眼是業果修得天眼是修果問豈不生得眼亦是修果耶答彼少分是修果少分是生得智異熟果天眼惟修果有說天眼由加行作意力方得現前生得眼不爾有說果亦有異謂生得眼與善染無記識爲所依修得天眼惟與無記識爲所依有說境亦有異謂生得眼不見中有修得天眼能見中有有說用亦有異謂修得天眼於生得眼作用熾盛微妙殊勝清淨明捷利遠細故有差別

問一念得起幾通果耶答諸有欲令無留化事天眼天耳無彼同分者彼說一念惟起一通果謂五通隨一諸有欲令有留化事天眼天耳無彼同分者彼說一念得起二通果謂神境通果及餘四隨一諸有欲令有留化事天眼天耳有彼同分彼說一念得起四通果謂神境通果天眼天耳及餘二隨一謂他心通宿住隨念通境界各別不俱起故如是說者應知第二所說爲善以化事可留天眼天耳必無彼同分要於用時乃現前故

問欲界所化色有四種謂初靜慮果乃至第四靜慮果依初靜慮所得天眼爲能具見四種色耶有說具見皆是欲界色處攝故有說惟見初靜慮果非餘以因勝故如因非境果亦應爾依第二靜慮所得天眼能見初二靜慮果色非餘依第三靜慮所得天眼能見前三靜慮果色非餘依第四靜慮所得天眼具能見四靜慮果色如是說者謂初說依初靜慮所得天眼能見欲界初靜慮色乃至依第四靜慮所得天眼能見欲界四靜慮色問依第四靜慮所得天眼能見欲界四靜慮色者爲見欲界色眼即見餘地色爲更起餘眼見餘地色耶若見欲界色眼即見餘地色者如何一眼能見麤細二境若更起餘眼見餘地色者即第四靜慮天眼應有五類各惟見一地色即不應言此地天眼五地爲境有作是說即見欲界色眼能見餘地諸色問如何一眼能見麤細二境答此亦無過如看大山即麤細色俱時能見見麤色者如見千枝大樹見細色者如見中間細草如是第四靜慮一眼能見五地諸色何過有餘師言見欲界色眼異乃至見第四靜慮色眼異問若爾第四靜慮天眼應有五類各惟見一地色即不應言此地天眼五地爲境答一地天眼有五類別亦無有過約地種類總說一眼見五地境非不於中所見各異如定蘊說依初靜慮所引天眼極能見何繫色答乃至梵世繫依第二靜慮所引天眼極能見何繫色答乃至極光淨繫依第三靜慮所引天眼極能見何繫色答乃至徧淨繫依第四靜慮所引天眼極

能見何繫色答乃至廣果繫問傍極見幾何有說如見上有說傍見則寬如是說者彼文且說見上分齊不說傍境然隨根勢力傍見不定有遠有近如餘處說

施設論說如四大王衆天以智以見領解於人人於四大王衆天不能如是除有修有神通或他威力乃至他化自在天對人亦爾謂四大王衆天等亦是人眼境界同一繫故然以極遠不能見之若得神通自能往見或他力引至彼能觀問若彼天來此能見不答見若爾彼中何故不說答境界少故不說復次此即攝在他力引中故不別說又彼論說如梵衆天以智以見領解於人人於梵衆天不能如是除有修有神通或他威力乃至色究竟天對人亦爾問彼論所說除有修言是事可爾云何得說除有神通或他威力所以者何雖有神通或他力引得至彼天若無天眼不能見故若有天眼雖不至彼亦能見故答彼但應說除有修言而復有餘言者有別意趣謂依他方梵天等說他方梵天等色亦是此方依初靜慮等所引天眼境界然以極遠雖得彼眼不能見之若自有神通或他力所引至彼乃能以天眼見除有修言顯得天眼說後二句顯至彼因故彼所說有別意趣

彼施設論復作是說初靜慮中有三天處謂梵衆梵輔及大梵天問如是三天互相見不答彼互相見問契經所說當云何通如說梵王有得自體如童子像非梵衆天眼之境界答是彼眼境而大梵王通力所遮令彼不見

第二靜慮有三天處謂少光無量光極光淨

問如是三天互相見不答彼互相見第三靜慮有三天處謂少淨無量淨徧淨問如是三天互相見不答彼互相見第四靜慮有八天處謂無雲福生廣果無煩無熱善現善見色究竟問如是八天互相見不答彼互相見皆以同一繫故

法蘊論說於眼周圍有時有分色界大種所造天眼清淨現前由此天眼能見前後左右下上諸色差別見前後左右諸色者非石壁等所障故見下諸色者非地水等所障故見上諸色者非雲霧等所障故問如是天眼能於一時頓見十方諸色境不有說能見以天眼根光明清徹自然徧照如末尼寶徧發光明有說不能一時頓見問法蘊所說當云何通答彼說天眼諸方無障非謂彼能一時頓見謂人等眼但能覩見面所向色欲見餘方要須迴轉俯仰方見天眼不爾面向一方隨欲能見不須迴轉故說能見上下諸方非謂十方一時而見

有作是說意淨故見問意淨是信即心所法與心相應此非見體云何能見答彼依意根無有擾濁寂意而說謂若意根不餘馳散離諸擾濁能令眼根見色分明故作是說有作是說勝解故見問所說勝解是心所法與心相應此非見體云何能見答依瑜伽師意樂安立故作是說謂瑜伽師起此意樂令我一念見十方色然能見色非即勝解又施設論作如是說諸有現入青徧處定從彼定起所見皆青又由多時住青林中後出餘處所見皆青依此故言勝解故見有作是說即人眼

根轉爲天眼能無障見此是數論外道所立彼作是説所起天眼即是人眼數習轉變明淨勝前立以天稱如中印度青林中行或經旬乃出數習所變舉目皆青修天眼時亦復如是若爾盲者應不能修此天眼通便與聖教及現見事皆悉相違又法無常云何轉變

一切天眼皆名無對石壁等物不能礙故問一切天眼於所見色爲有礙不若有礙者何故説無對若無礙者如何住彼色答於所見色應説有礙問若爾何故名無對耶答對有二種一境界有對二障礙有對若依境界有對天眼名有對於自境界不能起故若依障礙有對天眼名無對石壁等障不能礙故此約於境作用而説若約自體亦是障礙有對所攝極微性故又諸天眼於境界中諸瑜伽師隨欲自在於所欲見則有對礙所不欲見則無對礙

一切天眼光明增上光明所引問天眼欲見闇中色時云何能見有作是説此由神通引起光明能見彼色此不應理不得神通便應不能修起天眼如是説者初引通時若離光明不能見色若通成滿設離光明亦能見色問神通天眼俱有光明有何差别答神通光明或自性有或變化有天眼光明惟自性有有作是説天眼光明或自性有或變化有神通光明惟變化有

諸素怛纜毗柰耶中皆説菩薩成就異熟生天眼晝夜能見面各踰繕那問菩薩所成異熟生眼實非天眼何故立此名答菩薩眼根體用殊勝如世勝事假立天名問諸餘有情

亦能遠見山日月等菩薩但見面各踰繕那云何名勝答如彼所見菩薩亦能面各踰繕那約無障說謂無障處諸餘有情雖能遠見若有障處自掌中物亦不能見菩薩不爾面各踰繕那障無障處悉能徹視又餘有情雖能遠見惟麤非細菩薩不爾面各踰繕那乃至毛端亦能見故又餘有情雖能遠見惟晝非夜菩薩不爾面各踰繕那晝夜俱見有說於餘有情所見遠近菩薩過彼一踰繕那故作是說問菩薩成就如是淨眼應見女身不淨充滿何緣故有染習事耶脅尊者言菩薩煩惱未斷未徧知是故猶為無明所迷不應責問如不應責無明者愚盲者墮坑有說菩薩染習彼時不觀不淨觀不淨時不染習彼有說菩薩先世曾種勝受用業於所受用不

見不淨所不受用便見不淨如是說者菩薩成就猛利智慧善觀功德過失差別諸女人身亦容具有功德過失菩薩觀察彼功德時勝於一切耽著欲者若當觀察彼過失時勝於一切不淨觀者觀彼功德故有染習問轉輪王眼齊何能見答王四洲者面各能見四俱盧舍乃至王一洲者面各能見一俱盧舍問主藏臣眼齊何能見答四洲王臣見三俱盧舍乃至一洲王臣見半俱盧舍如契經說輪王有時欲試藏臣威力所受乘船遊戲殑伽河中勅藏臣言吾今須寶藏臣敬諾請還辦之王不悅曰正爾須辦藏臣惶恐即以兩手挹攪水中應時捧出種種珍寶持以獻王復白王言須者可取其不須者還棄水中問輪王眼根勝主藏者何不自取令臣取

耶答諸尊勝人法應如是如餘尊者雖有自知飲食衣服資具所在而不自取此亦如是有餘師說諸轉輪王餘生積集感侍臣業彼業令熟諸有所須皆有侍臣令其供辦若王自取業即唐捐問因論生論何等名爲諸轉輪王感侍臣業答父母師長如法教誨敬順無違是爲此業若先曾習如是業者感多侍臣所欲皆辦問曾聞殑伽河水有處深一踰繕那如何藏臣手及其底取諸珍寶答以輪王業增上力故令寶上昇有說藥叉健達縛等持來授與有說恒有十千天神隨主藏臣而爲給使彼持授與問藏臣何故啓白王言餘所不須當還棄水答顯王業果不思議故諸有所須隨處可得不同餘類恐身命緣當有闕乏長時積聚

問聲聞獨覺及佛天眼能見幾世界色答聲聞天眼不作加行見小千界若作加行見中千界獨覺天眼不作加行見中千界若作加行見大千界世尊天眼不作加行見大千界若作加行能見無量無邊世界如天眼通天耳通等亦爾

地獄成就幾根乃至廣說問何故此中但說成就極多少位非餘位耶答彼作論者意欲爾故乃至廣說有說欲除文雜亂過謂若具說一切位者便於文雜亂難可受持故依多少邊際而說地獄成就幾根旁生乃至諸無色隨信行乃至俱解脫成就幾根答地獄極多十九極少八十九者謂除三無漏根即是具七色根不斷善者八者謂身命意及五受根即失六色根已斷善者旁生極多十九極

少十三十九者謂除三無漏根即具七色根者十三者謂身命意五受信等五根即漸命終先捨六色根者如說旁生鬼界亦爾斷善根者極多十三極少八十三者謂除一形及信等五三無漏根八者謂身命意及五受根即漸命終及在地獄已失六色根者邪定聚極多十九極少八十九者如地獄極多說八者如斷善極少說除在地獄失六色根正定聚極多十九極少十一十九者謂除一形及二無漏根即未離欲染不缺根聖者十一者謂命意三受信等五一無漏根即生無色界聖者不定聚極多十九極少八十九者如邪定極多說八者如斷善極少說及生無色界異生成就命意捨信等五根贍部洲極多十九極少八十九者謂二形者除三無漏根及未離欲聖者除一形二無漏根八者謂身命意五受根即斷善者漸命終位如贍部洲毗提訶洲瞿陁尼洲亦爾俱盧洲極多十八極少十三十八者謂除一形三無漏根十三者謂身命意五受信等五根即漸命終位彼洲無有扇搋半擇迦無形二形斷善根邪定正定及離染者四大王衆天極多十九極少十七十九者謂除一形二無漏根即未離欲染聖者十七者謂除一形憂根三無漏根即已離欲染異生如四大王衆天三十三天乃至他化自在天亦爾梵衆天極多十六極少十五十六者除二形二受二無漏根即彼聖者十五者除二形二受三無漏根即彼異生如梵衆天極光淨天亦爾徧淨天極多十六極少十四十六者如前說十四者除二形三受

三無漏根即彼異生廣果天極多十六極少十三十六者如前說十三者除二形四受三無漏根即彼異生中有極多十九極少十三十九者謂二形者除三無漏根及未離欲染聖者除一形二無漏根十三者謂斷善者除一形信等五三無漏根及廣果異生除二形四受三無漏根諸無色極多十一極少八十一者命意三受信等五一無漏根即彼聖者八者命意捨信等五根即彼異生隨信行極多十九極少十三十九者除一形二無漏根即未離欲染住見道者十三者身命意四受信等五一無漏根即已離欲染漸命終位入見道者

問何故此位能入見道答是愛行者一期生中恒猒生死臨命終時苦受所觸猒心轉增能入見道如隨信行隨法行亦爾信勝解極多十九極少十一十九者除一形二無漏根即未離欲染信勝解十一者命意三受信等五一無漏根即無色界信勝解如信勝解見至亦爾身證極多十八極少十一十八者除一形憂根二無漏根即欲界身證十一者如信勝解極少說如身證慧解脫俱解脫亦爾然身證成就已知知根二解脫成就具知根

眼根乃至慧根得徧知時幾根得徧知耶答眼根得徧知時至離色染五根得徧知此中徧知是彼愛斷徧知果故得徧知名五根者眼耳鼻舌身離色染時彼永斷故雖於此位斷十三根惟此五根得究竟斷如眼根耳鼻舌身根亦爾女根得徧知時至離欲染四根得徧知謂男女憂苦雖於此位斷十九根惟

此四根得究竟斷如女根男根苦根憂根亦爾命根得徧知時至離無色染八根得徧知謂命意捨信等五根如命根意捨信等五根亦爾樂根得徧知時至離徧淨染即樂根得徧知喜根得徧知時至離極光淨染即喜根得徧知

眼根乃至慧根滅作證時幾根滅作證耶答眼根滅作證時至離色染五根滅作證至阿羅漢十九根滅作證五根者眼耳鼻舌身十九者除三無漏根如眼根耳鼻舌身根亦爾女根滅作證時至離欲染四根滅作證至阿羅漢十九根滅作證四者男女憂苦十九者如前說如女根男苦憂根亦爾命根滅作證時至阿羅漢十九根滅作證如前說如命根意捨信等五根亦爾樂根滅作證時至離徧淨染即樂根滅作證至阿羅漢十九根滅作證如前說喜根滅作證時至離極光淨染即喜根滅作證至阿羅漢十九根滅作證如前

說問此二門何差別答諸有欲令無間道斷繫得解脫道證離繫得若彼說如無間道作用徧知門亦爾如解脫道作用作證門亦爾諸有欲令無間道斷繫得亦證離繫得者彼說如斷繫得徧知門亦爾如證離繫得作證門亦爾如斷繫得證離繫得除過失修功德棄下劣證美妙捨無義得有義盡愛膏油受無熱樂應知亦爾有說如斷未斷初門亦爾如證未證後門亦爾有說如初作證初門亦爾如重作證後門亦爾有說如斷時作證初門亦爾如斷已作證後門亦爾是謂徧知作證差別

阿毗達磨大毗婆沙論卷第一百五十 該一切有

部 發 智

音釋

朅 丘傑切 壓笮 壓烏甲切鎮也笮側革切迫也 鞱 他刀切 末尼 梵語也此云無垢即珠之總名也 素怛纜 梵語也此云契經怛當割切纜盧瞰切 踰繕那 梵語也此云限量繕時戰切 挓攪 挓呼毛切擾也攪古巧切撓也

阿毗達磨大毗婆沙論卷第一百五十一

五百大阿羅漢等造

唐三藏法師玄奘奉　詔譯

根藴第六中等心納息第四之一

一切有情心當言等起等住等滅耶如是等章及解章義既領會已當廣分別問何故作此論答欲令疑者得決定故謂諸有情或有身形廣大或有身形狹小身形廣大者如大海中有諸有情所得自體其量廣大或百踰繕那或二三四五六七百或乃至二十一百踰繕那如曷邏呼阿素洛帝形量廣大長十六千踰繕那如色究竟天身量身形狹小者如蚊蟻蟣蠓水酢細蟲諸明眼人雖極作意亦不能見勿有生疑身廣大者心亦廣大身狹小者心亦狹小欲令此疑得決定故顯有情類大種所造色雖有多少而心皆等故作斯論又諸有情或有行動捷速或有行動遲緩行動捷速者如馬鹿猫狸等行動遲緩者如蠐螬蚔蚓等勿有生疑行動速者心生滅速行動遲者心生滅遲爲令此疑得決定故顯諸有情雖大種所造色動有遲速而心生滅無不皆等又諸有情或有威儀輕躁猶若風飈覺慧漂轉如波上日或有威儀敦重猶如山嶽覺慧沉靜如密室燈勿有生疑威儀輕躁覺慧漂轉者心生滅速威儀敦重覺慧沉靜者心生滅遲爲令此疑得決定故顯諸有情雖威儀有輕重覺慧有浮沉而心無不等生等滅問若諸有情心等生滅何故威儀有輕重覺慧有浮沉耶答有諸有情於多境界有多心起有諸有情於一境界有多心起

若諸有情於多境界起多心者則威儀輕躁覺慧漂轉若諸有情於一境界起多心者則威儀敦重覺慧沉靜由此等緣故作斯論一切有情心當言等起等住等滅耶答如是問爲一切有情心等生等滅彼一切一刹那生一刹那滅耶爲非一切有情心等生等滅亦非一切一刹那生一刹那滅耶設爾何過若一切有情心等生等滅彼一切一刹那生一刹那滅者有心位可爾無心位云何謂入無想滅盡定時餘有情心亦生亦滅彼心滅而不生出無想滅盡定時餘有情心亦滅亦生彼心生而不滅住無想滅盡定時餘有情心亦生亦滅彼心不生不滅云何可說心生滅等同一刹那若非一切有情心等生等滅亦非一刹那生一刹那滅者此中所說當云何通謂一切有情心等起住滅答應作是說一切有情心等生等滅彼一切一刹那生一刹那滅問有心位可爾無心位云何答有心位可爾無心位亦可爾謂入無想滅盡定時如餘有情心生彼最初刹那定亦生如餘有情心滅彼入定心亦滅出無想滅盡定時如餘有情心生彼出定心亦生如餘有情心滅彼最後刹那定亦滅住無想滅盡定時如餘有情心刹那刹那亦生亦滅彼中間定刹那刹那亦生亦滅是故有心無心位俱可爾有餘師說非一切有情心等生等滅亦非一切一刹那生一刹那滅謂有有情心滅不生如入無想滅盡定者或有有情心生不滅如出無想滅盡定者或有有情心不生不滅如住無想滅盡定者或有有情心亦生亦滅如住有

心位者問此中所說當云何通答此依量等而說勿有謂心或大或小故說一切有情心等如是說者一切有情心等起等滅彼一切一刹那生一刹那滅以有爲法從緣生已皆即滅故有貪心離貪心當言等起等住等滅耶答如是有瞋離瞋有癡離癡略散下舉小大掉不掉不靜靜不定定不修修不解脫解脫心當言等起等住等滅耶答如是問何故作此論答諸染汙心其性沉重諸善心其性輕舉勿有生疑染心生滅遲緩善心生滅迅速爲令此疑得決定故顯二種心生滅時等故作斯論由二義故心名有貪一與貪相應二爲貪所繫若惟貪相應故名有貪心則瞋等相應品及有漏善無覆無記應名離貪心然彼亦名有貪心貪所繫故雖由二義心名有貪此中但依相應義說無雜亂故亦由二義心名離貪一貪不相應二是貪對治若惟貪不相應名離貪心者則瞋等相應品亦應名離貪心然彼不應名離貪心有染汙故雖由二義心名離貪此中但依貪對治說無雜亂故有瞋離瞋等皆准此知是故此中應作是說有貪心者謂貪相應離貪心者謂貪對治有瞋心者謂瞋相應離瞋心者謂瞋對治有癡心者謂癡相應離癡心者謂癡對治略心者謂善心於境攝錄故散心者謂染心於境縱逸故健馱羅國諸論師言眠相應心說名爲略以世尊說眠名心略故如契經說云何眠夢謂眠夢位略聚散心問云何釋通見蘊所說彼說四智如實知略心謂法智類智道智世俗智一智如實知散心謂世俗智答

彼說不應通以違他說而作論故若欲通者當改彼文略心散心下心等一智如實知謂世俗智舉心等四智如實知如前說彼說非理若如是說即染汙眠心應亦略亦散眠相應故是染汙故欲令無如是過是故如前所說爲善下心者謂染汙心懈怠相應故舉心者謂善心精進相應故小心者謂染汙心小生所習故大心者謂善心大生所習故問無量有情習諸惡行非諸妙行染心現前非諸善心云何名染心小生所習善心大生所習耶答不以衆故立大小名此中若能修行白法說名爲大餘名爲小故三界中惟有一佛而名爲大具白法故餘類雖多而名爲小以諸白法不具足故有說染心名小小價得故謂染汙心不由加行不須財寶但起少許非理作意便相續轉如大河流善心名大大價得故謂諸善心要由加行及多加行雖捨百千珍寶有能現前或不現前有說染心名小少根相應故謂諸染心或但一根或二相應無具三者善心名大多根相應故謂諸善心皆與三根相應無有闕者有說染心名小少隨轉故謂諸染心唯三蘊隨轉善心名大多隨轉故謂諸善心或三蘊或四蘊隨轉有說染心名小少眷屬故謂諸染心無未來修善心名大多眷屬故謂諸善心有未來修有說染心名小少對治故謂多煩惱相續現前斷少善根後還相續善心名大多對治故如起一念苦法智忍頓斷欲界見苦所斷十種隨眠令永不起有說染心名小導首劣故何等名爲染心導首謂諸無明如說無明爲導首

故便起無量惡不善法及能引生無慚無愧由如商主無眼無足令諸商人所求不遂善心名大導首勝故何等名爲善心導首謂諸慧明如說慧明爲導首故便起無量諸妙善法復能引生殊勝慚愧猶如商主有眼有足令諸商人所求果遂有說染心名小威力小故善心名大威力大故謂無始來所習惡法善法纔起悉令遠離如經多時習無鹹想纔食鹽時彼想皆捨又如室中多時積闇燈明纔至彼闇便除又善法斷惡永令不生惡法斷善後必相續由此等緣染心名小善心名大掉心者謂染汙心掉舉相應故不掉心者謂善心行捨相應故不靜心者謂染汙心不寂靜相應故一切煩惱皆不寂靜性靜心者謂善心寂靜相應故一切善法皆寂靜性不定心者謂染汙心散亂相應故定心者謂善心等持相應故不修心者謂於得修習修俱不修心修心者謂於得修習修隨一或俱修心不解脫心者謂於自性解脫相續解脫不解脫心解脫心者謂於自性解脫相續解脫隨一或俱解脫心

壽當言隨心轉不隨心轉耶答不隨心轉問何故作此論答欲止他宗顯已義故謂分別論者說壽隨心轉問彼何故作是說依契經故如契經說壽煖識三和合非不和合如是三法不可施設離別殊異由此證知壽隨心轉爲止彼說顯壽不隨心轉故作斯論問何故壽不隨心轉答隨心轉法決定與心一起一住一滅壽非與心決定一起一住一滅故有說隨心轉法決定與心一果一等流一異

熟壽非與心決定一果一等流一異熟故有說隨心轉法決定與心俱生壽非決定與心俱生故有說隨心轉法法爾心若善彼亦善不善無記亦爾壽惟無記若隨心轉者則無記心現在前時壽可轉善不善心現在前時壽應斷故有說隨心轉法法爾心若欲界繫彼亦欲界繫色無色界繫不繫亦爾壽惟三界繫而隨生此界有此界壽非餘若隨心轉者則生欲界欲界心現在前時壽可轉色界等心現在前時壽應斷乃至生無色界說亦如是有說隨心轉法法爾心若學彼亦學無學非學非無學亦爾壽惟非學非無學若隨心轉者非學非無學心現在前時壽可轉學心無學心現在前時壽應斷有說隨心轉法法爾心若見所斷彼亦見所斷修所斷不斷

亦爾壽惟修所斷若隨心轉者則修所斷心現在前時壽可轉見斷等心現在前時壽應斷有說隨心轉法法爾心有彼有心無彼無若壽隨心轉者有心時壽可轉無心時壽應斷則住無想滅盡等至及生無想心不行時應名爲死無命根故欲令無如是過是故壽不隨心轉問分別論者所引經云何通如說壽煖識三和合非不和合乃至廣說尊者世友說曰此約一所依一相續說謂此三法於一所依一相續中皆具可得不說三法必互隨轉若如所說作決定者應不施設蘊界處異以彼經言如是三法不可施設離別殊異故然壽是行蘊法界法處攝煖是色蘊觸界觸處攝識是識蘊七心界意處攝由此不應如文而取又此三法若定和合無色界應有

煖非情中應有壽識無想定等應有識現行若許便違聖教正理是故不可隨文定取應知此文依容有義説和合等壽當言隨相續轉爲一起便住耶答若欲界有情不住無想滅盡等至當言隨相續轉若住無想滅盡等至及色界無色界有情當言一起便住問何故作此論答欲止他宗顯已義故謂譬喻者不許有非時命終所以者何如契經説壽終不可救由此故知無非時死爲止彼意顯有非時命終故作斯論問云何名爲隨相續轉有説災横名爲相續謂生欲界不住無想滅盡等至壽隨災横相續而轉所以者何若有於壽非恒作非恒轉非受作非受轉非時行非處行不修梵行食非宜食非量生者不熟熟者持之於宜匪宜不能觀察不服醫藥不用醫言不避災危作諸凶戲由此等故壽便中夭若有於壽恒作恒轉受作受轉時行處行修梵行食所宜食應量生者令熟熟者弃之於宜匪宜能審觀察服醫藥用醫言避災危遠凶戲由此等故壽不中夭有説色身名爲相續謂生欲界不住無想滅盡等至壽隨色身相續而轉所以者何若身平和壽則無夭若身損壞壽則中夭有説他身名爲相續謂生欲界不住無想滅盡等至壽隨他身相續而轉所以者何若有他身於已壽命不爲損害壽便無夭若爲損害壽便中夭問云何名爲一起便住答隨因起已便相續住不隨災横自身他身違害而轉謂生欲界現住無想滅盡等至及生上界壽皆不隨外緣而轉問欲界不入二無心定亦有壽量不隨緣轉

何故不說答應說而不說者當知此義有餘有說此中說決定者謂若住二無心定壽行決定不隨緣轉餘或隨緣是故不說有說欲界雖復更有不隨緣轉然爲顯示二定威力故偏說之

如經說有情所得自體有四種一有所得自體可爲自害不爲他害二有所得自體可爲他害不爲自害三有所得自體可爲自害亦爲他害四有所得自體不爲自害亦不他害云何有情所得自體可爲自害不爲他害謂有欲界戲忘諸天時好嚴身躭著嬉戲過時疲極失念而死復有欲界意憤諸天有時忿恚角眼相視久憤不勝從彼殞歿復有一類或龍妙翅或鬼及人或復所餘可爲自害非他害者云何有情所得自體可爲他害不爲自害謂處卵鷇或胎藏中諸根未滿諸根未熟復有一類或龍妙翅或鬼及人或復所餘可爲他害非自害者云何有情所得自體可爲自害亦爲他害謂諸禽獸或龍妙翅或鬼及人或復所餘可爲自害亦他害者云何所得自體不爲自害亦不他害謂生色無色界一切中有一切地獄住無想定滅盡定慈定隨信行隨法行最後有菩薩菩薩母菩薩處胎時轉輪王輪王母輪王處胎時王仙佛使佛所記者如殑耆羅殊底穡迦長者子嗢怛羅長者子達弭羅長者子治脅勝織師子時縛迦鴆摩羅等佛所記者住最後有補特伽羅所作未辦北俱盧洲劫初時人哀羅伐拏龍王善住龍王琰摩王等及餘一類俱不害者是名四種所得自體世尊說有所得自體

不爲自害亦不他害時尊者舍利子從座而起偏袒一肩右膝著地合掌恭敬而白佛言何等有情所得自體不爲自害亦不他害耶佛告舍利子非想非非想處有情不爲自害亦不他害問因論生論尊者舍利子於此所問爲了知不若了知者何故復問若不了知云何得名到究竟聲聞云何世尊不於非田非器而雨法雨令所說法空無果耶有說尊者了知問若爾何故復問答亦有知而故問如毗奈耶說爾時世尊知而故問爲令所說得明了故又彼尊者雖自了知爲饒益他是以故問謂於衆會有未了知無無畏故不能問佛尊者舍利子成就無畏爲益彼故雖知而問有說尊者亦不了知問若爾云何得名到究竟聲聞答不說不知說已則知斯有何過問云何不於非田非器而雨法雨令所說法空無果耶答尊者舍利子雖不了知而於衆中有餘能知如慈氏菩薩等故非無果若無漏慧雖爾時舍利子勝若世俗慧則慈氏菩薩勝故佛一時與慈氏菩薩論世俗諦舍利子等諸大聲聞莫能解了問下地自體亦有俱非自他所害何故但說非想非非想處耶答舉後顯初故作是說世尊有處舉後顯初如此文等有處舉初顯後如說離欲惡不善法有尋有伺離生喜樂初靜慮具足住如是等如舉後顯初舉終顯始舉出顯入舉究竟顯加行應知亦爾有說下地不定是以不說謂下地有情所得自體或無災橫如住無想定等或有災橫如戲忘諸天等非想非非想處定無災橫是故偏說有說四靜慮三無

色中亦有如欲界戲忘死等事非想非非想處都無此事是故偏說有說下地有情皆有煩惱勢力增上彼若現前即便夭殁非想非非想處無此煩惱是故世尊但說彼地尊者法救作是釋言此中爲自所害者謂爲自地對治道所害爲他所害者謂爲上地邊對治道所害初靜慮自體爲自所害謂自地聖道爲他所害謂第二靜慮邊世俗道乃至無所有自體爲自所害謂自地聖道爲他所害謂非想非非想處邊世俗道非想非非想處自體非自所害自地無聖道故亦非他害無上地邊世俗道故由此但說非想非非想處所得自體非俱所害

問住無想滅盡等至壽當言轉爲住耶答當言轉問何故作此論答爲令疑者得決定故謂住無想滅盡等至諸心心所一切不行爾時心心所法不起不滅勿謂此位所有壽行如心心所亦不起滅但凝然住爲除此疑顯此位壽念念起滅故作斯論問云何名轉答刹那刹那起滅相續故名爲轉即是遷流非凝住義如世尊說人壽漸盡如小河水若諸有情壽起便住云何知彼壽漸盡耶答由世盡劫盡故問何故作此論答爲令疑者得決定故謂前文說若住無想滅盡等至及色無色界有情壽當言一起便住或謂彼壽一起不滅爲除此疑顯彼壽行離災横故說一起便住而實刹那刹那有生有滅令壽漸盡故作斯論問五蘊皆漸盡何漸說壽耶答世尊此中舉壽漸盡顯五皆有獨盡之義有說壽勝佛於此中舉勝顯劣故但說壽盡有說壽

能任持五蘊若說壽盡當知已說五蘊盡義有說壽斷衆同分亦斷衆同分斷五蘊亦斷佛隨根本而說故說壽盡有說壽量有增有減有盛有衰故佛偏說問諸趣皆有壽漸盡義何故但說人壽漸盡答佛於爾時爲人說故有說佛意以人爲首顯諸趣中壽皆漸盡有說佛是人之同類故所說法多隨順於人有說人壽有極增減盛衰義故謂劫初時人壽無量其後漸減至八萬歲後更轉減乃至十歲如是人壽漸盡義明了可知餘趣不爾故佛偏說問說大河水亦有漸盡義何故但說如小河耶答大河常流不可知其漸盡不如諸小河水有時盈溢如夏雨時有時乾枯如至寒際諸有情類壽河亦然有時盈溢如結生位有時都盡如捨命時是故世尊以小河喻若諸有情壽起便住者謂住二無心定及上界有情世盡劫盡者有說細無常名世盡麤無常名劫盡有說刹那無常名世盡一期無常名劫盡有說有情數物無常名世盡非有情數物無常名劫盡有說內法無常名世盡外法無常名劫盡

入無想定幾根滅耶乃至廣說問何故作此論答欲止他宗顯已義故謂譬喻者分別論師執無想定細心不滅彼作是說若無想定都無有心命根便斷應名爲死不名爲定爲止彼意顯無想定都無有心有執此定雖無有心但離欲染即能現起以界同故爲遮彼意顯無想定離遍淨染方能現前要以第四靜慮爲等無間緣故由此尊者世友作如是言云何無想定謂已離遍淨染未離上染出

離想作意爲先心心所法滅是名無想定由此因緣故作斯論入無想定幾根滅答七謂意捨信等五根何繫心心所滅答色界繫此依界類總相而說然惟第四靜慮地繫出無想定幾根現前答七如前說何繫心心所現前答色界繫此亦依界類總相而說然惟第四靜慮地繫由此所說證無想定決定無心以入定時但說諸根心心所法滅而不說起於出定時但說諸根心心所法起而不說滅故

阿毗達磨大毗婆沙論卷第一百五十一　說一切有部發智

音釋

蠛蠓　蠛莫結切蠓莫紅切蠛蠓細蟲也　蠐螬　蠐徂奚切螬昨勞切蠐螬蟲名　纔　昨哉切蟴也　㲉　苦角切卵孚也

阿毗達磨大毗婆沙論卷第一百五十二

五百大阿羅漢等造

唐三藏法師玄奘奉　詔譯

根蘊第六中等心納息第四之二

問無想定自性云何答不相應行蘊爲性是彼攝故界者在色界地者在根本第四靜慮地問何故下地無此定耶答非田非器乃至廣說又無想定滅心心所故得下地不順心心所滅問何故第四靜慮順心心所滅非下地耶答諸欲入彼定者先起欲界善心次入初靜慮次入第二靜慮次入第三靜慮後入第四靜慮於第四靜慮上中下心從上入中從中入下下品心斷入無想定譬如女人績毛爲縷除去麤者緝績細者乃至將盡以手絶之入無想定當知亦爾從麤入細乃至都滅故此惟在第四靜慮又下諸地有歡戚受行相麤動難可除滅第四靜慮惟有處中受行相微細易可斷滅故下地中無無想定問何故無色界無彼定耶答惟有異生計習此定以爲能證無想涅槃無色界中無有無想異熟可計故無想定於彼亦無又諸異生怖畏斷滅彼界無色若更滅心便爲斷滅是彼所怖故彼界中無無想定問此無想定何處能起有作是說惟欲界起欲界心猛有說力故有餘師說通欲界三靜慮起由念曾修加行勢力亦能起故復有說者第四靜慮亦能現起除無想天初果與因極相逼故彼殁定當生欲界故問此無想定誰所起耶答惟異生起由作出離想故聖於有法無出離想問起此定後有能入見道不有說不能由此定

是異生定故若起此定後能入見道便有聖者成就此定不應名異生定有說起此定後亦能入見道問若爾云何名異生定答聖雖成就而不現行彼依現行名異生定是故尊者妙音說曰得此定補特伽羅有能入正性離生者應言退失此定於彼極猒不現行故命終生於第四靜慮於彼處所有容受故如是說者初說爲善問此無想定爲加行得爲離染得答是加行得非離染得離第三靜慮染時不得故若離染得者聖離第三靜慮染時亦應得然則不應名異生定問此無想定亦得過去修未來耶有說不然惟有心定可有是事非於無心有得修義若作是說定初剎那惟成就現在定餘剎那成就過去現在出此定已但成就過去有說此定有未來修以加行得法有未來修故此定必由極作意力加行而得云何無未來修耶若作是說定初剎那成就未來現在定餘剎那成就三世出此定已成就過去未來問若如有心有得修者聖離第三靜慮染第九無間道時如得第四靜慮并眷屬亦應得此定是則不應名異生定答前說此定惟加行得是故異生聖者離第三靜慮染時皆悉不得有諸異生離彼染已以加行力勤求方乃得之是故無過如是說者應如初說以有心定可未來修此定無心無未來修義由此過去亦無得理如別解脫律儀此亦如是問此無想定有退轉不答此無退轉云何知然曾聞有苾芻得無想定出此定已諸根寂然進止威儀語言衣著受諸飲食皆悉詳審有阿羅漢先得願智

見已念言此善男子必獲勝法我當觀其所證邊際念已入定以願智力見彼苾芻得無想定便從定起而語之言汝之所證極爲非善如何遇佛功德寶藏捨而謬取外道所學糞壤定耶汝今宜應疾疾弃捨苾芻聞已作意捨之此定隨逐不能捨離乃至休道還家亦不能捨後命終已生無想天故知此定不可退轉譬喻者說此有退轉以一切業皆可轉故乃至無間業若遇勝緣亦有轉義若無間業不可轉者應無有能越第一有評曰如是說者初說爲善問此無想定於衆同分爲能牽引爲但圓滿答但能圓滿不能牽引以衆同分惟業所引此非業故問此無想定爲順現法受爲順次生受爲順後次受爲順不定受耶答惟順次生受非順現法受等非順現法受者以於餘處修此定已生無想天方與果故非順後次受者此定猛利速與果故非順不定受者不可退轉故問此於何處受何異熟果答於無想天受五蘊異熟果入滅盡定幾根滅乃至廣說問何故作此論答爲止他宗顯已義故謂譬喻者分别論師執滅盡定細心不滅彼說無有有情而無色者亦無有定而無有心者若定無心命根應斷便名爲死非謂在定爲止彼意顯滅盡定都無有心有執此定雖無有心但離色染即能現起以界同故爲止彼意顯滅盡定要離無所有處染方得現前非想非非想處心爲等無間緣故由此尊者世友說言云何滅盡定謂已離無所有處染止息想作意爲先心心所法滅是名滅盡定由此因緣故作斯論入滅

盡定幾根滅答七謂意捨信等五根何繫心心所滅答無色界繫此依界類總相而說然惟非想非非想處繫出滅盡定幾根現前答或七或八有漏心七無漏心八謂若非想非非想處心出者七根現在前如前說若無所有處心出者八根現在前謂前七及巳知具知根隨一何繫心心所現前答或無色界繫或不繫謂若非想非非想處心出者無色界繫若無所有處心出者不繫由此所說證滅盡定決定無心以入定時但說諸根心心所法滅而不說起於出定時但說諸根心心所法起而不說滅故

問滅盡定自性云何答不相應行蘊爲性是彼攝故界者在無色界地者在根本非想非非想處地問何故下地無此定耶答非田非器乃至廣說又滅盡定滅極細心心所故得下地不順極細心心所滅問何故非想非非想處順極細心心所滅非下地耶答諸欲入彼定者先起欲界善心次入初靜慮次入第二靜慮如是乃至入無所有處次入非想非非想處於非想非非想處上中下心從上入中從中入下下品心斷入滅盡定所說譬喻如前應知故此惟在非想非非想處又下諸地皆名有想行相麤動難可止息此地名非想非非想行相微細易可止息故下地中無滅盡定有說二定俱無心故各於一界邊立謂無想定於有色界邊立滅盡定於無色界邊立有說二定俱無心故各於一地邊立謂無想定依有色地邊立滅盡定依無色地邊立有說二定俱無心故各於一聚邊立謂無

想定於大種所造色聚邊立滅盡定於心心所法聚邊立有說一切地皆有二種過一過貪欲二過住處初靜慮地過貪欲者謂自地聖道過住處者謂第二靜慮乃至無所有處過貪欲者謂自地下地聖道過住處者謂非想非非想處非想非非想處過貪欲者謂下地聖道過住處者謂滅盡等至若下地有滅盡定者則下諸地應有三種過或二種過非想非非想處惟有一種過勿有如斯不平等過故滅盡定非下地有有說此定由二因緣立爲解脫一背捨一切所緣二邊際心斷若下地有滅盡定者則非背捨一切所緣於上所緣未弃背故亦不可說邊際心斷中間心斷非邊際故有說此定次第定中爲後邊故必從非想非非想處無間而入由此等緣於下諸地無滅盡定惟有頂有如世尊說何等名爲滅盡等至謂超過一切非想非非想處故想受滅身作證具足住問滅盡等至即非想非非想處繫何故佛說超過一切非想非非想處耶答雖即彼繫寂靜勝故佛說超彼譬如村邊阿練若處雖即村界亦以寂靜說離於村又有二種非想非非想處一有心二無心超過一切非想非非想處故者依有心非想非非想處說想受滅身作證具足住者依無心非想非非想處說如有心無心相應不相應有所依無所依有行相無行相有作意無作意有所緣無所緣應知亦爾又有二種非想非非想處一染汙二不染汙超過一切非想非非想處故者依染汙者說想受滅身作證具足住者依不染汙者說如染汙不

染汙見所斷修所斷亦爾又有二種非想非非想處一曾得二未曾得超過一切非想非非想處故者依曾得者說想受滅身作證具足住者依未曾得者說如曾得未曾得共不共亦爾又有二種非想非非想處一離染得二加行得超過一切非想非非想處故者依離染得者說想受滅身作證具足住者依加行得者說又依地次第超過而說超過一切無所有處入非想非非想處具足住者依超過下地貪欲說超過一切非想非非想處故想受滅身作證具足住者依超過自地有心住處說問諸無學者可言超過一切非想非非想處彼於有頂具有貪欲及住處二種過故諸有學者於彼惟有一種過如何可言超過一切答一切有二種一一切一切二少分一切此中學者依少分說故無過有說此中但依超過住處而說謂諸學者雖於有頂修所斷貪欲未能超過一切而於有頂住處能一切超過有說此中依暫時超過說謂諸學者暫時超過有心位一切有頂出有心入無心故問滅盡定中滅一切心心所法何故但言想受滅不說心等答譬喻者說此定有心惟滅想受問今不問彼但問說無心者何故爾耶答說想受滅顯餘亦滅非餘相應法離想受起故有說此中說最勝者以諸心品想受最勝以勝滅故餘亦隨滅有說此中現門現略現趣入故謂心聚中有是根性有非根性若說受當知已說是根性者若說想當知已說非根性者如根性非根性有明無明有現見無現見應觀察不應觀察妙非妙尊非

尊勝非勝應知亦爾有說想受是諸瑜伽師極所猒患由受力故令諸有情色界勞弊由想力故令諸有情無色勞弊是故世尊說想受滅有說想受二界中勝受於色界中勝想於無色界中勝有說躭樂受故執倒想故令諸有情輪迴生死受諸苦惱有說想受各別立蘊及立識住有說想受能起愛見二種煩惱受力故起愛想力故起見一切煩惱此二爲首有說想受是二諍根由受故躭著諸欲令在家者起諸鬬諍由想故躭著諸見令出家者起諸鬬諍如二諍根二邊二箭二戲論二我所二雜染應知亦爾有說行者憎受想故入滅盡定由如是義故佛惟說滅此二法如施設論說云何加行起滅等至謂初修業者於一切行不作加行不欲思惟諸我所有未生想受當令不生已生想受當令速滅若於爾時所有想受未生不生已生者滅是名爲滅云何此滅說名等至謂於滅法無障無背自在現見自身所證故名等至以是事故世尊說滅惟一剎那等至相續問令心平等說名等至此中無心云何名等至答等至有二一令心平等二令大種平等無想滅盡定雖斷平等心令不相續而引平等大種令現在前故名等至問何故二無心定中惟滅盡定立爲解脫非無想定脅尊者言佛於諸法體相作用了達究竟餘不能知若法有解脫相者便即立之無者不立復次滅盡定惟內法有故立解脫無想定惟外法有故不立解脫如內法外法聖者異生亦爾復次滅盡定惟背雜染向清淨者相續中可得故立解脫

無想定惟背清淨向雜染者相續中可得故不立解脫如背雜染向雜染背生死向生死背流轉向流轉當知亦爾復次滅盡定惟背我見向無我見者相續中可得故立解脫無想定惟背無我見向我見者相續中可得故不立解脫復次滅盡定惟背薩迦耶見向空觀者相續中可得故立解脫無想定惟背空觀向薩迦耶見者相續中可得故不立解脫復次前說滅盡定由二因緣立爲解脫一背一切所緣二邊際心斷無想定二事俱無是故不立復次滅盡定惟障諸界諸趣諸生者相續中可得故立解脫無想定惟不障諸界諸趣諸生者相續中可得故不立解脫復次弃背諸有名爲解脫滅盡定弃背諸界諸趣諸生生死轉流覺無想定不爾由此等緣二

無心定中惟滅盡定立爲解脫非無想定問無想定滅盡定有何差別答名即差別名無想定名滅盡定復次界亦差別謂無想定色界繫滅盡定無色界繫復次地亦差別無想定在第四靜慮滅盡定在非想非非想處復次相續亦有差別無想定在異生相續滅盡定在聖者相續復次入無想定時作出離想入滅盡定時作止息想復次入無想定時惟猒於想入滅盡定時通猒想受復次入無想定時惟欲滅想入滅盡定欲滅受想復次入無想定時滅色界繫心心所法入滅盡定時滅無色界繫心心所法復次入無想定時滅第四靜慮心心所法入滅盡定時滅非想非非想處心心所法復次無想定招色界異熟滅盡定招無色界異熟復次無想定招第四

靜慮異熟滅盡定招非想非非想處異熟復次無想定惟順生受異熟滅盡定順生復次不定受異熟故有差别尊者世友作是問言無想定滅盡定何差别答一名無想定一名滅盡定故有差别又界地相續想猒欲樂所滅異熟皆有差别廣說如上又異生入無想定感無想處果聖者入滅盡定感有頂處果又無想定令諸異生受色界異熟果滅盡定令諸學者受無色界異熟果令無學者受無色界等流果是謂無想定滅盡定差别問八解脱中世尊何故惟說第三第八解脱名身作證非餘耶如契經言淨解脱身作證想受滅解脱身作證答有餘契經於八解脱世尊皆說名身作證如大因緣經中佛於八解脱一一皆說身作證具足住故問雖少經中於八解脱說身作證於多經中惟說二種名身作證何故爾耶答此二解脱八解脱中名義最勝是故偏說有說此二解脱俱用加行功力所證故有說此二各居一界邊謂淨解脱居色界邊想受滅解脱居無色界邊有說此二解脱各居一地邊謂淨解脱在第四靜慮邊想受滅解脱在非想非非想處邊有說淨解脱於大種所造色聚邊際而立想受滅解脱於心心所法聚邊際而立有說淨解脱雖取色淨相而不起煩惱以殊勝故世尊安立身作證名想受滅解脱以無心故在身非心身力所起非心力起是故世尊說爲身證有說於契經中說八解脱身作證者皆以此二解脱故得名身證由此等義故惟二種說身作證具足住者有多處說具足住聲謂或有

處於色蘊少分說具足住或有於善五蘊說具足住或有於善四蘊說具足住或有於不相應行蘊一分說具足住或有於寂滅涅槃說具足住於色蘊一分說具足住者如伽他說

於妙慧聖教　具足住尸羅　一切皆賢善多功德寶藏

於善五蘊說具足住者如說初靜慮乃至第四靜慮具足住於善四蘊說具足住者如說空無邊處乃至非想非非想處具足住於不相應行蘊一分說具足住者如此八解脫中說想受滅解脫身作證具足住於寂滅涅槃說具足住者如說於涅槃身作證具足住問滅盡定有幾種類有說有四謂具縛者所起離上三品者所起離中三品者所起離下三品者所起種類各別故復有說四謂離六七八九品染者所起各以爲一彼說具縛者乃至離五品染者皆未能起此定故有說此定有九種謂離上上品者所起乃至離下下品者所起惟具縛者不能起故有說此定有十種謂具縛者所起乃至離下下品者所起問若具縛者能起此定諸異生類何不能起答縛有二種一見所斷二修所斷於有頂中若缺見所斷縛具修所斷縛者能起此定具二縛者則不能起如是說者此滅盡定有十一種謂具縛者所起離上上品者所起乃至離下下品者所起時解脫阿羅漢練根得不動者所起問此十一種體有異耶有說不異問若爾何故說十一答由位別故非體有異有說此十一種其體各異隨位所起種類別故

問若爾具縛者所起乃至時解脫阿羅漢練根得不動者所起差別云何答有具縛時起滅盡定即彼進斷一品染時復起滅盡定彼於爾時先所起者得而不在身成就不現前今所起者得亦在身成就亦現前即彼乃至從時解脫練根得不動彼於爾時前諸位中所起滅定得而不在身成就不現前今不動位所起滅定得亦在身成就亦現前由此應知體類各別問此定有上中下品類別不若有者施設論說云何通如彼說滅無差別若無者佛獨覺聲聞所起無勝劣耶有說此定無上中下問施設論說滅無差別雖已善通而佛獨覺聲聞所起無勝劣耶答體無勝劣皆以心心所滅爲其性故但由加行說有差別謂佛起此定不由加行獨覺下加行聲聞或中或上如是說者此滅盡定有上中下品類差別問三乘所起有勝有劣雖已善通施設論說滅無差別當云何通答依能斷滅心心所法無差別義說無差別而滅盡定是有爲故如餘有爲有上中下由隨根性階分異故謂佛所得是上獨覺所得是中聲聞所得是下聲聞乘中有多差別且有學位具縛所起爲下下乃至斷八品所起爲上上無學位中退法種性所起爲下下乃至始得不動種性所起爲上下餘本得不動種性所起爲上中波羅蜜多聲聞所起爲上上一一種性中根品差別所起各有上中下品類差別是故滅定有多品類問此滅盡定幾物爲體有說此定一物爲體若滅現前即名無心故問云何一滅刹那現前即名無心答如一受刹那

現前即名有受一想剎那現前即名有想一識剎那現前即名有識如是一滅剎那現前即名無心斯有何過有說此定十一物爲體以十大地法及心滅故有說此定二十一物爲體以十大地法十大善地法及心滅故如是說者隨滅爾所心心所法即有爾所物現前爲此定體問此滅盡定自體既爾其相云何答自體即相相即自體以一切法不可離體別說其相故尊者世友作如是言此滅盡定解脫爲相故作是說住此定者心心所法解脫勝解脫極勝解脫離繫勝離繫極勝離繫問此定不能斷諸煩惱如何可說住此定者心心所法解脫等言答住此定者心心所法暫時解脫乃至暫時極勝離繫故說此言非謂此能斷諸煩惱

有如是說若法想微細爲因微微爲等無間不與彼俱非不成就是謂解脫問此說何法有說此說滅盡定若作是說此說滅定者彼說此定想微細爲其因謂一因即同類因微微亦與作因謂一因即同類因亦與作等無間緣若作是說此說滅盡定者彼應說若法想微細爲因微微爲等無間不應說不與彼俱以彼滅定正現前故應說非不成就以住定時彼成就定故有說此說出定心若作是說此說出定心者彼說此出定心想微細爲其因謂一因即同類因微微亦與作因謂一因即同類因亦與作等無間緣若作是說此說出定心者彼應說若法想微細爲因微微爲等無間應說不與彼俱以住定時彼出定心不現前故應說非不成就以住定時彼成

就出定心故由此證知彼先得出定心有說此說入定心若作是說此說入定心者彼說此入定心想爲其因謂一因即同類因微細亦與作因謂一因即同類因亦與作等無間緣若作是說此說入定心者彼應說若法想爲其因微細爲等無間應說不與彼俱以住定時彼入定心不現前故應說非不成就以住定時彼成就入定心故

阿毗達磨大毗婆沙論卷第一百五十二 說一切有部發智

音釋

緝績 緝七入切績也績則歷切亦緝也 壤 如兩切柔土也 弃背 弃詰利切捐也背補昧切違也 躭 都甘切樂也 鍊 力彥切精熟也 繫 古詣切維繫也

阿毗達磨大毗婆沙論卷第一百五十三

五百大阿羅漢等造

唐三藏法師玄奘奉　詔譯

根蘊第六中等心納息第四之三

問此中何者是想何者是微細何者是微微答有説空無邊處識無邊處是想無所有處是微細非想非非想處是微微有説空無邊處識無邊處無所有處是想非想非非想處是微細若心心所法爲等無間緣入滅盡定是微微有説非想非非想處亦是想亦是微細亦是微微所以者何非想非非想處有上中下上者是想中者是微細下者是微微問若俱一地有何差别答有説名即差别謂此名爲想此名微細此名微微有説品亦差别謂上者名想中者是微細下者是微微有説想微細現在前時能修未來聖道微微現在前時不修有説想微細現在前時四念住隨一現在修未來四微微現在前時法念住現在修未來三除身念住有説想微細有曾得有未曾得微微惟未曾得問此中因論生論何故入滅定心通曾得未曾得出滅定心惟曾得耶答入定心多加行用功力極作意起故通曾得未曾得出定心與上相違故惟曾得未曾得出定心與此相違故惟曾得有得有説入定心能策勵增益發起於定故通説入定心惟有漏故通曾得未曾得出定心通有漏無漏故惟曾得問此中因論生論何故入定心惟有漏出定心通有漏無漏答入定心隨順心斷故惟有漏由此心不堅不强無勢力久住不令餘心無間而起如朽敗種

故於心斷極爲隨順出定心與此相違故通有漏無漏有說入定心以定爲寂靜非無漏道以有爲寂靜故惟有漏有說以此定是次第定從非想非非想地心無間而起聖道極至無所有處故入定心惟是有漏
問入滅定心爲何所緣出滅定心爲何所緣答入定心緣定出心亦爾問若入定心緣定出心亦爾者云何不入時即出出時即入耶答入定時期心欲入出定時期心欲出由期心故無有錯亂又入定心緣未來定出定心緣過去定由所緣故亦無錯亂問若入定心緣未來定者爲緣幾許未來定耶有說但緣初剎那定有說通緣應相續起者評曰應作是說此入定心緣未來定而不可說緣何剎那不緣何剎那以未來定有多剎那未有先後雜亂住故問若出定心緣過去定爲緣幾許過去定耶答有說但緣最後剎那定有說通緣曾相續起者評曰應作是說此出定心緣過去定而不可說緣何剎那不緣何剎那以過去定有多剎那相雜住故問入滅盡定時滅何等心心所法爲過去爲未來爲現在若過去者過去已滅復何所滅若未來者未來未至云何可滅若現在者現在不住復云何滅設非定力亦自滅故答應作是說滅於未來問未來未至云何可滅答住現在世遮於未來心心所法令不相續故說爲滅如斷城路閉門竪幢不令人入出說名除寇此亦如是有說通滅未來現在問現必不住復云何滅設非定力亦自滅故答先現在世心心所法令有緣法續起而滅今現在世心心所

法不令有縁法續起而滅此由誰力所謂定滅問出滅定時何等心心所法現在前耶有作是說先所遮止住未來世心心所法令現在前有餘師說餘未來世心心所法令現在前先所遮止住不生法不可復起評曰應說起未來世心心所法而不可說起何等不起何等以未來世有多刹那未有先後雜亂住故問滅盡定有得過去修未來耶有說此定無得過去及修未來如天眼耳若作是說無得過去修未來者彼說定初刹那惟成就現在定餘刹那成就過去現在出此定已惟成就過去有說此定有得過去及修未來如他心智宿住智等若作是說有得過去未來修者彼說定初刹那成就未來現在定餘刹那成就三世出此定已成就過去未來如是說者應如初說若謂此定有得過去修未來者退此定已後還起時應說還得先所得者而實此定退復起時名得未曾得定如不犯重而還家者後更出家名得未曾得戒彼亦如是問此滅定何處起答在欲色界非無色界若初起惟欲界若此起已於此定退命終生色界中由串習力復能現起餘者不能云何知然如契經說尊者舍利子告苾芻衆言若苾芻戒定慧具足者能數數入出滅受想定彼於現法及將死時若不能辯如來聖旨命終超段食天處生在意成身天中於彼復能數數入出滅想受定斯有是處應如實知時具壽鄔陀夷在彼會坐語尊者舍利子言彼苾芻生意成身天能數入出滅想受定無有是處第二第三亦如是說問何故具壽鄔陀

夷再三違逆尊者舍利子答彼之所疑非無處所彼作是念得此定者必已離無所有處染命終應生非想非非想處於彼必無起此定理又彼不了舍利子意是故現前再三違逆問舍利子有何意趣彼具壽云何不了答舍利子説生色界者鄔陀夷説生無色界者舍利子説退者鄔陀夷説不退者由此不了故三違之問尊者何故不開悟彼而致重違逆耶答尊者念言誰能開悟如是愚執自是者耶有説尊者念欲開悟由再三違逆故彼意便止如箭喻經説有衆多增上慢苾芻於佛前各自讃美我生已盡乃至廣説佛時欲爲説斷慢法由諸苾芻自讃不止故彼心便息世尊具足普緣大悲尚於慢人説法心息何況尊者舍利子耶有説尊者作如是念此所論事必聞於佛佛當以此訶鄔陀夷及阿難陀當使此誡經歷千載令無智者不敢違於智人所説尊者復念如是苾芻於大衆中再三違我竟無同梵行者隨喜我之所説今應詣佛決判此事念已即時往至佛所頂禮雙足退坐一面告苾芻衆若苾芻戒定慧具乃至廣説時鄔陀夷亦在彼會復作如上違逆之言尊者爾時作如是念彼故於大師所違反我説又無同梵行苾芻稱讃於我我於今者惟應默然時舍利子便默然住爾時佛告鄔陀夷曰汝以何等爲意成身天豈不欲説非想非非想處耶彼答如是世尊告曰汝是愚人盲無慧眼云何與上座苾芻論甚深阿毗達磨佛於爾時現前呵責鄔陀夷已復責具壽阿難陀言汝見愚人觸惱上座何緣

捨置曾不呵止世尊爾時呵責是已便入靜室宴寂而住問鄔陀夷有過故世尊呵之彼阿難陀何過被責答鄔陀夷是阿難陀共住弟子故佛責以不善教誨復次鄔陀夷是阿難陀攝徒衆者故佛訶其不如法告示復次尊者阿難陀是佛攝徒衆者故佛責曰汝何不知如法說者非法說者復次諸對法者所說甚深非多人所知惟除佛及舍利子阿難亦以多聞力知故佛責曰汝知此義何不稱讃上座所說以攝受法朋耶由此等緣故佛訶責以是義故知滅盡定欲界初起退生色界復能現前餘不能起

問何故生色界中能初起靜慮無色而非滅定耶答靜慮由三緣故初起一由因力二由業力三由法爾力由因力者謂於餘生曾近起滅此靜慮故由業力者謂彼地順決定受業已造作增長將與果故由法爾力者謂世界壞時下地有情必生上故無色由二緣故初起一由因力二由業力由因力者謂餘生中曾近起滅此無色故由業力者謂彼地順決定受業已造作增長將與果故不由法爾力第四靜慮以上無世界壞故滅盡定由一緣故初起謂由說力惟欲界中有佛說故能起現前不由因力以餘生中未曾起滅此滅定故不由業力以此定非業性故不由法爾力以無色中無世界壞故問何故生欲色界能起滅定非無色界耶答命根依二法轉一色二心此定無心斷心起故生欲色界起此定時心雖斷而命根依色轉生無色界色雖斷而命根依心轉若生彼起此定者色心俱

無命根無依故應斷是應名死非謂入定是故生彼界不起問退此定已命終生下三無色不答有說不生所以者何退此定已容生二處一能起此定處二受此定異熟處色界雖非受此定異熟處而是能起此定處非想非非想處雖非能起此定處而是受此定異熟處下三無色二事俱無故退此定無容生彼有說亦生然生彼者不名身證及俱解脱若作是說則爲善通毗木差羅所說如說身證於淨四無色定或成就一或成就四云何一謂生非想非非想處云何四謂生欲色界如身證俱解脱亦爾下三無色必不成就滅盡定故不得二名評曰應知此中初說爲善問住滅盡定得經幾時答欲界有情諸根大種由段食住若久在定即在定時身雖無損後出定時身便散壞故住此定但應少時極久不得過七晝夜段食盡故云何知然曾聞於一僧伽藍中有一苾芻得滅盡定食時將至著衣持鉢詣食堂中是日打揵稚少晚彼苾芻以精勤故便作是念我何爲空過此時不修於善遂不觀後際即立誓願入於滅定乃至打揵稚當出時彼僧伽藍有難事起諸苾芻等散往他處經於三月難事方解苾芻還集僧伽藍中纔打揵稚彼苾芻從定而出即便命終復有一苾芻得滅盡定而常乞食於日初分著衣持鉢方欲詣村遇天大雨恐壞衣色少時停住即作是念我何爲空過此時不修於善遂不觀後際即立誓願入於滅定乃至雨止當出有證爾時雨經半月有說一月其雨方止彼從定出即便命終由此故

知生於欲界若久在定卽在定時身雖無損後出定時身便散壞故住此定但應少時極久不得過七晝夜色界有情諸根大種不由段食之所任持故住此定或經半刧或經一刧或復過此問若有苾芻不立誓願入滅盡定云何當出答法爾應出如有心定又彼苾芻或欲飲食或欲便利以彼在定雖不爲損出卽致患故由此因必應出定問異生能入滅盡定不尊者世友說不能入契經說爲聖者定故若異生能入者亦應名異生定有說異生必欣上地離下地染如尺蠖蟲非想非非想處無上地可欣故諸異生不能離彼染若不離彼見所斷染必無有能入滅盡定故諸異生不能入此定有說異生如如入定則如是如是身心安息由安息故加行慢緩是以不能入滅盡定大德說曰異生不能入滅盡定以諸異生如如入定則如是如是我見堅牢怖邊際滅起深坑想是故不能入滅盡定問菩薩爲入滅盡定不答尊者世友說不能入契經說爲聖者定故若菩薩能入者亦應名異生定有說菩薩必欣上地離下地染如尺蠖蟲廣說如前有說菩薩能入此定以諸菩薩求一切智於一切處皆悉尋求若怖不能入此定者何名尋求一切處耶大德說曰菩薩不能入滅盡定以諸菩薩雖伏我見不怖邊際滅不起深坑想而欲廣修般羅若故於滅盡定心不樂入勿令般若有斷有礙設雖有能而不現入此說菩薩未入聖位問已知菩薩前衆同分中未曾起滅定後衆同分中爲先起滅定後證無上正等菩提爲先

證無上正等菩提後起滅定若先起滅定者云何名爲不起意樂云何非起不同分心云何名三十四心刹那得一切智若先證無上正等菩提者云何菩薩名滿學者云何得盡智時名善辦所作云何盡智起巳名俱解脫答外國諸師作如是說一切菩薩先起滅盡定後證無上正等菩提問云何名爲不起意樂答彼說一切菩薩先離無所有處染起如是決定意樂我當不起于座依第四靜慮入正性離生得不還果起滅盡定證於無上正等菩提如所思惟後皆證得由此故說不起意樂問云何非起不同分心答彼說誰言菩薩不起不同分心然菩薩有不同分心設有此言亦不違理不違所立本意樂故問云何說三十四心刹那得一切智答彼說此依無漏心說不論入出滅盡定心迦濕彌羅國毗婆沙師說一切菩薩先證無上正等菩提後起滅盡定問云何菩薩名滿學者答此依根滿果滿而說不說定滿斯有何過問云何得盡智時名善辦所作答解脫障有說以下無智爲體有說於定不自在爲體有說諸定不得爲體若說以下無智爲體者世尊得盡智時巳斷一切無智巳生彼對治智由此故名解脫障斷若說於定不自在爲體者彼說世尊得盡智時於一切靜慮解脫等持等至若入若出皆得自在由此故名解脫障斷若說諸定不得爲體者彼說世尊得盡智時巳得一切靜慮解脫等持等至由此故名解脫障斷是故得說善辦所作問云何盡智起巳名俱解脫答巳得彼定入出心故名俱解脫非

得定體即由此理名離染得後時不由加行起故是以菩薩三十四心刹那證得無上正等菩提云何名爲三十四心刹那謂菩薩先離無所有處染後依第四靜慮入正性離生於見道中有十五心刹那道類智時爲第十六即此名斷有頂加行離非想非非想處染復有九無間道九解脫道是名三十四心刹那菩薩依此證無上覺

如契經說毗舍佉鄔波索迦詣達磨陳那苾芻尼所問言聖者諸苾芻等念何當言入滅盡定苾芻尼告毗舍佉言諸苾芻等入滅定時終不念言我今入滅定或復當入然由先時調練心故心轉微細隨順趣入問將欲入滅定時先敷繩床次洗足已結加趺坐端身繫念後便入定於此中間豈不作念我今入滅定或復當入答遠加行中雖有此念而從欲界善心無間入初靜慮乃至漸次入滅盡定於此鄰近加行位中必不念言我今入滅定或復當入復問聖者諸苾芻等念何當言出滅盡定苾芻尼告毗舍佉言諸苾芻等出滅定時終不念言我今出滅定或復當出然彼身命六處爲緣及本要期出滅盡定或由饑渴便利所惱在定雖不爲損出則作患故彼法爾出於滅定又問聖者諸苾芻等入滅定時先滅何法身行耶語行耶意行耶苾芻尼言諸苾芻等入滅定時先滅語行次身行後意行問入滅定時滅意行可爾身語行云何謂從初靜慮入第二靜慮時語行已滅從第三靜慮入第四靜慮時身行已滅如何方說入滅定時滅身語行答入滅定時有遠有

近遠滅身語行近滅意行又從入初靜慮乃至入非想非非想處皆名入滅定時爲入滅定起此諸地現在前故是故無過復問聖者諸苾芻等出滅定時先起何法身行耶語行耶意行耶苾芻尼言諸苾芻等出滅定時先起意行次身行後語行問出滅定時起意行可爾身語行云何謂從第四靜慮入第三靜慮時身行方起從第二靜慮入初靜慮時語行方起如何可說出滅定時起身語行答出滅定時有近有遠近起意行遠起身語行又從滅定起乃至入初靜慮皆名出滅定時是故無過復問聖者諸苾芻等出滅定時其心何所隨順何所轉近何所趣入苾芻尼言諸苾芻等出滅定時其心隨順離轉近離趣入離問此中說何法名離有說滅定名離若作是說滅定名離者彼說若世俗心出則二緣故其心隨順離轉近離趣入離謂意樂故及所緣故若無漏心出若集智相應者則一緣故其心隨順離轉近離趣入離謂所緣故非意樂故若滅道智相應者則其心非意樂故非所緣故隨順離轉近離趣入離有說涅槃名離若作是說涅槃名離者彼說若世俗心出則其心非意樂故非所緣故隨順離轉近離趣入離若無漏心出若集道智相應者則一緣故其心隨順離轉近離趣入離謂意樂故非所緣故若滅智相應者則二緣故其心隨順離轉近離趣入離謂意樂故及所緣故有說滅定涅槃名離若作是說滅定涅槃名離者彼說若世俗心出及無漏心出若集滅智相應者總而言之則二緣故其心隨順離

轉近離垂入離謂意樂故及所緣故若道智相應者則一緣故其心隨順離轉近離垂入離謂意樂故非所緣故又問聖者諸苾芻等出滅定時爲觸幾觸苾芻尼告毗舍佉言觸三種觸一不動觸二無所有觸三無相觸問如是三觸有何差別尊者世友作如是說空無邊處識無邊處是不動觸無所有處是無所有觸非想非非想處是無相觸有說空是不動觸無願是無所有觸無相是無相觸有說無漏無所有處緣涅槃者具名三觸謂無漏故名不動觸無所有處攝故名無所有觸緣涅槃故名無相觸大德說曰諸苾芻等出滅定時若起非想非非想處心不起餘不同分心當言觸無相觸若起無所有處不同分心當言觸無所有觸若起識無邊處不同分心當言觸不動觸由此理趣餘五有想定應知亦爾謂空無邊處及四靜慮由此次第入滅定不即由此出由此次第出滅定不即由此入如由此次第而睡不即由此覺由此次第而覺不即由此睡彼亦如是如說由得依住此滅定故不受當來生老死苦不起彼集問滅定不能斷諸煩惱云何得有如是說耶答應觀此中所說意趣謂諸有學出滅定已作是思惟此滅定中心心所法暫滅暫息須臾不行尚有如是寂靜微妙何況涅槃有爲諸行永滅永息究竟不行由此爲先斷除煩惱滅相續蘊入無餘依涅槃界若諸無學出滅定已作是思惟廣說乃至由此爲先滅相續蘊入無餘依涅槃界依此密意故作是說非謂滅定能斷煩惱施設論說有作願入滅

定不作願出有作願出滅定不作願入有作願入滅定亦作願出有不作願入滅定不作願出此中作願入滅定不作願出者謂如有一作是願言我當入滅定不作是願我當出滅定四有想定隨一現前彼入滅定從滅定出四有想定隨一現前作願出滅定不作願入者謂如有一不作願言我當入滅定而作是願我當出滅定四有想定隨一現前彼入滅定從滅定出四有想定隨一現前作願入滅定亦作願出者謂如有一作是願言我當入滅定亦作是願我當出滅定四有想定隨一現前彼入滅定從滅定出四有想定隨一現前不作願入滅定不作願出者謂如有一不作願言我當入滅定亦不作願我當出滅定四有想定隨一現前彼入滅定從滅定出

四有想定隨一現前問作願入出及惟作願入者是事可爾以入定者必當出故不作願入出及惟作願出者云何可爾非不欲入而入定故答此中一切皆欲入定皆欲出定然依入出定心有自在不自在故作是說謂有於入定心得自在非出定心彼作願出定不作願入有於出定心得自在非入定心彼作願入定不作願出有於入出定心俱得自在彼不作願入定亦不作願出有於入出定心俱不自在彼作願入定亦作願出問四有想定何者是耶答四無色定問何故出滅定時但說起四無色定答以四無色定於出滅定時可作逆次出逆超出故謂若以非想非非想處心出滅定者彼若即起無所有處心是逆次出若即起識無邊處心是逆超出若以

無所有處心出滅定者彼若即起識無邊處心是逆次出若即起空無邊處心是逆超出是故但說四無色定

阿毗達磨大毗婆沙論卷第一百五十三 一說一切有部發智

音釋

策勵 策楚革切進也勵力制切勉也 串 古患切與慣同 尺蠖 蠖於縛切尺蠖屈伸蟲也

阿毗達磨大毗婆沙論卷第一百五十四

五百大阿羅漢等造

唐三藏法師玄奘奉　詔譯

根藴第六中等心納息第四之四

契經中說住滅定者不爲火所燒水所漂毒所中刃所害他所殺問何故住滅定者有如是勝利尊者世友作如是說由此滅定是不害法故住此者非害所害有說此定有大威徳爲諸威徳天神護之故不可害有說得靜慮者靜慮境界具神通者神通境界俱不思議故不可害有說此定無心非無心者有生有死故不可害等活契經是此論縁起昔有佛名羯洛俱村駄有第一雙弟子一名極遠二名等活尊者等活曾於一城中作多教化衆所知識後於城邊多人行處入滅盡定時有放牧樵採行人見已咸言今此尊者端坐滅度誠爲異哉我等宜應焚燒供養便取種種牛糞乾薪埋積其身焚之捨去尊者明旦從定而起振迅衣服於日初分持鉢入城徐行乞食時焚燒者見已驚言我等昨燒其屍而今復來乞食城中人衆等皆唱言今此沙門死而還活由斯故名等活尊者應知身不燒者由滅定力故衣不燒者由神通力故有說身及衣俱不燒者皆由滅定力故是故彼經是此論縁起

傳喻中說若有施從滅定起者彼必成順現法受業問何故施從滅定起者必成順現法受業耶答此不必須通所以者何此非素怛纜毗奈耶阿毗達磨教但是傳喻所說諸傳喻說或然不然若必欲通者應知此施或得

現果或得大果彼順世間意所樂故但說現果問何故施從滅定起者或得現果或得大果答若有施從此定起者則爲施從一切靜慮解脫等持等至起者所以者何諸欲入出滅盡等至必先起欲界善心次入初靜慮如是乃至入非想非非想處從此無間入滅盡定從此定出或起非想非非想處或起無所有處如是乃至還起初靜慮復入欲界善心彼由如是功德勳相續故能令施者或得現果或得大果有說從滅定起者威儀寂靜來往語言衣著飲食皆悉詳審諸清信長者婆羅門等見已咸生希有之想以殷淨心施諸資具故得現果或得大果有說得此定者名稱普聞過於餘定諸清信長者婆羅門等聞已皆生奇特之想以殷淨心施諸資具故得

現果或得大果有說住滅定者諸食皆斷若施從此起者則爲施無食者食謂住有漏有心定者雖斷段食而食有漏觸思識食住無漏定者雖斷眞實四食而有相似觸思識食住滅定者一切皆無是故施從此起者則爲施於無食者食由此因緣或得現果或得大果有說若有施從此定起者則爲施到涅槃還來者食以此定似涅槃故謂如入無餘依涅槃界者滅一切有所緣法心心所法不起不滅住滅定者亦滅一切有所緣法心心所法不起不滅故似涅槃是故施從此定起者則爲施到涅槃還來者食由此因緣或得現果或得大果復次非但施從滅定起者能得現果若施五種補特伽羅皆得現果一從滅定起二從慈定起三從無諍定起四從見道

起五從初得盡智起復次若施五種補特伽羅能得大果一父二母三病者四説法師五近佛地菩薩

問滅盡定於衆同分爲亦能引爲但滿耶答此但能滿而不能引所以者何惟業能引衆同分此非業故問此定爲順現法受爲順次生受爲順後次受爲順不定受耶答此定或順次生受或順後次受或順不定受非順現法受已生有頂不起此定故問此於何處受何異熟答此於非想非非想處受四蘊異熟問諸成就滅定亦成就彼異熟耶答應作四句有成就滅定非彼異熟謂生欲色界已得滅定及得已不退命終生非想非非想處滅定異熟不現在前有成就彼異熟非滅定謂得滅定已而退命終生非想非非想處滅定異熟現在前有成就滅定亦彼異熟謂得滅定已不退命終生非想非非想處滅定異熟現在前有非成就滅定亦非彼異熟謂生欲色界不得滅定設得已退若生空處識處無所有處若不得滅定生非想非非想處及得已而退命終生非想非非想處滅定異熟不現在前問諸退滅定亦退阿羅漢果耶答應作四句有退滅定非阿羅漢果謂學者退滅定及無學者退滅定而不起結有退阿羅漢果非滅定謂慧解脱阿羅漢退及先學位起滅定已得阿羅漢果起上位結退有退滅定亦阿羅漢果謂先學位起滅定已得阿羅漢果起下位結退及無學位起滅定已起三界結隨一而退有非退滅定亦非阿羅漢果謂除前相阿羅漢有六種謂退法思法護法安

住法堪達法不動法問諸退法彼一切俱解脱耶答應作四句有退法非俱解脱謂退法不得滅定有俱解脱非退法謂思法乃至不動法已得滅定有退法亦俱解脱謂退法已得滅定有非退法非俱解脱謂思法乃至不動法不得滅定如退法阿羅漢對俱解脱作四句餘五阿羅漢對俱解脱亦爾如是成六四句如無學道有六種阿羅漢學道亦有六種種種性謂退法種性乃至不動法種性問諸退法學彼一切身證耶答應作四句有退法學非身證謂退法學不得滅定有身證非退法學謂思法學乃至不動法學已得滅定有退法學亦身證謂退法學已得滅定有非退法學亦非身證謂思法學乃至不動法學不得滅定如退法學對身證作四句餘五種性對身證亦爾如是亦成六四句

問若法是心等無間彼法是心無間耶答應作四句有法是心等無間非心無間耶答謂除滅定初刹那及餘有心位諸餘滅定刹那及出滅定心心所法有法是心無間非心等無間謂滅定初刹那及餘有心位彼生住老無常有法是心等無間亦心無間謂滅定初刹那及餘有心位心心所法有法非心等無間亦非心無間謂除滅定初刹那及餘有心位彼生住老無常諸餘滅定刹那及出滅定心位彼生住老無常問若法是心等無間彼法是滅定無間耶答應作四句有法是心等無間非滅定無間謂滅定初刹那及餘有心位心心所法有法是滅定無間非心等無間謂除滅定初刹那及餘有心位彼生住老無

常諸餘滅定刹那及出滅定心位彼生住老無常有法是心等無間亦滅定無間謂除滅定初刹那及餘有心位諸餘滅定刹那及出滅定心心所法有法非心等無間亦非滅定無間謂滅定初刹那及餘有心位彼生住老無常生無想天幾根滅答八謂眼耳鼻舌身命意捨根問此說從何處生無想天耶答此說從無想中有生無想生有問爾時亦有信等五根現在前滅何故不說答此文應作是說或八或十三中有最後心無記者八善者十三而不作是說者應知此義有餘有作是說此中但依滅位生位皆有者說信等五根惟滅位有非生位有是故不說何繫心心所滅答色界繫幾根現前答八如前說何繫心心所現前答色界繫死生心起自地心故無

想天歿幾根滅答八如前說何繫心心所滅答色界繫幾根現前答或八或九或十無形八謂眼耳鼻舌身命意捨根一形九加男女根隨一二形十加男女根何繫心心所現前答欲界繫由此證知從無想天歿定生欲界問定生何處答有說生地獄有說生惡趣如是說者定生欲界處所不定或生惡趣或天或人問何故從無想天歿定生欲界答由異熟因勢力爾故隨異熟因所有勢力惟令如是異熟起故有餘師說無想壽盡餘處壽業不增長故謂先增長無想壽業今巳受盡餘處壽業先不增長故從彼歿定生欲界問彼亦曾起下三靜慮何故不引彼地壽果答彼雖曾起下三靜慮非堅執故不引彼壽惟堅執著第四靜慮故引彼壽有說彼雖曾起下

三靜慮而非所求彼惟求於第四靜慮有說彼雖曾起下三靜慮但如所涉路而非所趣第四靜慮是正所趣非如所涉路故引彼壽有說若造無想天順次生受業者法爾亦造欲界順後次受業如造北俱盧洲順次生業者法爾亦造欲界天順後次受業有說欲界是一切有情退所歸處謂諸有情由業力修力往色無色界彼業若盡還墮欲界譬如大地是諸飛鳥退所歸處謂諸飛鳥由翅翮力飛騰虛空翮力盡時還墮於地有說無想有情經五百劫住於無想如熟睡眠覺已不能取餘異熟便墮欲界如人在樹端倚枝而眠多時欻覺手忘攀攬即便墮地彼亦如是有說求無想者執無想定爲眞道彼異熟爲涅槃乃至生彼天中此執隨逐彼後從無想出將命終時見當生相便作是念定無涅槃若實有者我已證得於今何故生相現前由謗涅槃及聖道故從彼處歿生惡趣中尊者妙音亦作是說彼謗涅槃及聖者故從彼命終定生惡趣問無想定無想事何差別答名即差別此名無想定此名無想事復次因是無想定果是無想事復次異熟法是無想定異熟是無想事復次無想定是善無想事是無記復次無想定是定無想事是生復次無想定加行功用作意所起無想事非加行功用作意所起復次無想定通在此彼得此彼現在前無想事惟在彼得彼現在前復次無想定是加行得無想事是生得是謂無想定無想事差別問無想天在何處攝答外國師說第四靜慮處別有九此是一處迦濕彌羅國

諸論師言即廣果天攝然以高勝寂靜故別立名猶如村邊阿練若處問彼天身量云何答五百踰繕那問彼壽量云何答五百劫問作何等威儀住有說結加趺坐如沙門釋子有說却踞而坐如婆羅門如是說者如先入此定所住威儀即以此威儀於彼五百劫住無想有情生時當言有想耶無想耶乃至廣說問何故作此論答欲止他宗顯已義故謂或有說無想有情生時死時俱無心想爲遮彼意顯彼有情生時死時俱有心想非無心想有死生故或復有說無想有情生時有心死時無心爲遮彼意顯彼死時亦有心想非無心想有命終故或復有說無想有情生時死時雖俱有心然惟一念非久相續爲遮彼意顯彼生時生已經久心猶相續後方無想從無想出有心多時後方捨命是故如是說頗有處惟二剎那有心謂結生及命終時耶答應說無尊者妙音說有謂即無想天頗有處結生心爲等無間緣命終心起耶答應說無尊者妙音說有謂即無想天頗有處結生心爲四緣命終心起耶答應說無尊者妙音說有謂即無想天爲遮此等故作斯論無想有情生時當言有想耶無想耶答當言有想此即遮止執無想天生時無心者意如世尊說彼諸有情由想起故從彼處歿從彼歿時彼想當言滅耶不滅耶答當言滅此即遮止執無想天死時無心者意當言住何處彼想滅耶答當言即住彼處此即遮止執無想有情惟死時生時一念有心者意問無想有情前心多耶後心多耶答有說前心多非後心

以彼未入無想位時異熟相續勢力猛盛故多時有心方入無想出無想已異熟相續勢力衰微故少時有心即便捨命有說後心多非前心以彼未入無想位時欣求無想其心猛利故少時有心即入無想出無想已無所欣求故多時有心然後捨命如是說者此事不定或前多後少或前少後多隨彼意樂有差別故彼想當言善爲無記耶答或善或無記彼想幾隨眠隨增答色界有漏緣幾結繫耶答六彼想者謂出無想想或善或無記者善謂生得善無記謂有覆無記或無覆無記色界有漏緣者謂第四靜慮有漏緣隨眠問何故無漏緣隨眠於彼想不隨增耶答彼計無想爲涅槃無想定爲眞道乃至生彼及從彼歿惟如是執還復隨轉於眞滅道不謗爲無故無漏緣爾時不起六結繫者除恚嫉慳有餘結繫問出無想想爲五部所斷爲但修所斷耶若爾何失若五斷者十門所說當云何通如說過去法爲等無間生二心若修斷者此文復云何通如說彼想色界有漏緣隨眠隨增答有作是說此通五斷問十門所說當云何通答彼文應言過去法爲等無間生六心謂色界五無色界一而不作是說者有何意耶當知彼文但依二無心定出心而說不說無想所以者何二無心定加行功用作意而起無想不爾有餘師言惟修所斷問此文所說當云何通答此文應言彼想色界遍行及修所斷隨眠隨增而不作是說者有何意耶當知此中兼說和合彼有命終時心通於五部非但說出無想心以命終心是前眷

屬故此兼說評曰應知前說者好無別道理遮餘心故如世尊說一切有情皆由食住無想有情由何食住答觸意思識問何故作此論答欲令疑者得決定故謂無想天必無段食觸意思識亦滅無餘勿有疑彼無食而住則不可通世尊所說一切有情皆由食住爲除彼疑顯無想處雖無段食而有餘三與經相應故作斯論問彼無想位三食亦滅云何說有答食有二種一先時能引二現在任持彼位雖無現任持食而有先時能引之食故名有食有說彼中有三種食一業食二生食三等無間緣食業食者謂先所造彼地業能引彼生故生食者謂結生心及俱有法引彼一期令相續故等無間緣食者謂入無想觸意思識爲等無間緣能引無想出心心所令必當起不永斷故由此故說一切有情皆由食住

問眼根攝幾根乃至具知根攝幾根答眼根攝眼根乃至廣說問何故作此論答欲止說諸法惟攝他性者意顯一切法唯攝自性故作此論眼根攝眼根者此依種類總相而說若別說者眼有二種謂左與右左攝左右攝右左復有二謂所長養及異熟生所長養攝所長養異熟生攝異熟生異熟生復有二種謂善業異熟不善業異熟善業異熟攝善業異熟不善業異熟攝不善業異熟善業異熟復有二種謂人與天人攝人天攝天天復有二謂欲界色界欲界攝欲界色界攝色界色界復有四謂四靜慮初靜慮攝初靜慮乃至第四靜慮攝第四靜慮不善業異熟復有三

種所謂地獄傍生鬼界地獄攝地獄乃至鬼界攝鬼界如是左眼并諸差別各有三世過去攝過去未來攝未來現在攝現在過去復有無量刹那一一刹那各各自攝如過去未來亦然如左右亦爾此中但依種類總說如眼根耳鼻舌命苦憂根亦爾此皆各攝自一根故身根攝三根謂身女男根女根攝女根身根少分如女根男根亦爾意根攝意根三根少分謂三無漏根由彼三根九法爲體攝意非餘故言少分如意根樂喜捨根信等五根亦爾未知當知根攝未知當知根九根少分謂意三受信等五根此九皆通有漏無漏今惟攝無漏於無漏中復有三道今惟攝見道故言少分如未知當知根已知根具知根亦爾信力乃至慧力念等覺支乃至捨等覺支正見乃至正定法智乃至道智空無願無相攝幾根答信力攝一根三根少分謂三無漏根此三各以九法爲性攝信非餘故言少分如信力餘四力亦爾念等覺支攝四根少分謂念根三無漏根念根通有漏無漏今惟攝無漏三根九法爲性今惟攝念故言少分如念等覺支擇法精進喜定等覺支亦爾餘不攝根謂安捨等覺支不攝根無根相故正見攝四根少分謂慧根三無漏根如正見正勤念定亦爾餘不攝根謂正思惟正語業命不攝根無根相故法智攝四根少分謂慧根三無漏根如法智類智苦集滅道智亦爾他心智攝三根少分謂慧根已知具知根云何攝慧根少分謂慧根通緣一法多法自相共相現在三世他身自身相應不相應境此惟

攝緣一法自相現在他身相應境慧故言少分二無漏根九法爲性此惟攝慧慧中差別如前此惟攝緣一法慧等故言少分世俗智攝一根少分謂慧根以慧根通有漏無漏今惟攝有漏故言少分空攝四根少分謂定根三無漏根如空無願無相亦爾意根幾根相應乃至具知根幾根相應答意根十根三根少分相應乃至廣說問何故作此論答有迷相應執相應法非實有性爲止彼意顯相應法體是實有故作斯論意根十根相應者謂五受信等五根三根少分相應者謂三無漏根以彼三根九法爲性除意自體與餘相應故言少分樂喜捨根九根少分相應謂意信等五三無漏根與意信等五少分相應者彼六根皆與五受根俱生今樂喜捨各惟與自根俱生者相應故言少分與三無漏根少分相應者彼三根九法爲性三受俱生今樂喜捨惟與自根俱生者相應故言少分苦根憂根六根少分相應謂意根信等五根云何與彼少分相應謂彼六根五受俱生今苦憂根惟與自根俱生者相應故言少分信根四根九根少分相應四根者謂精進念定慧九根少分相應者謂意五受三無漏根與意五受少分相應者彼六根通染不染今信根惟與不染善者相應故言少分與三無漏根少分相應者彼三根九法爲性今除信自體與餘相應故言少分如信根精進念定慧根亦爾未知當知根與未知當知根九根少分相應與未知當知根相應者此根九法爲性一一除自與餘相應皆名此根此根相應九根少

分相應者謂意樂喜捨信等五根云何與彼少分相應謂彼九根通有漏無漏今惟與彼無漏相應於無漏中通見道修道無學道今惟與彼見道相應故言少分如未知當知根已知根具知根亦爾惟位有别餘皆同故信力乃至慧力念等覺支乃至捨等覺支正見乃至正定法智乃至道智空無願無相幾根相應答信力四根九根少分相應四根者謂精進念定慧九根少分相應者謂意五受三無漏根義如前說如信力餘四力亦爾謂精進念定慧念等覺支十一根少分相應謂意樂喜捨信等四三無漏根與意三受信等四少分相應者彼八根通有漏無漏今惟與彼無漏相應故言少分與三無漏根少分相應者彼三根九法爲性今除念自性與餘相

應故言少分如念等覺支擇法精進定等覺支亦爾喜等覺支九根少分相應謂意信等五三無漏根與意信等五少分相應者彼六根通有漏無漏今惟與彼無漏相應於無漏中通依九地謂未至靜慮中間四靜慮下三無色今惟與彼依初二靜慮者相應故言少分與三無漏根少分相應者彼三根通樂喜捨及彼俱生今惟與喜根俱生者相應故言少分安捨等覺支三根九根少分相應三根者謂三無漏根九根少分相應者謂意樂喜捨信等五根云何與彼少分相應謂彼九根通有漏無漏今惟與彼無漏相應故言少分正見十一根少分相應謂意樂喜捨信等四三無漏根義如念等覺支說如正見正思惟正勤正定亦爾然正思惟少有差别謂意喜

捨信等五三無漏根是謂十一此十一根通依諸地今惟與依未至初靜慮者相應故言少分餘非根相應謂正語業命非根相應非相應法故法智十一根少分相應如正見說如法智類智苦集滅道智亦爾他心智十根少分相應謂意樂喜捨信等四已知具知根義如攝中說世俗智二根八根少分相應二根者謂苦憂根八根少分相應者謂意樂喜捨信等四根云何與彼少分相應謂彼八根通有漏無漏今惟與彼有漏相應故言少分空無願無相十一根少分相應如念等覺支說

阿毗達磨大毗婆沙論卷第一百五十四 一說切有部發智

音釋

素怛纜 梵語也亦云修多羅此云契經纜盧紺切怛當割切 翮 下革切鳥羽也 歘 許勿切忽也 攬 魯敢切撮持也

阿毗達磨大毗婆沙論卷第一百五十五

五百大阿羅漢等造　唐三藏法師玄奘奉　詔譯

根蘊第六中等心納息第四之五

欲界歿生欲界時幾根滅乃至廣說此中顯示多門差別謂界差別補特伽羅差別根差別死有差別中有差別生有差別漸命終差別頓命終差別欲界歿生欲界時幾根滅答或四或九或八或十三或九或十四或十或十五漸命終者無記心四謂身命意捨善心九謂前四加信等五頓命終者若無形無記心八謂眼耳鼻舌身命意捨根善心十三謂前八加信等五若一形無記心九謂前八加一形善心十四謂前九加信等五若二形者無記心十謂前九復加一形善心十五謂前十加信等五何繫心心所滅答欲界繫幾根現前答或八或九或十無形八謂眼耳鼻舌身命意捨根一形九謂前八加一形二形十謂前九復加一形何繫心心所現前答欲界繫欲界歿生色界時幾根滅答或四或九或九或十四漸命終者無記心四謂身命意捨善心九謂前四加信等五頓命終者無記心九謂眼耳鼻舌身命意捨及女男根隨一善心十四謂前九加信等五何繫心心所滅答欲界繫幾根現前答八謂眼耳鼻舌身命意捨根何繫心心所現前答色界繫欲界歿生無色界時幾根滅答或四或九或九或十四如前說何繫心心所滅答欲界繫問幾根現前答三謂命意捨根何繫心心所現前答無色界繫色界歿生色界時幾根滅答或八或十三無記心八謂眼耳鼻舌身命意捨善心

十三謂前八加信等五何繫心心所滅答色界繫幾根現前答八如前說何繫心心所現前答色界繫色界歿生欲界時幾根滅答或八或十三如前說何繫心心所滅答色界繫幾根現前答或八或九或十如前說何繫心心所現前答欲界繫色界歿生無色界時幾根滅答或八或十三如前說何繫心心所滅答色界繫幾根現前答三如前說何繫心心所現前答無色界繫無色界歿生無色界時幾根滅答或三或八無記心三謂命意捨善心八謂前三加信等五何繫心心所滅答無色界繫幾根現前答三如前說何繫心心所現前答無色界繫無色界歿生欲界時幾根滅答或三或八如前說何繫心心所滅答無色界繫幾根現前答或八或九或十如前說何繫心心所現前答欲界繫無色界歿生色界時幾根滅答或三或八如前說何繫心心所滅答無色界繫幾根現前答八如前說何繫心心所現前答色界繫

阿羅漢般涅槃時幾根最後滅答或四或九或八或三欲界漸般涅槃者四謂身命意捨頓般涅槃者九謂眼耳鼻舌身命意捨及女男根隨一色界八謂眼耳鼻舌身命意捨無色界三謂命意捨問何因緣故一切有情命終結生必住捨受答於五受中無有行相昧劣如捨受者於十時中無有昧劣如死及生時者故住捨受命終結生

根蘊第六中一心納息第五之一

諸法與心一起一住一滅彼法與心相應耶如是等章及解章義旣領會已當廣分別問

何故作此論答欲止説相應非實者意乃至廣説故作斯論諸法與心一起一住一滅彼法與心相應耶答若法與心相應彼法與心一起一住一滅謂一切心所法有法與心一起一住一滅彼法非心相應謂隨心轉色心不相應行此中起者謂生住者謂老滅者謂無常諸法與心一起一住一滅彼法與心一所縁耶答若法與心一所縁彼法與心一起一住一滅謂一切心所法有法與心一起一住一滅彼法非心一所縁謂隨心轉色心不相應行問何故復作此論答欲止説所縁非實者意乃至廣説故作斯論隨心轉義有十種謂一起一住一滅一果一等流一異熟善則善不善則不善無記則無記墮一世中一果者謂離繫果一等流者謂等流果一異熟者謂異熟果墮一世中者謂同一世攝此總相説若別説者有漏斷結道中有八隨轉義謂一起一住一滅一果一等流一異熟是善墮一世有漏加行解脱勝進道中及餘有漏善心品有七隨轉義謂一起一住一滅一等流一異熟是善墮一世無漏斷結道中亦有七隨轉義謂一起一住一滅一果一等流是善墮一世無漏加行解脱勝進道中有六隨轉義謂一起一住一滅一等流是善墮一世不善心品有七隨轉義謂一起一住一滅一等流一異熟是不善墮一世無記心品有六隨轉義謂一起一住一滅一等流是無記墮一世又心心所法展轉相望由五因縁説名隨轉謂所依故所縁故行相故果故異熟故心與隨心轉色心不相應行展轉相望由二

因緣說名隨轉謂果故異熟故隨轉義廣說如雜蘊諸法與心俱起不離心彼法與心俱住俱滅不離心耶乃至廣說問何故復作此論答前納息中雖明心心所法等刹那滅未辯色等今欲辯之故作斯論又爲遮止三刹那論沙門執故謂有沙門說諸色法三刹那住說心心所刹那即滅彼復二種一雜生論二次第論雜生論者作如是言依初眼根生初眼識彼俱生已眼根住眼識滅依第二眼根生第二眼識彼俱生已眼根住眼識滅依第三眼根生第三眼識彼俱生已眼根住眼識滅當知即與初眼俱滅問彼有何過答彼初眼識有所依生無所依滅第二眼識亦爾第三眼識有所依生雖有所依滅而是他所依是謂彼過識隨所依有生滅故次第論者作如是言依初眼根生初眼識彼俱生已眼根住眼識滅次復依彼生第二眼識眼根住眼識滅後復依彼生第三眼識此識與眼俱時而滅問彼有何過答彼初眼識有所依生無所依滅第二眼識無所依生無所依滅第三眼識無所依生有所依滅是謂彼過識隨所依有生滅故又彼二論有餘共過謂人趣歿生地獄時人趣未捨已得地獄如是則趣雜亂身雜亂趣雜亂者謂彼有情是地獄趣亦是人趣身雜亂者謂彼有情有地獄身亦有人身便爲大過依彼論意若入無想滅盡定時諸根大種與心俱起不離心然彼離心而住離心而滅爲遮彼執故作斯論諸法與心俱起不離心彼法與心俱住俱滅不離心耶答欲色界有情不住無想滅盡定者諸根

大種與心俱起不離心與心俱住俱滅不離心若住無想滅盡定者彼便離心問云何離心答彼離心而起離心而住離心而滅心心所斷彼相續故

如說不修眼根乃至意根云何不修眼根乃至廣說修有四種謂得修習修對治修除遣修具辯如智蘊今依後二修而作論問眼等根云何不修復云何修答乃至眼等諸根對治道未生名不修根此依對治修說又乃至緣眼等所有煩惱未斷未知名不修根此依除遣修說若眼等諸根對治道已生名爲修根此依對治修說又緣眼等所有煩惱已斷已知名爲修根此依除遣修說是謂此處略毗婆沙云何不修眼根乃至身根答若於眼根未離貪未離欲潤喜渴又無間道能盡色貪彼於此道未修未安如不修眼根不修耳鼻舌身根亦爾若於眼根未離貪者謂於眼未離愛未離欲者謂於愛欲未斷未知未離潤者謂於愛潤未斷未知未離喜者謂於愛喜未斷未知未離渴者謂於愛渴未斷未知又無間道能盡色貪者謂無間道能盡色界愛彼於此道未修未安者謂未修習及未安息修謂習修安謂得修又起名修滅名安又已生名修已滅名安應知此中若於眼根未離貪等者依對治修說或依除遣修說又無間道能盡色貪等者依除遣修說或依對治修說有說若於眼根未離貪等者謂緣眼根愛未斷未知又無間道能盡色貪等者謂緣眼根餘煩惱未斷未知有說若於眼根未離貪等者謂未斷繫得又無間道能盡色貪等

者謂未證離繫得如未斷繫得未證離繫得如是未損減過失未修習功德未棄下劣未證勝妙未捨無義未得有義未除有愛熱惱未受無愛快樂應知亦爾有說若於眼根未離貪等者謂無間道未起作用又無間道能盡色貪等者謂解脫道未起作用有說若於眼根未離貪等者謂未能離欲界乃至第三靜慮染又無間道能盡色貪等者謂未能離第四靜慮染如不修眼根不修餘四根亦爾云何不修意根答若於意根未離貪未離欲潤喜渴又無間道能盡無色貪彼於此道未修未安若於意根未離貪者謂於意未離愛餘句如前又無間道能盡無色貪者謂無間道能盡無色界愛未修未安如前說應知此中若於意根未離貪等者依對治修說或依除遣修說又無間道能盡無色貪等者依除遣修說或依對治修說次有三說如前應知第五有說若於意根未離貪等者謂未能離欲界乃至無所有處染又無間道能盡無色貪等者謂未能離非想非非想處染

如說修眼根乃至意根云何修眼根乃至身根答若於眼根已離貪已離欲潤喜渴又無間道能盡色貪彼於此道已修已安如修眼根修耳鼻舌身根亦爾問云何修意根答若於意根已離貪已離欲潤喜渴又無間道能盡無色貪彼於此道已修已安此諸文句應與前不修相違廣說

諸不成就學根得學根乃至廣說問何故作此論答愚於退者執退非有為遮彼意顯退實有故作斯論諸不成就學根得學根彼一

切入正性離生耶答若入正性離生彼一切不成就學根得學根有不成就學根得學根彼非入正性離生謂退阿羅漢果時彼諸學根先捨今得諸不成就學根得學根彼一切世第一法等無間耶答若世第一法等無間彼一切不成就學根得學根有不成就學根得學根彼非世第一法等無間謂退阿羅漢果時彼諸學根先捨今得問何故復作此論答前雖顯示入正性離生自體而未顯示入彼等無間緣今欲顯之故作斯論

諸捨無漏根得無漏根彼一切從果至果耶答若從果至果彼一切捨無漏根得無漏根謂預流者證一來果時捨預流果攝及勝果道無漏諸根得一來果攝無漏諸根從果至果者從預流果至一來果一來者證不還果時不還者證阿羅漢果時應知亦爾如證果時退果時亦爾有捨無漏根得無漏根彼非從果至果謂現觀邊道類智起時若時解脫阿羅漢練根作不動時問道類智起時可爾時解脫阿羅漢練根作不動時云何可爾答此文但應說現觀邊道類智起時不應說餘而說餘者欲顯此中但說從異類果至異類果時解脫阿羅漢練根作不動時性類雖別果類不別故不名從果至果諸捨無漏根得無漏根彼一切無漏根滅無漏根起耶答應作四句有捨無漏根得無漏根彼非無漏根滅無漏根起謂退阿羅漢不還一來果時及以世俗道得一來不還果時爾時無漏不現前故有無漏根滅無漏根起彼非捨無漏根得無漏根謂已得無漏根現前滅起即先已

得一切果向無漏諸根相續起滅彼非得起曾得道現在前故亦非捨聖道惟三昧捨彼非此時故一退時二得果時三練根時有捨無漏根得無漏根彼亦無漏根滅無漏根起謂現觀邊道類智起時及以無漏道得一來不還果時得阿羅漢果時時解脱阿羅漢練根作不動時現觀邊道類智起時捨無漏根者謂見道所攝得無漏根者謂修道所攝無漏根滅者謂道類忍俱生品無漏根起者謂道類智俱生品以無漏道得一來果時捨無漏根者謂預流果攝及勝果道得無漏根者謂一來果攝無漏根滅者謂第六無間道攝無漏根起者謂第六解脱道攝以無漏道得不還果隨應亦爾得阿羅漢果時捨無漏根者謂不還果攝及勝果道得無漏根者謂阿羅漢果攝無漏根滅者謂金剛喻定俱生品無漏根起者謂初盡智俱生品時解脱阿羅漢練根作不動時捨無漏根者謂時解脱道攝得無漏根者謂不時解脱道攝無漏根滅者謂第九無間道攝無漏根起者謂第九解脱道攝餘位練根略故不説有非捨無漏根得無漏根彼亦非無漏根滅無漏根起謂除前相此中相聲依所名轉即前三句所不攝法爲第四句此復云何謂諸異生位乃至增上忍位於無漏根非捨非得非滅非起住世第一法時於無漏根非捨而得非滅而起若諸聖者住苦法智忍乃至道法智時於無漏根非捨而得亦滅亦起住道類智忍時於無漏根亦捨亦得亦滅亦起從預流果證一來果時以世俗道者若無漏道爲加行住加行

道時於無漏根非捨而得滅而非起若世俗道爲加行住加行道五無間道五解脫道時於無漏根非捨而得非滅而起住第六無間道時於無漏根亦捨亦得非滅非起以無漏道者若世俗道爲加行住加行道時於無漏根非捨而得非滅而起若無漏道爲加行住加行道五無間道五解脫道時非捨而得亦滅亦起住第六無間道時於無漏根亦捨亦得亦滅亦起從一來果證不還果隨應亦爾從不還果證阿羅漢果離初靜慮染時以世俗道者若無漏道爲加行住加行道時於無漏根非捨而得滅而非起若世俗道爲加行住加行道九無間道九解脫道時於無漏根非捨而得非滅非起以無漏道者若世俗道爲加行住加行道時於無漏根非捨而得非滅而起若無漏道爲加行住加行道九無間道九解脫道時於無漏根非捨而得亦滅亦起如離初靜慮染乃至離無所有處染亦爾離非想非非想處染時若世俗道爲加行住加行道時於無漏根非捨而得非滅而起若無漏道爲加行住加行道八無間道八解脫道時於無漏根非捨而得亦滅亦起住第九無間道時於無漏根亦捨亦得亦滅亦起信解練根作見至時若世俗道爲加行住加行道時於無漏根非捨而得非滅而起若無漏道爲加行住加行道時於無漏根非捨而得亦滅亦起住無間道時於無漏根亦捨亦得亦滅亦起時解脫阿羅漢練根作不動時如離非想非非想處染說雜修靜慮初剎那時於無漏根非捨而得滅而非起第二剎那時

於無漏根非捨而得非滅而起第三刹那時如初刹那說若引發五通五無間道三解脫道時若起無量世俗解脫勝處遍處不淨觀持息念世俗念住世俗無礙解無諍願智邊際定空空無願無願無相無相入滅定想微細等時於無漏根非捨而得非滅非起若起無漏他心通時若起無漏念住無漏解脫無漏無礙解等時於無漏根非捨而得亦滅亦起若起微微心時若起聞思慧等時於無漏根非捨非得非滅非起於如是等差別位中隨其所應爲第四句是故略說除前相言

諸未知當知根乃至廣說問何故作此論答爲令疑者得決定故如品類足說云何未知當知根答未已見諦未已現觀者諸學慧慧根若諸根隨信隨法行於未現觀四聖諦能現觀是名未知當知根彼文但說現在和合能荷擔有作用未知當知根非過去未來勿有生疑惟現在和合能荷擔有作用是未知當知根非過去未來爲令彼疑得決定故顯在三世皆是此根故作斯論諸未知當知根彼一切於未現觀四聖諦能現觀耶答應作四句有未知當知根彼非於未現觀四聖諦能現觀謂未知當知根在過去或未來彼有未知當知根相故亦名未知當知根然非於未現觀四聖諦能現觀過去作用已息未來作用未起故有於未現觀四聖諦能現觀彼非未知當知根謂諸非根法於未現觀四聖諦能現觀此復云何謂想思觸作意欲勝解慚愧無貪無瞋輕安捨不放逸不害尋伺隨心轉色心不相應行如是諸法於未現觀四

聖諦雖能現觀而非未知當知根以合九根爲此根故有未知當知根彼亦於未現觀四聖諦能現觀謂未知當知根於未現觀四聖諦能現觀即現在和合能荷擔有作用未知當知根有非未知當知根彼亦非於未現觀四聖諦能現觀謂除前相即前三句所不攝法爲第四句此復云何謂除三世未知當知根自性及現在此根相應俱有非根法諸餘過去未來此根相應俱有非根法及已知根具知根俱生品一切有漏心心所法餘色心不相應行及無爲皆是第四句故言除前相如未知當知根已知具知根隨其所應廣說亦爾

盡智當言盡智乃至道智耶乃至廣說問何故此中分別三智答是本論師意欲爾故乃至廣說答盡智當言盡智謂自了知我已遍知苦我已永斷集我已證滅我已修道或法智謂自了知我已遍知欲界繫苦我已永斷欲界繫集我已證欲界繫諸行滅我已修斷欲界繫諸行道或類智謂自了知我已遍知色無色界繫苦我已永斷色無色界繫集我已證色無色界繫諸行滅我已修斷色無色界繫諸行道或苦智謂自了知我已遍知三界繫苦或集智謂自了知我已永斷三界繫集或滅智謂自了知我已證三界繫諸行滅或道智謂自了知我已修斷三界繫諸行道問何故盡智非他心智答盡智非見自性他心智是見自性故何故非世俗智答盡智是無漏世俗智是有漏故顯自性已當顯地或有尋有伺謂依未至初靜慮或無尋惟伺謂

依靜慮中間或無尋無伺謂依上三靜慮下三無色顯地已當顯相應或樂根相應謂依第三靜慮或喜根相應謂依初二靜慮或捨根相應謂依未至靜慮中間第四靜慮下三無色顯相應已當顯行相或無願相應謂十行相或無相相應謂四行相問何故盡智非空相應答空是勝義涉勝義盡智是勝義涉世俗故如說了知我生已盡涉我解故非空相應顯行相已當顯所緣或緣欲界繫或緣色無色界繫此謂緣苦集或緣不繫此謂緣滅道如盡智無生智亦爾然有差别謂無生智當言無生智謂自了知我不復遍知苦不復永斷集不復證滅不復修道無學正見當言無學正見謂以四行相知五取蘊以四行相知五取蘊因以四行相知五取蘊滅以四行相知斷五取蘊道或法智謂知欲界四諦或類智謂知色無色界四諦或他心智謂知他無漏心心所法或苦集滅道智謂别知三界四諦問何故無學正見非世俗智答此無漏彼有漏故顯自性已地等四問如前說差别者此亦與空相應亦作空非我行相轉故諸最初盡智乃至廣說問何故作此論答前明三智未辯等無間緣及所緣差别今欲辯之故作斯論諸最初盡智彼一切無間道等無間耶答如是以初盡智必從金剛喻定等無間起故設無間道等無間彼一切盡智耶答如是以金剛喻定等無間必起盡智故諸最初無生智彼一切盡智等無間耶答如是最初無生智必從盡智等無間起故設盡智等無間彼一切無生智耶答或盡智謂時解

脫或無生智謂不時解脫或無學正見謂時解脫諸緣彼無間道起即緣彼初盡智起耶答若緣生無間道起即緣彼初盡智起若不緣生無間道起即不緣彼初盡智起謂金剛喻定六智相應即滅道法智及四類智最初盡智二智所攝即苦集類智若金剛喻定苦集類智相應者即與初盡智所緣境共以俱緣非想非非想處四蘊生故彼四蘊名生生死攝故若金剛喻定滅道法類智相應者即與初盡智所緣境異彼緣三界滅道此緣有頂苦集故諸緣彼盡智起即緣彼無生智起耶答如是設緣彼無生智起即緣彼盡智起耶答如是此二智俱以十四行相緣四諦故

阿毗達磨大毗婆沙論卷第一百五十五 一說切有部 發智

阿毗達磨大毗婆沙論卷第一百五十六

五百大阿羅漢等造　唐三藏法師玄奘奉　詔譯

根蘊第六中一心納息第五之二

諸法無學正見相應彼法無學正思惟相應耶答應作四句此中無學正見一切地可得非一切無漏心無學正思惟一切無漏心可得非一切地是故得作大四句有法無學正見相應非無學正思惟謂無學正見相應正思惟及無學正思惟不相應無學正見相應法無學正見相應正思惟者謂無學正見聚中正思惟此但與無學正見相應非無學正思惟自體與自體由三因緣不相應故一無二自性俱起故二前後刹那不並故三諸法不觀自體與他爲緣故及無學正思惟不相應無學正見相應法者謂靜慮中間上三靜慮下三無色無學正見相應法此非無學正思惟相應彼地無正思惟故有法無學正思惟相應非無學正見謂無學正思惟相應正見及無學正見不相應無學正思惟相應法無學正思惟相應正見者謂無學正思惟聚中正見此但與無學正思惟相應非無學正見自體與自體由三因緣不相應故及無學正見不相應無學正思惟相應法者謂未至初靜慮盡無生智聚中正思惟相應法此非無學正見相應彼聚中無正見故有法無學正見正思惟相應謂除無學正見相應正思惟及除無學正思惟相應正見諸餘無學正見正思惟相應法謂此聚中除二自體餘心心所與二相應此復云何謂九大地法十大善地法心及伺有法非無學正見正思惟相

應謂無學正見不相應正思惟無學正思惟不相應正見及前所不攝心心所法并色無爲心不相應行無學正見不相應正思惟者謂盡無生智聚中正思惟此非無學正見相應彼聚中無正見故亦非無學正思惟相應自體與自體不相應故無學正思惟不相應正見者謂靜慮中間上三靜慮下三無色無學正見此非正見相應自體與自體不相應故亦非無學正思惟相應彼地中無正思惟故及前所不攝心心所法者謂靜慮中間上三靜慮下三無色盡無生智聚心心所法及一切學有漏心心所法并色無爲心不相應行當知皆是第四句攝諸法無學正見相應彼法無學正勤相應耶答應作四句此中無學正見一切地可得非一切無漏心無學正勤一切地一切無漏心可得是故得作中四句有法無學正見相應非無學正勤謂無學正見相應正勤此非無學正勤相應自體與自體不相應故有法無學正勤相應非無學正見謂無學正見及無學正見不相應無學正勤相應法無學正見者自體與自體不相應故無學正見不相應無學正勤相應法者謂盡無生智聚中正勤相應法此非正見相應彼聚中無正見故有法無學正見正勤相應謂除無學正見相應正勤諸餘無學正見相應法正勤多故於此遍除然此聚中除二自體餘心心所皆二相應此復云何謂九大地法九大善地法心及尋伺有法非無學正見正勤相應謂無學正見不相應正勤及前所不攝心心所法并色無爲心不相應行無

學正見不相應正勤者謂盡無生智聚中正勤此非正見相應彼聚中無正見故亦非正勤相應自體與自體不相應故及前所不攝心心所法者此中無餘無學心心所法前所不攝但有一切學有漏心心所法是前所不攝并色無為心不相應行當知皆是第四句攝如對正勤對正念正定正解脫亦爾此皆得作中四句故諸法無學正見相應彼法非無學正智相應諸法無學正智相應彼法非無學正見相應以此二法不俱起故諸法無學正思惟相應彼法無學正勤相應耶答應作四句此中無學正思惟一切無漏心可得非一切地無學正勤一切地一切無漏心可得是故亦得作中四句文如正見對正勤說如對正勤對正念正定正解脫亦爾諸法無學正思惟相應彼法無學正智相應耶答應作四句此中無學正思惟一切無漏心可得非一切地無學正智一切地可得非一切無漏心是故亦得作大四句文如正見對正思惟說諸法無學正勤相應彼法無學正念相應耶答應作四句此中無學正勤正念俱一切地一切無漏心可得是故得作小四句有法無學正勤相應非無學正念謂無學正念此與無學正勤相應非正念自體與自體不相應故有法無學正念相應非無學正勤謂無學正勤此與無學正念相應非正勤自體與自體不相應故有法無學正勤正念相應謂除無學正勤正念諸餘無學正勤正念相應法謂此聚中除二自體餘心心所與二相應此復云何謂九大地法九大善地法心及

尋伺有法非無學正勤正念相應謂前所不攝心心所法并色無爲心不相應行此中無餘無學心心所法前所不攝但有一切學有漏心心所法是前所不攝并色無爲心不相應行當知皆是第四句攝如對正念對正定正解脫亦爾此皆得作小四句故諸法無學正勤相應彼法無學正智相應耶答應作四句此中正勤一切地一切無漏心可得正智一切地可得非一切無漏心亦作中四句文如正思惟對正勤說如正勤正念正定亦爾諸法無學正解脫相應彼法無學正智相應耶答應作四句此中無學正解脫一切地一切無漏心可得無學正智一切地可得非一切無漏心亦作中四句文如正勤對正智說

根蘊第六中魚納息第六

若成就眼根彼於二十二根幾成就幾不成就如是等章及解章義既領會已當廣分別問此納息何故名魚答多位轉移難執取故何謂多位謂具根不具根位無形一形二形位有心無心位定不定位生界地差別位斷善不斷善位離染未離染位善染無記心位異生聖者位見道修道無學道位於此等位二十二根成與不成轉移不定如魚難執故立此名若成就眼根彼於二十二根幾成就幾不成就乃至具知根問亦爾答若成就眼根彼定成就五餘不定成就五者謂眼身命意捨根餘不定者餘十七根或成就或不成就謂耳鼻舌根身根具者則成就不具者不成就女根男根若一形隨成就一若二形俱成就若無形俱不成就謂本不得或得已由

漸命終或餘緣故失樂根若生遍淨及下若聖者生第四靜慮則成就若異生生第四靜慮則不成就若根若生欲界則成就若生色界則不成就喜根若生極光淨及下若聖者生第三第四靜慮則成就若異生生第三第四靜慮則不成就憂根若未離欲染則成就若已離欲染則不成就信等五根若不斷善則成就若斷善則不成就未知當知根住見道則成就餘則不成就已知根住修位則成就餘則不成就具知根住無學位則成就餘則不成就是故說餘不定如眼根耳鼻舌根亦爾皆色界定成就無色界定不成就欲界不定故若成就身根彼定成就四餘不定成就四者謂身命意捨根餘不定者餘十八根或成就或不成就眼根眼根具者則成就不具者不成就餘十七根如前說若成就女根彼定成就八餘不定成就八者謂女身命意樂苦喜捨根餘不定者餘十四根或成就或不成就如前應知如女根男根亦爾若成就男女二根彼定成就十五根謂男女身命意五受信等五根定不成就三根謂三無漏根餘不定如前應知若成就命根彼定成就三餘不定成就三者謂命意捨根餘不定者餘十九根或成就或不成就謂眼耳鼻舌根生色界則成就生無色界則不成就生欲界或成就或不成就如前說身根生欲色界則成就生無色界則不成就女根男根生色無色界則不成就生欲界或成就或不成就如前說樂根若生遍淨及下若聖者生上則成就若異生生上則不成就苦根若生欲界則成

就若生色無色界則不成就喜根若生欲界極光淨及下若聖者生上則成就若異生生上則不成就餘如前說如命根意根捨根亦爾皆三界有情定成就故若成就樂根彼定成就四餘不定成就四者謂樂命意捨根餘不定者餘十八根或成就或不成就如前應知若成就苦根彼定成就七餘不定成就七者謂身命意四受除憂餘不定者餘十五根或成就或不成就如前應知若成就喜根彼定成就五餘不定成就五者謂命意樂喜捨根餘不定者餘十七根或成就或不成就如前應知若成就憂根彼定成就八定不成就一餘不定成就八者謂身命意五受根不成就一者謂具知根餘不定者餘十三根或成就或不成就如前應知若成就信根彼定成就八餘不定成就八者謂命意捨信等五根餘不定者餘十四根或成就或不成就如前應知如信根精進念定慧根亦爾若成就未知當知根彼定成就十三定不成就二餘不定成就十三者謂身命意四受餘憂信等五未知當知根不成就二者謂已知具知根餘不定者餘七根或成就或不成就如前應知若成就已知根彼定成就十一定不成就二餘不定成就十一者謂命意樂喜捨信等五已知根不成就二者謂未知當知具知根餘不定者餘九根或成就或不成就如前應知若成就具知根彼定成就十一定不成就三餘不定成就十一者謂命意樂喜捨信等五具知根不成就三者謂憂前二無漏根餘不定者餘八根或成就或不成就如前應知若

成就眼根彼於三世二十二根幾成就幾不成就乃至具知根問亦爾答若成就眼根彼定不成就過去未來八謂命等八無記根惟成就現在非過去未來勢羸劣故定成就過去未來二現在三過未二者謂意捨根此於現在非定成就以彼或住無心位故現三者謂眼身命根餘不定如前說如眼根耳鼻舌亦爾若成就身根彼定不成就過去未來八謂命等定成就過去未來二現在二過未二者謂意捨現二者謂身命餘不定如前說若成就女根彼定不成就過去未來八謂命等定成就過去未來五現在三過未五者謂意四受除憂現三者謂女身命餘不定如前說如女根男根亦爾若成就男女二根滅彼定不成就過去未來八三世三過未八者謂命等三世三者謂三無漏定成就過去未來九三世二現在四過未九者謂四受信等五三世二者謂意一受現在四者謂男女身命餘不定如前說西方師言應說過未定成就十謂五受信等五三世定成就一謂意受名不定故迦濕彌羅國諸論師言名雖不定而數則定必有一受現在前故此中說數不說名若成就命根彼定不成就過去未來八謂命等定成就過去未來二現在一過未二者謂意捨現一者謂命餘不定如前說如命根意根捨根亦爾若成就樂根彼定不成就過去未來八謂命等定成就過去未來二未來一現在一過未二者謂意捨未一者謂樂現一者謂命餘不定如前說若成就苦根彼定不成就過去未來八謂命等定成就過去未來

五現在二過未五者謂意四受除憂現二者謂身命餘不定如前説若成就喜根彼定不成就過去未來八謂命等定成就過去未來二未來二現在一過未二者謂意捨未二者謂樂喜現一者謂命餘不定如前説若成就憂根彼定不成就過去未來八三世一過未八者謂命等三世一者謂具知定成就過去未來四三世二現在二過未四者謂四受三世二者謂意一受現二者謂身命餘不定如前説健馱羅國説此文應言過未成五謂五受三世成一謂意受名不定故迦濕彌羅説名雖不定以數定故應如前説若成就信根彼定不成就過去未來八謂命等定成就過去未來七現在一過未七者謂意捨信等五現一者謂命餘不定如前説如信根精進念定慧根亦爾若成就未知當知根彼定不成就過去未來八三世二現在二過未八者謂命等三世二者謂已知具知現二者謂苦憂定成就三世七過去未來三未來現在一現在二三世七者謂意一受信等五過未三者謂三受未現一者謂未知當知現二者謂身命此中二説如前餘不定如前説若成就已知根彼定不成就過去未來八三世二過未八者謂命等三世二者謂餘二無漏定成就過去未來七未來三現在一過未七者謂意捨信等五未來三者謂樂喜已知現一者謂命餘不定如前説若成就具知根彼定不成就過去未來八三世三過未八者謂命等三世三者謂憂餘二無漏定成就過去未來七未來三現在一過未七者謂意捨信等五未

三者謂樂喜具知現一者謂命餘不定如前說若不成就眼根彼於二十二根幾不成就幾成就乃至具知根問亦爾答若不成就眼根彼定不成就一謂眼定成就三謂命意捨餘不定如前說如眼根耳鼻舌女男根三無漏根亦爾若不成就身根彼定不成就十謂七色苦憂未知當知定成就八謂命意捨信等五餘不定如前說若男女根俱不成就彼定不成就二謂男女定成就三謂命意捨餘不定如前說命意捨根無不成就若不成就樂根彼定不成就九謂女男四受除捨三無漏定成就八謂命意捨信等五餘不定如前說若不成就苦根彼定不成就五謂女男苦憂未知當知定成就八謂命意捨信等五餘不定如前說若不成就喜根彼定不成就八謂女男苦喜憂三無漏定成就八謂命意捨信等五餘不定如前說若不成就憂根彼定不成就一謂憂定成就八謂命意捨信等五餘不定如前說若不成就信根彼定不成就八謂信等五三無漏定成就八謂身命意五受餘不定如前說如信根精進念定慧根亦爾若不成就眼根彼於三世二十二根幾不成就幾成就乃至具知根問亦爾答若不成就眼根彼定不成就三世一過去未來七三世一者謂眼過未七者謂命等七定成就過去未來二現在一過未二者謂意捨現一者謂命餘不定如前說如眼根耳鼻舌女男根亦爾若不成就身根彼定不成就三世十過去未來一三世十者謂七色苦憂未知當知過未一者謂命定成就過去未來五三世二

現在一過未五者謂信等五三世二者謂意捨現一者謂命餘不定如前說若男女根俱不成就彼定不成就三世二過去未來六三世二者謂男女過未六者謂五色命定成就過去未來二現在一過未二者謂意捨現一者謂命餘不定如前說命意捨根無不成就若不成就樂根彼定不成就三世九過去未來六三世九者謂女男四受除捨三無漏過未六者謂五色命定成就過去未來七現在一過未七者謂意捨信等五現一者謂命餘不定如前說若不成就苦根彼定不成就三世五過去未來六三世五者謂女男苦憂未知當知過未六者謂五色命定成就過去未來七現在一過未七者謂意捨信等五現一者謂命餘不定如前說若不成就喜根彼定不成就三世八過去未來六三世八者謂女男苦憂喜三無漏過未六者謂五色命定成就過去未來七現在一過未七者謂意捨信等五現一者謂命餘不定如前說若不成就憂根彼定不成就三世一過去未來八三世一者謂憂過未八謂命等定成就過去未來七現在一過未七者謂意捨信等五現一謂命餘不定如前說若不成就信根彼定不成就三世八過去未來八三世八者謂信等五三無漏過未八者謂命等定成就過去未來四三世二現在二過未四者謂四受三世二者謂意一受現二者謂身命餘不定如前說如信根精進念定慧根亦爾若不成就未知當知根彼定不成就三世一過去未來八三世一者謂未知當知過未八者謂命等定成

就過去未來二現在一過未二者謂意捨現一者謂命餘不定如前說如未知當知根已知具知根亦爾

諸根善彼根因善根耶設根因善根彼根善耶答諸根善彼根因善根謂八根全及六根少分此以善根爲三因即相應俱有同類有根因善根彼根非善謂善根所引異熟生根即善根所引異熟命等八根及意樂喜捨根此以善根爲一因謂異熟因此中無貪無瞋無癡名因善根諸根不善彼根因不善根耶設根因不善根彼根不善耶答諸根不善彼根因不善根謂六根少分此以不善根爲四因即相應俱有同類遍行有根因不善根彼根非不善謂不善根所引異熟一生根即不善根所引命等八根及意苦根此以不善根爲一因謂異熟因及欲界有身見邊執見相應根此以不善根爲二因謂同類遍行此中貪瞋癡名因不善根諸根無記彼根因無記根耶設根因無記根彼根無記耶答應作四句迦濕彌羅國毗婆沙師說無記根有三謂無記愛慧無明無記愛者謂色無色界五部愛無記慧者謂有覆無記慧無覆無記慧有覆無記慧謂欲界有身見邊執見及色無色界五部染汙慧無覆無記慧謂威儀路工巧處異熟生變化心俱生慧無記無明者謂欲界有身見邊執見相應無明及色無色界五部無明此中無記貪相應心由三無記根故名有根心所餘有覆無記心由二無記根故名有根心謂無記慧無明一切無覆無記心由一無記根故名有根心謂無記慧依此以

釋四句義者有根無記彼根非因無記根謂無緣根即命等八根此根無記而不以無記根爲因有根因無記根彼根非無記謂不善根即六少分此根不善而以無記根爲二因謂同類遍行有根無記彼根亦因無記根謂無記有緣根即五少分此根無記亦以無記根爲四因謂相應俱有同類遍行有根非無記彼根亦非因無記根謂善根即八全六少分此根非無記亦不以無記根爲因頗有根非因善根非因不善根非因無記根彼根非無因耶答有謂無緣根即命等八根以色心不相應行爲因此非三性根爲因而以色心不相應行爲三因謂俱有同類異熟西方諸師說無記根有四謂無記愛見慢無明無記愛者謂色無色界五部愛無記見者謂欲界有身見邊執見及色無色界五見無記慢者謂色無色界五部慢無記無明者謂欲界有身見邊執見相應無明及色無色界五部無明此中無記貪相應心由二無記根故名有根心謂無記愛無明無記見慢相應心亦各由二無記根故名有根心謂即彼及無明所餘有覆無記心由一無記根故名有根心謂無記無明依彼以釋四句義者此文應作是說有根無記彼根非因無記根謂無覆無記根此根無記而不以無記根爲因有根因無記根彼根非無記謂不善根此根非無記而以無記根爲二因謂同類遍行有根無記彼根亦因無記根謂有覆無記根此根無記亦以無記根爲四因謂相應俱有同類遍行有根非無記彼根亦非因無記根謂善根此根

非無記亦不以無記根爲因頗有根非因善根非因不善根非因無記根彼根非無因耶答有謂無覆無記根以色心不相應行等爲因此根不以三性根爲因而以色心不相應行無覆無記心心所爲四因謂相應俱有同類異熟此即總說然相應根具有四因不相應根惟三因除相應因問何故西方諸師立慢爲無記根答彼說力堅强義是根義慢力堅强故立爲根謂瑜伽師所以退失百千善品皆由慢力問何故此國諸師不立爲根耶答此說下義是根義慢令心舉於下不順故不立根問何故此國諸師立無覆無記慧爲無記根答此說爲依因義是根義無覆無記慧爲依因勝故立爲根問何故西方諸師不立爲根答彼說力堅强義是根義無覆無記慧勢力羸劣故不立根問何故此彼國師俱不立疑爲無記根答俱說定住義是根義疑不定住二門轉故不立爲根如是說者如善不善根俱有三種無記根亦應爾又如不善慢不立不善根無記慢亦應爾故無記根惟三者善

根蘊第六中因緣納息第七

諸根因過去彼根緣過去耶如是等章及解章義既領會已當廣分別問何故作此論答爲止撥無去來二世及撥無因緣者意乃至廣說故作斯論此中依二緣作論謂因緣所緣緣問何故不依餘二緣作論耶答等無間緣惟一剎那增上緣通一切法若依彼作論則文義俱不婉博故此但依二緣作論此中應作略毗婆沙謂二十二根中十四有所緣

八無所緣有所緣中五識身相應品過去緣過去現在緣現在未來生法緣未來不生法緣三世意識身相應品隨在何世若生不生皆緣三世及無爲法又見苦見集所斷根通緣五部見滅見道所斷根惟緣自部及不斷修斷不斷根通緣五部及不斷又欲色界繫及不繫根通緣三界繫及不繫無色界繫根唯緣色無色界繫及不繫因隨差別亦應准知是謂此中略所說義隨文廣釋如理應知於中一切初翻因略而緣廣一切後翻緣略而因廣此中諸忍以智名說智眷屬故

阿毗達磨大毗婆沙論卷第一百五十六 一說切有部發智

音釋

羸劣 羸力追切瘦也劣力輟切弱也 瞋癡 瞋丑人切怒而張目也癡丑知切愚也 婉博 婉於阮切順也博補各切廣也

阿毗達磨大毗婆沙論卷第一百五十七

五百大阿羅漢等造　唐三藏法師玄奘奉　詔譯

定蘊第七中得納息第一之一

諸得過去法彼得過去耶如是等章及解章義既領會已應廣分別問何故作此論答欲止他宗顯已義故謂或有執過未是無而說現在是無爲法爲遮彼執顯過未有現非無爲故作斯論所以者何若無過去未來者應無有情成就彼法及不成就如第二頭第三手第六蘊第十三處第十九界等無有成就不成就者然有成就過去未來及不成就故知實有或復有執成就非實有法如譬喻者作如是論諸有情類不離彼法說名成就此無實體但是觀待分別假立如五指合名之爲拳離即非拳故非實有如是有情不離彼法說名成就離即不成就故體非實有問彼何故立此論耶答依契經故如契經說有轉輪王成就七寶若此成就是實有者應成就他身及非有情數謂彼輪王若成就輪寶神珠寶者則法壞亦是有情數法亦是非有情數法若成就象寶馬寶者則趣壞亦是人趣亦傍生趣若成就女寶者則身壞亦是男身亦是女身若成就主藏臣寶兵將寶者則業壞亦是王亦是臣勿有此過故成就非實有爲止彼宗顯成就體是實有故而作斯論若成就體非實有者便違經說如說有學成就八支漏盡阿羅漢成就十支若成就非實者彼聖者有漏心現前及無心時便不成就三世聖道云何成就八支十支以支皆是無漏法故又若成就非實有者復違餘經如餘經

說此補特伽羅成就善法及不善法若成就非實有者彼起善法時應不成就不善法起不善法時應不成就善法起無記法時應俱不成就又若成就非實有者復違餘經如說若苾芻成就七妙法者於現法中多住喜樂彼應成就一妙法或不成就謂七妙法隨一現前時彼苾芻但成就一以七妙法皆慧爲性尚無二慧俱起況當有七若起餘法現在前時則七妙法皆不成就又若成就非實有者復違餘經如說如來應正等覺成就十力彼應但說成就一力或不成就謂若隨起一力現前餘九離身便不成就以十力皆慧爲體無二慧俱起故若起餘法現在前時是則十力皆不成就又若成就非實有者復有餘過異生應名離三界染諸阿羅漢應名異生謂諸異生起善無覆無記心及無心時身中現無煩惱復不成就過去未來豈不名爲離三界染諸阿羅漢起有漏心及無心時現無聖道復不成就過去未來豈非異生無聖法故若爾便爲大過是故成就決定實有問若成就是實有者譬喻者所引經云何通答彼說自在名爲成就謂轉輪王於自七寶攝御自在假說成就非如成就學八支等或復有執成就雖實有體而不成就無有實體爲遮彼執顯不成就亦有實體故作斯論若不成就無實體者成就亦無實體覯不成就說成就故如觀夜立晝觀闇立明皆實有體此亦如是又不成就是成就近對治更互相違如貪無貪瞋無瞋癡無癡定亂等若無實體何所相違成近對治又不成就若無體者應不

施設斷諸煩惱謂聖道起斷諸煩惱非如以刀割物以石磨物但斷繫得證離繫得令諸煩惱不成就起說名爲斷故知實有不成就性或復爲欲斷疑網故而作斯論謂雜蘊說過去法生老住無常當言過去乃至廣說勿有生疑如相與法不異世不異刹那得與法亦爾如得與法有異世有異刹那相與法亦爾爲令此疑得決定故明相與法定不異世不異刹那而得與法有同有異謂三世法一一各有三世得故問何故相與所相世及刹那決定無異得與所得或同或異耶答相與所相必同一果相隨行不相離無前後於同聚法不能棄捨得與所得不同一果非定相隨非不相離或有前後於同聚法或能棄捨如諸樹皮性離於樹是故爲止他宗顯於已義及令疑者得決定故設不止他顯已令疑決定但於法相相應義中應顯所明故作斯論諸得過去法彼得過去耶此中得言欲何所顯謂獲成就云何知然如施設論說得云何謂獲成就獲云何謂得成就成就云何謂獲得得獲成就聲雖有别而義無異所得法類有十一種欲界有四謂善不善有覆無記無覆無記色界有三除不善無色界亦爾及無漏法欲界善不善無覆無記各具五蘊有覆無記惟有四蘊色界三各具五蘊無色界三各惟四蘊無漏法具五蘊及擇滅非擇滅除虛空無爲非所得法故此中欲界善不善色若在過去有三世得若在未來惟有未來得若在現在有二世得謂未來現在善不善有覆無記四蘊及無覆無記中通果心俱生

品四蘊彼得世雜刹那雜謂在過去未來現在皆具三世得故無覆無記一切色蘊異熟生四蘊及威儀路工巧處多分四蘊彼得世不雜刹那不雜若在過去得亦過去若在未來得亦未來若在現在得亦現在威儀路四蘊中善慣習者如佛馬勝及餘有情所善慣習并工巧處四蘊中善慣習者如佛妙業天子及餘有情所善慣習彼得亦皆世雜刹那雜謂在三世各有三世得故色界善五蘊有覆無記及無覆無記中通果心俱生品四蘊彼得世雜刹那雜謂在三世各有三世得故不定善色蘊如欲界善不善色蘊說一切有覆無記無覆無記色蘊及威儀路異熟生四蘊彼得世不雜刹那不雜隨在彼世即惟有彼世得故無色界善有覆無記四蘊彼得世雜刹那雜謂在三世各有三世得故異熟生四蘊彼得世不雜刹那不雜隨在彼世即惟有彼世得故無漏五蘊彼得亦世雜刹那雜謂在三世各有三世得故此則總說若別說者諸未曾得無漏五蘊及未曾得有漏修所成并未曾得聞思所成彼最初得若在未來彼法惟有未來得若在現在彼法則有未來現在得若在過去彼法則有三世得擇滅非擇滅法雖非三世攝而有三世得然擇滅得有二種謂有漏無漏有漏擇滅得由離欲界染乃至無所有處染故起是世俗道類若未離染彼滅惟有過去未來得若已離染彼滅即有三世得無漏擇滅得由離三界見修所斷染故起是聖道類欲界見苦所斷法擇滅若苦法智未現在前彼滅惟有未來得若現

在前彼滅則有未來現在得若已滅彼滅則有三世得如是乃至有頂第九品法擇滅若盡智未現前等如理應知非擇滅得惟是有漏彼最初得若在未來彼滅惟有未來得若在現在彼滅則有未來現在得若在過去彼滅則有三世得此中初問答顯一一世法有三世得第二問答顯一一世得得三世及離世法是謂此處略毗婆沙諸得過去法彼得過去耶答彼得或過去或未來或現在得過去法過去得者謂過去三界一切諸蘊及無漏蘊彼所有過去得得過去法未來得者謂過去欲界善不善五蘊有覆無記四蘊無覆無記中通果心俱生品及威儀路工巧處一分四蘊色界善五蘊有覆無記及無覆無記中通果心俱生品四蘊無色界善有覆無記四蘊無漏五蘊彼所有未來得得過去法現在得者謂過去欲界善不善五蘊乃至廣說如未來彼所有現在得設得過去彼得過去法耶答彼法或過去或未來或現在或無爲過去得得過去法者謂過去得得過去三界一切諸蘊及無漏蘊過去得得未來法者謂過去得得未來欲界善不善有覆無記四蘊無覆無記中通果心俱生品及威儀路工巧處一分四蘊色界善五蘊有覆無記及無覆無記中通果心俱生品四蘊無色界善有覆無記四蘊無漏五蘊過去得得現在法者謂過去得得現在欲界善乃至廣如得未來說過去得得無爲法者謂過去得得擇滅非擇滅諸得未來法彼得未來耶答彼得或未來或過去或現在得未來法未來得者謂未來

三界一切諸蘊及無漏蘊彼所有未來得得未來法過去得者謂未來欲界善不善有覆無記四蘊無覆無記中通果心俱生品及威儀路工巧處一分四蘊色界善五蘊有覆無記及無覆無記中通果心俱生品四蘊無色界善有覆無記四蘊無漏五蘊彼所有過去得得未來法現在得者謂未來欲界善乃至廣說如過去彼所有現在得設得未來彼得未來法耶答彼法或未來或過去或現在或無爲未來得得未來法者謂未來得得未來三界一切諸蘊及無漏蘊未來得得過去法者謂未來得得過去欲界善不善五蘊有覆無記四蘊無覆無記中通果心俱生品及威儀路工巧處一分四蘊色界善五蘊有覆無記及無覆無記中通果心俱生品四蘊無色界善有覆無記四蘊無漏五蘊未來得得現在法者謂未來得得現在欲界善乃至廣如得過去說未來得得無爲者謂未來得得擇滅非擇滅諸得現在法彼得現在耶答彼得或現在或過去或未來得現在法現在得者謂現在三界一切諸蘊及無漏蘊彼所有現在得得現在法過去得者謂現在欲界善不善有覆無記四蘊無覆無記中通果心俱生品及威儀路工巧處一分四蘊色界善五蘊有覆無記及無覆無記中通果心俱生品四蘊無色界善有覆無記四蘊無漏五蘊彼所有過去得得現在法未來得者謂現在欲界善不善五蘊有覆無記四蘊餘如過去得說彼所有未來得設得現在彼得現在法耶答彼法或現在或過去或未來或無爲現在得

得現在法者謂現在得得現在三界一切諸蘊及無漏蘊現在得得過去法者謂現在得得過去欲界善不善五蘊有覆無記四蘊無覆無記中通果心俱生品及威儀路工巧處一分四蘊色界善五蘊有覆無記及無覆無記中通果心俱生品四蘊無色界善有覆無記四蘊無漏五蘊現在得得未來法者謂現在得得未來欲界善不善有覆無記四蘊餘如得過去說現在得得無爲者謂現在得得擇滅非擇滅

諸得善法彼得善耶答如是以善法得必是善故設得善彼得善法耶答如是以諸善得惟得善法故不善無記問答亦爾能得所得性必同故諸得欲界法彼得欲界耶答如是以欲界法得必是欲界故設得欲界彼得欲界法耶答彼法或欲界或不繫欲界者謂欲界五蘊不繫者謂諸非擇滅以生欲界補特伽羅於三界繫及不繫法得非擇滅彼得皆是欲界繫故諸得色界法彼得色界耶答如是以色界法得必是色界故設得色界彼得色界法耶答彼法或色界或不繫色界者謂色界五蘊不繫者謂諸擇滅非擇滅擇滅者謂欲界下三靜慮五蘊擇滅彼世俗道類得皆色界繫以下地擇滅有漏得皆上地近分攝故非擇滅者謂生色界補特伽羅於三界繫及不繫法得非擇滅彼得皆是色界繫故諸得無色界法彼得無色界耶答如是以無色界法得皆是無色界繫故設得無色界彼得無色界法耶答彼法或無色界或不繫無色界者謂無色界四蘊不繫者謂諸擇滅非

擇滅擇滅者謂第四靜慮地繫五蘊及下三無色地繫四蘊擇滅後世俗道類得皆無色界繫所以如前非擇滅者謂生無色界補特伽羅於三界繫及不繫法得非擇滅彼得皆是無色界繫故諸得學法彼得學耶答如是以學法得必是學故設得學彼得學法耶答彼法或學或非學非無學學者謂學五蘊非學非無學者謂諸學得所得擇滅諸得無學法彼得無學耶答如是以無學法得必是無學故設得無學彼得無學法耶答彼法或無學或非學非無學無學者謂無學五蘊非學非無學者謂諸無學得所得擇滅諸得非學非無學法彼得非學非無學耶答彼得或非學非無學或學或無學非學非無學者謂有漏五蘊四蘊得一切非擇滅得諸擇滅世俗道類得學者謂諸擇滅學道類得無學者謂諸擇滅無學道類得設得非學非無學彼得非學非無學法耶答如是以諸非學非無學得惟得非學非無學法故諸得見所斷法彼得見所斷耶答如是以見所斷法得必是見所斷故設得見所斷彼得見所斷法耶答如是以見所斷得惟得見所斷法故諸得修所斷法彼得修所斷耶答如是以修所斷法得必是修所斷故設得修所斷彼得修所斷法耶答彼法或修所斷或不斷修所斷者謂修所斷五蘊不斷者謂一切非擇滅及世俗道類所得擇滅諸得不斷法彼得不斷耶答彼得或不斷或修所斷不斷者謂無漏五蘊得及諸擇滅無漏道類得修所斷者謂一切非擇滅得及諸擇滅世俗道類得設得不斷彼

得不斷法耶答如是以不斷得惟得不斷法故已隨本文辯諸得相當更隨義顯諸非得若法有得彼法有非得若法無得彼法無非得獲成就非獲非成就說亦爾由此一切有情數法及擇滅非擇滅有得非得有獲非獲有成就非成就一切非有情數法及虛空無爲則皆無有得非得等又於自相續法有得有非得等於他相續法無得非得等此中過去未來法各有三世非得現在法惟有過未二世非得以可成就法在現在世必成就故得與非得更互相違不俱起故善不善無記法非得皆惟無記三界法非得皆通三界學無學非學非無學法非得皆惟非學非無學見所斷修所斷不斷法非得皆惟修所斷是謂非得略毗婆沙諸不得過去法得非得過去耶答彼非得或過去或未來或現在不得過去法過去非得者謂過去善不善有覆無記無覆無記無漏五蘊彼所有過去非得此中斷善根者善五蘊離欲染者不善五蘊諸阿羅漢有覆無記五蘊一切有情多分無覆無記五蘊以無覆無記法已過剎那及未至剎那多分不成就故諸異生類無漏五蘊是謂總相所不得法不得過去法未來非得者謂過去善不善有覆無記無覆無記無漏五蘊彼所有未來非得如前釋不得過去法現在非得者謂過去善不善有覆無記無覆無記無漏五蘊彼所有現在非得隨所應如前釋設非得過去彼不得過去法耶答彼法或過去或未來或現在或無爲過去非得不得過去法者謂過去非得不得過去善乃至無

漏五蘊如前釋過去非得不得未來法者謂過去非得不得未來善乃至無漏五蘊如前釋過去非得不得現在法者謂過去非得不得現在善乃至無漏五蘊如前釋過去非得不得無爲法者謂過去非得不得擇滅非擇滅法謂具縛者於擇滅一切有情於非擇滅諸不得未來法彼非得未來耶答彼非得或未來或過去或現在不得未來法未來非得者謂未來善乃至無漏五蘊彼所有未來非得如前釋不得未來法過去非得者謂未來善乃至無漏五蘊彼所有過去非得如前釋不得未來法現在非得者謂未來善乃至無漏五蘊彼所有現在非得如前釋設非得未來彼不得未來法耶答彼法或未來或過去或現在或無爲未來非得不得未來法者謂

未來非得不得未來善乃至無漏五蘊如前釋未來非得不得過去法者謂未來非得不得過去善乃至無漏五蘊如前釋未來非得不得現在法者謂未來非得不得現在善乃至無漏五蘊如前釋未來非得不得無爲法者謂未來非得不得擇滅非擇滅如前釋諸不得現在法彼非得現在耶答彼非得或過去或未來非現在相違故不得現在法過去非得者謂現在善乃至無漏五蘊彼所有過去非得如前釋不得現在法未來非得者謂現在善乃至無漏五蘊彼所有未來非得如前釋設非得現在彼不得現在法耶答彼法或過去或未來或無爲非現在相違故現在非得不得過去法者謂現在非得不得過去善乃至無漏五蘊隨所應如前釋現在非得

不得未來法者謂現在非得不得未來善乃至無漏五蘊如前釋現在非得不得無爲法者謂現在非得不得擇滅非擇滅如前釋諸不得善法彼非得善耶答不爾以彼非得是無記非善性故設非得無記彼不得善法耶答彼法或善或不善或無記以無記非得不得三性法故諸不得不善法彼非得不善耶答不爾以彼非得是無記非不善性故設非得無記彼不得不善法耶答彼法或善或不善或無記以無記非得不得三性法故諸不得無記法彼非得無記耶答如是以諸非得惟無記故設非得無記彼不得無記法耶答彼法或善或不善或無記以無記非得不得三性法故諸不得欲界法彼非得欲界耶答彼非得或欲界或色界或無色界不得欲界

法欲界非得者謂生欲界欲界諸蘊非得不得欲界法色界非得者謂生色界欲界諸蘊非得不得欲界法無色界非得者謂生無色界欲界諸蘊非得設非得欲界彼不得欲界法耶答彼法或欲界或色界或無色界或不繫欲界非得不得欲界法者謂生欲界不得欲界諸蘊欲界非得不得色界法者謂生欲界不得色界諸蘊欲界非得不得無色界法者謂生欲界不得無色界諸蘊欲界非得不得不繫法者謂生欲界不得無漏諸蘊及擇滅非擇滅諸不得色界法彼非得色界耶答彼非得或欲界或色界或無色界不得色界法欲界非得者謂生欲界色界諸蘊非得不得色界法色界非得者謂生色界色界諸蘊非得不得色界法無色界非得者謂生無色

界色界諸蘊非得設非得色界彼不得色界法耶答彼法或欲界或色界或無色界或不繫色界非得不得欲界法者謂生色界不得欲界諸蘊色界非得不得色界法者謂生色界不得色界諸蘊色界非得不得無色界法者謂生色界不得無色界諸蘊色界非得不得不繫法者謂生色界不得無漏諸蘊及擇滅非擇滅諸不得無色界法彼非得無色界耶答彼非得或欲界或色界或無色界不得無色界法欲界非得者謂生欲界無色界諸蘊非得不得無色界法色界非得者謂生色界無色界諸蘊非得不得無色界法無色界非得者謂生無色界無色界諸蘊非得設非得無色界彼不得無色界法耶答彼法或欲界或色界或無色界或不繫無色界非得不得欲界法者謂生無色界不得欲界諸蘊無色界非得不得色界法者謂生無色界不得色界諸蘊無色界非得不得無色界法者謂生無色界不得無色界諸蘊無色界非得不得不繫法者謂生無色界不得無漏諸蘊及擇滅非擇滅諸不得學法彼非得學耶答不爾以彼非得是非學非無學非是學故設非得非學非無學彼不得學法耶答彼法或學或無學或非學非無學以非學非無學非得不得三種法故諸不得無學法彼非得無學耶答不爾以彼非得是非學非無學非是無學故設非得非學非無學彼不得無學法耶答彼法或學或無學或非學非無學以非學非無學非得不得三種法故諸不得非學非無學法彼非得非學非無學耶答如是以諸

非得惟是非學非無學故設非得非學非無學彼不得非學非無學法耶答彼法或學或無學或非學非無學以非學非無學非得不得三種法故諸不得見所斷法彼非得見所斷耶答不爾以彼非得是修所斷非見所斷故設非得修所斷彼不得見所斷法耶答彼法或見所斷或修所斷或不斷以修所斷非得不得三種法故諸不得修所斷法彼非得修所斷耶答如是以諸非得惟修所斷故設非得修所斷彼不得修所斷法耶答彼法或見所斷或修所斷或不斷以修所斷非得不得三種法故諸不得不斷法彼非得不斷耶答不爾以彼非得是修所斷非不斷故設非得修所斷彼不得不斷法耶答彼法或見所斷或修所斷或不斷以修所斷非得不得三種法故

阿毗達磨大毗婆沙論卷第一百五十七

說一切有部發智

阿毗達磨大毗婆沙論卷第一百五十八

五百大阿羅漢等造

唐三藏法師玄奘奉　詔譯

定蘊第七中得納息第一之二

問得非得何差別答名即差別謂名得名非得復次得有漏無漏非得惟有漏復次得善不善無記非得惟無記復次得三界繫及不繫非得惟三界繫復次得學無學非學非無學非得惟非學非無學復次得見所斷修所斷不斷非得惟修所斷復次得染汙不染汙非得惟不染汙復次得異熟非異熟非得惟非異熟復次得有異熟無異熟非得惟無異熟復次得與所得法或俱起或不俱起非得與所不得法必不俱起復次得苦集道三諦攝非得惟苦集諦攝以如是等門應知得非得差別問何故得與所得法性類或同或異耶答得有三種一有爲法得二擇滅得三非擇滅得有爲法得隨所得法性類差別以有爲法能有作用引自得故擇滅得隨能證道性類差別以諸擇滅自無作用但由道力求證彼時引彼得故非擇滅得隨自所依性類差別以非擇滅自無作用非道所求彼得但依命根衆同分而現前故問非得隨何性類差別答彼定不隨所不得法以相違故又不隨道非道所求故但依命根衆同分轉故隨所依性類差別問若諸非得非擇滅得俱隨所依性類差別者所依或異熟或惟等流此二隨何性類差別答隨等流性以義遍故異熟非遍故不隨立問非得若隨所不得法性類差別有何過耶答斷善根者應成就善已

離欲染者應成就不善諸無學者應成就染異生應成三乘無漏法退果應成果捨向應成向二滅非得應是無爲由此等過非得不可隨所不得性類有異問所說得爲更有得爲無耶若更有得者得復有得何非無窮若更無得者此得由何可說成就答應說得復有得問若爾應成無窮答無窮亦無有過由此生死難斷難越或無量得皆一刹那俱生而滅無無窮過如是說者一刹那中但有三法一彼法二得三得得由得故成就彼法及得得由得得故成就得由更互相得故非無窮是故說色蘊行蘊一得得乃至識蘊行蘊一得得有爲無爲一得得問爲一一法各別有得爲不爾耶或有說者俱有法同一得得問若爾不應作如是說色蘊行蘊一得得等答欲顯法與得得無異得故作如是說然實不無五蘊四蘊一得得義有說一一法各別得得惟除得得與彼法同一得得問若爾便有無窮過失以得皆有生住異滅生等復有得與得得彼得得得復有生等如是展轉成無窮故答無窮復有何過由此生死難斷難越或此諸法皆一刹那俱生而滅無無窮過如是說者法與生等同一得得相與所相極親近故由此善通色蘊行蘊一得得等又去如前無窮過失如說得如是非得與得相違應隨廣說然無同時非得非得有情數法現在前時必與得俱是故非得起時決定不與非得非得及彼法俱起由此三法互相違故異時說有此則不遮問過去未來得爲成就爲不成就若成就者則爲無窮謂一刹那三

法俱起一法二得三得得此三滅位有六得生謂三得三得得此六滅位十二得起謂六得六得得十二滅位二十四得起謂十二得十二得得如是展轉無始時來乃至後際念念倍起其得無限隣次刹那倍增尚爾況於隔越前前刹那諸得倍增是故展轉有無窮過若不成就便與此蘊後説相違如説從無色界殁生欲界時所得蘊界處大種善根不善根無記根結縛隨眠隨煩惱纏當言曾得得未曾得得答善染汙法當言曾得得異熟法當言未曾得得如此則非不成就以得亦有善染汙故答應作是説過去未來得有成就者以善及染汙法等有三世得故問若爾豈非無窮答無窮復有何過由此生死難斷難越或彼諸得一刹那生無無窮過又此諸得但可言多而非無窮猶有分限故有餘師説無有成就過去未來得者是故無無窮過問此蘊後説當云何通答此蘊後文説所得法非能得得斯有何咎如是説者應如初説得如所得應成就故又以得故名沙門果若過未得不成就者諸沙門果應刹那捨刹那得然無是事又諸聖道有三時捨謂退時得果時練根時若過未得不成就者則聖道應刹那刹那捨非謂三時欲令無如是過故有成就過未諸得若成就所得法亦成就彼得若所得法捨彼得亦捨以法與得捨得同故然得總有四種一在彼法前二在彼法後三與彼法俱四非彼法前後及俱若所得法則有六種一有所得法惟有俱得如異熟生等二有所得法惟有前得如二類智邊世俗智

等有說此等亦有俱得三有所得法惟有俱得後得如別解脱戒等四有所得法惟有俱得前得如道類智忍等五有所得法具有前後俱得如所餘善染汙等六有所得法不可說有前後俱得而有諸得謂擇滅非擇滅必無有法惟有法後得者現在前時必有得故一切非得總有三種一在彼法前二在彼法後三非彼法前後及俱所不得法亦有三種一有所不得法惟有法彼前非得謂未來情數畢竟不生法及入無餘涅槃最後剎那心等二有所不得法通有彼前彼後非得謂餘隨應有情數法三有所不得法無彼前後及俱非得而有非得謂擇滅非擇滅必無非得可與法俱以法現在前時是所得者必有得故非所得者無得無非得故亦無惟有彼後非得非無始來恒成就彼未捨必起彼類盡故然諸非得性羸劣故惟成就現在一一剎那得已即捨於未得彼法及已捨位恒有此非得應知

見道所起得有十五類即十五心時俱起諸得見道滅位與自所起諸得俱滅如日沒時與自所起光明俱沒然苦法智忍有十五得苦法智有十四得乃至道類智忍但有一得問見道得爲但有爾所爲更有餘有說但有爾所有說更有餘未來世不生諸得而不可說此不應理寧當說無不應言有而不可說如是說者更有餘未來得苦法智忍一得俱生忍得相望互無因義苦法智三得俱生二道得一離繫得二道得者謂苦法智忍得苦法智得一離繫得者謂欲界見苦所斷十繫

得滅十離繫得起苦法智與彼三得互不爲因苦法智忍與彼三得皆有因義苦類智忍四得俱生三道得一離繫得苦類智忍與彼四得互不爲因苦法智忍爲四得因苦法智爲三得因除苦法智忍得以加行善法勝非劣因故有爲法得隨法勝劣故苦類智六得俱生四道得二離繫得苦類智與彼六得互不爲因苦法智忍爲六得因苦法智爲五得因除苦法智忍得以彼劣故苦類智忍爲三得因除前三得以彼劣故問不與前二道得作因是事可爾彼所得劣故不與前離繫得作因云何可爾彼所得最勝故答有爲法得隨所得法勝劣彼所引故無爲法得隨道勝劣道所引故彼道劣故彼得非因如是乃至道類智忍二十二得俱生十五道得七離繫得道類智忍與彼諸得互不爲因苦法智忍皆與二十二得作因苦法智與二十一得作因除苦法智忍得乃至道法智但與三得作因謂二道得一離繫得非前十九得因以彼劣故由此故說頗有前生無漏法非後生無漏法因耶答有謂勝於劣苦法智忍現在前時修未來無量苦法智忍此現在忍與所修爲因彼是此果有說此現在忍非所修爲因彼非此果以彼竟無一刹那現在前故評曰應說此爲彼因彼是此果一相續攝非劣道故如是乃至金剛喻定現在前時修未來無量金剛喻定此現在定與所修爲因彼是此果有說此現在定非所修因彼非此果以彼竟無一刹那現在前故評曰應說此爲彼因彼是此果一相續攝非劣道故巳生苦法智

爲與不生苦法智忍爲因亦與苦法智等一切學無學道爲因巳生苦法智與不生苦法智爲因亦與苦類智忍等一切學無學道爲因不與苦法智忍爲因如是乃至巳生盡智與未生盡智爲因亦與後巳生未生一切無學道爲因不與一切學道爲因由此故說頗有巳生無漏法非未生無漏法因耶答有謂巳生苦法智非未生苦法智忍因乃至巳生盡智非未生金剛喻定因勝道不與劣道爲因故苦集諦是有漏彼諸得亦有漏滅諦是無漏彼諸得或有漏或無漏道諦是無漏彼諸得亦無漏又苦集諦是善不善無記彼諸得亦爾滅諦道諦是善彼諸得亦是善又苦集諦是三界繫彼諸得亦爾滅諦是不繫彼諸得或色界繫或無色界繫或不繫道諦是不繫彼諸得亦不繫又苦集諦是非學非無學彼諸得亦爾滅諦是非學非無學彼諸得或學或無學或非學非無學道諦是學無學彼諸得亦爾又苦集諦是見所斷修所斷彼諸得亦爾滅諦是不斷彼諸得或修所斷或不斷道諦是不斷彼諸得亦不斷又苦集諦是染汙不染汙彼諸得亦爾滅諦道諦是不染汙彼諸得亦爾又苦集諦是有異熟無異熟彼諸得亦爾滅諦是無異熟彼諸得或有異熟或無異熟道諦是無異熟彼諸得亦爾又苦集諦是苦集諦攝彼諸得亦爾滅諦是滅諦攝彼諸得是苦集道三諦攝道諦是道諦攝彼諸得亦爾所得四諦與能得得有如是等諸門同異

問何地所繫法有幾種離繫得答欲界乃至

無所有處見修所斷法皆有三種離繫得謂學無學非學非無學非想非非想處見所斷法及前八品修所斷法皆有二種離繫得謂學無學彼第九品修所斷法惟有一種離繫得謂無學無學初心方初起故問何地所繫法有幾地無漏離繫得或有說者諸離繫得隨斷對治彼作是說欲界見修所斷法無漏離繫得未至定攝初靜慮見修所斷法無漏離繫得三地攝第二靜慮見修所斷法無漏離繫得四地攝第三靜慮見修所斷法無漏離繫得五地攝第四靜慮見修所斷法及無色界見所斷法無漏離繫得六地攝空無邊處修所斷法無漏離繫得七地攝識無邊處修所斷法無漏離繫得八地攝無所有處非想非非想處無漏離繫得九地攝復有說者諸離繫得隨壞對治彼作是說欲色界見修所斷法無漏離繫得皆六地攝空無邊處見修所斷法無漏離繫得七地攝識無邊處見修所斷法無漏離繫得八地攝無所有處非想非非想處見修所斷法無漏離繫得九地攝有作是說若地有法智品道彼地有欲界見修所斷法無漏離繫得若地有類智品道彼地有色無色界見修所斷法無漏離繫得彼作是說欲界見修所斷法無漏離繫得六地攝色無色界見修所斷法無漏離繫得九地攝評曰此中初說為善諸離繫得必由斷對治力所引起故問若以滅道法智離色無色界修所斷染時彼色無色界修所斷法無漏離繫得為法智品攝為類智品攝耶若法智品攝此不應理彼法及斷類智所知故若

類智品攝亦不應理彼斷及得法智所證故有作是說彼離繫得類智品攝問豈不彼斷及得法智所證耶答雖法智所證而類智攝類智所知故有餘師說彼無漏離繫得法智品攝問豈不彼法及斷類智所知耶答雖類智所知而法智攝法智所證故評曰此中初說爲善以類智品是彼不共決定對治故問聖者以世俗道離諸地染時爲是曾得道未曾得道耶有作是說是曾得道由此道無始時來串習曾得今現前故彼作是說聖者以世俗道離欲界修所斷上上品染時於欲界修所斷上上品法得二種離繫得一世俗得一無漏得世俗得是曾得道類無漏得是聖道類以世俗道現在前時亦修未來無漏道故於欲界見所斷上上品法得一種離繫得

謂世俗得是曾得道類不得無漏得先已得故問若爾云何共對治道轉成不共對治謂此曾得道先時總以欲界見修所斷諸法爲九品斷今時此道惟斷欲界修所斷故答此道猶名共對治道以此恒有俱斷力故此見所斷先已斷故今無可斷非不能斷是故恒名共對治道如離上上品乃至離下下品亦爾如離欲界修所斷乃至離無所有處修所斷亦爾有餘師說是未曾得道由此道無始時來未習未得惟聖所起故彼作是說聖者以世俗道離欲界修所斷上上品染時於欲界修所斷上上品法得二種離繫得一世俗得二無漏得世俗得是未曾得道類無漏得是聖道類以世俗道現在前時亦修未來無漏道故於欲界見所斷上上品決不得離繫

得不得世俗得者未曾得道非彼對治故不得無漏得者先巳得故如離上上品乃至離下中品亦爾如離欲界修所斷八品離初靜慮修所斷八品乃至離無所有處修所斷八品亦爾離欲界修所斷第九品解脱道時未來修曾得未曾得二世俗道爾時於欲界修所斷法得三種離繫得一世俗曾得得謂曾得道類二世俗未曾得得謂未曾得道類三無漏得謂聖道類於欲界見所斷法得二種離繫得除未曾得世俗得問云何知第九解脱時能修未來曾得未曾得二世俗道答以說若成就現在他心智彼定成就過去他心智故問何故離前八品染時修未曾得道離第九品染解脱道時修曾得未曾得道耶答離染道異得地亦異謂離染道惟未曾得未來所修亦未曾得若得地時現離染道雖未曾得得根本地故通修未來曾得未曾得道如離欲界修所斷第九品乃至離無所有處修所斷第九品亦爾評曰應作是說聖者以世俗道離諸地染時應言是未曾得道昔來未得惟聖所起故然於未來通修曾得未曾得道所對治同故應作是說聖者以世俗道離欲界修所斷上上品染時於欲界修所斷上上品法得三種離繫得一世俗曾得得謂曾得道類二世俗未曾得得謂未曾得道類三無漏得謂聖道類於欲界見所斷上上品法得一種離繫得謂曾得世俗道類不得未曾得得者未曾得道非彼對治故不得無漏得者先巳得故如離上上品乃至離下下品亦爾如離欲界修所斷乃至離無所有處修

所斷亦爾由此故說頗有不退不得果不轉根非見道現在前亦非異生類而於見所斷法得離繫得耶答有謂前所說惟除離欲染第六九品時依所說義應作是說頗有離繫得得而不捨捨而不得耶答應作四句有離繫得得而不捨謂諸異生離欲界乃至無所有處染時及諸聖者非得異離染時有離繫得捨而不得謂諸異生從離欲界乃至無所有處染退時及諸聖者非失果退時若從欲界歿生第二靜慮以上時從初靜慮歿生第二靜慮以上時乃至從無所有處歿生非想非非想處時從色無色界諸地歿生欲界時有離繫得亦得亦捨謂進得四沙門果時信勝解練根成見至時退法種性阿羅漢等練根成思法等時從離染或種性退若三若四沙門果時若色無色界上地歿生下地時有離繫得非得非捨謂除前相問若先離欲界五品染後入正性離生苦法智生時於先所斷見苦所斷五品法及今所斷見苦所斷四品法皆得無漏離繫得乃至道法智生時於先所斷見道所斷五品法及今所斷見道所斷四品法皆得無漏離繫得道類智生時於三界見所斷法皆得無漏離繫得彼先所斷欲界修所斷五品法無漏離繫得何時當得尊者僧伽筏蘇作如是說道類智時得以爾時名預流果亦名一來向故彼說不然所以者何以於爾時得預流果於一來果向道乃至未起一刹那現前如何可說爲一來向有作是說起一來果加行道時得以是一來向所攝故有餘師說得一來果時得以住第六

無間道時能引三界見所斷及欲界修所斷前六品法無漏離繫得令起得一來果故如是說者從預流果決定起勝進道彼現前時得以從下果起趣上勝進道時必修先所斷上位諸結對治道故問頗有一刹那頃於無漏離繫得有身作證而慧不見有慧見而身不作證乃至作四句耶答有謂道類智忍滅道類智生時應作四句有無漏離繫得身作證而慧不見謂欲界見所斷法無漏離繫得有無漏離繫得慧見而身不作證謂色無色界修所斷法無漏離繫得有無漏離繫得身作證慧亦見謂色無色界見所斷法無漏離繫得有無漏離繫得身不作證慧亦不見謂欲界修所斷法無漏離繫得問頗有一刹那頃於信等五根得而不捨捨而不得乃至作四句耶答有謂聖者離欲界染住最後無間道時應作四句得而不捨者謂三地世俗道二地無漏道所攝信等五根捨而不得者謂欲界惡作憂根俱生信等五根亦得亦捨者謂未至地無漏道所攝信等五根捨無間道所攝得解脱道所攝非得非捨者謂除前相問若法過去彼得過去耶設得過去彼法過去耶答應作四句有法過去彼得非過去謂過去有情數法彼得在未來現在有得過去彼法非過去謂過去得得未來現在有情數法及擇滅非擇滅有法過去彼得亦過去謂過去有情數法彼得在過去有法非過去彼得亦非過去謂未來現在得得未來現在有情數法及擇滅非擇滅如過去作四句未來現在各作四句如理應知問若法在過去彼

法有過去得耶設法有過去得彼法在過去耶答應作四句有法在過去得彼法無過去得謂過去非有情數法有法有過去得彼法不在過去謂擇滅非擇滅及未來現在有情數法有過去得有法在過去彼法亦有過去得謂過去有情數法有法非在過去彼法亦非有過去得謂未來現在非有情數法及虛空無爲并未來現在有情數法及擇滅非擇滅無過去得如過去作四句未來現在各作四句如理應知問若法不在過去彼法無過去得耶設法無過去得彼法不在過去耶答應作四句前第二句作此第一句前第一句作此第二句前第四句作此第三句前第三句作此第四句如前應知如過去作四句未來現在各作四句如理應知問若法有得彼法有離繫得耶設法有離繫得彼法有得耶答應作四句有法有得彼法非有離繫得謂無漏有爲法及擇滅非擇滅有法有離繫得彼法非有得謂非有情數法有法有得彼法亦有離繫得謂有漏有情數法有法非有得彼法亦非有離繫得謂虛空無爲問若法無得彼法無離繫得耶設法無離繫得彼法無得耶答應作四句前第二句作此第一句前第一句作此第二句前第四句作此第三句前第三句作此第四句如前應知問若法應修彼法得應修耶設法得應修彼法應修耶答若法應修彼法得亦應修有法得應修彼法非應修謂擇滅問若法應斷彼法得應斷耶設法得應斷彼法應斷耶答若法應斷彼法得亦應斷有法得應斷彼法非應斷謂擇

滅一分及非擇滅問若法應猒彼法得應猒耶設法得應猒彼法應猒耶答若法應猒彼法得亦應猒有法得應猒彼法非應猒謂擇滅一分及非擇滅問何故諸得隨所得法成善等性而不成色等耶答善等是諸法性類諸法性類可相隨轉色等是諸法自體諸法自體無相隨義有說善等是共相可隨而轉色等是自相無相隨義問何故諸得隨所得法定是善等不隨所得法定是過去等耶答所得諸法行世不定故能得得世亦不定所得諸法善等性定故能得得善等亦定問諸得幾識所識幾智所知幾隨眠之所隨增耶答諸得一識所識謂意識法界法處行藴攝故八智所知除滅智他心智以是有爲不相應故三界五部有漏緣隨眠之所隨增以於得中無相應隨增故問諸非得幾識所識幾智所知幾隨眠之所隨增耶答諸非得一識所識謂意識亦法界法處行藴攝故七智所知除滅智道智他心智以是有漏不相應故三界修所斷及諸遍行隨眠之所隨增以非得惟修所斷故問頗有捨得而不得非得耶答有謂入無餘涅槃時捨諸法得而不得非得所依斷故問頗有諸法先起非得一得以去更不起非得耶答有謂諸非擇滅及無生智等一得以去乃至無餘涅槃前恒成就故問頗有諸法本來有得無非得耶有說無以有得者必有非得故有說有如三類智邊世俗智等非擇滅法本來有得無有非得以彼本來定不生故問如有一得能得彼法及得得亦有一非得能捨彼法及非得非得耶答

無以非得同時無非得非得故以現在非得
必成就故問頗有法無得無非得彼法滅有
得有非得耶答有謂一切非有情數法

阿毗達磨大毗婆沙論卷第一百五十八　說一切有部發智

阿毗達磨大毗婆沙論卷第一百五十九

五百大阿羅漢等造

唐三藏法師玄奘奉　詔譯

定蘊第七中得納息第一之三

諸法善無色起彼法善心俱耶乃至廣說問何故作此論答欲止說無相應法無生老住滅無退者意及欲顯說自宗正理相應法故而作斯論問何故此中惟問無色起不問色耶答彼作論者意欲爾故隨彼意欲而作此論但不違法相便不應責有說若法一切界一切地一切部一切心中可得者此中問之色法非一切界乃至非一切心中可得故此中不問有說若法多分是心俱有由心力生隨心而轉此中則問色法多分非心俱有非心力生非隨心轉如苦法智忍時有九十八隨眠得起然彼諸得非忍俱有非忍力生非隨忍轉雖與忍俱同無色法尚不說彼與忍心俱況諸色法是故不問此中所說無色法起善等心俱者要是彼心勢力所引諸無色法諸法善無色起彼法善心俱耶答諸法善無色起彼法或善心俱或不善心俱或無記心俱云何善心俱答諸法彼心相應彼心俱有善無色彼心相應善無色者謂善心所法彼心俱有善無色者謂彼法生老住無常此中亦有同類得起略故不說後應准知云何不善心俱答知不善心若退若生善法得起不善心退善得起者謂諸聖者已離欲染若起欲界下下下中二品纏退時彼心與一來果及勝果道并善惡作憂根俱生品四蘊諸得俱起若起下上品纏退時猶能護加行者

彼心亦與如前善得俱起其有不能護加行者除一來勝果道彼心與餘如前善得俱起問此中云何名護加行不護加行耶答煩惱勢力現在前時令於所修斷彼加行有能護有不能護故若起中下乃至上中五品纏退時彼心與預流果及勝果道并善惡作憂根俱生品四蘊諸得俱起若起上上品纏退時猶能護加行者彼心亦與如前善得俱起其有不能護加行者除預流勝果道彼心與餘如前善得俱起若一來者前六品纏隨起何退除善惡作憂根俱生品得彼心隨其所應與餘如前善得俱起若諸異生已離欲染隨起何品不善纏退時彼心與善惡作憂根俱生品四蘊諸得俱起不善心生善得起者謂從色無色界歿生欲界以不善心結生時彼心與欲界生得善四蘊諸得俱起有說彼心亦有與一分聞思所成四蘊諸得俱起云何無記心俱答如無記心若退若生善法得起無記心退善得起者謂阿羅漢退勝根住劣根時彼無記心與劣根品善得俱起學退勝種性住劣種性亦爾若阿羅漢起非想非非想處纏退時彼心與不還果及勝果道并非想非非想處順退分諸得俱起如是乃至起初靜慮後八品纏退時彼心與不還果及勝果道并初靜慮順退分諸得俱起若起初靜慮上上品纏退時猶能護加行者彼心亦與如前善得俱起其有不能護加行者除不還勝果道彼心與餘如前善得俱起若不還者及諸異生已離無所有處染起無所有處纏退時彼心與無所有處順退分諸得俱起如

是乃至起初靜慮纏退時彼心與初靜慮順退分諸得俱起如已離無所有處染若已離識處染乃至已離初靜慮染應知亦爾若諸異生已離欲染起欲界有身見邊執見纏退時彼心與善惡作憂根俱生品四蘊諸得俱起無記心生善得起者謂無色界上地歿生下地時彼心與彼地善四蘊諸得俱起若從無色界及上靜慮地歿生下諸靜慮地時彼心與彼地善五蘊諸得俱起若從色無色界歿生欲界以有身見邊執見結生時彼心與欲界生得善四蘊諸得俱起有說彼心亦有與一分聞思所成諸得俱起若從欲界歿生上二界及上二界下地歿生上地時彼心與彼地生得善四蘊諸得俱起設法善心俱起彼法善無色耶答諸法善心俱起彼法或善無色或無記無色云何善無色答諸法彼心相應彼心俱有善無色義如前釋云何無記無色答如善心勝進無記法得起及住善心無記諸根長養大種增益彼法得生老住無常善心勝進無記得起者謂離欲染第九無間道滅解脫道起時彼心與初靜慮果無記通果心品諸得俱起乃至離第三靜慮染第九無間道滅解脫道起時彼心與第四靜慮果無記通果心品諸得俱起金剛喻定滅盡智起時彼心與隨所應靜慮果無記通果心品諸得俱起已離欲染信勝解練根作見至加行道時有說及解脫道時彼心與隨所應靜慮果無記通果心品諸得俱起時解脫阿羅漢練根作不動依未至定乃至第四靜慮加行道時彼心與隨所應靜慮果無記通果

心品諸得俱起及依一切地第九解脱道時彼心與四靜慮果無記通果心品諸得俱起引發五通諸加行道五無間道三解脱道時雜修靜慮初後無間解脱道時起四無量初三解脱八勝處前八遍處時起無礙解及依未至定乃至第四靜慮增長時起無諍願智邊際定及增長時依未至定乃至第四靜慮起空空無願無願無相無相等諸功德及增長時彼心與隨所應靜慮果無記通果心品諸得俱起及住善心乃至彼法得生老住無常者謂生欲色界善心流注久相續起時諸根大種長養增益彼心與彼得四相俱起諸根長養大種增益問答解釋如大種蘊

諸法不善無色起彼法不善心俱耶答諸法不善無色起彼法或不善心俱或無記心俱云何不善心俱答諸法彼心相應彼心俱有不善無色義如前釋云何無記心俱答如無記心若退若生不善法得起無記心退不善得起者謂諸異生已離欲染起欲界有身見邊執見纏退時彼心與見修所斷不善四蘊諸得俱起無記心生不善得起者謂從色無色界歿生欲界以有身見邊執見結生時彼心與見修所斷不善四蘊諸得俱起設法不善心俱起彼法不善無色耶答諸法不善心俱起彼法或不善無色或善無色或無記無色云何不善無色答諸法彼心相應彼心俱有不善無色義如前釋云何善無色答如不善心若退若生善法得起此如前善無色起不善心俱釋云何無記無色答如不善心若退若生無記法得起及住不善心無記諸根

長養大種增益彼法得生老住無常不善心退無記得起者謂阿羅漢起欲界纏退時彼心與上八地修所斷無記四蘊諸得俱起諸不還者若已離無所有處染起欲界纏退時彼心與七地修所斷無記四蘊諸得俱起乃至若已離初靜慮染未離第二靜慮染起欲界纏退時彼心與一地修所斷無記四蘊諸得俱起諸異生類若已離無所有處染起不善纏退時彼心與七地見修所斷及欲界見所斷無記四蘊諸得俱起乃至若已離初靜慮染未離第二靜慮染起不善纏退時彼心與一地見修所斷及欲界見所斷無記四蘊諸得俱起若已離欲界染未離初靜慮染起不善纏退時彼心與欲界見所斷無記四蘊諸得俱起不善心生無記得起者謂非想非非想處歿生欲界以不善心結生時彼心與七地見修所斷及欲界見所斷無記四蘊修所斷無記色行二蘊諸得俱起有說亦與欲界修所斷無記心心所諸得俱起謂善串習威儀路工巧處四蘊乃至初靜慮歿生欲界以不善心結生時彼心與欲界見所斷無記四蘊修所斷無記色行二蘊諸得俱起有說亦與欲界修所斷無記心心所諸得俱起如前說及住不善心乃至彼法得生老住無常者謂諸異生三十四隨眠聖者四隨眠隨一流注久相續起時諸根大種長養增益彼心與彼得四相俱起餘如前說

諸法無記無色起彼法無記心俱耶答諸法無記無色起彼法或無記心俱或善心俱或不善心俱云何無記心俱答諸法彼心相應

彼心俱有無記無色義如前釋云何善心俱答如善心勝進無記法得起及住善心無記諸根長養大種增益彼法得生老住無常此如前善心俱起無記無色釋云何不善心俱答如不善心若退若生無記法得起及住不善心無記諸根長養大種增益彼法得生老住無常此如前不善心俱起無記無色釋設法無記心俱起彼法無記無色耶答諸法無記心俱起彼法或無記無色或善無色或不善無色云何無記無色答諸法彼心相應彼心俱有無記無色義如前釋云何善無色答如無記心若退若生善法得起此如前善無色起無記心俱釋云何不善無色答如無記心若退若生不善法得起此如前不善無色起無記心俱釋

諸法欲界無色起彼法欲界心俱耶答諸法欲界無色起彼法或欲界心俱或色界心俱或無色界心俱或不繫心俱云何欲界心俱答諸法彼心相應彼心俱有欲界無色彼心相應欲界無色者謂欲界心所法彼心俱有欲界無色者謂彼法生老住無常此中亦有同類得起略故不說云何色界心俱答如色界心若生若勝進欲界法得起及住色界心欲界諸根長養大種增益彼法得生老住無常色界心生欲界得起者謂無色界殁若生第四靜慮時彼心與第四靜慮果欲界通果心品諸得俱起乃至若生初靜慮時彼心與初靜慮果欲界通果心品諸得俱起如無色界殁生色界上地殁生下地亦爾色界心勝進欲界得起者謂以世俗道離欲界染第九

無間道滅解脱道起時彼心與初靜慮果欲界通果心品諸得俱起乃至以世俗道離第三靜慮染第九無間道滅解脱道起時彼心與第四靜慮果欲界通果心品諸得俱起已離欲染信勝解練根作見至世俗加行道時彼心與隨所應靜慮果欲界通果心品諸得俱起依未至定乃至第四靜慮時解脱阿羅漢練根作不動世俗加行道時彼心與隨所應靜慮果欲界通果心品諸得俱起引發五通諸加行道五無間道二解脱道及世俗他心智通解脱道時雜修靜慮中間心時起四無量初三解脱八勝處前八遍處時起無礙解及依未至定乃至第四靜慮世俗無礙解增長時起無諍願智邊際定及增長時依未至定乃至第四靜慮起空空無願無願無相無相等世俗諸功德及增長時彼心與隨所應靜慮果欲界通果心品諸得俱起及住色界心乃至彼法得生老住無常者謂生欲界入色界定時諸根大種長養增益彼心與彼得四相俱起云何無色界心俱答如住無色界心欲界諸根長養大種增益彼法得生老住無常謂生欲界入無色界定時諸根大種長養增益彼心與彼得四相俱起云何不繫心俱答如不繫心勝進欲界法得起及住不繫心欲界諸根長養大種增益彼法得生老住無常不繫心勝進欲界法得起者謂住見道三類智時彼心與苦集滅三現觀邊所修欲界世俗智品諸得俱起以無漏道離欲界染第九無間道滅解脱道起時彼心與初靜慮果欲界通果心品諸得俱起乃至以無漏

道離第三靜慮染第九無間道滅解脫道起時彼心與第四靜慮果欲界通果心品諸得俱起金剛喻定滅盡智起時彼心與隨所應靜慮果欲界通果心品諸得及爾時所得欲界善法諸得俱起巳離欲染信勝解練根作見至無漏加行道時有說及解脫道時彼心與隨所應靜慮果欲界通果心品諸得俱起時解脫阿羅漢練根作不動依未至定乃至第四靜慮無漏加行道時彼心與隨所應靜慮果欲界通果心品諸得俱起依一切地第九解脫道時彼心與四靜慮果欲界通果心品諸得及爾時所得欲界善法諸得俱起起無漏他心智通時雜修靜慮初後心時依未至定乃至第四靜慮無漏無礙解等增長時彼心與隨所應靜慮果欲界通果心品諸得俱起及住不繫心乃至彼法得生老住無常者謂生欲界入無漏未至乃至無所有處定時諸根大種長養增益彼心與彼得四相俱起設法欲界心俱起彼法欲界無色耶答諸法欲界心俱起彼法或欲界無色或色界無色或無色界無色或不繫無色云何欲界無色答諸法彼心相應彼心俱有欲界無色義如前釋云何色界無色答如欲界心若退若生色界法得起欲界心退色界得起者謂諸聖者巳離色染起欲界纏退時彼心與色界四地修所斷法諸得俱起乃至巳離初靜慮染未離第二靜慮染起欲界纏退時彼心與色界一地修所斷法諸得俱起若諸異生巳離色染起欲界纏退時彼心與色界四地見修所斷法諸得俱起乃至巳離初靜慮染未

離第二靜慮染起欲界纏退時彼心與色界一地見修所斷法諸得俱起欲界心生色界得起者謂從無色界歿生欲界時彼心與色界四地見修所斷法諸得俱起乃至從第一靜慮歿生欲界時彼心與色界一地見修所斷法諸得俱起云何無色界無色答如欲界心若退若生無色界法得起欲界心退無色界得起者謂阿羅漢起欲界纏退時彼心與無色界四地修所斷法諸得俱起若不還者已離無所有處染起欲界纏退時彼心與無色界三地修所斷法諸得俱起乃至已離空無邊處染未離識無邊處染起欲界纏退時彼心與無色界一地修所斷法諸得俱起若諸異生已離無所有處染起欲界纏退時彼心與無色界三地見修所斷法諸得俱起乃至已離空無邊處染未離識無邊處染起欲界纏退時彼心與無色界一地見修所斷法諸得俱起欲界心生無色界得起者謂從非想非非想處歿生欲界時彼心與無色界三地見修所斷法諸得俱起乃至從識無邊處歿生欲界時彼心與無色界一地見修所斷法諸得俱起云何不繫無色答如欲界心退不繫法得起謂阿羅漢退勝根住劣根時彼欲界心與劣根品不繫得俱起學退勝種性住劣種性亦爾若諸聖者已離欲染起欲界下下下中二品纏退時彼心與一來果及勝果道諸得俱起若起下上品纏退時猶能護加行者彼心亦與如前諸不繫得俱起其有不能護加行者彼心惟與一來果諸得俱起若起中下乃至上中五品纏退時彼心與預

流果及勝果道諸得俱起若起上上品纏退時猶能護加行者彼心亦與如前諸不繫得俱起其有不能護加行者彼心惟與預流果諸得俱起若一來者前六品纏隨起何退彼心隨應亦與如前諸不繫得俱起問欲界心勝進不繫法得亦起如或由施或由戒或由聞或由思故令於惡趣等得非擇滅此中何故不說有說應說而不說者當知此義有餘如是說者非擇滅雖不繫而彼得非不繫此中說不繫得起是故不說

諸法色界無色起彼法色界心俱耶答諸法色界無色起彼法或色界心俱或欲界心俱或無色界心俱或不繫心俱云何色界心俱答諸法彼心相應彼心俱有色界無色義如前釋云何欲界心俱答如欲界心若退若生色界法得起此如前欲界心俱起色界無色說云何無色界心俱答如住無色界心色界諸根長養大種增益彼法得生老住無常謂生色界入無色界定時諸根大種長養增益彼心與彼得四相俱起云何不繫心俱答如不繫心勝進色界法得起及住不繫心色界諸根長養大種增益彼法得生老住無常不繫心勝進色界得起者謂住見道三類智時彼心與若集滅三現觀邊所修色界世俗智品諸得俱起以無漏道離欲界染若無漏爲加行諸加行道九無間道九解脱道時彼心與未來所修色界道諸得俱起第九解脱道時亦與初靜慮果色界通果心品諸得俱起以無漏道離初靜慮乃至第三靜慮染時若無漏爲加行諸加行道九無間道九解脱道

時彼心與未來所修色界道諸得俱起最後解脱道時亦與第二靜慮乃至第四靜慮果色界通果心品諸得俱起以無漏道離第四靜慮染及依未至定乃至第四靜慮離空無邊處乃至非想非非想處染若無漏爲加行諸加行道時彼心與未來所修色界道諸得俱起金剛喻定滅盡智起時彼心與爾時所得色界善諸得俱起亦與隨所應靜慮果色界通果心品諸得俱起未離欲染信勝解練根作見至若無漏爲加行彼加行道時有説及解脱道時彼心與未來所修色界道諸得俱起已離欲染信勝解練根作見至若無漏爲加行彼加行道時有説及解脱道時彼心與未來所修色界道諸得及隨所應靜慮果色界通果心品諸得俱起時解脱阿羅漢練根作不動依未至定乃至第四靜慮無漏加行道時彼心與未來所修色界道諸得及隨所應靜慮果色界通果心品諸得俱起依一切地第九解脱道時彼心與爾時所得色界善諸得及四靜慮果色界通果心品諸得俱起無漏他心智通時雜修靜慮初後心時依未至定乃至第四靜慮無漏無礙解增長時即依彼諸地起無漏念住時彼心與未來所修色界道諸得及隨所應靜慮果色界通果心品諸得俱起及住不繫心乃至彼諸得生老住無常者謂生色界入無漏未至乃至無所有處定時諸根大種長養增益彼心與彼得四相俱起設法色界心俱起彼法色界無色耶答諸法色界心俱起彼法或色界無色或欲界無色或無色界無色或不繫無色云

何色界無色答諸法彼心相應彼心俱有色界無色義如前釋云何欲界無色答如色界心若生若勝進欲界法得起及住色界心欲界諸根長養大種增益彼法得生老住無常此如前欲界無色起色界心俱釋云何無色界無色答如色界心若退若生無色界法得起色界心退無色界得起者謂阿羅漢起色界纏退時彼心與無色界四地修所斷法諸得俱起諸不還者已離無所有處染起色界纏退時彼心與無色界三地修所斷法諸得俱起乃至已離空無邊處染未離識無邊處染起色界纏退時彼心與無色界一地修所斷法諸得俱起若諸異生已離無所有處染起色界纏退時彼心與無色界三地見修所斷法諸得俱起乃至已離空無邊處染未離識無邊處染起色界纏退時彼心與無色界一地見修所斷法諸得俱起色界心生無色界得起者謂從非想非非想處歿生色界時彼心與無色界三地見修所斷法諸得俱起乃至識無邊處歿生色界時彼心與無色界一地見修所斷法諸得俱起云何不繫無色答如色界心若退若勝進不繫法得起色界心退不繫得起者謂阿羅漢起色界纏退時彼心與不還果及勝果道諸得俱起色界心勝進不繫得起者謂諸聖者以世俗道離欲界乃至第三靜慮染若世俗爲加行一切加行無間解脫道時彼心與未來所修不繫法諸得俱起依未至定乃至第四靜慮離第四靜慮乃至非想非非想處染若世俗爲加行諸加行道時彼心與未來所修不繫法諸得

俱起信勝解練根作見至及依未至定乃至第四靜慮時解脱阿羅漢練根作不動若世俗爲加行諸加行道時彼心與未來所修不繫法諸得俱起若諸聖者引發諸通諸加行道五無間道二解脱道及世俗他心智通解脱道時雜修靜慮中間心時若諸聖者起四無量初三解脱八勝處前八遍處時起無礙解及依未至定乃至第四靜慮世俗無礙解增長時起無諍願智邊際定及增長時依未至定乃至第四靜慮起空空無願無願無相無相時及聖者即依彼地起不淨觀持息念世俗念住等諸功德及增長時彼心與未來所修不繫法諸得俱起問色界心生時不繫法得亦起如無色界彂生第四靜慮時彼心與第三靜慮見修所斷蘊擇滅得俱起乃至上地彂生初靜慮時彼心與欲界見修所斷蘊擇滅得俱起此中何故不説答有説應説而不説者當知此義有餘如是説者爾時所得擇滅雖不繫而彼諸得是色界繫非不繫是故不説

阿毗達磨大毗婆沙論卷第一百五十九　一説切有部發智

阿毗達磨大毗婆沙論卷第一百六十

五百大阿羅漢等造

唐三藏法師玄奘奉　詔譯

定蘊第七中得納息第一之四

諸法無色界無色起彼法無色界心俱耶答諸法無色界無色起彼法或無色界心俱或欲界心俱或色界心俱或不繫心俱云何無色界心俱答諸法彼心相應彼心俱有無色界無色義如前釋云何欲界心俱答如欲界心若退若生無色界法得起此如前欲界心俱起無色界無色釋云何色界心俱答如色界心若退若生無色界法得起此如前色界心俱起無色界無色釋云何不繫心俱答如不繫心勝進無色界法得起謂以無漏道離第四靜慮染九無間道九解脫道時彼心與未來所修無色界道諸得俱起以無漏道離空無邊處乃至無所有處染若無漏爲加行諸加行道九無間道九解脫道時彼心與未來所修無色界道諸得俱起此是總說於中若依未至定乃至第四靜慮離下三無色染者除加行道依下三無色離非想非非想處染若無漏爲加行彼加行道時彼心與未來所修無色界道諸得俱起及依一切地離非想非非想處染最後解脫道盡智起時彼心與爾時所得無色界善諸得俱起時解脫阿羅漢練根作不動若依三無色無漏爲加行彼加行道時彼心與未來所修無色界道諸得俱起及依一切地最後解脫道時彼心與爾時所得無色界善諸得俱起起無漏解脫時依無色定無漏無礙解增長時起無色無

漏念住時彼心與未來所修無色界道諸得俱起設法無色界心俱起彼法無色界無色耶答諸法無色界心俱起彼法或無色界無色或欲界無色或色界無色或不繫無色云何無色界無色答諸法彼心相應彼心俱有無色界無色義如前釋云何欲界無色答如住無色界心欲界諸根長養大種增益彼法得生老住無常此如前欲界無色起無色界心俱釋云何色界無色答如住無色界心色界諸根長養大種增益彼法得生老住無常此如前色界無色起無色界心俱釋云何不繫無色答如無色界心若退若勝進不繫法得起無色界心退不繫得起者謂阿羅漢起無色界纏退時彼心與不還果及勝果道諸得俱起無色界心勝進不繫得起者謂諸聖者以世俗道離第四靜慮染若空無邊處處分爲加行彼加行道九無間道九解脱道時及聖者以世俗道離下三無色染若世俗爲加行一切加行無間解脱道時并依無色定離非想非非想處染若世俗爲加行彼加行道時彼心與未來所修不繫法諸得俱起時解脱阿羅漢練根作不動依無色定若世俗爲加行彼加行道時若聖者起無色有漏解脱二遍處時依無色定有漏無礙解增長時依無色定起世俗念住空空無願無願無相無相時起入滅定想微細心時彼心與未來所修不繫法諸得俱起問無色界心生時不繫法得亦起如無色界上地殁生下地時彼心與所生次下地見修所斷諸染擇滅得俱起此中何故不說有說應說而不說者當知

此義有餘如是說者爾時所得擇滅雖不繫而得是無色界繫非不繫是故不說
諸法學無色起彼法學心俱耶答諸法學無色起彼法或學心俱或非學非無學心俱云何學心俱答諸法彼心相應彼心俱有學無色彼心相應學無色者謂學心所法彼心俱有學無色者謂彼法生老住無常此中亦有同類得起略故不說云何非學非無學心俱答如非學非無學心若退若勝進學法得起非學非無學心退學得起者謂阿羅漢起非想非非想處乃至初靜慮後八品纏退時彼心與不還果及勝果道諸得俱起若起初靜慮上上品纏退時猶能護加行者彼心亦與如前學得俱起其有不能護加行者彼心惟與不還果諸得俱起諸不還者若起欲界下下中一品纏退時彼心與一來果及勝果道諸得俱起若起下上品纏退時猶能護加行者彼心亦與如前學得俱起其有不能護加行者彼心惟與一來果諸得俱起若起中下乃至上中五品纏退時彼心與預流果及勝果道諸得俱起若起上上品纏退時猶能護加行者彼心亦與如前學得俱起其有不能護加行者彼心惟與預流果諸得俱起若一來者前六品纏隨起何退彼心隨其所應亦與如前學得俱起非學非無學心勝進學得起者謂諸學者以世俗道離欲界乃至無所有處染若世俗爲加行一切加行無間解脱道時及離非想非非想處染若世俗爲加行彼加行道時彼心與未來所修學法諸得俱起信勝解練根作見至若世俗爲加行彼

加行道時即此學者引發諸通諸加行道五無間道二解脱道及世俗他心智通解脱道時學者雜修靜慮中間心時學者起四無量世俗解脱八勝處十遍處時學者起入滅定想微細心時學者修不淨觀持息念世俗念住時彼心與未來所修學法諸得俱起設法學心俱起彼法學無色耶答諸法學心俱起彼法或學無色或非學非無學無色云何學無色答諸法彼心相應彼心俱有學無色義如前釋云何非學非無學無色答如學心勝進非學非無學法得起及住學心非學非無學諸根長養大種增益彼法得生老住無常學心勝進非學非無學得起者謂住見道三類智時彼心與苦集滅三現觀邊所修世俗智品諸得俱起以無漏道離欲界乃至無所有處染若無漏爲加行一切加行無間解脱道時及離非想非非想處染若無漏爲加行彼加行道時彼心與未來所修世俗道諸得俱起離欲界乃至第三靜慮染第九解脱道時彼心亦與通果心品諸得俱起俱勝解練根作見至若無漏爲加行彼加行道時有説及解脱道時彼心與未來所修世俗道及通果心品諸得俱起學者起無漏他心智通時學者雜修靜慮初後心時學者起無漏念住時彼心與未來所修世俗道及通果心品諸得俱起學者起無漏解脱時除通果心與如前説諸得俱起及住學心乃至彼法得生老住無常者謂諸學者生欲色界住色無色無漏定時諸根大種長養增益彼心與彼得四相俱起

諸法無學無色起彼法無學心俱耶答諸法無學無色起彼法或無學心俱或非學非無學心俱云何無學心俱答諸法彼心相應彼心俱有無學無色義如前釋云何非學非無學心俱答如非學非無學心若退若勝進無學法得起非學非無學心退無學得起者謂阿羅漢退勝根住劣根時彼非學非無學心與劣根品無學法諸得俱起有說惟煩惱現前故退者彼說此中但應言勝進不應言退如是說者住無覆無記心亦退故此中亦應說退謂住無覆無記心退堪達根住住不動根乃至退思法根住退法根非學非無學心勝進無學得起者謂時解脫阿羅漢練根作不動若世俗爲加行彼加行道時彼心與未來所修無學法諸得俱起阿羅漢引發諸通諸加行道五無間道二解脫道及世俗他心智通解脫道時阿羅漢雜修靜慮中間心時阿羅漢起四無量世俗解脫八勝處十遍處時起無礙解及世俗無礙解增長時起無諍願智邊際定空空無願無願無相無相及增長時阿羅漢起不淨觀持息念世俗念住并入滅盡定想微細心時彼心與未來所修無學法諸得俱起設法無學心俱起彼法無學無色耶答諸法無學心俱起彼法或無學無色或非學非無學無色云何無學無色答諸法彼心相應彼心俱有無學無色義如前釋云何非學非無學無色答如無學心勝進非學非無學法得起及住無學心非學非無學諸根長養大種增益彼法得生老住無常無學心勝進非學非無學得起者謂金剛喻定

滅盡智起時彼心與爾時所得世俗善及或亦與通果心品諸得俱起時解脫阿羅漢練根作不動若無漏爲加行彼加行道時彼心與未來所修世俗道及或亦與通果心品諸得俱起最後解脫道時彼心與爾時所得世俗善及通果心品諸得俱起阿羅漢起無漏他心智通時阿羅漢雜修靜慮初後心時阿羅漢依色界定起無漏念住及無漏無礙解增長時彼心與未來所修世俗道及通果心品諸得俱起阿羅漢起無漏解脫及依無色定起無漏念住并無漏無礙解增長時除通果心彼心與餘如前諸得俱起及住無學心乃至彼法得生老住無常者謂生欲色界阿羅漢住色無色無漏定時諸根大種長養增益彼心與彼得四相俱起

諸法非學非無學無色起彼法非學非無學心俱耶答諸法非學非無學無色起彼法或非學非無學心俱或學心俱或無學心俱云何非學非無學心俱答諸法彼心相應彼心俱有非學非無學無色義如前釋云何學心俱答如學心勝進非學非無學法得起及住學心非學非無學諸根長養大種增益彼法得生老住無常此如前學心俱起非學非無學無色釋云何無學心俱答如無學心勝進非學非無學法得起及住無學心非學非無學諸根長養大種增益彼法得生老住無常此如前無學心俱起非學非無學無色釋設法非學非無學心俱起彼法非學非無學無色耶答諸法非學非無學心俱起彼法或非學非無學無色或學無色或無學無色云何

非學非無學無色答諸法彼心相應彼心俱有非學非無學無色義如前釋云何學無色答如非學非無學心若退若勝進學法得起此如前學無色起非學非無學心俱釋云何無學無色答如非學非無學心若退若勝進無學法得起此如前無學無色起非學非無學心俱釋

諸法見所斷無色起彼法見所斷心俱耶答諸法見所斷無色起彼法或見所斷心俱或修所斷心俱云何見所斷心俱答諸法彼心相應彼心俱有見所斷無色彼心相應見所斷無色者謂見所斷心所法彼心俱有見所斷無色者謂彼法生老住無常此中亦有同類得起略故不說云何修所斷心俱答如修所斷心若退若生見所斷法得起修所斷心退見所斷得起者謂諸異生已離無所有處染或起無所有處修所斷纏退或乃至起欲界修所斷纏退時彼心或與一地見所斷法或乃至與八地見所斷法諸得俱起乃至已離欲界染未離初靜慮染起欲界修所斷纏退時彼心與一地見所斷法諸得俱起修所斷心生見所斷得起者謂從非想非非想處歿或生無所有處以無所有處修所斷心結生或乃至生欲界以欲界修所斷心結生時彼心或與一地見所斷法或乃至與八地見所斷法諸得俱起乃至初靜慮歿生欲界以欲界修所斷心結生時彼心與一地見所斷法諸得俱起設法見所斷心俱起彼法見所斷無色耶答諸法見所斷心俱起彼法或見所斷無色或修所斷無色云何見所斷無色

答諸法彼心相應彼心俱有見所斷無色義如前釋云何修所斷無色答如見所斷心若退若生修所斷法得起及住見所斷心修所斷諸根長養大種增益彼法得生老住無常見所斷心退修所斷得起者謂諸異生已離無所有處染起無所有處見所斷纏退或乃至起欲界見所斷纏退時彼心與一地修所斷法或乃至八地修所斷法諸得俱起乃至已離欲界染未離初靜慮染起欲界見所斷纏退時彼心與一地修所斷法諸得俱起見所斷心生修所斷得起者謂從非想非非想處歿或生無所有處以無所有處見所斷心結生或乃至生欲界以欲界見所斷心結生時彼心或與一地修所斷法或乃至與八地修所斷法諸得俱起乃至初靜慮歿生欲界以欲界見所斷心結生時彼心與一地修所斷法諸得俱起及住見所斷心乃至彼法得生老住無常者謂生欲色界見所斷煩惱現在前時諸根大種長養增益彼心與彼得四相俱起

諸法修所斷無色起彼法修所斷心俱耶答諸法修所斷無色起彼法或修所斷心俱或見所斷心俱或不斷心俱云何修所斷心俱答諸法彼心相應彼心俱有修所斷無色義如前釋云何見所斷心俱答如見所斷心若退若生修所斷法得起及住見所斷心修所斷諸根長養大種增益彼法得生老住無常此如前見所斷心俱起修所斷無色釋云何不斷心俱答如不斷心勝進修所斷法得起及住不斷心修所斷諸根長養大種增益彼

法得生老住無常不斷心勝進修所斷得起者謂住見道三類智時彼心與苦集滅三現觀邊所修世俗智品諸得俱起以無漏道離欲界乃至無所有處染若無漏爲加行一切加行無間解脱道時及離非想非非想處染若無漏爲加行彼加行道時彼心與未來所修世俗道諸得俱起離欲界乃至第三靜慮染第九解脱道時彼心亦與通果心品諸得俱起金剛喻定滅盡智起時彼心與爾時所得世俗善及或亦與通果心品諸得俱起信勝解練根作見至若無漏爲加行彼加行道時有說及解脱道時彼心與未來所修世俗道及或亦與通果心品諸得俱起時解脱阿羅漢練根作不動若無漏爲加行彼加行道時彼心與未來所修世俗道及或亦與通果心品諸得俱起最後解脱道時彼心與爾時所得世俗善及通果心品諸得俱起起無漏他心智通時雜修靜慮初後心時依色界定起無漏念住及無漏無礙解增長時彼心與未來所修世俗道及通果心品諸得俱起起無漏解脱及依無色定起無漏念住并無漏無礙解增長時除通果心品彼心與餘如前諸得俱起及住不斷心乃至彼法得生老住無常者謂生欲色界住色無色無漏定時諸根大種長養增益彼心與彼得四相俱起設法修所斷心俱起彼法修所斷無色耶答諸法修所斷心俱起彼法或修所斷無色或見所斷無色或不斷無色云何修所斷無色答諸法彼心相應彼心俱有修所斷無色義如前釋云何見所斷無色答如修所斷心若退

若生見所斷法得起此如前見所斷無色起修所斷心俱釋云何不斷無色答如修所斷心若退若勝進不斷法得起修所斷心退不斷得起者謂阿羅漢退勝根住劣根彼修所斷得與劣根品不斷法諸得俱起學退勝種性住劣種性亦爾阿羅漢起非想非非想處乃至初靜慮後八品纏退時彼心與不還果及勝果道諸得俱起若起初靜慮上上品纏退時猶能護加行者彼心亦與如前不斷得俱起其有不能護加行者彼心惟與不還果諸得俱起諸不還者若起欲界下下下中二品纏退時彼心與一來果及勝果道諸得俱起若起下上品纏退時猶能護加行者彼心亦與如前不斷得俱起其有不能護加行者彼心惟與一來果諸得俱起若起中下乃至上中五品纏退時彼心與預流果及勝果道諸得俱起若起上上品纏退時猶能護加行者彼心亦與如前不斷得俱起其有不能護加行者彼心惟與預流果諸得俱起修所斷心勝進不斷得起者謂諸聖者以世俗道離欲界乃至無所有處染若世俗爲加行一切加行無間解脫道時及離非想非非想處染若世俗爲加行彼加行道時彼心與未來所修不斷法諸得俱起信勝解練根作見至及時解脫阿羅漢練根作不動若世俗爲加行彼加行道時彼心與未來所修不斷法諸得俱起若聖者引發諸通諸加行道五無間道二解脫道及世俗他心智通解脫道時雜修靜慮中間心時聖者起四無量世俗解脫八勝處十遍處時起無礙解及世俗無礙解增

長時起無諍願智邊際定空空無願無願無相無相及增長時聖者起不淨觀持息念世俗念住時起入滅定想微細心時彼心與未來所修不斷法諸得俱起

諸法不斷無色起彼法不斷心俱耶答諸法不斷無色起彼法或不斷心俱或修所斷心俱云何不斷心俱答諸法彼心相應彼心俱有不斷無色義如前釋云何修所斷心俱答如修所斷心若退若勝進不斷法得起此如前修所斷心俱起不斷無色釋設法不斷心俱起彼法不斷無色耶答諸法不斷心俱起彼法或不斷無色或修所斷無色云何不斷無色答諸法心相應彼心俱有不斷無色義如前釋云何修所斷無色答如不斷心勝進修所斷法得起及住不斷心修所斷諸根長養大種增益彼法得生老住無常此如前修所斷無色起不斷心俱釋一切初靜慮皆有五支耶乃至廣說問何故作此論有說欲止他所說故如分別論者惟許初靜慮建立支非餘所以者何依契經故如契經說毗舍佉鄔波索迦往達磨陳那苾芻尼所問言聖者初靜慮有幾支答言具壽有五支謂尋伺喜樂心一境性彼鄔波索迦既不問上靜慮支彼苾芻尼又不說故知上諸靜慮不建立支爲遮彼意顯上諸靜慮亦建立支故作斯論問若上諸靜慮亦立支者何故毗舍佉不問苾芻尼不說耶有說彼疑者問不疑者不問隨問者說不問者不說由此不應責其所以有說毗舍佉欲試彼苾芻尼於此事爲能知不且問初靜慮支彼既無滯而說鄔波索迦

便作是念此尊者於初靜慮既能無滯而說於餘靜慮必亦能知是故不問由彼更不問故苾芻尼亦不復說有說毗舍佉是利根性聞初靜慮即知餘三故更不問苾芻尼亦知彼已悟更不爲說有說毗舍佉是鈍根性極作意力纔能問初靜慮無力更能問餘是故不問苾芻尼亦知彼齊是能受持於餘非器故更不說有餘師說爲令疑者得決定解故作斯論謂彼經但說初靜慮有五支不說上地又但說支不說染與不染今欲顯示上地亦有支惟不染汙中具有令諸疑者生決定解故作斯論一切初靜慮皆有五支耶答不染汙有五染汙無五無何等答無離生喜樂問何故染汙喜於染靜慮不說支耶有說此文但應說無樂以輕安樂染中無故若作是

說彼不染初靜慮具五支染初靜慮有四支有說此文即是但說無樂由此樂從離生故喜相應故名離生喜樂是故此文不言無喜有說染靜慮中雖亦有喜無支相故不立爲支若作是說不染初靜慮具五支染初靜慮惟有三支一切第二靜慮皆有四支耶答不染汙有四染汙無四無何等答無內等淨問內等淨是信信通染汙不染汙何故於染靜慮不說支耶有說此文應說無樂以輕安樂染中無故若作是說不染第二靜慮具四支染第三靜慮有三支有說染信名不信此於染中雖有無支相故不立爲支若作是說不染第二靜慮具四支染第二靜慮惟有二支一切第三靜慮皆有五支耶答不染汙有五染汙無五無何等答無正念正知問念慧皆

通染汙中有何故不立染靜慮支有說此文應說無捨大善地法染中無故若作是說不染第三靜慮具五支染第三靜慮有四支有說染念名失念染慧名不正知此於染中雖有無支相故不立爲支若作是說不染第三靜慮具五支染第三靜慮惟有三支一切第四靜慮皆有四支耶答不染汙有四染汙無四無何等答無捨念清淨問念通染汙於染地法染中無故若作是說不染第四靜慮具靜慮何故非支有說此文但應說無捨大善四支染第四靜慮有三支有說染念名失念不名念清淨此於染中雖有無支相故不立爲支若作是說不染第四靜慮具四支染第四靜慮惟有二支此中有作是說諸染靜慮皆不立支而惟說無喜樂等者隨明了義說謂初靜慮離生喜樂有離生言故第二靜慮內等淨有淨言故第三靜慮正念正知有正言故第四靜慮捨念清淨有清淨言故此皆於染明了相違故偏說無而實染中一切支皆非有有說隨勝者說謂初靜慮出欲界重苦利益支勝上三靜慮於勝妙離染對治支勝是故於染靜慮隨勝者說無然其餘支於染靜慮亦不建立

阿毗達磨大毗婆沙論卷第一百六十說一切有

鄙 發 智